KB113171

자 2

The Naked and the Dead

THE NAKED AND THE DEAD
by Norman Mailer

Grateful thanks are expressed to the publishers and copyright owners for permission to reprint lyrics from the following songs:

"Betty Co-ed", by Paul Fogarty and Rudy Vallee. Copyright, 1930, by Carl Fischer, Inc., New York, and used with their permission.
"Brother, Can You Spare a Dime?", words by E. Y. Harburg, music by Jay Gorney. Copyright, 1932, by Harms, Inc., and used with the permission of Music Publishers Holding Corporation.
"Faded Summer Love", words and music by Phil Baxter. Copyright, 1931, by Leo Feist, Inc., and used with their permission.
"I Love a Parade", words by Ted Koehler, music by Harold Arlen. Copyright, 1931, by Harms, Inc., and used with the permission of Music Publishers Holding Corporation.
"Show Me the Way to Go Home", words and music by Irving King. Copyright, 1925, by Harms, Inc., and used with the permission of Music Publishers Holding Corporation.
"These Foolish Things Remind Me of You", by Jack Strachey, Hold Marvel and Harry Link. Copyright, 1935, by Bourne, Inc., and used with their permission.

세계문학전집 342

벌거벗은 자와 죽은 자 2

The Naked and the Dead

노먼 메일러

이운경 옮김

민음사

차례

1권 차례

3부
식물과 유령

"그대들 가운데 가장 현명한 자라 할지라도
식물과 유령을 뒤죽박죽 섞어 놓은 잡종에 지나지 않는다.
그렇다고 내가 그대들에게
유령이나 식물이 되라고 이르던가?" [1]

— 니체

---

1) 『차라투스트라는 이렇게 말했다』에 나오는 구절. "보라, 나는 그대들에게 초인을 가르치노라!"라는 구절이 이어진다.

1

다음 날 오후, 수색 소대가 정찰 임무에 나섰다. 땅거미가 지기 몇 시간 전에 오른 소대원들을 태우고 상륙정은 단시간 안에 반도를 돌아 아노포페이 섬의 서단을 향해 기우뚱거리며 나아갔다. 파도가 높았다. 조타수가 상륙정이 해안에서 1킬로미터 이상 벗어나는 일이 없도록 키를 잡았으나, 심하게 일렁이는 바닷물이 배를 전후좌우로 흔들고 앞머리를 넘어 들어와 갑판을 때렸다. 배는 상륙 당일 소대원들이 탔던 것과 같은 소형으로, 섬을 반 바퀴 돌기에는 장비를 제대로 갖추지 못한 상태였다. 병사들은 판초를 뒤집어쓴 채 간이침대 위에 몸을 웅크리고 앉아 고달픈 항해를 준비했다.

헌 소위가 선미의 조타실 출입구에 서서 병사들이 있는 곳을 한동안 내려다보았다. 그는 조금 지쳐 있었다. 그가 수색 임무에 관한 지시를 받은 것은 댈리슨으로부터 수색 소대에 배치되었다는 말을 듣고 난 뒤 불과 한두 시간 만의 일이었다. 그는 병사들의 장비를 점검하고 휴대 식량을 지급받고 댈리슨이 준 지도와 명령서의 내용을 숙지하느라 그날 하루를 다 보냈다. 커밍스의 참모부에서 전출된 것에 대해 놀라거나 기뻐할 겨를도 없이 그는 기계적이고 능률적으로 움직였다.

그가 담배에 불을 붙이고 배 밑바닥의 사각 활어조(活魚槽) 같은 공간에 빽빽이 모여 있는 병사들 쪽으로 다시 시선을 돌렸다. 열세 명 전원이 배낭, 소총, 탄대, 수통, 그리고 뱃바닥에 깔아 놓은 군용 침대 등의 장비와 함께 기껏해야 길이 10미터, 폭 2.5미터밖에 안 되는 공간에 가득 들어차 있었다. 그는 그날 일찍 뱃전에 침대가 달려 있는 강습상륙정을 한 척 구해 보려고 했으나 어림없는 일이었다. 지금은 간이침대가 배 안의 공간을 거의 다 차지하고 있었다. 병사들은 갑판 위를 흐르는 바닷물에 젖지 않으려고 침대 위에 웅크린 자세로 발을 들어 올리고 있었다. 판초를 뒤집어쓴 채 뱃머리를 넘어 물보라가 튈 때마다 몸을 움츠렸다.

헌은 병사들의 얼굴을 살폈다. 그는 그들의 이름을 외우는 것을 우선 과제로 삼았으나, 이름을 안다고 해서 뭐라도 더 알 수 있는 것은 아니었다. 그러나 지휘관으로서 부하 병사들 개개인의 즉각적인 특징을 파악하는 것은 분명히 중요한 일이었다. 몇 사람과 가벼운 이야기를 나누고 농담도 해 보았지만, 그는 딱히 그런 일을 즐기는 편이 아니었다. 그는 자신의 성품이 그런 일에는 잘 맞지 않는다는 것을 알았다. 그보다는 관찰을 통해서 소대원들을 더 잘 알 수 있을 것 같았다. 문제는 관찰을 하려면 시간이 걸린다는 점이었다. 내일 아침이면 소대는 해변에 상륙하여 정찰을 시작해야 했다. 그때가 되면 병사들에 대한 지식 하나하나가 중요한 의미를 갖게 될 터였다.

그들의 얼굴을 지켜보는 동안 헌은 막연하게 불편한 감정을 느꼈다. 그것은 사람들이 자기를 적대적으로 바라본다는 걸 의식하면서 어느 빈민가를 걸어갈 때 느낀 적이 있는 몸의 긴장감, 약간의 죄책감, 그리고 어쩌면 약간의 수치심과 비슷한 감정이었다. 사병 중 누군가가 자기를 쳐다볼 때 눈을 돌리지 않기 위해서는 확실히 노력이 필요했다. 소대원들의 얼굴은 대부분 거칠었다. 그들의 눈빛은 멍했고 표정에서는 차가운 거리감이 느껴졌다. 집단으로서의 그들은 이제 더 이상 불필요한 무게나 감정은 한 톨도 지지 않겠다는 듯 험악하고 경직된 분위기를 풍겼다. 대부분 피부는 누렇게 떴고 얼굴과 팔다리에는 열대성 종기가 잔뜩 있었다. 거의 전원이 출발 전에 면도를 했는데도 얼굴은 지저분하고 옷은 추레했다.

그는 깨끗한 작업복 차림의 크로프트를 보았다. 크로프트는 침대 위에 웅크리고 앉아 주머니에서 꺼낸 작은 숫돌에다 참호용 단검을 갈고 있었다. 어쩌면 헌은 소대원들 가운데서 크로프트를 가장 잘 안다고 할 수 있었다. 아니, 그날 아침 대부분을 크로프트와 정찰 임무에 대해 의논하며 보냈다고 해야 정확할 것이다. 그러나 실제로 그는 크로프트에 관해 아는 바가 하나도 없었다. 크로프트는 그의 말에 귀를 기울이며 고개를 끄덕이고, 간간이 옆에다 침을 뱉고 대답할 필요가 있을 때는 낮고 억양 없는 음성으로 짧게 대답했다. 소대를 잘 통솔해 온 그는 분명 강인하고 유능해 보였다. 그리고 그런 그가 자신에게 반감을 가지리라는 것은 헌의 억측에 불과하지만은 않을 터였다. 크로프트와의 관계가 껄끄러울 거라는 건 쉽게 예측할 수 있는 문제였다. 아직은 크로프트가 그보다 아는 것이 많은 터에, 그가 조심스럽게 행동하지 않으면 소대원들이 그걸 곧 눈치채게 될 것이기 때문이었다. 흡사 매혹되기라도 한 듯이, 헌은 크로프트가 칼을 가는 모습을 지켜보았다. 크로프트는 숫돌에 칼날을 대고 열심히 앞뒤로 움직이면서, 칼을 잡은 자기 손을 차갑고 여윈 얼굴로 주시했다. 그의 꼭 다문 입과 한껏 집중한 눈은 차갑고 딱딱하게 굳어 있었다. 그래, 정말 강인한 놈이로군. 헌은 생각했다.

이제 상륙정은 큰 파도를 비스듬히 헤치며 방향을 바꾸었다. 상륙정이 파도에 부딪치자 헌은 받침대를 잡은 손에 힘을 주었다.

브라운 병장에 대해서는 조금 아는 바가 있었다. 브라운은 끝이 뭉툭한 코와 주근깨와 밝은 갈색 머리를 가진, 소년 같은 느낌의 병사였다. 그는 담배 연기 자욱한 광고 회의와 숙취의 결과로 기분 좋게 탄생했을 법한 전형적인 미군의 모습을 하고 있었다. 브라운은 좀 더 작고 좀 더 뚱뚱하고 허용치 이상으로 쓰디쓴 표정을 하고 있었지만 광고에 등장하는 미소 띤 병사들의 모습과 닮아 있었다. 헌은 사실 이상한 얼굴이라고 생각했다. 가까이에서 보면 브라운의 피부에는 열대성 종기들이 있었고 눈빛은 생기 없이 멍했고 얼굴에는 주름이 자리 잡기 시작하고 있었다. 그는 깜짝 놀랄 정도로 늙어 보였다.

하긴 고참병치고 늙어 보이지 않는 병사는 없었다. 고참병들은 쉽게 골라낼 수 있을 정도였다. 갤러거는 어쩌면 늘 그런 모습이었을지도 모르나 소대에 온 지 꽤 된 병사였다. 다른 병사들보다 약하고 예민해 보이는 마르티네즈도 있었다. 그날 아침 헌과 이야기하는 동안, 그의 섬세한 얼굴은 초조한 빛을 드러냈고 눈은 쉼 없이 깜박였다. 언뜻 보기에는 제일 먼저 낙오될 인물 같았지만, 그래도 그는 필시 뛰어난 병사일 터였다. 뛰어나지 않다면 멕시코인이 분대장이 됐을 리 없다.

윌슨이 있었고, 또 모두가 '레드'라고 부르는 병사도 있었다. 헌은 발젠(레드)을 눈여겨보았다. 얼굴이 울퉁불퉁한 그 병사는 거칠고 분노로 벌겋게 달아오른 것 같은 인상 때문에 푸른 눈이 유난히 두드러져 보였다. 모든 것이 과연 자기가 생각한 대로 역겹다는 듯이 그의 목쉰 웃음소리에는 냉소가 어려 있었다. 헌의 말 상대가 될 만한 인물로 보였지만, 접근하기가 쉽지 않을 것 같았다.

전체적으로 말해서, 그들은 서로에게 무언가를 더해 주었고, 그래서 한 사람씩 떨어져 있을 때보다 더 다루기 어렵고 비열해 보였다. 병사들이 있는 아래 칸에서, 침대 위에 누워 있는 그들의 얼굴만이 유일하게 살아 있는 것처럼 보였다. 그들이 입은 녹색 작업복은 낡아서 색이 바랬고, 상륙정의 뱃전은 갈색으로 녹슬어 있었다. 색깔을 지니거나 움직임이 있는 것은 살아 있는 그들의 얼굴뿐이었다. 헌은 피우던 담배를 던졌다.

왼쪽으로 800미터도 안 되는 거리에 아노포페이 섬이 있었다. 이 지점은 해변이 좁아서 야자수가 거의 물가까지 자라고 있었다. 그 뒤로는 관목이 있고 뿌리와 덩굴과 풀, 나무와 나뭇잎들이 빽빽이 얽혀 있었다. 내륙 쪽으로는 구릉들이 대지 위에 무겁게 자리 잡고 있었는데, 그 능선들은 숲에 파묻혀 보이지 않았다. 구릉들의 능선은 매끄럽게 이어진 것이 아니라 마치 여름에 털갈이를 하는 들소의 가죽처럼 암석이 민머리처럼 드문드문 드러나 있어 보기가 흉했다. 헌은 그 섬의 무게와 저항을 느꼈다. 내일 상륙하는 곳의 지형도 여기와 비슷하다면 그곳을 통과하는 일은 지옥 같은 과정이 될 터였다. 갑자기 이번 수색 작전의 발상이 조금은 터무니없는 것처럼 생각되었다.

순간 그는 상륙정 모터의 지속적이고 단조로운 소리를 다시 의식했다. 그에게 이 일을 맡긴 사람은 커밍스였다. 따라서 그가 수색 작전의 임무와, 이 작전을 제안한 커밍스의 동기를 불신하는 것도 무리는 아니었다. 커밍스가 그를 실수로 전출시켰으리라는 건 상상하기 힘들었다. 헌이 차라리 전출되기를 바랐다는 걸 장군이 몰랐을 리 없었다.

어쩌면 그를 전출시키기로 한 결정이 댈리슨에게서 나왔을 수도 있지 않을까? 헌은 그렇지 않을 거라고 생각했다. 커밍스가 댈리슨에게 그런 생각을 교묘하게 심어 주는 장면이 쉽게 상상이 됐다. 이번 수색 임무는 장군이 그를 소색 소대에 배치한 동기의 연장일 가능성이 컸다.

그러나 그것은 좀 지나친 억측 같았다. 커밍스가 자기에게 깊은 앙심을 품고 있다는 것은 그도 이미 알았다. 그렇다고 커밍스가 사소한 보복을 위해 일 개 소대를 일주일이나 허비할 리는 없었다. 쓸데없이 자원을 낭비하기에는 커밍스는 너무도 철저한 군 전략가였다. 그가 이번 수색을 효과적인 작전이라고 생각한 건 분명했다. 다만 헌의 마음에 걸리는 것 하나는 장군이 자신의 동기를 의식하지 못했을 수도 있다는 점이었다.

사람의 발길이 한 번도 닿은 적 없는 정글과 구릉지를 50~60킬로미터나 행군하고, 산간 계곡을 지나 일본군 후방을 정찰한 뒤 돌아온다는 건 조금 믿기 어려운 일이 분명했다. 신중히 생각하면 할수록 어려운 임무라는 생각이 들었다. 물론 그는 경험이 없었다. 사실 이 임무는 그가 어림하는 것보다 쉽게 완수될 수도 있었다. 그러나 아무리 좋게 보아도, 이것은 전망이 불투명한 임무임에 틀림없었다.

그렇게 생각하니 하나의 소대를 맡은 데서 오는 만족감이 조금은 꺾이는 기분이었다. 커밍스의 동기가 무엇이었든, 소대장으로 임명되는 것은 헌이 가장 원했던 일이었다. 그는 임무에 따르는 괴로움과 위험, 그리고 결국은 피할 수 없는 환멸을 다 예견했다. 그러나 적어도 이번 일은 능동적인 행동을 의미했다. 몇 달 만에 처음으로, 그가 단순하고 정직하게 원하는 일들이 다시 일어난 것이다. 이번 임무를 잘 완수한다면, 그리고 원하는 성과를 얻는다면, 그는 소대원들과 모종의 유대감을 형성할 수 있을 것이다. 우수한 소대의 일원이라는 유대감.

그런 말이 떠오른 것은 다소 뜻밖이었다. 그것은 너무도 순진하고 이상적인 태도였다. 다른 틀 속에 넣어진 순간 그것은 너무나 우스운 것이 될 터였다. 우수한 소대라……. 어떤 점에서 우수하다는 말인가? 자신이 경멸하는 조직에서 다른 소대보다 좀 더 나은 성과를 낸다는 점에서 우수하다는 말인가? 커밍스는 이미 그에게 조직의 결속력이라는 게 어떤 것인지를 드러내 보여 준 적이 있다. 아니면 그의 소대, 자기 자식 같은 집단이라는 점에서인가? 그건 사유 재산의 개념이었다. 그는 자신에게 그런 성향이 있다는 점을 감지할 수 있었다. 가족주의! 그는 씩 웃었다. 사실을 말하자면 그는 모든 것이 지급되지만 결코 소유되지는 않는, 커밍스가 말하는 전적으로 새로운 사회에 적응할 준비가 되어 있지 않았다.

어쨌든 그는 나중에라도 자신의 동기를 알아볼 생각이었다. 지금은 그렇게 하는 게 최선임을 그는 직관적으로 알았다. 그는 소대원들 대부분에 대해 바로 본능인 호감을 느꼈다. 그리고 자신도 놀란 일이지만, 소대원들도 자기를 좋아해 주길 바랐다. 심지어 그는 다른 장교들과 아버지에게서 무의식중에 배운 수법을 동원하여 자기가 좋은 사람이라는 암시를 넌지시 던지기까지 했다. 미국인을 상대할 때, 반발을 불러일으키지 않고 환심을 사는 방식은 따로 있다. 가깝게 지내되, 위험할 정도로 가깝게 지내지는 않는 것이다. 그리고 자신의 영향력에서 결코 완전히 벗어나게 두지 않는 것이다. 그것이 겉으로는 친구 노릇을 하면서도 본질적으로는 여전히 남남일 수 있는 하나의 수법이었다. 그러나 헌은 그보다는 좀 더 관계를 진전시키고 싶었다.

그런 심리의 핵심은 무엇일까? 커밍스가 틀렸다는 것을 입증하려는 것일까? 헌은 잠시 그 문제를 생각하다가 그냥 흘려 보냈다. 자아 성찰 따위가 무슨 소용이란 말인가. 더 많은 것을 알아내기 전에는 아무리 혼자 막연히 생각해 봐야 얻을 수 있는 것이 없었다. 이제 막 소대에 배치된 사람이 무언가에 대해 판단을 내린다는 것은 무모한 일이었다.

그의 바로 아래쪽에서는 레드와 윌슨이 나란히 침대에 누워 이야기를 나누고 있었다. 그는 충동적으로 병사들이 있는 곳으로 내려갔다.

그가 윌슨을 보고 고개를 끄덕였다. "설사는 좀 어떤가?" 한 시간 전쯤, 윌슨은 다른 소대원들이 웃는 가운데 상륙정의 뱃전 위에 기어올라 엉덩이를 배 바깥으로 내밀고 설사를 했었다.

"아, 견딜 만합니다, 소위님." 윌슨이 한숨을 쉬었다. "내일까지는 낫기를 바라야죠."

발젠이 콧방귀를 뀌었다. "진통제 1리터 먹어서 안 낫는 병 없어."

윌슨이 고개를 저었다. 그러다 갑자기 무슨 생각이 떠올랐는지 순하게 생긴 얼굴에 걱정스러운 표정이 어렸다. 그 표정은 그의 부드러운 이목구비와 어울리지 않았다. "그 멍청한 군의관의 진단이 빗나가서 수술을 받지 않아도 된다면 좋겠어요."

"어디가 안 좋은가?" 헌이 물었다.

"몸속이 엉망진창이랍니다, 소위님. 고름이 꽉 찼대요. 군의관 말이 칼로 고름을 잘라 내야 한답니다." 윌슨이 고개를 저었다. "정말 이해할 수가 없어요." 그가 한숨을 쉬었다 "임질엔 여러 번 걸려 봤지만 그때마다 쉽게 고쳤거든요."

상륙정이 끊임없이 밀려오는 파도에 부딪치면서 철썩철썩 소리를 냈다. 윌슨이 갑작스러운 통증에 입술을 깨물었다.

레드가 담배에 불을 붙였다. "의사란 놈들의 말을 어떻게 믿어……." 그가 잠시 서 있다가 뱃전 너머로 침을 뱉었다. 그러고는 자기가 뱉은 침이 순식간에 항적의 거품 속에 빨려 들어가는 광경을 지켜보았다.

"의사들이 하는 일이라곤 알약 한 개 주고 어깨 한 번 툭 쳐 주는 게 단데 뭘. 그나마도 군대에선 알약 하나 주는 걸로 끝나지."

헌이 웃었다. "경험에서 하는 말인가, 발젠?"

그러나 레드는 대꾸하지 않았다. 잠시 후 윌슨이 다시 한숨을 쉬었다 "오늘 출동하는 게 아니었으면 했는데. 전 해야 할 일이 있으면 뭐든 그냥 합니다. 작업이든, 이런저런 다른 일이든 상관 않지요. 다만 이렇게 몸이 아플 때 출동해야 한다는 게 싫을 뿐이에요."

"뭐, 곧 괜찮아질 걸세." 헌이 가볍게 말했다.

"저도 바라는 바입니다, 소위님." 윌슨이 고개를 끄덕였다. "저는 꾀를 부리지는 않습니다. 아무한테라도 물어보십시오. 앓아누워 골골대느니 차라리 일을 하는 편이 낫거든요. 그런데 요즘 와서는 통 기운을 차릴 수가 없어요. 전에 하던 일도 이제는 힘에 부칩니다." 그가 길고 넓적한 손가락 한 개를 헌에게 흔들어 보였다. 헌은 그의 손목에 난 적갈색 털이 햇빛을 받아 반짝이는 것을 보았다. "지난 일주일 동안은 제가 꾀를 좀 부렸을지도 모릅니다. 그 때문에 크로프트에게 내내 잔소리를 들었지요. 같은 소대에서 이 년이나 같이 지낸 동료가 꾀를 부린다고 들들 볶아 대니 아주 죽을 맛입니다."

레드가 콧방귀를 뀌었다. "걱정 마, 윌슨. 내가 저 공병 새끼한테 배 좀 얌전히 몰라고 할 테니." 상륙정 조타수는 공병 중대 소속 병사였다. "네가 편안히 누워 있을 수 있게 말이야." 무언가 비위가 상하는 듯 빈정거리는 말투였다.

헌은 문득 자기가 그들에게 말을 건넨 이후로 발젠이 자기에게 직접 말을 한 적이 한 번도 없음을 깨달았다. 그리고 윌슨은 왜 그런 말을 내게 털어놓은 것일까, 빠져나갈 구멍을 만들어 놓으려는 것일까 하는 생각을 했다. 그러나 헌은 그렇게 생각하지 않았다. 헌이 아닌 스스로에게 무언가를 납득시키려 하는 듯 윌슨의 말투는 먼 곳을 맴돌고 있었다. 윌슨은 헌을 의식하지 않았다. 그리고 발젠은 헌에게 반감을 갖고 있는 것 같았다.

뭐, 아무려면 어때. 헌은 억지로 호감을 요구할 생각은 없었다. 그는 기지개를 켜고 하품을 하고 나서 말했다. "너무 염려하지 말게."

"알겠습니다, 소위님." 윌슨이 중얼거렸다.

레드는 아무 말도 하지 않았다. 그는 여전히 시무룩하고 짜증이 난 얼굴로 조타실 출입문으로 도로 올라가는 헌을 차갑게 지켜보았다.

참호용 단검을 다 갈고 난 크로프트는 헌과 윌슨이 이야기를 나누는 동안 뱃머리의 지붕이 있는 곳으로 갔다. 마침 기회라고 생각한 스탠리가 그의 옆으로 왔다. 바닥은 젖었으나 뱃머리 쪽이 위로 살짝 들린 모양새였기 때문에 그곳에서 이야기를 나누면 기분이 아늑하기까지 했다. 뱃머리를 넘어 들어오는 파도의 물보라가 선미 쪽으로 흘러가 바닥에 물이 괴지도 않았다.

스탠리가 급하게 말을 이었다. "도대체 뭣 때문에 우리한테 장교를 박아 넣은 거야? 누가 너보다 소대를 잘 통솔한다고? 겨우 구십 일 훈련받고 소위가 된 작자를 붙일 게 아니라 널 임관시켰어야지."

크로프트는 어깨를 으쓱했다. 헌이 소대에 배치된 것은 그 역시 인정하고 싶지 않을 만큼 충격적인 사건이었다. 너무도 오랜 시간 소대를 지휘해 온 터라 자기 위에 상관이 있다는 것이 좀처럼 실감이 나지 않았다. 헌이 온 그날 하루 동안에도, 크로프트는 몇 번이나 명령을 내리려다가 이제는 자신이 소대장이 아니라는 사실을 스스로에게 상기시켜야 했다.

헌은 그의 적이었다. 스스로 명확히 인식하지는 않으면서도 그런 태도는 크로프트가 하는 모든 행동에 은연중에 나타났다. 그는 헌이 전속하게 된 것은 헌 자신의 책임이라고 무작정 믿었고, 그래서 본능적으로 헌에게 앙심을 품었다. 그러나 문제는 그렇게 단순하지 않았다. 너무도 오랫동안 군대의 명령 체계에 의거하여 살아온 터라 그는 자기가 헌에게 적개심을 느낀다는 사실을 인정할 수 없었다. 명령에 반감을 갖고 그것을 이행하기를 꺼리는 것은 크로프트가 생각할 때 비도덕적인 태도였다. 게다가 헌의 전속 건에 관해 그가 할 수 있는 일은 아무것도 없었다. "어쩔 수 없을 때는 닥치고 있어라." 이것은 그의 몇 안 되는 신조 가운데 하나였다.

그는 스탠리의 말에 대꾸를 하지는 않았으나, 그의 말이 마음에 들었다.

"내가 인간성이라는 걸 좀 알거든." 스탠리가 말했다. "나는 상부에서 내려보낸 소위 따위보다는 네가 이번 수색 임무를 지휘하는 게 낫다고 생각해."

크로프트가 침을 뱉었다. 스탠리는 똑똑한 놈이었다. 물론 아첨꾼인 건 사실이지만, 그 점 말고 다른 게 모두 괜찮다면 굳이 그를 싫어할 이유는 없었다. "그러게." 그가 맞장구를 쳤다.

"이번 수색 임무만 해도 그래. 이게 어디 만만한 일이야? 우린 경험 많고 노련한 사람이 필요하다고."

"이번 수색 작전을 어떻게 생각해?" 크로프트가 조용히 물었다. 바닷물이 머리 위로 튀어 오르자 그는 몸을 홱 굽혀 피했다.

스탠리는 이 임무에 대해서는 불만이 없다고 말해야 크로프트가 좋아할 거라고 생각했다. 그러나 신중해야 했다. 소대원 가운데 아무도 마뜩해하는 사람이 없는데 자기 혼자 열의를 보이면 크로프트의 의심을 살 것이 빤했다. 스탠리는 열심히 손질을 하는데도 여전히 성기고 고르지 않은 코밑수염을 만지작거렸다. "글쎄, 어차피 누군가 해야 할 일이면 우리가 할 수도 있는 거 아냐? 솔직히 말할게, 샘." 그가 과감하게 말을 던졌다. "나한테서 이런 말이 나오는 게 우습게 들릴지도 모르겠지만, 난 우리가 이 일을 맡은 것에 대해서는 불만 없어. 할 일 없이 빈둥거리다 보면 지겨워져서 무슨 일이건 하고 싶어지거든."

크로프트가 턱을 만지작거렸다. "그렇게 생각해?"

"아무한테나 그렇게 말하진 않겠지만, 그래, 난 정말 그렇게 생각해."

"그렇군." 스탠리는 반은 의도적으로 크로프트가 가지고 있는 기본적인 열망을 기분 좋게 자극한 것이었다. 한 달 동안을 노역과 대수롭지 않은 정찰 활동으로 보내고 나니, 크로프트는 뭔가 일다운 일이 하고 싶어 좀이 쑤시던 차였다. 그리고 중요한 수색 임무라면 어떤 것이든 구미가 당겼을 것이다. 그런데 이번 일은…… 구미가 당기는 것 이상이었다. 그는 이번 작전의 구상에 깊이 감명을 받았다. 내색은 하지 않았으나, 그는 어서 작전에 돌입하고 싶어서 초조할 지경이었다. 오후 내내 그는 머릿속에서 가능한 이동 경로들을 궁리하고 지형을 다시 검토해 보고 있었다. 소대가 가게 될 오지에 관한 자료는 항공 사진 한 장이 전부였지만, 그는 그 내용을 완전히 숙지한 상태였다.

그런데 소대와 이번 수색 작전을 지휘하는 사람이 자기가 아니었다. 다시 한 번 그 사실을 깨닫고 그는 기분이 언짢아졌다.

"그래, 이번 작전은 훌륭해." 크로프트가 말했다. "이런 작전을 생각해 내다니 커밍스 장군은 머리가 좋은 사람이야."

스탠리가 고개를 끄덕였다. "자기라면 더 잘할 수 있다고 큰소리치는 인간은 많지만, 장군처럼 어려운 일을 맡은 사람은 드물지 않겠어?"

"그건 그렇지." 크로프트가 말했다. 그는 잠시 시선을 다른 곳으로 돌렸다가 스탠리의 옆구리를 찔렀다. "저기 좀 봐." 그는 헌과 이야기를 나누는 윌슨을 보면서 가벼운 질투를 느꼈다.

스탠리가 자기도 모르게 크로프트의 말투를 따라 했다. "윌슨이란 놈, 소위의 비위를 맞추는 걸까?"

크로프트는 조용히 싸늘하게 웃었다.

"제기랄, 알 게 뭐야. 저 녀석 요즘 꾀만 부리잖아."

"과연 정말 아픈 걸까?" 스탠리가 의심스럽다는 듯 말했다.

크로프트가 고개를 저었다. "윌슨은 도대체 믿음이 안 가는 놈이야."

"나도 그렇게 생각해." 스탠리는 기분이 좋았다. 브라운은 크로프트와는 아무도 친해질 수 없다는 말을 입에 달고 살았지만, 그건 브라운이 요령이 없기 때문이었다. 크로프트도 괜찮은 인간이었다. 접근하는 방법만 잘 선택하면 될 일이었다. 자기보다 선임인 하사와 가까워질 수 있다면 그거야말로 바람직한 일이었다.

그런데도 스탠리는 크로프트와 이야기하는 내내 긴장하고 있었다. 소대에 온 후 처음 몇 주 동안 그는 브라운에 대해서 그와 같은 태도를 취했었다. 그렇지만 지금은 그 대상이 크로프트로 바뀌어 있었다. 스탠리는 어떤 목적이 없이는 크로프트에게 말을 건네는 법이 없었다. 그러나 그것은 저절로 그렇게 된 것이었다. 크로프트의 의견에 동의하는 것이 유리하다는 생각을 의식적으로 한 적은 없었다. 그리고 그 순간에는 자기가 하는 말이 정말이라고 믿었다. 머리가 말보다 빠르게, 그리고 더 효과적으로 움직였기 때문에 스탠리는 자기 입에서 나오는 말에 더러 놀라기도 했다. "그래, 윌슨은 이상한 놈이야." 그가 중얼거렸다.

"그래."

그런데도 스탠리는 잠시 마음이 무거웠다. 크로프트와 너무 늦게 가까워진 건지도 모른다는 생각이 들었던 것이다. 소위가 소대에 온 지금, 크로프트와 친해 봐야 무슨 소용이겠는가? 그가 헌을 싫어하는 이유는 크로프트가 장교로 임관되면 자기가 그의 후임이 될 수도 있지 않을까 하는 바람 때문이기도 했다. 그는 소대 선임 하사로 마르티네즈나 브라운은 상상할 수 없었다. 실제로 소대 선임 하사로 만족할 수 없다는 바로 그 이유 때문에 그의 야심은 모호했다. 스탠리는 딱히 한 가지 목표를 설정한 적이 없었고, 그래서 언제나 꿈이 막연했다.

사실 크로프트와 스탠리는 이야기를 주고받는 사이에 서로에게서 비슷한 점을 발견했다. 그것이 두 사람을 더욱 가깝게 해 주었다. 크로프트는 스탠리에게 가벼운 애정을 느꼈다. 스탠리라는 녀석, 나쁘지 않은데. 그는 생각했다.

상륙정이 몇 번 파도를 타자 발밑의 갑판이 흔들렸다. 해가 기울면서 하늘이 구름에 가려지기 시작했다. 한기도 약간 느껴졌다. 두 사람은 가까이 다가서서 담배에 불을 붙였다.

갤러거가 뱃머리 쪽으로 올라와 있었다. 그는 두 사람 옆에 조용히 서서 뼈만 남은 몸을 약하게 떨었다. 그들은 상륙정 바닥에서 출렁이는 물소리에 귀를 기울였다. "더웠다 추웠다 하는군." 갤러거가 중얼거렸다.

스탠리가 그에게 미소를 지어 보였다. 갤러거를 대할 때는 아내를 잃은 걸 감안해서 행동할 필요가 있다고 생각했다. 그리고 그 때문에 비위가 상했다. 기본적으로 그는 자기를 불편하게 하는 갤러거에 대해 경멸감과 불쾌감을 느꼈다. "기분은 어때?" 그럼에도 스탠리는 갤러거에게 말을 건넸다.

"괜찮아." 그러나 갤러거는 기분이 우울했다. 잿빛 하늘을 보니 마음이 슬펐다. 메리가 죽은 후로 그는 날씨의 변화에 유난히 민감했고, 금방이라도 눈물이 날 것 같은 우울한 기분에 젖어 들 때가 많았다. 무언가를 하고 싶은 의욕도 거의 없었고, 그렇다고 딱히 한스럽거나 비통한 것도 아니다. 화가 난 듯 보이는 표정은 여전했고, 간혹 울화가 치밀어 욕설이 터질 때도 있었지만, 레드와 윌슨, 그리고 그 밖의 한두 사람은 그에게 일어난 변화를 눈치챘다. "그래, 난 괜찮아." 그는 한 번 더 중얼거렸다. 스탠리의 동정에 짜증이 났다. 그것이 거짓이라는 것을 감지했기 때문이다. 갤러거에게도 이제 직관이라는 게 좀 생겼다.

내가 왜 이 두 사람 옆으로 온 걸까 하는 생각이 들었다. 침대로 돌아갈까 싶기도 했지만 이쪽이 덜 추웠다. 뱃머리가 발밑에서 기울며 올라갔다가 다시 내려오면서 물을 철썩 때렸다. 갤러거가 짜증스럽게 신음을 뱉었다. "언제까지 정어리처럼 여기 처박아 두겠다는 거야?"

크로프트와 스탠리는 잠시 아무 말 않다가 다시 수색 작전에 관해 이야기를 나누었다. 갤러거는 화가 난 채로 귀를 기울이다가 불쑥 말을 던졌다. "이 염병할 일이 어떤 일인지 알아? 돌아올 때 이 빌어먹을 머리통이 온전히 붙어 있으면 다행일 거야." 이 말을 입 밖에 내고 그는 곧 뉘우쳤다. 그 뉘우침에는 두려움이 섞여 있었다. 욕지거리는 하지 말아야겠다고 생각했다. 마지막 편지가 온 후 지난 일주일 반 동안 갤러거는 새 사람이 되려고 노력했다. 불경스러운 말을 입에 담는 것은 죄받을 일이라고 믿었고, 자기에게 또 천벌이 내리지나 않을까 두려워했다.

수색에 관한 이야기를 듣고 있자니 겁이 난 데다, 욕설을 한 것에 대한 뉘우침이 두려움을 가중시켰다. 갤러거는 또 한 번 시체가 되어 들판에 누워 있는 자신의 모습을 상상했다. 등골을 타고 뜨거운 피가 왈칵 흘러내리는 느낌이 들었다. 따끔거리고 아팠다. 크로프트가 사살한 일본군 병사의 시체가 구덩이 위에 누워 있는 광경이 눈에 선했다.

스탠리는 그의 말을 못 들은 체했다. "그 협곡을 통과하지 못하면 어떻게 하지?" 소대를 지휘해야 할 사태가 벌어질지도 모르니 이런 건 다 알아 둬야겠다 싶었다. 어떤 불상사가 일어날지 그것은 아무도 예측할 수 없는 일이었다. 그는 능숙하게 거기서 생각을 멈추고 그런 일들은 마치 진공(眞空)의 공간에서 벌어지는 일처럼 하나의 완벽히 동떨어진 사건이라고 상상했다. 그리고 누가 죽지나 않을까 하는 생각을 억지로 머릿속에서 떨쳐 냈다.

"충고 한마디 하지." 크로프트가 말했다. 그의 입에서 그런 말이 나오는 게 어쩐지 이상했다. 그는 남에게 충고를 하는 일이 거의 없었다. "군대에서는 한 가지 방법으로 안 되는 일은 다른 방법으로 해야 해."

"그럼, 너 같으면 산을 넘겠나?"

"소대장은 내가 아니라 소위야."

스탠리가 얼굴을 찌푸렸다. "제기랄." 크로프트와 함께 있을 때면 자기가 어리다는 생각이 들었으나, 그는 그걸 굳이 숨기려 하지 않았다. 어떤 구체적인 이유가 있는 건 아니지만, 지나치게 건방져 보이지 않는 편이 크로프트의 환심을 사는 덴 더 유리하다고 생각했던 것이다.

"하지만 내가 소대장이라면 그렇게 하겠어." 크로프트가 덧붙였다.

갤러거는 두 사람의 말을 건성으로 듣고 있었다. 두 사람이 수색에 관해 이야기하는 걸 들으니 기분이 상했다. 사실 그의 머릿속엔 온갖 금기가 가득했다. 전투 이야기를 하는 것은 왠지 불길하다는 생각이 들었다. 그는 여전히 우울했고, 이번 수색 임무를 피로와 위험과 불행의 우울한 전망 속에서 바라보았다. 이러한 감정들이 끓어올라 자기 연민으로 변하면서 그의 눈에 눈물이 맺혔다. 그는 그것을 억누르느라 화가 난 목소리로 스탠리에게 말했다. "무슨 구경거리라도 생길 것 같아? 머리통을 날리지만 않아도 다행일걸." 그는 또다시 불경한 욕설을 내뱉으려다 간신히 참았다.

이번에는 두 사람도 그의 말을 마냥 무시할 수만은 없었다. 순간 스탠리는 미네타가 부상을 당했던 그 우발적이고, 거의 우스꽝스럽기까지 했던 상황을 떠올렸고, 그때 느꼈던 감정을 괴롭게 되씹었다. "거참 말 많네." 그가 갤러거에게 말했다.

"그래서 어쩔 건데?"

스탠리가 갤러거 앞으로 몇 발짝 다가가다가 멈춰 섰다. 자기보다 훨씬 작은 갤러거와 싸워 봐야 자랑이 될 건 없었다. 더욱이 갤러거와 싸운다는 건 왠지 불구자와 싸우는 것과 다름없다는 생각이 들었다.

"잘 들어, 갤러거, 그러다 어디 부러질 수도 있어." 그는 자기가 내뱉은 말이 아노포페이 해안에 상륙한 날 아침에 레드에게서 들은 말이라는 사실을 미처 깨닫지 못했다.

"아, 젠장." 그러나 갤러거는 움직이지 않았다. 그는 스탠리가 두려웠다.

크로프트는 무심하게 그들을 지켜보았다. 그 역시 갤러거의 말에 신경이 쓰였다. 그는 일본군의 도강 공격을 한시도 잊은 적이 없었다. 집채만 한 파도가 자기를 덮치려 하는데 자기는 그 밑에서 꼼짝달싹 못하고 누워 있는 꿈을 꾼 적도 있었다. 그 꿈을 딱히 일본군의 야습과 연결 지어 생각해 본 적은 없지만, 그것이 자기의 약한 면을 의미하는 것임은 본능으로 느꼈다. 갤러거 때문에 마음이 어지러워진 그는 잠시 자기의 죽음을 의식적으로 생각해 보았다. 이따위 어리석은 생각이나 하다니, 하고 그는 자신을 꾸짖었다. 그러나 그 생각을 단번에 떨쳐 버리지는 못했다. 크로프트는 죽음을 언제나 자연스러운 이치라고 생각했다. 소대나 중대에 전사자가 생길 때마다 그는 그 죽음이 마치 불가피한 일인 양 냉혹하고 차분한 만족감을 느끼곤 했다. 지금 그의 마음이 괴로운 것은 그 운명의 수레바퀴가 자기를 향해 굴러오고 있다는 생각 때문이었다. 크로프트는 레드나 브라운처럼 비관론과 운명론이 뒤섞인 감정 같은 건 느끼지 않았다. 전투에 오래 참가할수록 살아남을 가능성이 희박해진다고도 믿지 않았다. 그는 사람이 죽고 사는 건 운명이 결정한다고 믿었고, 언제나 자기 자신은 당연히 예외라고 생각했다. 그러나 이젠 그런 확신이 없었다. 한순간 불길한 예감이 들었다.

싸움이 시작되기도 전에 끝나자, 그들은 갑판의 얇은 철판 밑으로 나른하고 심술궂은 바다의 위력을 느끼며 말없이 뱃머리 쪽에 서 있었다. 레드가 그 자리에 합류했다. 다들 물보라를 피하느라 구부린 자세로 서서 이따금 몸을 떨었다. 스탠리와 크로프트는 다시 수색 작전에 대해 이야기하기 시작했다. 레드는 막연한 반감을 느끼며 그들의 말에 귀를 기울였다. 등이 계속 쑤셔 대는 통에 짜증이 났다. 상륙정에 바닷물이 철썩 부딪치는 소리가, 좁은 공간에 빽빽하게 들어찬 야전 침대와 병사들이, 그리고 심지어 스탠리의 목소리까지도 그의 기분을 상하게 했다.

"그런데 말이야," 스탠리가 크로프트에게 자기 생각을 털어놓았다. "나도 이번 수색 임무가 마음에 드는 건 아니야. 그래도 경험은 될 테지. 나야 분대장 중에서도 급이 제일 낮지만, 나름대로 본분이 있거든. 경험이 없다면 어떻게 그 책임을 제대로 해내겠어?" 그의 말투는 겸손했다. 사실 레드의 귀에는 지나치게 겸손하게 들렸다. 레드는 비아냥거리듯 코웃음을 쳤다.

"눈 크게 뜨고 정신만 바짝 차리면 돼." 크로프트가 말했다. "소대 놈들 대부분이 빌어먹을 양 떼처럼 땅만 보고 걸으니 말이야."

레드는 혼자 한숨을 쉬었다. 그는 스탠리의 야심을 경멸했다. 그러나 그런 태도 밑바탕에는 그 자신도 부분적으로만 인지하고 있는 어떤 불편함이 자리하고 있었다. 비록 정도는 약했지만 질투심을 느꼈던 것이다. 이런 모순을 인식하자 기분이 우울했다. 아아, 인간이란 누구나 마음을 좀먹는 고민 같은 것을 안고 살지, 라고 그는 생각했다. 하지만 그렇게 고민해 본들 무슨 소용이란 말인가? 그는 앞으로도 스탠리가 진급에 진급을 거듭하는 꼴을 볼 수밖에 없을 것이다. 그에 반해 자기는 결코 행복해질 일이 없을 것이다. 누구든 배에 총알만 맞지 않으면 운이 좋은 거다. 등의 피부가 죄어드는 것 같아, 그는 자기도 모르게 돌아서서 뱃머리의 노출된 철판 벽을 보았다. 땅바닥에 쓰러져 속수무책으로 일본군 병사의 손에 죽기만을 기다리던 그날 이후로, 그의 마음속에서는 불안감이 자꾸만 되살아났다. 밤중에 화들짝 놀라 깨어 담요 밑에서 몸을 뒤치며 이유 없이 몸을 떤 게 한두 번이 아니었다.

나는 무엇 때문에 분대장이 되고 싶어 하는가? 그는 자문했다. 자기 분대에서 전사자라도 생기면 그 생각을 결코 떨쳐 내지 못할 것 아닌가? 나는 누구한테서도 명령을 받고 싶지 않다. 누구도 내게 명령하는 걸 바라지 않아. 그는 배의 후미 쪽에 서 있는 헌을 보았다. 목구멍으로 은근히 화가 치밀었다. 빌어먹을 장교 놈들. 레드는 콧방귀를 뀌었다. 축구 시합에라도 나가는 줄 아는 대학 출신 애송이들. 저 개새끼는 이렇게 출동하는 걸 좋아하고 있어. 마음속 깊은 곳에서 자신의 목숨을 위태롭게 하는 군대 안의 모든 사람들에 대한 분노가 뜨겁게 끓어올랐다. 우리가 죽어 나자빠진다고 장군이 눈 하나 깜짝할 것 같아? 그저 실험 하나 망쳤다고 생각하겠지. 우리를 실험용 동물로 안단 말이야.

그의 눈엔 스탠리의 꼴이 우습게 보였다. 비웃어 주고 싶은 충동이 끓어올랐다. 결국 그는 불쑥 말을 내뱉고 말았다. "어이, 스탠리, 놈들이 너한테 은성훈장이라도 줄 것 같아?"

스탠리가 곧바로 얼굴을 굳히고 그를 노려보았다. "지랄 마, 레드."

"두고 봐라, 얘야." 레드가 말했다. 그가 큰 소리로 웃으며 갤러거 쪽으로 고개를 돌렸다. "아마 '자주색 똥구멍 훈장'을 받게 될 거다."

"이봐, 레드." 스탠리가 애써 위협적인 말투를 동원했다. 그는 크로프트가 보고 있다는 사실을 의식했다.

"아아." 레드가 콧방귀를 뀌었다. 그는 싸울 생각은 조금도 없었다. 등이 아픈 걸 차치하고라도 몸이 나른하고 힘이 없었기 때문이다. 그는 문득 스탠리도 자기도 아노포페이에서 지낸 몇 달 동안 변해 버린 것을 깨달았다. 스탠리는 전보다 살이 찌고 윤기가 흐르고 자신감이 붙은 듯 보였다. 지금도 계속 성장하고 있는 것이다. 반면에 자기는 지치고 마른 것을 느꼈다. 이 모든 것 때문에, 그의 의구심 때문에, 그의 자존심이 그를 계속하도록 충동질했다. "스탠리, 상대가 되는 사람한테 덤벼야지."

"왜, 넌 갤러거를 믿고 그러는 거냐?"

갤러거는 다시 겁을 먹었다. 그는 싸움에 말려들고 싶지 않았다. 지난 몇 주일 동안 그는 자기 안으로 움츠러들었고 수동적이 되었다. 어쩌다 한 번씩 울화를 터뜨리고 나면 모든 것에 흥미가 사라졌다. 그러나 이번에는 물러설 수 없었다. 레드는 그의 가장 가까운 친구 중 하나였다. "레드라면 굳이 내가 필요치 않지." 그가 중얼거렸다.

"둘 다 나보다 고참이라고 센 척하는 거야?"

"그런 것 같은데." 갤러거가 말했다.

스탠리는 크로프트의 신임을 유지하려면 갤러거를 말로 완벽하게 눌러 줘야 한다는 걸 알았다. 그러나 그럴 자신이 없었다. 전투를 우습게 여기는 레드의 태도가 그의 자신감에 다시 깊은 상처를 입혔던 것이다. 자신이 실제로는 전투를 할 생각만으로도 겁을 먹는다는 사실을 그는 억지로 마주해야만 했다. 그는 숨을 한 번 크게 들이쉬었다. "지금은 시기가 좋지 않다, 레드. 돌아와서 보자."

"좋아, 편지나 보내."

스탠리의 입매가 굳어졌다. 그러나 대꾸할 말이 떠오르지 않았다. 크로프트를 쳐다보았다. 무표정한 얼굴이었다. 그가 결국 레드와 갤러거에게 한 말은 "네놈들이 내 분대에 있었어야 했는데."였다. 이 말에 두 사람은 웃음을 터뜨렸다.

크로프트는 불쾌했다. 그는 싸움을 구경하고 싶은 욕망과 소대를 위해 싸움은 좋지 않다는 판단 사이에서 태도를 결정하지 못하고 있었다. 그는 지금 스탠리에 대해 경멸감을 느꼈다. 분대장이라면 사병들이 버릇없이 기어오르지 못하게 할 줄 알아야 하는데, 스탠리는 어설픈 행동으로 오히려 얕보인 것이다. 그는 뱃전 너머로 침을 뱉었다. "왜들 이래? 벌써 흥분한 거야?" 그가 차갑게 말했다. 아무런 목적 없이 다투는 일은 그를 짜증 나게 할 뿐이었다.

모두들 다시 조용해졌다. 그들 사이의 긴장은 마치 물기 머금은 종이가 그 자체의 무게를 견디지 못하고 찢어지듯 허물어져 버렸다. 크로프트를 제외하고는 모두 다행이라고 생각했다. 그러나 앞으로 있을 수색 작전을 생각하니 다시 마음이 어두워졌다. 그들은 각자 침묵과 내밀한 두려움 속으로 물러났다. 불길한 전조처럼 밤이 조금씩 다가오고 있었다.

저 멀리 섬 위로 우뚝 솟은 아나카 산이 보였다. 산은 아래쪽 정글로부터 비스듬히 호를 그리며 차갑게 높이 솟아올라 그 육중한 몸체를 하늘에 낮게 걸린 구름 속으로 들이밀고 있었다. 산은 충충한 이른 노을빛을 받아, 마치 궁둥이를 푹신한 초록색 잠자리에 파묻은 채 앞발로 침울하게 몸을 일으키는 잿빛의 거대한 늙은 코끼리 같았다. 산은 지혜롭고 힘이 넘쳐 보였고, 그 거대함으로 사람들의 마음에 두려움을 일으켰다. 갤러거는 말로 표현할 수 없는 미감(美感)에 사로잡혀 산에서 눈을 떼지 못했다. 그동안 거쳐 온 혼란과 고난의 삶보다 한층 세련되고 깨끗하고 아름다운 무언가에 대해 그가 항상 견지해 온 관념, 그 환상이 지금 전율과 함께 거의 절정으로 치달아 말이 되어 나오려 하고 있었다. 지금 느끼는 것의 일부나마 말할 수 있을 것 같은 순간이 있었지만, 그 순간은 이내 지나가 버렸고, 그의 곁엔 불안한 기쁨과 황홀함의 메아리만 남았다. 그는 혀로 입술을 핥고 또 한 번 아내의 죽음을 슬퍼했다.

크로프트 역시 강바닥에 잠함[1]이 다시 자리를 잡을 때만큼 깊은, 그리고 본질적인 감동을 느꼈다. 산은 그를 매혹했고, 그 거대함으로 그를 비웃고 위협했다. 지금껏 아나카 산의 모습을 이토록 뚜렷하게 본 적이 없었다. 정글 속에 파묻혀 있으면, 와타마이 산맥의 절벽들이 산의 모습을 가렸던 것이다. 그는 산을 응시하면서, 정상에 올라 그 육중한 무게를 발아래 두는 기분을 알고 싶다는 본능적인 욕망을 느끼며 그 능선을 살폈다. 그것은 강렬한 감정이었다. 그는 헤네시가 죽은 다음이나 자기가 일본군 포로를 죽였을 때 느꼈던 그 두려움과 갈증, 그 야릇하고 독특한 황홀감을 알고 있었다. 처음에 그는 주위의 병사들도 의식하지 못한 채 거의 증오에 가까운 눈으로 뚫어지게 산을 바라보았다. "굉장히 오래된 산이군." 마침내 그는 이렇게 말했다.

레드는 그저 우울하고 막연히 희롱당하는 느낌이었다. 크

---

1) 토목 공사를 할 때 물속에서의 건설 작업용으로 이용되는 콘크리트로 만든 상자형 구조물.

로프트의 말은 그를 기묘하게 괴롭혔다. 그는 별다른 느낌 없이, 거의 무관심하게 산을 바라보았다. 그러나 산에서 시선을 돌렸을 때, 그는 그날 소대원 전원이 저마다 한 번씩은 느낀 두려움을 느끼며 심란한 기분에 빠져들었다. 레드도 다른 소대원들처럼 이번 수색에서 자기의 운이 다하는 것이 아닌가 하는 생각을 하고 있었다.

골드스타인과 마르티네즈는 미국에 관해 이야기했다. 우연히 나란히 놓인 두 침대를 고른 두 사람은 판초를 몸에 걸치고 침대에 누워 오후 시간을 보냈다. 골드스타인은 기분이 매우 좋았다. 그동안 마르티네즈와는 특별히 친한 관계가 아니었으나, 몇 시간 동안 이야기를 나누는 사이에 그와 속내를 털어놓을 만큼 가까운 사이가 된 것이다. 골드스타인은 누군가와 친하게 지낼 수만 있으면 언제나 만족했다. 그는 꾸밈없는 사람으로 언제나 남을 믿었다. 그가 이 소대 생활을 비참하게 여기는 주요 이유 가운데 하나는 누구와의 우정도 오래가지 않는다는 점 때문이었다. 오랜 시간 정답게 이야기를 나눈 사람도 다음 날이면 그를 배신하거나 무시해 버렸다. 도무지 이해할 수 없는 일이었다. 골드스타인에게 사람들은 친구이거나 친구가 아닌 관계였다. 그 외의 관계나 배신 같은 건 이해할 수 없었다. 그는 사람들로부터 끊임없이 배신당한다는 느낌 때문에 비참한 기분에 빠지곤 했다.

그래도 완전히 낙심하는 일은 없었다. 골드스타인은 본질적으로 활동적이고 긍정적인 인물이었다. 마음에 상처를 입거나, 그와 우정을 나눈 사람이 신뢰할 수 없는 인물임을 발견하면, 그는 구석에 틀어박혀 자신의 상처를 어루만졌다. 그러나 대개는 다시 상처를 털고 일어나 활기차게 밖으로 나오곤 했다. 소대 안에서 늘 우정을 거절당하다 보니 그도 약아져서 전보다 언행에 주의를 기울이는 것은 사실이었다. 그러나 주변에 제대로 된 방어막을 치기에는 여전히 정이 너무 많았다. 그래서 누군가가 조금이라도 호의적인 태도를 보여 주면 과거의 서운하고 노여웠던 감정을 다 잊고 다정하고 소박하게 그 우정에 응했다. 지금 그는 마르티네즈를 잘 아는 듯한 느낌이 들었다. 자신의 생각을 말로 표현한다면, 그는 이렇게 혼잣말을 했을 것이다. 마르티네즈, 아주 괜찮은 녀석이군. 말이 좀 없는 편이지만 좋은 친구야. 분대장이라고 거들먹거리지도 않고 말이야.

"미국에서는 말이야, 기회가 아주 많아." 마르티네즈가 말했다.

"그건 그래." 골드스타인이 자기도 그 정도는 안다는 듯이 고개를 끄덕였다. "안정적으로 일할 수 있는 기회도 있지만, 난 남의 밑에서 일하기보단 내 사업을 하겠어."

마르티네즈가 고개를 끄덕였다. "사업을 시작하려면 돈이 많이 들잖아. 나도 많이 고려해 봤던 일이라 잘 알아. 그래도 성공하고 싶다면 스스로 무언가를 개척해 나가야 해. 자기 사업이 있으면 꾸준히 돈이 들어오겠지, 안 그래?"

"그럴 때도 있지."

마르티네즈는 생각에 잠겼다. 돈! 손바닥에 땀이 조금 배었다. 어린 시절 그를 매료시켰던 이시드로 후아니네즈라는 이름의 매음굴 주인이 잠깐 생각났다. 이시드로가 두툼한 돈뭉치를 손에 들고 있던 모습이 떠오르자 그는 몸을 부르르 떨었다. "전쟁이 끝나면 나도 제대할지 몰라."

"물론 그래야지." 골드스타인이 말했다. "너는 머리가 좋고 믿음직한 사람이니까."

마르티네즈가 한숨을 쉬었다. "하지만……." 그는 어떻게 말을 해야 좋을지 몰랐다. 그는 언제나 자기가 멕시코 사람이라는 사실을 언급하기가 껄끄러웠다. 그런 사실을 말하는 것 자체가 자기가 좋은 일자리를 얻지 못하는 것에 대한 책임을 상대방에게 돌리는 격이라 예의가 아니라고 생각했다. 게다가 마음 한구석엔 늘 상대방이 자기를 순수 스페인인으로 알아줄지도 모른다는 엉뚱한 희망이 있었다.

"하지만 난 교육을 받지 못했거든." 그가 말했다.

골드스타인은 안됐다는 듯이 고개를 저었다. "그게 장애가 되는 건 사실이지. 나는 늘 대학에 다니고 싶었어. 대학 졸업장이 없는 게 아쉬울 때도 많아. 하지만 장사를 하는 데는 좋은 머리만으로도 충분해. 나는 장사에서는 정직과 성실이 성공의 열쇠라고 믿어. 진짜 크게 성공한 사람들은 성실함을 통해 그 자리까지 올라간 거니까."

마르티네즈가 고개를 끄덕였다. 큰 부자라면 방이 얼마나 커야 가진 돈을 다 넣어 둘 수 있을까 궁금했다. 고급스러운 옷, 번쩍이는 구두, 수제 넥타이, 서늘한 우아함과 차가운 매력을 지닌 키 큰 금발 미인들의 환영이 머릿속에서 명멸했다. "돈이 많으면 뭐든 하고 싶은 대로 할 수 있지." 마르티네즈가 동경의 표정으로 말했다.

"부자가 되면 난 남을 돕고 싶어. 그리고…… 부자가 되어 좋은 집에서 걱정 없이 사는 게 내 바람이야……. 너, 뉴욕을 알아?"

"아니."

"뭐 어쨌든 뉴욕에는 내가 살고 싶은 교외가 있어." 골드스타인이 고개를 끄덕이며 말했다. "정말 좋은 곳이야. 교양 있고 세련된 사람들이 살지. 나는 내 아들이 나처럼 자라는 건 원치 않거든."

마르티네즈가 알 만하다는 듯이 고개를 끄덕였다. 그는 명확한 신념이나 야심을 가져 본 적이 없었기에, 뚜렷하고 완결된 계획을 가진 사람과 이야기할 때는 언제나 마음이 겸허해졌다. "미국은 좋은 나라야." 그가 진심을 담아 말했다. 한순간 그는 정의로운 애국의 열정을 느꼈다. 학교 교실과 "이 나라는 그대들의 것"을 노래하던 아이들의 환영이 어렴풋이 떠올랐다. 그는 몇 년 만에 처음으로 비행사가 될 생각을 하며, 뭔지 모를 막연한 욕망을 느꼈다. "나는 학교에서 글 읽기를 잘 배웠어." 그가 말했다. "선생님은 내가 똑똑하다고 했지."

"물론 그랬을 거야." 골드스타인이 확신 있게 말했다.

파도가 조금은 잔잔해져서 물보라가 튀는 일도 뜸해졌다. 마르티네즈는 배 안을 둘러보고 병사들의 말소리에 잠시 귀를 기울이다가 다시 한 번 어깨를 으쓱했다. "긴 항해로군." 그가 말했다.

갤러거가 마르티네즈 옆자리에 있는 자기 침대로 돌아와

말없이 드러누웠다. 골드스타인은 마음이 불편했다. 한 달이 넘도록 갤러거와는 말을 섞지 않고 있었다. "아무도 뱃멀미를 안 하다니 놀라운데." 골드스타인이 마침내 입을 열었다. "이런 배로 멀리 항해하는 건 무리야."

"로스하고 와이먼은 뱃멀미를 해." 마르티네즈가 말했다.

골드스타인이 자랑스럽게 어깨를 으쓱였다. "난 뱃멀미 같은 거 안 해. 배 타는 거에 익숙하거든. 롱아일랜드에 돛배를 가진 친구가 있어서, 여름에 그 친구랑 배 타고 많이 나갔었어. 아주 재미있었지." 그는 작은 만과 그 주변의 회부연 모래언덕을 생각했다. "그곳 경치는 정말 좋았어. 아름다운 경치로 치자면 미국을 따라올 나라가 없지."

"그래, 내 말이 그 말이야." 갤러거가 갑자기 비아냥거리듯 한마디 던졌다.

원래 말투가 저런 거겠지. 골드스타인은 그렇게 생각하기로 했다. 무슨 악의가 있어서 저러는 건 아닐 거야. "배 타 본 적이 있어, 갤러거?" 그가 부드럽게 물었다.

갤러거가 한쪽 팔꿈치로 몸을 지탱하며 일으켰다. "그럼, 이따금 찰스 강에서 카누를 탔지. 웨스트 록스버리를 지나서 말이야. 마누라랑 같이 타곤 했어." 그는 그렇게 말하고는 그 말의 의미를 생각해 보았다. 그 순간 그의 안색이 달라지면서 마비라도 된 듯이 얼굴이 굳어졌다.

"아, 미안해." 골드스타인이 속삭이듯 말했다.

"괜찮아." 갤러거는 유대인에게서 동정을 받는 게 싫었다. "상관없어." 그는 별 의미도 없이 한마디 덧붙였다. 그러나 다시 마음이 누그러지면서 자기 연민과 감미로운 비애에 젖어들었다. "이봐," 그가 불쑥 다시 입을 열었다. "너 애 있지?"

골드스타인이 고개를 끄덕였다. "응, 있어." 그가 기다렸다는 듯이 대답했다. "이제 세 살 된 아들 하나. 잠깐만, 사진 보여 줄게." 그는 조금 힘을 들여 돌아눕더니 뒷주머니에서 지갑을 꺼냈다. "잘 나온 사진은 아니야." 골드스타인이 양해를 구했다. "정말이지 이렇게 잘생긴 아이는 드물어. 집에 전문 사진사가 찍은 커다란 사진이 한 장 있는데, 솔직히 그것보다 멋진 사진은 없을 정도야. 상도 탈 만한 사진이지."

갤러거가 사진을 들여다보았다. "그래…… 그래, 정말 귀엽군." 자기 입에서 그런 칭찬의 말이 나오자, 어쩐지 겸연쩍고 어색한 기분이 들었다. 그는 다시 사진으로 시선을 돌려 이번에는 찬찬히 보았다. 한숨이 나왔다. 메리가 죽은 후 꼭 한 번 집으로 보낸 편지에, 아이의 사진을 보내 달라고 적었었다. 그 후 그는 줄곧 초조한 마음으로 사진이 오기만을 기다리는 중이었다. 그것은 그의 삶에서 하나의 중요한 욕구가 되었다. 특별히 할 일이 없을 때면 그는 자기 아이가 어떻게 생겼을까 생각하며 몇 시간을 공상으로 보내곤 했다. 아직 아무 소식도 듣지 못했지만, 그는 자기 아이가 아들일 거라고 믿었다. "정말 귀여운 아이야." 그가 퉁명스럽게 말했다. 그러고는 잠시 침대 가장자리를 만지작거렸다. 그는 겸연쩍은 감정을 극복하고 불쑥 말을 던졌다. "이봐, 아이가 있는 기분이 어때?"

골드스타인은 명확한 정의라도 내리려는 듯이 잠시 고민했다. "음, 그거야 굉장한…… 기쁨이지." 그는 하마터면 유대어로 '노치스'라고 말할 뻔했다. "가슴 아픈 일도 많아. 걱정도 많아지고. 물론 경제적으로도 어려움이 있지."

"그렇겠지." 갤러거가 동감하며 고개를 주억거렸다.

골드스타인은 이야기를 계속했다. 그러나 조심스러운 건 사실이었다. 갤러거는 그가 소대에서 제일 싫어하는 사람이었다. 그런데 그런 갤러거에게 따뜻한 감정과 우정을 느끼다니 이상한 일이었다. 골드스타인은 이교도와 대화를 나누는 유대인으로서 자기를 생각할 때는 언제나 상대방을 의식하지 않을 수 없었다. 때문에 상대방에게 좋은 인상을 남기고 싶은 욕구가 그의 행동 하나, 말 한마디를 크게 좌우하곤 했다. 남들이 자기를 좋아해 주면 그는 만족했지만, 그 만족감의 일부는 그들이 유대인을 좋아한다는 인식에서 온 것이었다. 그래서 그는 갤러거의 비위에 맞는 말만 골라서 하려고 애를 썼다.

그러나 가족 얘기를 하면서, 골드스타인은 자기도 모르게 새삼 상실감과 그리움을 느꼈다. 결혼 생활의 행복을 말해 주는 그리운 이미지들이 머릿속을 떠다녔다. 어느 날 밤 그는 아내와 함께 어둠 속에서 아이가 우렁차게 코 고는 소리에 귀를 기울이며 킬킬거렸다. "아이가 있으니 사는 보람도 느끼는 거지." 그가 진지하게 말했다.

마르티네즈는 자기도 아이의 아버지임을 깨닫고 흠칫 놀랐다. 그는 몇 년 만에 처음으로 로잘리가 아이를 가졌던 일을 떠올렸다. 이제 칠 년쯤 됐나? 팔 년인가? 잘 생각이 나지 않았다. 빌어먹을. 그는 속으로 중얼거렸다. 로잘리에게서 해방된 이후, 그는 줄곧 그녀를 그저 말썽거리, 걱정거리로만 기억했었다.

자기도 아이를 만들었다는 사실에 그는 우쭐했다. 제기랄, 나도 제법이야, 하고 생각했다. 웃음이 터져 나올 것 같았다. 이 마르티네즈님은 아이를 만들어 놓고는 도망쳐 버렸단 말이야. 그런 생각을 하며 그는 마치 개를 못살게 구는 아이처럼 악의적인 즐거움을 느꼈다. 그 아인 어떻게 되었을까? 여잘 임신시키다니. 제기랄! 아이를 가져 불룩해진 배처럼 허영심이 부풀어 올랐다. 그는 자신의 정력과 여자 사로잡는 재주를 곱씹으며 천진한 기쁨을 느꼈다. 아이가 사생아라는 사실이 더욱 자존감을 돋우었다. 어쩐지 그것이 그의 역할을 더욱 황당무계하고 엄청나게 만드는 것 같았다.

그는 골드스타인에게 너그러운, 말하자면 한 수 아래의 사람에게 아량을 베풀 때와 같은 애정을 느꼈다. 이날 오후의 대화가 있기 전에는, 골드스타인을 좀 두려워해서 그와 함께 있는 것이 꽤나 거북했다. 언젠가 한번 두 사람 사이에 논쟁이 벌어졌고, 골드스타인이 그의 의견에 반기를 들고 나선 적이 있었던 것이다. 그런 일이 있을 때마다 마르티네즈는 교사에게 꾸중을 듣고 겁을 먹은 학생처럼 반응하곤 했다. 분대장으로 진급한 후 그는 한 번도 마음이 편했던 적이 없었다. 그런데 지금은 골드스타인의 애정을 흠뻑 받고 있었다. 이제 그는 논쟁이 있던 그날 골드스타인이 자기를 경멸했다고 생각하지 않았다. 골드스타인은 괜찮은 녀석이야. 마르티네즈는 조용히 중얼거렸다.

어느 순간 배의 진동이, 배가 파도를 타며 천천히 전진하는 것이 느껴졌다. 이제는 사위에 어둠이 깃들어 있었다. 그는 하품을 하고 판초 밑에서 몸을 더욱 웅크렸다. 시장기가 조금 돌았다. 그는 휴대 식량을 하나 뜯을까, 아니면 그냥 가만히 누워 있을까를 느긋하게 궁리했다. 수색 작전에 생각이 미치자 겁이 덜컥 나면서 다시 정신이 번쩍 들었다. 휴. 그는 숨을 크게 내쉬었다. 그 생각은 하지 말자. 그 생각은 하지 말자. 그는 혼자 되뇌었다.

그는 문득 갤러거와 골드스타인의 대화가 멈춘 것을 알아차렸다. 고개를 들고 보니, 상륙정의 사병들 거의 전원이 침대 위에 서 있거나 우현의 칸막이벽 위로 얼굴을 내밀고 있었다. "뭘 보는 거야?" 갤러거가 물었다.

"노을을 보는 거겠지." 골드스타인이 말했다.

"노을?" 마르티네즈가 하늘을 쳐다보았다. 하늘은 보기 흉한 잿빛 비구름에 덮여 거의 새카맸다. 그는 일어나서 침대의 양쪽 가장자리에 발을 딛고 서쪽을 응시했다.

저녁놀은 열대 지방에서만 볼 수 있는 강렬함과 화려함으로 장관을 이루고 있었다. 하늘은 비구름에 덮여 수평선 바로 위의 좁은 띠 같은 공간을 제외하고는 온통 새까맸다. 해는 수평선 너머로 사라진 뒤였지만 그 반사광이 하늘과 바다가 맞닿은 곳에서 하나의 채색 띠로 응집되어 있었다. 노을은 항구의 오목하게 들어간 부분처럼 바다 위에 호선(弧線)을 그리고 있었다. 그러나 그 항구는 진홍색과 황금색과 카나리아 초록색의 선명한 잔상을 머금은 이상한 환상의 항구였다. 통통한 소시지 모양의 아주 작은 구름 조각들이 실에 꿰어진 듯 늘어서 있는데, 그것들이 푸른빛이 도는 자주색으로 점점이 채색되어 갔다. 얼마 후 병사들은 상상 속에서나 존재하는 가공의 섬을 보는 듯한 인상을 받았다. 세세한 부분들 하나하나가 다 광채를 발했고 살아 움직이는 것처럼 현실감을 지니고 있었다. 알알이 윤을 낸 금빛 모래가 깔린 해안이 있었고, 이 환상의 해변에 서 있는 나무들은 어스름 속에서 장엄한 자청색(紫靑色)으로 물들어 있었다. 해변은 병사들이 지금껏 보아 온 그 무엇과도 달랐다. 불모의 얼음장 같은 해변 위에 온갖 모양으로 돌출된 바위와 온갖 형태의 곡선을 그리는 모래 언덕이 있었다. 그러나 이 해변은 살아 숨을 쉬었고 따뜻함이 가득했다. 자줏빛 나뭇잎 위로 섬이 분홍빛과 보랏빛 골을 지으며 솟아오르다 마침내는 항구 위에 걸린 구름 속으로 사라졌다. 노을빛에 물든 앞바다는 여름날 저녁 하늘의 선명한 진청색으로 변해 있었다.

그것은 관능적인 섬, 루비색 포도주와 금빛 모래와 쪽빛 나무들이 펼쳐진 성서 시대의 땅이었다. 병사들은 거기에서 시선을 떼지 못했다. 섬은 동양의 어느 군주가 상상한 극락처럼 병사들의 눈앞에 아른거렸다. 병사들은 절실한 동경으로 그에 반응했다. 섬은 그들이 항상 갈망해 오던 온갖 아름다움과 추구해 온 온갖 희열을 구현한 환상이었다. 섬은 병사들이 희망도 긍지도 없이 정글 속에서 묵묵히 보낸 수개월간의 지루하고 쓸쓸한 시간을 잠시나마 해소해 주었다. 주변에 사람들이 없었다면 다들 섬 쪽으로 두 팔을 뻗었을 것이다.

그런 순간은 오래 지속되지 못했다. 서서히, 불가피하게, 해변은 어둠에 잠식되어 사라지기 시작했다. 금빛 모래는 희미해지면서 녹회색으로 변했다가 다시 까맣게 변했다. 섬은 바다 밑으로 가라앉고 밤의 조류가 장미색과 자줏빛 구릉들을 쓸어 갔다. 잠시 후에는 암회색 바다와 어두워진 하늘과 불길한 회백색 항적만이 남았다. 물거품 속에서 인광이 소용돌이쳤다. 죽어 버린 검은 바다는 밤의 거울 같았다. 바다는 차가웠고 두려움과 죽음을 품고 있었다. 병사들은 바다가 그들에게 말없이 공포를 주입시키며 끌어당기는 것을 느꼈다. 그들은 침대로 돌아가 밤을 보낼 준비를 했고 담요 속에서 오랫동안 몸을 떨었다.

비가 내리기 시작했다. 상륙정은 해안에서 겨우 100미터 거리에서 어둠을 뚫고 파도에 흔들리며 힘겹게 전진했다. 눈앞으로 다가온 수색 임무에 대한 두려운 예상이 병사들의 가슴을 내리눌렀다. 바닷물이 애도하듯 뱃전에 부딪쳐 왔다.

2

소대는 이튿날 아침 일찍 아노포페이 섬의 뒤쪽 해안에 상
륙했다. 밤사이 비가 그쳐 새벽 공기가 상쾌했고, 햇빛이 기분
좋게 해변을 내리비쳤다. 병사들은 몇 분 동안 모래 위에서 빈
둥거리며 상륙정이 해안으로부터 후진하여 귀로에 오르는 것
을 지켜보았다. 오 분 후 상륙정은 800미터 밖으로 나가 있었
다. 그러나 눈짐작으로는 실제보다 가까워 보여, 눈부시게 반
짝이는 열대 바다를 헤엄쳐 나아가면 얼마든지 닿을 수 있을
것 같았다. 병사들은 해 질 녘이면 뜨거운 음식이 준비된 안전
한 야영지로 돌아갈 조타수들을 부러워하며 서글픈 마음으로
멀어지는 상륙정을 지켜보았다. 저런 일을 해야 하는 건데, 라
고 미네타는 생각했다.

아침은 화폐 주조소에서 갓 나온 주화처럼 아직도 신선한
광택을 발했다. 한 번도 사람의 발길이 닿은 적 없는 해변에

와 있다는 생각이 들었지만 병사들 중 설렘이나 흥분을 느끼는 사람은 없었다. 그들 뒤에 펼쳐진 정글은 기본적으로는 늘 보던 모습 그대로였다. 가늘고 섬세한 조개껍질이 깔린 해변은 격리된 불모의 땅이었다. 시간이 조금 지나면 햇볕의 열기로 인해 아지랑이를 뿜어 올릴 테지만, 지금은 병사들이 이전에 상륙한 적 있는 여느 해변과 조금도 다를 것이 없었다. 병사들은 모래 위에 길게 드러누워 담배를 피우고 소리 내어 웃기도 하면서 수색 임무가 시작되기를 기다렸다. 햇볕이 병사들의 옷을 아주 흡족하게 말려 주고 있었다.

헌은 약간 긴장하고 있었다. 몇 분 후에는 60킬로미터 거리의 낯선 지대를 행군해야 했는데, 그중 마지막 15킬로미터는 일본군의 후면을 통과해야 했다. 그는 크로프트 쪽으로 돌아앉아 두 사람 사이에 펴 놓은 항공 지도를 다시 한 번 손가락으로 짚었다. "하사, 내 생각으로는 이 강을 따라 가능한 한 멀리 가서,"라는 말과 함께 해변을 따라 몇백 미터 더 내려간 지점의 정글에서부터 흘러나오는 강어귀를 가리켰다. "거기서부터 길을 내어 쿠나이 초원으로 나가는 게 좋을 것 같네."

"제가 보기에도 그 길밖에는 없을 것 같습니다." 크로프트가 말했다. 헌의 판단이 옳았다. 그래서 기분이 더 좋지가 않았다. 그가 턱을 문질렀다. "예상보다 시간이 훨씬 많이 걸릴 겁니다, 소위님."

"그럴지도 모르지." 크로프트와 함께 있으면 왠지 마음이 편치 않았다. 크로프트는 분명 아는 것이 많았지만, 이쪽에서 묻지 않으면 어떤 말도 하려 들지 않았다. 빌어먹을 남부

놈들. 크로프트는 클렐런 같은 놈이었다. 헌이 손가락으로 지도를 튕겼다. 벌써 발바닥의 모래가 뜨거워지는 게 느껴졌다. "정글은 3킬로미터만 통과하면 되네."

크로프트가 시무룩한 표정으로 고개를 끄덕였다. "항공 지도는 믿을 수 없습니다. 이 작은 강을 따라가면 목표 지점에 도달할 수 있을지도 모르지만, 장담은 할 수 없습니다." 그는 모래 위에 침을 뱉었다. "우선 출발을 해서 앞으로 어떻게 되는지 봐야겠죠."

"맞는 말이야." 헌이 음성을 날카롭게 하여 말했다. "출발하자."

크로프트가 병사들을 둘러보았다. "자, 소대원들, 출발이다."

병사들이 배낭을 다시 메고 팔을 굼실거리면서 무게를 배분하여 멜빵이 어깨로 파고드는 아픔을 경감시켰다. 일이 분후 그들은 아무렇게나 열을 지어 모래 위로 무거운 걸음을 옮기기 시작했다. 강어귀에 이르자 헌이 병사들을 정지시켰다. "대원들에게 우리 계획을 대충 설명하게." 그가 크로프트에게 말했다.

크로프트가 어깨를 으쓱하고 나서 짧게 연설을 했다. "이 강을 따라, 갈 수 있는 데까지 가 본다. 엉덩이가 젖는 건 각오하는 게 좋을 거야. 그러니 볼일이 있는 사람은 지금 다 봐 둬." 그가 배낭을 좀 더 추어올렸다. "여기까지는 일본 놈들이 와 있지 않다고 하지만, 그렇다고 빌어먹을 양 떼처럼 땅을 쳐다보며 걸으라는 말은 아니다. 눈을 똑바로 뜨고 있어야 해." 그는 한 사람씩 사병들을 응시하며 그들의 얼굴을 차례로 살폈다. 거의 모두가 그의 시선에 눈을 내리까는 것을 보고 가벼운 만족감을 느꼈다. 그는 잠시 말을 멈추고 무언가 더 할 말이 있지 않은가 생각하는 것 같은 분위기로 입술을 핥았다. "소대장님, 대원들에게 하실 말씀 없으십니까?"

헌이 카빈총의 멜빵을 만지작거렸다. "사실 할 말이 있네." 그가 눈을 가늘게 뜨고 해를 쳐다보았다. 그리고 격의 없는 어조로 말을 시작했다. "난 너희를 모르고 너희는 날 모른다. 어쩌면 날 알고 싶지도 않겠지." 병사들 몇 명이 킬킬 웃었다. 헌이 갑자기 그들을 보고 씩 웃었다. "어찌 됐든 나는 이 소대에서 가장 신입이고 너희에게 맡겨진 몸이다. 너희가 좋아하든 싫어하든 내가 너희 소대장이라는 사실은 변하지 않아. 개인적으로 나는 우리가 잘 지낼 수 있을 거라고 생각한다. 공정을 기하도록 애쓰겠지만 너희가 지쳐 발을 질질 끌 때 내가 계속 전진하라는 명령을 내린다면 너희는 날 미워하게 될 테지. 그래도 할 수 없다. 하지만 그때는 너희 중 누구보다 내가 지쳐 있을 것이고, 그런 명령을 내린 나 자신을 미워할 거라는 점만은 잊지 마라." 병사들이 소리 내어 웃었다. 헌은 잠시 청중을 사로잡은 연사가 된 것 같은 기분이 들었다. 그 만족감은 자신도 놀랄 만큼 강했다. 과연 빌 헌의 아들이군. 그는 생각했다. "좋아, 이제 출발하자."

크로프트는 헌의 일장 연설을 내심 못마땅해하면서 앞장을 섰다. 소대장이 소대원들을 친구처럼 대하려 하다니 그건 옳은 태도가 아니었다. 그런 식으로 말을 한다면 헌은 소대를 망쳐 놓을 게 분명했다. 크로프트는 부하들의 환심을 사려고 드는 소대장을 늘 경멸했다. 그것은 나약할 뿐만 아니라 현실적으로도 결코 도움이 되지 않는 태도였다. 이러다가는 소대가 엉망이 되고 말지, 하고 그는 생각했다.

강은 한가운데는 깊어 보였으나 양 기슭에서 5미터 정도까지는 수심이 야트막해서 바닥의 돌 위로 잔물결을 이루며 흐르고 있었다. 소대는 열네 명이 일렬종대를 이루어 출발했다. 머리 위로 밀림의 가지와 나뭇잎들이 서로 엉켜 아치 형태를 이루었다. 소대가 강의 첫 굽이를 돌아갈 즈음엔 아치가 나뭇잎 벽과 진흙 바닥으로 이루어진 터널이 되어 있었다. 나뭇잎과 양치류의 잎 들, 덩굴과 나무 들이 거미줄처럼 복잡하게 얽히고설킨 사이로 햇빛이 스며들어 정글의 빛깔을 흡수해서 마침내 그것을 희미하게 빛나는 녹색 융단으로 만들어 놓았다. 광선은 마치 사원의 복잡한 아치형 복도를 통해 굴절하듯 한곳에서 맴돌다가 또 예기치 않게 방향을 바꿨다. 병사들은 어둠 속에서 속삭이는 정글에 완전히 둘러싸여 있었다. 병사들은 음향과 냄새 속에 삼켜지고, 지방질이 단단히 다져진 듯한 정글 깊숙한 곳으로 빨려 들어갔다. 습기를 머금은 고사리의 거름 썩는 냄새, 성장하는 것들의 코를 자극하는 젖은 냄새가 그들의 감각을 채웠고 그와 동시에 숨죽인 채 억눌려 있던 공포심을 게워 내듯 풀어 놓았다. "빌어먹을, 냄새 한번 더럽군." 레드가 중얼거렸다. 정글 속에서 오래 생활하느라 냄새를 잊고 있다가, 밤에 물 위에 있는 동안 후각이 되살아났다. 그들은 그 중압감을, 대기의 그 차갑고 끈적끈적한 무게를 잠시 잊고 있었던 것이다.

"검둥이 여자 같은 냄새야." 윌슨이 말했다.

브라운이 신경질적으로 웃음을 터뜨렸다. "검둥이 여자랑 자 보기나 했어?" 그러나 그는 잠시 심란했다. 번식과 부패의 강렬한 악취가 어떤 덧없는 기대감을 자극한 것이다.

강은 굽이지면서 정글 안으로 사라졌다. 햇볕이 내리쬐던 강어귀의 모습은 병사들의 기억 속에서 벌써 희미해졌다. 벌레와 짐승이 부산하게 움직이는 소리, 모기가 가늘게 앵앵대는 소리, 원숭이와 앵무새가 시끄럽게 끽끽대는 소리가 귓속을 가득 메웠다. 그들은 지독하게 땀을 흘렸다. 지금껏 행군한 거리는 겨우 몇 백 미터에 불과했지만, 나른한 공기 때문에 숨이 가빴고 멜빵이 닿는 부분에는 땀으로 검은 얼룩이 번지고 있었다. 이른 아침이라 정글에서는 안개 이슬이 스며 나오고 있었다. 그들의 허리 높이에서 맴도는 안개가 병사들이 지나갈 때 재빠르게 길을 열었다가 껍질 속에서 꿈틀거리는 민달팽이처럼 천천히, 느긋하게 다시 닫았다. 대열의 선두에 선 병사들은 한 걸음 내디딜 때마다 보통 이상의 의지력을 동원해야 했다. 그들은 혐오감에 진저리를 쳤고, 숨을 고르느라 자주 걸음을 멈췄다. 정글은 사방에서 물방울을 떨어뜨렸다. 대나무가 강 언저리까지 자라고 있었는데, 레이스같이 섬세한 그 잎들은 덩굴과 수목이 엉킨 속에 섞여 들어 형태를 분별하기 힘들었다. 관목들은 나무줄기를 타고 기어올라 위쪽에서 자라고 있었다. 강이 운반해 온 검은 진흙이 관목의 뿌리 부분과 병사들 발밑의 자갈들 사이에 엉겨 붙어 쌓여 있었다. 강물이 강둑 너머로 기분 좋은 소리를 내며 조금씩 흘렀다. 그러나 그 소리는 정글 새들의 귀에 거슬리는 거칠고 날카로운 울음소리와 곤충들의 단조롭게 붕붕거리는 소리 속에 묻혀 버렸다.

병사들은 윤활유를 발라 방수 처리한 군화에 서서히, 그리고 불가피하게 배어들던 물이 깊은 곳을 건너면서 무릎까지 차오르는 것을 느꼈다. 점점 더해 가는 듯한 배낭의 무게 때문에 팔은 감각을 잃고 등이 아파 오기 시작했다. 병사들은 15킬로그램의 휴대 식량과 침구를 휴대한 데다, 수통 두 개와 탄창 열 개, 수류탄 두세 개 외에도 소총과 대검까지 지니고 있어서, 그들 각자가 대단히 무거운 슈트 케이스의 무게와 맞먹는 30킬로그램의 장비를 걸머진 셈이었다. 그들 대부분이 행군 거리가 몇 백 미터 정도 되었을 때부터 벌써 피로를 느끼고 있었다. 800미터 정도를 지났을 즈음엔 지쳐서 숨을 헐떡였고, 체력이 약한 병사들은 지칠 대로 지쳐 입에서 시큼한 단내를 뿜었다. 숨 막히도록 빽빽한 정글과 독기 품은 안개와 물기 머금은 나뭇잎들이 서로 부대끼는 소리와 성가시게 달려드는 벌레들 속에서, 병사들은 처음에 느꼈던 혐오감과 공포감을 잊었다. 그들은 자기들 앞에 펼쳐진 불길한 원시림을 이제는 의식하지 않았다. 정글을 통과하는 터널 속을 탐험하는 데서 오는 막연하고 정체 모를 흥분과 공포감이 조금씩 희미해지다가 종내에는 단조로운 행군의 고역에 묻히고 말았다. 크로프트가 단단히 주의를 주었음에도, 그들은 고개를 떨어뜨리고 자기 발을 내려다보면서 걸음을 옮기기 시작했다.

강이 좁아져서, 둑을 따라 띠를 이루며 흐르는 얕은 물줄기의 폭도 거의 오솔길 수준으로 협소해졌다. 병사들은 강둑으로 기어오르기 시작했다. 강은 이미 몇 개의 작은 폭포를 이루며 떨어져 밑에서 뒹굴고 있는 바위들 위에 부딪치며 거품을 일으켰다. 발밑의 자갈들이 천천히 강모래로 바뀌었다가 다시 진흙으로 대체되었다. 병사들은 강둑에 점점 더 붙어서 전진하게 되었는데, 급기야는 나뭇잎들이 얼굴을 때리면서 그들의 행군을 방해하기 시작했다. 병사들의 행군 속도가 현저하게 떨어졌다.

한 굽이를 돈 뒤 그들은 걸음을 멈추고 앞쪽을 살폈다. 나뭇잎들이 자라 물속에 잠겨 있었다. 대책을 궁리하던 크로프트가 강 중심부까지 나가 보았고, 기슭에서 5미터 되는 곳에서 정지했다. 허리까지 오는 물이 그를 에워싸고 힘차게 소용돌이쳤다. "기슭에 붙어서 가야겠습니다, 소대장님." 그는 그렇게 판단했다. 그가 나뭇잎들을 붙잡고 허벅지까지 덮는 물과 싸우며 강기슭을 따라 전진하게 시작했다. 소대원들도 강기슭에 붙어 한 줄로 힘겹게 그 뒤를 따라갔다. 그들은 손에 닿는 관목들을 잡아당겨 몸을 지탱하면서 강을 거슬러 다시 몇백 미터를 올라갔다. 소총이 자꾸만 어깨에서 미끄러져 내려 물에 잠길 뻔했고, 발은 한 걸음 내딛기가 무섭게 진흙 속으로 빠져 들어갔다. 무섭게 흘러내리는 땀 때문에 상의도 하의만큼 젖었다. 그들이 땀을 흘리는 것은 피로와 물기 머금은 공기뿐 아니라 불안감 때문이기도 했다. 강물은 마치 살아 있는 생명체처럼 힘과 끈기가 있었다. 병사들은 마치 발밑에서 어떤 짐승이 이를 드러내고 있는 걸 알고 있을 때처럼 광증에 가까운 불안감을 느꼈다. 손이 가시와 날카로운 잎에 찔려 피가 나기 시작했다. 배낭이 무겁게 아래로 처지고 있었다.

그들은 이런 식으로 강이 다시 넓어지고 얕아진 곳까지 전진했다. 이곳은 물살이 그렇게 빠른 편이 아니라 무릎까지 오는 물을 헤치며 조금 속도를 낼 수 있었다. 그들은 몇 굽이를 더 돈 후 강물이 비켜 가는 넓적한 바위가 있는 곳에 다다랐다. 헌이 휴식을 명령했다.

병사들이 힘없이 쓰러져 몇 분 동안 조용히 누워 있었다. 헌은 약간 걱정이 되었다. 이른 피로로 심장이 요란하게 고동쳤고 손도 좀 떨렸다. 그는 똑바로 드러누워서 가슴 너머로 오르락내리락하는 자신의 배를 눈여겨보았다. 운동 부족이구나. 그는 생각했다. 사실이었다. 앞으로 한 이틀은, 특히 이 첫날은 고생할 게 분명했다. 그동안 너무 오래 몸을 놀리지 않았어. 그러나 곧 익숙해지겠지. 체력만큼은 자신이 있었다.

선두에서 소대원들을 인솔한다는 긴장감에도 차차 익숙해졌다. 대열의 선두에 서 있으려니 어쩐지 더 힘이 드는 것 같았다. 예기치 않은 소리에 움찔하거나 정체 모를 벌레의 출현에 진저리를 치며 걸음을 멈춘 것도 여러 번이었다. 몸통이 호두만 하고 다리가 그의 손가락만큼이나 긴 왕거미도 몇 마리 있었다. 그런 것들은 보는 사람의 마음을 섬뜩하게 했다. 헌은 마르티네즈와 브라운도 자기와 별반 다르지 않은 상태임을 알아차렸다. 미지의 땅을 밟는 사람은 일종의 독특한 공포를 느끼는 법이다. 정글 속으로 내딛는 한 걸음 한 걸음이 힘겨웠다.

크로프트의 얼굴에서는 당황하거나 힘든 기색을 좀처럼 읽을 수가 없었다. 과연 만만치 않은 놈이군. 그가 주의하지 않으면 크로프트가 실질적으로 소대를 장악할 수도 있었다. 하지만 현재로서는 아는 것이 더 많은 크로프트의 의견을 따를 수밖에 없었다. 행군을 하려면 정글에 대해 잘 아는 사람이 필요했다.

헌은 몸을 일으키고 앉아서 주위를 둘러보았다. 병사들은 여전히 바위 위에 드러누워 조용히 쉬고 있었다. 그 가운데 몇 명은 대화를 나누거나 강물에 돌을 던져 물수제비를 뜨기도 했다. 발젠은 바위 위로 뻗어 나온 나무에서 잎을 하나씩 조심스레 뜯어내고 있었다. 헌은 시계를 보았다. 휴식이 시작된 지 오 분이 지나 있었다. 십 분 더 연장해도 해가 될 것 같진 않았다. 이왕 쉴 것 제대로 쉬게 하는 것이 좋을 듯했다. 그는 기지개를 켜고 수통의 물로 입안을 헹궈 낸 후 미네타와 골드스타인을 상대로 일이 분 동안 잡담을 했다.

숨을 돌리자 브라운이 마르티네즈에게 말을 걸었다.

브라운은 기분이 우울했다. 발에 생긴 열대성 궤양이 가렵다 못해 쑤시고 아프기까지 했다. 수색이 계속될수록 통증도 심해질 게 빤했다. 햇볕에 맨발을 드러내고 상처를 말릴 수 있다면 얼마나 좋을까 하는, 전혀 가망 없는 바람을 가져 보았다.

"고생문이 훤히 열렸어." 그가 한숨을 쉬었다.

마르티네즈가 고개를 끄덕였다. "닷새 동안이나 이 짓을 해야 하다니. 너무 길어."

브라운이 음성을 낮췄다. "새로 온 소위 놈에 대해 어떻게 생각해?"

"뭐 괜찮아." 마르티네즈가 어깨를 으쓱했다. "좋은 사람이 야." 그는 대답하기가 조심스러웠다. 자기가 크로프트와 가까운 걸 소대원들이 알고 있으니, 자기가 헌에게 반감을 품고 있다는 걸 그들이 눈치챌 것 같았기 때문이다. 크로프트가 소대를 지휘할 때는 걱정할 게 아무것도 없었다. "지나치게 친절한 것 같긴 해." 마르티네즈가 한마디 던져 보았다. "소대장은 강인한 사내여야 하는데."

"내 보기엔 지독하고 만만치 않은 놈일 수도 있을 것 같아." 브라운이 말했다. 그는 헌을 어떻게 생각해야 할지 아직 마음을 정하지 못하고 있었다. 브라운은 크로프트를 딱히 좋아하지 않았다. 크로프트가 자기를 경멸하고 있다는 걸 느끼고 있었다. 그러나 그들의 관계는 적어도 안정적이었다. 그런데 새로 온 소위에 대해서는 늘 조심하면서 언제나 최선을 다해야 했다. 그렇게 해도 그가 소위의 마음에 든다는 보장은 없었다. "그래도 좋은 사람 같아." 브라운이 부드러운 어조로 말했다. 그로선 그 외에도 신경 쓰이는 것이 더 있었다. 그는 담배에 불을 붙이고 조심스럽게 연기를 내뿜었다. 행군으로 무리하게 힘을 쓰느라 허파가 아직도 아팠다. 담배 맛이 입에 썼지만, 계속 피웠다. "있잖아, 잽베이트.[2]" 그가 불쑥 말을 꺼냈다. "이렇게 수색 임무에 나설 때마다 나는 내가 졸병이었으

2) Japbait. 마르티네즈의 별명. '일본군의 척후병'이란 의미가 있을 것으로 추측된다.

면 하는 생각이 들어. 새끼들이 분대장 되는 일이 쉬운 줄 알거든. 특히 보충병들은 분대장들이 그저 놀고먹는 줄 안단 말이야." 그가 턱의 종기를 만지작거렸다. "도대체가 녀석들은 우리가 얼마나 무거운 책임을 지고 있는지 모른단 말이야. 스탠리 같은 놈을 봐 봐. 아무것도 본 게 없으니 진급하고 싶은 야심밖에 없지. 뭐, 나도 병장으로 진급했을 땐 꽤나 우쭐했었으니까. 그렇지만 그때로 돌아가 다시 진급하라면 사양할 것 같아."

마르티네즈는 어깨를 으쓱했다. 내심 우스웠다. "그럼, 어려운 일이지." 그가 한마디 거들어 주었다.

"내 말이 바로 그 말이야. 쉬운 일이 아니라고." 브라운은 바위 위로 내밀어진 나뭇가지에서 잎을 한 개 따서는 잘근잘근 씹었다. "사람이 감당할 수 있는 일에는 한계가 있거든. 그걸 넘어가면 신경이 배기질 못하지. 있잖아, 너야 사정을 다 아니까 나도 너한테 이렇게 털어놓고 말할 수 있는 거야. 어쨌든 처음부터 다시 시작한다면 넌 병장이 되겠어?"

"그걸 누가 알겠어?" 그러나 마르티네즈는 처음부터 다시 시작한다 해도 틀림없이 병장이 되려 할 사람이었다. 잠시 그는 짙은 황록색 정복 위에 달린 세 개의 갈매기형 수장을 생각하고, 언제나처럼 불안 섞인 자부심을 느꼈다.

"잽베이트, 내가 뭘 두려워하는지 알아? 난 이제 담이 작아졌어. 무슨 일이 닥쳤을 때 얼이 빠져서 꼼짝도 못하게 되면 어떡하나 겁이 날 때가 있단 말이야. 내가 무슨 말 하는지 알겠어?" 브라운이 이런 걱정을 한 것은 한두 번이 아니었다. 그는 그것을 시인하여, 실제로 그가 일을 망쳤을 때 책임을 덜 수 있도록 미리 자기변명을 하는 것이었고, 그러면서 일말의 위안을 얻었다. 그는 강물에 돌을 던져 물수제비를 뜨고 그것이 일으킨 파문을 지켜보았다.

마르티네즈는 내색은 안 했지만 브라운에게 경멸감을 느꼈다. 브라운이 겁을 먹었다는 사실이 어쩐지 만족스러웠다. 그는 생각했다. 그래, 잽베이트도 겁은 나. 그렇지만 잽베이트는…… 굴복하지 않아.

"내가 죽는 건 그래도 괜찮아." 브라운이 말했다. "죽은 사람이 뭘 알겠어? 하지만 내 분대에서 누가 총에 맞아 봐. 그건 내 책임이거든. 맙소사, 그런 건 머릿속에 평생 남는단 말이야. 모토메에서 수색 나갔을 때 맥퍼슨이 당했던 거 기억나? 그거야 나도 어쩔 수 없는 일이었지만, 그 녀석을 거기에 그렇게 버려두고 떠날 때 내 기분이 어땠는지 알아?" 브라운이 담배를 신경질적으로 휙 던져 버렸다. "분대장 노릇도 남들이 말하는 것처럼 그리 좋은 건 아니야. 처음 입대했을 땐 나도 진급을 하고 싶었지. 하지만 때론 회의감이 들기도 해. 분대장이 되는 게 대체 무슨 이득인가 싶은 거지." 그는 자기가 한 말을 곰곰이 생각해 보더니 한숨을 쉬었다. "난 모르겠어. 사람의 본성이 그렇다 보니 나도 졸병 신세로는 만족하지 않았을 거야. 병장은 아무나 되는 게 아니잖아?" 이런 말을 할 때마다 그는 기분이 좋았다. "남들에겐 없는 뭔가 특별한 것이 있으니 분대장도 될 수 있는 거니까. 있잖아, 나도 책임을 느껴. 책임을 회피할 생각은 없어. 무슨 상황이 닥치든 나는 내 할 일은 할 사람이야. 그러라고 나한테 봉급을 주는 거 아니겠어?" 그는 약간 감상적인 기분에 젖었다. "병장으로 진급한 건 그만큼 신뢰를 받았기 때문이야. 그런 신뢰를 저버릴 수는 없지. 난 그런 사람이 아니야. 신뢰를 저버리는 것만큼 저열한 짓은 없어."

"버텨 나가야지." 마르티네즈가 동의했다.

"바로 그거야. 정부에서 주는 돈은 다 받아먹고 농땡이나 부린다면 그게 사람이야? 잽베이트, 농담이 아니라, 우리는 둘 다 아주 좋은 지방 출신이야. 마음에 걸리는 짓을 한다면 무슨 낯짝으로 고향에 돌아가겠어? 나야, 캔자스 출신이니까, 텍사스보다 캔자스가 더 좋지만, 어쨌든 우리가 태어난 주가 미국에서도 제일 좋은 주인 건 분명해. 마르티네즈, 너도 남들에게 네가 텍사스 사람이란 걸 말할 때 부끄러워할 이유가 전혀 없단 말이야."

"그래." 마르티네즈는 텍사스 사람이라 불리자 마음이 훈훈해졌다. 그는 자기가 텍사스 사람이라고 생각하기를 좋아했지만, 남들 앞에서 텍사스 사람이라고 말할 용기는 없었다. 그의 마음 깊은 곳 어딘가에는, 어떤 두려움이 엉겨 붙어 있었다. 거기에는 느린 말투와 차가운 눈빛의 키 큰 백인들에 대한 기억이 도사리고 있었다. 마르티네즈는 그의 입에서 텍사스 사람이라는 말이 나올 때 백인들의 얼굴에 떠오를 표정이 두려웠다. 그래서 흐뭇한 감정은 얼어붙고, 대신 불안감이 비집고 들어왔다. 자기는 브라운보다 우수한 분대장이라고 자신했지만, 그래도 마음이 편치 않은 건 사실이었다. 브라운에게는 마르티네즈가 결코 가져 보지 못한 어떤 자신감이 있었다. 브라운 같은 사람들과 이야기할 때면 언제나 마음속에서 뭔가 위축되었다. 마르티네즈에게는 자기가 주인보다 우월하다는 것을 자각하는 하인의 억눌린 악의와 경멸감과 불안한 갈망이 있었다.

"암, 좋은 주지." 그가 맞장구쳤다. 그는 기분이 우울해져서 더 이상 브라운과 이야기를 하고 싶지 않았다. 잠시 후 그는 무슨 말인가를 중얼거리고는 크로프트가 있는 곳으로 자리를 옮겼다.

브라운은 몸을 돌려 주위를 살폈다. 그가 마르티네즈와 이야기를 하는 동안 폴래크가 몇 걸음 떨어진 곳에 누워 있었다. 이제는 눈이 감겨 있었다. 브라운이 팔꿈치로 그를 살짝 찔렀다. "폴래크, 자나?"

"응?" 폴래크가 일어나 앉아 하품을 했다. "그래, 깜박 잠이 들었던 모양이야." 사실 그는 말똥말똥한 상태로 두 사람의 대화에 귀를 기울이고 있었다. 그는 언제나 남의 말을 엿듣는 데서 은밀한 즐거움을 느꼈다. 거기에서 어떤 직접적인 이익을 기대하지는 않았지만 재미는 있었던 것이다. "누군가의 속내를 알 수 있는 유일한 방법이거든." 그가 언젠가 미네타에게 한 말이었다. 그는 또 한 번 하품을 했다. "눈을 좀 붙였어. 왜, 이제 출발하는 건가?"

"한 이 분 내로 출발하겠지." 브라운이 말했다. 마르티네즈가 자기를 경멸하는 걸 알아챈 그는 기분이 상해 마음의 안정을 찾고 싶었다. 그는 폴래크의 옆자리에 드러누워 폴래크에게 담배를 한 대 권했다.

"아냐, 숨을 좀 아껴야지." 폴래크가 말했다. "아직 갈 길이 멀잖아."

"그건 그래." 브라운이 말했다. "있잖아, 난 늘 우리 분대를 수색 작전 때마다 빼돌리려 애썼는데, 그게 잘한 일 같지가 않아. 너도 지금 상태가 안 좋은 걸 보면 말이야." 그는 자기의 말이 과장되어 있다는 걸 의식하지 못했다. 그 순간은 자기가 한 말을 사실이라 믿었고, 분대를 보호하기 위해 노력한 자신을 스스로 대견해하고 있었다.

"우리를 수색 작전에서 빼 준 건 다들 고맙게 생각하지." 폴래크가 말했다. 그러나 속으로는 개소리 작작 하라며 코웃음을 쳤다. 브라운의 말하는 꼴이 재미있었다. 어딜 가나 이런 놈은 꼭 있거든. 폴래크는 생각했다. 분대장 되겠다고 별의별 치사한 짓을 다 해 놓고는 정작 진급하면 부하들이 자길 어떻게 생각할까 걱정하기 시작하지. 그가 길고 뾰족한 턱을 한 손으로 괴고 다른 손으로 금발을 이마 위로 곧장 쓸어 올렸다. "정말이야." 폴래크가 말했다. "분대원들이 네가 저희들 생각해 주는 걸 모를 것 같아? 우린 다 너한테 고맙게 생각해."

브라운은 폴래크의 말이 과연 진심일까 의심하면서도 기분이 좋았다. "솔직히 말하지." 그가 말했다. "네가 소대에 온 지 이제 두 달 됐지만, 난 줄곧 널 눈여겨보았어. 폴래크, 넌 머리가 꽤 잘 돌아가는 놈이야. 입도 무겁고."

폴래크가 어깨를 으쓱했다. "나야, 뭐."

"내가 맡은 직책을 좀 생각해 봐. 난 너희를 행복하게 해 줘야 해. 넌 잘 모르겠지만 그건 심지어 교본에도 명확하게 나와 있어. 내가 너희를 돌봐 주면 너희도 날 돌봐 주겠지. 난 그렇게 생각해."

"물론 우리는 네 뒤를 든든히 지켜야지." 상관이 듣고 싶어 하는 말을 해 주지 않는 놈은 빌어먹을 멍청이라는 게 폴래크의 생각이었다.

브라운은 뭔가 적절한 말을 찾고 있었다. "분대장들이 못되게 굴 수 있는 방법은 얼마든지 있지. 하지만 난 부하에게 잘 대해 주고 싶거든."

도대체 나한테서 뭘 바라는 거야? 폴래크는 생각했다. "그래야 하지 않겠어?" 그가 말했다.

"그래, 그렇지만 그걸 모르는 분대장도 많아. 책임을 감당 못하고 지칠 수 있지. 걱정거리가 얼마나 많은 줄 알아? 이건 그런 걱정거리를 떠맡지 않겠다는 말이 아니야. 진급을 하려면 꾸준히 노력을 해야 해. 쉬운 길은 없거든."

"그렇지." 폴래크가 몸을 긁었다.

"스탠리만 해도 너무 약은 게 탈이야. 자동차 수리소에서 일할 때 교활한 짓을 했지." 브라운은 폴래크에게 스탠리한테서 들은 이야기를 해 주고 이렇게 마무리를 했다. "약삭빠른 짓이었지만, 그러다가는 제 꾀에 제가 넘어가고 말지. 무슨 일이든 진득하게 붙어 있으면서 어려운 고비가 오면 그걸 극복해야 하는 건데 말이야."

"당연하지." 폴래크는 자기가 그동안 스탠리를 과소평가했다고 판단했다. 스탠리에 대해 좀 더 알아 둘 필요가 있겠다는 생각이 들었다. 스탠리는 브라운보다 통이 컸다. 제기랄, 이 브라운이라는 작자는 결국 주유소나 경영하면서 자기가 큰 사업가나 된 것처럼 생각하겠지. 스탠리의 생각이 옳았다. 좀 지나치게 기회주의적인 짓을 하더라도 입만 무거우면 고비는 넘길 수 있는 것 아니겠는가.

"자, 이제 그만 움직이자." 소위가 외쳤다.

폴래크가 인상을 쓰며 일어섰다. 소위가 돌대가리가 아니라면 해안으로 돌아가 배가 올 때까지 마시멜로나 구워 먹자고 할 텐데, 하고 그는 생각했다. 그러나 정작 그가 입 밖에 낸 것은 "그렇잖아도 운동이 좀 필요하던 참이었지."라는 말이었다. 브라운이 웃었다.

수심도 낮고 장애물도 없는 구간이 몇 백 미터 더 이어졌다. 브라운과 폴래크는 걸으면서 한가하게 잡담을 했다. "난 어렸을 때 꿈이 참 많았어." 브라운이 말했다. "결혼이랑 아이들 뭐 그런 거 말이야. 하지만 철이 좀 들고 나면 세상엔 믿을 여자가 많지 않다는 걸 알게 되지."

브라운 같은 녀석이야 여자가 굴레를 씌우려 들면 그대로 당할 수밖에 없겠지, 하고 폴래크는 생각했다. 자기가 뭐라고 말하든 여자가 옳다고만 해 주면 그 여자가 제일이라고 생각할 위인이거든.

"암. 나이가 들수록 그런 건 다 잃어버리게 되지. 세상에는 믿을 게 별로 없어." 그런 말을 하면서 그는 씁쓸한 즐거움을 느꼈다. "믿을 건 돈밖에 없어. 장사를 해야 큰 사람이 되지. 호텔에서 열린 파티가 생각나는군. 와, 거기 여자들, 거기서 보낸 시간들…… 정말 끝내 줬는데."

"재미있었겠네." 폴래크가 맞장구를 쳤다. 그는 도박 조직의 보스, 왼손잡이 리조가 열었던 어느 파티가 생각났다. 순간 그는 눈을 감고 희미하게 관능이 자극되는 것을 느꼈다. 그 금발은 뭘 좀 아는 년이었어. "그랬을 거야."

"군대에서 나가기만 하면," 하고 브라운이 입을 열었다. "돈을 벌 거야. 떠돌아 다니는 건 이제 질렸어."

"돈 버는 것보다 좋은 건 없지."

브라운은 옆에서 나란히 물살을 헤치며 걷는 폴래크를 보았다. 나쁜 녀석은 아니라고 생각했다. 다만 교육을 못 받은 데다 체격까지 왜소해서 볼품이 없는 게 흠이었다. 그러니 애초에 출세할 가능성이 희박한 셈이었다. "폴래크, 앞으로 뭘 할 생각이야?" 브라운이 물었다.

브라운의 말투에서 우월감이 느껴졌다. "그냥저냥 살아가야지." 폴래크가 퉁명스럽게 대답했다. 순간적으로 가족의 모습이 머릿속에 떠올랐다. 그는 인상을 찡그렸다. 그의 아버지는 정말이지 한심한 폴란드인이었다. 평생을 가난하게 살았다. 그러니 내가 이를 악물 수밖에 없지, 하고 그는 생각했다. 브라운 같은 놈은 헛소리나 지껄여 대지만, 큰돈을 벌 줄 아는 사람은 입이 무겁거든. 시카고에서는 돈을 벌 수 있어. 시카고야말로 사람 사는 곳이지. 여자도 많고 떠들썩하고 큰 사업을 하는 거물도 많고. "이놈의 빌어먹을 정글." 그가 한마디 했다. 이제는 물이 조금 깊어져서 무릎 뒤쪽을 간질였다. 군에 입대하지만 않았다면, 지금쯤 카브리스키 밑에서 일을 하고 있을 텐데. "아아, 제기랄." 폴래크가 말했다.

브라운은 기분이 우울했다. 이유를 알 수 없었다. 그러나 공기의 중압감과 강물의 저항 때문에 벌써부터 기운이 빠졌다. 그는 까닭 모를 공포감에 사로잡혔다. "이놈의 배낭이 사람 잡는군." 그가 말했다.

강 상류로 올라가는 동안 조그마한 폭포가 연달아 나타났다. 한 굽이를 돌면서 병사들은 급류에 휩쓸려 넘어질 뻔했다. 뼛속까지 시릴 정도로 물이 차서 병사들은 허둥지둥 기슭 쪽으로 갔다. 그리고 강 언저리에 무성히 벽을 이루고 있는 나뭇잎들에 매달렸다. "자, 자, 멈추지 말고 전진한다." 크로프트가 고함을 질렀다. 강둑의 높이가 2미터 가까이나 되어 전진하기가 쉽지 않았다. 병사들은 정글의 지면을 눈높이에 보며 강둑의 진흙 벽과 나란히 하여 느린 걸음으로 전진했다. 그들은 팔을 뻗어 나무뿌리를 잡고 몸을 끌어당겼다. 그러는 동안 가슴은 강둑에 긁히고 발은 물속으로 끌려갔다. 손과 얼굴에는 긁힌 자국이 생기고 작업복은 진흙으로 범벅이 되었다. 그들은 이런 식으로 십 분 정도 전진했다.

강이 다시 평평해졌다. 병사들은 강둑에서 몇 걸음 떨어져 한 줄로 강바닥의 진흙을 디디며 힘겹게 전진했다. 물기 머금은 관목 숲이 버스럭대는 소리와 새와 짐승이 울부짖는 소리와 강물이 속삭이는 소리가 더러 귀에 들어오기도 했지만, 병사들은 대개 자기들의 바짝 마른 신음 소리만을 의식했다. 갈수록 피로감이 커졌다. 체력이 약한 축에 드는 소대원들은 이미 팔다리에 대한 통제력을 잃어 한 번에 몇 초씩 물속 여기에서 비틀거리고 저기에서 허우적거렸고, 배낭 무게에 무릎이 절로 꺾이기도 했다.

병사들은 또 하나의 급류와 맞닥뜨렸다. 그곳은 돌이 많고 물살이 빨라 도저히 걸어서 건널 수가 없었다. 크로프트와 헌은 잠시 대책을 논의했다. 그런 뒤 크로프트가 브라운과 함께 둑 위로 기어 올라가 나무를 베며 숲 속으로 몇 미터 들어갔다. 그리고 굵은 덩굴 몇 개를 잘라 큼직하게 옭매듭을 지었다. 그가 그 한쪽 끝을 허리에 맸다. "소대장님, 제가 이걸 건너편으로 가져가겠습니다." 그가 말했다.

헌이 고개를 저었다. 지금까지는 크로프트가 실질적으로 수색을 지휘했지만, 이 일은 그가 직접 할 수 있었다. "이건 내가 해 보겠네, 하사."

크로프트가 어깨를 으쓱했다.

헌이 덩굴을 허리춤에 바짝 두르고 급류 속으로 발을 내디뎠다. 그는 덩굴을 끌고 상류 쪽으로 거슬러 올라 강물을 건널 생각이었다. 소대원들이 붙잡고 건널 수 있는 구명줄을 마련해 주려는 것이었다. 그러나 그 일은 생각했던 것보다 훨씬 어려웠다. 배낭과 카빈총을 크로프트에게 맡겨 놓아 짐이 없는데도, 강을 건너기가 여간 힘이 드는 게 아니었다. 그는 비틀거리면서 바위에서 바위로 발을 옮겨 디뎠고, 그러다 미끄러지는 바람에 몇 번이나 무릎까지 빠지면서 힘겹게 급류를 헤치고 나아갔다. 한번은 물속에 머리까지 잠길 정도로 빠지면서 돌에 어깨를 부딪치기도 했다. 그는 숨 쉴 공기를 찾아 다급하게 몸을 일으켰다. 통증 때문에 머리가 아찔할 정도였다.

50미터를 이동하는 데 삼 분 가까이가 소요되었다. 맞은편 기슭에 닿았을 땐 진이 다 빠져 있었다. 들이켠 물 때문에 기침을 하고 가쁜 숨을 몰아쉬느라 삼십 초 동안 꼼짝을 못했다. 얼마 후 그는 일어서서 나무 하나를 골라 덩굴을 잡아뗐다. 그동안 브라운이 튼튼한 관목의 뿌리 부분에 덩굴의 다른 끝을 둘러뗐다.

크로프트가 자기 장비에다 헌의 배낭과 카빈총까지 들고 제일 먼저 건넜다. 그의 뒤를 이어 병사들이 차례로 덩굴을 붙잡고 물살과 싸우면서 천천히 강을 건넜다. 그 가운데 몇 명은 배낭의 멜빵을 덩굴에 고리를 만들어 묶고, 다리로는 급류의 파도를 헤치거나 바위에 부딪치지 않기 위해 열심히 버둥거리고, 양손은 덩굴을 교대로 잡으면서 몸을 앞으로 당겼다. 똑바로 설 수만 있다면 수심은 깊어 봐야 겨우 허벅다리까지 오는 정도였으나, 맞은편 기슭에 닿았을 땐 병사들 모두가 온몸이 젖어 있었다. 그들은 급류를 벗어난 작은 물굽이 안에 모여들어서는, 숨을 헐떡이며 잠시 물속에 주저앉았다.

"제기랄." 누군가가 간격을 두고 같은 말을 되풀이했다. 급류는 무서울 정도로 위력적이었다. 병사들은 저마다 줄을 잡고 급류와 씨름하면서 이러다 빠져 죽는 게 아닐까 내심 걱정했던 것이다.

십 분간의 휴식 후 다시 행군이 시작되었다. 한동안 급류는 나타나지 않았지만, 강물이 연이은 바위 턱 위로 흘러내리고 있어, 병사들은 10미터에서 15미터를 이동할 때마다 허리 높이의 바위 턱 위로 기어 올라가, 몇 인치 깊이로 물이 흐르는 넓적한 바위 위로 조심스럽게 발을 내디디며 전진해서는, 다시 다음 바위 턱 위로 기어 올라가야만 했다. 병사들 대부분이 한 번씩은 총을 적셨고, 손잡이가 탄대에 꽂혀 있던 수류탄도 자꾸만 빠져서 물속에 떨어졌다. 몇 초에 한 번씩 누군가가 힘없이 욕설을 내뱉었다.

강폭이 점점 좁아졌다. 양 기슭 사이의 거리가 5미터를 넘지 않았다. 양쪽의 정글이 물가까지 다가와 있어 병사들의 얼굴을 스치는 적도 있었다. 병사들은 나뭇잎 아래로 몸을 굽히고 바위 턱에 배를 대고 기어오르면서 400미터가량을 계속 전진했다. 급류를 건너는 과정에서 힘을 소진한 터라, 그들 대개가 발을 옮겨 디딜 기력도 없었다. 바위 턱이 또 하나 나타나자, 그들은 턱 위에 몸을 던지고 산란기에 상류로 거슬러 올라가는 연어의 동작으로 다리를 끌어 올렸다. 강이 여러 개의 지류로 갈라지고 있었다. 100미터를 전진할 때마다 실개천이나 작은 개울이 정글로부터 흘러나왔다. 그럴 때마다 크로프트는 걸음을 멈추고, 잠시 그곳을 살피고는 다시 전진을 계속했다. 혼자서 급류를 건넌 후 헌은 당분간 크로프트에게 소대의 지휘를 맡겨 놓은 상태였다. 그는 아직도 숨을 고르지 못한 채 다른 병사들과 함께 뒤에서 무거운 걸음을 옮기고 있었다.

소대가 마침내 강이 두 줄기로 갈라지는 분기점에 이르렀다. 크로프트가 다음 진로를 두고 신중히 숙고했다. 해가 보이지 않는 정글 속에서는 자신이나 마르티네즈 말고는 아무도 방향을 계산할 수 없었다. 크로프트는 비교적 큰 나무들이 모두 서북 방향으로 기울어져 있다는 사실에 일찌감치 주목했고, 나침반으로도 그것을 확인했다. 그리고 나무들이 그렇게 비틀린 것은 어렸을 때 태풍을 만난 탓이라고 판단했다. 그는 그것을 믿을 수 있는 길잡이라 여기고, 오전 내내 강을 거슬러 올라오면서 소대가 행군하는 방향을 머릿속에 기록해 오고 있었다. 그는 정글 구간이 얼마 안 가 끝날 거라고 짐작했다. 소대는 이미 5킬로미터 이상 행군했고, 강은 대개 구릉지 쪽으로 뻗어 있었다. 그러나 두 개의 강줄기 가운데 어느 쪽을 따라가야 할지 판단할 길이 없었다. 양쪽 지류가 다 비스듬히 흐르고 있었다. 그 강줄기들이 탁 트인 구릉지와 평행하게 정글 속을 굽이굽이 흐를지도 모를 일이었다. 그는 마르티네즈와 이 문제를 의논했고, 마르티네즈가 물가의 커다란 나무 하나를 골라 그 위를 오르기 시작했다.

마르티네즈가 나무를 에워싼 덩굴을 잡고 나무줄기의 마디를 발판 삼아 기어 올라갔다. 제일 높은 곳의 갈라진 가지에 이르자, 그중 한 가지 위로 조금씩 기어서 올라갔다. 꼭대기에 이른 그는 동작을 멈추고 지형을 관찰했다. 정글이 녹색 벨벳처럼 발아래 펼쳐졌다. 강은 더 이상 보이지 않았고, 800미터쯤 떨어진 곳에서 정글이 갑자기 끝나고 헐벗은 황토색 구릉이 멀리 아나카 산의 중턱까지 이어지고 있었다. 마르티네즈는 나침반을 꺼내 방위를 측정했다. 그러면서 능숙한 일을 하고 있다는 사실에 만족감을 느꼈다.

마르티네즈가 나무에서 내려와 크로프트와 헌에게 한쪽 지류를 가리키면서 말했다. "이걸 따라 200~300미터 정도 전진한 다음 길을 내 보죠. 저 고지 쪽에는 강이 없습니다." 그가 나무 위에서 보았던 탁 트인 지대를 가리켰다.

"알았어, 잽베이트." 크로프트는 기분이 좋았다. 그의 예상 대로였다.

소대는 다시 전진하기 시작했다. 마르티네즈가 선택한 지류는 폭이 매우 좁았고, 거의 정글에 뒤덮이다시피 했다. 100미터 정도 전진한 후, 그들은 물속에 엎드려 머리를 숙이고 강물 속으로 늘어져 있는 나뭇잎과 가시 관목들을 피하면서 기어가야 했다. 강은 얼마 지나지 않아 오솔길 정도의 폭으로 좁아지면서 숲 속 바위틈에서 스며 나오는 수많은 가는 물줄기로 갈라지기 시작했다. 400미터도 못 가, 크로프트는 숲을 베어 길을 내기로 결정했다. 물줄기가 다시 바다 쪽으로 굽이져 흘렀기 때문에, 그것을 따라가는 건 더 이상 의미가 없었다.

"소대를 몇 개 조로 나누어 길을 내도록 하겠습니다." 그가 헌에게 말했다. "하지만 소위님과 저는 따로 할 일이 있으니 작업에선 빠지는 걸로 하죠."

헌은 숨을 헐떡이고 있었다. 그는 이럴 때 어떻게 하는 것이 관례인지 몰랐고, 또 너무 지쳐서 신경을 쓸 여력이 없었다. "자네 말대로 하게, 하사." 나중에 그는 조금 걱정이 되었다. 크로프트와 함께 있다 보면, 모든 결정을 그에게 맡기게 되기가 쉬웠다.

크로프트는 나침반으로 이동하고자 하는 방향을 가늠하다가, 약 50미터쯤 떨어진 곳에 위치한 관목 숲에서 표적으로 삼을 만한 나무 한 그루를 발견했다. 그는 소대원들을 자기 주위에 집결시키고 그들을 네 명씩 삼 개 조로 나눈 뒤 작업 방식을 지시했다. "이제부터 길을 낸다. 우선 저 나무에서 10미터 왼쪽을 겨냥해서 작업을 시작한다. 조마다 약 오 분가량 작업하고 십 분씩 쉰다. 하루 종일 이 짓을 하고 있을 이유는 없으니 게으름 부리지 말도록. 먼저 십 분을 쉬고, 어이, 브라운, 너희 조부터 시작하지."

그들은 400미터 정도 되는 관목 밀생지를 뚫고, 덩굴과 덤불숲과 대나무 숲을 뚫고, 큰 나무들을 우회하여 빽빽한 가시 관목 속으로 길을 내야 했다. 그것은 더디고 지루한 작업이었다. 두 사람씩 나란히 서서 벌채용 칼로 그물처럼 얽힌 나뭇잎들을 쳐 내고 밟아 뭉갤 수 있는 것은 밟아 뭉개면서 작업을 했다. 관목이 드문드문 있는 곳에서는 속도가 붙었지만, 대나무 숲이 나타나면 엉킨 나무들을 일일이 조금씩 베며 전진해야 했기에 일 분에 2미터 정도로 속도가 지체되었다. 강을 따라 상류 쪽으로 전진하는 데 소요된 시간이 세 시간이었다. 그리고 길 내는 작업을 시작한 후 두 시간이 흐른 정오경까지, 소대가 추가로 전진한 거리는 겨우 200미터 남짓이었다. 그러나 병사들은 불만이 없었다. 십오 분마다 이삼 분 정도만 일하면 되었으므로 피로를 덜 수 있었던 것이다. 작업 차례가 아닌 소대원들은 이미 만들어진 길 위에 드러누워 잡담을 했다. 이만큼이라도 왔다는 사실이 그나마 기운을 북돋웠다. 그들은 나무가 없는 구릉지로 나가기만 하면 그때부턴 일사천리일 거라고 본능적으로 가정을 하고 있었다. 강의 진흙에 저항하고 물살과 싸우며 힘겹게 발을 내디딜 때에는 결코 목표 지점에 도달하지 못할 거라고 몇 번이나 생각했었다. 그래서 소대원들은 이만큼이라도 해냈다는 게 자랑스럽기도 하고 뿌듯하기도 했다. 처음으로 소대원들 사이에 이번 수색 작전의 성공을 낙관하는 사람들이 생겼다.

그러나 로스와 미네타는 죽을 맛이었다. 미네타는 병원에서 일주일을 입원했다 나온 뒤라 몸 상태가 좋지 않았고, 로스는 워낙에 체력이 약한 편이었다. 강을 거슬러 오르는 장시간의 행군으로 인해 그들은 심각한 탈진 상태였다. 휴식 시간도 별로 도움이 되지 않았고, 길을 내는 작업은 그야말로 고문이나 다름없었다. 삼십 초 정도 동안 서너 번 칼을 휘두르고 나면 로스는 팔을 들어 올릴 힘도 없었다. 칼이 도끼처럼 무겁게 느껴졌다. 그는 그것을 양손으로 들어 올려 앞의 나뭇가지나 덩굴 위에 힘없이 떨어뜨렸다. 삼십 초에 한 번꼴로 칼이, 감각이 없어진 그의 땀이 밴 손아귀에서 미끄러져 나와 덜커덕 소리를 내며 바닥에 떨어졌다.

미네타의 손가락에는 물집이 잡히기 시작했다. 칼 손잡이가 닿는 손바닥은 껍질이 벗겨지고, 손 위의 모든 상처에 땀이 배어들었다. 그는 완강하게 버티는 관목에 버럭 화를 내며 서툰 솜씨로 마구 칼을 휘두르다가 돌연 동작을 멈추고는 거칠게 숨을 몰아쉬곤 했다. 그리고 그러는 사이사이 거미줄같이 엉킨, 물기 머금은 부드러운 초목에다 대고 울음 섞인 욕설을 퍼부었다. 그와 로스는 오솔길의 좁은 통로에 나란히 서서 몸을 밀착하다시피 하고 작업을 했다. 너무 지쳐 몸을 가누지 못하다 보니 서로 자주 부딪쳤는데, 그럴 때마다 미네타는 짜증을 내며 욕설을 내뱉었다. 그들은 정글과 이 수색 임무와 크로프트를 미워하는 만큼 격렬하게 서로를 미워했다. 크로프트가 작업에 참여하지 않는 것이 못내 신경이 쓰였다. 그것이 그가 느끼는 불만의 핵심이었다. "저 빌어먹을 크로프트 새끼는 우리한테만 일을 시켜 놓고 저는 아무것도 안 하니 참 심간이 편하지 뭐야. 난 저 새끼가 똥 빠지게 일하는 꼴을 한 번도 못 봤다니까." 미네타가 투덜거렸다. "내가 선임 하사라면 소대원들을 이렇게 다루진 않을 거야. 나도 대원들과 함께 일할 거라고."

리지스와 골드스타인은 그들 뒤에 5미터 정도 떨어져 있었다. 이 네 사람은 한 조였는데, 이론적으로는 그들 조에 할당된 오 분의 작업 시간을 네 사람이 똑같이 나눠야 마땅했다. 그러나 한두 시간이 지나자 골드스타인과 리지스는 처음에는 삼 분씩, 나중에는 사 분씩 일을 하고 있었다. 미네타와 로스가 칼을 휘두르는 모습을 지켜보던 리지스는 몹시 화가 났다. "제기랄." 그가 두 사람에게 잔소리를 했다. "도시에서 자란 놈들은 칼질도 제대로 못해?"

숨이 차고 화도 나고 해서 두 사람은 아무런 대꾸도 하지 않았는데, 그것이 리지스의 화를 더욱 돋우었다. 그는 남들이나 자신이 부당한 처사를 당할 때 그것을 날카롭게 의식하는 성격이었다. 그는 자기와 골드스타인이 다른 두 사람보다 일을 더 많이 하는 건 분명히 부당한 일이라고 생각했다. "고생은 너희만 한 게 아니야." 그는 이렇게 투덜거리곤 했다. "나도 너희와 똑같이 강을 올라왔다고. 그러니 골드스타인과 내가 너희 몫까지 일을 할 이유는 전혀 없단 말이야."

"잔소리 좀 작작 해." 미네타가 맞받아 고함을 질렀다.

크로프트가 그들 뒤로 다가와 물었다. "무슨 일이야?"

"아무것도 아니야." 리지스가 한참 만에 대답을 했다. 그가 큰 소리로 웃음을 터뜨렸다. "이야기를 하고 있었던 것뿐이야." 미네타와 로스가 못마땅했지만 크로프트에게 불만을 털어놓을 생각은 없었다. 그들은 모두 같은 조였다. 그가 생각하기에 같이 일하는 사람을 고자질하는 건 더없이 역겨운 짓이었다. "아무 일 없다니까." 그가 거듭 말했다.

"잘 들어, 미네타." 크로프트가 경멸조로 말했다. "너하고 로스같이 아무짝에도 쓸모없는 무능한 새끼들은 처음 봤다. 그만 빈둥거리고 일을 하는 게 좋을 거야." 차갑고 또렷한 어조로 내뱉는 말이 자작나무 회초리처럼 그들을 때렸다.

미네타는 모욕이 지나치다 싶으면 의외의 용기를 발휘하곤 했다. 그가 칼을 내동댕이치더니 크로프트 쪽으로 돌아섰다. "너야말로 일 좀 하지그래? 그렇게 가만히 앉아서……." 그는 무슨 말을 하고 싶었는지 생각이 나지 않아 같은 말을 되풀이했다. "너야말로 일 좀 하지그래?"

뉴욕 애송이가 건방지게 구는군, 하고 크로프트는 생각했다. 그는 잠시 미네타를 무섭게 노려보았다. "다음번에 강이 나타나면 네가 소대장의 배낭을 지고 건너라. 그러면 일을 안 해도 돼." 그는 굳이 대꾸를 해 준 것에 스스로 화가 나서 잠시 고개를 돌렸다. 그가 길을 내는 작업에서 자신을 제외시킨 것은 소대 선임 하사로서 약간의 힘을 비축해 둘 필요가 있다고 판단했기 때문이었다. 헌이 급류를 건넌 사실은 그를 놀라게 했다. 덩굴을 잡고 뒤이어 강을 건너고 나서야 그는 그것이 얼마나 힘겨운 일인가를 깨달았다. 그는 내심 긴장하기도 하고, 당황스럽기도 했다. 크로프트는 소대를 통솔하는 것은 여전히 자기 자신임을 알고 있었다. 하지만 일단 어느 정도 경험이 쌓이면 헌이 직접 소대를 지휘할 가능성이 있었다.

크로프트가 이 모든 일을 스스로에게 시인하는 것은 아니었다. 군대의 사고방식에 젖어 있는 그로서는, 헌에 대한 자신의 반감이 위험한 것이며 여러 가지 사소한 행동들 뒤에 숨겨진 자신의 동기도 누군가가 따지고 든다면 결국 노출될 수밖에 없다는 것을 알았다. 그는 어떤 행동을 하면서 자기가 그렇게 행동하는 이유를 따져 보는 일이 드물었다. 그러나 지금은 자기 행동의 동기를 캐 볼 수가 없다는 것을 직감했다. 그래서 더욱 화가 났다. 그가 미네타에게 한 발짝 성큼 다가서서 무섭게 그를 노려보았다. "야, 이 새끼야, 그래도 계속 구시렁댈 거야?"

미네타는 겁이 나서 대꾸를 할 수 없었다. 그는 자신의 용기가 허락하는 한 크로프트를 마주 노려보다가 이내 시선을 떨구었다. "어이, 일이나 하자." 그가 로스에게 말했다. 두 사람은 칼을 집어 들고 길을 내는 작업을 계속했다. 크로프트는 그들을 잠시 지켜보다가 돌아서서 새로 난 길을 이용해 소대원들이 있는 쪽으로 돌아갔다.

로스는 자기 때문에 이런 사단이 난 거라고 생각했다. 그는 지겹도록 자신을 괴롭히던 패배 의식에 다시 한 번 젖어 들었다. 난 도대체가 잘하는 게 한 가지도 없단 말이야. 그는 울고 싶었다. 그가 칼을 한 번 크게 휘두르자 그 충격으로 칼이 그의 손에서 날아갔다. "아아." 그가 참담한 심정으로 허리를 굽혀 칼을 집어 들었다.

"이제 그만들 하지그래." 리지스가 그에게 말했다. 그는 그들이 떨어뜨린 칼 중에서 한 개를 집어 골드스타인과 어깨를 나란히 하고 일을 시작했다. 침착하고 여유로운 동작으로 익숙하게 관목을 쳐 내는 리지스의 단단하고 땅딸막한 체구는 평소의 어색함 대신 강인하고 막힘 없는 우아함을 보여 주었다. 뒤에서 보면 마치 굴을 파는 짐승 같았다. 그는 자신의 체력에 대해 소박한 긍지를 갖고 있었다. 억센 근육이 당겨졌다 느슨해졌다 하면서 등에 땀이 흐르자, 그는 노동과 자신의 몸 냄새에 취해 더할 나위 없이 행복했다.

골드스타인 역시 이 작업이 싫지 않았다. 그는 자신의 믿음직한 팔다리 동작에서 기쁨을 느꼈다. 그러나 그가 느끼는 만족감은 그렇게 순수하지만은 않았다. 육체노동에 대해 그가 지닌 편견이 한편으론 그 만족감에 넌더리를 내게 했던 것이다. 이런 일밖에 맡을 수 없는 자신의 처지가 서글펐다. 그동안 신문을 팔고 창고에서 일하고 용접공 노릇을 했던 그는 손을 더럽히지 않는 일자리를 가져 보지 못한 게 평생의 한이었다. 그의 편견은 어린 시절의 기억들과 그가 행동 지침으로 삼았던 여러 격언들에서 나온 것이라 뿌리가 매우 깊었다. 그래서 리지스와 함께 일을 잘할 수 있는 것이 한편으로는 뿌듯했고 또 한편으로는 모멸스러웠다. 리지스야 농촌 출신이니 상관없겠지만 자기는 좀 더 번듯한 일을 하고 싶다고 그는 생각했다. 교육을 받고 교양을 쌓았더라면, 나도 지금보단 나은 일을 했을 텐데.

다음 조와 교대해 노동에서 놓여난 뒤에도 그는 여전히 마음이 어수선했다. 그는 무거운 발걸음으로 소총과 배낭을 놓아둔 곳으로 돌아가 우울한 기분에 젖었다. 아, 할 수 있는 일이 얼마든지 있었는데. 딱히 이유도 없이 깊고 가없는 슬픔이 가슴속에 차올랐다. 스스로가 불쌍했다. 그러나 그 연민의 감정은 점점 더 확장되어 그의 측은지심 안에 모든 사람을 포함할 정도로 부풀어 올랐다. 아! 힘들어, 힘든 세상이야, 하고 그는 생각했다. 왜 그런 생각을 했는지는 자신도 설명할 수 없었을 것이다. 그것은 그의 뼛속 깊이 새겨진 진리 같은 것이었다.

골드스타인에게 그것은 새로운 감정이 아니었다. 그는 그런 감정에 익숙했고, 또 그런 감정을 즐겼다. 며칠간은 기분이 좋아서 누구에게나 호감을 품고 무슨 일이 맡겨지건 기꺼이 하곤 했다. 그러다가 갑자기, 딱히 설명할 수 없는, 이미 사소해 보이는 이유들 때문에, 그는 스스로 유도한 우울함 속에서 허우적거리곤 했다.

지금 그는 침울한 기분에 잠겨 있었다. 오, 그게 다 무슨 의미란 말인가? 우리는 무엇 때문에 태어나 무엇을 위해 일을 하는 것일까? 태어나서 죽는 것, 그게 전부란 말인가? 그는 고개를 저었다. 레빈네 집안을 좀 보라지. 그토록 장래가 촉망되는 아들이 콜롬비아 장학금까지 탔는데 자동차 사고로 죽다니. 왜? 무엇 때문에? 아들을 학교에 보내느라 그 고생을 했는데. 레빈네 집안사람들과는 그저 오다가다 인사만 하는 사이였는데도 그는 울고 싶은 심정이었다. 왜 그렇게 되어야만 하는 걸까? 다른 큰 슬픔과 작은 슬픔도 닥치는 대로 밀려왔다. 그의 집이 아주 가난하던 시절 어머니가 아끼던 장갑을 잃어버렸을 때가 생각났다. 아아! 그는 또 한 번 한숨을 쉬었다. 정말 어려운 일이야. 소대와 목전에 둔 수색 작전은 그의 의식에서 멀어져 있었다. 크로프트 역시 무얼 바라고 그러는 걸까? 사람이란 태어났다가 죽는 게 아닌가. 자신은 그걸 안다는 사실에 그는 괜히 우월감을 느꼈다. 그는 다시 한 번 고개를 저었다.

미네타가 그의 옆에 와서 앉았다. "왜 그래?" 골드스타인이 리지스와 짝을 이루어 작업을 하는 터라, 그는 일부러 날카로운 어조로 물었다.

"나도 모르겠어." 골드스타인이 한숨을 쉬었다. "그냥 이런저런 생각 중이야."

미네타가 고개를 끄덕였다. "그래." 그는 그들이 정글을 난도질하여 만들어 낸 길을 응시했다. 길은 거의 100미터 정도 비교적 곧게 뻗어 나가다가 한 그루 나무를 돌아 굽어졌다. 그 길을 따라 여기저기에서 소대원들이 땅에 드러눕거나 배낭을 깔고 앉아 있었다. 그의 뒤에서 큰 칼로 나무를 베고 치는 소리가 꾸준히 들려왔다. 그 소리에 그는 풀이 죽었다. 땅에 닿은 궁둥이 부위가 축축해진 것을 느끼고, 앉은 위치를 바꾸었다. "군대에서야 하릴없이 앉아서 생각이나 하지 별수 있나." 미네타가 말했다.

골드스타인이 어깨를 으쓱했다. "생각을 하는 게 좋지 않을 때도 있어. 나 같은 사람은 생각을 많이 하지 않는 게 오히려 나아."

"그래, 그건 나도 마찬가지야." 미네타는 골드스타인이 자기와 로스가 일을 서툴게 했던 사실을 잊고 있다는 걸 알았다. 미네타는 골드스타인에게 호감을 느꼈다. 골드스타인은 다른 놈들처럼 옹졸하지 않구나. 그러자 크로프트와 다퉜던 일이 생각났다. 크로프트와 말다툼을 할 때 그를 지탱해 준 분노는 가시고 남아 있는 것은 오직 결과뿐이었다. "크로프트 개자식." 그가 말했다. 그는 그 결과를 마주하기 싫어서 일부러 다시 분노의 감정을 불러일으키고 있었다.

"크로프트?" 골드스타인이 질색하는 표정으로 말했다. 그가 경계하듯 잠시 주변을 둘러보았다. "소위가 왔을 때 사정이 달라질 거라고 생각했지. 좋은 사람 같았거든." 골드스타인은 크로프트가 소대장 지위에서 물러나게 되는 것에 자기가 얼마나 많은 기대를 걸었는지를 이 순간 문득 깨달았다.

"아아, 소위가 뭘 하겠어." 미네타가 말했다. "있잖아, 난 장교를 믿지 않아. 그들은 크로프트 같은 놈하고 아주 가깝게 지내지."

"그래도 지휘는 소위가 해야지." 골드스타인이 말했다. "크로프트 같은 놈한테 소대 지휘를 맡겨 버리면 우리는 그저 쓰레기 취급이나 당한다고."

"크로프트는 우리에게 앙심을 품고 있어." 미네타가 그에게 말했다. 자부심이라고 하기에는 애매한 감정이 갑작스레 그의 가슴에 솟아났다. "크로프트 따윈 무섭지 않아. 난 할 말은 해. 아까 너도 봤지?"

"내가 그랬어야 했는데." 골드스타인은 기분이 언짢았다. 왜 난 남한테 내 생각을 솔직히 말하지 못할까 하는 생각이 들었다. 그러나 정작 그의 입에서 나온 말은 본심과 달랐다. "난 너무 태평한 게 탈이야."

"그건 그래." 미네타가 말했다. "그런 놈들한테 당하고만 있으면 안 돼. 따끔하게 맞받아쳐 줘야 한다고. 입원했을 때 날 못살게 굴던 군의관이 있었거든. 그래서 내가 따끔하게 한 마디 해 줬지. 그랬더니 꼬리를 내리더군." 미네타는 자기가 한 말을 의심하지 않았다.

"그것도 좋은 방법이야."

"물론이지." 미네타는 기분이 좋았다. 팔의 통증도 둔해지고 나른한 안도감이 전신에 퍼졌다. 골드스타인은 괜찮은 친구야. 생각도 깊고. 미네타는 생각했다. "난 말이야, 좀 많이 놀아 봤어. 춤도 추고 여자들하고도 어울렸지. 고향에서는 내가 안 끼면 진짜 파티가 아니라는 말까지 있었다니까. 그렇다고 허랑방탕하게 놀기만 했던 건 아니야. 로지하고 어울려 다닐 때도 우린 진지한 얘길 나눴거든. 어이쿠, 등이야. 많은 이야길 나눴어. 난 본래 그런 사람이야." 미네타는 그렇게 단정했다. "나는 철학 같은 걸 좋아해." 그가 그런 생각을 해 본 건 이때가 처음이었다. 자신을 그런 식으로 설명하고 보니 기분이 좋았다. "여기 있는 놈들 대부분은 고향으로 돌아가면 전에 하던 버릇대로 여자들이랑 놀아나기나 하겠지. 하지만 우리는 달라, 안 그래?"

위낙 토론을 좋아하는 골드스타인은 말할 기회가 생기자 조금 전의 우울한 기분에서 벗어났다. "뭐 하나 말해 줄게. 나는 '이럴 가치가 있나?' 하는 문제를 자주 생각해." 코에서 입가로 뻗은 서글픈 주름들이 말하는 동안 더욱 깊어져 그를 한층 사색적으로 보이게 했다. "우린 말이야, 생각을 너무 많이 하지 않는 편이 더 행복할지도 몰라. 그저 원만하게 상황에 적응하며 살아가는 게 더 나을지도 몰라."

"나도 그 문제에 대해 생각해 봤어." 미네타가 말했다. 막연하고 명확하지 않은 생각들이 마음을 어지럽혔다. 뭔가 심각한 진리의 문턱에 와 있는 것 같은 느낌이 들었다. "이게 다 무엇을 의미하는 걸까 하고 생각할 때가 있어. 병원에 있을 때 한밤중에 어떤 친구가 죽었거든. 지금도 가끔 그 친구 생각이 나."

"저런." 골드스타인이 말했다. "옆에서 돌보는 사람 하나 없이 죽은 거잖아." 그가 안됐다는 얼굴로 혀를 찼다. 엉뚱하게도 갑자기 눈물이 맺혔다.

미네타가 놀라서 그를 쳐다보았다. "맙소사, 왜 그래?"

"모르겠어. 그냥 슬퍼. 그 친구에게도 아내와 부모님이 있었을 텐데."

미네타가 고개를 끄덕였다. "너희 유대인은 좀 묘해. 대부분의 사람들에 비해 스스로에 대해서나 다른 사람들에 대해 유난히 동정심이 많더라."

지금까지 잠자코 두 사람 옆에 누워 있던 로스가 몸을 일으

컸다. "난 예외로 해 줘." 유대인은 다 그렇다는 식의 말이 그는 썩 달갑지 않았다. 주정꾼에게서 욕을 얻어먹은 기분이었다.

"무슨 말이야?" 미네타가 쏘아붙였다. 그는 로스의 참견이 더없이 불쾌했다. 더욱이 로스는 몇 분 내로 그들이 다시 작업을 해야 한다는 사실을 상기시키는 존재였다. 크로프트가 지켜보고 있을 거라는 생각도 들었다. "누가 너더러 껴 달라고 했어?"

"근거 없는 말을 하니까 그렇지." 로스도 핀잔을 들은 이상 그냥 물러설 수는 없었다. 스무 살밖에 안 된 녀석이 뭘 안다고. 그가 고개를 젓고, 특유의 거드름 피우는 목소리로 느릿느릿 말했다. "그건 간단한 문제가 아니야. 그런 단정적인 말은……." 그는 말도 안 된다는 듯이 천천히 손을 저었다.

미네타는 자신의 견해가 그럴듯하다 여겨 흐뭇해하던 참이었다. 그래서 로스의 간섭에 적개심을 느꼈다. "어떻게 생각해, 골드스타인? 내 말이 옳아, 아니면 저 장의사 말이 옳아?"

골드스타인은 저도 모르게 웃음이 나왔다. 그는 로스가 옆에 있지 않을 때는 로스에게 어느 정도 동정심을 느꼈다. 그러나 로스는 무슨 말을 하건 항상 느릿느릿 엄숙한 게 탈이었다. 그의 말이 끝나기를 기다리는 건 짜증 나는 일이었다. 게다가 미네타의 말이 골드스타인에게 딱히 불쾌한 것도 아니었다. "글쎄, 난 네 말이 일리 있다고 생각해."

로스는 쓰게 웃었다. 이제 익숙한 일이지 뭐, 하고 그는 스스로를 위로했다. 내 편을 들어주는 사람은 아무도 없지. 아까 그들이 길 내는 작업을 했을 때, 그는 골드스타인이 일을 아주 잘하는 것이 못마땅했다. 왠지 배반을 당한 것 같은 느낌이 들었던 것이다. 지금 골드스타인이 미네타의 편을 든다고 해서 놀라울 건 없었다. "절대적으로 근거가 없는 말이지." 그가 같은 말을 반복했다.

"할 말이 그것밖에 없어?" 미네타가 빈정거렸다. "저언혀 그은거가 어없는 마알이지." 그가 로스의 말투를 흉내 냈다.

"좋아, 그렇다면 내 경우를 봐." 로스는 미네타의 빈정거리는 말투를 무시했다. "나는 유대인이지만 종교가 없어. 미네타, 어쩌면 종교에 관해서는 너보다 더 모를지도 몰라. 하지만 내 감정을 네가 어떻게 알아? 나는 유대인이 다 같다고 생각해 본 적 없어. 난 내가 미국인이라고 생각해."

골드스타인이 어깨를 으쓱했다. "왜? 자격지심 때문에?" 그가 조용하게 물었다.

로스는 화가 나서 숨을 몰아쉬었다. "그런 식의 질문은 마음에 안 들어." 그들의 무표정하고 냉담한 얼굴을 대하면서 말다툼을 벌이는 동안 긴장한 그의 심장이 격렬하게 고동쳤다. 강력하고, 명백히 불합리한 불안감으로 인해 그의 손바닥이 축축해졌다. "겨우 그런 말밖에 할 줄 몰라?" 그가 쏘아붙였다. 그의 음성이 점점 가늘고 날카로워졌다.

아아, 이탈리아 놈들하고 유대 놈들은 다 똑같아, 하고 미네타는 생각했다. 아무것도 아닌 일에 흥분을 하거든. 그렇게 생각하니 이 말다툼에서 왠지 우위를 점하는 느낌이었다.

"이봐, 로스." 골드스타인이 말했다. "크로프트와 브라운이 왜 널 싫어한다고 생각해? 네가 싫은 게 아냐. 너의 종교 때문에, 네가 너랑 아무런 관계가 없다고 말하는 그 무언가 때문에 널 싫어하는 거야." 그러나 그렇게 말하면서도 그는 자신이 없었다. 로스는 그를 불안하게 했다. 그는 로스가 비유대인들에게 나쁜 인상을 주고 있다고 느꼈다. 그래서 로스가 유대인이라는 사실이 늘 유감스러웠다.

크로프트와 브라운이 자기를 싫어한다는 말을 듣자 로스는 심란했다. 몰랐던 사실은 아니지만 그래도 그런 말을 대놓고 들으니 마음이 아팠다. "그렇진 않을걸." 그가 반박했다. "그게 종교하고 무슨 상관이야." 그는 갑자기 혼란스러웠다. 미움의 원인이 종교라고 믿을 수만 있다면 차라리 위안이 될 터였다. 그러나 거기에서 다른 문제들이 생기고 장차 있을 수 있는 실패의 불길한 조짐이 나타나는 것이다. 그는 무릎을 가슴에 바짝 붙이고 양팔로 머리를 감싸, 주변에서 벌어지는 시끄러운 말다툼 소리, 쉴 새 없이 들리는 칼질 소리, 웅성웅성 대화하는 소리, 끊임없이 무리하게 몸을 움직여야 하는 고통스러운 시간들을 다 차단해 버리고 싶었다. 정글이 갑자기 자기를 보호해 주는 느낌이 들고, 자기에게 충격을 주는 모든 요구들에 대해 완충 역할을 하는 것처럼 느껴졌다. 그는 정글 속으로 사라져 다른 병사들에게서 떨어져 있고 싶다고 생각했다. "난 모르겠어." 그가 말했다. 일단은 말다툼을 중단하는 것이 중요하다고 생각했다.

그들은 잠잠해져서 다시 저마다 배낭을 베고 누워 자기만의 생각에 잠겼다. 미네타는 피로감 때문인지 공상의 색깔도 우울해지고 서글퍼지는 느낌이었다. 그는 어렸을 때 부모님을 따라 방문했던 이탈리아를 생각했다. 기억이라고 해 봐야 별로 남아 있는 것이 없었다. 아버지가 태어난 마을과 나폴리시는 조금 기억이 났지만, 그 외에는 별로 생각나는 것이 없었다.

아버지의 고향 마을에서는 금방이라도 무너질 것 같은 집들이 산허리에 자리 잡고 있어, 작은 골목길과 먼지투성이의 뜰이 그물처럼 얽혀 있었다. 산기슭에서는 작은 시냇물이 바위를 후려갈기며 아래쪽 골짜기로 맹렬하게 쏟아져 내렸다. 여자들은 아침이면 빨랫감을 광주리에 담아 개울로 내려가 기슭의 평평한 바위에서, 일에 몰두하는 옛날 농촌 아낙의 동작으로 가족의 옷가지들을 문지르고 두드리고 비벼서 빨았다. 마을의 소년들은 매일 오후 개울에서 물을 길어 언덕 위로 천천히 날랐다. 마을로 가는 오솔길을 힘겹게 오르는 소년들의 가냘픈 자그마한 갈색 다리에는 힘줄이 돋아 있었다.

그가 기억하는 건 그런 것들이 전부였지만, 마음을 흔들어 놓기에 충분했다. 그는 그 마을에 대해서는 거의 생각하지 않았고, 한때는 할 줄 알았던 이탈리아어도 대부분 잊어버렸다. 그러나 마음이 울적하거나 생각에 잠길 때면 양쪽 벽 사이의 골목길에 내리쬐던 햇빛이라든가 코를 찌르는 밭 거름 냄새가 기억에 떠오르곤 했다.

그는 지금 여러 달 만에 처음으로 이탈리아에서 벌어지는 전쟁을 떠올렸고, 그 마을이 포격으로 파괴되지나 않았을지 궁금해했다. 마을이 파괴된다는 것은 있을 수 없는 일 같았다. 돌과 석고로 된 그 작은 집들은 영원히 그 자리에 남아 있어야 한다. 그렇지만…… 그는 기분이 몹시 우울했다. 그 마을로 돌아갈 생각은 별로 해 본 적이 없지만, 지금 이 순간에는 그것이 그의 가장 간절한 소원처럼 생각되었다. 제기랄, 완전히 폐허가 되었을 거야. 그렇게 생각하니 슬픈 감정이 밀려들었다. 잠시 동안 완전히 파괴되어 버린 마을, 거리에 널린 시체, 지평선 너머에서 끊임없이 아득하게 울려 오는 포성, 그런 것들이 몽타주 사진들처럼 머릿속을 스쳐 갔다. 그 몽타주에는 심지어 다른 대양의 한 섬에서 벌어지는 이 수색 작전도 담겨 있었다. 세계 곳곳에서 모든 것이 부서지고 있었다. 머릿속에 그리는 상념의 규모가 너무도 커서, 그의 마음은 이리저리 방향을 바꾸며 밀려 나갔다가 한쪽으로 기우뚱해서는 다시 그가 앉아 있는 바위로 휘청거리며 돌아와 육체가 느끼는 비참함과 피로감에 다시금 집중했다. 아아, 너무 엄청난 생각을 하다 보면 뭐가 뭔지 모르게 된단 말이야. 세상에는 어딜 가나 나를 밟고 올라서려는 놈이 있거든. 그는 부서진 벽들이 죽은 병사들의 치켜 올려진 팔처럼 서 있는 파괴된 마을을 저도 모르게 상상했다. 그것은 충격적인 광경이었다. 그는 마치 부모님의 죽음을 상상하는 것 같은 죄책감을 느꼈다. 그는 그런 환상을 떨쳐 버리려고 애를 썼다. 그렇듯 황폐한 모습이라니. 분노가 치밀었다. 바위에서 빨래를 하는 여자들이 없는 마을은 상상할 수도 없을 것 같았다. 그는 고개를 저었다. 아아, 빌어먹을 무솔리니 새끼. 하지만 그는 혼란스러웠다. 아버지는 그에게 무솔리니가 번영을 가져왔다고 입버릇처럼 말했고, 그도 아버지의 그 말을 곧이들었다. 아버지와 삼촌이 논쟁을 하던 일이 생각났다. 이탈리아는 빌어먹게 가난한 나라니까 그런 자가 나타나서 일을 할 수밖에 없는 거야, 하고 그는 생각했다. 아버지의 사촌들 가운데 한 명이 로마의 거물급 인사였는데, 그는 1922년에 무솔리니의 군대와 함께 로마로 진군했다. 미네타는 어린 시절 내내 그 당시의 이야기를 귀에 딱지가 앉도록 들었다. "젊은 애국자라면 누구나 1922년에 무솔리니와 함께 싸웠단다." 아버지의 그런 말을 들으면 미네타도 그 사람들과 함께 행진하면서 영웅이 되는 광경을 꿈꾸곤 했다.

모든 것이 뒤죽박죽이었다. 그는 눈에 보이는 것 이상을 생각할 수가 없었다. 지금 그의 눈앞에는 그물처럼 빽빽한 정글이 생생하게 존재하고 있었다. "아아, 빌어먹을 무솔리니 새끼." 그가 답답함을 풀어내려는 듯이 또 한 번 그렇게 중얼거렸다.

골드스타인이 그의 옆에서 부스럭거리며 일어설 채비를 했다. "가자, 다시 우리 차례야."

미네타가 비틀거리며 일어섰다. "왜 제대로 쉬게 해 주질 않는 거야? 빌어먹을, 엉덩이 붙인 지 얼마나 됐다고." 그가 울퉁불퉁한 좁은 길을 어깨로 밀어젖히며 가고 있는 리지스를 노려보았다. 지금까지의 공상은 어디론가 사라지고 그 공상을 불러일으킨 분노와 피로감만 남아 있었다.

"가자, 미네타." 리지스가 돌아보며 미네타를 불렀다. "일해야지." 그가 미네타의 대답을 기다리지 않고 이전 조와 교대하기 위해 앞장서서 천천히 걸었다. 리지스는 화가 나고 마음이 답답했다. 쉬는 동안 그는 소총 소제를 할 여유가 있을지 궁리했고, 십 분 안엔 총을 제대로 소제할 수 없다는 판단을 내렸다. 그래서 마음이 편치가 않았다. 총은 물에 젖고 진흙이 묻어, 곧 손질을 하지 않으면 녹이 슬어 버릴 터였다. 제기랄, 그는 속으로 투덜거렸다. 늘 이거 해라 저거 해라 사람들을 들볶으니 한 가지 일도 제대로 할 시간이 없잖아. 그는 군대의 우둔함을 비웃으면서도 동시에 죄책감도 느꼈다. 정직한 성격의 그로서는 귀중한 장비를 제대로 손질하지 않고 있다는 사실이 마음에 걸렸다. 정부는 내가 소중히 다룰 것이라 생각하고 M-1총을 지급한 것이다. 그런데 난 그걸 제대로 간수하지 못하고 있어. M-1총은 100달러쯤 될 거라고 리지스는 생각했다. 그가 생각하기에 100달러는 엄청난 금액이었다. 손질을 해야겠는데, 시간을 주지 않으면 어떡하지? 그로선 해결하기 힘든 문제였다. 그가 한숨을 쉬고는 칼을 집어 들어 일을 시작했다. 곧 골드스타인도 작업에 합류했다.

소대는 다섯 시간 동안 길을 낸 끝에 정글 가장자리에 도달했다. 그 옆에는 또 다른 개울 하나가 흐르고 있었다. 개울 맞은편 기슭에는 쿠나이 풀과 군데군데 관목 숲에 덮인 황토색 구릉이 구불구불 북쪽으로 뻗어 있었다. 햇빛은 눈이 부시도록 밝았고, 헐벗은 구릉들과 구름 한 점 없이 쨍한 하늘이 이글이글 빛을 반사하고 있었다. 정글의 어둠에 익숙해져 있던 병사들은 눈을 깜박이며 불안해했고, 눈앞에 광대하게 펼쳐진 공간에 대해서도 약간의 두려움을 느꼈다. 모든 것이 너무도 고통스러우리만큼 헐벗은 모습이었다.

그 압도적인 공간이라니!

타임머신

조이 골드스타인
브루클린 만

금발에, 푸른 눈이 상냥하고 진지해 보이는 스물일곱 살가량의 건장한 청년. 콧날은 날카롭고, 코에서 입가 쪽으로 잡힌 의외의 서글픈 주름이 아니었다면 소년처럼 보였을 얼굴이다. 그의 말투는 빠르고 진지하다. 누가 중간에 끼여들까 걱정하는 사람처럼 숨도 쉬지 않고 빠르게 말을 쏟아 낸다.

자갈로 포장된 거리의 상점들이 모두 그렇지만, 이 과자점도 좁고 지저분하다. 가랑비가 내릴 때면 포석 표면은 씻겨 번들거리고 맨홀 뚜껑이 형체 없는 아지랑이를 토해 낸다. 밤안개가 노상강도들, 어둠 속에서 소란 피우며 돌아다니는 깡패들, 습기 차고 얼룩진 갈색 벽지가 발린 어두운 침실에서 살을 섞는 연인들을 감싼다. 여름에는 썩은 내를 풍기던 거리의 벽들이 겨울에는 차갑고 끈적거린다. 시의 이 구역에는 특유의 해묵은 냄새가 배어 있다. 음식 찌꺼기 냄새, 포석 틈새에 긴 말똥 냄새, 타르 냄새, 연기 냄새, 도시 사람들의 시큼한 냄새,

더운 물이 나오지 않는 집들에서 쓰는 석탄 난로와 가스난로의 냄새. 모든 냄새가 한데 어우러지면서도 저마다 독특함을 잃는 법이 없다.

낮에는 행상들이 길모퉁이에 서서 큰 소리로 손님을 부르며 과일과 채소를 판다. 볼품없는 검정색 외투를 입은 중년 여자들이 약삭빠르고 인색한 손가락으로 과일이나 채소를 잡아채 속까지 샅샅이 살핀다. 여자들이 하수도의 물을 피해 조심스럽게 보도에서 비키면서 생선 가게 주인이 이제 막 거리에 내던진 생선 대가리를 탐내듯 쳐다본다. 생선 피가 처음엔 포석을 붉게 물들였다가 이내 옅어지면서 분홍색으로 변하더니 이어 하수도의 물에 씻겨 없어진다. 그러면 생선 비린내만 남아, 말똥 냄새와 타르 냄새, 그리고 정육점 쇼윈도에 걸린 훈제 고기의 정체 모를 기름진 냄새와 섞인다.

거리 끝에 위치한 과자점은 창턱에 기름이 끼고 페인트칠이 되어 있던 자리에 녹이 슨 아주 작은 점포이다. 앞 창문이 약간 열려 있어, 거리에서 사람들이 직접 물건을 살 수 있는 카운터 구실을 하지만, 창유리에 금이 가 과자에 먼지가 앉는다. 안에는 협소한 대리석 카운터와 폭이 60센티미터쯤 되는 통로가 있는데, 손님들은 거기에 깔린 낡은 방수포를 밟고 선다. 여름이면 이 방수포가 찐득찐득해져, 손님들 구두에 진이 묻어난다. 카운터 위에는 금속제 뚜껑이 덮인 유리 단지 두 개와 국자 한 개가 놓여 있다. 단지 안에는 버찌와 오렌지 진액이 들어 있다. (코카콜라가 아직 대중들에게 잘 알려지지 않은 시점이다.) 두 유리 단지 사이의 목판 위에 각설탕 모양의 촉촉한 황갈색 할바[3] 한 개가 놓여 있다. 굼뜨게 움직이는 파리들은 누가 건드리지 않는 이상 날아갈 것 같지가 않다.

이 가게를 깨끗하게 유지할 방법은 없다. 조이의 어머니 골드스타인 부인은 부지런한 여자로, 매일 아침저녁 가게 앞을 쓸고, 카운터를 닦고, 과자 위에 앉은 먼지를 떨어내고, 바닥에 물걸레질을 한다. 하지만 너무 오래 묵어 버린 때는 이 가게와 옆집과 그 너머 거리의 가장 깊숙한 틈 사이사이에 자리를 잡고, 생명이 있건 없건 모든 것의 땀구멍과 세포에 속속들이 퍼져 있다. 가게를 깨끗하게 유지하는 것은 불가능하다. 그렇게 가게는 한 주가 지날 때마다 조금 더 더러워지고, 이 거리의 부패와 함께 조금 더 썩어 간다.

모세 세파드닉 노인이 가게 뒤쪽의 접의자에 앉아 있다. 딱히 할 일도 없을뿐더러 너무 늙고 정신이 흐릿해서 가게 일을 볼 수 없다. 노인은 미국을 이해할 수 없다. 너무 크고 너무 빠른 미국에서는 몇 세기에 걸쳐 이어 내려온 폐쇄된 사회의 질서가 시들어 버린다. 사람들은 항상 이동한다. 이웃 사람들 가운데에는 예전보다 부유해져서 이스트사이드에서 브루클린으로, 브롱크스로, 웨스트사이드 북부로 옮겨 간 사람들이 있다. 작은 사업이 실패해서 좀 더 변두리의 판잣집으로 이사하거나 아예 시골로 내려가 버린 사람들도 있다. 노인도 행상을 다닌 적이 있다. 1차 세계 대전이 발발하기 전, 그는 봄이 되면

---

3) 참깨와 꿀로 만드는 터키식 사탕.

봇짐을 지고 뉴저지의 작은 도시들을 다니면서 가위와 실과 바늘을 팔았다. 그러면서도 끝내 미국을 이해하지 못했다. 60 대가 된 지금, 그는 나이보다 일찍 늙어 작은 과자점 뒤편으로 쫓겨나 탈무드식 사색의 전당을 배회하는 신세가 되었다. (머릿속에 벌레가 생기면, 벌레가 기어 다니는 구멍 가까이에 배추 이파리를 놓아두어 벌레를 제거할 수 있나니.)

일곱 살 난 손자 조이가 얼굴에 상처를 입고 울면서 학교에서 돌아온다. 엄마, 애들이 날 때렸어요. 나한테 '쉬니'[4]라고 부르면서 막 때렸어요.

누가 그랬니?

이탈리아 애들이요. 떼로 몰려들어 날 때렸어요.

그 말이 노인의 마음속에서 움직여 사색의 흐름을 바꿔 놓는다. 이탈리아인이라. 그는 어깨를 으쓱한다. 믿을 수 없는 사람들이지. 종교 재판 때 제노아에서는 유대인을 받아 주었지만, 나폴리에서는…… 나폴리.

그는 어깨를 으쓱하고, 애 엄마가 손자 얼굴의 피를 닦아 주고 상처에 반창고를 붙여 주는 모습을 지켜본다. 오, 내 새끼.

노인이 자조적으로 웃는다. 그것은 사정이 좋지 않다는 말을 들은 비관론자의 섬세하게 걸러진 듯한 웃음이다. 그러고 보니 미국이라고 그다지 다를 건 없다. 노인의 눈앞에 유대인 포로들을 노려보는 이교도들의 얼굴이 떠오른다.

조이야. 그가 탁하게 갈라진 목소리로 부른다.

---

[4] 유대인을 비하해서 부르는 말.

왜요, 할아버지?

이교도들이 널 뭐라고 부르던?

'쉬니'라고 했어요.

할아버지는 또 한 번 어깨를 으쓱한다. 유대인을 부르는 또 하나의 호칭. 순간 가슴에 묻어 둔 해묵은 분노가 그를 흔든다. 그는 아직 틀이 잡히지 않은 소년의 얼굴과 밝은 금발을 본다. 미국에서는 유대인조차 이교도처럼 생겼구나. 금발이라니. 노인이 생각을 떨치고 이디시어로 말한다. 그놈들이 널 때리는 건 네가 유대인이기 때문이란다. 유대인이 뭔지 아니?

네.

할아버지는 손자에게 왈칵 애정을 느낀다. 이렇게 잘생기고 이렇게 착한 아이를. 그는 늙어서 죽을 날이 머지않았는데 아이는 너무 어려서 그의 말을 이해하지 못한다. 아이에게 가르쳐 줄 게 너무도 많다.

유대인의 의미가 무엇인가 하는 것은 어려운 문제다. 그것은 인종도 아니고, 이제 더 이상 종교도 아니며, 어쩌면 끝내 한 나라가 되지 못할지도 모른다, 라고 그가 말한다. 아이가 벌써부터 자기가 하는 말을 알아듣지 못한다는 걸 어렴풋이 감지하면서도 그는 계속해서 자기가 속으로 생각하던 것들을 소리 내어 말한다.

그렇다면 유대인은 무엇이냐? 예후다 할비는 이스라엘은 모든 민족의 마음이라고 했다. 몸을 해치는 것은 마음도 해친다. 마음은 또한 모든 민족의 죄 때문에 고통받는 양심이다. 그는 다시 한 번 어깨를 으쓱인다. 그는 자기가 생각하는 바를 소리 내어 말하는 것인지, 아니면 그저 입술만 움직이고 있는 것인지를 분간하지 못한다. 이것은 재미있는 문제지만, 나는 개인적으로 유대인은 고통받기 때문에 유대인이라고 생각한다. 유대인은 모두 고통을 받는다.

왜요?

그래야만 구세주를 영접할 자격이 생기니까? 노인은 그 문제에 대한 답을 이젠 알 수가 없다. 그는 고난이 유대인을 더욱 선량하게도 더욱 악하게도 만든다고 생각한다.

그러나 아이에게는 항상 답을 주어야만 한다. 그는 정신을 차리고 집중하면서 확신 없이 말한다. 그래야만 우리가 영원히 지속될 수 있을 테니까. 우리는 억압자들에게 둘러싸여 시달림을 당하는 민족이란다. 그래서 우리는 다른 사람들보다 강하면서도 약하고, 다른 사람들보다 유대인을 더 사랑하면서도 더 미워하지. 우리는 너무도 고난을 많이 겪어 견딜 줄을 안단다. 우리는 언제까지나 견뎌 낼 거야.

소년으로서는 도무지 이해할 수 없는 말들이지만, 그가 들은 말들은 기억 속에 새겨져 언젠가 파헤쳐질 날이 올 것이다. 소년은 할아버지를, 힘줄이 솟아난 주름투성이 손을 본다. 그리고 파리한 노인의 눈에 새겨진 분노와 열에 들뜬 지성을 본다. 고난. 그 한마디가 조이 골드스타인의 마음에 새겨진다. 그는 이미 맞았을 때의 굴욕감과 두려움을 잊었다. 그는 이마의 반창고에 손을 대 보면서 이제 나가서 놀아도 되지 않을까 생각한다.

가난한 사람들은 이동이 잦다. 언제나 새로운 장사, 새로운 일거리, 새로운 거처, 결국엔 익숙한 좌절로 이어지는 새로운 기대감이 있다.

이스트사이드의 과자점이 망하고, 그 뒤에 차린 과자점도 망하지만, 그래도 또 한 번 과자점을 차린다. 잦은 이사. 브롱크스에서 맨해튼으로, 또 브루클린의 과자점으로 자리를 옮긴다. 할아버지는 세상을 떠나고, 조이와 함께 홀로 남은 어머니는 마침내 브라운스빌의 과자점에서 자리를 잡는다. 이번에도 역시 앞 창문이 애매하게 열려 있고 과자에 먼지가 앉는 가게다.

여덟 살, 아홉 살, 열 살이 될 즈음, 조이는 새벽 5시에 일어나 일터로 출근하는 사람들에게 신문과 담배를 팔고, 7시 30분에 학교로 갔다가 돌아와서는 잘 시간이 될 때까지 가게에서 일한다. 어머니는 거의 하루 종일 가게에서 살다시피 한다.

일밖에 없는 공허하고 외로운 삶 속에서 세월이 천천히 흐른다. 친척들은 그의 어머니에게 조이가 지나치게 어른스럽고 이상한 아이라고 말한다. 그는 남의 기분을 잘 맞출 줄 아는 정직하면서도 유능한 세일즈맨이지만, 큰 사업가나 투기업자가 될 소질은 보이지 않는다. 그의 삶은 일의 연속이다. 어머니와 그 사이에는 오랫동안 함께 일해 온 사람들 사이에서 볼 수 있는 독특하고 친밀한 유대감이 있다.

그에게는 야심이 있다. 고등학교에 다니는 동안 그는 가당찮게도 대학에 진학해서 엔지니어나 과학자가 되겠다는 꿈을 꾼다. 그는 얼마 되지 않는 여가 시간에 과학 서적을 읽으면서 과자점을 떠날 희망에 젖는다. 그러나 정작 과자점을 떠나서 하게 된 일은 어느 창고의 선적 관련 사무이다. 어머니는 아이 하나를 채용해서 그가 하던 일을 하게 한다.

사람들과의 접촉도 없다. 그의 말투는 같이 일하는 사람들이나 동네에서 알고 지내는 몇몇 아이들의 말투와 사뭇 다르다. 거칠지만 다정한 브루클린 특유의 어투가 그에게서는 실질적으로 묻어나지 않는다. 그의 말투는 어머니를 닮아 형식적이고 거의 억양이 없으며 필요 이상으로 과장하는 습관이 있다. 밤에는 현관 입구의 계단에 앉아 여러 해 동안 함께 자란 친구들과 이야기를 나누기도 한다. 그는 그들이 브루클린의 거리에서 야구나 축구를 할 때 구경하곤 했었다. 그런데 그와 그 젊은이들 사이에는 다른 점이 있다.

야, 저 여자 젖가슴 좀 봐. 머리가 말한다.

탐스러운데. 베니가 말한다.

조이는 어색하게 웃으며 10여 명의 다른 젊은이들과 함께 계단에 앉아 머리 위의 나뭇잎들이 느긋한 부르주아의 리듬으로 살랑거리는 모습을 지켜본다.

저 애 아버지가 부자라지. 리젤이 말한다.

저 애랑 결혼해라.

두어 계단 아래에서는 야구 선수들의 타율을 놓고 논쟁이 벌어진다. 무슨 말이야? 난 알아, 내기할래? 잘 들어, 그날 브루클린[5]이 이겼다면 난 16달러를 벌었을 거야. 난 해크 윌슨

---

5) 브루클린 다저스를 가리킨다.

이 5타수 2안타를 날려서 2할 8푼 1리의 타율이 올라가고 브루클린이 이긴다는 쪽에 걸었어. 윌슨은 4타수 3안타를 날렸지만 브루클린이 7 대 2로 컵스[6]에 지는 바람에 나도 내기에 졌단 말이야. 그래도 내기할래?

그저 구경하는 입장에서 늘 멍청하게 웃음을 띠고 있자니 골드스타인의 볼 근육이 뻐근하다.

머리가 그의 옆구리를 찌른다. 왜 우리랑 같이 자이언트[7]의 더블헤더[8] 구경하러 안 갔어?

아, 글쎄, 난 어쩐지 야구에 제대로 몰두가 안 돼서 말이야.

또 한 소녀가 엉덩이를 흔들며 브루클린의 어둠 속을 지나가자 익살꾼 리젤이 유인원 같은 동작으로 그 뒤를 쫓아간다. 그가 휘익 하고 휘파람을 불자, 하룻밤을 위해 짝을 찾아 날아가는 새들의 교성처럼 소녀의 하이힐 소리가 보도에 울린다.

가슴 한번 끝내 주네.

조이, 넌 팬서스 클럽에 가입하지 않았지? 파티에서 그의 옆자리에 앉은 소녀가 묻는다.

응, 하지만 거기 회원들은 다 알아. 다 좋은 친구들이지. 그가 말한다. 고등학교를 졸업한 그해에 열아홉 살이 된 그는 금빛 콧수염을 길러 보지만 자리가 잘 잡히지 않는다.

래리가 결혼한다더라.

---

6) 시카고 컵스를 가리킨다.
7) 뉴욕 자이언트를 가리킨다.
8) 같은 두 팀이 하루 동안 같은 경기장에서 연속해서 두 경기를 하는 것.

이블린도 결혼한대. 조이가 말한다.

응, 변호사랑.

지하실 한복판을 치워 만든 빈 공간에서 젊은이들이 엉덩이를 뒤로 빼고 어깨를 으쓱거리며 당시 유행하는 스타일로 춤을 추고 있다. 노래의 황홀한 매력 속에서.

조이, 너 춤 좀 추니?

아니. 순간적으로 다른 모든 젊은이들을 향해 분노가 치민다. 너희에겐 춤추고 변호사가 되고 혼자 있는 나한테 붙임성 있게 말을 걸어 줄 여유가 있겠지. 그러나 그답지 않은 그런 감정은 지나가고 거북함만 남는다.

실례할게, 루실. 그가 파티를 주최한 소녀에게 말한다. 이제 가 봐야겠어. 아침에 일찍 일어나야 하거든. 어머니께 잘 말씀드려 줘.

그러고는 10시 30분이라는 애매한 시간에 집으로 돌아와 어머니와 함께 얼룩이 진 흰 자기(磁器) 탁자에서 뜨거운 차를 마신다. 그의 얼굴에 언짢은 기색이 드러난다.

무슨 일이니, 조이?

아무것도 아니에요. 어머니가 눈치를 챘다는 게 견딜 수 없다. 내일 할 일이 많아서 그래요. 그가 말한다.

제화 공장에선 네가 그렇게 일을 많이 하는데도 어쩜 대우가 그 모양이라니.

그가 판지로 된 상자를 바닥에서 한쪽으로 기우뚱하게 일으켜 세운 다음, 그 뒤쪽에 한쪽 무릎을 받치고 머리 위로 들어 올리면서 2미터 높이로 쌓인 상자 더미 위에 그것을 올린다. 옆에서는 신입이 서툰 솜씨로 상자를 들어 올리느라 허둥 댄다.

자, 나 하는 걸 봐. 조이가 말한다. 이것의 관성과 싸워서 힘을 받게 해야 해. 이런 건 들어 올리는 요령을 아는 게 아주 중요해. 안 그러면 탈장이 일어나고 몸에 별의별 문제가 다 생기거든. 내가 연구를 좀 했지. 그가 상자 하나를 들어 올릴 때, 억센 등 근육이 아주 약간 수축한다. 자네도 곧 요령을 터득할 거야. 그가 쾌활하게 말한다. 이렇게 연구가 필요한 일들이 많지.

혼자만의 고민. MIT(매사추세츠 공과 대학), 셰필드 공과 대학, NYU(뉴욕 대학) 같은 데서 보내오는 연감을 뒤적이는 따위의 슬픈 일들.

그러나 마침내 어느 파티에서 그는 대화 상대가 될 만한 소녀를 만난다. 말투가 부드럽고 수줍은, 검은 머리의 예쁘장한 아가씨다. 그녀는 자신의 턱에 있는 점이 매력적이라는 걸 안다. 이제 갓 고등학교를 졸업한, 그보다 한두 살 아래인 소녀는 배우나 시인이 되는 게 꿈이다. 소녀 때문에 그는 차이코프스키 교향곡을 듣게 된다. (소녀는 5번 교향곡을 제일 좋아한다.) 소녀는 『천사여, 고향을 보라』[9]를 읽는 중이고, 양품점에서 점원으로 일한다.

나쁜 직장은 아니지만…… 다른 여자애들 수준이 높지 않아서 특별히 글로 쓸 만한 이야깃거리가 없어, 하고 소녀가 말

---

9) 1929년에 출간된, 미국의 작가 토마스 울프(Thomas Wolfe)의 첫 소설.

한다. 뭔가 다른 일을 하고 싶어.

그건 나도 정말 그래. 그가 말한다.

그래, 조이, 당신은 직장을 바꿔야 해. 당신은 훨씬 세련된 사람이니까. 생각을 할 줄 아는 사람은 우리 둘뿐이야. (그들은 갑자기 마법처럼 서로에게 친밀감을 느끼며 웃는다.)

얼마 뒤 두 사람은 소녀의 집 거실에 있는 딱딱한 밤색 소파에 앉아 오랜 시간 대화를 나눈다. 그들은 그녀가 결혼을 해야 할 것인가, 아니면 직장을 다닐 것인가 하는 문제를 학술적으로, 또 추상적으로 이야기한다. 물론 그것은 두 사람 중 누구의 관심사도 아니다. 그들은 그저 인생사에 관해 사색하는 걸 좋아할 뿐이다. 서로 사랑을 나누는 젊은이들의, 아니 보다 정확하게는 서로 애무를 나누는 젊은이들의 복잡하게 뒤얽힌 달콤하고 자기 성찰적인 세계에서, 그들은 세상에서 가장 역사가 깊은 길을 따라 나아간다. 그런데 그것은 또한 가장 기만적인 길이기도 하다. 연인들은 그것이 자기들만을 위해 존재하는 길이라고 확신하기 때문이다. 서로 약혼한 사이로 자처하는 동안에도, 약혼 서약에 담긴 미묘한 세부적 내용들이 점점 바랜다. 두 사람 사이의 친밀함에서, 거실과 음식 값이 저렴한 식당에서 나직한 소리로 주고받는 긴 대화에서, 벨벳의 동굴 같은 어두운 영화관 안에서 손을 맞잡고 속삭이는 밀어에서, 그들은 가슴 뿌듯한 감동을 얻는다. 그들은 두 사람을 사랑에 빠지게 한 제반 요인들은 거의 다 잊고 그 효과만을 느낀다. 물론 그들이 나누는 대화의 내용도 달라져 새로운 화제가 등장한다. 수줍고 예민한 소녀들은 결국 시인이 되거나 세상이 싫어져 술집에서 홀로 술을 홀짝일지도 모른다. 그러나 착하고 수줍고 예민한 유대인 처녀들은 대개 결혼해서 아이를 낳고 일 년에 1킬로그램씩 체중이 늘며, 인생의 의미보다는 새 모자를 사서 쓰거나 새 냄비를 사용해 보는 일에 더 신경을 쓴다. 약혼 후 나탈리는 두 사람의 장래에 대해 이야기한다.

조이, 당신을 들볶고 싶진 않지만 당신의 수입으로는 결혼할 수가 없어요. 설마 더운 물도 안 나오는 아파트에서 살자고 하는 건 아니겠죠? 갖출 건 갖춘 좋은 집을 갖는다는 건 여자에게 아주 중요한 일이에요.

무슨 말인지 알아. 그가 말한다. 하지만 나탈리, 그건 쉬운 일이 아니야. 불경기라고 다들 야단이야. 공황이 언제 다시 닥칠지도 모르고.

조이, 그렇게 말하다니 당신답지 않아요. 난 당신의 강하고 낙관적인 면을 좋아하는데.

아냐, 내가 강하고 낙관적인 건 당신 덕이지. 그가 말없이 앉아 있다. 있잖아, 내게 생각이 하나 있어. 용접 일을 해 볼까 해. 용접은 새로운 분야지만, 그렇다고 자리가 잡히지 않았다고 할 정도는 아니거든. 물론 앞으로는 플라스틱이나 텔레비전이 유망하겠지만, 아직은 확실한 보장이 없으니까 뭐. 그리고 솔직히 말해서 나는 아직 그 방면으로는 교육도 받지 못했어.

용접 일도 괜찮을 것 같아요, 조이. 그녀가 곰곰이 생각한다. 그렇게 내세울 만한 직업은 아니지만 한 이 년 후에는 매장을 하나 낼 수 있을지도 모르잖아요?

가게지.

가게, 가게가 어때서요? 부끄러울 게 뭐라고. 가게를 하나 내면 당신도…… 사업가가 되는 거잖아요.

두 사람은 의논 끝에 그가 일 년간 야간 학교에 다니면서 용접 기술을 배우기로 결정한다. 그 생각을 하니 그는 마음이 우울해진다. 그러자면 자주 만날 수 없을 거야. 일주일에 겨우 두어 번밖에 못 만날 텐데, 괜찮은 건지 모르겠어.

조이, 당신은 날 이해하지 못해요. 난 한 번 결심하면 절대 흔들리지 않아요. 난 기다릴 수 있어요. 내 걱정은 안 해도 돼요. 그녀가 다정하게 웃는다.

매우 고생스러운 일 년이 시작된다. 그는 창고에서 일주일에 마흔네 시간씩 일을 하고, 저녁 식사를 서둘러 끝낸 뒤 밤에는 교실과 실습실에서 맑은 정신으로 수업을 들으려 무진장 애를 쓴다. 12시에 집에 돌아오면 곧장 잠자리에 들고, 아침이면 무거운 몸을 겨우 일으켜 일터로 간다. 화요일과 목요일 밤마다 수업이 끝난 후 나탈리와 만나 새벽 2~3시까지 함께 지낸다. 나탈리의 부모는 그것을 못마땅하게 여기고, 그의 어머니 역시 잔소리를 늘어놓는다.

그와 어머니 사이에 말다툼이 벌어진다.

조이, 나도 그 애한테 무슨 유감이 있는 건 아니다. 아주 착한 아가씨 같기는 해. 그렇지만 넌 아직 결혼할 형편이 못 되잖니? 그 앨 생각해서라도 결혼은 안 하는 게 좋아. 그 애도 초라한 집에서 사는 건 원하지 않을 거야.

그건 엄마가 모르고 하시는 말씀이에요. 나탈리를 과소평가하시는 거예요. 나탈리는 우리 형편을 다 알아요. 우리가 꼭 무분별한 행동이라도 한다는 듯이 말씀하시네요.

너희는 아직 어려.

엄마, 나 이제 스물한 살이에요. 지금껏 아들 노릇 잘해 왔잖아요. 열심히 일했으니 즐거움과 행복을 조금은 누려도 되잖아요.

조이, 내가 언제 너더러 행복을 누리지 말라고 했니? 물론 넌 착한 아들이었어. 난 네가 이 세상의 온갖 기쁨은 다 누리기 바란단다. 하지만 넌 건강을 해치고 있어. 늦게까지 나다니고 또 너무 많은 책임을 지려 하잖니. (어머니의 눈에 눈물이 맺힌다.) 내가 바라는 건 네 행복뿐이란다. 넌 그걸 알아야 해. 때가 되면 어련히 네 결혼을 생각하지 않겠니? 난 그저 네가 너한테 걸맞은 아내를 맞았으면 하는 것뿐이야.

나탈리는 저한테 과분한 여자예요.

무슨 소리! 너한테 과분한 여자가 어디 있니?

엄마, 그냥 받아들이세요. 난 결혼할 거예요.

어머니는 어깨를 으쓱한다. 아니, 학교를 마치려면 아직 반년이 더 남았고, 그런 다음엔 용접 일자리도 구해야 하지 않니. 좀 더 시간을 두고 생각해 보자꾸나. 그때 가서 네 생각이 어떨지 두고 보면 알겠지.

하지만 난 벌써 마음을 정했어요. 더 이상 하니 마니 고민할 일이 아니라고요. 정말이지 엄마 때문에 속상해요.

어머니는 입을 다물어 버린다. 두 사람은 한동안 말없이 식사를 한다. 둘 다 마음이 편치 않다. 그들은 각자 자신의 입장을 정당화할 새로운 논거를 궁리하면서도 다시 말다툼이 되풀이될까 봐 입 밖에 내기를 꺼린다. 마침내 어머니가 한숨을 쉬며 아들을 쳐다본다.

조이, 내가 한 말은 나탈리한테 한마디도 전하지 마라. 내가 그 애를 싫어하지 않는다는 건 너도 알 거다. 나중에 어떻게 될지 알 수 없는 일이라 조심해야겠다고 생각했는지 어머니가 한 발 물러선다.

그는 용접 학교를 졸업하고 주급 25달러짜리 일자리를 얻는다. 두 사람은 결혼한다. 부조금으로 걷힌 400달러에 가까운 돈은 백화점에서 침실용 세트와 거실에 들여놓을 소파와 의자 두 개를 사기에 충분한 금액이다. 두 사람은 이런 가구들에다 엉성한 달력에나 등장할 법한 소 떼가 있는 해 질 녘 목장의 풍경, 「푸른 문」[10]의 싸구려 복제화, 광고지에서 오려 낸 맥스필드 패리시[11]의 그림 등을 더한다. 나탈리는 침실의 작은 탁자 위에 책 표지처럼 된 한 쌍의 액자에 넣은 결혼 사진을 올려놓는다. 그의 어머니는 두 사람에게 장식 선반과 살이 포동포동하게 찐 천사들의 모습이 둘레에 새겨진 자그마한 컵과 접시 세트를 선물한다. 두 사람은 방이 세 개 딸린 아파트에 살림을 차리고, 서로에게 빠져 행복하고 애정 넘치는 나

10) 영국 화가 해럴드 하비의 1934년 작품.
11) Maxfield Parrish(1870~1966). 미국의 화가이자 일러스트레이터. 동시대의 유명한 잡지, 유명한 작가들의 책에도 그림을 그렸을 뿐만 아니라, 몇몇 부유한 집의 벽화 그림을 주문받기도 했다.

날을 보낸다. 결혼한 지 일 년 만에 그의 주급은 35달러로 올라, 두 사람은 친구들과 친척들 사이를 규칙적으로 오가며 지낸다. 조이는 브리지 게임에 재미를 붙인다. 부부가 더러 싸울 때도 있지만, 어쩌다 한 번 있는 일이고 금방 잊힌다. 그런 싸움의 기억들은 그들의 삶을 구성하는 유쾌하고 단조롭고 사소한 일들이 쉼 없이 몰아치는 가운데 묻혀 버린다.

한두 번쯤 두 사람 사이에 뭔가 긴장감이 생긴다. 부부 관계에서 조이의 정력이 대단히 왕성하여 그녀가 그를 원하는 때보다 그가 그녀를 원하는 때가 더 많다 보니 씁쓸하고 때론 불쾌한 상황이 벌어지기도 한다. 그렇다고 두 사람의 잠자리가 매번 순조롭지 않은 것도, 두 사람이 그 문제를 자주 입에 올리거나 생각하는 것도 아니다. 그래도 그는 가끔 답답할 때가 있다. 약혼 시절 그토록 정열적으로 애무를 해 오던 나탈리가 예상치 못하게 몸이 차갑게 굳어 버린 것을 이해할 수가 없다.

사내아이가 태어나자 다른 걱정거리들이 생긴다. 그는 주급으로 40달러를 받지만 주말마다 길모퉁이 상점에 나가 소다수 판매원 노릇을 한다. 그는 지치고 자주 근심에 싸인다. 나탈리가 출산할 때 제왕절개 수술을 받았던 탓에, 병원비를 치르기 위해 빚을 얻는다. 그는 나탈리의 수술 자국이 마음에 걸린다. 그래서 자기도 모르게 못마땅한 눈으로 그것을 쳐다보는데, 나탈리가 그것을 눈치챈다. 그녀는 아이에게 열중하느라 몇 주일씩 집 안에만 틀어박혀 지낸다. 기나긴 밤에 그는 자주 아내를 필요로 하지만 참고 번민하며 잠을 청한다. 어느 날 밤의 잠자리는 싸움으로 끝난다.

그에게는 한 가지 나쁜 버릇이 있다. 한창 일을 치르는 중간에 매번 저도 모르게 "흥분했어?" 하고 묻는 것이다. 나탈리는 애매한 표정으로 미소를 짓는다. 그는 막연히 화가 난다.

조금, 하고 그녀가 말한다.

그는 동작을 늦추며 그녀의 어깨에 머리를 기대고, 크게 숨을 쉰다. 그러다 다시 움직이기 시작한다.

지금은 어때? 느낌이 오는 것 같아?

그녀가 다시 미소를 짓는다. 조이, 난 괜찮아요. 내 걱정은 말아요.

그의 동작이 의미 없이 몇 분간 지속된다. 그의 마음이 먼 곳을 헤맨다. 둘째 아이를 상상하는 것이다. 첫아이는 두 사람이 의논하고 계획하여 낳았지만, 지금으로서는 아이를 더 가질 형편이 못 된다. 그래서 그는 아내의 피임구가 제대로 박혀있는지 궁금하다. 피임구의 감촉이 느껴지는 것 같고, 그래서 신경이 쓰인다. 돌연 그는 하복부의 압박과 등에 밴 땀을 의식하며 갑자기 동작을 멈추고 숨을 돌린다.

아직 멀었어?

내 걱정은 말아요, 조이.

그는 갑자기 화가 난다. 아직 멀었냐고!

여보, 난 오늘 밤 안 될 것 같아요. 난 괜찮으니까 신경 쓰지 말고 혼자 해요. 뭐가 대수라고.

그런 식으로 말이 오가다 보니 두 사람 다 기분이 상해서 열이 식어 버린다. 그는 무미건조하게 혼자만 절정을 느낀다는 것이 두렵다. 그럴 수는 없다. 그렇게 하고 나서 좌절한 채 실패를 곱씹으며 누워 있을 수는 없다는 생각이 갑자기 든다.

이번엔 그의 입에서 욕설이 나온다. 빌어먹을. 그는 아내를 침대에 남겨 두고 창문 쪽으로 가서 양피지 느낌의 담갈색 차양을 쳐다본다. 몸이 떨린다. 찬 공기 때문이기도 하다.

아내가 옆에 다가와 몸을 비비면서 그에게 온기를 전달한다. 목적 없이 그냥 해 보는 것 같은 그 애무의 손길에 오히려 화가 난다. 그는 그녀의 모성을 느낀다. 저리 가, 난…… 엄마를 원하는 게 아니라고. 그가 불쑥 그런 말을 내뱉고 만다. 그런 끔찍한 말을 내뱉은 걸 스스로도 믿지 못하다가 이내 두려움을 느낀다.

아내가 입가에 멍한 미소를 띠운다. 미소를 짓느라 잡힌 주름들이 갑자기 울음으로 변한다. 그녀는 어린 소녀처럼 침대에 엎드려 운다. 결혼 생활 이 년 반 만에 처음으로, 그는 격렬한 흥분, 두려움, 또 어쩌면 혐오감을 느낄 때 아내의 얼굴에 그런 미소가 떠오른다는 사실을 깨닫는다. 그의 가슴이 싸늘하게 얼어붙는다.

잠시 후 그는 아내 옆에 누워서 아내에게 팔베개를 해 준다. 감각이 마비된 손으로 아내의 이마와 얼굴을 어루만지며 우는 아내를 위로하려 애쓴다.

아침이 되자 지난밤의 일이 별일 아닌 듯 생각된다. 일주일이 지나갈 때쯤 그 일은 거의 잊힌다. 그러나 그의 입장에서 본다면 그것은 그가 결혼 생활에 걸었던 기대 하나가 완전히 끝났거나 거의 끝났다는 것을 의미했다. 나탈리의 입장에서는 남편의 기분을 상하게 하지 않으려면 흥분을 가장해야 한다는 것을 의미했다. 늘 안정을 추구하는 두 사람의 결혼 생활은 이내 다시 자리를 잡는다. 그들에게 그런 류의 좌절은 심각할 것도 위험할 것도 없는 일이다. 두 사람은 아이를 키우고 가구를 더하고 바꾸고 보험 가입을 의논하다 마침내 가입하는 등의 일에서 안정을 얻는다. 직장 생활, 늦은 진급, 동료들의 됨됨이 등이 그가 고민하는 문제들이다. 그는 직장 동료들 몇 명과 볼링에 취미를 붙이고 나탈리는 동네 회당의 여신도회에 가입하여 다른 여신도들을 설득해서 댄스 강습회를 연다. 랍비는 젊은 청년인데, 신식이라 인기가 많다. 수요일 밤이면 그들은 애 보는 사람을 집에 불러 놓고 사교실에 나가 랍비의 베스트셀러 해설을 듣는다. 형편이 나아지면서 두 사람은 체중도 늘고 피난민을 돕는 자선 단체에 기부도 한다. 그들은 성실하고 친절하고 행복하며, 대부분의 사람들로부터 호감을 얻는다. 아이가 자라 말을 하기 시작하자, 아이를 통해 얻는 기쁨도 커진다. 그들은 자기들의 삶에 만족한다. 결혼 생활의 습성들이 따뜻한 목욕물처럼 그들을 감싼다. 큰 기쁨도 없지만 낙담하는 일도 드물다. 당장 무언가가 도에 넘치거나 고통스러운 일은 없는 그런 삶이다.

전쟁이 시작되면서 조이의 봉급은 시간 외 근무와 진급으로 두 배가 된다. 그는 징병 사무소에 두 번 출두하지만 그때마다 징집이 연기된다. 그러나 1943년에 아이가 있는 사람들도 징집 대상이 되자 그는 전시(戰時) 근로를 하고 있음에도 징집 면제 신청을 하지 않는다. 낯익은 고향 마을에 남아 있는 것이 죄스럽고 민간인 복장으로 거리를 걸을 때마다 마음이 편치 않기 때문이다. 더욱이 그는 신념을 가지고 때때로 PM[12]을 읽으면서 눈살을 찌푸린다. 그는 나탈리를 설득한 뒤 고용주의 반대를 무릅쓰고 징집에 응한다.

이른 아침 징병 사무소에서 입대 신고를 할 때, 그는 자기처럼 아이가 있는 응소자와 이야기를 나눈다. 콧수염을 기른 뚱뚱한 사내다.

오, 아니요, 아내더러는 집에 있으라고 했어요. 조이가 말한다. 보고 있으면 괜히 마음만 상할 것 같아서 말입니다.

나도 여러 가지를 정리하느라 애를 먹었지요. 그 사내가 말한다. 내 가게를 생각한다면 아주 몹쓸 짓을 한 거죠.

잠시 후 그들은 두 사람이 다 아는 사람이 몇 명 있다는 것을 알게 된다. 오, 그래요, 매니 실버는 나도 알아요. 이 년 전에 그로싱어네 가게에서 같이 잘 지냈어요. 같이 어울리는 사람들이 좀 지나치게 거칠지만, 좋은 친구죠. 부인도 사람이 좋아요. 그런데 체중 관리는 좀 해야겠습디다. 결혼 초에 한시도 떨어지려 하지 않던 게 기억나는군요. 하지만 밖으로 좀 다니면서 사람들도 만나야 하지 않겠소? 부부가 매일같이 둘이서만 붙어 지내는 건 좋은 게 아니죠.

이 모든 것들에게 작별을 고하는 것이다.

---

12) 시카고의 백만장자 마셜 필드 3세가 자금을 대고 랠프 잉거솔이 뉴욕에서 1940년 6월에서 1948년 6월에 걸쳐 발행한 좌파 성향의 일간 신문.

외롭고 허전할 때도 있지만, 그래도 그곳은 안식처가 되어 준다. 친구들도 있다. 모두 마음이 통하는 사람들이다. 군대에서, 막사와 야영지라는 휑하고 낯선 세계에서, 골드스타인은 새로운 답, 새로운 안정을 찾아 허둥거린다. 고생을 하는 동안 옛날의 습성들이 겨울의 나무껍질처럼 시들어 버리고 그는 벌거벗은 모습으로 남겨진다. 그의 마음은 머릿속 세포 하나하나를 헤집고 뒤지다가 브루클린 거리의 모호하고 아득한 요람 속에서 오랫동안 방치되어 때가 묻은 유산(遺産)을 찾아낸다.

(우리는 억압자들에게 시달려 고통을 겪는 사람들이다……. 우리의 여정은 재앙에서 재앙으로 이어진다……. 아무도 반기지 않는 낯선 땅에서.)

우리는 고통받기 위해 태어났다. 그의 마음과 머리는 안간힘을 다해 떠나온 고향을, 뒤에 남은 항구를 뒤돌아보려고 하지만, 버티고 선 그의 양 다리에 힘이 들어가기 시작한다.

골드스타인은 바람이 불어오는 쪽으로 얼굴을 돌린다.

3

소대는 강을 건너 맞은편 기슭에 집결했다. 그들 뒤로 보이는 정글에서는 그들이 낸 통로의 흔적이 하나도 보이지 않았다. 구릉들의 모습이 어렴풋이 보이기 시작한 마지막 20미터 구간은 칼로 쳐 낼 관목이 별로 없어, 병사들은 숲의 가장자리를 기어서 전진했다. 일본군 수색대가 근처에 나타난다 해도, 그들이 새로 낸 길이 발견될 가능성은 희박했다.

헌이 소대원들에게 말했다. "이제 3시다. 아직 가야 할 길이 많이 남았다. 어두워지기 전에 적어도 15킬로미터는 가야 한다." 소대원들 사이에서 투덜거리는 소리가 들려왔다. "뭐야, 벌써부터 불평하는 건가?" 헌이 말했다.

"좀 봐주십시오, 소대장님." 미네타가 큰 소리로 말했다.

"오늘 못 가더라도 어차피 내일 가야 할 길이다." 헌이 말했다. 그는 기분이 조금 언짢았다. "하사, 대원들에게 할 말이 있나?"

"네." 크로프트가 흠뻑 젖은 작업복 상의의 깃을 만지작거리며 병사들을 노려보았다. "다들 새로 낸 길의 위치를 기억해 둬라. 저기 저 바위 세 개나 저 반으로 휘어진 작은 노목을 표지로 삼으면 돼. 혹시라도 길을 잃는 사람이 생길지도 모르니 저 구릉들의 모양을 잘 새겨 둬. 그래야 남쪽으로 오다가 개울이 있는 곳에 도달하면 오른쪽으로 갈지 왼쪽으로 갈지를 알 수 있을 테니까." 그가 일단 말을 멈추고 탄대에 꽂은 수류탄의 위치를 바로잡았다. "이제 트인 지대로 나왔으니까 수색대의 규율을 잘 지켜야 한다. 소리를 지르거나 대열에서 이탈하는 일이 없도록. 그리고 모두 눈을 크게 뜨고 정신 바짝 차리는 게 좋을 거다. 능선을 넘을 때는 자세를 낮추고 신속히 움직여야 해. 양 떼처럼 걷다가는 잠복 공격에 당하기 십상이다." 그가 턱에 손가락을 갖다 댔다. "앞일을 예상할 수 없으니 우리가 10킬로미터를 갈 수 있을지 20킬로미터를 갈 수 있을지 그건 나도 모른다. 하지만 제대로 해내는 게 중요하다. 몇 킬로미터를 가든 그건 상관없어." 병사들이 수군거렸다. 헌은 살짝 얼굴을 붉혔다. 크로프트는 사실상 그의 말을 반박한 셈이었다.

"자, 출발하자." 크로프트가 날카로운 음성으로 외쳤다. 병사들이 길고 엉성하게 일렬종대를 이루어 피곤한 걸음을 옮기기 시작했다. 열대의 태양이 그들의 머리 위에서 이글거렸다. 풀잎 하나하나에 반사되는 강렬한 햇빛에, 눈을 제대로 뜰 수가 없었다. 열기 때문에 땀이 비 오듯 쏟아졌다. 상륙정에서 뱃전으로 넘어오는 물보라에 처음 젖었던 작업복이, 거의 스물네 시간 내내 한 번도 마를 겨를 없이 병사들의 몸에 찰싹 달라붙어 있었다. 땀이 흘러들어 눈이 쓰라렸고, 작업모 위로 내리쬐는 해가 타는 듯이 뜨거웠으며, 키 큰 쿠나이 풀이 얼굴을 때렸고, 끝없이 이어지는 구릉들이 기력을 빼앗았다. 언덕을 올라갈 때는 심장의 고동이 빨라져서 병사들은 벌겋게 달아오른 얼굴로 숨을 헐떡거렸다. 구릉 위로 강렬한 침묵이 드리워져, 그 만연한 침묵의 깊이에 마침내는 불길한 기운마저 서리는 것 같았다. 정글을 지나오는 동안 일본군을 떠올린 병사는 없었다. 숨 막힐 듯 빽빽한 숲과 잔인한 강이 그들에게 다른 생각을 할 겨를을 주지 않았던 것이다. 적의 매복 같은 건 아예 고려 대상이 아니었다.

그러나 탁 트인 구릉지의 고요함 속에서, 그들은 극도의 피로와 함께 긴장과 두려움을 느꼈다. 골짜기에 들어섰을 때는 구릉들이 그들을 굽어보는 듯했고, 능선을 넘어가느라 골짜기를 굽어볼 때는 수 킬로미터 너머까지 맨몸을 노출하고 있는 느낌이었다. 주변 풍경은 아름다웠다. 밝은 황색을 띤 구릉들이 완만한 곡선을 그리며 끝없이 펼쳐졌다. 하지만 병사들은 그 아름다움을 감상할 겨를이 없었다. 그들은 마치 끝 모를 해변을 기어가는 벌레처럼 고립무원의 하찮은 신세였다.

그들은 깊고 평평한 골짜기를 가로질러 1.5킬로미터 정도를 걸었다. 무자비하게 내리쬐는 햇볕에 몸이 따가울 정도였다. 쿠나이 풀은 무서울 정도로 높게 자라 있었다. 평지에서 자란 풀은 잎의 폭이 2센티미터에 길이가 몇 십 센티미터나 되었다. 이따금 병사들은 자신들의 머리 위로 웃자란 풀 속을 100미터씩이나 걸어야 했다. 그것은 새로운 공포심을 유발했고, 그래서 그들은 힘에 겨울 정도로 걸음을 재촉할 수밖에 없었다. 마치 숲 속에서 허우적거리는 느낌이었다. 그러나 그 숲은 단단하게 버티고 선 숲이 아니었다. 이리저리 흐느적거리고 그들의 팔다리에 부딪혀 버석거리고 휘고 구부러지는, 그래서 역겨운 숲이었다. 2~3미터 이상은 앞을 볼 수가 없었다. 그래서 그들은 앞사람을 놓칠세라 바짝 따라붙었다. 풀이 얼굴을 심술궂게 때려 댔다. 때때로 각다귀 떼가 후루루 날아올라 성가시게 주변을 맴돌며 살을 물어뜯고 상처를 냈다. 들에는 거미가 많아 거미줄이 끊임없이 얼굴과 손에 엉겨 붙었다. 때문에 병사들은 정신없이 걸음을 옮겼다. 꽃가루와 풀잎이 그들의 노출된 피부를 간질였다.

마르티네즈가 선두에서 들판을 쏜살같이 내달았다. 대부분 그보다 웃자란 풀들이 시야를 가렸지만, 그는 태양의 위치로 방향을 잡으며 잠시도 걸음을 멈추지 않았다. 소대는 단 이십 분 만에 골짜기를 가로질렀다. 잠시 휴식을 취한 후 그들은 다시 구릉을 넘기 시작했다. 여기서는 길쭉하게 자란 풀이 도움이 되었다. 풀을 한 줌씩 움켜쥐면 오르막길에서는 지지가 되었고, 내리막길에서는 속도를 늦춰 넘어지는 것을 방지할 수 있었다. 해가 그들 위로 계속 내리쬐었다.

적군에게 발각되지 않을까 하는 처음의 우려는 행군의 괴로움에 의해 사라졌지만, 그 대신 그들은 새롭고 기묘한 공포에 사로잡혔다. 너무도 광막하고 너무도 고요한 대지는 병사들에게 전인미답의 땅이 주는 부담과 그것의 나른하고 침울한 저항을 예민하게 의식하도록 만들었다. 그들은 한때 이 지역에 원주민들이 살았는데 수십 년 전에 털진드기병이 번지는 바람에 죽었고 생존자들은 다른 섬으로 옮겨 갔다는 소문을 기억해 냈다. 지금껏 병사들은 원주민들의 노동력이 절실할 때 외에는 그들에 대해 생각해 본 적이 없었다. 광대한 태양과 구릉지의 소리 없는 아우성 속에서, 그들은 힘이 빠져 떨리는 팔다리를 억지로 움직이며 발작적으로 걸음을 옮겼다. 마르티네즈는 마치 쫓기는 사람처럼 따라가기 버거운 속도로 병사들을 이끌었다. 그는 다른 누구보다 이 섬에서 살다가 죽은 사람들을 생각하며 두려움을 느꼈다. 이 텅 빈 대지를 가로지르면서 오랫동안 사람의 발이 닿지 않은 땅을 어지럽히는 것이 꼭 신을 모독하는 행위처럼 느껴졌다.

크로프트는 다른 방식으로 그것을 경험했다. 이 대지는 그에게 낯선 곳이었다. 수년간 이 땅을 밟은 사람이 아무도 없다는 생각이 그의 마음속 깊은 곳에 본능적인 흥분을 일으켰다. 그는 언제나 땅에 익숙했다. 아버지의 목장 주변 수 킬로미터에 걸쳐 있는 언덕에 그가 모르는 바위는 하나도 없었다. 사람의 발길이 닿지 않은 이 땅은 그를 깊이 매혹시켰다. 언덕 정상에 올라 앞에 펼쳐지는 전망을 볼 때마다 그는 기쁨을 느꼈다. 이곳은 온통 그의 차지였고, 그가 소대를 거느리고 수색할 수 있는 그만의 무대인 셈이었다.

그런데 다음 순간 그는 헌을 떠올리고 고개를 저었다. 크로프트는 재갈에 익숙하지 않은 사나운 말과도 같았다. 간혹 턱에 심한 압박을 느낄 때마다 자신이 더 이상 자유의 몸이 아니라는 사실을 불현듯 깨닫는 사나운 말. 그는 고개를 돌려 그의 바로 뒤에서 따라오는 레드에게 말했다. "뒤로 전해. 속도를 좀 더 낸다."

명령이 뒤로 전해지자 병사들은 더욱 걸음을 재촉했다. 정글에서 멀어질수록 그들의 공포감은 더욱 커졌다. 언덕을 하나씩 넘을 때마다 귀로의 장애물이 하나씩 더 느는 셈이었다. 불안과 공포가 소대원들의 걸음을 재촉했다. 그들은 걸음을 옮기는 일에만 집중하기로 무언의 약속이라도 한 듯 겨우 몇 차례 걸음을 멈춘 것 외에는 세 시간 동안 침묵의 채찍 아래서 줄곧 행군만을 했다. 해 질 무렵 하룻밤의 야영을 위해 행군을 멈췄을 때는, 소대에서 체력이 좋은 병사들도 녹초가 되어 있었고, 체력이 약한 쪽은 쓰러지기 일보 직전이었다. 로스는 손과 다리에 걷잡을 수 없을 정도로 경련을 일으키며 땅에 누운 채 반 시간 동안 꼼짝도 하지 않았다. 와이먼은 등을 구부리고 헛구역질을 했다. 그들이 마지막 두 시간 동안 행군을 계속할 수 있었던 것은 혼자 낙오되는 것에 대한 두려움 때문이었다. 공포로 인한 긴장감이 일시적으로 힘을 빌려준 것이다. 행군을 멈춘 지금, 그들은 너무도 쇠약해져 있었고, 손가락이 마비되어 배낭을 열어 덮고 잘 담요를 꺼내기도 벅찰 지경이었다.

입을 여는 사람은 아무도 없었다. 다가오는 밤을 대비해서 병사들은 둥글게 원을 이뤄 모였다. 기운이 아직 남아 있는 사람들은 휴대 식량을 먹고 물을 마시고 땅에 잠자리를 깔았다. 그들은 어느 고지 정상 근처의 우묵하게 파인 곳에서 야영했다. 헌과 크로프트는 어두워지기 전에 야영지 주위를 돌아다니면서 가장 불침번을 세우기 좋은 장소를 물색했다. 소대원들이 모여 있는 곳으로부터 30미터 위쪽에서, 그들은 다음 날 행군해야 할 곳의 지형을 살펴보았다. 그러면서 정글에 진입한 후 처음으로 아나카 산을 다시 볼 수 있었다. 산정은 30킬로미터나 떨어져 있었지만, 지금껏 본 중 가장 가까운 거리에 있었다. 그런데 눈 아래 보이는 골짜기를 지나서부터 황색의 구릉들이 짧게 이어져 있을 뿐 곧 칙칙한 황갈색과 회청색의 바위로 변했다. 저녁 안개가 구릉들 위로 번져 소대가 통과해야 할 아나카 산 서쪽의 협곡을 가렸다. 산의 모습마저도 희미해지고 있었다. 산은 짙은 자청색(紫靑色)으로 물들었고, 그 거대한 몸집이 희미해지더니 늦은 황혼의 빛 속에서 투명해졌다. 이제 윤곽이 뚜렷하게 남아 있는 것은 능선들뿐이었다. 산꼭대기 위에는 안개 속에서 형체를 잃어버린 가냘픈 구름 몇 조각이 음침하게 걸려 있었다.

크로프트가 쌍안경으로 전방을 살폈다. 산은 바위가 많은 해안선 같았고, 안개 자욱한 하늘은 그 해안에 부딪쳐서 물거품을 일으키는 바다 같았다. 산 정상을 가로질러 움직이는 구름들은 해무 같았다. 쌍안경을 통해 보니 그 이미지는 점점 더 강렬해졌다. 크로프트는 넋을 잃고 그것을 바라보았다. 차가운 침묵의 싸움을 벌이고 있는 산과 구름과 하늘은 그가 지금껏 보아 온 어느 바다, 어느 해안보다 순수하고 강렬했다. 어둠 속에서 바위들은 한데 뭉쳐 광란의 바다와 싸우고 있었다. 그 싸움은 무한한 거리 밖에서 벌어지는 듯 보였다. 그런데 다음 날 밤이면 그 정상에 올라설지도 모른다고 생각하니, 크로 프트는 기대감으로 가슴이 설렜다. 그는 다시 한 번 날것 그대 로의 희열을 느꼈다. 딱히 이유를 찾을 순 없지만, 산은 그를 괴롭히고, 손짓하여 부르고, 그가 원하는 무언가에 대한 해답 을 갖고 있는 것 같았다. 산은 너무나도 순수하고 엄숙했다.

소대가 저 산에 오를 일이 없다는 걸 상기하고, 그는 분노와 좌절감을 느꼈다. 무슨 사건이 일어나지 않는 한, 이튿날 소대 는 해 질 무렵까지 협곡을 통과해야 했다. 따라서 그가 산에 오를 일은 결코 없었다. 그는 낙담한 기색으로 소위에게 쌍안 경을 건네주었다.

헌은 몹시 지쳐 있었다. 그는 무사히 행군을 견뎌 냈고 또 행군을 계속할 자신도 있었지만, 그의 육체는 휴식을 요구했 다. 기분이 우울했다. 쌍안경 너머로 보이는 산은 그의 마음을 동요시키고 경외심에 가까운 두려움을 불러일으켰다. 너무도 웅장하고 너무도 강력했다. 산정 주변을 맴도는 안개를 보자, 순간 희미한 전율마저 일었다. 그는 바위로 둘러싸인 해안을 상상하고는, 그 엄청난 싸움의 음향을 듣기라도 하겠다는 듯 자기도 모르게 귀를 긴장시켰다.

저 멀리 지평선 너머에서, 해안에 부딪쳐 오는 파도 같기도 하고 숨죽인 천둥소리 같기도 한 소리가 정말로 들려왔다.

"저 소리 좀 들어 봐!" 그가 크로프트의 팔을 툭 건드렸다.

두 사람은 언덕 꼭대기에 납작 엎드려 숨을 죽이고 귀를 기 울였다. 내리깔리는 어둠을 뚫고 천둥소리 같은 것이 희미하 게 들려왔다.

"포성입니다, 소대장님. 산 너머에서 오는 소립니다. 아마 공격이 시작된 모양이죠?"

"자네 말이 맞아." 두 사람은 다시 입을 다물었다. 헌이 크로프트에게 쌍안경을 건넸다. "다시 한 번 보겠나?" 그가 물었다.

"네, 그러죠." 크로프트가 쌍안경을 다시 눈에 갖다 댔다.

헌이 크로프트를 조용히 응시했다. 크로프트의 얼굴에는 어떤 표정이 있었다. 뭐라 꼬집어 규정할 수 없는 그 표정에 헌은 한순간 등골이 오싹해지는 느낌을 받았다. 그 순간 크로프트의 얼굴은 성스러웠다. 크로프트는 얇은 입술을 벌리고 콧구멍을 크게 벌름거렸다. 헌은 크로프트의 마음속 심연을 들여다본 것 같은 느낌이 들었다. 그는 고개를 돌려 자기 손을 들여다보았다. 크로프트를 믿어서는 안 된다. 그런 식으로 진부하게 표현을 해 놓고 보니 뭔가 안심이 되는 것 같았다. 그는 마지막으로 또 한 번 구름과 산으로 눈길을 돌렸다. 이번에는 마음이 더욱 불안했다. 바위들은 거대했고, 어두워지는 하늘은 소용돌이치는 안개의 파도가 되어 그 위로 넘쳐흘렀다. 그것은 거대한 선박들을 순식간에 좌초시키고 박살을 낸 후 삼켜 버리는 그런 해안 같았다.

그는 크로프트가 돌려준 쌍안경을 케이스에 넣었다. "가세. 어두워지기 전에 불침번 배정을 끝내야지." 헌이 말했다.

두 사람은 돌아서서 소대원들이 있는 아래쪽의 우묵한 곳으로 미끄러지듯 내려갔다.

코러스

교대

그날 밤, 우묵하게 파인 곳에 나란히 누워서.

브라운 있잖아, 야영지를 떠나기 전에 내가 소문 하나를 들었는데 말이야, 다음 주에 교대병 할당이 있대. 본부 중대에서 이번에 교대병 열 명을 받는다는 거야.

레드 (콧방귀를 뀌며) 그래 봐야 당번병들만 귀국시키겠지.

미네타 도대체가 말이 안 돼. 우리는 인원이 부족한데도 이런 작전에 끌려 나오는 판인데, 본부에서는 열 명이 넘는 당번병들이 빌어먹을 장교 새끼들 시중이나 들고 있으니 말이야.

폴래크 너 같으면 당번병 노릇을 마다하겠냐?

미네타 날 뭘로 보고. 나도 자존심이라는 게 있거든.

브라운 야, 농담하는 거 아니야. 레드, 어쩌면 너하고 나한테 차례가 돌아올지도 몰라.

레드 저번 달에 몇 명이 뽑혔더라?

마르티네즈 한 명이야. 그 전달엔 두 명이고.

레드 그래, 일 개 중대에서 한 사람씩이지. 본부 중대엔 십팔 개월 채운 놈들이 100명이나 있거든. 그러니까 브라운, 너도 백 개월만 기다리면 차례가 올 테니 기운 내라.

미네타 에이, 빌어먹을.

브라운 미네타, 너야 신경 쓸 것 없지. 해외에 나와서 아직 햇별에 탈 틈도 없었는데 뭘 그래?

미네타 너희가 먼저 제대하지 않으면 나는 십팔 개월을 채워
도 못 나가. 제기랄, 이거야 감옥살이나 다름없잖아.

브라운 (생각에 잠겨) 있잖아, 사실 늘 그런 식이야. 공병대의
쇼네시라는 녀석 기억하지? 교대할 차례가 와서 명령서니
뭐니 다 받아 가지고 귀국하기로 되어 있었는데, 보안 수색
에 차출되는 바람에 그때 당했잖아.

레드 그래, 바로 그럴 줄 알고 그 친구를 내보낸 거야. 이봐,
그러니까 아예 꿈도 꾸지 마. 어차피 우리 중 군대에서 벗어
날 사람은 아무도 없어.

폴래크 뭐 하나 알고 싶어? 나라면 십팔 개월 채운 뒤엔 교대
기회를 절대 놓치지 않아. 우선 만텔리나 빌어먹을 선임 하
사 새끼 비위를 맞추는 일부터 시작해야 해. 포커로 돈을 좀
벌어서 그놈들한테 20~30파운드쯤 슬쩍 찔러 넣어 준단
말이야. 그러고는 이렇게 말하는 거지. "여기 이거, 시가나
사 피우시라고. 교대 때, 아시죠? 넣어 두세요!" 방법이야
얼마든지 있어.

브라운 맞아, 레드, 폴래크의 말이 옳을지도 몰라. 샌더스가
뽑혔을 때 생각나? 그 녀석한테 뭐 내세울 게 있다고 차례
가 왔겠어? 지난 일 년 동안 만텔리의 물건을 빨아 준 것밖
에 더 있냐고.

레드 브라운, 시도할 생각도 하지 마. 만텔리 물건을 빨아 주
다가 너 없인 못 살겠다고 안 놔주면 어쩔 거야?

미네타 이렇게 불공평한 데가 어디 있어? 이 빌어먹을 군대라

는 곳은 한 손으론 주는가 싶다가 다른 한 손으론 빼앗는단 말이야. 결국 사람 애간장이나 조이게 만들고

폴래크 너도 제법 세상을 알아 가는구나.

브라운 (한숨을 쉬며) 아아, 구역질 나는 세상이야. (돌아누우며) 잘 자.

레드 (똑바로 누워 태평양 하늘의 별들을 쳐다보며) 교대의 목적은 우리를 집으로 돌려보내기 위한 게 아니고 돌려보내지 않기 위한 거야.

미네타 바로 그거야. 잘 자.

(여러 사람의 목소리) 잘 자…… 잘 자.

(병사들이 구릉들과 속삭이는 밤의 침묵에 둘러싸여 잠이 든다.)

4

소대는 우묵하게 파인 곳에서 불안한 하룻밤을 보냈다. 병사들은 너무 지쳐서 깊이 잠들지 못한 채 담요 속에서 불안하게 몸을 떨었다. 불침번 차례가 된 병사는 허둥대며 언덕 꼭대기로 올라가 풀숲 너머로 아래쪽 골짜기를 내려다보았다. 주위의 모든 것이 달빛을 받아 차갑게 은빛으로 빛났고, 구릉지는 수척하고 황량한 분위기를 자아냈다. 아래쪽 우묵한 곳에서 잠을 자는 병사들은 저 멀리 자신과 동떨어진 사람들 같았다. 불침번을 서는 병사는 달의 협곡과 분화구라도 바라보는 듯 심한 고독감을 느꼈다. 움직이는 것은 없었지만 그렇다고 가만히 있는 것도 없었다. 바람에는 사색과 그리움이 실려 있었고, 풀은 희미하게 빛나는 파도를 이루어 전진과 후퇴를 반복하며 바스락거렸다. 밤의 강렬한 침묵이 곳곳에 드리워져 있었다.

새벽에 병사들은 담요를 개고 짐을 정리하고 휴대 식량을 먹었다. 그들은 차가운 통조림 햄에그와 네모난 그레이엄 크래커를 입맛 없이 천천히 씹었다. 전날의 행군으로 온몸의 근육이 굳었고, 전날 흘린 땀으로 옷이 축축했다. 나이가 좀 든 축은 해가 좀 더 높이 뜨지 않은 걸 아쉬워했다. 몸속에 온기라곤 조금도 남은 것 같지 않았다. 레드는 신장이 또 아팠고, 로스는 오른쪽 어깨에 류머티즘 증상을 느꼈고, 윌슨은 식사를 한 후 심한 설사에 시달렸다. 다들 감각이 마비된 것 같아 아무런 의욕도 느끼지 못했다. 앞으로 있을 행군에 대해서도 별로 생각하지 않았다.

크로프트와 헌은 또 한 번 언덕 꼭대기에 올라가 아침 행군에 관해 의논했다. 이른 아침이라 골짜기는 아직도 안개에 덮여 시야가 탁했고, 산과 협곡은 보이지 않았다. 두 사람은 북쪽으로 시선을 던져 와타마이 산맥을 바라보았다. 산맥은 안개 속에서 그들의 눈길이 닿는 끝까지 짙은 뭉게구름처럼 뻗어 있었는데, 아나카 산 정상으로 갑자기 가파르게 치솟았다가 그 왼편 협곡 속으로 느닷없이 오싹할 정도로 뚝 떨어지는가 싶더니 다시 위로 솟아올랐다.

"저 협곡은 틀림없이 일본 놈들이 지켜보고 있을 것 같은데요." 크로프트가 의견을 말했다.

헌이 어깨를 으쓱했다. "자기네 전선에서 멀리 떨어진 후방인데, 여기까지 병력을 보낼 여유가 될까?"

안개가 걷히고 있었다. 크로프트가 쌍안경으로 멀리까지 살폈다. "그건 모르는 일입니다, 소대장님. 저 정도로 좁은 협곡이라면 일 개 소대 병력으로도 충분히 방어할 수 있습니다."그는 땅에 침을 뱉었다. "물론 확인은 해 봐야겠죠."햇빛이 구릉들의 윤곽을 드러내기 시작했다. 움푹 꺼진 곳과 골짜기의 그늘진 장소들이 상당히 밝아졌다.

"그것 외엔 우리가 할 수 있는 일이 없으니까."헌이 중얼거리듯 말했다. 그는 이미 크로프트와 그 사이의 반감을 느낄 수 있었다. "재수가 좋으면 오늘 밤에는 일본군 진지 후방에서 야영할 수 있겠군. 그러면 내일은 일본군 후방을 정찰할 수 있겠지."

크로프트는 헌이 미덥지가 않았다. 그의 본능과 경험이 협곡에는 위험이 도사리고 있으며, 그것을 공격하는 것은 어쩌면 공연한 일이라고 말하고 있었다. 그러나 달리 대안이 없었다. 아나카 산을 올라가는 방안이 있기는 했지만, 헌이 그 방안에 대해선 들으려 하지 않았다. 크로프트는 또 한 번 침을 뱉었다. "그렇게밖에는 할 수 없겠죠, 아마도."그러나 그는 마음의 불안이 덜어졌다. 산을 보면 볼수록…….

"출발하지."헌이 말했다.

두 사람은 병사들이 있는 우묵한 장소로 내려가 배낭을 메고 행군하기 시작했다. 헌과 브라운과 크로프트가 번갈아 가며 소대를 선도했고, 마르티네즈가 거의 언제나 대열에서 30~40미터 앞서가며 전방을 정찰했다. 풀이 밤이슬에 젖어 미끄러웠다. 병사들은 내리막길에서는 자주 미끄러졌고, 오르막길에서는 가쁘게 숨을 몰아쉬었다. 그래도 헌은 기분이 좋았다. 전날의 행군으로 인한 피로에서 회복되고 체내의 노폐물이 다 제거되어, 지금 그의 몸은 더없이 활력이 넘쳤다. 아침에 일어났을 때 근육이 뻣뻣하고 어깨가 아팠지만, 그래도 휴식을 취한 뒤라 기분이 상쾌했다. 오늘 아침 그는 다리가 단단하고 어제보다 몸에 힘이 많이 비축된 느낌이 들었다. 첫번째 능선을 넘으면서 그는 배낭을 떡 벌어진 어깨 위로 더 추어올리고 잠시 태양 쪽으로 얼굴을 돌렸다. 모든 것이 향기로웠다. 풀에서 이른 아침의 달콤하고 싱그러운 냄새가 풍겼다. "자, 어서 가자." 그가 옆을 지나가는 병사들에게 경쾌하게 소리를 질렀다. 그가 선두에서 뒤로 처져 보폭을 늘렸다 줄였다 하면서 병사 한 사람 한 사람과 보조를 맞추었다.

"오늘은 어떤가, 와이먼. 기분이 좀 나아졌나?"

와이먼이 고개를 끄덕였다. "네. 어제는 완전히 녹초가 되어 버렸습니다. 죄송합니다."

"제기랄, 안 그런 사람이 누가 있나? 오늘은 좀 낫겠지." 그가 와이먼의 어깨를 탁 치고 뒤에 있는 리지스한테로 갔다.

"가도 가도 끝이 없지, 응?"

"네, 소대장님, 길이 끝날 생각을 안 하네요." 리지스가 씩 웃었다.

헌은 한동안 윌슨과 나란히 걸으면서 농을 했다. "아직도 땅에 거름을 주고 있나?"

"네, 이제 마개까지 잃어버렸으니 나오는 걸 막을 수도 없습니다."

헌이 그의 옆구리를 쿡 찔렀다. "다음 휴식 때 나뭇가지로 마개를 하나 만들어 주겠네."

어렵지 않은 일, 멋진 일이었다. 스스로도 이유를 알 수 없었지만 그는 그런 일을 하는 것이 매우 즐거웠다. 그는 모든 판단을 중지했고, 지금은 수색 작전에도 별로 신경 쓰지 않았다. 어쩌면 오늘 모든 일이 성공적으로 끝나, 내일 밤엔 귀로에 오를 수도 있었다. 며칠 후면 정찰을 마치고 야영지에 돌아가 있을 수도 있었다.

그 즐거운 기분이 커밍스가 떠오르면서 돌연 불쾌한 증오감으로 변했다. 작전을 완수하고 싶은 생각도 별안간 사라졌다. 소대가 어떤 성과를 올린다 해도 그것은 결국 커밍스의 공으로 돌아갈 것 아닌가. 그런 생각은 일시적으로 그의 기분을 망치기에 충분했다.

제기랄, 알 게 뭐야. 무슨 일이건 끝까지 따지다 보면 결국은 내가 곤경에 빠져 있다는 것만 알게 될 뿐이다. 꾸준히 앞만 보고 전진하는 게 상책이다. "자, 부지런히 움직이자." 그가 자기 옆을 지나며 오르막길을 오르는 병사들에게 조용히 말했다. "좋아, 그렇게 가는 거야."

그 밖에도 다른 문제들이 있었다. 우선 크로프트가 문제였다. 그는 전에 없이 정신을 바짝 차려 모든 것을 소화하고, 크로프트가 몇 달, 아니 몇 년에 걸쳐 얻은 경험들을 며칠 사이에 터득해야만 했다. 지금 그는 극히 섬세한 균형을 통해서만 지배력을 행사할 수 있었다. 어떤 의미에서 그런 균형은 크로프트가 원하기만 하면 순식간에 무너질 수도 있었다. 지난 밤 고지 위에서…… 크로프트는 잘못된 지휘권을, 무서운 지휘권을 행사했다.

그는 행군하는 동안 병사들에게 계속 말을 건넸다. 그러나 해는 점점 더 뜨거워졌고, 병사들 모두 다시 지쳐 버려 조금씩 짜증이 난 상태였다. 헌의 태도도 부자연스러워질 수밖에 없었다.

"행군하긴 어떤가, 폴래크?"

"힘듭니다." 폴래크는 말없이 걸음을 옮겼다.

병사들은 그에게 어떤 저항감을 품고 있었다. 그들은 신중했고, 아마도 그에게 불신감마저 갖고 있을 것이다. 어쩌면 장교인 그를 본능적으로 경계하고 있는지도 몰랐다. 그러나 그게 전부는 아니라는 생각이 들었다. 크로프트는 그들과 오랫동안 함께하면서 소대를 완벽하게 통솔해 왔다. 어쩌면 그들은 크로프트가 더 이상 소대장이 아니라는 것을 믿을 수가 없는지도 몰랐다. 그들은 헌에게 호응했다가 크로프트가 다시 지휘권을 갖게 되었을 때 그 사실을 기억해 낼까 봐 두려워했다. 그러니 그 자신이 언제까지나 소대장으로서 그들과 함께할 거라는 사실을 인식시키는 것이 중요했다. 그러나 그것은 시간이 걸리는 일이었다. 야영지에서 그들과 일주일 정도 함께 지내고 이번 작전에 앞서 가벼운 정찰 임무를 몇 차례 정도 수행했더라면 좋았을 것이다. 헌은 다시 한 번 어깨를 으쓱하고 이마의 땀을 닦았다. 태양은 다시금 맹렬하게 이글거렸다.

언덕이 끝없이 이어졌다. 오전 내내 소대는 키가 큰 풀 사이를 헤치며 무거운 걸음을 옮겼다. 언덕을 천천히 오르고, 골짜기를 터덕거리며 간신히 통과하고, 산허리를 엉거주춤한 자세로 힘겹게 돌았다. 피로가 다시 밀려왔고 숨이 가빠졌으며 햇볕에 익고 용을 쓰느라 얼굴이 달아올랐다. 이제는 아무도 말을 하지 않았다. 그들은 시무룩한 표정으로 열을 지어 전진 했다.

구름이 해를 가리더니 비가 오기 시작했다. 빗줄기가 시원 하고 풀 끝을 따라 바람이 일어 처음에는 기분이 좋았다. 그러 나 얼마 안 가 땅이 질어지면서 군화가 진흙으로 더러워졌다. 다시 그들의 몸도 완전히 젖어 버렸다. 고개를 떨어뜨리고 빗 물이 들어가지 않도록 총구를 아래로 향하고 일렬로 전진하 는 그들은 한 줄로 늘어선 시든 꽃 같았다. 그들의 모든 것이 축 처져 있었다.

지형이 바뀌어 바위가 많아졌다. 언덕은 더 가팔라지고 그 중에는 허리까지 오는 낮은 관목과 잎이 납작한 식물들로 덮 인 곳도 있었다. 그들은 정글을 떠난 후 처음으로 나무숲을 지 났다. 비는 멎고 해가 다시 병사들의 머리 바로 위에서 불을 뿜었다. 정오였다. 소대는 작은 숲 속에서 정지했고, 병사들은 배낭을 벗어 놓고 휴대 식량으로 또 한 차례 끼니를 때웠다. 윌슨이 역겹다는 듯이 크래커를 만지작거리다가 치즈 한 조 각을 삼켰다. "이걸 먹으면 설사가 멎는다는군." 그가 레드에 게 말했다.

"제기랄, 어쨌든 좋은 데가 있긴 하겠지."

윌슨은 웃으면서도 혼란스러웠다. 그는 아침 내내 설사에 시달렸고 등과 사타구니 통증으로 고생했다. 자기 몸이 왜 이 다지도 말을 안 듣는지 알 수가 없었다. 그는 남이 할 수 있는 일이면 자기도 할 수 있다는 사실에 늘 긍지를 느껴 왔다. 그런데 지금은 대열의 꽁무니에서 겨우 따라가는 처지이고, 제일 낮은 언덕도 쿠나이 풀을 움켜쥐어 지지대로 삼아야 겨우 넘을 수 있었다. 그는 심한 복통 때문에 몸을 바짝 웅크렸고, 땀을 비 오듯이 흘렸다. 배낭이 콘크리트 덩어리처럼 어깨를 내리눌렀다.

윌슨은 한숨을 쉬었다. "레드, 정말이지 몸속이 엉망진창이야. 돌아가면 수술을 받아야겠어. 수술을 받지 않으면 이 몸뚱어린 아무짝에도 쓸모가 없을 것 같아."

"그래."

"정말이야. 내가 소대 전체의 발목을 붙잡고 있어."

레드가 껄껄 웃었다. "우리가 지금 빨리 가지 못해 안달이라도 하는 줄 알아?"

"그건 아니지만 자꾸 마음에 걸려. 협곡을 지날 때 무슨 일이 생기면 어떡하지? 똥구멍이 안 헐거웠을 땐 어땠는지가 이젠 기억도 안 나."

레드가 웃었다. "아아, 너무 걱정하지 마." 그는 윌슨의 곤경에 말려들고 싶지 않았다. 나라고 별수 있나, 하고 그는 생각했다. 그들은 느리게 식사를 계속했다.

몇 분 후 헌이 출발을 명령했다. 소대는 일렬로 숲 속에서 나와 햇볕 아래서 무거운 걸음을 옮겼다. 비는 멎었으나 언덕들은 여기저기 얼룩이 져 있었고, 거기에서 김이 오르고 있었다. 병사들은 축 늘어진 모습으로 행군했다. 언덕들이 그들 앞에 한없이 이어졌다. 병사들은 거의 100미터의 길이로 늘어서서 풀숲을 헤치며 느린 걸음을 이어 갔다. 그들은 온몸 구석구석의 상처와 통증에만 정신이 팔려 있었다. 발이 불덩이처럼 달아올랐고, 허벅다리는 피로로 인해 후들거렸다. 주변의 언덕들이 한낮의 열기 속에서 더운 김을 뿜어냈고, 무한하고 나른한 침묵이 모든 것들 위에 내려앉아 있었다. 벌레들이 쉼 없이 윙윙거리는 소리는 귀에 거슬리지 않았다. 크로프트와 리지스, 그리고 심지어 월슨에게까지도, 그 소리는 여름 더위 속에서 나비 한 마리가 금방이라도 바스라질 것 같은 그물무늬 날개를 팔랑이며 하늘로 날아오를 때만 그 고요함이 깨지는, 어느 조용하고 풍요로운 농장의 막연하게 따뜻한 이미지를 연상시켰다. 그들은 마치 시골길을 걷는 것처럼 한가하게 일련의 추억들을 더듬으면서 완만하게 굽이진 기름진 땅을 또 한 번 눈앞에 그렸다. 비가 온 후 싹이 트는 축축하고 곰팡내 나는 땅에서, 그들은 오래전에 익숙했던 밭갈이된 땅과 땀 흘리는 말들의 향기를 맡았다.

어디로 시선을 돌려도 햇빛과 열기가 있었다. 눈이 부셨다.

소대는 한 시간 동안 꾸준히 오르막길을 행군한 후, 어느 개울에서 걸음을 멈추고 수통에 물을 채웠다. 그들은 십오 분간 휴식하고 나서 다시 출발했다. 그들의 옷은 바닷물과 강물과 땀과 잠을 잘 때 땅에서 올라오는 습기 때문에 적어도 열 차례는 젖었는데, 옷이 마를 때마다 새로운 얼룩이 생겼다. 웃옷에는 소금이 말라붙어 줄무늬가 생겼고, 겨드랑이와 혁대 밑은 썩어 가기 시작했다. 병사들의 몸은 여기저기 쓸리고 물집이 잡히고 볕에 그을렸다. 벌써 몇 명은 발이 부르터서 절뚝거리고 있었다. 그러나 이 모든 고생들은 온몸을 무겁게 마비시키는 행군의 고통과 견딜 수 없을 정도로 뜨거운 햇볕에 비하면 아무것도 아니었다. 피로가 병사들을 괴롭히고 연약한 살갗과 납덩이처럼 무겁게 마비된 근육 곳곳을 유린했다. 육체의 과중한 움직임으로 인한 쓴맛을 너무도 여러 차례 보고 지칠 대로 지친 다리를 끌고 수많은 언덕을 넘었던지라, 병사들은 마침내 극도의 피로로 인한 마비 상태에 빠져 있었다. 그들은 자기들이 어디로 가고 있는지는 전혀 생각하지 않은 채 그저 멍하니, 바보처럼, 이리 비틀 저리 비틀 걸음을 옮겨 나갔다. 배낭의 무게가 살과 뼈를 파고들었지만, 그들은 그것을 몸의 일부, 등에 박힌 바위 정도로 여겼다.

관목과 덤불의 키가 커져 병사들의 가슴에 닿았다. 가시나무가 소총과 옷에 자꾸만 얽혔다. 그들은 숲을 쳐 내고 헤치며 나아가다 가시나무가 옷에 걸려 더 갈 수 없게 되면 걸음을 멈추고 가시를 뗀 다음 다시 숲에 덤벼들 태세로 전진했다. 병사들은 그들 앞에 있는 100미터의 땅 외에는 아무것도 생각하지 않았다. 지금 오르는 고지의 정상을 쳐다보는 일도 거의 없었다.

이른 오후에 그들은 바위 그늘에서 긴 휴식을 취했다. 귀뚜라미가 울고 곤충들이 나른하게 날갯짓을 하는 가운데 시간이 서서히 흘러갔다. 병사들은 기진맥진한 채로 잠이 들기 시작했다. 헌도 움직이고 싶지는 않았으나 휴식이 너무 길어지고 있었다. 그가 천천히 일어서서 배낭을 메고 큰 소리로 병사들을 깨웠다. "자, 모두들 그만 일어나." 병사들에게선 아무런 반응도 없었다. 짜증이 확 밀려왔다. 크로프트의 명령이었다면 다들 신속히 따랐을 것이다. "자, 이제 출발한다. 종일 엉덩이를 붙이고 있을 순 없어." 그의 음성은 엄격하고 냉랭했다. 병사들이 뚱한 표정으로 천천히 풀밭에서 몸을 일으켰다. 그들이 투덜거리는 소리가 헌의 귀에까지 들렸다. 침울하고 심술궂은 저항이 느껴졌다.

헌은 본인이 의식하는 것보다 신경이 더 곤두서 있었다. "군소리 그만하고 출발해." 저도 모르게 신경질적인 말투가 튀어나왔다. 그는 자기가 병사들에게 짜증이 나 있는 것을 불현듯 깨달았다.

"개새끼." 누군가가 중얼거렸다.

충격을 받아 분노가 솟구쳤으나 그는 애써 억눌렀다. 그들의 반응도 충분히 이해할 수 있었다. 행군의 피로 속에서 그들에게는 누구든 화풀이 대상이 필요했다. 헌이 무슨 일을 하건 머지않아 그들의 미움을 사는 건 어쩔 수 없는 일이었다. 그의 접근 태도는 결국에 가서는 그들에게 혼란과 반감을 심어 줄 것이 빤했다. 그들은 크로프트에게는 복종할 것이다. 왜냐하면 크로프트는 누군가를 증오하고 싶은 그들의 욕망을 충족시켜 줄 뿐만 아니라 그 욕망을 부추기고 그런 증오 따위는 가볍게 눌러 버릴 힘의 우위를 발휘해 복종하지 않을 수 없게 만들기 때문이다. 그 점을 인식하자 마음이 더욱 무거웠다. "아직 갈 길이 멀다." 그가 아까보다 부드럽게 말했다.

소대는 무거운 발걸음을 계속 이어 갔다. 아나카 산이 한층 가까이 다가와 있었다. 능선을 넘을 때마다 병사들은 협곡을 끼고 하늘로 솟은 벼랑들을 볼 수 있었고, 협곡 산중턱에 자리한 숲의 나무 하나하나를 분간할 수 있었다. 이곳은 지형뿐만 아니라 공기까지 달랐다. 공기는 시원했으나 몸으로 느낄 수 있을 만큼 희박해져 병사들의 허파에 가벼운 부담을 주었다.

소대는 오후 3시에 협곡 어귀에 도달했다. 크로프트는 마지막 언덕 꼭대기에 올라 숲 뒤에 몸을 숨기고 앞의 지형을 살폈다. 언덕 아래로 골짜기가 400미터 정도 뻗어 있었고, 앞에는 키가 큰 풀숲이 산맥으로 둘러싸여 섬을 이루고 있었다. 골짜기 너머로는 가파른 암벽들 사이로 바위투성이 골짜기가 굽이굽이 이어져 있었다. 그 좁은 골짜기의 바닥이 나뭇잎들로 가려져 있는 터라, 거기에 병력을 매복시키는 건 얼마든지 가능해 보였다.

그는 협곡 어귀에 있는 몇 군데 나지막한 산들을 응시하며, 그 기슭을 에워싼 밀림을 살폈다. 이렇게 멀리까지 왔다고 생각하니 은근한 만족감이 밀려왔다. 굉장히 멀리 왔구나. 그가 혼자 중얼거렸다. 고지들 위에 내리깔린 고요 속에서, 그는 산 너머에서 은은히 들려오는 포성과 산발적인 전투 소리를 들을 수 있었다.

어느새 마르티네즈가 그의 옆에 와 있었다. "좋아, 마르티네즈." 그가 속삭였다. "골짜기 가장자리의 언덕에 붙어서 가자. 협곡 입구에 누군가 매복하고 있을 경우, 평지를 지나갈 때 들킬 수 있어." 마르티네즈가 고개를 끄덕이고는 자세를 낮추고 언덕 꼭대기를 넘어 골짜기를 우회하기 위해 오른쪽으로 향했다. 크로프트가 소대원들에게 따라오라고 손짓하고 나서 언덕을 내려가기 시작했다.

병사들은 키 큰 풀에 바짝 다가서서 매우 느리게 이동했다. 마르티네즈는 한 번에 30미터만 전진하고는 일단 정지했다가 다시 전진했다. 그의 조심하는 태도가 다른 사람에게도 영향을 미쳤다. 누가 뭐라고 한 것도 아닌데, 병사들 모두가 긴장했다. 피로를 떨쳐 내어 마비된 감각을 되살렸고, 심지어 필요에 따라 팔다리를 세심하게 움직이는 능력도 어느 정도 되찾았다. 어디에다 발을 내려디딜까 조심을 하고, 한 걸음씩 옮길 때마다 소리가 안 나게 발을 들었다가는 가만히 내려놓았다. 그들은 골짜기의 정적을 예민하게 의식했고, 예기치 않은 바스락 소리에 깜짝 놀라고 벌레가 울면 그때마다 걸음을 멈췄다. 긴장이 고조되었다. 무슨 일이 일어날 것 같은 예감에 입 속이 바짝바짝 마르고 가슴의 고동 소리가 높아졌다.

크로프트가 살핀 곳에서 협곡 입구까지는 수백 미터에 불과했지만, 마르티네즈가 택한 길은 1킬로미터에 가까웠다. 골짜기를 우회하기까지는 오랜 시간이 걸렸다. 반 시간 정도나 되다 보니 병사들의 긴장도 조금씩 풀렸다. 대열 후미에 있는 사람들은 한자리에서 몇 분씩 기다렸다가 구보로 앞사람에게 따라붙어야 했다. 행군은 고되고 진을 빼고 화를 돋웠다. 피로 감이 되살아나면서 등이 쑤시고 오금이 저렸다. 병사들은 엉거주춤한 자세로 서서 전진 신호를 기다렸다. 어깨에 멘 배낭이 잔인할 정도로 무거웠다. 눈으로 땀이 흘러들어 눈물로 맺혔다. 긴장의 날이 무뎌지면서, 병사들의 분위기는 험악해졌다. 그들 중 몇 명이 투덜거리기 시작했다. 그렇게 서 있는 시간이 좀 길어졌을 때, 윌슨은 용변을 보았다. 그가 미처 용변을 마치기도 전에 병사들이 움직이기 시작하는 바람에 대열이 흐트러졌다. 후미의 병사들이 멈추라는 전갈을 앞사람들에게 속삭임으로 전달했다. 잠시 병사들이 대열을 오르내리며 서로 귀에 대고 말을 속삭였다. 윌슨이 행군 준비를 마치고 병사들이 다시 전진을 시작했으나 규율은 이미 무너져 있었다. 큰 소리로 말하는 사람은 없었지만, 낮게 웅얼거리는 소리와 주의력이 떨어져 덤벙거리는 발소리가 합쳐지면서 주변에서 감지할 수 있을 만큼의 소음을 냈다. 이따금 크로프트가 걸음을 멈추고 소리를 죽이라고 손짓을 했지만 별로 효과가 없었다.

아나카 산 밑의 벼랑에 도달하자 그들은 다시 왼쪽으로 방향을 바꿔 협곡을 향해 바위에서 바위로 재빨리 이동했다. 그렇게 그들은 차폐물이 없는 탁 트인 공간에 도달했다. 큰 골짜기의 풀밭이 협곡의 첫 등마루까지 100미터 정도 뻗어 있었다. 이 공간을 가로지르는 수밖에 다른 도리가 없었다. 헌과 크로프트는 어느 바위 턱 뒤에 쪼그리고 앉아 전략을 논의했다.

"이 개 분대로 나누어 한쪽이 엄호하는 동안 다른 한쪽이 골짜기를 가로질러야겠습니다."

"그래야겠지." 헌이 고개를 끄덕였다. 바위 턱에 앉아 따뜻한 햇볕을 쬐고 있으니 상황에 어울리지 않게 기분이 좋았다. 그는 숨을 깊이 들이쉬었다. "그렇게 하지. 첫 번째 분대가 협곡에 도달하면 나머지 분대가 뒤따르는 걸로 하지."

"네." 크로프트가 턱을 어루만지면서 소위의 얼굴을 살폈다. "제가 선발 분대를 이끌까요, 소대장님?"

절대 안 되지! 이것은 그가 나서야 할 일이었다. "내가 선발 분대를 이끌 테니, 하사, 자네가 엄호하게."

"네…… 알겠습니다." 그가 잠시 말을 멈췄다. "마르티네즈의 분대를 데려가시지요. 고참병들은 대개 그쪽에 있습니다."

헌은 고개를 끄덕였다. 크로프트의 얼굴에서 허를 찔린 것 같은 표정과 실망의 기색이 드러나자 그는 기분이 좋았다. 그러나 이내 자신에게 화가 났다. 그는 점점 유치해지고 있었다.

그가 마르티네즈에게 손짓을 하고 손가락 하나를 치켜들어 1분대가 필요하다는 것을 알렸다. 일이 분 후 분대원들이 그의 주위에 모였다. 헌은 목구멍이 약간 긴장되는 것을 느꼈다. 입을 열었을 때 그의 음성은 쉬어서 속삭이는 것 같은 소리를 냈다. "우리는 저 숲 속으로 간다. 2분대가 우리를 엄호한다. 눈 크게 뜨고 정신 바짝 차리라는 말은 굳이 안 해도 되겠지." 그는 무언가 빠뜨린 말이 있는 것 같아 목을 만지작거렸다. "적어도 서로 5미터의 거리는 유지하도록." 병사 몇 명이 동의한다는 듯 고개를 끄덕였다.

헌이 일어나서 능선을 넘어 나뭇잎들로 가려진 협곡 입구를 향해 탁 트인 들판을 걷기 시작했다. 그의 뒤에서 좌우로 퍼져 따라오고 있는 분대원들의 발소리를 들을 수 있었다. 그는 무의식적으로 소총을 옆구리에 대고 양손으로 개머리판을 잡았다. 들은 길이가 100미터에 폭이 30미터 정도였는데 한

쪽에는 벼랑을, 또 한쪽에는 풀이 무성한 골짜기를 끼고 있었다. 경사는 완만했고 작은 바위가 여기저기 흩어져 있었다. 돌과 소총 총신에 반사되는 무자비한 햇볕에 병사들은 눈이 부셨다. 켜켜이 쌓인 나른함 속에서 침묵이 다시금 강렬해졌다.

헌은 걸음을 옮길 때마다 부르튼 발 앞부분에 통증을 느꼈으나, 발 앞부분과 그의 몸 사이에는 엄청난 거리가 있는 느낌이었다. 그는 총을 쥔 자신의 손이 축축하다는 것을 어렴풋이 알아차렸다. 가슴에 쌓인 긴장은 누군가의 발에 돌이 차이거나 땅에 발을 끄는 따위의 예기치 않은 소리에 터져 나왔다. 그는 침을 삼키고, 잠시 분대원들을 돌아보았다. 그의 모든 감각이 유난히 날이 서 있었다. 그 모든 것 뒤로, 그는 억눌린 기쁨과 흥분을 느꼈다.

숲 속의 나뭇잎 가운데 일부가 움직이는 것처럼 보였다. 그가 흠칫 걸음을 멈추고 50미터 전방의 숲을 노려보았다. 아무것도 보이지 않자, 그가 손으로 앞을 가리켰고 병사들은 전진을 계속했다.

피이이이이융!

총탄이 바위 옆을 스치고 소리를 내며 멀리 날아갔다. 순식간에 숲은 무서운 총성으로 요란해졌고, 들판의 병사들은 소나기를 맞은 밀밭처럼 그 앞에서 확 풀이 죽어 버렸다. 헌은 바위에 가려진 땅 위에 바짝 엎드린 채, 꿈틀거리고 욕설을 내뱉고 서로에게 고함을 지르며 엄폐물을 찾아 땅을 기는 병사들을 돌아보았다. 악의를 담은 총격이 꾸준히 이어지면서 마치 산불이 났을 때 마른 나무가 딱딱거리며 타는 것처럼 소리도 점점 강도를 더해 갔다. 총탄이 곤충의 날갯짓 소리처럼 부드럽게 윙윙거리며 날아가거나 바위를 빗맞고는 금속이 갈라질 때와 같이 날카로운 소리를 내며 날아갔다. 피이이이이융! 피이이이이융! 타타탕! 들판의 병사들은 고개를 처박은 채 속절없이 떨면서 바위 그늘에 엎드렸다. 그들 뒤에서, 바위 능선 뒤에 숨은 크로프트의 분대가 잠시의 침묵 끝에 들 저편의 숲 속을 향해 엄호 사격을 시작했다. 산 절벽들이 총성을 굴절시켜 골짜기로 되돌려 보냈고, 골짜기로 되튀어 온 총성은 다시 마구잡이로 날뛰는 메아리가 되어, 개울물 위에 겹겹으로 일어난 파문처럼 서로 어지러이 뒤섞였다. 음향의 파도가 병사들을 덮쳐, 그들을 반 귀머거리로 만들었다.

헌은 바위 뒤에 엎드렸다. 팔다리가 떨리고 눈으로 땀이 마구 흘러들었다. 그는 한동안 완전히 마비된 채 아무런 의지도 없이 눈앞에 있는 화강암의 암맥과 조직을 정신없이 바라보았다. 내부에 있는 것들의 나사가 모두 풀렸다. 총격이 끝날 때까지 머리를 감싼 채 꼼짝도 하지 않고 기다리고 싶은 충동이 강하게 일었다. 그는 어떤 소리가 그의 입에서 흘러나오는 것을 들었고, 그 소리를 자신이 냈다는 것을 알고 소스라치게 놀랐다. 그 모든 것, 그리고 그의 용기를 앗아 가 버리는 예기치 못한 공포감과 함께, 그는 자기 자신에 대해 격렬한 혐오감을 느꼈다. 스스로도 믿을 수가 없는 일이었다. 아무리 전투 경험이 전혀 없다지만, 이렇게 행동한다는 것은…….

피이이이이융! 돌 조각과 돌가루가 목에 떨어져 조금 가려웠다. 총격은 심술궂고 악의가 가득했다. 마치 그를 겨냥해서 날아오는 것 같았다. 그는 총알이 지나갈 때마다 자기도 모르게 움찔했다. 체내의 수분이 남김없이 몸 밖으로 솟아 나왔다. 땀방울이 턱과 코끝에서 뚝뚝 떨어지고 눈썹에서 눈 안으로 쉼없이 흘러들었다. 전투가 시작된 지 겨우 십오 분에서 이십 분만에 그의 몸은 완전히 젖어 버렸다. 강철의 띠가 쇄골을 압박하고 목을 졸랐다. 심장이 주먹으로 벽을 두드리듯 세차게 고동쳤다. 십여 초 동안 그는 오직 괄약근을 조이는 데만 온 신경을 쏟았다. 똥을 지릴지도 모른다고 생각하니 혐오감이 일어 견딜 수가 없었다. "안 돼! 안 돼!" 총알들이 무어라 표현할 수 없는 미묘한 소리를 내면서 옆을 스쳐 갔다.

여기서 소대를 철수시켜야 한다! 그러나 그는 두 팔로 머리를 감싸고 총탄이 바위에 빗맞을 때마다 움찔거렸다. 뒤에 있는 병사들 사이에서 고함과 맥락 없는 말들이 오가는 소리가 들렸다. 이런 두려움은 다 뭐란 말인가? 떨쳐 버려야 한다. 나한테 무슨 일이 벌어진 거지? 믿을 수가 없었다. 순간, 수치심과 두려움 속에서, 커밍스가 버린 담배꽁초를 몸을 굽혀 줍던 자신의 모습이 떠올랐다. 이리저리 흩어져 바위 뒤에 숨은 병사들의 거친 숨소리, 숲 속에서 서로에게 지르는 일본군의 고함 소리, 심지어 풀이 바스락거리는 소리와 골짜기에서 나는 귀뚜라미의 긴장된 울음소리까지 들을 수 있을 것 같았다. 뒤에서는 크로프트의 분대가 여전히 사격을 계속하고 있었다. 그는 바위 뒤에서 머리를 움츠렸다. 돌과 돌가루가 목덜미를 얼얼하게 쏘아 댔다.

크로프트는 대체 뭘 하고 있는 건가? 불현듯 그는 자기가 크로프트를 기다리고 있음을 깨달았다. 크로프트가 이곳으로 와서 자기 대신 지휘를 맡아 주기를, 날카로운 음성으로 명령을 내려 자기를 이곳에서 끌어내 주기를 기다렸던 것이다. 그런 생각을 하자 극도로 분노가 일었다. 그는 바위 옆으로 카빈총을 내밀고 방아쇠를 당겼다.

그러나 총은 발사되지 않았다. 안전장치가 그대로 채워져 있었다. 그런 실수가 그를 더욱 격분시켰다. 그는 자기가 무엇을 하고 있는지조차 제대로 의식하지 못한 채 일어서서 안전장치를 벗기고 숲 속을 향해 총탄을 서너 발 퍼부었다.

"후퇴하라, 후퇴하라!" 그가 악을 썼다. "일어나, 일어나!…… 후퇴!" 그는 무감각해진 상태로 자신의 날카롭고 맹렬한 고함 소리를 들었다. "모두 일어나서 뛰어!" 총알들이 그의 옆을 스치고 지나갔다. 그러나 일단 일어서고 보니 그리 어려운 일도 아니었다. "2분대로 돌아간다!" 그가 바위에서 바위로 달리며 또 한 번 고함을 쳤다. 자신의 고함 소리가 자기와는 별개의 것처럼 느껴졌다. 그가 돌아서서 다시 한 번 사격을 가했다. 손가락을 최대한 빨리 놀려 다섯 발을 발사한 뒤 마비된 것처럼 꼼짝도 않고 기다렸다. "일어나서 쏴라. 일제 사격!"

분대원 몇 명이 일어나 사격을 했다. 놀라고 당황했는지 숲 속은 몇 초 동안 잠잠했다. "모두 뛰어!"

병사들이 허둥지둥 일어나 멍하니 그를 보다가 그들이 처음 출발했던 바위 턱 쪽으로 뛰기 시작했다. 그들은 숲을 향해 다시 몇 발 사격을 하고는 20미터 정도를 뛰었다가 발을 멈추고 다시 사격한 후, 화도 나고 두렵기도 한 짐승처럼 흐느끼듯 숨을 쉬며 허겁지겁 후퇴했다. 숲 속의 일본군이 다시 사격을 시작했지만 그들은 신경 쓰지 않았다. 병사들은 모두가 정신이 없었다. 얼른 몸을 움직여 안전한 바위 턱 뒤로 가야 한다는 생각뿐이었다.

병사들이 한 사람씩 숨이 차 헐떡이고 성난 듯 씨근거리며 마지막 바위를 기어올라 그 뒤편으로 뛰어내렸다. 헌은 마지막으로 바위를 기어오른 사람들 사이에 있었다. 그는 땅 위를 굴렀다가 무릎으로 받치고 몸을 일으켰다. 브라운과 스탠리, 로스, 미네타, 폴래크는 사격을 계속하고 있었고, 크로프트가 부축해서 그를 일으켜 세웠다. 두 사람은 바위 뒤에서 몸을 웅크렸다. "전원 다 돌아왔나?" 헌이 숨을 헐떡였다.

크로프트가 재빨리 주위를 둘러보았다. "모두 돌아온 것 같습니다." 그가 침을 탁 뱉었다. "소대장님, 여기서 벗어나야 합니다. 저들이 곧 우릴 포위하려 들 겁니다."

"모두 다 있나?" 레드가 고함을 질렀다. 그의 볼에는 길게 긁힌 자국이 있었고, 거기에 흙이 묻어 있었다. 더러운 얼굴 위로 땀방울이 눈물처럼 그 상처 자국을 따라 흘러내렸다. 병사들은 화가 나서 신경질적으로 서로에게 고함을 치며 바위를 기어오르고 있었다.

"누구 없어진 사람 없어?" 갤러거가 고함을 질렀다.

"전원 다 여기 있다." 누군가가 큰 소리로 대답했다.

들 저편의 숲은 조용했다. 어쩌다 한 번씩 총알이 날카로운 울음소리와 함께 그들의 머리 위로 날아갈 뿐이었다.

"여길 빠져나갑시다."

크로프트가 바위 턱 위로 고개를 내밀고 잠시 들을 살폈으나 아무것도 보이지 않았다. 총알이 몇 발 날아오자 그는 얼른 고개를 움츠렸다. "떠날까요, 소대장님?"

헌은 한동안 정신을 집중할 수가 없었다. 그는 여전히 마음속 격동에 사로잡힌 상태였다. 임시로나마 안전한 곳으로 돌아와 있다는 사실이 실감이 나지 않았다. 기운이란 기운은 다 사그라지고 없었다. 그는 큰 소리로 명령을 내리고 분노를 토해 내며 부하들을 몰아세워 100~200미터를 더 후퇴시키고 싶었다. 그는 머리를 문질렀다. 아무 생각도 할 수가 없었다. 속이 울렁거렸다. "자, 가자." 그가 불쑥 고함을 질렀다. 마음 한편으로, 그는 기분이 무척 좋았다. 그것은 지금껏 한 번도 느껴보지 못한 감정이었다.

소대는 바위 턱을 벗어나 아나카 산벼랑에 바짝 붙어서 걷기 시작했다. 뒷사람이 앞사람에게 바싹 다가붙은 채로 그들은 거의 달리다시피 걸음을 재촉했다. 숲에서 볼 때 시야에 들어오는 낮은 언덕을 넘어야만 했는데, 몇 초 동안은 몸을 노출시킬 수밖에 없었다. 그러나 그 언덕과 일본군이 매복한 숲의 거리는 수백 미터나 되었다. 병사들이 차례로 등성이를 잽싸게 넘을 때 총탄이 산발적으로 몇 발 날아온 게 전부였다. 이십 분 동안, 그들은 걸었다 달렸다 하면서 산기슭과 평행하게 동쪽으로 멀어져 갔다. 그들이 발을 멈춘 것은 무수한 작은 언덕들을 사이에 두고 협곡 입구에서 1킬로미터 이상 떠나왔을 때였다. 헌은 크로프트가 했던 대로 둥근 언덕 꼭대기에서 가까운 곳에 우묵한 자리를 골라, 그 진입로에 보초 네 명을 배치했다. 나머지 병사들은 땅 위에 널브러져 가쁜 숨을 몰아쉬었다.

윌슨이 눈에 띄지 않는다는 사실을 발견한 것은, 그들이 그 우묵한 곳에 자리를 잡은 지 십 분이 지나서였다.

5

소대가 적의 매복에 걸렸을 때, 윌슨은 키 큰 풀숲 근처의 바위 뒤에 몸을 숨겼다. 기진맥진한 그는 아무런 느낌도 없이 그곳에 누워 전투가 끝나기만을 기다렸다. 헌이 후퇴 명령을 내리자, 그는 순순히 일어나서 몇 발짝 달리다가, 돌아서서 일본군을 향해 총을 쐈다.

총알이 명치를 강타하는 힘으로 복부에 명중했다. 그의 몸이 획 돌면서 몇 걸음 비틀거리다가 풀숲에 나뒹굴었다. 그는 조금 놀라 그곳에 쓰러졌다. 처음 느낀 감정은 분노였다. "어떤 새끼가 날 친 거야?" 그가 중얼거렸다. 그는 일어나서 자기를 때린 놈에게 덤벼들어야겠다고 생각하며 배를 쓰다듬었다. 그런데 손에 피가 흥건히 묻어났다. 윌슨은 고개를 저었다. 총격이 다시 시작되었고, 불과 30미터 떨어진 바위 저편에서 수색 소대 병사들이 외치는 소리가 들려왔다. "모두 다 있나?" 누군가가 고함을 질렀다.

"그래, 그래, 나 여기 있다." 그가 중얼거렸다. 자기 딴에는 큰 소리로 말했다고 생각했지만, 그것은 속삭임에 지나지 않았다. 그는 갑자기 두려운 생각이 들어서 몸을 돌려 엎드렸다. 빌어먹을, 일본 놈들한테 당했구나. 그는 고개를 저었다. 풀숲에 쓰러질 때 안경이 어디론가 날아가 버려 눈을 가늘게 뜨고 보았다. 누워 있는 곳에서 겨우 1~2미터 앞까지밖에 보이지가 않았다. 들판이 텅 비어 있는 게 유쾌했다. 제기랄, 난 지쳤어. 그게 빌어먹을 진실이야. 그는 잠시 몸에서 긴장을 풀었다. 머릿속이 노곤하고 아찔해지면서 의식이 흐려졌다. 소대가 떠나는 소리가 어렴풋이 들렸으나 별로 개의치 않았다. 배에 둔한 통증이 느껴지는 것 외에는 모든 것이 아늑하고 평화로웠다.

그는 불현듯 총격이 멈춘 것을 깨달았다. 일본 놈들한테 들키지 않으려면 풀 속으로 기어 들어가야겠어. 일어나려고 해 봤으나 몸에 힘이 들어가지 않았다. 천천히 끙끙대면서 키 큰 풀숲 속으로 몇 미터 더 기어 들어가서는, 다시 축 늘어졌다. 더 이상 들판이 보이지 않으니 그걸로 됐다 싶었다. 현기증과 아늑한 느낌이 온몸 곳곳에 퍼졌다. 술에 취한 기분이야. 그가 어리둥절해서 고개를 저었다. 언젠가 칸막이가 있는 술집에서 옆에 앉은 여자의 궁둥이에 손을 두르고 기분 좋게 취해 있던 일이 생각났다. 몇 분 후 그 여자와 함께 집으로 돌아갈 생각을 하니 욕정이 불끈 치솟았다. "바로 그거야, 예쁜이." 코앞에 있는 쿠나이 풀뿌리를 보면서, 그는 그렇게 말하는 자신의 음성을 들었다.

나는 이제 죽겠지. 윌슨은 생각했다. 싸늘한 공포가 엄습하여 마비되었던 몸을 깨웠다. 그는 잠시 훌쩍이며 울었다. 총탄이 몸을 뚫고 들어와 속살을 찢어 놓는 광경을 상상하자 구토가 일었다. 그의 입에서 담즙이 조금 흘러나왔다. "몸속에 있는 독이란 독이 다 들고일어나 난리를 치니 내가 안 죽고 배겨?" 그러나 다시 정신이 몽롱해지면서 나른함과 무력감 속에 아늑히 젖어 들었다. 이제는 죽는 것도 무섭지 않았다. 총알이 내 몸속을 깨끗이 씻어 줄 거야. 고름이 다 빠져나가면 나도 멀쩡해지겠지. 그는 기분이 좋았다. 증조할아버지는 열만 나면 검둥이 여자를 시켜 몸의 피를 뽑았다고 아버지가 말씀하셨지. 내가 지금 하고 있는 게 바로 그거야. 그는 흐릿한 눈으로 땅을 보았다. 웃옷 앞판이 피로 흠뻑 젖은 게 좀 찜찜했다. 그는 희미한 미소를 지으며 그 위에 손을 얹었다.

그는 5센티미터쯤 떨어진 곳의 땅을 응시했다. 그의 주위에서는 시간의 흐름이 정지되어 있었다. 등에 햇볕의 열기가 느껴졌다. 그는 주변 곤충들이 내는 소리의 리듬 속으로 가라앉았다. 그가 볼 수 있는 사방 30센티미터의 땅이 확대되어 마침내는 흙 알갱이 하나하나까지 뚜렷하고 완벽하게 보였다. 땅은 이미 갈색이 아니었다. 빨강, 하양, 노랑, 검정의 단단한 흙 알갱이들이 촘촘하게 모여 하나의 체커 판을 이루었다. 그는 더 이상 공간이나 부피를 지각하지 못했다. 그는 자기가 비행기에서 여러 구획의 농지와 하나의 나무숲을 내려다보고 있다고 생각했다. 키가 큰 풀들이 땅 위 몇 센티미터부터 윤곽이 흐려지면서 희미해졌고 옅은 연무처럼 움직였다. 뿌리들은 놀랍도록 하얗고, 두꺼운 비늘 모양의 나무껍질은 자작나무와 같은 갈색 반점으로 뒤덮여 있었다. 그의 눈에 비치는 모든 것이 숲의 크기로 확대되었다. 하지만 그것은 지금껏 한 번도 본 적 없는 새롭고 기묘한 숲이었다.

개미 몇 마리가 코 위를 꼬불꼬불 기어 지나가다가 뒤로 돌아 그를 올려다보더니 어기적어기적 가던 길을 갔다. 개미가 젖소만큼이나 크게 보였다. 아니 그보다, 높은 언덕 꼭대기에서 내려다보이는 젖소들 같아 보였다. 그는 개미들이 시야 밖으로 사라지는 것을 지켜보았다.

제기랄, 귀여운 녀석들이군. 그가 힘없이 생각했다. 머리가 팔뚝 위에 얹혔다. 숲이 눈앞에서 어두워지더니 위아래가 거꾸로 뒤집어졌고, 그는 의식을 잃었다.

십 분 정도 시간이 흘렀을까. 희미하게 의식이 돌아왔다. 그는 비몽사몽을 헤매면서 그렇게 꼼짝도 않고 누워 있었다. 모든 감각들이 제멋대로 움직이는 것 같았다. 그는 땅을 멍하니 응시하거나, 눈을 감고 오직 귀만 곤두세우고 숨을 쉬거나, 땅에 머리를 처박고 땅의 은은한 향기나 풀뿌리의 자극적인 냄새, 또는 마른 부식토 냄새를 맡으며 코를 씰룩거렸다.

그런데 뭔가 이상했다. 고개를 들고 귀를 기울이니, 10미터 정도 떨어진 들에서 몇 사람이 나직하게 두런거리는 소리가 들렸다. 그는 풀 사이로 그쪽을 응시했으나 분명하게 볼 수가 없었다. 소대에서 누군가가 왔을지도 모른다는 생각이 들어, 뭐라 말을 하려고 목에 힘을 주다가 흠칫 몸이 굳어졌다.

들에 일본군들이 있었다. 아니 적어도 여러 명의 남자들이 목구멍에서 이상하게 울리는 묘하게 높은 억양으로 숨차듯 지껄여 대는 소리가 들렸다. 만약 일본 놈들한테 잡히면…… 숨 막히는 공포감이 엄습했다. 일본 놈들의 고문에 관해 들었던 말들이 단편적으로 떠올랐다. 개새끼들. 내 불알을 자를 테지. 그는 자신의 억눌린 숨이 콧구멍 속의 털을 건드리며 천천히 빠져나가는 것을 느꼈다. 서성이는 일본군의 발소리와 말소리가 예리한 칼처럼 그의 귀를 베어 냈다.

"도코?(어디야?)"

"타분 코코.(아마 여길 거야.)"

놈들은 풀숲을 쳐 내며 주변을 다시 돌아다녔다. 놈들이 점점 가까워 오는 게 느껴졌다. 엉뚱하게도 그는 혼자서 비슷한 발음의 단어들을 반복하기 시작했다. "도코 코코 콜라, 도코 코코 콜라." 그는 땅에 얼굴을 처박고 코를 흙에 문질렀다. 얼굴의 근육이란 근육이 모두 소리를 내지 않기 위해 안간힘을 쓰고 있었다. 총이 있어야겠어. 그러나 풀숲 안으로 더 기어 들어올 때 그는 1~2미터 떨어진 곳에 총을 버려두고 왔었다. 그것을 가지러 가려고 움직였다가는 일본 놈들한테 들킬 것이 빤했다.

그는 결정을 내리려고 했으나 기운이 없어 그저 울고만 싶었다. 이 모든 상황이 너무도 힘에 부쳐, 그는 땅에 얼굴을 처박고 숨을 죽이려 애를 썼다. 일본 놈들이 소리 내어 웃고 있었다.

월슨은 동굴 속에서 시체를 건드렸던 일을 떠올리고 벌써 일본군에게 잡히기라도 한 것처럼 소리 없이 변명을 늘어놓았다. 아, 젠장, 난 그저 소소하게 기념이 될 만한 물건이나 찾을까 해서 그랬을 뿐입니다. 그거야 당신들도 이해할 거 아닙니까? 그렇다고 누가 피해를 본 것도 아니고 말입니다. 당신네들도 우리 쪽 전사자들 있는 곳에 와서 그렇게 해도 괜찮아요. 난 아무 상관없어요. 어차피 이미 죽은 사람인데 무슨 해가 되겠어요? 일본군은 겨우 5미터 떨어진 곳에서 풀숲을 헤치고 있었다. 그는 잠시 총 있는 곳으로 달려갈까 생각했으나 어느 쪽에서 기어왔는지가 생각나지 않았다. 쓰러졌던 풀들이 이미 다시 일어나, 그가 기어온 흔적이 남아 있지 않았다. 아, 빌어먹을. 그는 온몸을 바짝 긴장한 채 흙 속에 납작 코를 박았다. 상처가 다시 욱신거리기 시작했다. 눈꺼풀 밑에서 푸른색, 황금색, 빨간색의 동심원들이 여러 개 형성되어 의식에 새겨졌다. 여기서 벗어날 수만 있다면.

일본군들은 앉아서 수다를 떨었다. 그 가운데 한 명이 풀을 베고 눕자, 그 바스락거리는 소리가 그의 귀에까지 들려왔다. 침을 삼키려고 했지만 목구멍에 뭔가 걸리는 것이 있었다. 구역질을 하는 소리를 낼까 두려워 그는 입을 벌린 채 가만히 누워 있었다. 침이 입술 위로 흘러내렸다. 그는 자신의 냄새를 맡을 수 있었다. 그것은 날카롭게 물어뜯는 공포의 냄새이자 상한 우유같이 시큼한 피 냄새였다. 순간 그의 의식은 딸 메이가 태어났던 방으로 거슬러 올라갔다. 그는 갓 태어난 아기에게서 나는 우유 냄새, 분 냄새, 오줌 냄새를 맡았고, 그 냄새는 다시 현재로 돌아와 그 자신의 악취와 뒤섞였다. 그는 일본 놈들이 그 냄새를 맡을까 봐 겁이 났다.

"유키 마스.(가자.)" 한 명이 말했다.

그는 그들이 일어나서 또 한바탕 웃고는 그곳을 떠나는 소리를 들을 수 있었다. 귀가 울리고 머리가 욱신거렸다. 그는 두 주먹을 불끈 쥐고 엉엉 우는 소리가 새어 나가지 않도록 얼굴을 또 한 번 땅에 처박았다. 온몸에서 기운이 다 빠져 버린 것 같은 느낌이 들었다. 이렇게까지 진이 빠진 건 처음 있는 일 같았다. 심지어 입까지 덜덜 떨렸다. 병신 같은 놈. 의식이 희미해졌다. 정신을 차리려고 애를 썼지만 소용이 없었다.

의식을 잃은 지 반 시간이 지나서야, 윌슨은 천천히, 어렴풋이 정신을 차리기 시작했다. 머릿속이 안개가 낀 듯 흐릿했다. 그는 뚝뚝 떨어지는 핏방울을 받기 위해 한 손을 배 밑에 갖다 댄 채 오랫동안 가만히 누워 있었다. 도대체 모두들 어디에 있는 거야. 그는 생각했다. 자기가 철저하게 혼자라는 사실이 처음으로 실감이 났다. 이렇게 사람을 혼자 버려두고 가 버리다니. 몇 발짝 떨어진 곳에서 대화를 나누던 일본군들이 떠올랐으나 더 이상 말소리는 들리지 않았다. 그때의 공포가 되살아났다. 일본군이 떠났다는 확신이 들지 않아 다시 몇 분 동안 꼼짝하지 않고 그대로 있었다.

그는 소대가 어디로 갔을까를 생각했다. 그들이 자기를 버리고 갔다는 사실이 비통했다. 가깝게 지낸 놈들도 많았는데, 이렇게 버리고 가다니. 이런 빌어먹을 일이 또 어디 있나? 나 같으면 절대로 그렇게 가 버리진 않았을 거야. 그는 한숨을 쉬고 고개를 저었다. 그들의 부당한 행동이 그와는 거리가 먼,

조금 추상적인 일로 여겨졌다.

윌슨은 풀 위에 얼굴을 처박고 투덜거렸다. 풀 냄새가 조금 불쾌해서, 얼굴을 다른 쪽으로 돌리고 그곳에서 몇 미터 기어 나왔다. 갑자기 부아가 치밀었다. 내가 그렇게 많은 걸 해 줬는데도 고마워하는 놈 하나 없었지. 기껏 술을 조달했을 때도 레드 녀석은 내가 자길 속인다고 생각하질 않나. 한숨이 나왔다. 친구를 믿지 않다니 그게 말이 돼? 내가 자길 속였다고 생각하다니. 그는 고개를 저었다. 내가 그 작은 숲을 기관총으로 날려 버렸을 때는 또 어땠고? 크로프트 자식, 날 그렇게 붙잡고 흔들어 대다니. 몸집도 쪼끄만 주제에. 그렇게 갑자기 당하지 않았다면 녀석의 몸을 부러뜨릴 수도 있었어. 실수좀 했기로서니 사람을 그런 식으로 대우해? 그는 머릿속으로 이런저런 지난 일들을 더듬었고, 자기가 소대원들에게 오해를 받았다는 생각에 의분을, 그것이 부당하다는 생각에 만족감을 느꼈다. 골드스타인에게 술을 주었을 때를 봐. 뭐 적어도 주려고 하긴 했으니까. 그런데 녀석이 병신같이 겁을 먹고 권하는 술도 마다하잖아? 그리고 갤러거 새끼는 나를 허풍쟁이니 백인 쓰레기니 하고 불렀지. 그럴 필요가 뭐 있어? 제 마누라 죽었을 때 내가 저한테 얼마나 잘해 줬는데. 잘해 줘도 고마워할 줄 모르는 놈들뿐이야. 내가 어떻게 되든 말든 저희만 살겠다고 꽁지 빠지게 도망이나 치는 놈들이지. 몸에 기운이 하나도 없었다. 크로프트는 아픈 나를 들들 볶았지. 몸속이 다 엉망진창인데 나더러 어쩌라는 거야? 다시 한숨이 나왔다. 눈앞에 보이는 풀의 형태가 흐려지고 있었다. 이렇게 날 혼자 두고 가

다니. 나야 어찌 되든 전혀 상관없다 이거지. 그는 그들이 지금까지 이동했을 거리를 가늠해 보고 거기까지 기어서 갈 수 있을지 생각해 보았다. 몇 십 센티미터 정도 몸을 질질 끌며 기어 보다가 심한 통증 때문에 동작을 멈추었다. 그는 자기가 심한 부상을 입고 멀리 떨어진 불모의 황야에 고립되었다는 사실을 어렴풋이 인식했다. 그러나 그것을 온전히 실감하지는 못했다. 기느라 힘을 써 버린 탓에 다시금 의식이 몽롱해졌다. 누군가의 신음 소리가 들리더니 또 한 번 들렸다. 그런데 그것이 자기 입에서 나온 소리라는 것을 알고 그는 놀라지 않을 수 없었다. 제기랄!

해가 등 위에 내리쬐어 온몸을 기분 좋은 열기로 감쌌다. 그는 자신이 천천히 땅속으로 꺼져 들어가 땅의 따스한 기운이 온몸에 퍼지면서 자기를 떠받치고 있는 것을 느낄 수 있었다. 모든 풀과 뿌리와 땅에서 햇볕 냄새가 났다. 그의 의식은 일구어진 밭과 김을 뽑는 말들의 모습을 거쳐, 길가의 돌 위에 걸터앉아 그 앞을 지나가는 흑인 소녀를 지켜보던 그날 오후로 돌아갔다. 그년이 걸음을 내디딜 때마다 무명옷 속의 젖가슴이 흔들렸지. 그날 밤 만나기로 했던 여자의 이름을 기억해 내려다가 그는 킬킬거리기 시작했다. 그 여자는 그때 내가 열여섯 살이라는 걸 알았을까? 상처가 배 속에, 사타구니에서 끓어오르는 욕정과도 비슷한 뜨끈하고 둔한 메스꺼움을 불러일으켰다. 그의 의식은 자신이 태어난 집 옆에 난 길과 지금 누워 있는 골짜기의 풀밭 사이에서 이리저리 부유했다. 막연한 욕망들이 꼬리에 꼬리를 물고 머릿속을 스쳐 갔다. 어렴풋이 보이는 흔들리는 키 큰 풀들이 숲처럼 거대해 보였다. 그는 자기가 정글 속에 있었다는 것조차 기억할 수 없었다. 그의 코는 이곳의 모든 냄새를 과장해서 그가 기억하는 강렬한 정글의 악취와 섞어 버렸다. 제기랄, 여자 냄새나 한번 더 맡아 봤으면.

핏방울이 더욱 빠른 속도로 흘러 그의 손가락 위로 떨어졌다. 흐르는 것들을 생각하며 그는 땀을 흘렸다. 격렬한 정사가 그의 의식을 사로잡았고, 여자의 배와 엉덩이와 입술의 감촉이 또렷하게 떠올랐다. 햇살이 눈부시게 밝고 기분 좋게 따뜻했다. 규칙적으로 여자 맛을 못 본다는 건 남자한텐 지옥이나 마찬가지거든. 그래서 내 속이 엉망이 되고 고름으로 차 버린 거야. 그 생각에 그의 공상은 산산조각이 났다. 나는 수술 안 받을 거야. 수술을 받다간 죽고 말걸. 돌아가면 병원엔 안 간다고 말할 거야. 고름이 피로 다 빠져나와서 이젠 배 속이 깨끗해졌다고 말해야지. 그는 힘없이 킬킬거리기 시작했다. 빌어먹을 이 상처가 아물면 배꼽이 아래위로 한 개씩 두 개나 달리게 생겼군. 그걸 보면 앨리스가 뭐라고 할까?

구름이 해를 가리자 그는 한기를 느끼고 부르르 몸을 떨었다. 잠시 정신이 맑아지면서 겁이 나고 비참한 생각이 들었다. 이렇게 혼자 버려둘 순 없는 거야. 날 데리러 와야 하는 거잖아. 바람에 풀이 바스락거리며 누웠다. 그는 비참한 심정으로 그 소리에 귀를 기울였다. 대면하고 싶지 않은 어떤 진실이 그의 의식 근처를 맴돌았다. 버텨야 해. 그는 간신히 몸을 일으켜 잠시 풀 사이에 서서 구릉지와 아나카 산의 벼랑들을 바라보다가 식은땀을 흘리며 앞으로 쓰러졌다. 나는 사내다. 그가 혼자 중얼거렸다. 정신을 차려야 해. 나는 누구한테도 진 적이 없어. 그런데 지금에 와서 질 수야 없지. 겁이 많아서야 사내라 할 수 있나?

그러나 팔다리가 차가워져 그는 줄곧 몸을 떨었다. 해가 구름 뒤에서 나와 모습을 드러냈으나 온기를 느낄 수 없었다. 신음 소리가 다시 들렸고, 또 한 번 들렸다. 갑자기 경련이 일어나서 그는 몸을 뒤틀었다. 신음 소리를 낸 건 나야. 통증이 돌아와 내장을 후려쳤다. "빌어먹을 개새끼." 그가 별안간 악을 썼다. 참을 수 없는 통증에 미친 듯이 화가 났다. 기침을 하며 손가락 끝에 피를 뱉는 소리가 귀에 들렸다. 그 피가 꼭 남의 피 같았다. 섬뜩하리만큼 따뜻하게 느껴지는 피였다. "버텨야 해." 그렇게 중얼거린 후 그는 다시 의식을 잃었다.

모든 일이 어긋나 버렸다. 협곡의 입구는 막혔고, 지금 이 순간에도 어쩌면 일본군은 본부에 보고를 하고 있을지 몰랐다. 수색 작전의 기밀이 탄로 나고 만 것이다. 윌슨이 뒤에 남겨진 것을 알았을 때, 크로프트는 격분해서 악을 쓸 뻔했다. 그는 극도로 화가 난 채로 바위에 앉아 얇은 입술을 핏기가 가시도록 앙다물고 눈을 이글거리며 주먹으로 몇 번씩이나 손바닥을 내리쳤다.

"덩치만 큰 병신 새끼." 그가 혼자서 중얼거렸다. 제일 처음 충동적으로 든 생각은 윌슨을 버리고 가는 것이었다. 그러나 윌슨을 찾으러 돌아가야만 했다. 그게 원칙이었다. 다른 결정은 내릴 수 없다는 걸 크로프트는 알고 있었다. 그는 벌써 윌슨에게 무슨 일이 생겼을까, 누구를 데리고 그를 찾으러 갈 것인가 하는 문제를 궁리 중이었다.

그가 헌에게 말했다. "소대장님, 몇 사람만 데리고 가야겠습니다. 사람이 많다고 도움이 되는 것도 아니고, 오히려 희생자만 더 생길 가능성이 커지니까요."

헌이 고개를 끄덕였다. 그의 큰 체구가 축 늘어져 있었고, 차가운 눈에는 무언가를 경계하며 생각에 잠긴 표정이 엿보였다. 크로프트에게 주도권을 맡길 수는 없으니 자신이 가야 했지만, 경험이 있는 크로프트 쪽이 나을 것이었다. 게다가 그는 자기 자신에 대해 믿을 수가 없었다. 윌슨이 행방불명되었다는 보고를 들었을 때 그 역시 화가 났었고, 윌슨을 버리고 가고 싶은 충동을 제일 먼저 느꼈었다.

그 순간, 그의 마음속에는 지금껏 느껴 보지 못한 애매한 욕망들이 너무도 상충되며 들끓었다. 그것은 그가 시간을 두고 생각해 보아야 할 감정들이었다. "좋아, 자네가 알아서 아무나 데리고 가게." 그가 담배를 피워 물고, 이제 자기 할 말은 끝났다는 듯 각반으로 시선을 떨어뜨렸다.

두 사람 주변에서는 적의 갑작스러운 매복 공격과 윌슨이 행방불명된 사실에 허무함과 동요를 느껴 다소 흥분한 병사들이 시무룩한 표정으로 서성거리고 있었다. 그들은 서로를 향해 짜증스럽게 쏘아붙였다.

브라운과 레드가 다투고 있었다. "너희는 들이 아니라 빌어먹을 바위 뒤에 앉아 있지 않았어? 그 빌어먹을 머리 좀 내밀고 총에 맞은 사람은 없는지 살펴볼 수도 있었잖아." 레드가 욕을 하며 따졌다.

"무슨 소릴 하는 거야? 우리가 엄호를 안 했다면 네놈들이 무사했을 것 같아?"

"아아, 제기랄, 비겁한 새끼들, 바위 뒤에 숨어 있기나 하고."

"헛소리하지 마, 레드!"

레드가 자기 이마를 탁 쳤다. "제기랄, 하필이면 왜 윌슨이야?"

갤러거가 손으로 자기 이마를 치면서 서성였다. "어떻게 그 녀석을 놓고 올 수 있지? 도대체 어디 있는 거야?" 그가 말했다.

"갤러거, 앉아 있어." 스탠리가 큰 소리로 말했다.

"시끄러워."

"모두들 입 다물어." 크로프트가 매섭게 쏘아붙였다. "사내새끼들이 뭔 말이 그렇게 많아?" 그가 일어서서 그들을 보았다. "몇 사람 데리고 윌슨을 찾으러 가겠다. 누가 같이 가겠나?" 레드가 고개를 끄덕였고, 갤러거도 동의의 표시로 고개를 끄덕였다.

다른 사람들은 일이 초 동안 잠자코 있었다. "제기랄, 나도 가겠어." 리지스가 말했다.

"한 사람이 더 필요하다."

"내가 갈게." 브라운이 말했다.

"분대장은 안 돼. 소대장님을 보좌해야 하니까."

그가 병사들의 얼굴에 차례로 시선을 보냈다. 나는 위험한 일에 나서면 안 돼. 골드스타인이 스스로에게 일렀다. 나한테 무슨 일이 생기면 나탈리는 어떡하라고? 그러나 남들이 다 잠자코 있자 그는 일종의 죄책감을 느꼈다. "나도 가겠어." 그가 불쑥 말했다.

"좋아, 신속하게 움직여야 하니까 배낭은 두고 간다."

그들은 소총을 집어 들고 우묵한 구덩이에서 나와 일렬로 적의 기습을 받았던 곳을 향해 떠났다. 그들은 10미터씩 간격을 두고 길게 열을 지어 말없이 걸었다. 서쪽으로 기우는 해가 그들의 눈 속에서 이글거렸다. 이제는 조금 마음이 내키지 않았다.

산등성이를 넘을 때 외에는 몸을 숨길 생각도 하지 않고 그들은 빠른 걸음으로 오던 길을 되짚어 갔다. 그 일대에는 관목과 교목으로 이루어진 숲이 여기저기 흩어져 있었으나, 그런 숲들은 그저 대충 살피기만 했다. 크로프트는 윌슨이 매복 공격을 받았을 때 부상을 입고 현장을 떠나지 못했을 거라고 확신했다.

바위 턱이 있는 곳까지는 반 시간도 걸리지 않았다. 그들은 몸을 바짝 낮춰 땅을 기다시피 하며 조심조심 바위 턱으로 접근했다. 근처에는 아무도 없는 듯했다. 아무런 소리도 들리지 않았다. 크로프트가 바위 턱에 배를 대고 기어올라 조금씩 얼굴을 들어 올리며 들을 살폈다. 아무것도 보이지 않았고, 들 저편 숲 속에서도 움직임이 감지되지 않았다.

"이놈의 빌어먹을, 빌어먹을 배 같으니……."

병사들은 그 소리에 순간 얼음이 되었다. 불과 10~20미터

밖에서 누군가가 신음을 하고 있었다. "젠장, 아이고오오오오."

크로프트가 풀숲을 응시했다. "아이고오, 빌어먹을……." 신음 소리가 욕설로 변해서 꼬리를 끌었다.

그가 바위에서 내려와, 어깨에 멨던 소총을 내려 들고 초조하게 그를 기다리던 대원들과 합류했다. "윌슨인 것 같다. 가자." 그가 왼쪽으로 이동하여 다시 한 번 넓적한 바위 턱 위로 기어 올라가, 거기에서 풀숲으로 뛰어내렸다. 그는 곧 윌슨을 찾아내어 천천히 돌려 눕혔다. "한 방 맞았군." 크로프트는 혐오감이 섞인 가벼운 연민의 눈길로 그를 응시했다. 부상을 당하는 건 다 본인의 실수지, 하고 크로프트는 생각했다.

그들은 의식적으로 머리를 낮추며 그를 둘러싸고 풀 위에 무릎을 꿇었다. 윌슨이 다시 의식을 잃었다. "어떻게 데리고 가지?" 골드스타인이 속삭이듯 물었다.

"그 걱정은 내가 해." 크로프트가 차갑게 중얼거렸다. 그 순간 그는 다른 문제를 생각하는 중이었다. 윌슨은 큰 소리로 신음을 했을 것이고, 일본 놈들이 숲 속에 그냥 머물러 있었다면 분명 그 소리를 들었을 것이다. 그렇다면 그들이 나와서 윌슨을 죽이지 않았을 리가 만무했다. 따라서 그들은 후퇴를 했다고 결론 내릴 수밖에 없었다. 총격이 산발적이고 총성이 지나치게 작았던 점을 감안할 때, 일 개 분대 이상의 일본군이 있었다고는 생각할 수가 없었다. 그들은 틀림없이 미군 정찰대를 만나면 후퇴하라는 명령을 받은 소규모 전초 부대였을 것이다.

그렇다면 협곡 입구를 지키는 병력은 이제 없을 것이다. 그는 윌슨을 버려두고 대원들을 데리고 정찰을 해 봐야 하지 않을까 생각했다. 그러나 그것도 무의미한 일 같았다. 협곡의 깊숙한 곳에는 분명 더 많은 일본군이 있을 터였다. 그곳을 돌파한다는 것은 불가능한 일이었다. 유일한 가능성은 산을 넘어가는 것이었다. 그는 또 한 번 산을 쳐다보았다. 산의 모습이 그의 가슴을 묘한 기대감으로 설레게 했다.

하지만 윌슨의 일부터 처리해야 했다. 그게 화가 났다. 게다가 그가 직시해야 할 문제가 또 하나 있었다. 적의 기습이 시작되었을 때 그는 몇 초 동안 몸이 굳어 있었다. 두려움 때문이 아니었다. 그저 움직일 수가 없었다. 그 일을 생각하니 그는 조금 저지를 당한, 어떻게 보면 놀림을 당한 느낌이 들었다. 마치 어떤 기회를 놓쳐 버린 기분이었다. 무엇을 할 기회였을까……? 분명치는 않았지만, 그것은 협곡을 정찰할 수 없는 지금 상황에서 그가 느끼는 것과 비슷한 감정이었다. 그가 사격을 하기 전에 멈칫한 순간이 있었고, 그 순간에…… 그는 하고 싶은 일이 있었다. 난 그걸 망쳤지. 그가 쓸쓸하게 중얼거렸다. 그러나 자기가 무슨 뜻으로 그런 말을 한 건지는 스스로도 분명히 알지 못했다.

그리고 여기 윌슨이 있었다. 그를 해변까지 제대로 옮기려면 여섯 명 정도가 필요했다. 욕설을 내뱉고 싶었다.

"자, 풀밭을 벗어날 때까지는 끌고 가다가 바위 턱 있는 곳부터 들어서 옮기도록 하자." 그가 윌슨의 상의를 움켜쥐고 땅 위로 끌기 시작했다. 레드와 갤러거가 도왔다. 그들은 일 분도 안 되어 바위 턱에 이르렀고, 윌슨을 그 위로 넘겼다. 그리고 바위 반대편에 그를 내려놓았다. 크로프트가 들것이 될 만한 것을 임시로 만들기 시작했다. 그가 상의를 벗어 단추를 채우고, 자기 총과 윌슨의 총을 양쪽 소맷자락에 하나씩 끼웠다. 총신들이 허리께에서 돌출되었고, 개머리판들은 소맷부리 밖으로 비죽이 나왔다. 크로프트는 자기 혁대로 윌슨의 양쪽 팔목을 한데 묶고 윌슨이 버린 배낭에서 담요를 꺼내 그를 감쌌다.

완성된 들것이 길이는 상의의 길이와 같은 1미터였다. 그들은 그것을 윌슨의 등 밑에 밀어 넣고, 그의 묶인 두 팔을 고리처럼 리지스의 목에 걸었다. 그런 다음 리지스가 뒤쪽에서 양쪽 개머리판을 꽉 붙잡았다. 레드와 골드스타인이 윌슨의 허벅다리 쪽에서 총구를 하나씩 맡았고 갤러거가 앞에 서서 윌슨의 양쪽 발목을 잡았다. 크로프트가 그들을 호위했다.

"여길 벗어나자." 갤러거가 낮게 중얼거리듯 말했다. "여기 왠지 으스스해."

그들이 바위 벼랑들을 응시하며 불안한 마음으로 정적에 귀를 기울였다.

그들은 맥이 약한 만큼 천천히 피를 흘리는 윌슨을 지켜보았다. 핏기가 가신 얼굴이 창백했다. 그의 모습이 낯설게 느껴졌다. 그것이 윌슨이라는 사실이 믿기지 않았다. 지금 그들의 눈앞에 있는 사람은 그저 어느 의식 없는 부상병에 불과했다.

레드는 잠시 막연한 슬픔을 느꼈다. 윌슨은 그가 좋아하던 녀석이었다. 그런데 그 윌슨이 지금 지옥을 맛보고 있었다. 그러나 별반 다른 느낌은 없었다. 그는 너무 지쳐 빨리 이곳을 벗어나고 싶었다. "지혈대를 대 줘야 해."

"맞아."

그들은 윌슨을 도로 내려놓았다. 레드가 자기의 휴대용 구급함을 열고 붕대가 든 납작한 종이 상자를 꺼냈다. 그가 뻣뻣해진 손가락으로 포장을 벗겨 낸 뒤 소독약이 묻어 있는 쪽을 윌슨의 상처에 대고 그의 몸에 가볍게 감았다. "외상용 알약을 먹여야 하나?"

"복부에 상처가 났을 때는 안 돼." 크로프트가 말했다.

"버텨 낼까?" 리지스가 쉰 목소리로 물었다.

크로프트가 어깨를 으쓱했다. "황소 같은 놈이니까."

"윌슨은 죽을 놈이 아니야." 레드가 중얼거렸다. 갤러거가 외면하듯 고개를 돌렸다. "자, 가자."

그들은 출발하여 느린 속도로 조심스럽게 언덕들을 넘어 나머지 소대원들이 기다리는 우묵한 곳으로 돌아갔다. 의식을 잃은 환자를 운반하는 것은 꽤나 힘겨운 일이었다. 그들은 자주 휴식을 취하고 교대해 가며 호위를 했다.

윌슨은 한 번에 몇 분씩 두서없이 지껄이며 서서히 의식을 회복했다. 그는 거의 일 분 동안 정신이 돌아온 듯했으나, 그들 중 누구도 알아보지 못했다.

"도코 코코 콜라." 그가 여러 번 그렇게 중얼거리며 힘없이 킬킬거렸다.

그들은 걸음을 멈추고 그의 입가로 흘러나오는 피를 닦아 주고는 다시 출발했다. 소대가 있는 곳까지는 한 시간 이상이 걸렸다. 마침내 도착했을 때는 다들 몹시 지쳐 있었다. 그들은 윌슨을 들것에서 내려놓은 다음 땅바닥에 드러누워 숨을 돌렸다. 나머지 소대원들은 윌슨을 찾은 사실에 기분이 조금 들떠서 주변으로 몰려와 이것저것 흥분해서 물었다. 그러나 일일이 답해 주기엔 모두들 너무 지쳐 있었다. 크로프트가 욕설을 퍼부었다. "빌어먹을, 그렇게 계속 빈둥거리며 서 있기만 할 거야?" 그들이 어리둥절해서 그를 쳐다보았다.

"미네타, 폴래크, 와이먼, 그리고…… 로스, 저기 숲 속에 가서 길이는 2미터쯤 되고 지름은 5센티미터쯤 되는 막대기 두 개 잘라 오고, 폭이 50센티미터쯤 되는 버팀목도 두 개 가지고 와."

"뭘 하게?" 미네타가 물었다.

"뭘 할 거라고 생각해? 들것을 만들어야 할 거 아냐. 자, 어서 가."

그들이 낮게 투덜거리며 큰 칼을 두어 개 집어 들고 구덩이에서 나가 숲으로 갔다. 곧 칼로 나무를 내리치는 소리가 들려왔다. 크로프트가 넌더리가 난다는 듯이 침을 탁 뱉었다. "저놈들은 사람 열 받게 하는데 선수들이라니까." 불안하게 킬킬대는 웃음소리가 들렸다. 윌슨은 여전히 의식을 잃은 채 우묵한 구덩이 한가운데서 미동도 없이 누워 있었다. 병사들은 자기도 모르게 자꾸만 윌슨 쪽을 힐끗거렸다.

헌이 크로프트 옆으로 왔다. 그들은 잠시 이야기를 나눈 후 브라운과 스탠리와 마르티네즈를 불렀다. 오후 4시가 가까웠지만 햇볕은 여전히 뜨거웠다. 크로프트는 햇볕에 탈까 걱정이 되어 소매에서 소총을 뽑아내고 상의를 몇 번 턴 다음 입었다. 그는 옷에 묻은 핏자국을 보고 얼굴을 찌푸리더니 곧 입을 열었다. "소대장님은 이 문제를 분대장 전원이 의논해야 한다고 생각하신다." 그는 그것이 자기의 의견이 아니라는 점을 강조하기라도 하듯이 건조하게 말했다. "월슨을 호송하는 데 몇 명이 필요한데 여기에 없어도 될 사람이 누구누구인지 정해야겠어."

"몇 명을 보내실 겁니까, 소대장님?" 브라운이 물었다.

헌은 그때까지 그 생각을 미처 하지 못한 상황이었다. "몇 명을 보내야 할까?" 그는 교본에는 몇 사람으로 되어 있던가를 생각하면서 어깨를 으쓱했다. "여섯 명이면 될 것 같은데." 그가 말했다.

크로프트가 고개를 젓고는 급작스럽게 결정을 내렸다. "소대장님, 여섯 명은 보낼 수 없습니다. 네 명만 보내야 합니다."

브라운이 휙 휘파람 소리를 냈다. "네 명으로는 고생깨나 하겠는걸."

"그래, 네 명으론 좀 곤란하지." 마르티네즈가 빈정거리는 말투로 한마디 보탰다. 그는 들것을 운반하는 일이 자기에게 돌아오지 않으리라는 것을 잘 알고 있었다. 이번만은 기분이 좋지 않았다. 매복 공격을 당했을 때의 긴장이 아직도 풀리지 않은 상태였다. 그는 브라운이 수를 서서 월슨을 따라 돌아갈 것이고 자기는 소대와 함께 전진해야 한다는 것을 알았다.

헌이 끼어들었다. "하사, 자네 말이 옳아. 네 명 이상은 보낼 수가 없겠네." 오랫동안 소대를 지휘해 오기라도 한 것처럼 그는 자신 있는 어조로 거침없이 말했다. "언제 또 부상자가 생길지 모르니 들것을 나를 사람이 더 있어야겠어."

그것은 해서는 안 될 말이었다. 모두들 표정이 시무룩해지면서 입을 꼭 다물었다. "제기랄." 브라운이 불쑥 말을 내뱉었다. "이 작전이 시작되기 전까지는 운이 꽤 좋았는데. 헤네시와 토글리오의 일만 빼면……. 왜 하필 윌슨이야?"

마르티네즈가 양쪽 손가락 끝을 맞대고 비비면서 땅을 내려다보았다. 손바닥으로 목에 붙은 벌레를 찰싹 때렸다. "운이 다 된 거지 뭐."

"잘하면 무사히 데리고 갈 수 있을 거야." 브라운이 말했다. "소대장님, 분대장도 한 명 딸려 보내실 겁니까?"

헌은 이런 경우 어떤 식으로 일을 처리해야 하는지 알지 못했으나 굳이 그걸 모른다고 말할 필요는 없을 것 같았다. "분대장 한 명쯤은 이곳에 없어도 되겠지."

브라운은 자기가 가고 싶었다. 남들에게 내색을 하진 않았지만, 바위 턱 뒤에 있을 때 그는 제정신이 아니었다. "이번에는 마르티네즈의 차례겠죠." 그가 말했다. 그러나 노림수가 없는 말은 아니었다. 크로프트가 마르티네즈를 놓아주지 않으리라는 걸 알았던 것이다. 그러나 한편으론 공정하고자 하는 마음이 전혀 없었던 것도 아니다.

"잽베이트는 여길 비우면 안 돼." 크로프트가 냉랭하게 말했다. "브라운, 네가 가야 할 것 같다." 헌이 고개를 끄덕였다.

"뭐든 분부대로 해야지." 브라운이 짧게 깎은 갈색 머리를 쓰다듬고 턱에 생긴 열대 궤양 부위를 손가락으로 더듬었다. 그는 막연하게 양심의 가책을 느꼈다. "누구를 데려가지?"

크로프트가 잠시 궁리했다. "리지스와 골드스타인이 어떨까요, 소대장님?"

"소대원들이야 나보다 자네가 더 잘 알겠지."

"그리 뛰어난 놈들은 아니지만 체력은 꽤 좋습니다. 브라운, 네가 쪼아 대면 녀석들도 꾀를 부리진 못할 거야. 윌슨을 부상 장소에서 이곳으로 데리고 올 때 제법 쓸모가 있었어." 크로프트가 그들을 보았다. 스탠리와 레드와 갤러거가 상륙정 위에서 싸움 직전까지 갔던 일이 생각났다. 그때 꽁무니를 뺀 스탠리는 지금 별로 쓸모가 없을 것 같았다. 그렇다고는 해도 스탠리는 어쩌면 브라운보다 더 약은 놈이라고 크로프트는 생각했다.

"또 누가 가지?"

"두 놈이 다 멍청하니 똑똑한 놈도 하나 데려가야겠지. 스탠리는 어때?"

"좋아."

스탠리는 자기가 무엇을 원하는지 정확히 알 수 없었다. 수색 임무에서 벗어나 해변으로 돌아가게 된 건 다행스러운 일이었지만, 그래도 뭔가 속는 것 같은 기분이 들었다. 소대에 남을 경우 나중에 크로프트와 소대장에게 잘 보일 기회가 있을 것 같았다. 더 이상의 전투를 겪는 것은, 특히 아까 같은 기습을 당하는 것은 결코 원치 않지만 그래도……. 그는 일이 이렇게 된 게 다 브라운 탓이라고 생각했다. "샘, 네가 가라고 하면 가겠지만, 난 소대에 머무는 게 좋지 않을까?"

"아니, 넌 브라운하고 같이 가." 크로프트가 무슨 말을 했더라도 스탠리로서는 찜찜함이 남았을 것이다 그것은 마치 동전 던지기로 어떤 사안을 결정하려 하면서도 동전의 다른 면이 나왔더라면 하고 아쉬워하는 심정과도 같았다. 그는 잠자코 있었다.

헌이 겨드랑 밑을 긁었다. 빌어먹을, 엉망이군! 그는 풀잎을 씹다가 조용히 뱉어 냈다. 그들이 윌슨을 데리고 돌아왔을 때, 그는…… 그렇다, 좀 짜증이 났다. 그것이 그가 처음에 느낀 솔직한 감정이었다. 그들이 윌슨을 찾아내지 못했다면 수색 임무는 비교적 단순했을 것이다. 그런데 지금은 병력마저 부족한 상황이 되지 않았는가. 그것은 소대장으로서 품어서는 안 될 감정이었다. 그가 직시해야 하는 문제들이 있었다. 이번 수색 임무는 그에게 임무 자체보다 더 중요한 의미가 있었다. 모든 것이 엉망이 된 상황에서, 그는 지금 무엇을 해야 하는지 갈피를 잡지 못하고 있었다. 혼자서 조용히 궁리를 해 볼 필요가 있었다.

"들것 만들 막대기를 가지러 간 놈들은 뭘 하고 있는 거야?" 크로프트가 짜증스럽게 물었다. 그도 이번만은 풀이 죽어 있었다. 조금은 두렵기까지 했다. 할 말을 모두 끝낸 그들은 어색하게 서 있었다. 조금 떨어진 곳에서 윌슨이 담요 밑에서 부들부들 떨며 의식이 오락가락한 상태로 신음 소리를 냈다. 얼굴은 매우 창백하고, 두툼한 붉은 입술은 핏기 없는 납빛으로 변하고 입가는 일그러져 있었다. 크로프트는 침을 탁 뱉었다. 윌슨은 고참병이었다. 그래서 보충병 한 명을 잃었을 때보다 마음이 더 괴로웠고, 더 흔들렸다. 남아 있는 고참병이라고 해 봐야 심신이 다 지쳐 버린 브라운, 마르티네즈, 몸이 고장 난 레드, 이제는 별로 쓸모가 없는 갤러거가 전부였다. 다른 고참병들은 고무보트가 기습을 받았을 때 전사했거나, 모토메에서 지낸 수개월 동안 부상을 입거나 전사했다. 그런데 이번엔 윌슨이 당한 것이다. 크로프트는 자기 차례가 돌아오고 있는 게 아닌가 하는 생각이 들었다. 일본군이 강을 건너오는 동안 호 속에서 맥없이 떨던 그날 밤의 기억이 좀처럼 떨쳐지지 않았다. 그의 감각들이 마치 살갗이 벗겨져 화끈거리듯 바짝 예민해졌다. 그 움푹 팬 구덩이에서 포로를 죽였을 때의 일이 떠올랐다. 뭔가 해소되지 않은 짙은 분노의 감정이 목구멍을 자극했다. 일본 놈 한 놈이라도 나한테 걸리기만 해 봐라. 이번 작전에서는 누군가 자기의 발목을 잡고 있다는 느낌에 분노가 치솟았다. 모든 것에 화가 났다. 그는 적수의 힘을 가늠하듯 아나카 산을 노려보았다. 산이 자기를 경멸하듯 굽어보는 것 같았다. 그 순간 그는 산마저도 미웠다.

100미터 밖에서 잘라 낸 막대기들을 어깨에 메고 느린 걸음으로 돌아오는 들것 담당들의 모습이 보였다. 게을러빠진 놈들. 그는 고함을 지르고 싶은 충동을 간신히 억눌렀다.

브라운은 시무룩한 얼굴로 그들이 다가오는 것을 지켜보았다. 반 시간 후면 그는 그들을 데리고 출발해서 1킬로미터 혹은 그 이상의 힘겨운 길을 가야 했다. 그리고 어쩌면 이 황량한 곳에서 부상병 하나를 동무 삼아 야영을 해야 할 터였다. 돌아갈 길을 찾을 수 있을지 전혀 자신이 없었다. 일본 놈들이 수색대를 보내면 어떡하지? 브라운은 비통한 기분이 들었다.

그러나 여기서 벗어날 길은 없었다. 이 모든 것이 그들을 해치려는 음모같이 여겨졌다. 배반을 당한 게 아니고 뭐란 말인가? 누가 그들을 배반했는지는 꼭 집어서 말할 수 없었지만, 그 생각은 분노를 부채질하면서 찰나적인 쾌감을 더했다.

숲 속에서 들것에 쓸 막대기를 자르는 동안, 로스가 새 한 마리를 발견했다. 참새보다 작은 연한 암갈색 깃털의 그 새는 한쪽 날개가 부러진 채 몹시 피곤하다는 듯이 애처로운 울음소리를 내며 천천히 폴짝폴짝 뛰어다녔다. "오, 저것 좀 봐." 로스가 말했다.

"뭘 보라고?" 미네타가 물었다.

"저 새 말이야." 로스가 칼을 내려놓고 혀를 차며 새가 있는 곳으로 조심스럽게 다가갔다. 새가 수줍음 타는 소녀처럼 고개를 갸우뚱 외로 꼬며 가느다란 울음소리를 냈다. "저것 좀 봐. 다쳤나 봐." 로스가 말했다. 손을 내밀어도 새가 움직이지 않자, 그가 새를 잡았다. "왜 그러니?" 그가 갓난아기나 강아지를 어르듯 혀 짧은 소리로 부드럽게 말했다. 새가 그의 손안에서 파닥거리며 날아가려고 하다가, 그 작은 눈으로 그의 손가락을 두려운 듯 살피더니 조용해졌다.

"어디, 좀 보자." 폴래크가 말했다.

"건드리지 마. 겁먹었어." 로스가 투정을 부리듯 말하고는 새를 자기의 얼굴에 가까이 가져가면서 그것을 다른 사람들에게서 숨기느라고 몸을 돌렸다. 그가 작게 뽀뽀하는 소리를 냈다. "왜 그러니, 아가?"

"에이, 제기랄." 미네타가 중얼거렸다. "자, 이제 돌아가 자." 막대기를 다듬는 일이 끝나자, 그와 폴래크가 그것을 하나씩 집어 들었고 와이먼이 받침목 두 개와 칼들을 그러모았다. 그들은 땅이 움푹하게 팬 장소로 돌아갔다. 로스가 새를 들고 그 뒤를 따랐다.

"뭘 하느라 그렇게 오래 걸린 거야?" 크로프트가 매섭게 쏘아붙였다.

"우린 나름 서두른다고 서두른 거야." 와이먼이 기 죽은 목소리로 말했다.

크로프트가 콧방귀를 뀌었다. "자, 서둘러, 들것을 만들어야지." 그가 윌슨의 담요를 자기 판초 위에 편 다음 양쪽 가장자리에 막대기 두 개를 약 1미터 간격으로 나란히 놓았다. 그런 다음 담요와 판초 끝을 막대기 위에 걸치고 가능한 한 팽팽하게 조이도록 신경을 쓰며 두루마리처럼 말기 시작했다. 버팀목의 양쪽 끝에 눈금이 새겨져 있었다. 양쪽 막대기 사이의 거리가 50센티미터 정도로 좁혀졌을 때, 그는 끝에서 15센티미터쯤 떨어진 곳 아래위 양쪽에 두 개의 버팀목을 받쳤다. 이어 그는 자기 혁대와 윌슨의 혁대로 고리를 만들어 버팀목에 걸고, 그것을 단단히 고정시켰다. 그 일을 끝내고는 들것을 들어 보았다가 다시 내려놓았다. 얼추 들것의 형태가 만들어졌지만, 그는 만족하지 않았다. "혁대들 좀 줘 봐." 그가 병사들에게 말했다. 그러고는 몇 분 동안 분주하게 손을 놀렸다. 완성된 들것은 직사각형 모양에, 막대기와 버팀목이 각각 두 개에다 캔버스 천을 대신해 담요와 판초를 뒤집어씌운 형태였다. 들것 밑에 대각선으로 매어진 혁대가 막대기가 부러지는 것을 막는 지지대 구실을 했다. "이거면 견디겠지." 그가 중얼거렸다. 그는 미간을 찌푸리고 소대원들 대부분이 로스를 둥글게 에워싸고 있는 광경을 보았다.

로스는 새에 정신이 완전히 팔려 있었다. 새가 그 조그마한 부리를 벌려 손가락을 물려고 할 때마다 가슴이 아릴 정도로 보호 본능이 일었다. 손에 쥔 새의 몸뚱어리는 분 냄새를 연상시키는 묘한 사향 냄새를 풍겼고 체온 덕분에 따뜻했다. 로스는 자기도 모르게 새를 얼굴 가까이 가져와 입술을 부드러운 깃털에 갖다 대고 냄새를 맡았다. 새는 여전히 경계하듯 눈을 빛냈다. 로스는 금세 정이 흠뻑 들어 버리고 말았다. 새는 사랑스러웠다. 그는 여러 달째 밖으로 표현하지 못하고 속에 억눌러 놓았던 애정을 온통 새에게 쏟았다. 그것을 어루만지고 향기를 맡고 다친 날개를 살폈다. 새에 대한 애정으로 가슴이 뻐근했다. 자기 아이가 자기의 가슴 털을 뽑으려고 했을 때와 같은 기쁨을 그는 느끼고 있었다. 그리고 그 뒤로, 뚜렷하게 의식한 것은 아니지만, 사람들이 자기를 에워싼 채 흥미를 보이고 있다는 사실에 기분이 좋았다. 이번 한 번만은 사람들의 관심이 그에게 집중되었던 것이다.

크로프트의 심기를 거스르기에는 더없이 적절한 상황이었다.

크로프트는 들것을 만드느라 끙끙대며 땀을 흘렸고, 그 일을 마치자 이번에는 수색 작전의 온갖 난제 때문에 머리가 복잡했다. 그의 마음속에 분노의 불길이 다시 활활 타올랐다. 모든 것이 엇나가기만 하는데, 이제는 또 로스가 새를 갖고 놀고 있고, 소대원의 반수가 그걸 둘러서서 지켜보고 있는 것이다.

너무도 화가 나서 이런저런 생각을 할 겨를도 없이 그는 곧장 움푹 팬 구덩이를 가로질러 가서 로스를 둘러싼 병사들 앞에 섰다.

"지금 다들 뭘 하고 있는 거야?" 그가 낮고 경직된 음성으로 물었다.

그들이 번쩍 정신을 차리면서 고개를 들었다. "아무것도 아니야." 누군가가 중얼거렸다.

"로스!"

"네, 하사?" 그의 목소리가 떨렸다.

"그 새 이리 내."

로스가 새를 크로프트에게 넘겨주었고 크로프트는 그것을 잠시 쥐고 있었다. 맥박처럼 뛰는 새의 심장이 손바닥에 느껴졌다. 새는 그 작은 눈으로 미친 듯이 사방을 두리번거렸다. 크로프트의 분노가 손가락 끝에도 미쳤다. 새를 손아귀 안에서 눌러 죽이는 것쯤 더할 나위 없이 쉬운 일이었다. 새는 겨우 작은 돌멩이만 했다. 그러나 그것은 살아 있었다. 물이 바위의 틈새를 찾아 제멋대로 흐르듯이 야릇한 충동이 온몸의 신경과 근육을 따라 흘렀다. 그는 새에 대한 연민과 목구멍을 압박하는 짙은 욕망 사이에서 흔들렸다. 새의 깃털을 쓰다듬어 주어야 할지 손아귀에 힘을 주어 새를 죽여 버려야 할지 결정을 내리지 못했다. 그 혼란스럽고 강력한 충동이 모로 세워져 곧 한쪽으로 넘어질 한 장의 카드처럼 그의 머릿속에서 어른거렸다.

"하사, 나한테 돌려주면 안 될까?" 로스가 애원했다.

이미 체념한 듯 풀 죽은 그의 음성이 크로프트의 손가락에 경련을 일으켰다. 숨이 막혀 가늘게 내지르는 새의 울음소리와 우두둑 하고 뼈가 부서지는 소리가 어렴풋이 그의 귀에 들려왔다. 새가 손바닥 위에서 부질없이 몸부림을 쳤다. 그것이 다시 메스꺼움과 분노를 일으켰다. 어느새 그는 새를 30미터 이상 떨어진 구덩이 저편 가장자리 밖으로 던졌다. 갑자기 숨이 거세게 터져 나왔다. 자기도 의식하지 못한 채 그는 한참 동안 숨을 들이마시지 않고 있었던 것이다. 그 바람에 양쪽 무릎이 부들부들 떨렸다.

한동안 침묵이 흘렀다.

그러다가 반발이 한꺼번에 휘몰아쳤다. 리지스가 격분해서 일어나 크로프트 쪽으로 한 발 다가섰다. 화가 난 나머지 목까지 쉬어 있었다. "무슨 짓이야……. 새를 대체 왜 그런 거야? 도대체 무슨 생각으로……?" 그가 흥분해서 말을 더듬었다.

골드스타인은 충격을 받고 기가 막혀 크로프트를 노려보았다. "어떻게 그런 짓을 할 수가 있지? 새가 무슨 잘못을 했다고? 왜 그런 짓을 한 거야? 그건 마치…… 마치……." 그는 가장 흉악한 범죄를 묘사할 말을 찾았다. "그건 갓난아이를 죽인 거나 다름없어."

크로프트는 무의식중에 한두 걸음 뒤로 물러섰다. 그들의 격렬한 반발에 깜짝 놀라, 순간적으로 방어하는 입장으로 몰린 것이다. "물러서, 리지스." 그가 중얼거렸다.

자신의 떨리는 목소리가 그를 동요시켰고 동시에 분노를 되살렸다. "모두들 입 닥쳐. 이건 명령이다!" 그가 악을 썼다.

반항은 멈췄고 불안하게 허공에서 맴돌았다. 리지스는 평소 성격이 온화했고 윗사람에게 반항하는 일이 좀처럼 없는 인물이었다. 그런데 이번 일은…… 권위에 대한 두려움이 없었다면 그는 크로프트에게 덤벼들었을 것이다.

골드스타인은 군법 회의와 처벌과 자기 아이가 굶을 일을 생각했다. 그 역시 멈칫했다. "아아악." 그가 숨 막히는 좌절감을 의미 없는 고함으로 토해 냈다.

레드는 더욱 느리게, 더욱 의도적으로 움직였다. 언젠가는 자기와 크로프트 사이의 적의가 표출되고 말리라는 걸 그는 알았다. 또한 스스로 시인한 적은 없지만 그는 자기가 크로프트를 두려워한다는 것도 알았다. 딱히 그렇게 생각한 것은 아니지만, 그는 분노를 느끼고 있었고, 지금이 그 분노를 표출할 때라고 느꼈다. "뭐 하자는 거야, 크로프트, 얻어맞지 않으려고 명령을 들먹이는 거냐?" 그가 큰 소리로 비아냥거렸다.

"그쯤 해 둬라, 레드."

두 사람은 서로를 노려보았다. "너 이번엔 좀 지나쳤다."

크로프트도 알고 있었다. 하지만 이왕 이렇게 된 일, 갈 데까지 가 보는 수밖에 없었다. "그래서 어쩔 건데?"

이것은 발젠에게 대단히 근본적인 문제였다. 언제든 크로프트를 제지하지 않는다면, 그를 포함해 소대원 전원이 그의 눈치만 보며 설설 기게 될 거라고 생각했다. 분노와 불안 뒤에 무언가 해야 한다는 의식이 있었다. "이게 곧 알게 될 거다."

두 사람이 서로 노려본 시간은 겨우 일 초 정도에 불과했지만, 그 일 초는 상대방에 대한 경계와 먼저 주먹을 날리려는 결심과 그 결심의 번복이 여러 차례 되풀이된 순간이었다. 바로 그때 헌이 끼어들어 두 사람을 거칠게 떼어 놓았다. "떨어져. 정신들 나갔나?" 크로프트가 새를 죽인 지 오 초도 지나지 않아 헌이 그 우묵한 구덩이 맞은편에서 달려온 것이다. "도대체 무슨 일인가? 왜들 이러는 거야?"

두 사람은 시무룩한 얼굴로 천천히 뒤로 물러났다. "아무것도 아닙니다, 소대장님." 레드가 말했다. 빌어먹을 소위 따위의 도움은 필요 없어. 그는 자랑스러우면서도 안도감을 느꼈지만, 한편으로는 이 충돌의 결과가 뒤로 미루어진 것이 불안했다.

"누가 먼저 시작한 일인가?" 헌이 따지고 있었다.

리지스가 입을 열었다. "괜히 불쌍한 새를 죽이잖아요. 느닷없이 와 가지고 로스에게서 새를 뺏어 죽였습니다."

"사실인가?"

크로프트는 뭐라고 대답해야 할지 판단이 서지 않았다. 헌의 말투에 화가 났다. 그가 옆으로 침을 탁 뱉었다.

헌이 크로프트를 빤히 보면서 머뭇거렸다. 그러고는 씩 웃었다. 자기가 이 순간을 즐기고 있다는 느낌이 어렴풋이 들었다. "그만들 해 둬." 그가 소대원들에게 말했다. "싸운다 해도 하사관하고 싸워서야 되나?" 병사들의 눈빛이 사나워졌다. 순간적으로 헌은 크로프트가 새를 어떤 충동 때문에 죽였는지를 이해할 수 있었다. 헌은 크로프트 쪽으로 몸을 돌려 아무

감정 없이 번쩍이는 그의 눈 속을 들여다보았다. "하사, 어찌되었든 이번 일은 자네 잘못이야. 로스에게 사과하게." 누군가가 킬킬거렸다.

크로프트가 믿을 수 없다는 듯이 그를 쳐다보았다. 그는 숨을 몇 번 길게 들이쉬었다. "자, 하사, 사과하라니까."

손에 총을 쥐고 있었다면 크로프트는 그 즉시 헌에게 총을 갈겼을지도 모른다. 아마도 기계적으로. 그러나 상관의 명령에 불복한다는 것은 다른 차원에 속하는 이야기였다. 그는 헌의 말에 따라야 한다는 것을 알고 있었다. 그렇지 않으면 소대는 엉망이 될 게 분명했다. 그는 이 년 동안 소대의 틀을 잡아 왔고, 그가 정해놓은 규율은 이 년 동안 느슨해진 적이 없었다. 지금 그 규율을 어긴다면 자신이 이룩해 놓은 모든 것이 한순간에 허물어질지도 몰랐다. 그것은 그 나름의 도덕률에 가장 근접한 것이었다. 그가 헌을 외면한 채 로스 앞으로 가서 그를 빤히 보았다. 입가에 경련이 일었다. "미안하다." 그가 불쑥 말했다. 입에 익지 않은 말이 혀에서 힘없이 툭 떨어졌다. 온몸에 벌레가 스멀거리는 느낌이었다.

"자, 이걸로 마무리하지." 헌이 말했다. 그는 자기가 크로프트를 얼마나 화나게 했는지 짐작했고, 그 때문에 속으로 조금 우스웠다. 그러나…… 그가 담배꽁초를 주우라는 명령에 복종했을 때 커밍스도 아마 지금의 그와 똑같은 기분이었으리라는 생각이 들자 갑자기 자기 자신에게 정이 떨어졌다.

"보초들만 제외하고 다들 이리 모여." 그가 외쳤다.

병사들이 발을 끌며 그의 주변으로 모여들었다. "우리는 브라운 병장과 스탠리 상병, 그리고 골드스타인과 리지스에게 윌슨의 후송을 맡기기로 했다. 하사, 뭐 변경하고 싶은 사항 없나?"

크로프트는 발젠을 빤히 응시했다. 그는 지금 아무 생각도 할 수 없었다. 마치 베개와 씨름을 하는 느낌이었다. 발젠을 보내 버리는 게 나을 것 같았지만 그럴 수는 없었다. 공교롭게도 그에게 반발했던 두 사병이 들것을 나르기로 되어 있었다. 만약 레드를 보낸다면 소대원들은 그가 레드를 두려워한다고 생각할 것이다. 그런 생각을 한다는 것 자체가 너무도 새로운 태도이고 지금까지의 사고방식과도 맞지 않아서 크로프트는 혼란스러웠다. 확실한 건 그게 누구든 그가 맛본 굴욕의 대가를 치러야 한다는 것이었다. "없습니다." 그는 불쑥 그렇게 말했다. 말 한마디 하기가 그렇게 어렵다니 놀라울 뿐이었다.

"그렇다면 자네들은 지금 당장 떠나도 되겠군." 헌이 말했다. "나머지 사람들은……." 그는 말을 맺지 못했다. 뭘 해야 하지? "오늘 밤은 여기서 머문다. 모두들 휴식이 필요할 테니까. 내일 협곡을 지나는 방법을 찾는다."

브라운이 입을 열었다. "소대장님, 윌슨을 운반할 때 처음 한 시간 반 정도만 같이 가도록 네 명만 더 내주실 수 없습니까? 그러면 더 멀리 갈 수 있고, 내일 다시 출발할 때는 일본 놈들에게서 그만큼 멀어질 수 있을 테니까요."

헌이 곰곰이 생각했다. "좋다. 하지만 어둡기 전에 그들을 돌려보내야 한다." 그가 주위를 둘러보고 우선 눈에 띄는 대로 폴래크와 미네타와 갤러거를 선발한 다음 와이먼을 지명했다. "나머지는 네 사람이 돌아올 때까지 보초를 선다."

그가 브라운을 한구석으로 불러 몇 분 동안 이야기를 나누었다. "우리가 정글 속에 낸 길을 찾아갈 수 있겠나?"

브라운이 고개를 끄덕였다.

"좋아, 그 길을 따라 해변까지 가서 우리를 기다리게. 그곳까지 가려면 한 이틀, 아니 그보다 조금 더 걸릴 거다. 우리는 사흘, 오래 걸려야 나흘 안에 돌아갈 거야. 우리가 도착하기 전에 배가 오고 윌슨이 그때까지…… 살아 있다면 곧바로 돌아가서 우리에게는 다른 배를 보내 주도록 하게."

"알겠습니다."

브라운이 들것을 운반할 병사들을 집결시켜 윌슨을 들것 위에 눕힌 다음 출발했다.

뒤에 남은 사람은 소위와 크로프트, 레드, 로스, 마르티네즈 다섯 명뿐이었다. 그들은 각자 움푹 꺼진 구덩이에 접한 둔덕 위에 자리를 잡고 주변의 골짜기와 능선들을 살폈다. 그들은 들것을 든 사람들이 두 조로 나뉘어 몇 분에 한 번씩 교대를 하며 언덕들을 넘어 남쪽으로 가는 모습을 지켜보았다. 삼십 분 후엔 그들의 모습도 시야에서 사라지고, 위에는 언덕들과 산벼랑들과 벌써 황금빛 노을이 번지는 늦은 오후의 하늘만이 남았다. 서쪽으로는 약 1.5킬로미터쯤 떨어진 곳에서 일본군이 협곡 안에서 야영을 하고 있었고, 그들의 전면으로는 시야에 들어오진 않지만 높이 솟은 아나카 산의 능선이 있었다. 그들은 각자 자기만의 생각에 잠겼다.

어둠이 깔릴 무렵, 브라운과 스탠리, 리지스와 골드스타인네 사람이 윌슨과 남았다. 추가로 따라온 사람들이 어두워지기 한 시간 전에 돌아간 후, 브라운은 1킬로미터를 더 걷고 나서 그곳에서 밤을 보내기로 했다. 그들은 작은 언덕 두 개를 잇는 등마루 밑의 작은 숲 속에 자리를 잡았다. 윌슨을 중심으로 둥글게 담요를 깔고 누워 졸린 목소리로 이야기를 나누었다. 해가 완전히 지고 난 뒤의 숲 속은 매우 어두웠다. 적당히 피곤한 상태로 담요 밑에서 몸을 웅크리고 있으려니 기분이 좋았다.

나뭇잎을 스치는 밤바람이 시원했다. 비가 올 것 같았다. 병사들은 해 질 무렵 현관 문간에 한가로이 앉아, 지붕 밑에 있기에 비 맞을 걱정 없이 편안한 마음으로 비구름이 몰려드는 걸 지켜보던 여름밤을 떠올렸다. 뭔가 아련하고 그리운 추억이 꼬리를 물었다. 여름과 토요일 밤의 댄스 음악과 황홀한 공기와 나뭇잎 향기의 추억. 병사들은 풍요롭고 감미로운 감정에 젖어 들었다. 전조등 불빛으로 나뭇잎들 사이에 황금빛 원기둥을 그리며 시골길 위를 차로 달릴 때의 흥분과 한밤중에 숨 가쁘게 나누던 사랑의 다정함과 열기. 그들은 여러 달째 잊고 있던 이런 일들을 생각했다. 그들은 담요 속으로 더 깊이 파고들었다.

윌슨의 의식이 다시 돌아오고 있었다. 그는 고통에서 고통으로 허우적거리며, 신음을 하고 알 수 없는 헛소리를 지껄이면서 의식의 수면 위로 헤엄쳐 올라왔다. 배의 통증이 격심해서, 무릎을 가슴 쪽으로 끌어 올리려고 부질없이 애를 썼다. 누군가가 발목을 묶고 있는 느낌이 들었다. 그는 온몸을 뒤틀다시피 하며 깨어났다. 얼굴에 땀방울이 송골송골 맺혔다.
"놔, 놓으라고, 이 개새끼들아. 내 다리에서 손 떼란 말이야."

그의 악 쓰는 소리에 병사들이 공상에서 깨어났다. 브라운
이 몸을 굽혀 물에 적신 손수건을 그의 입술에 갖다 댔다. "진
정해, 윌슨." 그가 부드럽게 말했다. "조용히 해. 일본 놈들 다
깨우겠다."

"놓으라니까. 빌어먹을!" 윌슨이 고함을 쳤다. 고함을 치느
라 힘을 다 쓴 탓에 들것 위로 다시 축 널브러졌다. 그는 다시
출혈이 시작되고 있다는 것을 어렴풋이 느꼈고, 자기가 수영
을 하고 있는지 아니면 바지에 오줌을 쌌는지도 정확히 모르
는 채, 출혈이 주는 느낌 속에서 정처 없이 표류했다. "바지에
오줌을 쌌어요." 그가 손바닥이 날아올 것을 예상하면서 중얼
거렸다. "우드로 윌슨, 이 칠칠치 못한 녀석아." 어떤 여자의
목소리가 그렇게 말했다. 그는 매를 피해 뒤로 움츠러들면서
킬킬거렸다. "아, 엄마, 일부러 그런 게 아니라니까." 그가 손
찌검을 피하려는 듯이 들것 위에서 몸을 뒤틀며 큰 소리로 애
원했다.

"윌슨, 조용히 해야 해." 브라운이 그의 이마를 쓰다듬었다.
"긴장하지 말고 가만히 있어, 우리가 돌봐 줄게."

"그래…… 그래." 윌슨은 입에서 피가 조금 흘러나와 그것
이 턱 위에서 마르는 것을 느끼며 가만히 누워 있었다. "비가
오나?"

"아냐. 이봐, 일본 놈들이 있으니까 조용히 해야 해."

"응." 그러나 일본군에 대한 언급은 그를 혼수상태에서 깨

위 두려움을 일으켰다. 그는 키가 큰 풀숲에 몸을 숨기고서 일본군에게 발각되기만을 기다리던 순간을 또다시 경험하고 있었다. 그는 자기가 낮게 흐느끼고 있다는 걸 의식하지 못했다. 그 울음소리는 마치 신경의 분비물에서 나오는 소리 같았다. 버텨야 해. 그러나 피가 배에서 맥박 치듯 솟아 나와 뚝뚝 떨어지면서 사타구니를 따라 흐르다가 넓적다리 사이에 괴는 것이 느껴졌다. 나는 죽겠지. 배에 눈이라도 달린 듯 그는 자신의 몸이 저절로 뒤틀리고 말리고 경련하는 모습을 눈앞에 그려 낼 수 있었다. 배가 계속 피를 짜내고 있었다.

"여자의 그것처럼 생겼군." 그의 귀에는 중얼거리는 소리로 들렸으나, 실제로 그는 악을 쓰고 있었다.

"윌슨, 조용히 해."

브라운이 달래자 공포는 가라앉았지만 대신 막연한 불안이 찾아왔다. 이번에는 윌슨이 실제로 속삭이듯 말했다. "정말 이해가 안 되는 게 한 가지 있어. 두 사람이 잤는데 깨어났을 때는 세 사람, 두 사람이 잤는데 깨어났을 때는 세 사람." 그가 노래의 후렴처럼 그 말을 되풀이했다. "도대체 어떻게 그런 일이 일어나는 건지 알 수가 없단 말이야. 그저 여자랑 잤을 뿐인데 애가 생기다니." 그가 반쯤은 통증 때문에 얼굴을 찌푸렸다가 다시 폈다. 그리고 몸 위에서 자기를 바라보는 여자의 관능적이면서도 악취를 풍기는 기억 속으로 빠져들었다. 이윽고 여자의 이미지가 흐려졌고, 에테르로 환각 상태에 빠진 것처럼 그의 시야가 머릿속에 새겨진 일련의 동심원들로 희미해졌다. 수술을 받아 배에 구멍이 생겼을 때는 잠을 자면 안 돼. 아빠는 잠이 드는 바람에 죽은 거야. 그의 마음이 자신의 근원 속으로 소용돌이치며 면밀히 파고들어 죽어 가는 한 인간으로서의 자신을 객관적으로 바라보고 있었다. 그는 겁도 나고 도저히 믿을 수도 없어, 거울을 들여다보고 말을 하면서도 거울 속의 얼굴이 정말로 자신의 얼굴인지를 믿지 못하는 사람처럼 그 사실을 부인했다. 그는 미지의 동굴들 사이를 기우뚱한 채 떠다니고 있었다. 마침내 그는 딸아이의 목소리를 들었다고 믿게 되었다. "아빠는 잠이 드는 바람에 죽은 거야."

"아냐!" 윌슨이 악을 썼다. "메이, 누가 그런 소릴 하든?"

"귀여운 딸이 있나 보군." 브라운이 말했다. "이름이 메이인가?"

윌슨의 귀에 그 소리가 들렸다. 그는 아득히 먼 곳에서 현실로 돌아왔다. "누구야?"

"브라운이야. 메이는 어떻게 생겼지?"

"그야 엄청난 말괄량이지." 윌슨이 말했다. "그렇게 똑똑한 아이는 또 없을 거야." 그는 자기 얼굴에 일그러진 미소가 떠오르는 것을 막연히 느꼈다. "그 애 앞에서 난 꼼짝도 못해. 저도 그걸 알아. 정말이지 여간내기가 아니야."

배의 통증이 다시 격심해졌다. 그는 해산하는 여자처럼 고통에 휩싸인 자기 몸의 절박한 요구에만 몰두하며 숨을 가쁘게 몰아쉬었다. "끄응." 그가 탁한 목소리로 신음했다.

"다른 애도 있나?" 브라운이 다급하게 물었다. 그는 어린애를 달래듯 부드러운 손길로 윌슨의 이마를 쓰다듬었다.

그러나 월슨에게는 그의 말이 들리지 않았다. 고통 때문에 다른 것에 신경 쓸 정신이 없었다. 그는 어둠 속에서 적과 드잡이를 하다가 함께 끝없는 계단 위를 굴러떨어지는 사람처럼 마비된 채로, 거의 미친 사람처럼 고통과 싸웠다. 그는 고통에 저항하고 고통 때문에 흐느껴 울다가 결국엔 까무러쳤다. 그의 의식이 감긴 눈꺼풀 아래서 언제까지나 맴도는 것 같았다.

브라운은 계속해서 월슨의 이마를 쓰다듬었다. 어둠 속에서 월슨의 얼굴은 그와 연결된, 그의 손가락의 연장(延長)인 것 같았다. 그는 침을 한 번 삼켰다. 브라운의 가슴속에 묘한 감정들이 얽혔다. 월슨의 고통스러운 비명 소리와 고함 소리에 브라운은 정신이 번쩍 들면서 정찰을 나온 적에게 들키지 않을까 걱정스러워졌다. 그것은 숲 속의 아늑함을 깨뜨렸고 그들의 고립된 처지와 그들이 피난처로 삼은 작은 숲을 에워싼 구릉들의 공허한 광막함만을 부각시켰다. 예기치 않은 소리가 들릴 때마다, 브라운은 몸을 움찔했다. 그러나 두려움 때문만은 아니었다. 그는 신경이 곤두서 있었다. 월슨의 육체가 고통스럽게 뒤틀릴 때마다, 그 경련과 몸짓이 브라운의 손가락과 팔을 통해 마치 자신의 것인 양 그의 의식과 가슴속 깊은 곳까지 전달되었다. 월슨이 움찔하면 무의식중에 그도 움찔했다. 마치 경험의 피로가 낳은 독소, 연약한 육신을 보호하는 굳은살, 통렬한 재치, 기억이 남긴 썩은 상처들이 그의 두뇌로부터 모조리 씻겨 나가 버린 것 같았다. 그는 한층 더 약해졌지만 비통함은 덜했다. 밤의 무한한 어둠, 얇은 막과 같은 숲의 엄호, 자기 옆에서 오직 고통에 사로잡혀 있는 부상자의 존재로 인해 그는 벌거벗겨진 듯한 고독감을 느꼈고, 어둠에 둘러싸인 헐벗은 음산한 구릉에서 불어오는 바람이 속삭이듯 숲 속으로 침투해 들어올 때마다 신경이 예민하게 반응했다.

"마음을 편히 가져." 그가 속삭였다.

잃어버린 모든 것들, 어린 시절의 정열과 꿈, 이제는 딱딱하게 굳어서 울화로 변질된 희망들이 온몸을 휩쓸고 지나갔다. 윌슨의 딸 이야기가 브라운의 마음속에 있던 오래된 욕망을 되살렸다. 아버지가 되고 싶다는 생각이 든 것은 아마 결혼한 후 처음이었을 것이다. 그가 윌슨에게 느끼는 애정은 우월한 입장에서 재미있는 대상을 바라보듯 하던 여느 때의 태도와는 달랐다. 지금 이 순간 윌슨은 그에게 조금은 비현실적인 존재였다. 브라운의 이런 기분이 지속되는 짧은 시간 동안, 윌슨은 브라운의 갈망을 구현하는 살아 있는 육체였다. 윌슨은 브라운의 아들이었고, 또한 모든 불행과 실망의 구현체이기도 했다. 잠시 동안 윌슨은 브라운에게 다른 어떤 남자나 여자보다도 소중한 존재였다.

그러나 그런 상태가 오래갈 순 없는 일이었다. 브라운은 마치 잠자는 동안에 머리가 방출한 에너지를 주체하지 못하고 한밤중에 일어난 사람 같았다. 비몽사몽의 상태를 지나 완전히 정신이 들 때까지, 그는 자신의 삶을 인식 가능하게 만들고 감당할 수 있을 만큼 무디게 해 주는 모든 경험들과 사소한 일들에서 유리된 채 꿈이 지나간 자리에 곤두박이치며 잠시 무력해질 터였다. 그는 과거 역사의 모든 것과 육체의 쇠약한 맥박 속 현재의 모든 것을 자기 내부에 지니고 어둠의 벌판에서 무력하게 알몸을 드러낸 채 길을 잃었다. 그러나 그는 원시의 밀림 속을 맹목적으로 헤매는 병사들과 그들의 배후에 있는 짐승들의 공통분모일지도 몰랐다. 그 순간 그는 좋은 쪽으로든 나쁜 쪽으로든 본래의 자기 자신이었다.

그러나 그는 피할 수 없이 몽환의 바다에서 기어 나와 눈에 익은 침대 기둥과 더욱 파리해진 네모난 창문을 시야에 포착하고, 자기 몸의 익숙한 체취를 맡을 수밖에 없었다. 그러면 불안과 살아 있음의 심연은 본래의 자리로 오므라들어, 거의 잊히게 된다. 그는 다가올 하루의 걱정거리들을 생각하기 시작했다.

그렇게 해서 브라운은 아내를 생각했다. 처음에는 그리움과 오랫동안 억눌러 왔던 애정에 북받쳐 아내를 기억했고, 그의 얼굴을 내려다보며 풍만한 젖가슴으로 그의 목을 문지르던 아내의 모습을 눈앞에 그렸다. 그러나 익숙지 않은 그런 노골적인 감정은 곧 사라져 버렸다. 골드스타인과 리지스가 주고받는 말소리가 들려왔고, 윌슨의 이마에 밴 땀이 느껴졌고, 앞으로 이틀 동안의 걱정거리와 문제들이 다시금 생각났다. 침대 기둥을 보자 그의 마음은 뼈다귀를 집요하게 씹어 대는 개처럼 아내에 대한 기억에 매달렸다. 그러다 아내를 떨쳐 버리고는 다시 씁쓸한 기분에 빠져들었다. 바지 입은 놈이면 누구와도 놀아나는 년.

그는 윌슨을 호송하는 일이 얼마나 어려울지 생각하기 시작했다. 수색 작전이 시작되고 처음 이틀 동안의 피로가 아직 몸속에 짙게 남아 있었다. 교대병들이 소대로 돌아간 지금, 앞으로 언덕들을 넘는 것은 여간 피곤하고 힘든 일이 아닐 터였다. 다음 날 행군의 광경이 눈에 선했다. 들것을 들고 갈 사람이 넷밖에 없으니 교대도 없이 내내 강행군을 해야 하는데, 아침에 십오 분을 이동하고 나면 모두들 지칠 대로 지쳐 괴로움에 발을 질질 끌 것이고, 몇 분에 한 번씩 휴식을 취해야 할 것이다. 윌슨은 체중이 90킬로그램이었고, 거기에다 들것에 달아맨 배낭의 무게까지 합치면 140킬로그램은 족히 될 터였다. 1인당 35킬로그램의 무게를 감당해야 하는 것이다. 그는 고개를 저었다. 피로가 극에 달하면 몸이 말을 안 듣고 의지력이 없어지고 판단이 흐려진다는 것을 그는 경험을 통해 알았다. 병사들을 목적지까지 이끄는 것은 인솔자인 그의 책임이었다. 그러나 그는 자신이 없었다.

윌슨에 대한 동정심, 그로 인해 느꼈던 정화된 느낌, 그리고 되살아난 씁쓸한 감정 등 이 모든 것의 여파로 그는 몇 분간은 스스로에 대해 매우 정직할 수 있었다. 자기가 이 임무를 원한 것은 수색을 계속하기가 두려웠기 때문이라는 것을 그는 잘 알았다. 그래서 더욱 이 임무를 완수해야만 했다. 자신의 두려움을 남이 눈치채게 하는 자는 분대장으로서 자격이 없다고 브라운은 생각했다. 그러나 그것만은 아니었다. 앞으로 몇 달, 어쩌면 몇 년은 어떻게든 그럭저럭 버텨 나갈 수 있을 것 같았다. 따지고 보면 전투에 참여하는 시간은 아주 적었고, 전투가 벌어진다고 해도 꼭 무슨 일이 일어나는 것도 아니었다. 남들 눈에 띄지 않게 자신의 두려움을 잘 갈무리할 수도 있었고, 그 두려움 때문에 남들에게 피해를 주지 않을 수도 있었다. 모토메 작전이 끝난 후, 나는 병사들을 훈련시키는 일에서는 마르티네즈보다 훨씬 뛰어난 역량을 발휘하지 않았던가, 하고 그는 생각했다.

그는 자기가 완전히 무너져 주둔지에서도 쓸모없는 존재가 될까 봐 두려워한다는 걸 스스로도 어느 정도 알았다. 정신 단단히 붙들어 매야지. 안 그랬다간 강등당하겠어. 잠시 그는 이것을 바라기도 했다. 걱정도 책임도 없다면 삶이 훨씬 더 쉬워질 것 같았다. 작업이 차질 없이 진행되도록 감독하는 일은 피곤하고 지긋지긋했다. 그의 분대가 해 놓은 일을 어느 장교나 크로프트가 점검할 때마다 그의 긴장감은 고조되곤 했다.

그러나 그는 자기가 병장 계급을 포기할 수 없다는 것을 잘 알았다. 두각을 나타냈기에 10분의 1의 경쟁률을 뚫고 뽑힌 것 아니겠는가. 그는 스스로를 다독였다. 그것이 자신감 부족이나 아내의 부정 등 모든 안 좋은 상황에서도 그를 버티게 해 주는 버팀목이었다. 그러니 그것마저 포기할 수는 없었다. 그렇다고는 하나 그를 괴롭히는 것은 또 있었다. 남모르는 죄책감에 자주 시달렸던 것이다. 자격이 없다면 졸병으로 강등되어야 하는데도 자기가 자격이 부족하다는 사실을 숨기려 했던 것이다. 나는 반드시 윌슨을 데리고 돌아가야 한다. 그는 다짐했다. 윌슨에게 느꼈던 동정심이 일부 되살아났다. 저 친구는 저기 저렇게 누워 아무것도 하지 못해. 그리고 나한테 모든 걸 의지하고 있지. 나는 그 일을 해야만 해. 모든 것이 아주 분명했다. 그렇게 생각하고 나니 두려워졌다. 그는 어둠을 응시하며 월슨의 이마를 부드럽게 쓰다듬었다.

골드스타인과 스탠리가 이야기를 나누고 있었다. 브라운이 그들 쪽으로 고개를 돌렸다. "목소리 낮춰. 월슨을 또 깨우고 싶은 거야?"

"알았어." 스탠리가 질책에도 기분 나쁜 내색 없이 순순히 브라운의 말에 따랐다. 그와 골드스타인은 어둠 속에 있는 동안 어느새 친밀해져서 다정하게 아이들 이야기를 나누고 있었다.

스탠리가 하던 말을 이어 갔다. "있잖아, 우리는 애들이 제일 귀여울 때를 보지 못하고 있어. 이제 자라서 철이 좀 들 만할 때인데, 여기 이렇게 나와 있으니 말이야."

"괴로운 노릇이지." 골드스타인이 동의했다. "내가 떠나올 때 데이비는 말도 제대로 못했는데, 아내 말로는 이제 다 자란 어른처럼 전화 통화를 한다더군. 좀처럼 믿기지가 않아."

스탠리가 혀를 찼다. "정말이야. 아까도 말했지만 우린 애들이 제일 귀여울 때를 보지 못하는 거야. 더 자라면 아마 지금과는 다른 모습이겠지. 그러고 보니 어릴 때 난 아버지 말을 전혀 듣지 않았어. 참 어리석었지." 그는 이 말을 겸손하게, 거의 진지하게 했다. 스탠리는 그런 고백을 하면 사람들이 자기에게 호감을 갖는다는 것을 경험을 통해 알았다.

"다들 그렇지 뭐." 골드스타인이 말했다. "성장의 과정이라고 생각해. 그러다가 나이가 들면 좀 철이 들잖아."

스탠리는 잠시 말이 없었다. "남들이 뭐라고 하든, 가정을 꾸리는 것만큼 좋은 일은 없어." 몸이 뻣뻣해서 그는 담요 속에서 조심스럽게 돌아누웠다. "결혼해서 가정을 꾸리는 게 제일이야."

골드스타인이 어둠 속에서 고개를 끄덕였다. "결혼 생활이 생각했던 것과는 많이 달랐지만, 그래도 난 나탈리 없는 인생은 생각할 수도 없어. 가정이 있어야 안정을 얻고 책임감이라는 것도 생기는 거 아니겠어?"

"그렇지." 스탠리는 잠시 손으로 땅을 긁었다. "하지만 가정을 가진 사람은 이렇게 해외에 나와 있어서는 안 돼."

"물론이지."

그것은 스탠리가 원했던 답은 아니었다. 그는 어떻게 표현해야 할지 몰라 잠시 궁리를 했다. "너도…… 저기 있잖아, 질투 같은 거 해 본 적 있어?" 그가 브라운에게 들리지 않도록 낮은 소리로 말했다.

"질투? 아니, 난 그런 적 없어." 골드스타인이 단호하게 말했다. 스탠리가 신경 쓰는 일이 무엇인지 짐작되자 그는 자동적으로 그를 위로하려 들었다. "나는 네 아내를 만나 보지 못했지만 걱정하지 않아도 될 거야. 녀석들은 늘 여자들에 대해 그런 식으로 말하지. 아는 건 쥐뿔도 없으면서 말이야. 그만큼 저희가 그런 식으로 놀기만 한 녀석들이라 그래……." 골드스타인은 뭔가 깨닫는 점이 있었다. "잘 들어. 너도 알지 모르지만 질투심 강한 녀석들을 보면 영락없이 헤픈 여자들하고 많이 놀아난 작자들이야. 저희 자신을 믿을 수가 없으니 그런 말을 입에 달고 사는 거라고."

"그렇겠지." 스탠리가 말했다. 그러나 찜찜한 기분이 완전히 가시지는 않았다. "모르겠어, 이렇게 태평양 한가운데서 발이 묶여 아무것도 못하니까 별별 생각이 다 드는 것 같아."

"그래, 맞아. 어쨌든 아무 걱정 하지 마. 아내는 널 사랑해, 안 그래? 그것만 생각하면 돼. 남자를 사랑하는 점잖은 여자는 하면 안 될 일은 절대 하지 않아."

"하긴 아이도 있는데." 스탠리가 동조하며 말했다. "애 엄마가 설마 남자들하고 놀아나겠어?" 이 순간 그에게 아내는 매우 추상적인 존재였다. 그는 아내를 자기와 직접적으로 관계가 없는 임의의 여자나 미지의 존재로 생각했다. 그래도 골드스타인의 말을 들으니 마음이 놓였다. "나이는 어려도 좋은 아내였어. 진지했지. 자기 책임을 다하려는 태도가…… 귀여웠어." 그는 본능적으로 마음속 쓰린 곳들을 다독이려는 듯 킬킬 웃었다. "결혼 첫날밤에는 곤란한 일이 많았지. 물론 시간이 지나면서 다 해결됐지만. 하지만 첫날밤은 별로 좋지 않았어."

"아, 그런 문제야 누구에게나 있지."

"맞아. 있잖아, 늘 큰소리 뺑뺑 치는 녀석들 말이야. 여기 있는 윌슨 같은 녀석도," 그는 음성을 낮췄다. "그놈들이라고 똑같은 문제가 없었다고는 말 못하지."

"없었을 리가 없지. 적응한다는 게 어디 쉬운 일인가?"

그는 골드스타인이 마음에 들었다. 밤이 주는 여러 가지 분위기, 숲 속 나뭇잎들이 바람에 살랑거리는 소리, 그런 것들이 미묘하게 작용하여 그가 가진 온갖 불안한 심리를 노출시켰다. "이봐," 그가 불쑥 입을 열었다. "날 어떻게 생각해?" 속마

음을 털어놓다가도 정점에 가서는 그런 질문을 할 만큼 그는
아직 어렸다.

"아." 골드스타인은 이런 질문을 받을 때는 언제나 상대방
이 듣고 싶어 하는 말을 해 주었다. 그렇다고 의식적으로 거짓
말을 하지는 않았다. 그런 말을 묻는 사람이 가까운 친구가 아
닐 때도 그는 언제나 상대방을 따뜻한 감정으로 대했다. "음,
넌 대단히 현실적이고 머리가 좋은 사람이야. 야심도 있는데,
그건 바람직한 일이지. 분명 출세할 것 같아." 그러고 보니 스
스로 인정한 적은 없지만 그가 지금껏 스탠리를 마뜩지 않게
여겼던 것은 바로 지금 말한 그런 이유들 때문이었다. 골드스
타인은 본래 성공이라는 것에 대해 의례적인 존중심만을 갖
고 있었다. 그러나 스탠리가 자기 약점을 다 드러낸 이상 그의
그런 자질들을 장점으로 생각해 줄 용의가 있었다. "넌 나이
보다 어른스러워, 아주 어른스럽지."라는 말로 골드스타인은
말을 맺었다.

"하긴 나는 언제나 내 몫보다 일을 많이 하려고 애써 왔어."
스탠리가 곧게 뻗은 긴 코를 손가락으로 훑고는 지난 이틀 동
안 덥수룩해진 코밑수염을 긁었다. "나는 고등학교 2학년 때
반장이었어." 그가 대수롭지 않다는 듯이 말했다. "뭐 대단한
자랑거리라서 하는 말이 아니라 반장을 하다 보니 사람들과
어울리는 방법을 알게 되었지."

"아주 귀중한 경험이었겠군." 골드스타인이 동경하는 표정
으로 말했다.

"그런데 너도 알다시피 소대에는 자기네보다 늦게 온 내가

상병이 되었다고 기분 나빠하는 녀석들이 많아." 스탠리가 터놓고 말했다. "그 녀석들은 내가 브라운에게 알랑거려서 상병 계급장을 달았다고 하지만 그건 다 개소리야. 나는 그저 정신 바짝 차리고 맡은 일을 했을 뿐이야. 하긴 그것도 보통 생각하는 것처럼 그리 쉬운 일은 아니거든. 소대에 온 지 오래된 녀석들은 소대가 저희들 거라고 생각하고, 작업할 때는 요령만 부리면서 일을 어렵게 만들지. 남은 똥줄이 타 죽겠는데 말이야." 새삼 그때의 일이 생각나는지 그의 음성이 거칠어졌다. "내가 맡은 일이 쉽지 않다는 거 나도 알아. 나도 실수가 없었다고는 말 안 해. 그렇지만 나는 배우고 있고 열심히 노력할 생각이야. 난 내 책임을 진지하게 여겨. 그만하면 충분하지 않아?"

"충분하지." 골드스타인이 말했다.

"골드스타인, 그동안 널 눈여겨봤어. 넌 우수한 병사야. 네가 작업장에서 일하는 걸 봤는데, 분대장 입장에서 그 이상 더 바랄 게 없더라고. 너의 성실함을 알아주는 사람이 없을 거라고 생각하진 마." 막연하지만 스탠리는 골드스타인에게 다시한 번 우월감을 느꼈다. 다정하고 부드러운 음성에는 우월한 입장에서 온정을 베푸는 것 같은 느낌이 실려 있었다. 분대장이 신병에게 이야기하는 식이었다. 이 분 전만 해도 골드스타인의 입에서 자기를 좋아한다는 말이 나오기를 초조하게 기다렸던 사실은 까맣게 잊고 있었다.

골드스타인은 기분이 좋았으나 마음 한구석이 어쩐지 찜찜했다. 군대에서는 어쩔 수 없는 일이라고 그는 스스로를 다독였다. 저런 어린 녀석의 의견이 그토록 중요하니 말이다.

윌슨이 다시 신음을 했다. 그들은 대화를 중단하고 돌아누워 팔꿈치를 짚고 상반신을 일으킨 자세로 귀를 기울였다. 브라운이 한숨을 쉬며 일어나 앉아 윌슨을 진정시키려 했다. "왜 그래? 어디가 불편해?" 그가 강아지를 달래듯 다정하게 물었다.

"아이고. 이놈의 배 때문에 사람 죽겠네. 제기랄."

브라운이 그의 땀을 닦아 주었다. "윌슨, 날 알아보겠어?"

"너, 브라운 아냐?"

"그래." 그는 마음이 놓였다. 윌슨은 호전된 게 분명했다. 부상당한 이후 윌슨이 자기를 알아본 것은 이번이 처음이었다. "기분이 어때, 윌슨?"

"괜찮아. 그런데 아무것도 안 보여."

"어두워서 그래."

윌슨이 힘없이 킬킬거렸다. "배에 구멍이 나서 눈이 안 보이는 줄 알았지." 그가 바짝 마른 입을 힘겹게 움직였다. 어둠 속에서 그 소리는 슬픔에 잠긴 여자의 절박한 한탄처럼 들렸다. "정말 죽겠군." 그가 들것 위에서 몸을 말고 모로 누웠다 "여긴 어디지?"

"널 데리고 해변으로 돌아가는 길이야. 스탠리와 골드스타인과 리지스와 내가 있어."

윌슨이 이 말을 천천히 곱씹어 보았다. "수색 임무에서 벗어났군?"

"그래, 우리 모두."

그가 또 한 번 킬킬거렸다. "크로프트가 화가 단단히 났겠군. 개새끼. 의사들이 수술해서 고름을 다 잘라 줄 거야. 그렇지, 브라운?"

"암, 제대로 고쳐 놓을 거야."

"수술을 받고 나면 배꼽이 아래위로 두 개 달리겠지. 그럼 여자들한테 인기가 장난이 아닐 거야." 그가 웃으려다가 힘없이 기침을 하기 시작했다. "거시기가 두 개 달린 놈을 만나지 않는 이상 누구도 날 못 이겨."

"새끼, 여전하군."

윌슨이 부르르 몸을 떨었다. "입안에서 피 맛이 나는데 괜찮을까?"

"별일 아냐." 브라운이 거짓말을 했다. "그냥 위아래 구멍에서 다 나오는 거야."

"나 같은 고참병이 그따위 초라한 전투에서 당하다니 진짜 한심한 일이야." 그가 다시 반듯하게 누워 곰곰이 생각했다. "배 아픈 거나 좀 가시면 좋겠어."

"괜찮아질 거야."

"있잖아, 거기 들판에 있을 때 일본 놈들이 날 찾으러 왔어. 2미터 가까이까지 왔지. 뭐라고 지껄여 대더군. 도키 콜라 어쩌고 하는 소리로 들리던데. 어쨌든 바로 날 찾으러 왔던 거야." 그가 몸을 떨기 시작했다.

또 의식을 잃는구나, 하고 브라운은 생각했다. "한기가 들어?"

그 말에 윌슨이 진저리를 쳤다. 말을 하는 동안 몸에서 천천히 온기가 사라지더니 한기와 습기가 점점 심해졌다. 이제는 추워서 덜덜 떨 정도였다.

"담요 한 장 더 줄까?" 브라운이 물었다.

"그래 줄 수 있어?"

브라운은 다른 사람들이 이야기를 하는 곳으로 갔다. "담요 두 장 가진 사람 있나?" 그가 물었다.

아무도 선뜻 대답을 하지 않았다. "나는 한 장밖에 없지만 판초를 덮고 잘 수 있어." 골드스타인이 말했다. 리지스는 꾸벅꾸벅 졸고 있었다. "나도 판초를 덮고 잘게." 스탠리가 말했다.

"너희 두 사람은 담요랑 판초를 한 장씩 덮어. 내가 남은 담요와 판초를 가져갈게." 브라운은 윌슨에게 돌아가 자기 담요와 다른 두 사람이 내준 담요와 판초를 덮어 주었다. "좀 나아?"

윌슨의 떨림이 조금씩 가라앉았다. "기분이 좋다." 그가 중얼거렸다.

"잘됐군."

두 사람 모두 한동안 말없이 있었다. 이윽고 윌슨이 다시 입을 열었다. "너희가 해 준 일들 정말 고마워. 내가 그렇게 생각한다는 거 알아줬으면 좋겠어." 고마운 마음이 왈칵 솟구쳐 그의 눈에 눈물이 고였다. "너희는 다들 좋은 친구야. 좋은 친구보다 값진 게 또 어디 있겠어? 너희는 날 버리지 않았어. 브라운, 너하고 나는 서로에게 열 받을 때도 있었지만, 두고 봐, 내가 털고 일어나는 날엔 꼭 신세를 갚을 거야. 난 네가 진정한 친구라는 걸 늘 알았어."

"무슨 헛소리야."

"아냐, 정말이야. 남자가 말이야……." 그는 마음만 앞서 말을 더듬기 시작했다. "정말 고맙게 생각해. 내가 하고 싶은 말은, 내가 언제까지나 네 친구가 되겠다는 거야. 그걸 알아줬으면 좋겠어. 이 월슨만은 언제나 네 편이라는 걸 너도 곧 알게 될 거야."

"진정해." 브라운이 말했다. 월슨의 음성이 높아졌다.

"난 이제 자야겠어. 하지만 내가 신세 진 걸 모르는 놈이라고 생각하진 마." 그는 다시 두서없이 지껄이기 시작했다.

잠시 후 그는 조용해졌다.

브라운은 어둠 속을 응시했다. 그는 다시 한 번 마음속으로 다짐했다.

반드시 그를 데리고 돌아가야 해. 그는 다른 무엇보다, 그를 형성시킨 어떤 미지의 힘에게 그렇게 탄원했다.

타임머신

윌리엄 브라운
완벽하지 않은 하루

브라운은 들창코에 적갈색 머리칼을 가진 중키의 조금 뚱뚱한 젊은이로, 주근깨투성이 얼굴에는 아직 소년 같은 분위기가 남아 있었다. 그러나 눈언저리에는 잔주름이 잡혀 있었고 턱에는 열대 궤양이 몇 개 나 있었다. 다시 자세히 보면, 그가 스물 여덟 살은 좋이 되었다는 것을 쉽게 알 수 있었다.

이웃 사람들은 언제나 윌리 브라운을 좋아한다. 윌리는 평범하고 호감 가는 외모를 지닌 정직한 소년이다. 이 나라의 모든 상점에서, 모든 은행과 사무실 책상 위에 놓인 사진틀 속에서 그와 같은 인상의 사람을 만나는 건 어렵지 않다.

아드님이 잘생겼네요. 사람들이 그의 아버지 제임스 브라운에게 늘 하는 말이다.

멋진 녀석이죠. 하지만 제 딸아이를 한번 보셔야 하는데, 정말 미인이랍니다.

윌리 브라운은 인기가 아주 많다. 친구 엄마들도 그를 좋아하고 선생들도 그를 귀여워한다.

그러나 그는 그런 걸 대수롭지 않은 일로 만들어 버리는 요령을 안다. 오, 그 할망구 선생 말이지? 그가 자기 선생에 관해 말한다. 아, 물론 얼굴에 침을 뱉고 싶은 정도는 아니야. (먼지가 나는 학교 운동장의 굳은 땅 위에 침을 뱉는다.) 왜 날 그냥 내버려 두질 않는지 모르겠어.

그의 가정은 훌륭하다. 집안이 좋다. 아버지는 털사의 철도 회사에서 일한다. 처음엔 조차장에서 일을 시작했으나 지금은 어엿한 사무원이다. 교외에 집도 한 채 있는데 그 뒤로 상당한 넓이의 땅도 소유하고 있다. 짐 브라운은 신뢰할 만한 사람이다. 그는 배관을 수리하거나 잘 닫히지 않는 문턱에 대패질을 하는 등, 늘 집을 조금씩 손본다.

엘라와 나는 계획성 있게 살림을 꾸려 가려고 한답니다. 그가 별거 아니라는 듯이 말한다. 어쩌다 예상보다 지출이 많아지면 그 주에는 술을 줄이죠. (반쯤은 변명하는 어투다.) 난 술은 사치라고 생각하는 편입니다. 특히 법을 어겨야 술을 구할 수 있는 요즘 같은 때에는 말이죠. 또 그로 인해 언제 눈이 멀지 모를 일 아닙니까.[13]

세상 돌아가는 일에도 부단히 관심을 갖는다. 《새터데이 이브닝 포스트》와 《콜리어스》의 독자이고, 1920년대 초에는 《리더스 다이제스트》를 정기 구독한다. 그런 것들을 읽어 두면 어느 곳을 가든 도움이 된다. 사람들이 그에게 솔직하지 않은 데가 있다고 생각한다면, 그것은 어떤 화젯거리를 입에 올리면서 그것의 출처를 밝히지 않는 버릇 때문이다.

1928년에 3000만 명이 담배를 피운 사실을 아시오? 그는 이렇게 말한다.

《리터러리 다이제스트》덕분에 그는 정치 소식에도 밝다. 내가 기억하는 한 나는 민주당 편이었지만, 지난번 선거에서는 허버트 후버[14]에게 투표했지요. 그가 시원하게 인정한다. 하지만 다음번엔 민주당 후보에게 투표할 겁니다. 한 정당이 한동안 집권하고 나면 다른 정당에게도 기회를 줘야 한다는 게 내 생각이에요.

그러면 브라운 부인이 고개를 끄덕인다. 나는 정치에 관해

---

13) 밀주 성분인 산업용 알코올의 부작용으로 인해 눈이 멀기도 했다.

14) Herbert Hoover(1929~1933). 미국의 31대 대통령. 1928년에 공화당 후보로 출마하여 선출되었다.

선 짐의 말을 듣는 편이죠. 집안을 잘 유지하기 위해 그녀가 어떤 역할을 하는지는 따로 말하지 않지만, 그건 짐작하기 어렵지 않다. 착한 사람들이고 좋은 가족이다. 물론 일요일엔 교회에도 나간다. 브라운 부인이 강한 어조로 자신의 의견을 표출하는 것은 새로운 도덕 이야기가 나올 때뿐이다. 요즘은 사람들이 하느님을 두려워하지 않는 것 같아요. 여자들이 술집에 가서 술을 마실 뿐만 아니라, 그 밖에도 별의별 짓을 다 하는데 그래선 안 되죠. 기독교인다운 자세가 결코 아니에요.

브라운 씨는 너그러운 태도로 고개를 끄덕인다. 아내 말에 전적으로 동의하는 것은 아니지만, 여자란 아무래도 남자보다 신앙심이 두터우니까요. 아주 독실하죠. 남과 속 이야기를 나누는 자리에서 그는 그렇게 말하곤 한다.

당연한 일이지만, 그들은 자식들을 대단히 자랑스러워한다. 윌리엄도 이제 고등학교에 들어갔기 때문에 패티가 댄스를 가르치고 있답니다. 그들은 만면에 웃음을 띠고 그렇게 말하곤 한다.

불경기 때문에 애들을 주립 대학에 보내는 문제를 놓고 걱정을 많이 했는데, 이제는 길이 열린 것 같아요. 남편은 자기가 대학을 나오지 못해 아이들만은 꼭 대학에 들어가기를 바라죠. 브라운 부인이 한마디 덧붙인다.

누나와 동생은 사이가 좋다. 단풍나무로 만든 소파가 있고, 그 한쪽 옆에 (고무나무가 말라죽기 전까진 화분이 놓여 있었지만) 꽃병과 라디오가 놓인 응접실에서 누나가 동생에게 자기를 이끌도록 유도한다.

자, 윌리, 아주 쉬워. 무서워하지 말고 날 잡아.

누가 무서워 한다고 그래?

센 척할 필요 없어, 애. 고등학교 졸업반인 누나는 우월한 입장에서 말한다. 너도 곧 여자애들하고 데이트를 하게 될 거야.

글쎄 뭐. 데이트 따위 역겹다는 말투다. 그러나 그는 누나의 조그맣게 오뚝 솟은 젖가슴의 감촉을 가슴에 느낀다. 그는 키가 거의 누나만큼 크다. 누가 데이트를 한대?

누구긴 누구야, 너지.

누나와 동생은 붉은 칠을 한 매끄러운 돌바닥 위에서 스텝을 밟는다. 저기 패티, 다음에 톰 엘킨스가 만나러 오거든 나랑 이야기 좀 하게 해 줘. 이 년쯤 후엔 내가 축구 팀에 들어갈 수 있을 만큼 체격이 좋아질 것 같은지 톰의 의견을 듣고 싶어.

그 바보 같은 톰 엘킨스 말이니?

(이런 불경이 있나.) 그는 어이없다는 표정으로 누나를 본다. 톰 엘킨스가 어때서?

윌리, 걱정 마, 넌 축구 선수가 될 거야.

그는 축구 선수가 될 만큼 체격이 좋아지진 않지만, 2학년으로 진급하면서 응원단장이 된다. 그는 아버지를 설득해서 중고차를 산다.

아빠 이해하지 못하시겠지만 전 정말 차가 필요해요. 남자라 여기저기 다닐 데가 많아요. 지난 금요일만 해도 워즈워스와의 시합을 앞두고 연습을 하기 위해 팀을 소집해야 했는데,

이리저리 뛰어다니느라 오후 시간을 다 보냈어요.

정말 필요한 거냐? 과도한 낭비가 되게 하지 않을 자신 있어?

정말 필요해요, 아빠, 여름 방학에 일을 해서 갚을게요.

그런 뜻으로 한 말은 아니다. 하긴 네가 버릇이 잘못 들지 않기 위해서라도 너한테서 돈을 받아야 한다고 생각은 한다만. 우선 네 엄마하고 의논해 보마.

원하는 대로 됐다 싶어 그가 씩 웃는다. 아버지와 진지한 태도로 대화를 하는 와중에도 마음 한구석에서는 다른 여러 가지 기억이 맴돈다. (체육 시간이 끝난 후 라커룸에서 소년들이 대화를 나눈다. 클럽실로 개조된 지하실에서 심각한 대화가 오간다.)

자고로, 여자를 낚으려면 차가 있어야 해.

졸업반은 즐거운 일의 연속이다. 그는 학생 자치회의 일원이며 학교 댄스의 운영 책임을 맡는다. 토요일 밤마다 크라운 극장에서 데이트를 하고, 한두 번쯤은 교외에 있는 클럽에도 간다. 금요일 밤에는 여자애들 집에서 파티가 열린다. 그해에는 꽤 오랫동안 한 여자애하고 어울린다.

그리고 응원은 언제나 중요하다. 그가 하얀 플란넬 바지와 가을바람을 막기에는 좀 추워 보이는 올이 성긴 흰 스웨터 차림으로 쪼그리고 앉아 무릎을 굽혔다 폈다 한다. 그의 앞에서 1000명의 학생들이 소리를 지르고 격자무늬 스커트를 입은 여학생들이 추위로 발갛게 언 무릎을 드리낸 채 껑충껑충 뛴다.

카들리 팀에게 응원의 소리 한 번 질러 주자. 그가 메가폰을 손에 들고 위에서 아래로 뛰어다니며 외친다. 그가 한 팔을 뻗어 머리 위로 쳐들었다가 내리는 동안 학생들은 조용해지고,

엄숙한 침묵이 흐른다.

카들리 하이…… 카들리 하이.

하이이이이이이 스코어.

하이이이이이 스쿨.

야아아아아아 팀!

옆으로 재주를 넘은 뒤 바로 서서 손뼉을 치고 헌신과 애원의 태도로 경기장 쪽으로 몸을 돌리는 그를 보면서 학생들이 외친다. 그야말로 그의 독무대다. 1000명의 학생들이 그의 지시에 따라 움직이는 것이다.

그것은 훗날 그가 남들 앞에 자랑스레 꺼내 놓을 영광의 순간이다.

농구 시즌과 야구 시즌 사이의 한가한 틈을 이용하여, 그가 차를 뜯어서 소음기를 설치한다. (시끄러운 배기 소음에 넌더리가 난 것이다.) 기어 장치에 기름을 치고 차체를 엷은 녹색으로 칠한다.

아버지와 중대한 논의를 한다.

월리, 네가 뭘 하고 싶은지에 대해 한번 진지하게 생각해 봐야 할 것 같구나.

아빠, 전 공학에 관심이 있어요. (예상 밖의 일은 아니다. 그는 아버지에게 여러 번 이 문제에 관해 이야기한 적이 있다. 그러나 이번에는 그가 정말 진지하게 말하고 있음을 두 사람은 무언중에 알고 있다.)

그래, 그 말을 들으니 기쁘구나, 월리. 나는 평생 너한테 이래라저래라 한 일이 없다만, 너한테 그 이상 바랄 게 없다.

전 기계가 정말 좋아요.

그럴 줄 알았다. (잠시 말이 없다가) 항공 공학에 흥미가 있다고 하지 않았니?

그 분야를 공부하게 될 것 같아요.

그렇겠지. 좋은 선택인 것 같구나. 유망한 분야다. 아버지가 그의 어깨를 탁 친다. 그런데 윌리, 네가 요즘 다소 거만해진 것 같더구나. 뭐 그리 지나친 것도 아니고 집에서는 처신을 잘하고 있다만, 그래도 그건 좋은 태도가 아니다. 다른 사람들보다 무언가를 더 잘할 수 있다는 걸 알아서 문제 될 건 전혀 없지만, 그걸 남들에게 드러내고 자랑하는 건 분별 있는 태도가 아니란다.

그런 생각은 미처 못했어요. 그가 고개를 젓는다. 아빠, 별건 아니지만 앞으로 조심할게요. (갑자기 무언가를 깨닫는다.) 아빠가 그렇게 말씀하시니 이젠 정말 알겠어요.

아버지가 기분이 좋아 껄껄 웃는다. 그럼, 윌리, 내가 나이는 먹었지만 아직은 너한테 가르쳐 줄 일이 몇 가지 있단다.

아빤 훌륭한 분이에요. 부자 사이에 따뜻한 정이 흐른다. 그는 자신이 어른이 되어 가고 있음을 느낀다. 이젠 아버지와 친구로서 대등하게 대화를 나눌 수 있을 것 같은 기분이 든다.

그해 여름, 그는 크라운 극장에서 좌석 안내원으로 일한다. 유쾌한 일이다. 적어도 손님의 반수는 알고 있어서, 그들을 좌석으로 안내하기 전에 몇 분 동안 이야기를 나눌 수 있다. (누구하고나 친구가 된다는 건 좋은 일이다. 언제 누구에게 부탁할 일이 생길지 모르니까.)

사실 유일하게 따분한 시간은 사람이 거의 찾아오지 않는 오후 시간이다. 말 상대로 삼을 만한 소녀들은 몇 명 있지만, 졸업반 시절의 애인과 헤어진 후로는 여자애들에게 관심이 없다. 결혼 따윈 하고 싶지 않아. 그가 늘 입버릇처럼 하는 말이다.

그러던 어느 날 베벌리를 만난다. (까만 눈과 까만 머리의 날씬한 소녀. 붉게 칠한 입술이 자극적이다.) 글로리아, 영화 재미있었어? 그가 그녀 옆의 다른 소녀에게 묻는다.

한심할 정도로 따분한 영화 같아.

그래, 아주 끔찍하지. 안녕? (이것은 베벌리에게 하는 말이다.)

안녕, 윌리?

그가 깜짝 놀란 얼굴로 미소를 짓는다. 날 어떻게 알아?

학교 다닐 때 너보다 한 학년 아래였어. 네가 응원단장이었으니까 잘 알지.

서로에 대한 소개 뒤에 명랑한 대화가 이어진다. 어깨가 으쓱해진다. 그래, 날 안단 말이지?

널 모르는 애가 어디 있니?

맞아, 아주 골치 아픈 일이지. 그들은 웃는다.

베벌리가 떠나기 전에 그는 그녀와 데이트 약속을 한다.

무더운 여름밤, 나른한 듯 늘어진 나무들, 흙 속의 효모. 몇 차례의 데이트 후에 그는 자기 차에 그녀를 태우고 교외의 도로를 달려 언덕 꼭대기에 있는 공원으로 간다. 차 안에서 그들은 서로 끌어안고 뒹굴고 버둥거리다 핸들과 차창 손잡이에 무릎과 등을 부딪친다.

아, 왜 그래, 자기. 자기가 싫다면 아무 짓도 안 할 거야. 하지만 제발.

싫어, 난 못하겠어. 안 그러는 게 좋을 것 같아.

이런, 베벌리, 난 널 사랑해.

나도 사랑해, 윌리. (차의 라디오에서 "비가 내리면, 비가 내리면…… 하늘에서 동전이 내리면" 하는 노랫말이 흘러나온다. 그녀의 머리카락에선 깨끗한 뿌리 냄새가 나고, 혀에 닿는 그녀의 젖꼭지는 부드럽고 달콤하다. 그는 그녀가 자신의 품속에서 몸을 뒤틀며 가쁜 숨을 쉬는 것을 느낀다.)

오, 베벌리.

난 못해, 윌리. 널 사랑하지만, 안 돼.

결혼하면 좋겠어.

오, 나도 그래. (그녀가 입술을 그의 머리칼에 문지른다.) 오오.

분석: 어떻게 됐어, 윌리?

어젯밤에는 3루까지 갔어. 이제 홈 밟아야지. 정말 멋진 여자야.

반응은 어땠어?

신음하던데. 와, 내가 얼마나 몰아붙였다고. 신음 소리를 내게 만들었지.

아, 뭐, 같이 자지 않으려면 그거라도 해야지.

자고로 싫다는 여자는 불감증이고 싫지 않다는 여자는 매춘부다.

곧 내 걸로 만들 거야. 걔가 아직 숫처녀라는 걸 생각해야지. (마음 한 켠에선 가책을 느낀다. 사랑해, 베벌리.)

진지한 대화: 월리, 나 어젯밤에 네 꿈을 꿨어.

나도 그래. 요 전날 우리가 본 영화 있잖아.「캡틴 블러드」
말이야. 난 올리비아 드 하빌랜드가 널 닮았다고 생각했어.
(어두운 동굴 같은 영화관의 사각 영사막을 떠올린다. 그의 사랑은
영화 속 주인공들의 사랑처럼 완전하다.)

넌 정말 다정해. (모성애를 발휘하는 소녀의 말로 표현할 수 없
는 매력. 붉은 입술. 활처럼 굽은 입매.) 네가 이렇게 좋은 사람이
아니라면 난…… 이런 건 하지 않았을 거야. 날 나쁜 여자라고
생각하는 건 아니지?

말도 안 돼. (놀리듯이) 난 널 더 좋게 생각할 거야. 만약 네
가 좀 더…… 무슨 소린지 알지?

안 되지, 엄마 말 들어요. (그의 어깨에 머리를 기댄 채 잠시 말
이 없다.) 우리 일을 생각하면 이상한 생각이 들어.

나도 그래.

다른 애들도 우리 같을까? 매지도 나처럼 애무를 하는지 모
르겠어. 털어놓으라고 다그치면 킬킬거리며 웃기만 해. (노련
한 여성이 될 조짐이 보인다.) 좀 수상해. (다시 숫처녀 같은 태도)
이런 일 저런 일 생각하면 우습지 않아?

그래, 모든 것이 정말…… 우습지. (그러나 심각하게 한 말이다.)

월리, 널 알고 난 뒤로 내가 나이를 많이 먹은 것 같은 기분
이 들어.

무슨 말인지 알겠어. 정말이지, 너하고는 말이 잘 통해. (그
녀에게는 장점이 많다. 피부가 부드럽고 입술이 매력적이다. 또한 춤

을 잘 추고 수영복 맵시가 보통이 아닌 데다 머리까지 좋다. 그녀와
는 말이 잘 통한다. 이런 여잔 일찍이 만나 본 적이 없다. 그는 첫사
랑에 취해서 황홀하다.) 오, 베벌리.

　주립 대학에서 그는 좋은 사교 클럽의 회원이 된다. 입회
식이 금지되어 있다는 사실에 막연한 실망감을 느낀다. (그는
4학년생으로서 입회식을 지휘하는 자신의 모습을 상상해 본다.) 하
지만 괜찮다. 그는 파이프 담배 피우는 법을 배우고 대학 생활
이 주는 보상도 알게 된다. 브라운 형제는 타우타우 엡실론 클
럽에서 평판이 좋다. 클럽은 곧 그의 할례 의식을 주재할 것이
다. 클럽의 표현으로, 동정을 잃게 된다는 뜻이다.
　대학생을 상대로 하는 윤락가는 값이 비싸다. 윤락가에 관
해 이미 들은 적이 있는 그는 두려움 없이 과감해질 만큼 술에
취한다. 나중에 그는 학교 안뜰에서 노래를 부른다. 어쩌다 한
번쯤…… 휘이이이이이호오오오오오오. 어쩌다 한 번쯤은,
해도 돼요, 퍼킨스 신부님.
　시끄럽다.
　넌 좋은 새끼야. (새로운 주제)
　일부러 낙제를 하려고 한 적은 없다. 언제나 의도는 좋았지
만 어찌 된 셈인지 제도, 삼각법, 물리학 등등이 그가 처음 상
상했던 것보다 별로 중요하게 생각되지 않는다. 공부를 하려
고 해 보지만 그보다 재미있는 일들이 많다. 오후 내내 실험실
에 틀어박혀 있다 보면 나가서 바람을 쐬고 싶은 생각이 드는
법이다.

근처 술집에서 코가 비뚤어지도록 맥주를 마시는 즐거움, 장시간의 심각한 대화. 버트, 나한테 여자애가 하나 있어. 최고지. 정말 아름다워. 여기 사진 좀 봐. 그런데 그녀를 속이고 이렇게 놀아나면서 사랑한다느니 어쩌니 하는 편지를 쓰고 있으니 정말 부끄러워.

인마, 걔라고 재미를 안 볼 것 같아?

그런 말 하지 마, 나 정말 화낸다. 걔는 아주 깨끗해.

알았어, 알았어, 그저 이렇게 생각하면 간단해. 걘 아무것도 모르잖아. 그런데 무엇 때문에 상처를 받겠어.

그는 이 말을 생각해 보다가 킬킬 웃는다. 하긴 네 말이 맞는 것 같다. 나도 그렇게 생각해. 자, 맥주나 한잔하자.

내가 자네들한테 말하고 싶은 게 있는데 말이야. (약간 취했다.) 오늘의 일이 몇 년 후 우리에게 어떤 의미를 가질지 누가 아느냐는 거지. 우리는 추억을 쌓고 있는 거야. 그게 사실이라고, 안 그래? 대학에 다니면서 이런 말투를 쓴다고 네놈들은 웃겠지만 내가 상놈인 걸 어쩌겠어. 아무튼 난 네놈들을 잊지 못할 거야. 제기랄, 정말이야.

도대체 무슨 말을 하는 거야, 브라운?

그걸 내가 어떻게 알아? (웃음소리) 내일 물리 시험은 될 대로 되라지. 어, 취한다.

아멘.

6월, 낙제해서 퇴학 처분을 받고 나자 아버지를 대면할 일이 여간 걱정되는 게 아니다. 그러나 그는 결의에 차서 집으로 돌아온다.

아버지, 저 때문에 크게 실망하신 거 알아요. 절 뒷바라지 하시느라 고생 많이 하신 줄 알면서도 이렇게 돼서 정말 죄송해요. 하지만 아버지, 그 일은 제 적성에 안 맞는 것 같아요. 머리가 나빠서는 아니에요. 전 지금도 머리만큼은 제 또래의 어느 누구와 비교해도 뒤지지 않는다고 자부해요. 다만 전 뭔가 좀 더 의욕적으로 할 수 있는 일을 해야 할 것 같아요. 장사 같은 게 적성에 맞지 않을까 생각해요. 전 사람을 상대하는 일이 좋거든요.

(긴 한숨) 그럴지도 모르지. 이미 지난 일인데 어쩌겠니? 친구들 몇 명에게 얘기해 보마.

그는 어느 농기구 상회에 취직해서, 일 년도 되기 전에 주급 50달러를 받는다. 그는 베벌리를 부모님께 소개하고, 결혼을 한 패티에게도 데리고 간다.

내가 누님 마음에 들었는지 모르겠어. 베벌리가 말한다.

당연히 들었지.

두 사람은 여름에 결혼을 해서 방 여섯 칸짜리 집에 살림을 차린다. 그의 주급은 75달러로 올랐으나 그들은 언제나 조금씩 빚을 지고 있다. 외출 비용까지 포함하면 일주일에 술값으로 20달러에서 25달러가 나간다.

그래도 신혼 생활은 즐거운 편이다. 첫날밤은 엉망이었지만 그는 얼른 만회하고, 얼마 후에는 잠자리가 즐겁고 다양해진다. 그들에겐 그들만의 비밀 목록이 있다.

층계 위에서 성행위.

흥분했을 때 베벌리의 입에서 나오는 상소리.

다양한 의상으로 실험하기.

———. (베벌리에게는 말할 수 없는 곳에서 들은 말이기 때문에 그는 그것에 굳이 이름을 붙이려 하지 않는다. 베벌리 역시 자기가 알 일은 아니라 해서 이름을 붙이지 않는다.)

그리고 물론 아무런 상관도 없어 보이는 다른 일들도 있다. 따분해질 때까지 둘이서만 식사하기.

똑같은 이야기를 각자 이 사람 저 사람에게 하는 걸 듣기.

콧구멍을 후비는 그의 버릇.

길에서 양말을 고쳐 신는 그녀의 버릇.

그가 손수건에 침을 뱉을 때 내는 소리.

아무것도 하지 않고 저녁 시간을 보내고 난 후 그녀의 시무룩한 태도.

소소한 재밋거리도 있다. 이를테면 그들이 만난 사람들에 대해 이러쿵저러쿵 품평하기.

친구들에 대한 뒷소문을 서로 주고받기.

함께 춤추기. (두 사람 다 춤 솜씨가 좋다는 것 이상으로 특별한 의미가 있는 건 아니다.)

직장에서의 걱정거리를 그녀에게 말하기.

즐겁지도 못마땅하지도 않은, 그저 심상한 일들도 있다. 예컨대 함께 드라이브하기.

베벌리의 브리지와 마작 클럽.

그가 가입한 클럽은 로터리 클럽, 고교 동창회, 청년 상공회

의소 따위이다.

교회에 나가기.

라디오.

영화.

가끔 마음이 뒤숭숭할 때면, 그는 총각 친구들과 어울려 시간을 보내는 나쁜 버릇이 있다.

총각들끼리 늘 하는 말. 내가 결혼을 안 하는 이유는, 평생 한 사람만 바라보고 살기엔 인간이 너무도 따분한 존재이기 때문이야.

브라운이 말한다. 모르는 소리 마. 일단 결혼해서 자리를 잡아 봐. 남에게 들킬까 봐 걱정할 필요가 없어진단 말이야. 여자하고 하는 방법이 자그마치…….

전해지는 이야기(음담패설): 제기랄, 무려 아흔여덟 가지나 된다고.

한밤중이다. 아이, 저리 가. 날 좀 내버려 둬, 윌리. 우리 한 이틀 정도는 안 하기로 했잖아.

누가?

당신이. 당신이 그랬잖아. 우리 너무 자주 한다고.

내가 한 말은 잊어버려.

아이 참. (화가 나지만 순종한다.) 당신은 진짜 너무 밝혀. 그걸 어디에 꼭 집어넣어야 직성이 풀리지. (부부 사이에서만 볼 수 있는 다정함과 짜증의 뒤섞임.)

외부로부터의 충격도 있다. 누나 패티가 이혼을 했는데, 막연한 암시 정도지만 구설이 있다. 그는 걱정이 된다. 제 딴에는 넌지시 물어본다고 했는데, 패티가 발칵 화를 냈다.

무슨 뜻으로 하는 말이니, 윌리? 내가 이혼을 한 게 아니라 당한 거라는 거야?

그렇다는 게 아니고 그냥 물어보는 거야.

잘 들어, 윌리. 날 그런 식으로 볼 거 없어. 나는 내 나름의 삶을 사는 것뿐이야, 알겠어?

충격이 그의 마음속에 파고들어 자리를 잡고, 그 후 몇 달 동안 간간히 표면으로 터져 나온다. 한낮에 보고서를 작성하던 손을 멈추고 멍하니 연필을 바라볼 때도 있다. 센 척할 필요 없어, 얘. 날씬하고 야무지고 순결한 누나, 엄마 같기도 한 패티가 말한다.

채찍과도 같은 기억. 도대체 알 수가 없어. 무엇 때문에 사람이 그렇게 변하는 거지? 어째서 여자는 끝까지 품위를 지키지 못하는 거야?

베벌리, 당신은 그렇게 안 되겠지? 그날 밤 그가 아내에게 묻는다.

아이 참, 그걸 말이라고 해요?

그 순간 두 사람은 한결 가까워진다. 그는 마음속 근심거리를 다 쏟아 낸다. 정말이지, 베벌리, 사는 게 여간 힘들지가 않아. 다 팽개치고 한숨 돌렸으면 할 때가 있어. 내 말 무슨 뜻인지 알지? 자기 누나가 저 꼴이 되었는데, 아무렇지도 않을 남자는 없을 거야.

술집과 객차의 흡연 칸과 골프 클럽의 라커룸에서 패티 브라운이 사람들의 입에 오르내린다.

내 맹세하는데, 베벌리, 당신이 만약 그런 짓을 한다면 죽여 버릴 거야.

여보, 날 믿어요. 갑작스럽게 폭발한 그의 정열에 그녀도 흥분한다.

갑자기 늙어 버린 기분이야, 베벌리.

18번 홀에서 퍼팅을 하려고 그가 잔디의 경사도를 살핀다. 1.5미터 정도야 어려울 게 없지만, 문득 실수를 할 것 같은 생각이 든다. 골프채 손잡이가 그의 손바닥에 둔하게 부딪히고, 공은 홀에서 30센티미터가 모자라는 곳에 멈춘다.

자네 또 놓쳤군. 크랜본 씨가 말한다.

오늘은 운이 영 안 따라 주는 것 같습니다. 그만 라커룸으로 돌아가시죠. 손바닥에 아직도 얼얼한 감각이 남아 있다. 그들은 느린 걸음으로 돌아간다. 루이빌에 한번 오게. 자넬 내 클럽으로 데려가고 싶구먼. 크랜본 씨가 말한다.

정말 신세를 지게 될지도 모르겠습니다.

샤워를 하면서 크랜본 씨가 노래를 부른다. "당신이 튤립을 꽂으면 나는……."

오늘 밤엔 뭘 하지?

거리로 나가시죠, 크랜본 씨. 아무것도 염려하지 마십시오. 제가 안내해 드리겠습니다.

이 거리 소문은 꽤 들었네.

대개는 사실일 겁니다.(옆의 샤워실에서 음란한 웃음소리가 들린다.)

나이트클럽에서 두 사람은 업무 이야기를 나눈다. 뒤로 몸을 기댈 때마다 화분의 종려나무 잎이 머리에 닿기 때문에 그는 자기도 모르게 몸을 앞으로 기울인다. 그 바람에 크랜본 씨의 시가 연기를 연신 들이마실 수밖에 없다. 크랜본 씨도 아시겠지만 우리 회사도 이윤이 좀 남아야 하지 않겠습니까? 결국 장사를 하는 이유는 그거 아닙니까? 설마 우리가 아무 이유도 없이 제품을 내놓기를 바라는 건 아니겠지요? 귀사에서도 이윤 없이 다른 회사를 위해 제품을 내놓지는 않을 텐데요. 그런 건 장사라고 할 수 없죠. 안 그렇습니까? 다섯 번째 잔이 거의 비워졌다. 턱 관절이 이완되는 느낌이다. 입에 문 담배가 아무 느낌이 없다.(술 마시는 속도를 좀 늦춰야겠군.)

좋은 지적이네, 좋은 지적이야. 하지만 남보다 물건을 싸게 만드는 것도 중요하다네. 그것도 일종의 장사지. 경쟁 말일세. 자네에겐 자네의 입장이 있고 나한테는 내 입장이 있고, 그게 세상 돌아가는 이치지.

네, 무슨 말씀인지 잘 압니다. 순간 금방이라도 머릿속이 빙글빙글 돌 것 같아, 밖으로 달려 나가 바람이나 쐬어 볼까 하는 생각이 든다. 이렇게 한번 생각해 보시죠.

무대 위의 저 조그만 금발 아가씨는 누군가, 브라운? 아는 여잔가?

(모르는 여자다.)네, 알긴 합니다만, 솔직히 말씀드려 가까이 하지 않으시는 게 좋습니다. 몸도 함부로 굴리고, 솔직히 의사

들 신세까지 지고 있는 여잡니다. 점잖은 집을 한군데 아니 거기로 가시죠.

로비의 외투 보관 담당 소녀의 귀에 그가 통화하는 소리가 들린다. 그가 전화기에 얼굴을 대고 거기에 온몸의 무게를 싣게 될 것 같아 벽에 몸을 기댄다. 통화 중이다. 순간 그는 울고 싶어진다.

여보세요, 엘로이즈? 그가 묻는다. 여자의 쉰 목소리가 전화선을 타고 흘러나온다.

직장 동료들과 어울려 노는 편이 더 재미있다.

와, 난 그런 건 진짜 처음 봤다니까. 50센트 동전을 그런 식으로 집어 올리다니. 테이블 끝에 놓인 걸 간단히 집어 올리더란 말이야. 난 그런 건 파리나 검둥이 창녀 집에서만 볼 수 있는 줄 알았어.

세상엔 별 희한한 일이 다 있지.

내 말이 바로 그거야. 사람들 머릿속엔 별 희한한 생각들이 다 들어 있다니까.

사장은 무슨 생각을 하는 것 같나?

오늘은 일 얘긴 안 하기로 하지 않았나? 자, 자, 술이나 한 잔씩 더 하지.

그들은 마시던 잔을 비우고, 저마다 돌아가면서 술을 다 마셔 버린다.

자네들, 내 말 좀 들어 봐. 브라운이 말한다. 영업 일이 쉽다고 생각하는 사람들이 많지만 말이야, 맹세코 우리가 하는 일이 다른 사람의 일보다 쉬운 건 아니거든, 안 그래?

이만큼 힘든 일이 없지.

암. 퇴학당하기 전까진 나도 대학이란 데를 다녔는데 말이야. 내가 왜 퇴학당한 줄 알아? 거짓된 자부심을 갖고 있는 사람은 빌어먹을 바보라고 생각했기 때문이야. 자기 자신을 솔직하게 드러내지 않고 다른 사람인 척 가면 쓰는 거 난 이해 못해. 난 여느 사람들처럼 평범한 인간이고, 누구에게나 그걸 인정하지.

브라운, 자넨 좋은 녀석이야.

그래, 자네가 그렇게 말해 주니 기분 좋군, 제닝스. 진심으로 한 말이라는 거 알아. 나한텐 값진 말이야. 우리는 뼈 빠지게 일을 하고 또 우리를 신뢰하고 좋아하는 친구들을 갖고 싶어 하지. 그런 친구들이 없다면 일을 하는 게 다 무슨 소용이겠어?

내 말이 바로 그 말이야.

나는 그래도 꽤 운이 좋은 편이야. 누구 앞에서나 그렇게 말할 수 있어. 물론 나도 힘든 순간들이 있었지. 안 그런 사람이 어디 있겠어? 하지만 우리는 오늘 밤 우는소리를 하려고 모인 게 아니잖아, 안 그래? 내가 자네들한테 하고 싶은 말은, 내 마누라가 미인이라는 거야.

친구 하나가 큰 소리로 웃는다. 브라운, 나한테도 미인 마누라가 있긴 하지만, 여자 얼굴이라는 게 이 년만 지나고 나면 아무리 좋아 봐야 다 거기서 거기 아냐?

난 동의 못해, 프리맨. 하지만 자네 말도 일리가 있어. 그는 자신의 말이 물방울처럼 입에서 똑똑 떨어져 나와 서로 부딪치는 유리잔들과 대화의 떠들썩한 소음 속에 묻혀 버리는 것을 느낀다.

어이 엘로이즈네로 가자.

그러고는 꼭 술집으로 돌아온다.

프리맨, 아까 자네가 한 말이 좀 마음에 걸려서 그러는데 말이야, 내 마누라는 그 이상 바랄 수 없을 정도로 미인이야. 그런데 누군지도 모르는 계집이랑 오입질을 하고는 마누라한테로 돌아가다니, 이런 한심한 일이 어디 있어? 마누랄 생각하고 또 내가 한 짓을 생각하면 정말이지 부끄러워 견딜 수가 없어.

말도 안 되는 일이지.

내 말이 그 말이야. 우리도 그렇게 지각없는 인사들은 아닌데, 오입질이나 하고 술이나 퍼마시고⋯⋯.

그리고 진탕 놀지.

맞았어. 신나게 놀지. 브라운이 말을 맺는다. 제닝스, 내가 하려던 말이 바로 그 말이야. 그가 길 위에 주저앉는다.

한심한 일이지.

정신이 들어 보니 집에 돌아와 침대 위에 누워 있고, 베벌리가 그의 옷을 벗기고 있다. 여보, 당신이 무슨 말을 하려는지 알아. 그가 중얼거린다. 하지만 나도 고민이 많아. 수입 내에서 어떡하든 살아 보려 애쓰고, 어떡하든 돈 받은 값을 하려고 버둥거리면서 계속 밀고 나가야 하니, 그게 어디 쉬운 일이겠어? 시간도 오래 걸리고 말이야. 목사님 말씀대로 사는 건 고달픈 일이야.

아침에는 아픈 머리를 주무르면서 견적서를 검토하다가,

문득 지난밤에 베벌리가 뭘 했는지 궁금해진다.

(전날 밤에 함께 어울린 친구들 사이의 은밀한 윙크와 익살스러운 표정. 10시에 화장실에서 볼일을 보는데 프리맨이 온다.)

술이 영 안 깨네.

나는 오늘 종일 속이 울렁거려. 브라운이 말한다. 대체 우린 왜 이 짓을 하는 거지?

틀에 밖인 일상에서 좀 벗어나 보려는 거지.

하긴. 어이구, 이런!

6

같은 날 밤, 산맥 반대편에서는 커밍스가 진지들을 시찰하고 있었다. 하루하고 반나절 사이에 공격은 순조롭게 진행되어, 일선의 중대들은 400미터에서 800미터까지 전진했다. 사단은 그가 예상했던 것보다 큰 성과를 올리며 움직였다. 무기력과 침체에 빠져 있던 길고 긴 무위의 시간도 이제는 끝이 보이는 것 같았다. F중대가 도야쿠 방어선과 이미 접촉했고, 이날 오후 커밍스에게 전달된 마지막 보고에 의하면 E중대의 한 보강 소대가 F중대 측면에서 일본군 진지를 함락했다. 앞으로 며칠간은 적의 반격으로 공세가 주춤하겠지만, 아군이 그것을 방어해 낸다면 도야쿠 선이 이 주 내에 돌파될 수도 있었다. 그리고 그는 반드시 적의 반격을 방어해 낼 생각이었다.

겉으로 내색은 안했지만 그는 아군의 전진 속도에 조금 놀라고 있었다. 일본군의 도강 공격이 실패로 끝난 후 이렇다 할 사건 없이 보낸 몇 주일 동안, 그는 매일같이 보급 물자를 확보하고 작전 계획을 수정하며 한 달에 걸쳐 공격을 준비했다. 지휘관으로서 할 수 있는 일을 다 했으나, 좀처럼 상황을 낙관할 수 없었다. 개인호에 천장을 얹고 진흙 길 위에 판자를 깔았던 이전 야영지의 기억이 때때로 그의 마음을 짓눌렀다. 그것은 한자리에 눌러앉아 영원히 쉬고야 말겠다는 병사들의 의지를 여실히 보여 주는 기억이었다.

지금 그는 자신의 생각이 틀렸음을 알았다. 전투에서 얻은 교훈은 매번 달랐다. 그리고 그는 막연하지만 근본적인 이치 하나를 터득했다. 한곳에 너무 오래 머물러 있으면 병사들은 안절부절못하게 된다. 따분한 나날이 계속되다 보니 지겹다 못해 차라리 싸우고 싶다는 생각을 절로 하게 되는 것이다. 전진을 하지 못하는 중대를 다른 중대와 교체하는 것은 잘못이라고 그는 생각했다. 그저 진흙 속에 오래도록 처박아 두면 자진해서 싸우겠다고 나설 것 아닌가? 병사들이 다시 전진하지 못해서 좀이 쑤시던 차에 그의 공격 명령이 떨어진 것은 우연이었으나, 자신이 운이 좋았음을 그는 내심 시인했다. 병사들의 사기를 그는 전적으로 잘못 판단했었다.

휘하에 통찰력이 있는 중대장이 몇 명만 있었어도 전 과정이 더욱 간단했을 것이고 대응도 더욱 적절했을 것이다. 그러나 여러 가지 다른 자질이 필요한 중대장들에게 민감성마저 바란다는 것은 지나친 욕심이었다. 아니, 이건 내 잘못이야. 그들이 아니더라도 내가 간파했어야 할 일 아닌가? 그가 공격의 초반 성과에 대해서 크게 기뻐하거나 흥분하지 않은 것도 아마 그 때문이었을 것이다. 가장 큰 짐을 덜게 된 것은 당연히 기쁜 일이었다. 군단으로부터의 압력이 줄어들었고, 한동안 마음을 무겁게 짓누르던 두려움, 작전 중간에 사령관직에서 쫓겨나지 않을까 하는 두려움도 지금은 한결 덜어 냈다. 전진이 순조롭게 계속된다면 아예 사라져 버릴 터였다. 그러나 한 가지 걱정이 가시자 또 다른 걱정이 그 자리를 차지했다. 커밍스는 드러내어 표현하지 않았지만 이번 공격의 성공이 자신과는 별반 관계가 없을지도 모른다는 막연한 생각 때문에 신경이 쓰였다. 과연 자신이 엘리베이터의 버튼을 누르고 기다리는 사람 이상의 역할을 했는지 의심스러웠다. 그 때문에 그는 여전히 마음 한구석이 찜찜했고, 미묘하게 화가 나기까지 했다. 어떻든 이번 공세는 조만간 교착 상태에 빠질 가능성이 있었다. 그런데 그가 내일 군사령부로 갔을 때, 작금의 성과 때문에 오히려 보토이 만 작전에 해군의 지원을 얻기가 더욱 까다로워질 가능성이 있었다. 사실상 그는 이번 작전이 측면 침공 없이는 성공할 수 없음을 주장해야만 했다. 그리고 지금까지 자신이 이룬 성과를 별것 아니라는 식으로 깎아내려야 하는 까다로운 문제 앞에 서 있었다.

그럼에도 사정은 달라지고 있었다. 레이놀드가 보내온 기밀문서에 의하면, 군은 이제 보토이 작전의 구상을 이전처럼 못마땅해하지만은 않을 터라, 그가 군사령부를 만나면 뜻을 관철시킬 가능성이 있다는 것이었다. 해군의 지원을 바라는 그의 요청이 받아들여질 공산이 컸다.

그동안 그는 자신을 기만했다. 그리고 그 자신도 그걸 알았다. 그는 온종일 작전과(作戰課) 천막 책상 앞에 앉아 들어오는 보고 내용을 읽었고, 그러는 동안 조금 짜증이 났다. 마치 다른 사람을 후보로 밀었던 터라 선거 당일 밤 당 후보가 승리하는 것을 지켜보면서 원통해하는 정치가가 된 느낌이었다. 이번 공격은 딱히 창의력이 필요한 것도 아니고 진부한 것이어서, 지휘관이라면 누구나 성공으로 이끌 수 있는 일이었다. 군사령부 측의 견해가 옳다고 시인하려니 여간 분통이 터지는 게 아니었다.

그러나 그들의 견해는 옳지 않았다. 앞으로 문제가 생길 것은 빤한 일이었는데도, 그들은 그것을 인정하려 하지 않았다. 커밍스는 잠시 산 저편으로 보낸 수색대에 관해 생각하다 어깨를 으쓱했다. 만약 수색대가 작전에 성공해서 어느 정도 가치가 있는 정보를 가지고 돌아온다면, 그가 실제로 수색대의 답사 경로를 통해 일 개 중대를 파견해서 그런 식으로 보토이만 상륙 작전을 성공으로 이끌 수 있다면 정말 좋을 것이다. 그야말로 멋진 일이 아닐 수 없다. 그러나 그것이 성공할 가능성은 매우 낮았다. 임무를 마치고 돌아올 때까지 헌의 수색대는 계산에 넣지 않는 것이 최선이었다.

마음에 걸리는 점이 한두 가지가 아니었지만, 그는 진군에 온 정신을 쏟고 들어오는 모든 보고를 집중해서 읽느라 바쁘게 시간을 보냈다. 그것은 소모적이고 피곤한 작업이라, 저녁 무렵엔 완전히 지쳐 버렸고 어떤 식으로든 기분 전환을 해야겠다는 생각이 들었다. 작전 중일 때는 거의 매일 전선을 돌아

보면서 활력을 얻곤 했으나, 밤 시간에 보병 진지들을 돌아본다는 것은 불가능한 일이었다. 그는 대신 포병 진지를 순시하기로 했다.

커밍스는 전화로 지프와 운전병을 불러 오후 8시경에 출발했다. 달이 거의 차 있었다. 그는 지프 앞 좌석에 편안한 자세로 앉아 정글의 나뭇잎들을 비추는 전조등의 움직임을 지켜보았다. 그들의 위치는 전선에서 워낙 멀리 떨어져 있었기 때문에 불빛을 가릴 필요가 없었다. 장군은 얼굴에 와 닿는 바람을 기분 좋게 느끼며 한가로이 담배를 피웠다. 피로하여 지친 와중에도 그는 긴장하고 있었다. 지프를 타고 달리는 느낌, 엔진 소리, 좌석의 쿠션에서 느껴지는 진동, 담배 연기 등 시시각각 느껴지는 여러 가지 감각들이 온몸을 감싸는 따뜻한 목욕물처럼 그를 안정시키고 신경을 어루만졌다. 그는 흐뭇함과 감미로운 공허함을 느꼈다.

십오 분을 달려 지프가 길옆으로 살짝 벗어난 곳에 위치한 105밀리 포병 중대 앞에 이르자, 커밍스는 충동적으로 운전병에게 그곳으로 들어가라고 일렀다. 지프가 도랑 속에 빈 드럼통을 이어 놓고 그 위에 흙을 덮어서 만든 엉성한 지하 수로 위를 덜컹거리며 건너갔다. 차는 수송부의 진창을 지나 비교적 마른 땅이 넓게 펼쳐진 곳에서 정지했다. 입구의 보초에게서 전화 연락을 받은 대위가 장군을 마중 나왔다.

"오셨습니까?"

커밍스가 고개를 끄덕였다. "그저 돌아보는 중이네. 중대는 잘하고 있나?"

"네, 각하."

"한 시간 전에 보급대가 포탄 200발을 갖고 오기로 되어 있었는데, 받았나?"

"받았습니다." 대위가 잠시 말을 멈췄다. "일일이 다 신경을 쓰시는군요."

그 말에 커밍스는 기분이 좋아졌다. "오늘 오후 대대의 집중 포격이 대단히 성공적이었다는 이야기를 병사들에게 해 주었는가?"

"네, 그 일에 관해 몇 마디 하기는 했습니다."

"그런 일은 아무리 강조해도 지나치지 않네. 포격 임무를 훌륭하게 완수했을 때는 부하들에게 그렇다고 말해 주는 게 영리한 일이야. 병사들에게 참여 의식을 심어 주는 건 좋은 일일세."

"알겠습니다."

장군은 대위와 함께 지프를 떠나 나란히 걸었다. "자네는 십오 분마다 교란 사격 명령을 내리게 되어 있지, 맞나?"

"어젯밤부터 그렇게 하고 있습니다."

"포수들을 어떻게 휴식시키고 있나?"

대위가 어색한 미소를 지었다. "포수들을 반으로 나누고 각 조가 교대로 한 시간씩 맡아 네 차례의 포격을 하도록 하고 있습니다. 그렇게 해야 한 시간 정도만 잠을 못 자니까요."

"아주 괜찮은 배치로군." 장군이 말했다. 그들은 중대의 식당 천막과 사무실 천막이 서 있는 빈터를 지났다. 달빛을 받아 천막은 은빛을 띠었는데, 가파르게 높이 솟은 지붕 때문에 작은 성당처럼 보이기도 했다. 그들은 그곳을 지나 숲 속으로 15미터 정도 뚫린, 폭 30센티미터의 오솔길을 걸었다. 맞은편에 곡사포 네 문이 중대 최전열에 나란히 놓여 있었는데, 양 끝 포 사이의 거리가 5미터를 넘지 않았고, 포구가 정글 너머로 일본군 진지를 겨냥하고 있었다. 나무들 사이로 내리비추는 달빛이 얼룩덜룩한 그림자를 만들어 포신과 가미(架尾)에 나뭇잎의 윤곽을 점묘화처럼 그리고 있었다. 포열 뒤쪽으로는 분대용 천막 다섯 개가 불규칙한 간격으로 숲 속에 세워져 있었는데, 정글의 짙은 어둠 속에 거의 완벽하게 섞여 들어 있었다. 수송부, 보급 물자와 식당, 곡사포, 그리고 천막 들이 사실상 포병 중대의 전부였다. 장군은 그런 것들을 둘러보고 105밀리 곡사포의 가미들 사이에 누워 있는 포수들을 면밀히 살피면서 가벼운 향수를 느꼈다. 잠시 그는 피로감을 느꼈고, 그저 의미 없이 지나가는 생각이었지만, 포좌를 파는 노동 외엔 불쾌한 일 하나 없이 그저 배만 채우면 되는 포병이 될 수 없는 자신의 처지가 서글펐다. 이상하고 뭐라 설명할 수 없는 기분이 가슴에 차올라, 그는 전에 없던 자기 연민에 감미롭게 젖어 들었다.

분대용 천막 안에서 이따금 웃음소리가 터져 나왔고, 누군가를 야유하는 거친 음성도 흘러나왔다.

그는 언제나 고독할 수밖에 없었다. 그것은 그가 택한 길이었고, 이제 와서 버릴 생각도, 또 버리고 싶은 생각도 없었다. 가장 훌륭한 일들, 결국엔 할 만한 가치가 있는 일들은 혼자 하는 수밖에 없었다. 정신을 차리지 않으면, 방금 그랬던 것처럼 덧없는 의심의 유혹에 빠지게 되는 것이다. 커밍스는 어둠 속에서 어둠보다 더 짙은 그늘 속에 잠긴 채 그 위의 하늘보다 더 거대하게 드러나 보이는 아나카 산의 육중한 검은 자태를 응시했다. 아나카 산은 섬의 주축이자 쐐기돌이었다.

그는 산에 대해 동질감 같은 것을 느꼈다. 굳이 신비론을 빌려 말하자면, 산과 그는 서로 통하는 데가 있었다. 양쪽 모두 필요에 의해 쓸쓸하고 고독한 삶을 영위하며, 높은 곳에서 아래를 내려다보는 위치에 있었다. 오늘 밤 협곡을 빠져나간 헌이 어둠에 싸인 아나카 산 밑을 지나고 있을지도 몰랐다. 분노와 기대가 섞인 이상한 감정이 그의 가슴을 아프게 옥죄었다. 자신이 헌의 성공을 바라는지에 대해서도 확신이 안 섰다. 결국 헌을 어떻게 할 것인가 하는 문제는 아직도 결정되지 않았고, 헌이 끝내 돌아오지 않는 경우가 아니라면 계속 그런 상태로 남을 수밖에 없었다. 그는 다시금 자신의 감정에 자신이 없음을 깨닫고 가벼운 불안을 느꼈다.

대위가 그의 공상을 방해했다. "일 분 후에 포격을 하겠습니다. 보시겠습니까?"

장군은 흠칫 정신이 들었다. "그러지." 그는 대위와 나란히 포병들이 모여 있는 쪽으로 갔다. 두 사람이 다가가는 동안 병사들이 포의 조정을 끝내고, 그 가운데 한 명이 길고 가는 포탄을 포미에 장전했다. 커밍스가 다가가자 그들이 조용해지더니 빳빳하게 긴장했다. 그들은 차려 자세를 해야 할지 어쩔지 몰라 열중쉬어 자세로 어색하게 서 있었다. "쉬어." 커밍스가 말했다.

"준비 다 됐나, 디베치오?" 한 병사가 물었다.

"다 됐어."

장군이 디베치오에게 시선을 돌렸다. 소매는 걷혀 있고, 검은 머리가 이마를 덮은 땅딸막한 몸집의 사내였다. 도시 놈이군, 하고 장군은 생각했다. 그것은 봐주는 느낌과 경멸감이 뒤섞인 감정이었다.

병사 하나가 거북하고 어색한 듯 신경질적으로 킬킬거렸다. 모두들 담배 가게 앞에 서 있다가 여자가 말을 걸어오자 안절부절못하는 아이들처럼 자기를 지독하게 의식하고 있었다. 그냥 지나갔다면 저희들끼리 수군거리고, 어쩌면 조롱까지 했을지 모를 일이었다. 그런 생각을 하자 순간 짜릿함에 가까운 강렬한 쾌감이 밀려들었다.

"대위, 내가 포를 한번 쏴 볼까 하는데." 그가 말했다.

포병들이 그를 빤히 쳐다보았다. 그중 한 명은 콧노래를 불렀다. "내가 포를 한번 쏴 봐도 괜찮겠나?" 장군이 명랑한 말투로 물었다.

"네?" 디베치오가 물었다. "물론 괜찮습니다."

장군이 대포의 승강 장치 옆 가미 밖의 제1포수 위치로 가서 끈을 잡았다. 끝에 매듭이 있는 길이 30센티미터 정도의 밧줄이었다. "몇 초인가, 대위?"

"오 초 후에 발사하십시오." 대위가 초조한 기색으로 시계를 들여다보았다.

묵직한 매듭이 손바닥에 기분 좋게 잡혔다. 그는 가려진 포미와 완충 스프링의 복잡한 장치를 응시했다. 그의 마음은 흥분과 초조감 사이에서 미묘하게 흔들렸다. 그는 무의식중에 편안하고 자신에 찬 자세를 취했다. 무언가 익숙지 않은 일을 할 때마다, 그는 본능적으로 태연한 체하는 습성이 몸에 배어 있었다. 그러나 포의 거대한 몸체는 그에게 불안감을 주었다. 그는 웨스트포인트를 졸업한 후 한 번도 포를 발사해 본 적이 없었다. 그의 기억에 떠오르는 것은 포의 발사음이나 발사로 인한 충격이 아니라, 그가 두 시간 동안 연달아 포격을 받았던 1차 세계 대전 중의 한 시기였다. 살면서 그토록 강렬한 공포를 느낀 것은 그때 이후로 다시없었다. 그때의 공포가 메아리처럼 그의 마음속에서 되튀어 나왔다. 포를 발사하기 직전, 그는 크게 부풀었다가 가라앉는 포의 날카로운 굉음, 밤하늘을 뚫고 길게 치솟았다가 뚝 떨어지는 포탄, 포탄이 하강하면서 내는 휘파람 소리, 포탄이 떨어지는 순간 저편의 일본군이 겪게 될 완전하고도 원시적인 공포의 순간, 그런 것들을 모두 눈앞에 그리듯 상상할 수 있었다. 순간 야릇한 황홀감이 팔다리를 자극했다가, 미처 의식하기도 전에 사라졌다.

장군이 끈을 당겼다.

포구(砲口)가 불을 뿜는 순간 귀가 먹먹해졌고, 익숙지 않은 위력에 몸이 온통 흔들리며 마비되었다. 그는 포구에서 뿜어져 나온 5미터 길이의 거대한 불기둥을 눈으로 보기보다는 몸으로 느꼈고, 길게 소용돌이치며 굳게 닫힌 어두운 정글을 뚫고 날아가는 포탄 소리를 멍하니 들었다. 저압 타이

어와 가미가 아직도 발사로 인한 반동 때문에 가볍게 떨리고 있었다.

모든 것이 순식간의 일이었다. 심지어 역풍까지 한바탕 불어 그가 의식도 하기 전에 머리를 헝클어 놓고 눈을 감겼다. 장군은 감각의 기능을 조금씩 회복하면서, 마치 돌풍에 날린 모자를 쫓아가는 사람처럼 폭발 뒤의 인상들을 부여잡았다. 그는 숨을 한 번 들이쉰 다음 미소를 짓고 차분한 음성으로 중얼거리는 자신의 목소리를 들었다. "내가 저기 있지 않은 게 다행이군." 그렇게 말한 후, 그는 포병들과 대위의 표정을 살폈다. 그가 그런 말을 한 것은 마음 한구석으로는 언제나 객관적인 상황을 고려했기 때문이었다. 그러나 말을 할 때는 의도적으로 주변 사람들의 존재를 의식하지 않았다. 그는 대위를 자기 쪽으로 끌어당기며 함께 성큼 걸음으로 천천히 그곳을 떠났다.

"밤에 포를 쏘니 더 인상적이군." 그가 중얼거렸다. 그는 조금 평정심을 잃은 상태였다. 포를 쏠 때의 흥분에서 완전히 벗어났더라면 잘 알지도 못하는 사람에게 그런 말을 하지는 않았을 것이다.

"무슨 말씀이신지 압니다. 저도 밤에 포격을 하면 신이 납니다."

그렇다면 상관없었다. 하마터면 실수를 할 뻔했다는 생각이 퍼뜩 들었다. "중대는 질서가 잘 잡혀 있는 것 같군, 대위."

"감사합니다."

그러나 그는 대위의 말을 듣고 있지 않았다. 장군은 소리 없이 급강하하는 포탄에 정신을 집중하며 포탄의 궤적을 마음의 눈으로 쫓았다. 얼마나 걸렸더라? 한 삼십 초 정도? 그의 귀가 폭발음을 포착하기 위해 잔뜩 긴장하고 있었다.

"늘 하는 일인데도 덤덤해지지가 않습니다. 저쪽은 아주 난리가 났겠지요."

커밍스는 수 킬로미터 떨어진 정글 속에서 터지는 무딘 폭발음에 귀를 기울였다. 모든 것을 파괴하는 눈부신 화염의 꽃다발과 비명 소리와 날카로운 소음과 함께 허공을 가르는 파편들을 마음속에 그려 보았다. 죽은 놈이 있을까 생각해 보았다. 온몸에 힘없이 퍼지는 안도감에서, 그는 자기가 포탄이 낙하하는 순간을 기다리며 긴장하고 있었다는 사실을 깨달았다. 동원된 모든 감각이 만족을 얻고 피로해진 상태였다. 이 전쟁은, 아니 일반적으로 모든 전쟁은 묘한 것이라는 다소 무의미한 생각이 들었다. 그러나 그는 그것이 의미하는 바를 잘 알았다. 전쟁이란 권태와 진부함, 규칙과 절차로 점철되는 것이지만 거기에는 적나라하고 떨리는 열의가 있었고, 그곳으로 떠밀린 사람들을 깊숙이 연루시켰다. 인간의 깊고 어두운 온갖 충동, 고지 위에서의 희생, 밤과 잠의 들끓는 욕망, 그 모든 것들이 날카로운 비명을 울리며 산산이 부서지는 포탄과 인간이 야기한 천둥과 번개 속에 담겨 있는 것 아니겠는가? 그저 맥락 없이 흘러가는 생각들이었다. 그러나 그런 생각들의 자취와 그 감정의 등가물들, 장면과 감각들이 그의 감수성을 매우 예민하게 만들었다. 그는 산(酸)으로 목욕한 것처럼 정화된 느낌이었고, 그의 모든 것이, 심지어 손가락 끝까지도 이 모든 것들의 배후에 도사린 정보를 파악할 준비를 마치고 있었다. 그는 거미줄 같은 여러 겹의 복잡성 속에 기분 좋게 머물렀다. 정글에 파견된 병력은 그의 마음속 패턴에 따라 배치되었지만 이 순간 그는 한 번에 여러 차원에서 살고 있었다. 포를 발사함으로써 그는 그 자신의 한 부분이 되어 있었다. 사단의 포 전체에 의해 이중, 삼중으로 증대되어 아우성치는 냄새와 음향과 광경의 모든 복합체는 그의 뇌세포 몇 개 속에, 뇌의 가장 미세한 주름 속에 담겨 있었다. 그 모든 것, 모든 폭력, 그 암울한 어울림을 낳은 것은 그의 두뇌였다. 밤의 어둠 속에서, 그 순간 그는 자신의 힘을 실감했다. 그것은 마냥 기뻐하기에는 벅찬 힘이었다. 그는 차분하고 냉정했다.

잠시 후 본부로 돌아가는 지프 안에서, 그는 기분이 매우 좋았다. 몸은 여전히 긴장되고 조금은 열에 들뜬 상태였으나, 그로 인한 흥분은 초조감을 넘어 그의 두뇌를 맹렬한 활동으로 이끌었다. 그럼에도 그것은 이렇다 할 목적 없이 우연히 떠오른 생각이었다. 그는 장난감 가게에서 아무거나 건드려도 좋고 싫증 나면 버려도 된다는 허락을 받은 아이처럼 스스로 즐기고 있었다. 커밍스가 그런 두뇌의 작용을 의식하지 않은 것은 아니었다. 새로운 육체 활동은 언제나 그를 흥분시켰고, 지각 작용을 유발했다.

천막에 돌아온 그는 부재중에 들어온 몇 건의 급송 문서

들을 대충 훑어보았다. 이 순간은 문서들을 자세히 검토하여 중요한 부분을 소화하고 머릿속에 저장하는 세밀한 작업을 하고 싶은 생각이 들지 않았다. 그는 잠시 천막 밖으로 나가 다시 한 번 밤공기를 들이마셨다. 야영지는 이미 유령이라도 나올 것처럼 고요했고, 달빛이 공터에 떠도는 안개를 비추고 나뭇잎들을 가느다란 은빛 망사로 뒤덮었다. 지금 같은 기분에는 눈에 익은 것들도 다 비현실적으로 보였다. 밤에는 얼마나 대지가 낯설어 보이는가, 하는 생각과 함께 그는 한숨을 쉬었다.

천막 안에서 잠시 망설이다가 그는 책상의 한쪽 가장자리 위에 놓인 작은 녹색 서류 보관함을 열쇠로 열고 규정집처럼 검은색으로 장정된 묵직한 노트 한 권을 꺼냈다. 여러 해 동안 개인적인 생각들을 적어 둔 일기장이었다. 한때는 자신의 생각을 마거릿에게 말하기도 했다. 그러나 결혼하고 일이 년이 지나 두 사람이 서로에게서 멀어진 후로 일기장은 더욱 중요성을 갖게 되었다. 그 후 수년 동안 그는 여러 권의 노트를 채웠고, 그것들을 봉인해서 보관해 놓았다.

그런데도 일기를 쓸 때마다, 그는 남부끄러운 기대감으로 화장실 문을 잠그는 소년이라도 된 양 어딘지 비밀스러운 기분에 젖었다. 더 높은 수준에서는 그의 많은 생각들이 그랬다. 일기를 쓰는 걸 누군가에게 들켰을 경우 변명할 말도 거의 무의식적으로 준비해 두고 있었다. "잠깐 기다리게, 소령(혹은 중령, 혹은 대위), 지금 메모를 좀 하고 있네."

지금 그는 아무것도 적히지 않은 일기장의 첫 페이지를 마주한 채 연필을 들고 삼시 생각에 잠겼다. 포병 중대에서 돌아오는 길에 새로운 생각과 인상들이 무수히 떠올랐던 것이다. 그는 그것들이 기억 속에서 되살아나기를 기다렸다. 달걀 모양으로 매듭지어진 끈 표면의 매끄러운 감촉이 다시 한 번 손에 느껴졌다. 짐승을 매어 놓은 줄 끝을 잡고 있는 것 같은 생각이 들었다.

그 이미지는 일련의 상념으로 이어졌다. 그는 페이지 상단에 날짜를 기입하고 손가락 끝에서 연필을 한 번 돌린 다음 일기를 쓰기 시작했다.

무기를 기계 이상의 존재, 개성을 지니고 어쩌면 인간과 유사한 점이 있는 존재로 생각하는 것이 전적으로 비생산적인 공상만은 아닐 것이다. 오늘 밤의 포격은 내 마음에 이런 생각을 심어 주었다. 포 사격은 목적만 다를 뿐 생식의 과정과 많은 부분 흡사하지 않은가.

그에게는 다소 생소한 심상이었다. 그는 조금은 역겨운 기분으로 성의 상징들을 적어 내려가며 디베치오를 떠올렸다.

포는 수벌들의 시중을 받는 여왕벌 같다. 번들거리는 강철의 질(膣)을 통과하는 남근-포탄은 허공을 뚫고 날아가다가 폭발하여 대지에 파고든다. 대지는 시인의 심상에서 자궁-어머니 아니겠는가?

포병대에서 사용하는 구령 역시 명백히 성적인 의미를 함축

한다. 그것은 어쩌면 죽음-어머니에 봉사하는 일에서 무의식 중에 만족을 얻는 우리 안의 충동을 만족시켜 주는지도 모른다. 가미를 벌려라, 기포[15]를 평행으로 맞춰라, 몸체를 눕혀라. 과거에 시찰한 적이 있는 훈련 부대가 생각난다. 훈련병들은 포병 용어를 재미있어했다. 그때 하급 장교가 이런 말을 했다. "그렇게 큰 구멍에 포탄을 넣지 못한다면, 나이가 더 들어서는 어쩔 셈인가?" 어쩌면 분석해 볼 가치가 있는 개념일지도 모른다. 이에 관한 정신 분석학 연구 논문은 없을까?

그러나 다른 무기들도 있다. 독일군들이 유럽에서 사용하는 부비트랩도 있고, 심지어 모토메의 318고지에서 우리가 했던 경험도 있지 않은가. 위험하고 고약한 해충이나 검게 웅크린 보기 흉한 작은 것들 때문에 병사들이 역겨움과 공포감으로 용기를 잃고, 액자 한 개를 고쳐 걸으려 해도 무언가 폭발할 거라는 예상과 드러난 공간에서 검은 바퀴벌레 몇 마리가 잽싸게 튀어 나올지 모른다는 두려움에 울음을 터뜨릴 지경이 되어 버리는 것이다.

탱크와 트럭들은 수사슴과 코뿔소처럼 몸집이 거대한 정글의 짐승들을 닮았고, 기관총은 한 번에 여러 사람들을 할퀴어 대는 수다스러운 험담 같지 않은가? 한 개인의 힘을 연장시킨 조용한 개인 무기인 소총은 어떤가? 그런 것들을 모두 연결시킬 수는 없는 걸까?

뒤집어 말하면, 전투에서 병사들은 인간보다 기계에 더 가깝

---

15) 기포를 이용하여 평면이나 표면의 경사를 측정한다.(기포 수준기)

다. 그럴듯하고 수용할 만한 명제다. 전투란 지배적인 습성을 지닌 채 들판을 빠르게 내달리고 햇볕 아래에선 난방기처럼 땀을 흘리며 빗속에서는 쇳조각처럼 굳어 버리는 수천의 인간-기계들을 조직하는 장이다. 우리는 이제 기계와 별반 다르지 않다. 생각을 하다 보면 그런 것을 간파하게 된다. 우리는 더 이상 사과가 몇 개 있는가, 말이 몇 필 있는가를 따지지 않는다. 기계 한 대가 인간 여러 명의 몫을 해낸다. 이 점은 해군이 우리보다 더 많이 증명해 왔다. 영도자들이 신적인 존재가 되기 위해 분투하는 나라에서는 기계를 숭상한다. 나 역시 그렇지 않을까 하는 생각이 든다.

그는 몸을 뒤로 기대고 담배에 불을 붙였다. 콜먼 등의 불꽃 덮개에서 소리가 나자, 몸을 일으켜 그것을 조절했다. 순간 그의 앞에 앉아서 전속을 요청하던 헌의 표정이 떠올랐다. 장군은 어깨를 으쓱하고 의자 등받이에 다시 등을 기대고는 책상을 물끄러미 응시했다. 생각을 종이에 옮겨 놓고 보니, 어쩐지 깊이와 자연스러움이 덜한 것 같아 막연하게 기분이 언짢았다. 어쩌면 바로 그런 이유 때문에 쓰는 걸 그만두었는지도 모른다. 그러나 헌 소위의 모습은 그의 마음을 어지럽혔다. 속마음을 감추는 문이 거의 노출된 것 같은 기분이었다. 그는 단호하게 헌의 모습을 밀쳐 내고, 마지막 문장 밑에 줄을 하나 그었다. 그러고는 지금까지와는 별개의 이야기를 쓰기 시작했다.

나는 조금 전에 여러 가지 의미를 지닌 매우 흥미로운 곡선을 생각했다. 이렇게 생긴 비대칭 포물선 말이다.

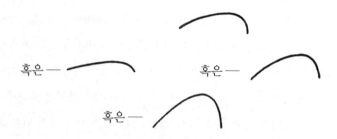

슈펭글러는 모든 문화를 (유년기, 성년기, 장년기, 노년기, 또는 싹, 개화, 조락, 부패 등) 식물의 형태로 설명한다. 반면, 위의 곡선은 모든 문화의 형태 선이다. 한 시대는 언제나 시간상 그 궤도의 중간을 지난 어느 시점에서 절정에 이르는 것 같다. 쇠락은 비극이다. 나는, 한 인물의 성장은 오랜 기간 차근차근 단계를 밟아 이루어지되 파멸은 급속도로 진행되어야 한다는 것이 건전한 미학 원리라고 생각한다.

다른 접근법으로 본다면 그것은 남성이나 여성의 젖가슴을 측면에서 보았을 때 드러나는 곡선이다.

커밍스는 등을 따라 바늘이 콕콕 찌르는 것 같은 이상한 느낌에 손을 멈추었다. 그런 비유는 어쩐지 불편했다. 그는 이 문장에 뒤이어 별 의미가 없는 글을 몇 줄 더 썼다.

남성이나 여성의 젖가슴은 사랑의 근본적인 곡선이 아니겠는가? 그것은 (정체기나 쇠퇴 직전의 정지 상태를 고려하지 않을 때) 모든 인간 권력의 곡선이며, 어쩌면 결국 생명의 물질적 핵심이라 할 수 있는 성적 흥분과 사정(射精)의 곡선이 아니겠는가?

이 곡선은 무엇인가? 그것은 공, 돌, 화살(니체의 갈망의 화살) 혹은 포탄 같은 일체의 투사물이 그리는 기본적인 궤도이다. 그것은 삶-사랑 충동의 추상화(抽象化)인 동시에 죽음의 미사일이 그리는 만곡 궤도이기도 하다. 그것은 존재의 형태를 나타내며, 삶과 죽음은 동일한 탄도 위 두 개의 서로 다른 관점에 불과하다. 삶의 관점은 포탄을 가로탔을 때 우리가 보고 느끼는 것이다. 그것은 보고 느끼고 지각하는 현재이다. 죽음의 관점은 포탄을 하나의 전체로 보며, 그것의 가차 없는 종착점, 다시 말해 그것이 공중으로 발사되었을 때 그 최초 충격의 순간부터 불가피한 물리적 법칙에 의해 예정된 지점을 안다.

이 논의를 한 걸음 더 진전시킨다면, 발사체를 그 궤도에 묶어 두는 힘은 두 가지다. 이 두 가지 힘이 없다면 발사체는 영원히 동일한 직선을 따라 비상할 것이다. ↗ 그 두 가지 힘이란 중력과 바람의 저항인데, 그 효력은 시간의 제곱에 비례한다. 어떤 의미에서는 스스로를 동력으로 삼아 점점 더 커지게 된다. 발사체는 ↗ 이 방향으로 가려고 하고, 중력은 밑을 ↓ 향하며, 바람의 저항은 ← 이런 방향으로 받게 된다. 이들 기생적인 힘들은 시간이 경과할수록 더욱 커져 하강을 촉진시키고 사정거리를 단축시킨다. 만약 중력만 작용한다면 탄도는 다음과 같이 대칭적인 형태를 이룰 것이다.

그러나 바람의 저항이 이렇듯 비극적인 곡선을 낳는다.

곡선의 의미들을 더욱 확장시켜 본다면, 중력은 (상승하는 것은 하강할 수밖에 없다는 점에서) 생명의 유한성의 자리를 점하고, 바람의 저항은 매체의 저항이 된다. 집단적 타성(惰性) 혹은 대중의 타성으로 인해 비전이, 문화의 상향적 도약이 무디어지고 더뎌져 때 이른 파멸에 이르는 것이다.

장군은 쓰기를 멈추고 멍한 눈으로 일기장을 보았다. 마지막 구절 중 하나가 그의 머릿속에서 물리도록 반복되었다. "집단적 타성 혹은 대중의 타성, 집단적 타성 혹은……."

갑자기 욕지기가 났다. 나는 말장난을 하고 있다. 앞에 적은 내용이 모두 의미 없는 공상처럼 생각되었다. 자기가 쓴 글이 갑자기 몹시도 역겨워져, 그는 연필에 힘을 주어 천천히 자기가 쓴 문장들 위에 금을 그어 나갔다. 페이지 중간에서 연필이 부러졌다. 그는 그것을 내던지고는 조금 빠르게 숨을 쉬면서 천막 밖으로 성큼 걸어 나갔다.

지나치게 짜 맞추어진 느낌에다 너무도 단순한 글이었다. 질서가 없는 것은 아니었으나, 그것을 단일한 곡선의 형태로 압축할 수 없었다. 떠다니는 생각들이 좀처럼 정리가 되지 않았다.

그는 고요한 야영지를 둘러보았고, 태평양 하늘에 뜬 별들을 쳐다보며 야자수 잎들이 바스락거리는 소리에 귀를 기울였다. 혼자 있자니 자신의 감각들이 다시금 팽창하는 느낌이 들었고, 자기 몸의 왜소함이 잊혔다. 깊고도 끝없는 야심이 내부에서 또다시 끓어올랐다. 차분한 성정이 아니었다면 두 손을 하늘 높이 뻗었을지도 모른다. 젊은 시절 이후 그가 이토록 지식을 갈망한 적은 없었다. 그 지식이 바로 저기에 다 있었다. 손아귀에 넣기만 하면 되는 일이었다. 그리고…… 그리고 그것으로 곡선의 형태를 주조하면 되는 일이었다.

포성이 한 번 울리며 밤의 장막을 산산이 부수었다.

커밍스는 포성의 메아리에 귀를 기울이며 몸을 부르르 떨었다.

7

석양을 받아 붉은색과 황금색으로 빛나는 아나카 산의 벼랑들이 기슭의 구릉과 들판에 그 빛을 반사했다. 소대의 나머지 병사들은 야영지에서 밤을 보낼 채비를 하고 있었다. 처음 한 시간 동안 브라운 일행과 함께 윌슨을 호송했던 병사 넷이 이제 돌아와 담요를 깔고 있었다. 그들이 자리 잡은 움푹 팬 곳이 내려다보이는 언덕 위에서 갤러거가 보초를 섰고, 나머지 병사들은 휴대 식량을 먹거나 풀숲으로 몇 미터 들어가 용변을 보았다.

와이먼은 수통의 물을 몇 방울 칫솔에 떨어뜨려 잇몸을 문지르며 매우 정성스레 이를 닦았다.

"어이, 와이먼. 라디오 좀 켜 줄래?" 폴래크가 말했다.

"됐어. 라디오 듣는 것도 신물이 나." 미네타가 말했다.

와이먼이 벌컥 성을 냈다. "다들 잘 들어. 나는 문명인이란 말이야. 내가 이를 닦고 싶으면 닦는 거라고." 그가 목소리를 높였다.

"네가 문명인이라니, 처음 듣는 말인데?" 미네타가 빈정거렸다.

"아아, 저리 꺼져. 지겨운 놈."

크로포트가 담요 밑에서 뒤척이는가 싶더니 팔꿈치를 딛고 상반신을 일으켰다. "어이, 입들 좀 다물어. 일본 놈들을 전부 깨우고 싶어?"

이 말에 대해서는 다른 대답이 있을 수 없었다. "알았어." 누군가가 중얼거렸다.

이들의 말소리는 로스에게도 들려왔다. 그는 풀숲에 쪼그려 앉은 자세로 겁에 질려 어깨 너머 뒤쪽을 살폈다. 그의 뒤에는 어둠에 잠식되어 가는 구릉만이 광활하게 뻗어 있었다. 서둘러야 했다. 휴지는 배급 상자에 들어 있었다. 그러나 그것을 더듬어 찾는 중에도 또 설사기가 느껴졌다. 그는 신음 소리를 내면서 일을 마칠 때까지 양쪽 허벅다리를 꼭 잡았다.

"이런 제기랄." 누군가가 속삭이는 소리가 들려왔다. "누가 저렇게 끝도 없이 싸 대는 거야? 코끼리라도 되나?"

구역질 나고 기진한 판에 창피함까지 더해졌다. 로스는 휴지를 꺼내 밑을 닦고 바지를 추어올렸다. 기운이 하나도 없었다. 그는 판초 위에 누워 담요를 덮었다. 하필이면 왜 지금 설사가 날까 하는 생각이 들었다. 처음 이틀 동안은 배 속이 답답하고 소화가 안 됐지만 차라리 지금보다는 나았다. 새로 인한 소동 때문에 긴장을 했던 탓이라는 생각이 들었다. 음식으로 인한 설사도 있지만 신경성 설사도 있으니까. 그 생각을 증명이라도 하듯 배가 뒤틀리며 잠시 심한 통증이 일었다. 밤에도 또 이 짓을 해야겠구나 하는 생각이 들었다. 그러나 그것은 있을 수 없는 일이었다. 어둠 속에서 움직였다가는 보초를 서는 병사에게 총을 맞을 수도 있었다. 그러니 담요 바로 옆에서 뒤를 보는 수밖에 없었다. 로스는 절망스럽고 짜증이 나서 눈물이 났다. 억울했다. 그는 이런 상황을 고려하지 않은 군대가 몹시 원망스러웠다. 오오오. 그는 숨을 참으며 괄약근을 힘껏 조였다. 땀이 눈 속으로 흘러들었다. 바지를 더럽힐 것 같아 순간적으로 두려워졌다. 소대 놈들이 흔히 하는 말이 있었다. "똥구멍만 꽉 틀어막아." 제 놈들이 뭘 알아? 그런 걸로만 사람을 평가하려 든다니까.

"총알이 빗발치듯 날아올 땐 그저 똥구멍만 꽉……." 그날 오후 그는 실제로 그렇게 했지만, 그 일에 대해서는 생각조차 하지 않았다.

그러나 협곡 어귀에서 벌어졌던 전투가 떠오르자, 다시 불안감이 밀려들었다. 그는 바위 뒤에 몸을 숨긴 채, 크로프트가 사격을 하라고 외치는 동안에도 꼼짝도 하지 않았다. 크로프트가 눈치챌까 걱정하면서도 그에게 그럴 경황이 없기를 바랐다. 만약 눈치챘다면 두고두고 그를 못살게 굴 것이 분명했다.

그리고 윌슨의 일이 있었다. 로스는 축축한 판초의 고무천에 얼굴을 처박았다. 그는 지금껏 윌슨의 일은 전혀 생각하지 않고 있었다. 소대원들이 그를 데리고 돌아와 들것을 만들고 있을 때조차 그는 새를 데리고 놀았다. 윌슨이 돌아온 것을 모르지 않았지만 그를 보고 싶지 않았다. 그런데 지금에 와서야 윌슨의 모습이 눈에 선했다. 얼굴에는 핏기가 하나도 없었고 군복은 피범벅이었다. 끔찍한 모습이었다. 피의 색깔이 얼마나 선명하게 붉었던가를 떠올리자 충격과 함께 조금 욕지기가 났다. 왠지 그보다는 검붉은 쪽에 가까울 거라고 생각했는데…… 동맥에서인가……, 정맥에서……? 에이, 그게 무슨 상관이야?

윌슨은 늘 생기가 넘쳤지. 나쁜 친구는 아니었어. 꽤 다정했는데. 어떻게 그런 일이 있을 수 있지? 한순간 멀쩡하던 사람이 다음 순간엔…… 그렇게 심하게 부상을 입다니. 막 옮겨져 왔을 때 윌슨은 정말 죽은 사람 같았어. 도대체 실감이 나지 않는다는 생각과 함께 몸이 걷잡을 수 없이 떨렸다. 내가 그 총알에 맞았다면? 로스는 자기 몸에 깊은 구멍이 뚫려서 선혈이 낭자하게 흘러나오는 광경을 눈앞에 그려 보았다. 상처가 입을 벌리고 있는 모양이 아주 끔찍했다. 이런 생각만으로도 충분히 비참한데, 다시 배가 뒤틀리기 시작했다. 그가 몸을 엎드려 힘없이 구역질을 했다.

아, 정말 지독하군. 생각을 다른 데로 돌려야만 했다.

옆자리에 누운 병사를 쳐다보았다. 거의 완전히 캄캄해진 뒤라 형태만 겨우 알아볼 수 있었다.

"레드야?" 그가 낮게 속삭이듯 물었다.

"그래."

"안 자?"라는 말이 나오려는 걸 참고, 대신 그는 팔꿈치를 짚어 상반신을 일으켜 세우고 물었다. "이야기나 좀 할까?"

"아무래도 좋아. 어차피 잠도 안 오니까."

"너무 지쳐서 그래. 정말 강행군이었잖아."

레드가 침을 뱉었다. "불만이 있거든 크로프트에게 말해."

"아냐, 그런 뜻으로 한 말이 아냐." 그는 잠시 잠자코 있었으나 더 이상 생각을 속에 담아 둘 수가 없었다. "윌슨이 당하다니 끔찍해."

레드는 흠칫 놀랐다. 그렇지 않아도 잠자리에 든 후로 줄곧 그 일만을 생각하던 터였다. "아아, 윌슨 그 자식은 죽을 놈이 아냐."

"그렇게 생각해?" 로스는 마음이 놓였다. "온통 피범벅이 되어 있었잖아."

"그럼 뭘 볼 거라고 기대했는데? 젖이라도 묻어 있을 줄 알았어?" 그가 로스에게 짜증을 냈다. 오늘 밤은 누구에게라도 짜증을 냈을 것이다. 윌슨은 소대의 고참병 중 한 사람이었다. 하필 그 자식이 당할 게 뭐람? 레드는 생각했다. 오래된 불안감, 그 근본적인 불안감이 작동했다. 그는 윌슨이 좋았다. 윌슨은 아마도 소대 안에서 그와 가장 가까웠을 것이다. 그러나 그것은 중요하지 않았다. 그는 어느 누구에게도 그 사람의 죽음이 자신에게 상처가 될 만큼 정을 주지 않으려고 했다. 하지만 윌슨은 자기만큼이나 소대에 오래 있었던 인물이었다. 윌슨이 당한 것은 보충병이 당하거나 다른 소대의 누가 전사하는 경우와는 달랐다. 그 경우는 자기와는 직접적으로 상관이 없었고, 자기의 안전과도 무관했기 때문이다. 그러나 윌슨이 죽게 되면 다음엔 그의 차례가 될 터였다. "잘 들어. 그 자식은 덩치가 크니까 언젠가는 한 방 맞을 수밖에 없었어. 일본 놈이 그 덩치를 못 맞힐 리 없잖아?"

"하지만 너무 갑작스러운 일이었어."

레드가 콧방귀를 뀌었다. "네 차례가 되면 미리 전보를 쳐 주지."

"농담이라도 그런 소리 마."

"아아아." 레드는 이유 없이 몸을 떨었다. 달이 모습을 드러 내면서 벼랑 벽에 은빛 테두리가 만들어졌다. 반듯하게 누운 자세로도 아나카 산의 거대한 비탈 꼭대기가 보였다. 이 순간 에는 무엇 하나 제대로 된 것이 없는 것 같았다. 로스에게 그 런 말을 한 것이 불길함을 가져오지 않을까 하는 생각까지 들 었다. "방금 한 말은 잊어." 그가 아까보다 부드러운 어조로 말했다.

"알아, 괜찮아. 네가 신경이 곤두서 있다는 거. 나도 그 일을 머리에서 떨쳐 버릴 수가 없어. 도무지 믿기지가 않아. 금방 멀쩡했던 사람이 다음 순간…… 정말 이해가 안 돼."

"이제 다른 얘길 했으면 좋겠어."

"미안해." 로스가 말을 중단했다. 그러나 그의 충격과 그것 을 뒷받침하는 공포감은 진정되지 않았다. 사람이 그렇게 쉽 게 죽다니. 그가 떨쳐 내지 못하는 감정은 놀라움이었다. 배 속이 뒤틀리는 것을 완화시켜 볼까 하는 생각에 그는 돌아누 웠다. 그리고 숨을 한 번 들이쉬었다. "난 이제 녹초가 됐어."

"여기 안 그런 사람 있나?"

"크로프트는 어떻게 버티는 걸까?

"그 새끼는 좋아서 하는 일인걸."

크로프트 생각을 하니 로스는 기가 죽었다. 새 사건이 다시 생각나자, 불쑥 말이 나왔다. "아무래도 난 크로프트에게 찍힌 것 같아."

"새 때문에? 그야 모르지. 로스, 크로프트의 마음을 알려고 하는 건 시간 낭비야."

"레드, 너한테 하고 싶은 말이 있는데……." 로스가 말끝을 흐렸다. 피로와 설사로 인한 신체적 쇠약과 통증과 상처들, 윌슨이 안겨 준 공포. 그는 그런 것들의 영향을 한꺼번에 받고 있었다. 소대원들 여러 명이, 지금 옆자리에 누워 있는 이 친구가, 크로프트가 새를 죽였을 때 그의 편을 들어주었다는 사실이 떠오르자, 그는 자기 연민과 고마움이 벅차올라 마음이 푸근해졌다. "오늘 새 때문에 문제가 생겼을 때 편 들어줘서 고마워." 그가 목멘 소리로 말했다.

"아아, 뭐 그깟 일을 가지고."

"아냐, 내가…… 내가 고마워서 그래." 자기가 어느새 울고 있다는 것을 깨닫고 그는 몹시 당황했다.

"제기랄." 레드는 순간적으로 가슴이 뭉클해져서 하마터면 팔을 뻗어 로스의 등을 두드릴 뻔했다. 그러나 그는 그렇게 하지 않았다. 로스는 언제나 쓰레기 더미를 뒤지거나 부엌 찌꺼기가 버려질 때 간이 숙박소 주변에 몰려들던 보기 흉하게 털이 빠진 똥개들을 연상시켰다. 그런 똥개들은 음식 조각을 던져 주거나 머리를 한 번 쓰다듬어 주면 며칠이고 쫓아다니면서 고마움을 담은 축축한 눈으로 쳐다보곤 했다.

그는 지금 로스에게 다정하게 대해 주고 싶었으나, 그렇게 했다간 로스가 때만 되면 찾아와 속마음을 털어놓으며 동정을 구할 게 분명했다. 로스는 자기에게 다정하게 대해 주는 사람이면 아무에게나 달라붙을 위인이었다. 그렇게 하도록 둘 순 없었다. 결국 로스도 얼마 안 가 총에 맞을 사람 아닌가.

그러나 그보다도 로스에게 다정하게 대해 주고 싶지가 않았다. 로스가 드러내는 감정에는 뭔가 추하고 불결한 데가 있었다. 감상적인 태도 앞에서 레드는 언제나 몸이 굳었다. "제기랄, 인마, 이제 그만해 둬." 그가 퉁명스럽게 말했다. "너나 새에 대해선 요만큼도 관심 없으니까."

로스는 뺨이라도 맞은 듯 울음을 그쳤다. 우는 동안 그는 잠시 어머니의 따뜻한 품 같은 것을 기대했다. 그런 따뜻한 품은 이제 사라지고 없었다. 모든 것이 사라져 버렸다. 그는 혼자였다. 그는 마지막까지 철저하게 거절당한 사람이 이제 더 이상 당할 굴욕이 남아 있지 않다는 것을 알았을 때와 같은 씁쓸한 쾌감을 맛보았다. 절망의 주춧돌은 적어도 돌처럼 단단했다. 레드는 로스의 얼굴에 본능적으로 떠오르는 씁쓸한 미소를 보지 못했다. "안 들은 걸로 해." 로스가 레드로부터 돌아누우면서 말했다. 그는 눈물이 글썽한 채로 차갑고 황량하게 뻗은 산을 바라보았다. 침을 삼키는데 목구멍이 뜨거웠다. 이제는 더 이상 기대할 게 없으니 차라리 다행이다 싶었다. 아들 녀석도 자라면 나를 조롱할 테고 마누라도 갈수록 바가지를 긁겠지. 날 이해해 주는 사람은 아무도 없어.

레드는 아직도 손을 내밀고 싶은 마음을 떨치지 못한 채 로스의 등을 바라보았다. 로스의 웅크린 작은 어깨와 딱딱하게 굳은 자세가 그를 책망하는 것 같았다. 마음이 불편하고 죄책감도 약간 들었다. 애당초 새 때문에 문제가 생겼을 때 괜히 도와준답시고 나선 게 아닌가 하는 생각이 들었다. 앞으로 나와 크로프트 사이의 문제로 발전하지 않을까? 그는 피로감에 한숨을 쉬었다. 크로프트와 그는 언젠가는 충돌할 수밖에 없었다. 겁날 게 뭐야. 그는 스스로를 다독였다.

정말 겁나지 않아? 그는 자문했다. 그리고 다음 순간 그 의문에서 비켜 갔다. 그는 지쳐 있었고, 로스의 호소에 자기도 모르게 마음이 흔들렸다. 몹시 피곤할 때면 종종 그랬던 것처럼, 머리가 맑아졌고 무슨 일이든 다 이해할 수 있을 것 같았다. 그러나 지금 같은 때에는 그가 이해하는 모든 것들이 언제나 고달픈 삶의 무게로 우울한 갈망을 담고 있었다. 그는 윌슨을 생각하면서, 몇 달 전 섬에 상륙하던 날 상륙정 위에서의 모습을 잠시 떠올렸다. "어이, 터프가이, 들어와 봐, 물이 시원하고 차다." 윌슨이 그를 보며 고함을 쳤었다.

"꺼져, 인마!" 그때 그는 그 비슷한 말을 했던 것 같은데, 뭐라고 대꾸했든 별 차이는 없었다. 윌슨은 3~4킬로미터쯤 떨어진 곳에 있었고, 지금쯤 어쩌면 이미 죽었을지도 모른다. 대체 이게 다 어떻게 된 일일까?

아아, 누구든 결국은 죽고 말겠지. 레드는 하마터면 큰 소리로 그렇게 말할 뻔했다. 사실 아닌가. 그뿐 아니라 그들 모두가 그 사실을 알았다. 그는 또 한 번 한숨을 쉬었다. 모두가 알면서도 마음이 약해 아직도 그 생각에 적응하지 못하는 것뿐이었다.

살아서 돌아간다 해도 답답한 건 마찬가지였다. 어떻게든 군에서 제대한다고 치자. 그런다고 무슨 뾰족한 수가 있을까? 밖에 나가 봐야 똑같지 않겠는가? 바라는 대로 되는 일은 아무것도 없다. 그런데도 마음이 모질지 못해 결국은 모든 일이 잘 풀릴 거라고 믿는 것이다. 모래 속에서 금가루를 골라내어 오직 그것만을 확대경으로 들여다보는 격이었다. 그 역시 마찬가지였다. 그러나 기대할 거라곤 황량한 마을들과 셋방들, 그리고 매일 밤 주점에서 사람들이 주고받는 말소리에 귀 기울이는 일뿐이었다. 창녀와 사타구니의 떨림 외에 다른 무엇이 있겠는가?

어쩌면 결혼을 해야 하는 게 아닌가 하는 생각이 드는 순간, 곧바로 키득키득 웃음이 터져 나왔다. 그게 무슨 소용이야? 그에게도 기회가 없었던 것은 아니지만 스스로 발로 차 버렸다. 로이스와 가정을 꾸릴 수 있었는데도 그녀를 저버리지 않았던가? 나 같은 사람은 나이가 들어 간다는 걸 인정하려 들지 않지. 정확하고 간단하게 말하자면 바로 그런 거야. 남들다 하는 무슨 일인가를 시작했다가도 어느 순간 흐지부지 포기해 버리거든. 로이스가 한밤중에 일어나서 재키를 들여다보고는 다시 침대로 돌아와 그의 체온으로 언 몸을 녹이던 일이 생각났다. 순간 목이 메어 왔지만 그는 애써 감정을 억눌렀다. 그는 여자에게든 누구에게든 줄 것이 하나도 없었다. 그들에게 무슨 말을 한단 말인가? 내가 가진 거라곤 인생에서 얻은 상처뿐이라고? 짐승도 상처를 입으면 혼자서 죽을 곳을 찾아가는 법이다.

그 사실을 수긍이라도 하듯 신장이 다시 아프기 시작했다.

그래도 여전히 그는 지금의 이 시간들이 낯설게 느껴지고, 소대에서 알게 된 병사들 이야기를 하며 웃고, 새벽녘 정글과 언덕의 모습을 추억하게 될 날을 상상해 볼 수 있었다. 그때가 되면 심지어 적병에게 몰래 접근할 때 느끼는 긴장감까지도 그리워질지 모른다. 어리석은 짓이었다. 그는 이런 상상을 하는 게 싫었다. 지금껏 자기가 한 어떤 짓보다 더 싫었다. 그러면서도 만약 자기가 살아남는다면 결국에 가서는 마음이 약해질지도 모른다는 것을 알았다. 그것은 금가루에 확대경을 갖다 대는 것을 의미했다.

그는 얼굴을 찌푸렸다. 사람은 언제나 속게 되어 있다. 그 자신도 속은 적이 있다. 다 알면서도 속았던 것이다. 그는 신문을 믿었다. 신문은 토글리오 같은 자들이나 믿으라고 만드는 것이었다. 아니나 다를까 토글리오는 100만 달러짜리 부상을 입었고, 집으로 돌아가서는 국채 매입 운동을 지지하는 연설을 할 것이고, 그 연설 내용을 진심으로 믿을 터였다. "병사들의 죽음을 헛되게 해야 합니까?" 어느 소대원의 어머니가 오려 보내 준 한 신문 사설을 놓고 토글리오와 언쟁하던 일이 생각났다. "병사들의 죽음이 헛된 것일까?"

그는 콧방귀를 뀌었다. 그 답을 모르는 사람도 있을까? 물론 병사들은 헛되이 죽고 있다. 전쟁에 나선 병사들이라면 다 아는 사실이었다. 직접 싸워야 하는 자들에게 전쟁은 그저 똥 같은 것에 불과했다.

"레드, 넌 너무 냉소적이야." 토글리오가 그에게 말했었다.

"암, 무언가를 바로잡겠다고 전쟁을 하는 건 임질을 고치겠다고 매음굴에 가는 거나 마찬가지야."

그는 달을 쳐다보았다. 어쩌면 전쟁에도 어떤 의미가 있을지 모른다. 하지만 그로서는 알 수 없었고 알아낼 방법도 없었다. 그들 모두가 마찬가지였다. 에잇, 알 게 뭐야. 이미 소용도 없는 일, 안달해서 뭐해?

어차피 그걸 알아낼 때까지 살아 있지도 못할 텐데, 하고 그는 생각했다.

헌도 잠을 이룰 수 없었다. 마음이 몹시 어지러웠다. 열을 동반한 묘한 피로감이 두 다리를 짓눌렀다. 한 시간이 다 되도록 그는 담요 속에서 몸을 뒤척이며 산과 그 위의 달, 구릉들, 그리고 눈앞의 지면을 응시했다. 적의 잠복 공격을 받은 이래 그는 줄곧 뭐라고 분명히 말할 순 없지만 초조와 불안에 가까운 감정을 느끼고 있었다. 그 감정이 너무도 강렬하여 가만히 있는 것이 고통스러울 정도였다. 얼마 후 그는 일어나서 우묵하게 파인 그 일대를 걸었다. 언덕 위의 보초가 그를 보고 소총을 들어 올렸다. 헌이 낮게 휘파람 소리를 낸 다음 말했다. "누군가? 미네타인가? 나 소대장이다."

그가 비탈길을 올라 미네타 옆에 앉았다. 그들 앞으로 달빛을 받은 풀들이 은빛 파도를 만들어 냈다. 구릉들이 돌처럼 보였다.

"무슨 일이죠, 소대장님?" 미네타가 물었다.

"아무것도 아닐세. 그저 다리를 좀 펴고 싶어서." 두 사람은 속삭이듯 말을 주고받았다.

"기습을 당한 뒤에 보초를 서니 으스스합니다."

"그럴 거야." 헌이 피로감을 덜어 볼 생각에 다리를 문질렀다.

"우린 내일 뭘 하게 됩니까, 소대장님?"

글쎄, 뭘 한다? 이것이 그가 직면한 문제였다. "자네 생각은 어떤가, 미네타?"

"이쯤에서 돌아가는 게 좋을 것 같습니다. 협곡을 통과할 가능성은 이미 차단된 거 아닙니까?" 소리를 죽여 말하고 있음에도 오랫동안 그 문제를 생각해 왔던 듯 화가 난 음성이었다.

헌은 어깨를 으쓱했다. "글쎄, 그럴 수도 있겠지." 그는 잠시 더 그곳에 앉아 미네타와 이야기를 주고받은 후 구덩이 속으로 내려가 담요 밑에 몸을 묻었다. 그것은 그렇듯 간단한 문제였다. 미네타의 말대로였다. 협곡이 막혔는데 돌아가지 않을 이유가 무엇이란 말인가?

그래, 그 이유가 무엇이란 말인가?

대답은 간단했다. 그가 수색을 중단하고 이대로 돌아가고 싶지 않아서였다. 왜냐하면…… 왜냐하면…… 이 경우 그 동기는 조악하지 않을 수 없었다. 헌은 두 손을 뒤통수에 대고 누워서 하늘을 쳐다보았다.

수색 임무가 성공할 가능성은 이제 조금도 없었다. 설사 지금 협곡을 통과한다 해도 일본군이 그들의 소재를 파악한 이상 이 임무를 쉽게 짐작할 것이다. 그들이 일본군의 후방으로 진입해도 거기서 발각되지 않기란 거의 불가능했다. 이제 와 돌이켜 생각해 보니 수색 임무가 성공할 가능성은 애초에 없었다. 이번만은 커밍스가 실수한 것이었다.

그런데 그는 빈손으로 커밍스 앞에 나가 실패를 변명하고 싶지 않았다. 이 일은 리버티 화물선에 가서 보급품을 구해 오는 일의 재연이라 할 수 있었다. 케리건과 크로프트. 처음 이틀 동안 그의 행동의 배후에는 바로 이것이 있었다. 소대원들과 소통하려 했던 일은 우스운 짓이었다. 그가 소대원들과 잘 지내고 싶었던 것은 그래야만 수색 임무가 성공할 가능성이 컸기 때문이었다. 속내를 깊이 들여다보면 그는 소대원들에게 전혀 관심이 없었다. 피로, 고생, 크로프트와의 주도권 다툼, 그가 그런 것들을 견뎌 내는 진짜 이유는 커밍스에게 조금이라도 되갚아 주고 싶어서였다.

복수 때문이었을까? 그러나 그의 동기는 그보다 더 초라했다. 그것의 핵심에는 복수가 아니라 변명이 자리했다. 커밍스의 마음에 다시 들고 싶었던 것이다. 헌은 몸을 뒤치어 엎드렸다.

통솔력!

그것도 추잡하기는 다른 모든 것들과 마찬가지였다. 그리고 그는 지금 소대를 통솔하는 일을 즐기고 있었다. 적의 기습을 받아 소대를 이끌고 들을 빠져나오면서 독특한 흥분, 아니 황홀감을 맛본 후에, 그는 그 몇 분 동안의 일을 머릿속에서 여러 번 재생시키며 그런 일이 다시 일어나기를 바랐다. 커밍스와 상관없이, 그의 마음 깊숙한 곳에는 소대를 통솔하고자

하는 그 자신의 욕망이 있었다. 그 욕망이 몸집을 불리고 갑자기 불이 붙어서 일찍이 경험해 보지 못한 가장 만족스러운 일이 되었다. 그는 크로프트가 쌍안경으로 산을 응시하던 일이나 새를 죽인 일을 이해할 수 있었다. 내면을 살펴보면 그도 크로프트와 다를 바 없는 인간이었다.

바로 그것이었다. 그는 평생 사람들을 움직일 수 있는 상황과 일에 가볍게 발을 담갔고, 또 언제나 마치 자기 내부에서 일어나는 충동의 한도를 지각하기라도 한 것처럼 무슨 일이건 자못 크게 진전될 듯싶으면 중도에 포기하거나 발을 뺐다. 그가 여자들을 버린 것도 마음속 깊은 곳에서 그가 필요로 하는 것은 교접할 대상이 아니라 지배할 대상이었기 때문이다.

언젠가 커밍스는 이런 말을 한 적이 있다. "로버트, 진보주의자니 급진주의자니 하지만 사실은 두 부류밖에 없네. 우선 세상이 무서워 그것을 자기네들에게 이롭게 고치기를 원하는, 말하자면 유대인식 진보주의가 있지. 그리고 자기들이 무엇을 원하는지를 모르는 젊은이들이 있어. 이 젊은이들은 세상을 개조하기 원하지만, 자기들의 이미지대로 하길 원한다는 사실을 절대 인정하려 들지 않는다네."

그것은 부분적으로만 실현된 채 언제나 수면 밑에 가라앉은 상태로 늘 거기에 있었다. 그것은 그럴듯한 논리로 사람을 현혹했다.

사이비가 아니라 파우스트.

그처럼 명백한 일이었다. 그렇다면 어떻게 할 것인가? 이걸 알면서도 수색 작전을 밀고 나갈 권리가 그에게는 없었다. 객관적으로 볼 때 그는 남은 소대원 아홉 명의 목숨을 걸고 도박을 하는 셈이었는데, 그에게는 그런 책임을 맡을 자격이 없었다. 그에게 조금이라도 가치 있는 부분이 남아 있다면 마땅히 아침에 소대를 이끌고 돌아가야 했다.

그의 내부에서 조롱하는 음성이 들려왔다. 돌아가야 하지. 그런데 과연 돌아갈까?

뒤이어 그는 느닷없이 충격과 자기혐오에 휩싸였다. 그것은 쾌감이 느껴질 정도로 강렬했다. 자신에 대한 역겹고 고통스러운 인식에 소름이 끼칠 지경이었다.

그는 마땅히 돌아가야 했다.

그는 다시 담요에서 빠져나와 크로프트가 자는 곳으로 성큼 걸어갔다. 그가 무릎을 꿇고 흔들어 깨우려는 순간 크로프트가 그를 향해 돌아누웠다. "무슨 일이시죠, 소대장님?"

"깨어 있었나?"

"네."

"날이 밝는 대로 돌아가기로 결정했네." 일단 크로프트에게 말한 이상, 이제 결정은 돌이킬 수 없었다.

달빛에 윤곽이 도드라진 크로프트의 옆얼굴이 미동도 하지 않았다. 어쩌면 턱 근육이 가늘게 떨렸는지도 모른다. 몇 초 동안 말이 없던 그가 헌의 말을 반복했다. "날이 밝는 대로 돌아간다고요?" 그의 다리는 이제 담요 밖으로 나와 있었다.

"그래."

"좀 더 살펴봐야 한다고 생각하시지 않습니까?" 크로프트는 시간을 끌고 있었다. 헌이 왔을 때 그는 설핏 잠이 들려던 참이었다. 헌의 결정에 그는 커다란 충격을 받았다. 가슴이 얼얼했다.

"살펴봐야 무슨 소용이 있겠나?" 헌이 되물었다.

크로프트가 고개를 저었다. 머릿속에서 한 가지 생각이 아른거렸지만 명확하게 잡히지가 않았다. 머리뿐 아니라 온몸의 근육까지 긴장한 채로 뭔가 붙잡을 것을, 유리한 위치를 찾고 있었다. 만약 이 순간에 헌의 손이 와 닿았다면 크로프트는 몸을 떨었을 것이다. "쉽게 포기해서는 안 됩니다, 소대장님." 그의 목소리가 탁했다. 상황이 점차 명확해지자 헌에 대한 증오심이 되살아났다. 그는 로스에게 사과하라는 명령을 들었을 때, 또한 윌슨을 찾으러 갔다가 협곡 입구가 비어 있다는 사실을 알았을 때 맛보았던 것과 같은 좌절감을 다시 한 번 느꼈다.

어떤 생각이 그의 머릿속에 다시 한 번 희미하게 아른거렸다. "소대장님, 일본 놈들은 기습을 하고 나서 내뺐어요." 자기도 모르게 그런 말이 불쑥 튀어나왔다.

"그걸 자네가 어떻게 알지?"

크로프트는 윌슨을 데리러 갔을 때의 일을 이야기했다. "이제는 협곡을 지나갈 수 있습니다."

헌이 고개를 저었다. "그건 아닌 것 같은데."

"시도도 해 보지 않으실 생각입니까?" 그는 헌의 의중을 떠보고 있었다. 헌이 두려워서 돌아가려 하는 것이 아님을 그도 어렴풋이 짐작할 수 있었다. 그것을 깨닫자 크로프트는 겁이 났다. 만약 그렇다면 헌의 마음을 돌리기란 기대하기 어려운 일이었다.

"오늘 그런 일이 벌어졌는데도 소대를 이끌고 협곡을 통과할 생각은 없네."

"그러면 오늘 밤에 병사 한 명을 보내 정찰을 시켜 보는 게 어떨까요? 적어도 그 정도는 해 봐야 하지 않겠습니까?"

헌이 또 고개를 저었다.

"아니면 산을 타는 방법도 있지 않습니까?"

헌이 턱을 긁었다. "소대원들에겐 무릴세." 마침내 그가 말했다.

크로프트는 마지막 수를 써 보았다. "소대장님, 우리가 이 수색 임무에 성공한다면 그걸로 작전이 마무리될지도 모르지 않습니까?"

방정식의 결정적인 인수인 셈이었다. 문제가 너무도 복잡해지고 있었다. 크로프트의 말도 일리가 있었다. 만약 수색 임무가 성공한다면, 그것은 전쟁을 승리로 이끄는 데 작게나마 기여할 수 있을 것이며, 오래전에 그가 장군에게 말한 적이 있는 무형의 요인들 가운데 하나가 될 수도 있을 터였다. "전쟁이 좀 더 일찍 마무리되어 많은 병사들이 집으로 돌아가는 게 좋은지, 아니면 모두 이곳에 남아 망가지는 게 좋은지, 소위님은 어떻게 판단하십니까?"

만약 작전이 빨리 끝난다면, 사단의 장병들에게는 그만큼 이익이 될 것이다. 헌이 수색 임무를 중단하고 소대원들을 살리기로 결정한 것도 바로 그런 의도였던 것이다. 그것은 지금 당장 해답을 내기에는 너무도 복잡한 문제였다. 지금은 그저 몸을 아주 약간 앞으로 굽힌 자세로 마치 쇠붙이처럼 자기 곁에 뻣뻣하게 앉아 있는 크로프트에게 대답을 할 필요가 있었다.

"좋아, 오늘 밤 한 사람을 협곡으로 보낸다. 만약 뭐라도 나오면 우리는 돌아간다." 이것은 자기 합리화였을까? 사실은 스스로를 기만해서 수색을 지속할 구실을 찾고 있는 것은 아니었을까?

"소대장님이 가시겠습니까?" 크로프트의 목소리에 가벼운 조롱기가 어렸다.

그러나 헌은 갈 수 없었다. 그가 죽는다면 그야말로 크로프트가 바라는 대로 되는 셈이었다. "나는 적임자가 아닐세." 그가 냉랭하게 말했다.

크로프트도 같은 생각을 하고 있었다. 만약 그가 정찰에 나섰다가 적의 손에 죽는다면 소대는 분명 돌아가야 했다. "마르티네즈가 제일 적임자인 것 같습니다."

헌이 고개를 끄덕였다. "좋아. 그 친구를 보내지. 결정은 아침에 내린다. 돌아오는 대로 날 깨우라고 이르게." 헌이 시계를 보았다. "내가 보초를 설 차례군. 출발하기 전에 날 보고 가라고 이르게. 그래야 움직이는 사람이 그 친구라는 걸 알 테니까."

크로프트는 움푹 팬 곳 일대를 살피다가 달빛 속에서 마르티네즈의 담요를 찾아냈다. 그는 잠시 헌을 쳐다보다가 마르티네즈가 있는 곳으로 가서 그를 깨웠다. 소위는 보초 교대를 위해 언덕 위로 올라가고 있었다.

크로프트는 마르티네즈에게 임무를 설명한 후 목소리를 낮춰서 한마디 덧붙였다. "일본 놈들이 야영을 하고 있으면 그 곳을 우회해서 계속 전진해 보도록 해."

"알았어." 마르티네즈가 군화 끈을 맸다.

"참호용 단검 한 자루만 갖고 가."

"알았어. 아마 세 시간 안에 돌아올 거야. 보초에게 일러 둬." 마르티네즈가 속삭였다.

크로프트가 잠시 그의 어깨를 잡았다. 마르티네즈의 몸이 미세하게 떨리고 있었다. "너, 괜찮은 거야?" 그가 물었다.

"그래, 괜찮아."

"잘 들어." 크로프트가 말했다. "돌아오거든 날 만나기 전에는 누구에게도 아무 말 하지 마. 만약 소위가 일어나 있으면 아무 일도 없었다고만 해, 알았어?" 입이 마비된 듯 저렸다. 그는 명령을 어기고 있다는 사실에 강한 불안을 느꼈다. 그러 나 그보다, 아직 분명하게 말로 표현할 수 없는 다른 무언가가 있었다. 그가 고통스럽게 숨을 내쉬었다.

마르티네즈가 손가락의 감각을 되살리려고 주먹을 쥐었다 폈다 하면서 고개를 끄덕였다. "지금 출발할게." 그가 일어서 서 말했다.

"넌 좋은 놈이야, 잽베이트." 어둠 속에서 속삭이자니 기분 이 으스스했다. 주위에 누워 있는 사람들이 시신들 같았다.

마르티네즈가 젖지 않도록 담요에 총을 말고는 배낭 위에 걸 쳤다. "이제 간다, 샘." 그의 음성이 가늘게 떨리고 있었다.

"그래, 잽베이트." 크로프트는 마르티네즈가 헌과 잠시 이 야기를 나누고 나서, 구덩이를 벗어나 쿠나이 풀 속으로 깊숙이 들어가서 거대한 산벼랑과 평행하여 걸어가다가 왼쪽으로 멀리 사라지는 모습을 지켜보았다. 그는 생각에 잠겨 팔뚝을 문지르며 자기 담요가 있는 곳으로 돌아가 몸을 뉘었다. 그러나 마르티네즈가 돌아올 때까지는 자기가 잠들지 못하리라는 걸 알았다.

문제가 또다시 그의 앞에 놓였다. 한 번 내린 결정을 철회한 뒤에도 달라진 건 아무것도 없었다. 만약 마르티네즈가 돌아와서 협곡에 일본군이 한 놈도 보이지 않는다고 보고한다면, 날이 밝는 대로 소대는 전진을 계속해야 했다. 그는 계곡을 굽어보고 음산하게 비어 있는 구릉들을 살피며 겨드랑 밑을 살살 긁었다. 바람이 구덩이를 지나 쿠나이 풀 위를 떠돌다 저 멀리 해변에서 부서지는 파도 소리 같은 작은 속삭임 소리를 내며 언덕 꼭대기를 훑고 지나갔다.

그것은 실수였다. 그는 묘하게 자기 자신을 기만했다. 크로프트에게 굴복했을 뿐만 아니라 자기 자신에게도 굴복함으로써, 타당성과 자기 합리화를 구분할 수 없을 정도로 문제를 복잡하게 만들어 버린 것이다. 그는 여러가지 교묘한 속임수 가운데 하나를 허용했다. 마르티네즈가 돌아와 일본 놈들의 행적을 찾을 수 없었다고 보고하면 그는 아침에 소대를 이끌고 전진할 것이었다.

야영지로 돌아갈 경우, 그는 장교의 지위를 반납할 수도 있었다. 그것이 그가 할 수 있는 일이고, 자기 자신에게도 정직하고 진실한 일일 터였다. 그러나 그것은 내키지 않는 일이기도 했다. 헌은 또 한 번 겨드랑 밑을 긁었다. 그는 장교 계급장을 포기하고 싶지 않았다. 어찌 보면 당연한 일이었다. 고생고생하여 장교 후보생 과정을 거치고 나서도 그는 장교 계급장을 웃음거리로 삼고 언제나 그것을 멸시했다. 그러다 어느 순간 계급장은 그 자체의 존재감을 지니게 되었고 그의 태도에 중대한 영향을 미쳤다. 어느 정도 시간이 흐른 뒤엔 계급장을 떼어 낸다는 것이 팔을 하나 잘라 내는 것과 같은 의미를 지니게 되었다.

그는 무슨 일이 벌어질지 알고 있었다. 그는 일개 사병, 이등병으로 떨어지고 말 것이다. 얼마 안 가 그가 속한 부대의 사병들이 그가 한때 장교였다는 사실을 알아내고 그를 미워하고 적대시할 것이다. 그가 장교 계급을 사임한 사실에 대해서도 반감을 품을 것이다. 왜냐하면 그것은 의식적이건 무의식적이건 그들의 야심을 조롱하는 일이었기 때문이다. 장교 계급을 내놓는다 해도, 그는 앞을 충분히 내다보며 그렇게 할 작정이었다. 그런 행동의 결과가 더 깨끗한 것일 수도 더 유쾌한 것일 수도 없다는 건 분명했다. 초라하고 고통스러울 것이며, 아마도 그 자신 역시 어느 누구 못지않게 두려움의 상하 구조에 적응할 수 있다는 사실을 발견하는 게 고작일 터였다.

그러나 사실이 그러했다. 그는 두려움으로부터, 취약함으로부터, 그 자신도 인간인지라 굴욕을 당할 수도 있다는 사실을 인정하는 것으로부터 도망쳤었고 지금 역시 그러는 중이었다. "쫓는 사람보다 쫓기는 사람이 낫다."라는 격언이 지금의 그에게는 하나의 의미, 하나의 가치가 되었다.

그에 대해 말하는 커밍스의 조롱기 가득한 목소리가 들리는 듯했다. "멋진 감상이군, 로버트, 현대인들을 위한 멋진 거짓말이야. 그런 게 바로 부자는 천국에 갈 수 없다는 식의 거짓말 같은 것이 아니겠나?" 커밍스는 한바탕 웃고 나서 또 이렇게 말할 것이다. "이보게, 로버트, 천국에는 부자들만 갈 수 있다네."

빌어먹을, 커밍스 따위가 뭐라고. 이것은 커밍스에게 화가 났을 때 마뜩지 않은 기분으로, 또는 무력감에서 수없이 한 말이었지만, 커밍스라고 해서 모든 문제에 대해 해답을 갖고 있는 건 아니었다. 그래도 인간은 개새끼라는 커밍스의 말을 인정한다면, 이후에 그가 한 모든 말은 완벽하게 이치에 닿았다. 그것은 피할 수 없는 논리였다.

그러나 역사는 그렇지 않았다. 그래, 좋다. 위대한 꿈들이 빛을 잃어 실리적이고 부패한 것으로 변질되고, 선한 일들이 종종 사악한 동기에서 이루어진 것은 사실이다. 하지만 그렇다고 해도 모든 일이 나쁘기만 한 것은 아니었다. 패배가 확실시되던 곳에서 승리를 일구어 낸 적도 있었다. 논리대로라면 세계는 파시즘의 지배 아래 놓여야 마땅하지만 아직은 그렇지 않은 것이다.

순간 아래 골짜기에서 무슨 소리가 들렸다. 그가 총을 집어 들고 풀숲의 어둠 속을 응시했다. 소리가 다시 잠잠해졌다. 무슨 이유 때문인지 그는 여전히 기분이 우울했다.

그것은 아주 가냘픈 희망에 불과했다. 모든 압력과 모든 기계들이 인간을 전보다 압박하고 있었다. 무기가 한 가지 등장할 때마다 희망의 가능성은 조금씩 빗나갔다. 대량 살상 무기와 도덕성의 대결. 혁명의 기술마저도 변해서, 군대와 군대의 충돌을 통하지 않고는 아예 이루어지는 일이 없었다.

만약 온 세계가 파시즘의 지배 아래 놓인다면, 커밍스가 말하는 그런 세기가 온다면, 그가 할 수 있는 일이 조금은 있을 터였다. 테러 행위라는 건 언제나 존재하는 법이다. 그러나 지저분하지 않고, 기관총이나 수류탄이나 폭탄이 동원되지도 않으며, 무차별 살육 같은 것도 없는 깨끗한 테러 행위도 있을 수 있지 않을까? 단검과 목을 조르는 끈, 그리고 훈련된 인물 몇 명과 제거해야 할 나쁜 놈들 50명의 명단, 그리고 그 일이 끝나면 또 50명의 명단, 그런 식으로 가면 되는 일 아닐까?

동지들, 행동을 일치단결하기 위한 계획이 필요합니다. 그는 쓰게 웃었다. 명단에 오를 50명이 부족할 일은 없을 겁니다. 그걸 딱히 좋은 생각이라고 할 순 없어요. 사실 소용없는 짓이니까요. 하지만 사람은 뭔가 할 일이 있어야 하고 또 보람도 느껴야 하지 않겠습니까? 오늘 밤은 커밍스 총통을 해치웁시다.

아아, 말 같지도 않은 소리.

해답을 찾을 순 없을 것이다. 어쩌면 역사에는 해답이라는 게 존재하지 않는 시대가 있을지도 모른다. 차라리 상대방의 실수에 기대를 걸어 보는 건 어떨까? 느긋하게 앉아서 파시스트 놈들이 일을 망치기를 기다리는 건?

그러나 그것만으로는 충분치 않았다. 그럴 수는 없었다. 무슨 이유를 내세우든 계속 저항할 필요가 있었다. 장교 신분을 포기하는 행동 따위는 할 필요가 없었다.

헌과 돈키호테. 부르주아 진보주의자들.

그래도 그는 돌아가서 그런 작은 행동이나마 할 생각이었다. 굳이 찾아봐야 행동의 동기는 형편없는 것일 수 있다. 하지만 명백히 나쁜 동기에서 병사들을 지휘하는 것은 그보다 더 형편없는 짓이었다. 그것은 소대를 크로프트의 손에 맡기는 것을 의미했다. 그러나 그가 소대에 남는다면 그 역시 결국 크로프트 같은 인간이 될 것이 분명했다.

사태가 심각하게 악화된다면 좌익에 관한 정치적 입장 차이도 잠정적이나마 수면 밑으로 가라앉을 수 있었다.

무정부주의자들에게는 답답한 시기였다.

마르티네즈는 벼랑 그늘에 몸을 숨기고 키 큰 풀들 사이로 수백 미터를 전진했다. 걸어가면서 그는 팔을 굽혔다 폈다 하고 목덜미를 꼬집으며 서서히 정신을 차렸다. 크로프트와 이야기를 할 때만 해도 그는 잠이 덜 깬 상태였다. 적어도 크로프트가 한 말의 뜻은 그에게 전달되지 않았다. 지시 내용과 임무는 이해했고, 크로프트가 무언가를 지시하고 있다는 걸 알고 본능적으로 복종하긴 했으나 그 말이 내포하는 의미는 생각하지 않았던 것이다. 지금껏 한 번도 본 적 없는 곳으로 밤중에 혼자 떠난다는 것이 특별히 위험하거나 이상하게 느껴지지도 않았다.

이제 머리가 맑아지면서 사태가 명백해지고 있었다. 이런 바보 같은 것이 어디 있지? 그런 의문이 들지 않은 것은 아니었으나 곧 머리에서 떨쳐 냈다. 크로프트가 필요하다고 했으면 필요한 일이 분명했다. 감각에 날이 서고 신경이 팽팽히 긴장되었다. 그는 풀이 바스락거리는 소리를 줄이기 위해 먼저 발뒤꿈치를 땅에 대고 이어 발가락을 살짝 내려놓는 식으로 발을 디뎠고, 풀 사이를 누비듯이 몸을 움직이면서 조용한 동작으로 전진했다. 20미터 앞에 사람이 있었다 해도 누군가가 접근해 오고 있으리라고는 생각하지 못할 정도로. 그럼에도 속도가 느린 것은 아니었다. 그의 발은 오랜 경험을 통해 돌이나 나뭇가지를 피하면서도 소리 없이 자신 있게 땅을 밟는 방법을 터득한 듯했다. 지금 그는 사람보다 짐승에 가깝게 움직이고 있었다.

그는 두려움에 싸여 있었지만, 그 두려움에는 기능적인 성격이 있었다. 그는 두려움에 압도되지 않았다. 오히려 두려움이 모든 감각을 확장시켜, 보고 느낄 수 있는 모든 것들을 광대하게 의식했다. 수송선에서, 아노포페이에 상륙하는 상륙정 위에서, 그리고 그 이후로도 십여 차례에 걸쳐서 그는 신경증에 가까운 공포감에 시달렸지만, 그때의 공포는 지금의 두려움과는 완전히 성격이 달랐다. 만약 한 번 더 적의 포격을 견뎌야 했다면 그는 주저앉아 버렸을지도 모른다. 그의 공포는 언제나 그가 손쓸 수 없는 상황에서 확대되었다. 그러나 지금 그는 혼자서 그가 아는 누구보다도 훌륭히 해낼 수 있는 일을 하고 있었다. 그 사실이 그를 지탱해 주었다. 지난 일 년간 맡아서 성공한 모든 정찰 임무에서 얻은 자신감이 생각의 표면 밑에 비축되어 있었다.

마르티네즈는 수색 소대 최고의 정찰병이야. 그는 자랑스럽게 생각했다. 언젠가 크로프트가 한 그 말을 그는 절대 잊을 수 없었다.

이십 분 후, 그는 소대가 적의 기습을 받은 바위에 도착했다. 그는 그 뒤의 나무숲에 웅크리고 앉아 몇 분 동안 바위 턱을 살피고 나서 다시 그곳으로 접근했다. 그는 바위 뒤에서 들과 일본군이 그들에게 총격을 가해 온 작은 숲을 살폈다. 달빛 속에서 들은 파리한 은색을 띠었고 작은 숲은 그것을 둘러싼 창백하고 투명한 그늘보다 훨씬 짙은 암녹색을 띠어 속을 꿰뚫어 볼 수가 없었다. 그는 자신의 뒤와 오른쪽에서 산의 거대한 몸체가 스포트라이트를 받은 광대한 기념비처럼 어둠 속에서 기묘하게 빛나고 있음을 느낄 수 있었다.

그는 대략 오 분 동안 머릿속을 비우고 들과 작은 숲을 응시했다. 그에게서 살아 있는 부분은 눈과 귀뿐이었다. 앞을 살피면서 느끼는 긴장감, 가슴의 압박감은 그 자체로 완전해서 기분이 좋았다. 그것은 처음 취기가 오를 때 느끼는 만족감 같은 것이었다. 마르티네즈는 숨을 죽이고 있었으나 본인은 그것을 의식하지 못했다.

움직이는 것은 아무것도 없었다. 풀잎의 속삭임 외에는 아무 소리도 들리지 않았다. 그는 천천히, 거의 여유를 부리다시피 하며 바위 턱을 미끄러지듯 타 넘었고, 들판에 웅크리고 앉아 몸을 숨길 만한 그늘을 찾았다. 그러나 작은 숲에 도달하려면 달빛 아래를 지날 수밖에 없었다. 마르티네즈는 잠시 망설이다가 벌떡 일어나 소름이 끼칠 정도로 무시무시한 일 초 동안 작은 숲 쪽에 완전히 몸을 드러냈다가 다시 땅바닥에 납작 엎드렸다. 총성은 울리지 않았다. 만약 거기에 정말로 일본군이 있었다면 그의 동작을 보고 당황했을 테지만, 이내 깜짝 놀라 그를 향해 발포했을 것이다.

그가 조용히 일어나 다시 들판을 반쯤 가로질러 달려가다 몸을 틀어 어느 바위 뒤에 납작 엎드렸다. 역시 아무런 반응도, 총격도 없었다. 그는 다시 30미터를 달려 또 다른 바위 뒤에서 멈췄다. 작은 숲 언저리까지는 이제 15미터도 남아 있지 않았다. 그는 자신의 숨소리에 귀를 기울이며 달빛이 바위 저편에 던져 놓은 타원형 그림자를 지켜보았다. 온몸의 감각들이 작은 숲 속에는 아무도 없다고 그에게 일렀지만, 그것만 믿고 행동하기에는 너무도 위험했다. 그는 일 초 동안 온전히 일어섰다가 다시 엎드렸다. 지금까지 발포를 안 한 것으로 보아…… 남은 일은 운명에 맡기는 수밖에 없었다. 달빛 아래서 들키지 않고 탁 트인 들판을 가로지르는 방법은 없었다.

마르티네즈는 작은 숲까지 남은 거리를 미끄러지듯이 내달았다. 숲 속으로 들어가자 그는 또 한 번 발을 멈추고 나무줄기에 몸을 찰싹 붙였다. 주변에선 아무런 움직임도 느껴지지 않았다. 그는 어둠에 눈이 익숙해지기를 기다렸다가 두 손으로 수풀을 헤치며 나무에서 나무로 포복 전진했다. 15미터 정도를 전진하자 오솔길이 나타났다. 그는 그곳에서 멈추고 좌우를 살폈다. 그러고는 오솔길을 따라 다시 숲 언저리로 나가 조그마한 총좌(銃座)가 있는 곳에서 걸음을 멈추고는 무릎을 꿇고 안을 살폈다. 며칠 전까지 기관총이 있던 자리였다. 그가 그렇게 판단한 것은 기관총의 삼각대가 박혔던 구멍과 총좌 표면의 축축함 정도가 비슷했기 때문이었다. 더욱이 총구는 바위 턱을 겨냥하고 있었던 게 분명했다. 기습 공격이 있었던 그날 오후에 기관총이 그 자리에 있었다면, 일본군이 그것을 사용하지 않았을 리 만무했다.

그가 천천히 신중하게 숲 주변을 살폈다. 일본군은 떠나고 없었다. 비어 있는 휴대 식량 상자의 수와 변소로 파 놓은 구덩이의 크기로 보아 일 개 소대는 좋이 주둔했던 게 분명했다. 수색 소대가 맞닥뜨린 일본군의 병력은 그보다 훨씬 규모가 작았다. 그렇다면 일본군은 하루 이틀 전에 소대 병력을 대부분 철수시켰고, 수색 소대를 공격한 것은 후방에 남아 있던 경계병들이며, 그들도 공격 직후 협곡 안으로 후퇴했으리라는 결론이 내려졌다.

어째서일까?

마치 그에게 답이라도 주려는 듯이 멀리서 어렴풋이 포성이 들려왔다. 그날 내내 포성이 자주 울리고 있었다. 일본 놈들은 우리의 공격을 저지하기 위해 돌아간 것이다. 그렇게 생각하는 것이 타당해 보였다. 그러나 여전히 마음에 걸리는 게 있었다. 협곡을 좀 더 가다 보면 어딘가에 일본군 몇 명이 있을 수도 없을 수도 있었다. 마르티네즈는 축축하게 썩어 가는, 마분지로 된 휴대 식량 포장 용기를 손에 들고 몸을 부르르 떨었다. 그렇다. 어딘가에 있을 수도 있다. 어둠 속에서 발을 불안하게 내디디며 여기저기로 이동하는 병사들의 위협적인 모습이 어렴풋이 머릿속에 떠올랐다. 그들이 있는 곳을 찾으러 가야 한다. 그는 예기치 않은 감촉에 화가 나 머리를 휘휘 젓는 짐승처럼 고개를 흔들었다. 숲의 고요와 어둠이 그의 기력을 빼앗고 용기를 잠식했다. 그는 다시 전진해야 했다.

마르티네즈는 이마를 훔쳤다. 온몸에 땀이 흐르고 있었다. 그는 상의가 흠뻑 젖어 오한이 나고 있음을 문득 깨닫고 놀랐다. 잠시 긴장이 풀리자 온몸의 피로감과 잠이 들고 나서 한두 시간 만에 깨워질 때 받은 신경의 충격이 되살아났다. 허벅다리의 힘줄이 팽팽히 당기며 저렸다. 그는 한숨을 쉬었다. 그러나 되돌아가는 방안은 아예 고려하지 않았다.

그는 조심스럽게 오솔길을 따라 작은 숲을 지난 뒤 협곡 쪽으로 나아갔다. 길은 정글을 이루기에는 나무가 그리 밀생하지 않은 숲 속으로 수백 미터 뻗어 있었다. 한번은 그의 얼굴이 길고 넓적한 잎에 스치자 벌레 몇 마리가 놀라 그의 뺨에 후두두 날아들었다. 마르티네즈는 땀이 밴 손으로 불안하게 벌레들을 쫓았다. 그러나 벌레 한 마리가 손가락에 붙었다가 팔뚝으로 기어오르기 시작했다. 마르티네즈는 그것을 탁 털어 내고는 어둠 속에서 몸을 떨며 서 있었다. 잠시 동안 모든 것이 미결 상태에 놓였다. 벌레가 야기한 비합리적인 공포, 전방에 분명히 일본군이 있으리라는 보다 구체적인 판단, 그리고 무엇보다 그가 밤에 답사해야 하는 이 기묘한 대지의 갈수록 커져 가는 치명적인 중압감이 그의 전진 의지를 꺾었다. 체중을 발가락에 실었다가 다시 뒤꿈치 쪽으로 이동시키면서 여러 번 심호흡을 했다. 바람이 힘없이 일더니 나뭇잎들을 가볍게 흔들어 잠시나마 그의 얼굴을 시원하게 어루만졌다. 얼굴 위로 눈물 같은 땀이 몇 줄기 흘러내렸다.

가야 한다. 무심코 한 이 말에 새로운 의지가 솟았다. 마음에 일었던 저항이 이내 그 의지 앞에서 무너졌다. 그는 한 걸음, 그리고 또 한 걸음을 앞으로 내디뎠다. 그러자 내부의 저항이 힘을 잃었다. 그는 일본군이 숲 속에 낸 엉성한 좁은 길을 따라 이동했고 일이 분 후 숲 너머의 빈터로 나왔다. 그는 이제 협곡에 들어서고 있었다.

아나카 산 벼랑들의 방향이 오른쪽으로 바뀌어 다시 그의 진로와 평행을 이루었다. 그 반대편인 왼쪽으로는 구릉들이 거의 수직을 이루다시피 가파르게 와타마이 산맥 쪽으로 솟아 있었다. 산과 산 사이의 통로는 넓이가 200미터 정도로, 양쪽에 고층 건물들이 열 지어 선 오르막 대로 같았다. 길은 튀어나온 곳과 파인 곳, 큰 바위들과 보기 흉한 흙더미들이 있어 평탄치 않았고 바위틈에는 균열이 생긴 콘크리트 틈새에서 자라는 잡초처럼 나뭇잎들이 여기저기 튀어나와 있었다. 달빛이 아나카 산 꼭대기를 뛰어넘어 협곡 안으로 내리꽂히듯 내려와 바위 언덕을 그늘로 얼룩지게 했다. 몹시도 휑댕그렁하고 차가운 풍경이었다. 마르티네즈는 벨벳으로 감싸인 듯 숨 막히는 정글의 밤에서 1000킬로미터는 떠나온 듯한 느낌을 받았다. 그는 숲의 보호막에서 벗어나 수십 미터를 전진한 후 어느 큰 바위 그늘에서 무릎을 굽히고 쉬었다. 그의 뒤쪽 지평선 가까이로 남십자성이 보였다. 그는 본능적으로 그것의 방위를 판단했다. 협곡은 정북으로 뻗어 있었다.

그는 내키지 않는 마음으로 천천히 큰 돌이 여기저기 흩어진 협곡 바닥을 조심스럽게 나아갔다. 수백 미터가 그렇게 이어진 후 협곡은 왼쪽으로 구부러졌다가 다시 오른쪽으로 방향이 바뀌면서 상당히 좁아졌다. 산 그림자에 통로가 거의 덮인 곳도 있었다. 그는 한 번에 몇 미터씩 무모할 정도로 성큼성큼 전진하다가 갑자기 두려운 마음에 몇 초씩 멈춰 서곤 하면서 일정치 않은 속도로 나아갔다. 그 몇 초가 때론 몇 분으로 늘어나기도 했다. 그러는 동안 그는 다시 앞으로 나아가라고 스스로를 다그쳐야 했다. 벌레 한 마리를, 그가 잠을 깨운 굴 속 작은 짐승 한 마리를 맞닥뜨릴 때마다 그는 간담이 서늘해졌고, 그 움직임 소리에 용기가 꺾였다. 그는 협곡의 다음 굽이까지만 가 보리라 작정하고 그곳에 이를 때까지 아무 일이 없으면 다시 다음 목표를 정하고 그곳까지 가는 식으로 계속 자신을 속였다. 그런 식으로 한 시간도 되지 않아 1.5킬로미터 이상을 전진했는데, 그러는 동안 길은 거의 내내 오르막이었다. 문득 협곡의 길이가 얼마나 될까 궁금했다. 그렇지 않다는 걸 경험으로 알면서도, 앞에 있는 언덕이 마지막이어서 그것만 넘으면 정글이 나오고, 일본군 방어선의 후방이 나오고, 그리고 바다가 나올 거라고 상상하는 낡은 수법으로 자신을 끈질기게 졸라 댔다.

아무 일 없이 시간이 흐르고 협곡에 들어선 후 전진한 거리가 길어지면서 자신감이 붙자 그는 자꾸만 마음이 급해졌다. 걸음을 멈추는 횟수는 줄고 한 번에 전진하는 거리는 길어졌다. 협곡의 한 지점에 이르자 키가 큰 쿠나이 풀이 400미터에 걸쳐 우거져 있었다. 그는 아무에게도 발각될 리 없다는 걸 알고 자신 있게 그곳을 통과했다.

지금까지는 일본군이 진지를 구축할 만한 장소가 없었다. 그가 조심을 하고 주변을 면밀히 살핀 것은 적의 진지가 있을지도 모른다는 의심보다는 공포심, 산과 협곡의 깨뜨릴 수 없는 침묵 때문이었다. 그러나 지형이 달라지고 있었다. 나뭇잎이 무성한 면적이 점차 넓어졌고, 몇 군데의 경우엔 소규모 야영지를 숨겨 둘 수 있을 만큼 넓게 퍼져 있었다. 그는 몇 미터씩 나아가다가 몇 분간 걸음을 멈추고 잠자는 사람들의 기척이 들리지 않을까, 귀를 기울이면서 그늘에 가려진 작은 숲으로 들어가 보는 식으로 그런 곳들을 대충 살폈다. 나뭇잎과 새와 짐승 들 외에 움직이는 것이 없으면, 숲에서 나와 다시 협곡의 통로를 전진했다.

한 굽이에서 협곡은 다시 좁아져, 양쪽 벼랑 사이의 거리가 50미터를 넘지 않았다. 그 경로의 여러 곳에서 좁은 길이 소규모 정글에 의해 막혔다. 그렇게 작은 숲을 통과하는 데에는 몇 분씩이나 걸렸는데, 소리를 내지 않고 그곳을 통과하기가 여간 힘든 게 아니었다. 다시 비교적 트인 지역에 이르자 그는 일종의 안도감을 느끼며 앞으로 나아갔다.

그러나 또 다른 굽이에 이르자, 양쪽으로 바짝 벼랑이 다가선 아주 좁은 골짜기가 작은 나무숲으로 완전히 막혀 있는 것이 보였다. 낮에는 시야가 넓게 트일 만한 곳이었다. 지금까지 그가 본 지형 가운데 군의 숙영지로서 가장 적합했다. 그 즉시 본능적으로 일본군이 그곳으로 후퇴했으리라는 확신이 들었다. 팔다리의 순간적인 경련과 빨라지는 심장의 고동이 그것을 실감케 했다. 마르티네즈는 바위 그늘에 숨어 잔뜩 긴장한 얼굴로 달빛 저편의 숲 속을 살폈다. 오른쪽 산벼랑들이 협곡 밑바닥으로 고기 칼로 저민 듯 길쭉하게 파여 짙은 그늘 띠를 만들어 냈다. 그는 생각을 멈추고 바위 둘레를 슬그머니 돌아 고개를 한껏 낮춘 채 손과 무릎으로 기어 어둠 속을 전진했다. 그는 자기도 모르게 달빛과 그늘의 불규칙한 경계선을 홀린 듯이 응시했다. 무슨 이유에서인지 자신이 그 빛을 향해 한두 번 걸음을 옮기는 게 느껴졌다. 빛은 그에 뒤지지 않는 강렬한 존재감을 가지고 살아 있는 듯 보였다. 목구멍이 답답하고 부어오르는 느낌이었다. 그는 아슴푸레하게 빛나는 달빛을 넋을 잃고 쳐다보았다. 20미터나 떨어져 있던 작은 숲이 이제 10미터 거리로 가까워졌다. 그는 그 언저리에서 걸음을 멈추고 기관총좌나 개인호가 있는지 일대를 살폈다. 어둠 속에서 보이는 것은 한데 모여 검게 덩치를 늘린 나무들뿐이었다.

마르티네즈는 또 한 번 숲 속으로 들어가 주위의 소리에 귀를 기울였다. 처음에는 아무 소리도 들리지 않았다. 그는 두 손으로 수풀을 헤치며 한 걸음 한 걸음 조심스럽게 나아갔다. 발 닿은 곳이 사람들이 지나간 땅인 것을 깨닫고, 그는 섬뜩한 마음에 땅을 살폈다. 무릎을 굽히고 손바닥으로 땅을 가볍게 두드려 보고 그의 옆에 떨어져 있는 관목의 작은 나뭇잎들을 만져 보았다. 땅은 발에 짓밟혀 다져져 있었고, 관목에는 가지를 쳐 낸 흔적이 있었다.

그는 새로 만들어진 오솔길 위에 있었다.

그것을 뒷받침하기라도 하듯, 5미터도 안 되는 곳에서 누군가가 잠결에 기침을 했다. 마르티네즈는 순간 온몸이 경직되면서 마치 무언가 뜨거운 것을 만졌을 때처럼 펄쩍 뛸 뻔했다. 얼굴의 피부가 팽팽하게 당겨졌다. 설사 비명을 지르고 싶었다 해도 그 순간은 아무 소리도 내지 못했을 것이다.

그는 기계적으로 한 걸음 뒤로 물러섰다. 다른 누군가가 담요 밑에서 돌아눕는 기척이 느껴졌다. 혹시 나뭇가지라도 밟아 그들을 깨울까 두려워 움직일 수도 없었다. 적어도 일 분 정도는 전신이 완전히 마비되어 있었다. 이유는 설명할 수 없지만, 이대로 돌아간다는 건 있을 수 없는 일이라 생각되었다. 숲에서 물러나와 돌아갈 생각을 하면 두려웠다. 그러나 앞으로 나아갈 일이 훨씬 더 무서웠다. 그러나 돌아갈 수는 없었다. 크로프트에게 보고할 때의 장면이 믿을 수 없을 만큼 빠른 속도로 그의 머릿속을 스쳤다.

"잽베이트는 아무짝에도 쓸모가 없어."

그러나 앞으로 나아가기에는 뭔가 문제가 있었다. 그것이 뭔지 뚜렷이 인식할 수는 없지만, 그의 머리는 마치 그것이 기름 속을 휘젓고 지나가는 것과 같다고 느꼈다. 그러나 거기에는 분명 어떤 이유가 있었다. 다만 그것을 명확하게 생각해 낼 수 없을 뿐이었다. 마치 우글거리는 구더기 떼를 맨발로 밟고 갈 때처럼 살에 닿는 감촉에 말로 표현할 수 없는 끔찍함과 역겨움을 느끼면서도 그것과는 별개인 의식의 격렬한 요구에 따라 그는 마지못해 한 걸음씩 앞으로 내밀었다. 그가 일 분 동안에 앞으로 나아간 거리는 3미터가 넘지 않았다. 땀이 흘러들어 눈이 쓰라렸다. 땀구멍에서 솟아 나온 땀방울들이 모여 얼굴과 몸에 줄줄 흘러내리는 게 느껴졌다.

그는 직관적으로 한 가지 사실을 깨달았다. 지금껏 일본군이 다져 놓은 오솔길은 두 개밖에 되지 않을 것이다. 그중 하나는 숲의 후면 1~2미터 지점에서 골짜기를 마주 보고 협곡과 직각을 이루고 있을 것이고, 또 하나는 숲을 지나 반대 방향으로 나가 첫 번째 오솔길과 만나 T자를 이룰 터였다. 그는 지금 T자의 머리 부분에 있으므로, 그 길을 따라 줄기 부분이 나올 때까지 전진해야 했다. 수풀을 통과해 간다는 것은 생각할 수도 없는 일이었다. 조금이라도 소리를 냈다간 일본군의 귀에 들릴 것이 빤했는데, 언제라도 무언가에 발부리가 걸릴 수 있는 일이었다.

그는 다시 손과 무릎을 사용하여 기어서 전진했다. 마치 탁상시계의 초침 소리가 들리듯 일 초, 일 초가 하나의 개별적인 단위처럼 지나갔다. 누군가의 잠꼬대 소리가 들릴 때마다 그는 흐느껴 울고 싶었다. 사방에 적들이 있다! 지금 그는 여러 부분으로 나뉘어 존재하는 듯했다. 손바닥과 무르팍은 고통을 호소하고, 목구멍은 부어서 숨이 막힐 듯하고, 머리는 견딜 수 없을 정도로 예민했다. 그는 의식을 잃을 정도로 매를 맞아 이젠 될 대로 되라고 체념한 사람처럼 졸도하기 직전의 편안한 상태에 가까워져 있었다. 밤 정글의 속삭임이 아득히 먼 곳에서 들려왔다.

오솔길의 한 굽이에서 걸음을 멈추고 두리번거리다가, 그는 비명을 지를 뻔했다. 약 1미터 정도 떨어진 곳에서 병사 하나가 기관총 앞에 앉아 있었다.

마르티네즈는 재빨리 고개를 움츠렸다. 그는 땅바닥에 엎드려 그 병사가 기관총을 돌려 자기에게 사격을 해 오기를 기다렸다. 그러나 아무 일도 일어나지 않았다. 다시 고개를 내밀고 그쪽을 살핀 후에야, 그 일본군이 자기와는 약간 비스듬하게 방향을 틀고 앉아 자기를 보지 못했다는 것을 알았다. 그 기관총수 뒤쪽으로 T자의 줄기가 있었다. 거기로 가려면 그 일본군 옆을 지나야 했는데, 그것은 불가능했다.

마르티네즈는 이제야 뭐가 잘못되었는지를 알 수 있었다. 그럼 그렇지. 일본군이 오솔길에 보초를 세워 두는 건 당연한 일이었다. 왜 그 생각을 못했을까? 벌을 받는 거야. 잔뜩 겁에 질린 상태였음에도, 나중에 검토해 보아야 할 또 하나의 두려움이 고개를 내밀었다. 범행을 저지를 때는 미처 생각하지 못했던 빤한 일들을 지나고 나서야 기억해 낸 살인자처럼, 마르티네즈는 막연한 두려움이 진한 공포심으로 부풀어 오르는 것을 느꼈다. 제게 또 무슨 위험이 닥칠까요, 하느님? 그는 다시 기관총수 쪽으로 고개를 내밀고 홀린 듯이 그 병사를 지켜보았다. 마음만 먹으면 손을 내밀어 건드릴 수도 있었다. 얇은 입술을 가진 그 병사는 아직 소년티를 벗지 못한 젊은이였고, 흐리멍덩한 눈은 반쯤 감겨 있었다. 숲 언저리를 통해 들어오는 달빛 속에서 그 병사는 거의 잠이 든 것처럼 보였다.

비현실적인 느낌이 들었다. 그 병사에게 손을 내밀고 인사말 한마디 던져서 안 될 이유가 뭐란 말인가? 그들은 다 같은 인간이었다. 그의 머릿속에서 전쟁이라는 구조물 전체가 흔들리고 기우뚱 무너지려다가 불길처럼 밀려드는 공포심과 함께 되살아났다. 그 병사의 몸에 손을 댄다는 것은 목숨을 잃는다는 것을 의미했다. 그것은 믿기 힘든 일이었다.

이제는 돌아갈 수도 없었다. 기관총수에게 들리지 않게 조그만 소리도 내지 않고 몸을 돌리는 것은 불가능했다. 그 옆을 지나가는 것 역시 불가능했다. 오솔길은 기관총좌의 가장자리를 둘러 지나가고 있었다. 저놈을 죽일 수밖에 없다. 그런 생각만으로도 잔뜩 곤두선 마르티네즈의 신경이 반발을 일으켰다. 그는 진저리를 치며 그 자리에 엎드렸다. 자신이 얼마나 힘이 없고 지쳐 있는지가 갑자기 의식되었다. 팔다리에 힘이 하나도 남아 있지 않아 미동도 할 수 없을 것 같았다. 그가 할 수 있는 일은 고작 나뭇잎들 사이로 병사의 얼굴에 비치는 달빛을 응시하는 것뿐이었다.

서둘러야 했다. 어느 순간에 기관총수가 일어서서 자신과 교대할 병사를 깨우러 갈지 모르는 일이었다. 그렇게 되면 그는 발각될 것이 분명했다. 지금 당장 기관총수를 죽여야 했다.

이번에도 뭔가 계산이 잘못된 것만 같았다. 고개를 좌우로 돌리고 팔다리를 굽혔다 폈다 할 수만 있어도 그것이 뭔지 분명히 알 수 있을 것 같았지만, 지금은 그럴 수도 없는 상황이었다. 마르티네즈는 참호용 단검으로 손을 뻗어 그것을 슬그머니 칼집에서 뽑았다. 칼자루가 거북하게 느껴졌다. 통조림을 따거나 뭔가 자르는 등 다른 목적을 위해 백번은 써 본 칼이었는데도, 지금은 그것을 어떻게 쥐어야 할지조차 생각나지 않았다. 칼날이 은색 달빛을 반사했다. 총좌의 병사를 두려움이 가득 담긴 눈으로 응시하면서, 그는 마침내 칼날을 팔뚝 밑에 감췄다. 그는 이미 그 병사를 잘 아는 것 같은 느낌이 들었다. 병사의 느리고 한가한 동작 하나하나가 마르티네즈의 마음속에서 익숙한 경로를 따라가고 있었다. 일본군 병사가 세심하게 콧구멍을 후빌 때는, 마르티네즈의 입가에서 웃음이 비어져 나왔다. 정작 그는 볼 근육에 피로감을 느꼈을 뿐 자신의 입가에 미소가 떠오른 사실조차 의식하지 못했다.

가서 저놈을 죽여야지, 하고 마음속으로 스스로를 다그치면서도 그는 움직이지 않았다. 칼날을 팔 밑에 숨긴 채 계속 땅바닥에 엎드려 있을 뿐이었다. 오솔길 바닥의 습기로 인해 그의 몸이 서서히 한기를 느꼈다. 열이 오르는 것 같다가도 다음 순간 오한이 일었다. 다시 현실감이 사라지고, 악몽을 꿀 때처럼 뭔가 제어된 공포감이 느껴졌다. 그것은 현실이 아니었다. 그는 돌아설 생각을 하며 또 한 번 몸을 떨었다. 일 분 이상이 거릴 정도로 천천히 손과 무릎으로 지탱해 몸을 일으킨 그는 한쪽 무릎을 배 아래로 끌어당긴 자세로, 마치 어느 쪽으로 넘어갈지 알 수 없는 모로 선 동전처럼 공격할 것인지 물러날 것인지를 결정하지 못한 채 몸을 좌우로 움직였다. 자기가 손에 칼을 쥐고 있다는 사실을 그는 다시 의식했다.

"손에 칼을 쥔 멕시코 놈은 절대 믿지 마."

그동안 기억 어딘가에 묻혀 있던 텍사스인 두 명의 대화 한 토막이 머릿속에 되살아나면서, 숨이 막히도록 분노가 치밀었다. 빌어먹을 개소리. 그러나 당장 해야 할 일이 있다는 것이 생각났고, 그와 더불어 그런 감정도 사라져 버렸다. 그는 침을 삼켰다. 이렇듯 온몸이 마비된 느낌이 드는 것은 지금껏 살아오면서 처음 있는 일이었다. 이 모든 것의 배후에는 손에 쥔 칼에 대한 까닭 모를 반감과 온몸을 마비시키는 공포감, 그리고 그를 희롱하는 달빛이 있었다. 그는 돌멩이 한 개를 더듬어 찾았다. 미처 마음을 다지기도 전에 그의 손가락이 어느새 돌멩이를 기관총좌 반대편에 튕겨 놓고 있었다.

일본군 병사가 소리 나는 쪽을 보느라 그에게 등을 보였다. 마르티네즈가 소리 없이 한 걸음 나서서 멈췄다가, 다음 순간 자유로운 팔로 그 병사의 목을 획 감았다. 그는 무감각하게, 서두르지 않고 칼끝을 병사의 목과 어깨 사이에 갖다 대고 있는 힘껏 찔러 넣었다.

일본군 병사는 마치 주인에게 안기는 것이 싫어서 버둥거리는 짐승처럼 그의 품 안에서 몸부림을 쳤다. 이 순간 마르티네즈의 머리에 떠오른 것은 성가시다는 생각뿐이었다. 대체 왜 이렇게 애를 먹이는 거야? 칼이 그다지 깊숙이 박히지 않은 모양이었다. 그는 헐거워질 때까지 칼을 잡아 뽑아서 다시 한 번 깊숙이 찔러 넣었다. 병사는 잠시 그의 품에서 몸을 뒤틀다가 축 늘어졌다.

그와 함께 마르티네즈의 힘도 다 빠졌다. 그는 멍청히 병사를 내려다보다가 손을 뻗어 칼을 뽑으려고 했지만 손가락이 떨려서 뜻대로 되질 않았다. 손바닥 위로 피가 뚝뚝 떨어지는 걸 느끼고 화들짝 놀라 손을 바지에 문질러 닦았다. 혹시 지금 이 소리를 누가 듣지나 않았을까? 그는 어느 정도 떨어진 거리에서 본 폭발의 음향이 들려오기를 기다리는 사람처럼, 병사를 해치울 때 냈던 소리를 청각에 되살렸다.

움직이는 사람이 있나? 아무런 소리도 들리지 않았다. 그는 두 사람이 얽혔을 때 거의 아무런 소리도 나지 않았음을 알 수 있었다.

이윽고 거부 반응이 왔다. 죽은 보초는 역겹고 피해야 하는 존재였다. 그는 벽을 타고 달아나는 바퀴벌레를 쫓다가 마침내 그것을 짓뭉갠 사람처럼 안도감과 혐오감이 뒤섞인 감정을 느꼈다. 그가 느낀 것은 정확히 그 정도였을 뿐, 그 이상 강렬하지는 않았다. 그는 손에서 마르고 있는 피 때문에 몸서리를 쳤다. 짓뭉개진 바퀴벌레의 잔해를 볼 때도 그렇게 몸서리를 쳤을 것이다. 불현듯 중요한 것은 전진하는 일뿐임을 깨달았고, 그는 T자의 줄기를 이루는 오솔길을 따라 거의 뛰다시피 빠르게 내려왔다.

그는 다시 협곡의 넓게 트인 곳으로 나와서 수백 미터를 전진한 후, 작은 숲 몇 개를 우회했다. 이미 제대로 정찰하기 위해 필요한 집중력을 잃은 뒤라 관찰을 하는 둥 마는 둥 허둥거렸다. 협곡의 바닥은 산비탈과 평행을 이루어 여전히 오르막을 이루었지만 전보다는 덜 가팔랐다. 길은 끝없이 이어질 것만 같았다. 자기가 이동한 거리가 수 킬로미터에 불과하다는 것을 알면서도 훨씬 멀리 온 것 같은 기분이 들었다.

그가 왼쪽에 숲이 있는 빈터에 이르렀다. 그는 또다시 그늘 속에서 무릎을 굽히고 멍하니 그곳을 바라보았다. 갑자기 몸이 부르르 떨렸다. 보초를 죽인 게 실수였음을 깨달은 것이다. 다음 차례의 병사가 날이 샐 때까지 잠을 깨지 않을 수도 있지만, 그렇지 않을 가능성이 더 크다고 보아야 했다. 마르티네즈 자신도 야간 보초 근무가 끝나기 전까진 깊이 잠들지 못했다. 죽어 있는 보초를 발견한다면 일본군 전원이 날이 샐 때까지 잠을 자지 않을 게 뻔했다. 그렇게 되면 그는 결코 빠져나갈 수 없을 터였다.

마르티네즈는 울고 싶었다. 이곳에 오래 머무르면 머무를 수록 위험도 커질 수밖에 없었다. 게다가 그런 실수를 저질렀다면, 다른 실수 또한 하지 않았으리라는 보장이 없었다. 그는 다시 극도의 흥분 상태에 가까워졌다. 그는 돌아가야 했다. 그러나…… 그는 병장, 미 육군의 병장이었다.

그런 충성심이 없었다면 그는 이미 여러 달 전에 무너졌을 것이다. 마르티네즈는 얼굴을 훔치고 앞으로 나아갔다. 이렇게 내처 전진하여 협곡과 일본군 후방을 지나 보토이 만의 방어 시설까지 정찰하자는 엉뚱한 생각이 떠올랐다. 훈장을 받는 마르티네즈, 장군 앞에 선 마르티네즈, 샌안토니오의 멕시코계 신문에 실린 마르티네즈 등, 자신의 영광스러운 모습들이 눈앞에 펼쳐졌다. 그러나 그런 환상은 곧 슬그머니 사라졌다. 가능성 없는 명백한 현실 앞에서 결코 받아들일 수 없는 환상이었던 것이다. 그에게는 식량도 물도 없었고 지금은 단검조차 없었다.

그 순간 그의 왼쪽에 자리한 숲에서 띠처럼 길게 뻗은 달빛 한 줄기가 보였다. 달빛은 숲에서 돌출되어 나온 덤불 뒤쪽을 비추고 있었다. 그는 한쪽 무릎을 꿇고 그쪽을 살폈다. 누군가가 땅에 침을 뱉는 소리가 들렸다. 이곳에도 또 다른 일본군 야영지가 있었다.

그곳은 그럭저럭 들키지 않고 벗어날 수 있을 것 같았다. 벼랑의 그림자가 매우 짙어 조심만 한다면 일본군의 눈에 띄지 않을 수 있었다. 그러나 이번에는 다리에 너무 힘이 없었고, 의지도 박약했다. 기관총수 옆에서 시간을 보냈던 것처럼 그렇게 여기서 몇 분간을 더 견디는 건 불가능했다.

그래도 그는 계속 전진해야 했다. 마르티네즈는 극복할 수 없는 어려움에 직면한 어린아이처럼 콧등을 문질렀다. 지난 이틀 동안 누적된 피로와 이날 밤의 신경질적인 긴장이 장애가 되고 있었다. 제기랄, 도대체 어디까지 가 보라는 거야? 화가 치밀었다. 그는 몸을 돌이켜 아까의 작은 숲으로 돌아가서 협곡을 내려가기 시작했다. 이젠 일본군 보초를 살해한 후 흘러간 시간을 의식하고 있는 터라 불안감이 갈수록 커졌다. 만약 시체를 발견한다면 일본군이 척후병을 내보낼 가능성도 없지 않았지만, 밤에 그럴 것 같지는 않았다. 어쨌든 시체가 이미 발견된 상황이라면, 이제는 글러 버린 셈이었다. 그는 오는 길에 일본군을 보지 못했던 구간에서는 굳이 몸을 숨기려고 애쓰지도 않았다. 중요한 것은 한시바삐 돌아가는 일뿐이었다.

T자의 오솔길이 있는 작은 숲의 후면에 이르자, 그는 걸음을 멈추고 귀를 기울여 보았다. 몇 초가 흘러도 아무런 소리가 들리지 않자, 그는 조급한 마음에 숲으로 들어가 T자의 줄기를 따라 기었다. 시체는 조금 전 자세 그대로 기관총 옆에 누워 있었다. 마르티네즈는 시체 너머로 시선을 보내며 발끝으로 그 옆을 돌다가, 시체의 손목시계를 주목했다. 그는 걸음을

멈추고 시계를 내려다보면서 그것을 풀어서 가져갈 것인지를 이 초나 고민했다. 그는 일단 가려고 몸을 돌렸다가 다시 돌아와 시체 옆에 무릎을 꿇었다. 시체의 팔에는 아직도 온기가 남아 있었다. 그는 시계의 고리를 더듬다가 갑자기 치민 혐오감과 공포심에 시체의 손을 놓았다. 안 되겠어. 이 숲에 더 머문다는 건 생각하기도 싫었다.

오솔길에서 왼쪽으로 방향을 틀어 그 길을 따라 숲을 빠져나가 그늘로 들어가는 대신, 그는 기관총 옆을 지나 빈터로 나간 뒤 벼랑 그늘에 몸을 숨길 수 있을 때까지 바위에서 바위로 기었다. 그는 마지막으로 한 번 더 작은 숲을 돌아보고 나서 협곡을 계속 내려갔다.

걸음을 옮기면서 그는 실망감과 좌절감에 이중으로 마음이 어지러웠다. 돌아가야 할 필요성을 느끼기도 전에 돌아선 것이 영 마음에 걸렸다. 그는 본능적으로 어떻게 말을 꾸며서 크로프트를 납득시킬 것인가를 고민했다. 그러나 그보다도 더 직접적이고 고통스럽게 후회되는 부분이 있었다. 그것은 그렇게 쉽게 손목시계를 챙길 수 있었는데, 하는 생각 때문이었다. 숲을 벗어난 지금, 그는 숲 속에 더 머무는 걸 두려워하던 자신이 못마땅했다. 자기가 할 수 있었던 이러저러한 일들을 생각해 보았다. 시계뿐 아니라 (시체를 보는 동안 까맣게 잊고 있었던) 단검도 회수할 수 있었고, 또 노리쇠에 흙을 한 줌 넣어서 기관총을 못 쓰게 만들어 버릴 수도 있었다. 그 꼴을 보고 일본 놈들이 어떤 표정을 지을지 상상하니 웃음이 비어져 나왔다. 필경 그가 죽인 보초의 시체를 보고 공포에 질릴 테지.

그는 충격과 더불어 그 사실을 깨달았다.

그가 미소를 지었다. 제기랄, 역시 마르티네즈야. 그는 크로프트의 입에서도 그 말이 나오기를 기대했다.

한 시간도 안 되어 그는 소대가 있는 곳으로 복귀했고, 크로프트에게 보고했다. 그가 유일하게 꾸며 댄 부분은 일본군의 두 번째 야영지는 아무 일 없이 지나칠 수 없었다는 이야기뿐이었다.

크로프트가 고개를 끄덕였다. "그 일본 놈은 죽일 수밖에 없었던 거지, 그렇지?"

"그래."

크로프트가 고개를 저었다. "죽이지 않았으면 좋았을 텐데. 여기서부터 일본 놈들 사령부가 있는 곳까지를 온통 들쑤셔 놓은 셈이야." 그가 잠시 생각을 하다가 심각하게 한마디 덧붙였다. "그로 인해 무슨 일이 벌어질지 누가 알겠어?"

마르티네즈가 한숨을 쉬었다. "제기랄, 그 생각은 미처 하지 못 했어." 심한 가책을 느끼기엔 그는 너무 지쳐 있었다. 그러나 잠자리에 눕자 앞으로 며칠 동안 얼마나 많은 실수를 발견하게 될까 하는 생각이 들었다. "제기랄, 피곤하네." 크로프트의 동정을 사고 싶어 그가 한마디 덧붙였다.

"그래, 고생 많았다." 크로프트가 마르티네즈의 어깨에 손을 얹고 거칠게 꽉 쥐었다. "소위에게는 아무 말도 하지 마. 협곡 끝까지 가 봤지만 아무것도 못 봤다고 하는 거야, 알겠지?"

마르티네즈는 어리둥절했다. "알았어. 네 말대로 할게."

"그래, 넌 좋은 놈이야, 잽베이트."

마르티네즈가 나른하게 웃었다. 삼 분도 되지 않아 그는 곯아떨어졌다.

8

다음 날 아침 헌은 기력을 꽤 회복한 기분으로 잠에서 깼다. 그는 담요 밑에서 몸을 이리저리 틀어 보고는 동쪽의 구릉들 위로 해가 솟아오르는 것을 지켜보았다. 점점 뚜렷이 윤곽을 드러내는 구릉들이 물속에서 솟아오르는 바위 같았다. 골짜 기마다 새벽안개가 자욱이 자리를 잡고 있었다. 아주 먼 곳까지, 100킬로미터는 떨어진 섬의 동쪽 끝까지 보일 것 같은 느낌이었다.

주위의 병사들도 잠에서 깨어나고 있었다. 크로프트와 소대원들이 담요를 말고 있었고, 풀밭에서 볼일을 보고 돌아오는 병사도 한두 명 있었다. 헌은 일어나 앉아 구두 속에서 발가락을 죽 뻗어 보며 양말을 갈아 신을까 어쩔까를 일이 분 동안 고민했다. 다른 한 켤레를 꺼내 보니 그것도 이미 더러워져 있었다. 그는 어깨를 으쓱하고 굳이 갈아 신을 필요는 없겠다고 생각했다. 대신 그는 각반을 두르기 시작했다.

레드가 옆에서 투덜거렸다. "이놈의 빌어먹을 군대는 언제 쯤이면 제대로 된 각반을 만들까?" 그가 밤사이에 오므라든 끈과 씨름을 하고 있었다.

"곧 공수 부대에서 신는 것 같은 목이 긴 군화를 보내 준다고 하더군. 그게 있으면 각반은 필요 없지."

레드는 턱을 문질렀다. 수색 작전이 시작된 이래 한 번도 면도를 하지 않았다. 그의 턱이 금빛 수염으로 텁수룩했다. "우린 구경도 못할걸요." 레드가 그에게 말했다. "빌어먹을 병참부 놈들이 몽땅 차지할 겁니다."

"글쎄……." 헌은 씩 웃었다. 불퉁한 놈. 소대에서 가까이 사귈 만한 놈은 레드뿐이었다. 현명한 구석도 있었다. 그러나 레드는 그에게 조금도 곁을 주지 않았다.

충동적으로 헌이 말을 꺼냈다. "이봐, 발젠……."

"네?"

"소대에 상병이 한 명 부족해. 윌슨을 호송하는 일로 스탠리가 빠졌으니 지금은 두 명이 부족한 셈이야. 이번 임무가 끝날 때까지 상병 역할을 할 생각은 없나? 돌아가면 정식으로 진급시키도록 하지." 레드는 적임자였다. 소대원들 사이에서 인기도 있고, 직분을 감당해 내기에도 충분해 보였다.

그러나 레드의 표정엔 조금도 변화가 없었다. 헌은 조금 당황하지 않을 수 없었다. "소대장님, 그건 명령입니까?" 레드의 음성은 무미건조했고, 약간 퉁명스럽기까지 했다.

무엇 때문에 또 못마땅한 거야? "물론 명령은 아니다."

레드는 천천히 팔을 긁었다. 갑자기 이유 없이 화가 치밀었다. 그것을 스스로 깨달은 것은 그 화가 순간적으로 마음속에 일으킨 부차적인 불안감 때문이었다.

"특별 대우를 원하지는 않습니다." 그가 내뱉듯이 중얼거렸다.

"그럴 생각도 없어."

레드는 헛웃음을 지으며 항상 친근하게 구는 이 덩치 큰 소위가 싫었다. 왜 이렇게 귀찮게 굴지?

순간 그는 가슴속에 이는 터무니없는 가책에 따라 행동하고 싶은 유혹을 느꼈고, 자신도 그것을 알았다. 만약 그가 소위의 그런 제안을 받아들인다면 모든 일이 엉망이 될 게 빤했다. 상병이라는 올가미를 쓰게 된 이상 직책을 제대로 수행하기 위해 전전긍긍해야 하고 소대원들과 싸우게 되고 장교들의 비위나 맞출 수밖에 없었다. 크로프트에게도 협조하지 않으면 안 되었다.

"소대장님, 비위 맞출 사람이라면 다른 사람을 찾아보시는 게 좋겠어요."

순간 헌은 미칠 듯이 화가 치밀었다. "알았네. 그만두게." 그가 낮게 중얼거렸다. 사병들은 그를 미워했고, 또 미워할 수밖에 없었다. 수색 임무가 끝날 때까지 그는 그 사실을 받아들여야 했다. 그는 레드를 응시했다. 여윈 몸, 있는 대로 거칠어진 불그레한 피부와 피로하고 초췌한 얼굴을 바라보자니 분노가 점차 누그러졌다.

크로프트가 옆을 지나면서 소대원들에게 소리쳤다. "모두들 출발 전에 수통에 물 채우는 걸 잊지 마라." 소대원들 몇 명이 야산 한쪽에서 흐르는 실개천 쪽으로 향했다.

헌이 주변을 둘러보니 마르티네즈가 담요 밑에서 몸을 일으키고 있었다. 그는 마르티네즈의 일을 까맣게 잊고 있었다. 심지어 그가 어떤 정보를 갖고 돌아왔는지도 몰랐다. "크로프트!" 그가 큰 소리로 불렀다.

"네, 소대장님?" 아침 식사를 하려고 휴대 식량 포장지를 뜯던 크로프트가 손에 쥐고 있던 두터운 포장지를 버리고 헌이 있는 곳으로 왔다.

"어젯밤 마르티네즈가 돌아왔을 때 왜 날 깨우지 않았나?"

"날이 새기 전까진 할 수 있는 일이 아무것도 없어서 말입니다." 크로프트가 말꼬리를 길게 늘였다.

"그래? 앞으로 그런 결정은 내게 맡기도록 하게." 헌이 크로프트의 시선을 되받아 응시하며, 그 불가해한 푸른 눈 속을 들여다보았다. "마르티네즈는 뭘 보았다던가?"

크로프트는 안쪽에 왁스를 칠한 휴대 식량 상자의 뚜껑을 벗기고 내용물을 쏟았다. 말을 할 때 등의 신경에 화끈 열이 오르면서 따끔거렸다. "자기가 가 본 곳까지는 협곡이 비어 있었답니다. 어제 우리를 공격한 놈들이 협곡에 남아 있던 마지막 병력인데, 지금은 협곡을 비운 것 같답니다." 헌에게 그런 말을 하는 걸 그는 될 수 있으면 뒤로 미루고 싶었다. 심지어 헌에게 그런 말을 할 필요가 없게 되기를 바라기까지 했었다. 온 신경이 다시 바늘이 되어 살을 찌르는 것 같았다. 의식의 표면으로까지 떠오르는 것은 철저히 유보되어 있었지만,

그 배후에는 다른 속셈이 도사리고 있었다. 그는 말을 하는 내내 땅만 쳐다보며 소위와 시선을 맞추지 않다가, 말을 끝내자 위쪽 언덕마루의 보초를 향해 고개를 돌렸다. "정신 바짝 차려라, 와이먼." 그가 나직하게 주의를 주었다. "빌어먹을, 잠은 실컷 자지 않았어?"

이 보고에는 뭔가 수상쩍은 데가 있었다. "일본군이 협곡을 비우고 떠나다니, 이상하군." 헌이 중얼거렸다.

"그러게요." 크로프트는 햄에그가 든 조그마한 깡통을 따서 스푼으로 그것을 조심스럽게 입안에 떠 넣었다. "저기, 혹시 말입니다." 그가 다시 시선을 아래로 내리깔았다. "혹시 산으로 올라가 보는 건 어떨까요?"

헌은 아나카 산을 쳐다보았다. 오늘 아침 같은 경우라면, 그렇다, 산을 오르는 것도 매력이 없다고는 할 수 없었다. 가능할 것도 같았다. 그러나 그는 단호하게 고개를 저었다. "그건 불가능해. 반대편으로 해서 내려갈 수 있을지 어떨지도 모르면서 병사들을 이끌고 산을 오르는 것은 미친 짓이야."

크로프트가 무표정하게 헌을 쳐다보았다. 수색이 시작된 이래, 그렇지 않아도 여윈 크로프트의 얼굴은 더욱 여위어 갔고, 네모진 작은 턱의 주름은 더욱 깊게 패어 있었다. 그는 피곤해 보였다. 면도칼 한 자루를 챙겨 왔지만 이날 아침에는 수염을 깎지 않아 얼굴이 더욱 수척해 보였다. "불가능하지 않습니다, 소대장님. 어제 아침부터 산을 관찰해 봤는데, 협곡의 동쪽으로 8킬로미터쯤 되는 지점에 벼랑이 갈라진 곳이 있어요. 지금 출발하면 하루 만에 오를 수 있습니다."

두 사람이 쌍안경을 통해 산을 관찰했을 때도 크로프트는 지금과 같은 표정을 하고 있었다. 헌이 다시 한 번 고개를 저었다. "협곡을 통해서 가 보지." 산길 쪽을 시도하고 싶어 하는 사람은 분명 이 두 사람뿐이었다.

크로프트의 마음에 만족감과 두려움이 기묘하게 섞였다. 이제 화살은 시위를 떠났다. "알겠습니다." 그가 말했다. 이에 닿는 입술에 감각이 없었다. 그가 일어서서 손짓으로 사병들을 불러 모았다. "우리는 협곡을 통과한다." 그가 소대원들에게 말했다.

소대원들로부터 낮게 투덜거리는 소리가 흘러나왔다.

"자, 자, 무슨 말이 그렇게 많아? 우리는 그 길로 간다. 오늘은 정신을 바짝 차리도록 해." 마르티네즈가 그를 빤히 쳐다보자 크로프트가 의미 없이 어깨를 으쓱했다.

"일본 놈들과 싸워 가며 협곡을 지나야 한다면 그게 무슨 소용이야?" 갤러거가 물었다.

"투덜대는 건 그쯤 해라, 갤러거." 크로프트가 대원들을 죽 훑어보았다. "오 분 후에 출발할 테니 모두 준비해."

헌이 한 손을 쳐들었다. "잠깐 한마디 해 둘 말이 있다. 어젯밤 마르티네즈를 시켜 정찰을 보냈는데, 협곡은 비어 있었다. 그러니 아직도 비어 있을 가능성이 많아." 병사들의 눈에 그의 말을 못 믿겠다는 표정이 어렸다. "한 가지 약속하겠다. 무슨 일이 생기면, 매복이 있거나 협곡에 일본군이 한 놈이라도 있을 경우 소대는 즉각 방향을 돌려 해변으로 간다. 이만하면 불만은 없겠지?"

"없습니다." 사병 몇 명이 말했다.

"됐어. 그러면 준비하자."

몇 분 후, 그들은 출발했다. 헌은 배낭을 조인 뒤 그것을 어깨 위로 추어올렸다. 배낭은 처음 출발할 때보다 일곱 끼니 식량의 무게만큼 가벼워져 거의 편안하게 느껴질 정도였다. 햇살은 따스하고 상쾌했다. 소대원들이 열을 지어 구덩이에서 나올 때, 그는 기분이 좋았다. 새로운 아침이 시작되고 있으니 희망이 샘솟지 않을 수 없었다. 전날 밤의 우울한 기분과 힘든 결정들, 그런 것들이 별일 아닌 듯이 생각되었다. 그는 이 순간을 즐기고 있었다. 많이 즐길수록 좋은 일이었다.

그는 자연스럽게 선두에 서서 소대를 협곡 쪽으로 이끌었다.

삼십 분 후, 헌 소위는 가슴을 관통한 기관총탄에 목숨을 잃었다.

첫 번째 작은 숲을 마주 보는 바위 턱에서, 무심코 일어나 사병들에게 뒤따라오라고 손짓을 하려던 찰나 일본군의 기관총에 당한 것이다. 그는 바위 턱 뒤에 모인 병사들 사이로 벌러덩 나자빠졌다.

그때의 충격은 강렬했다. 십 초 동안 소대원들은 아무런 대응도 하지 못했다. 일본군의 소총과 기관총에서 발사된 총알들이 머리 위로 날아오는 동안 그들은 머리를 팔로 감싼 채 바위 그늘에 웅크리고 있었다.

가장 먼저 반응을 보인 것은 크로프트였다. 그는 소총을 바위틈으로 내밀고 숲을 향해 연속 사격을 하며 소총에서 빈 탄창이 떨어져 나오는 공허한 소리에 멍하니 귀를 기울였다. 옆에서는 레드와 폴래크가 어느 정도 정신을 차리고 일어서서 응사했다. 크로프트는 짙은 해방감을 느꼈다. 그 순간 그의 몸은 가벼웠다. "모두들 응사하라." 그가 목청껏 외쳤다. 그의 머리가 빠른 속도로 회전하고 있었다. 숲 속의 일본군은 몇 놈 되지 않을 것이었다. 어쩌면 분대 병력에도 못 미칠지 모른다. 그렇지 않았다면 이쪽 소대 전체가 드러날 때까지 기다렸을 것이다. 그런데 수가 모자라니 그런 식으로 우리를 위협하여 쫓으려 한 것이다.

뭐, 상관없었다. 어차피 이 주변에서 꾸물거릴 생각은 없으니까. 크로프트는 잠시 소위에게 시선을 보냈다. 헌은 등을 대고 누워 있었는데, 상처에서 피가 조용히 흘러나와 서서히 그리고 불가피하게 얼굴과 몸을 덮고 있었다. 크로프트는 또 한 번 해방감을 느꼈다. 이젠 명령을 내리기 전의 혼란, 그 순간적인 망설임을 느낄 필요가 없어진 것이다.

총격전이 몇 분간 지속된 후, 숲 속이 잠잠해졌다. 크로프트가 다시 바위 뒤로 고개를 숙였다. 병사들이 허둥지둥 기어서 바위 그늘을 빠져나가고 있었다.

"움직이지 마라." 그가 외쳤다. "빠져나갈 때도 다 방법이 있어. 갤러거! 로스! 너희는 나하고 여기 남아서 사격을 계속한다. 나머지는 저 언덕을 돌아간다. 마르티네즈, 그쪽은 네가 맡아." 그가 뒤쪽의 작은 언덕을 가리켰다. "저쪽에 닿으면 숲을 향해 사격을 개시해. 그러면 우리도 여기서 몸을 빼서 너희와 합류하겠다." 그가 이 말과 함께 일어서서 새 탄창에서 몇 발을 발사한 뒤 일본군 기관총이 응사해 오자 다시 몸을 낮췄다. "지금이다, 움직여!"

그들이 기어 나갔고, 몇 분 뒤 크로프트의 뒤쪽에서 그들의 사격 소리가 들려왔다. "가자." 그가 갤러거와 로스에게 속삭였다. 그들은 바위 그늘에서 나와 처음 15미터는 배를 땅에 대고 포복을 했고, 나머지 거리는 웅크린 자세로 달렸다. 포복을 하는 동안 헌의 모습이 눈에 띄자, 로스는 순간적으로 다리에서 힘이 빠지는 것을 느꼈다. 그는 공연히 숨을 헐떡였다. "오오." 순간적으로 정신이 아득해졌다. 그는 기다가 이내 달리기 시작했다. "끔찍해." 그가 중얼거렸다.

크로프트가 언덕 뒤에서 다른 소대원들과 합류했다. "모두들 여기를 떠나자. 벼랑에 바짝 붙어서 간다. 낙오하는 사람이 있어도 기다리지 않는다." 그를 선두로 해서 소대는 열을 지어 빠르게 움직였다. 수백 미터를 구보하고는 속도를 늦추어 보통 걸음으로 몇 발짝 걷다가 다시 속도를 높이는 식으로 이동했다. 뒤로 처지는 사람이 있어도 속도를 늦추거나 멈추는 일 없이 그들은 한 시간 만에 구릉들을 넘고 높은 풀숲을 헤치며 8킬로미터를 이동했다.

다른 병사들과 마찬가지로 로스도 소위의 일은 곧 잊어버렸다. 고된 퇴각의 과정에서 두 번째 잠복 공격의 충격은 무뎌졌다. 숨 막힐 것 같은 가슴의 고동 소리와 피로에 지친 다리의 떨림 외에는 아무것도 생각나지 않았다. 마침내 크로프트가 멈추라고 외쳤을 때, 그들은 일본군이 그들을 쫓아오든 말든 마비가 되다시피 한 몸을 땅바닥에 내던졌다. 설사 공격을 받왔다 해도 그 순간엔 아마 그대로 멍하니 누워 있었을 것이다.

서 있는 사람은 크로프트뿐이었다. 그가 천천히 말했다. 가슴은 크게 들먹거렸으나 말소리는 또렷했다. "잠깐 쉰다." 그가 멍한 얼굴로 자기 말에 귀를 기울이는 병사들을 경멸하는 눈으로 내려다보았다. "모두들 녹초가 된 모양이니 내가 보초를 서지." 병사들 대부분은 그의 말을 듣지 못했다. 그의 말소리를 들은 병사들도 그 말의 의미는 헤아리지 못했다. 그들은 그저 무기력하게 그곳에 누워 있었다.

기력을 서서히 회복하면서, 호흡이 정상으로 돌아오고 다리에도 어느 정도 힘이 생겼다. 그래도 일본군의 잠복 공격과 그 후의 강행군으로 인해 그들은 기진맥진했다. 이제는 아침해도 제법 높이 떠올라 불쾌할 정도로 뜨거운 열기를 발산했다. 병사들은 찌는 듯한 더위 속에서 땅바닥에 배를 깔고 엎드려 얼굴에 맺힌 땀방울이 팔뚝으로 떨어지는 것을 지켜보았다. 미네타가 아침에 먹었던 건조하고 시큼한 덩어리들을 게워 냈다.

기운을 차리고 나자 소위의 죽음에 모두들 마음이 불편했다. 너무도 갑작스럽고 너무도 밑도 끝도 없는 일이라, 실감도 나지 않았다. 소위가 죽고 난 지금은 그가 소대에 왔다는 사실조차 믿기지가 않았다. 와이먼이 레드 쪽으로 기어가 그 옆에 누워서 공연히 풀을 뜯었다. 그러면서 간혹 풀을 씹다가 뱉곤 했다.

"이상했어." 마침내 그가 입을 열었다. 한 시간 후엔 돌아간다는 생각을 하면서 그렇게 누워 있으니 기분이 좋았다. 잠복 공격을 받았을 때 느꼈던 공포심의 여운 같은 것이 잠시 온몸을 훑고 지나갔다.

"그러게." 레드가 낮게 중얼거렸다. 이번에는 소위 차례였던 모양이다. 상병을 시켜 주겠다는 제의를 거절했을 때 헌이 험악하게 인상을 쓰던 것이 생각났다. 그의 마음은 금방이라도 깨질 것 같은 얇은 얼음 위에서 스케이트를 타는 것처럼 불안했다. 그는 감히 대면할 수 없는 무언가가, 어떻게든 다시 표면으로 나올 것 같은 무언가가 있는 것 같아서 막연한 압박감을 느꼈다.

"소위는 좋은 사람이었어." 와이먼이 불쑥 말을 꺼냈다. 그는 자기가 한 말에 깊은 충격을 받았다. 처음으로 그는 몇 차례 접촉했던 헌과 그가 마지막에 일별한, 피투성이가 된 소위의 무의미한 시체를 연결시켜 생각했다. "좋은 사람이었어." 그는 그것이 일으킨 공포감의 언저리를 더듬으며 애매하게 그 말을 되풀이했다.

"장교치고 좋은 새끼가 어디 있어?" 레드가 거칠게 내뱉었다. 화를 내는 바람에 그의 피로한 다리가 신경질적으로 경련을 일으켰다.

"아, 그거야 사람 나름이지⋯⋯." 와이먼이 부드럽게 반박했다. 그는 여전히 소위의 음성과 그가 흘린 피의 색깔을 연결지으려 애쓰고 있었다.

"장교라면 아무리 좋은 놈이라도 질색이야." 미네타가 분통을 터뜨리듯 말했다. 죽은 사람에 대해 나쁜 말을 하면 안 된다는 가벼운 미신이 마음에 걸렸지만, 그는 도전하듯 그것을 억눌렀다. 높은 이마 아래서, 미네타의 눈이 홍분으로 커져 있었다. "그자가 죽어야 우리가 돌아갈 수 있다면 난 불만 없어." 군은 소대에 장교 한 명을 보내고 나서 그다음 일은 나 몰라라 하는 식이었다. 대체 그런 자가 누굴 상대로 싸울 수 있단 말인가? "아아아." 그가 담배에 불을 붙이고 조심스럽게 연기를 내뿜었다. 연기가 들어가자 배 속이 뒤틀렸다.

"돌아간다고 누가 그래?" 폴래크가 물었다.

"소위가 그랬어." 와이먼이 말했다.

레드가 콧방귀를 뀌었다. "암, 소위가 그랬지." 그가 몸을 돌려 배를 깔고 누웠다.

폴래크가 콧구멍을 후볐다. "과연 여기서 다 그만두고 돌아갈지 내기할래?" 이번 수색 작전은 전반적으로 뭔가 이상해. 크로프트란 놈은 보통내기가 아니야. 깡패지. 이런 데서는 크로프트 같은 개새끼가 필요해.

"이런." 와이먼이 모호하게 중얼거렸다. 잠시 그는 자기에게 더 이상 편지를 보내지 않는 그 소녀를 생각했다. 지금은 그녀의 생사 여부도 관심이 없었다. 그게 무슨 상관이란 말인가? 그는 산을 올려다보았고, 소대가 이쯤에서 돌아가기를 바랐다. 그 문제에 관해 크로프트가 말한 적이 있던가?

마치 그의 질문에 답을 하기 위해서인 듯, 크로프트가 보초 구역에서 그들 쪽으로 왔다. "자, 이제 출발하자."

"이젠 돌아가는 거지?" 와이먼이 물었다.

"말이 많다, 와이먼. 우린 산길을 시도한다." 병사들이 충격을 받아 이구동성으로 불만과 반감의 소리를 낮게 내뱉었다.

"뭐야, 할 말 있는 놈 있어?"

"크로프트, 왜 돌아가지 않는 거야?" 레드가 물었다.

"우린 돌아가려고 여기까지 온 게 아니니까." 크로프트는 자꾸만 분노가 치받는 것을 느꼈다. 그는 지금 어느 누구의 방해도 받을 생각이 없었다. 순간 그는 소총을 들어 발젠의 머리에 대고 쏴 버리고 싶은 유혹을 느꼈다. 턱에 힘이 들어가는 게 느껴졌다. "자, 출발하자 일본 놈들이 또 기다리기를 바라는 거야?"

갤러거가 그를 노려보았다. "소위는 돌아간다고 그랬어."

"지금 이 소대의 책임자는 나야." 그가 소대원들을 쏘아보았고, 그들을 눈빛으로 억눌렀다. 병사들이 한 사람씩 일어나 부루퉁한 얼굴로 배낭을 추어올렸다. 모두들 약간은 멍한 상태였다. 충격 때문인지 수동적으로 움직이는 분위기였다. "빌어먹을 새끼." 누군가가 중얼거렸다. 크로프트가 혼자서 씩 웃고는 후려치듯 말했다. "계집애 같은 놈들."

이제 병사들 전원이 일어서서 떠날 준비를 했다. "가자." 그가 조용히 말했다.

소대는 늦은 아침의 햇살을 받으며 천천히 움직이기 시작했다. 수백 미터를 이동한 후 다시 녹초가 된 병사들은 무감각한 상태로 터벅터벅 걸음을 옮겼다. 수색 임무가 그렇게 쉽게 끝나리라고 진심으로 믿어 본 적은 없었다. 크로프트는 산벼랑과 평행한 길을 따라 동쪽으로 병사들을 이끌었다. 이십 분후, 그들은 산기슭 큰 벼랑의 첫 번째 갈라진 곳에 다다랐다. 깊은 골짜기가 첫 번째 능선까지 수백 미터에 걸쳐 위로 경사를 이루고 있었는데, 그 붉은 진흙 벽이 태양의 열기를 눈부시게 반사했다. 크로프트가 아무 말 없이 그쪽으로 돌아섰고, 소대는 산을 오르기 시작했다. 지금 남은 소대 병력은 여덟 명이었다.

"크로프트란 놈은 이상주의자야." 폴래크가 와이먼에게 말했다. "저 빌어먹을 놈은 바로 그거라고." 그는 거창한 말을 쓴 것에 스스로 만족했다가, 곧 타는 듯 뜨거운 골짜기의 진흙 바닥을 힘겹게 기어오르는 일에 열중했다. 뭔가 이상했다. 아무래도 마르티네즈를 추궁해 봐야겠다는 생각이 들었다.

와이먼은 소위의 모습을 다시 눈앞에 떠올렸다. 적의 잠복 공격이 있은 이래 그의 마음속에서 일어난 어떤 변화가 또렷이 보이기 시작했다. 폴래크의 놀림을 받을까 봐 두려워 망설이던 말이 그의 입에서 튀어나왔다. "있잖아, 폴래크, 신이 있다고 생각해?"

폴래크가 씩 웃고는 멜빵 밑으로 손을 넣어 어깨에 가해지는 마찰을 줄였다. "만약 있다면 개새끼가 분명해."

"그런 말 하지 마."

소대는 골짜기를 오르는 고통스러운 행군을 계속했다.

타임머신

폴래크 치엔비치
계책만 알려 주면 세계를 움직여 보마.

음담패설이 쉴 없이 흘러나오는 입, 왼쪽 윗니가 세 개 빠져 있다. 아마도 스물한 살쯤 되었을 테지만, 벌써부터 눈에 약삭빠르고 음탕한 빛이 감돌았다. 웃을 때는 중년 남자처럼 피부가 주름지고 거칠어 보였다. 미네타는 그와 함께 있는 것이 별로 편치 않았다. 그는 자신이 폴래크보다 세상 물정을 잘 모른다는 사실이 드러날까 봐 남몰래 두려워했다.

아래층 문의 열쇠는 물론 망가졌고, 우편함은 누가 떼어 간 지 오래고, 남아 있는 돌쩌귀도 녹슬어 떨어져 나가려 한다. 복도에서는 오줌 지린내가 진동한다. 입구의 더러운 타일에는 물이 새는 배관과 양배추와 마늘, 제 구실을 못하는 하수관의 기름 찌꺼기 냄새가 배어 있다. 위층으로 올라가려면 벽 쪽에 기대다시피 해야 한다. 난간이 부서져 모래사장 위에서 썩어 가는 배의 잔해처럼 위태롭게 한쪽으로 기울어졌기 때문이다. 벽과 바닥이 만나는 음침한 구석에서는 생쥐가 먼지 속을 한가로이 거닐고, 산책을 나온 바퀴벌레의 예측할 수 없는 움직임을 지켜볼 수 있다.

아래위층의 욕실을 잇는 통풍관은 쓰레기와 가끔 버려지는 음식 찌꺼기로 메워졌다. 통풍관 속의 쓰레기가 이 층 높이까지 쌓이면 관리인이 거기에 불을 놓는다.

임시변통의 쓰레기 소각로인 셈이다.

그 집은 그 구역과 그 주변 사방 1킬로미터 안에 있는 모든 집과 꼭 같은 모습을 하고 있다.

아홉 살의 카시미르('폴래크') 치엔비치가 아침에 잠을 깨서 머리를 긁는다. 그러고는 방바닥에 쌓인 이불 더미 위에 일어나 앉아, 방 한가운데 놓인 불 꺼진 난로를 본다. 그곳에서 자는 아이들은 그 말고도 셋이 더 있다. 그가 드러누워 자는 시늉을 한다. 곧 누나 메리가 잠에서 깨어 이리저리 움직이며 옷을 입을 텐데, 그 모습을 구경하고 싶은 것이다.

밖에서 바람이 구걸하듯 창을 두드리고는 허락도 없이 틈새로 마구 들어와 방바닥을 휩쓴다.

제기랄, 되게 춥네. 그가 옆에서 자는 형에게 말한다.

누나 일어났니? (형은 열한 살이다.)

곧 일어날걸. 그가 손가락을 자기 입술에 갖다 댄다.

메리가 추위에 떨면서 일어나, 건성으로 난로 안을 막대기로 쑤시고는 무명 슬립을 어깨에서 끌어내린다. 슬립이 그녀의 몸을 타고 아래로 흘러내릴 때 잠옷도 함께 벗겨진다. 두 사내아이가 드러난 알몸을 흘끗 보고는 이불 안에서 소리를 죽여 킬킬거린다.

뭘 보니, 스티브? 메리가 소리를 빽 지른다.

야아, 봤다, 봤어.

보긴 뭘 봐.

봤다니까.

그가 손을 내밀어 스티브를 말리려 하지만 너무 늦었다. 카시미르는 한심하다는 듯이 고개를 젓는다. 어른이 철없는 아이를 보듯 하는 표정이다. 왜 그래, 괜히? 다 망쳐 놨잖아.

아아, 시끄러워.

넌 바보야, 스티브.

스티브가 주먹을 휘둘러 보지만 카시미르는 머리를 숙여 피한다. 그러고는 형을 피해 방 안에서 도망 다닌다. 그만해, 스티브. 메리가 악을 쓴다.

육중한 아버지가 바지만 입은 차림으로 옆방에서 건너온다. 이 녀석들, 그만두지 못해? 그가 폴란드어로 소리친다. 스티브를 보고는 뺨을 때린다. 누나를 엿보지 마라.

카시미르가 먼저 봤단 말이에요.

난 안 그랬어. 안 그랬어요.

카시미르 얘긴 할 것 없다. 그는 또 한 번 스티브의 뺨을 때린다. 그의 손에는 그때까지 도살장에서 밴 소 피 냄새가 남아 있다.

이따 보자. 스티브가 나중에 속삭인다.

어이쿠. 그러나 카시미르는 혼자서 씩 웃는다. 스티브가 잊어버릴 것을 알기 때문이다. 설사 잊지 않는다 해도 도망갈 길은 얼마든지 있다. 언제나 그렇다.

모두가 시끄럽게 떠드느라 교실이 왁자하다.

누가 의자에 껌 붙여 놨어. 누가 붙여 놓은 거야?

마스덴 양은 거의 울 듯한 표정이다. 조용히 해요, 여러분, 제발 조용히 해요. 존, 루이스와 함께 껌을 떼는 게 좋겠구나.

왜 우리가 떼요, 선생님? 우리가 붙인 게 아닌데요.

선생님, 제가 도울게요. 카시미르가 말한다.

그렇게 하렴, 카시미르, 착한 아이구나.

여자아이들이 코를 훌쩍이면서 재미도 있고 화가 나기도 해서 두리번거린다. 카시미르가 한 짓이야. 소녀들이 속삭인다. 카시미르가 그랬어.

마스덴 양이 마침내 그 소리를 듣는다. 네가 그런 거니, 카시미르?

제가요? 선생님, 제가 왜요?

이리 나와라, 카시미르.

그가 선생님의 책상 옆으로 나가 선다. 마스덴 양이 자기 몸에 팔을 두르자, 그가 그 팔에 기댄다. 그가 그녀의 어깨에 머리를 기대고 반 아이들을 보면서 한쪽 눈을 찡긋한다. (킬킬거리는 웃음소리)

자자, 카시미르, 그러면 못써.

뭘 말이에요, 선생님?

의자에 껌을 붙여 놨니? 사실대로 말하면 벌주지 않으마.

전 안 그랬어요, 선생님.

카시미르의 의자에는 껌이 안 붙어 있어요, 선생님. 앨리스 래퍼티가 일러바친다.

왜 그런 거지? 마스덴 양이 카시미르에게 묻는다.

모르겠어요, 선생님. 장난친 애가 절 무서워하나 보죠.

누가 그런 거지, 카시미르?

전 몰라요, 선생님. 제가 껌 떼는 걸 도울까요?

카시미르, 착한 아이가 되기 위해 노력해야 한다.

네, 선생님. 그가 자기 자리로 돌아가 다른 소년들을 돕는 체하며 여자아이들에게 소곤거린다.

여름이면 아이들은 밤늦게까지 공터에서 숨바꼭질을 하고, 아이들을 위해 열어 놓은 급수전에서 나오는 물로 미역을 감는다. 여름에는 언제나 흥미로운 일이 일어난다. 어느 집에서 불이 나기도 하고, 지붕 위에 올라가 큰 애들이 여자애들과 엉켜 있는 모습을 몰래 엿볼 수도 있다. 아주 더울 때는, 통풍을 위해 출입문을 열어 놓은 영화관 안으로 몰래 들어갈 수도 있다.

정말로 운이 좋을 때도 한두 번 있다.

야, 폴래크, 살바토레 집 뒷골목에서 주정뱅이 하나가 자고 있어.

돈 좀 갖고 있을까?

내가 어떻게 알아? 그 아이가 거칠게 되묻는다.

가 보자.

둘은 발소리를 죽여 골목 안을 걸어가서, 싸구려 아파트 뒤쪽에 있는 공터로 나온다. 주정뱅이가 코를 골며 자고 있다.

시작해, 폴래크.

무작정 시작하라는 거야? 돈은 어떻게 나누고?

네가 알아서 나눠.

그가 주정뱅이 쪽으로 살금살금 다가가 천천히 몸을 더듬어 지갑을 찾는다. 코고는 소리가 멎더니 주정뱅이가 폴래크의 손목을 홱 낚아챈다.

이거 봐, 이 빌어먹을……. 잡히지 않은 손으로 땅을 더듬다가 돌멩이를 집어서는 주정뱅이의 머리를 냅다 내리친다. 그의 손목을 잡은 손에 힘이 가해지자, 그가 돌멩이로 한 번 더 머리를 내리친다.

그거 어디 있지? 어디 있어? 서둘러.

폴래크가 주머니를 뒤지다가 잔돈 몇 푼을 꺼낸다. 됐다, 가자.

두 소년은 골목을 빠져나가 가로등 앞에서 돈을 나눈다.

60센트는 내 거, 넌 25센트다.

이거 왜 이래? 그놈을 찾아낸 게 누군데?

이거 왜 이래? 위험한 일은 누가 다 했는데? 폴래크가 말한다. 그게 아무것도 아니란 말이야?

젠장.

국으로 찌그러져 있어. 그가 휘파람을 불며 가 버린다. 웃음이 나오는 와중에도 주정뱅이를 때린 일이 생각나 조금은 찜찜하다. 그러나 아침에 주정뱅이가 사라진 것을 발견하고는 마음을 놓는다. 하긴 술 취한 사람은 다치지 않아, 하고 혼자 생각한다. 다른 애들한테서 주워들은 말이다.

그가 열 살 때 아버지가 세상을 떠난다. 장례를 치르고 나서 어머니는 그를 가축 수용소에 보내 일을 하게 하려 한다. 그러나 한 달 후에 장기 결석 아동 조사관이 나타나고, 어머니가 아무런 대책도 세우지 못하자 폴래크는 고아원으로 보내진다.

고아원에서는 딱히 생소하진 않지만 새로 배울 만한 것들이 많다. 이제는 들키지 않는 게 훨씬 더 중요하다. 들켰다간 타격이 아주 크다.

손바닥을 내밀어라, 카시미르.

어째서요, 수녀님? 제가 뭘 잘못했는데요?

내밀라니까. 회초리가 무서운 힘으로 손바닥을 내리친다. 그가 펄쩍 뛴다. 이런 젠장!

카시미르, 나쁜 말을 했으니 한 번 더 맞아야겠구나. 검은 옷소매에 가린 팔이 한 번 더 올라가더니 그의 손바닥에서 다시 불이 난다.

자기 자리로 돌아가는 그를 보면서 아이들이 소리 내어 웃는다. 아파서 눈물이 나오는데도 그는 억지로 웃어 보인다. 별것 아냐, 하고 속삭이지만 손가락이 부어올라 오전 내내 호호하고 입김을 불어 댄다.

누구보다도 경계해야 할 대상은 체육 교사 파이퍼다. 식당에서 밥을 먹을 때, 기도를 올리는 삼 분 동안은 모두 조용히 해야 한다. 파이퍼는 긴 의자 뒤를 살금살금 돌아다니며 속닥거리는 아이가 없는지 살핀다.

폴래크가 곁눈질로 좌우를 살핀다. 아무도 없는 것 같다. 오늘 저녁엔 뭘 먹게 될까?

딱! 충격을 받아 머리가 땅 울리면서 정신이 아찔해진다.

폴래크, 내가 조용히 하라면 조용히 하는 거다, 알았나?

그가 멍하니 자기 앞의 접시를 보면서 아픔이 가라앉기를 기다린다. 머리를 문지르고 싶지만 애써 꾹 참는다.

나중에 하는 말. 빌어먹을, 파이퍼란 새끼는 뒤통수에도 눈이 달렸나 봐.

여러 가지 측면이 있다. 파이퍼와 수녀나 신부가 없을 때는 레프티 리조라는 덩치 큰 열네 살짜리 아이가 대장 노릇을 한다. 레프티하고 친해지지 않으면 할 수 있는 일이 별로 없다.

레프티, 내가 뭐라도 할 일이 없을까? (폴래크는 열 살이다.)

레프티는 졸개들과 한창 이야기 중이다. 꺼져, 폴래크.

왜 그래? 내가 뭘 잘못했다고?

꺼져.

그가 기숙사를 지나면서 오십 개의 침대와 반쯤 열려 있는 사물함들을 살핀다.

한 사물함에 사과 한 개와 페니 동전 네 개와 작은 십자가 한 개가 들어 있다. 그가 십자가를 훔쳐 레프티의 침대로 유유히 돌아간다.

저기, 레프티, 너한테 줄 게 있어.

그걸 갖고 나더러 뭘 하라는 거야?

캐서린 수녀님에게 주면 되잖아. 선물이라고.

레프티가 생각을 해 본다. 그래…… 그렇지. 이거 어디서 났어?

캘러핸의 침대에서 슬쩍했지. 그래도 아무 소리 못할 거야. 군소리 못하게 한마디 해 주면 돼.

내가 직접 슬쩍할 수도 있었어.

난 수고를 덜어 주려고.

레프티가 웃는다. 폴래크는 이렇게 하여 레프티의 패거리에 들어간다.

그러나 의무도 있다. 레프티는 담배를 좋아한다. 그는 소등후 들키지 않고 반 갑은 거뜬히 태울 수 있다. 이틀에 한 번씩, 밤이 되면 아이들은 조를 이루어 레프티가 피울 담배를 조달한다.

저녁에 아이들 네 명이 고아원의 담 쪽으로 몰래 빠져나가 그들 중 둘을 담 너머로 내보낸다. 담 밖의 보도 위로 뛰어내린 아이들은 두 구간을 걸어 상점가로 나가서 과자점의 신문 매대 앞에서 서성거린다.

폴래크가 안으로 들어가 담배 매대 쪽으로 간다.

뭐 사러 왔니? 가게 주인이 묻는다.

음, 저어……. 그가 문밖을 내다본다. 아저씨, 저 애가 신문을 훔치고 있어요! 공범이 거리로 줄행랑을 치고 가게 주인이 뒤쫓기 시작한다. 폴래크가 담배를 두어 갑 챙기고 그를 향해 악을 쓰는 안주인을 조롱하며 반대 방향으로 도망친다.

두 아이는 십 분 후 고아원 담장 밖에서 만난다. 한 아이가 다른 아이를 담 위로 받쳐 올리고 나서 먼저 올라간 아이의 팔을 잡고 기어오른다. 그들은 텅 빈 복도를 살금살금 지나 레프티에게 담배를 건넨다. 고아원 밖으로 나간 지 반 시간이 지났을 즈음 그들은 침대에 누워 있다.

별것 아니네. 폴래크가 옆자리의 아이에게 속삭인다.

한번은 레프티가 담배를 피우다가 들킨다. 정말 나쁜 짓을 한 아이에게는 특별한 벌을 준다. 아그네스 수녀가 아이들을 한 줄로 세워 놓고, 레프티에게 긴 의자를 가로타고 엉덩이를 쳐들게 한다. 그러고는 아이들더러 차례로 그 옆을 지나면서 레프티의 엉덩이를 때리라고 한다.

그러나 모두들 두려운지 지나가면서 레프티의 엉덩이를 살짝 건드리기만 한다. 아그네스 수녀는 몹시 화가 난다. 프랜시스, 때리라고 했잖니! 수녀가 악을 쓴다. 때리지 않은 사람들은 다 벌을 받을 줄 알아.

다음 차례의 아이가 레프티를 살짝 건드린다. 아그네스 수녀는 그 아이에게 손바닥을 내밀라고 한 뒤 들고 있던 자로 때린다. 다른 아이들도 제 차례가 오면 레프티를 살짝 건드리고는 매를 맞겠다며 손바닥을 내민다.

아그네스 수녀는 화가 머리끝까지 난다. 너무 화가 나서 옷이 부들부들 떨린다. 프랜시스, 때리라니까! 수녀가 또 한 번 악을 쓴다.

그러나 아무도 힘껏 때리려 하지 않는다. 아이들은 줄을 지어 앞으로 나가 손바닥에 한 차례 매를 맞고는 둘러서서 그 광경을 지켜본다. 레프티가 웃는다. 모두의 차례가 끝나자 아그네스 수녀는 가만히 서 있는다. 아이들에게 처음부터 다시 시킬까 어쩔까를 궁리하는 게 분명하다. 그러나 손을 들 수밖에 없다. 수녀가 차가운 목소리로 아이들에게 교실로 돌아가고 이른다.

폴래크는 강력한 교훈을 얻었다. 그는 가슴이 벅찰 정도로 레프티가 존경스럽다. 이 감정을 어떻게 표현해야 할지 아직은 모르지만, 대단하다는 듯 천천히 고개를 젓는다.

와, 레프티는 문제없겠어.

이 년 후 어머니가 폴래크를 집으로 데려간다. 누나 하나는 결혼을 했고, 형 둘은 직장에 다닌다. 고아원을 떠나기 전에, 레프티가 남몰래 그에게 악수를 청한다.

넌 잘될 거야. 내년에 여기서 나가면 널 찾을게.

전에 살던 거리로 돌아오니 그의 나이에 어울리는 새로운 놀이가 있다. 전차에 무임승차하는 건 늘 하는 일이고, 가게에서 물건을 훔치는 일이 수입의 원천이다. 그러나 무엇보다 재미있는 일은 빨리 달리는 트럭 꽁무니에 매달려 타고 도시를 벗어나 20킬로미터 정도를 전속력으로 달리는 것이다. 그는 어머니의 성화로 푸줏간의 배달원으로 취직하고, 약 이 년 동안 그 일을 한다.

그런 일도 나름 좋을 때가 있긴 하다.

열세 살 때 고기 배달을 갔다가 집주인 여자에게 유혹을 당한다.

오, 안녕. 여자가 문을 열어 주며 말한다. 너희 어머니가 음…… 누구더라…….

치엔비치 부인입니다, 부인.

그래, 난 너희 엄마를 안단다.

고기는 어디에다 놓을까요, 부인?

저쪽에. 그가 고기를 갖다 놓고 여자를 본다. 자, 됐습니다.

좀 앉으렴. 피곤하겠다.

아녜요. 배달할 곳이 많아요.

앉으래도.

그가 여자를 물끄러미 본다. 좋아요. 그럼 앉을게요.

끝나고 나니, 이제 배울 건 다 배웠다는 느낌이 든다. 오래 전부터 세상에 믿을 남자가 없다는 건 알았지만, 여자에 대해서는 관심이 없었다. 이제 그는 여자도 남자와 마찬가지로 믿을 수 없다는 것을 확신하게 된다.

그 집을 나오면서…… 그럼, 안녕히 계세요……

거트루드라고 불러도 된다. 여자가 킬킬 웃는다.

그는 그 여자에게 이름이 있으리라고는 생각한 적이 없었다. 지금까지도 그녀는 아무개 부인이고, 그가 고기를 배달해주는 어느 집 문간일 뿐이다.

안녕, 거티. 또 올게요.

몇 시간이 지나고 나서야, 지금까지 오랫동안 이름으로만 알아 온 그 행위의 즐거움과 좋은 점, 황홀한 기억들이 새록새록 실감이 나기 시작한다. 이튿날 그는 다시 그 여자의 집에 들른다. 그해 여름이 다 가기까지 그는 수시로 그 여자의 집을 드나든다.

세월이 흐르면서 그는 나이를 먹고 자신의 한정된 지식 영역 안에서 현명해진다. 그러나 성격 면에선 변한 데가 거의 없다. 그는 푸주한이 되었다가 가축 수용소에서 일하기도 하고 심지어 노스사이드 어느 집에서 운전기사 노릇을 하는 등 이런저런 직업을 전전한다. 그러나 일을 채 시작하기도 전에 그런 직업들의 한계를 알고 장래성에 대한 기대를 아예 접는다.

1941년 열여덟 살이 되었을 때, 그는 야구장에서 레프티 리조를 다시 만나 이야기를 나눈다. 레프티는 벌써 몸이 나고 여유가 있어 보인다. 콧수염을 기르고 있어 스물두 살이란 나이보다 여덟 살은 많아 보이다.

어이, 폴래크, 그동안 뭘 하고 지냈냐?

어디 돈 될 만한 일 없나 하고 찾아다녔지 뭐.

레프티가 웃는다. 여전하구나, 폴래크. 왜 나한테 안 찾아왔어? 좋은 자리 하나 구해 줄 수도 있는데 말이야.

미처 그 생각을 못했네. (그러나 그래서만은 아니다. 아직 뚜렷한 것은 아니지만, 그에게는 나름의 신조가 있다. 친구가 성공했다고 해서 부르지도 않는데 찾아가지는 말자.)

내가 써 주지.

어이, 노피코프, 이 미련한 러시아 놈아. 헛치지만 말고 좀 맞춰 보란 말이야. 폴래크가 고함을 치고 나서 다시 앉아 앞좌석 등받이에 두 발을 얹는다. 뭐라고?

내가 널 써 주겠다고.

폴래크가 얼굴을 찌푸리고 입을 꼭 다문다. 어쩌면 같이 일해 보는 것도 괜찮을 것 같네. 그가 사투리로 말한다.

처음 두 달 동안 일을 해서 모은 돈으로 그는 보증금을 치르고 차를 한 대 구입한다. 저녁 식사 후엔 차를 몰고 과자점과 이발소 등을 다니며 사설 복권의 영수증을 거둬들인다. 그 일이 끝나면 레프티의 집으로 차를 몰아 영수증과 현찰을 전달하고, 세를 들고 있는 가구 딸린 새 아파트로 돌아간다. 이 일을 하고 받는 돈은 주 100달러이다.

어느 날 밤, 조금은 색다른 일이 일어난다.

이봐, 앨, 잘되나? 그가 시가 매점으로 가서 두 개에 35센트짜리 시가를 집어 든다. (그것을 입속에서 굴리며) 어때?

중년의 사내 앨이 동전이 든 주머니를 들고 나온다. 이봐, 폴래크, 계산해 달라는 친구가 있어. 번호가 맞았거든.

폴래크가 어깨를 으쓱한다. 그 재수 좋은 양반에게 내일 프레드가 돈을 갖다 줄 거라고 말하지그래?

그렇게 말했는데 안 믿어. 저기 저 친구야. (초라한 행색의 빼빼한 사내다. 코끝이 뾰족하고 빨갛다.)

무슨 일입니까, 형씨? 폴래크가 묻는다.

이봐요, 문제를 일으킬 생각은 없어요, 시비를 걸고 싶은 것도 아니고. 번호가 맞았으니 돈이나 달라는 거요.

자, 진정해요, 형씨, 좀 차분하게 이야기해 봅시다. 그가 가게 주인에게 한쪽 눈을 찡긋한다. 그렇게 흥분할 일은 아니잖소?

이봐요, 난 돈만 받으면 돼요. 572번이면 맞은 거 아뇨? 여기 복권이 있어요. (과자를 사러 온 아이 둘이 지켜본다. 폴래크가 그 사내의 팔을 잡는다.)

안에 들어가서 마저 이야기합시다. (그가 사내를 데리고 들어가 문을 쾅 닫는다.) 좋아, 형씨, 당신 말이 맞아. 돈은 내일 치르 겠소. 수금하는 사람과 지불하는 사람이 따로 있거든. 워낙 규모가 큰 사업이라 말이오. 복권이 어디 당신 것 한 장뿐이겠소?

누가 돈을 갖고 올지 어떻게 믿어요?

얼마를 걸었소?

3센트요.

그렇다면 형씨한텐 21달러가 돌아가는군. 그따위 푼돈 때문에 우리가 망할 것 같소? 그가 웃는다. 돈은 받게 될 테니 염려 마쇼.

(그의 팔에 손을 얹고) 오늘 밤에 필요해서 그래요. 술 생각이 나서 죽을 지경이라고요.

폴래크가 한숨을 쉰다. 이봐요, 형씨, 여기 1달러 줄 테니까, 내일 돈을 받으면 프레드에게 돌려주쇼.

사내가 그 돈을 받아 들고 의심스러운 눈초리로 돈을 쳐다본다. 선생을 믿어도 되겠소?

그래요, 걱정 붙들어 매라니까. (그가 팔을 뿌리치고 가게를 나와 차를 세워 둔 곳으로 간다.) 다음 가게로 차를 몰면서, 그는 고개를 젓는다. 마음속에 짙은 경멸감이 끓어오른다.

시시한 놈들. 바보 같은 새끼, 21달러를 땄다고 우리가 그 돈을 마련하느라 밤새 전전긍긍할 거라고 생각하다니. 고작 21달러 때문에 그 난리를 쳐? 시시한 놈.

안녕, 엄마, 잘 지내셨어요? 기분이 어때요?

어머니가 문틈으로 의심스러운 듯이 내다보다가 그를 알아

보고는 문을 활짝 연다.

한 달 만이구나, 아들. 어머니가 폴란드어로 말한다.

한 달 만이면 어떻고 이 주 만이면 어때요? 이렇게 왔잖아요, 안 그래요? 엄마 주려고 과자 좀 샀어요. (어머니가 애매한 표정을 짓는 걸 보고, 그가 미간을 찌푸린다.) 아직도 이를 안 해 넣은 거예요?

그녀가 어깨를 으쓱한다. 다른 걸 좀 사느라고 말이다.

이런 젠장, 엄마, 그럼 이는 대체 언제 해 넣으려고 그래요?

옷감을 좀 샀단다.

또 메리 거예요?

결혼 안 한 처녀에겐 옷이 필요한 법이야.

제기랄. (메리가 방 안에 들어와 그를 보고 차갑게 고개를 끄덕인다.) 여전히 하는 일 없이 빈둥거리겠지?

입 다물어, 카시미르.

그가 바지 멜빵을 끌어 올린다. 빨리 시집이나 가서 엄마 좀 편하게 해 주는 게 어때?

사내라는 것들은 다 너와 똑같은 생각을 하니까.

네 누인 수녀가 되고 싶어 한단다. 어머니가 말한다.

수녀라고요? 맙소사! 그가 물건을 감정하듯 메리를 찬찬히 본다. 수녀라니!

스티브 생각으로는 어쩌면 그게 나을지도 모르겠다는구나.

그가 객관적인 눈으로 메리의 혈색 나쁜 갸름한 얼굴과 누렇게 뜬 눈 밑의 피부를 본다. 하긴 수녀가 되는 게 나을지도 모르겠네요. 또다시 경멸감이 올라오지만, 그 밑에는 희미한 연민의 감정이 깔려 있다. 엄마, 그러고 보니 나는 운이 좋아요.

넌 사기꾼이야. 메리가 말한다.

잠자코 있어라. 어머니가 말한다. 그래, 얘야, 운이 좋다니 다행이다.

아아. (그는 자기 자신에게 화가 난다. 운이 좋다는 말은 함부로 할 말이 아닌데.) 수녀가 되고 싶으면 그렇게 해……. 스티브는 어때요?

열심히 일을 하고 있단다. 네 조카 마이키가 아팠거든.

한번 찾아가 봐야겠네요.

동기간에 서로 가깝게 지내야지. (형제들 중에서 둘이 죽고, 남은 형제들 가운데서는 메리와 카시미르를 제외하곤 모두 결혼했다.)

알았어요. 그는 어머니의 아파트 방세를 내 주고 있다. 여기 저기 흩어져 있는 레이스 테이블보, 천을 입힌 새 의자, 화장대 위의 촛대는 모두 그가 산 것들이다. 그러나 집 안은 말할 수 없을 정도로 우중충하다. 에잇, 꼬락서니 하고는.

뭐라고 했니, 카시미르?

아무것도 아녜요, 엄마. 이제 가 봐야겠어요.

방금 왔잖니?

그러게요. 여기, 돈이 좀 있어요. 제발 이 좀 해 넣으세요, 네?

잘 가라, 카시미르. (메리가 한 말이다.)

그래, 잘 있어. 그가 메리를 다시 본다. 수녀가 된다고? 그래, 잘해 봐.

고맙다, 카시미르.

여기, 누나한테도 줄 게 있어. 받아. 그는 돈을 메리 손에 쥐어 주고 얼른 문밖으로 나가서 계단을 내려간다. 아이들 몇 명이 그의 차의 바퀴통을 지레로 열어젖뜨리려 하고 있다. 그가 아이들을 쫓아 버린다. 이제 남은 돈은 30달러다. 사흘을 버티기엔 조금 빠듯한 금액이다. 그는 요즘 레프티네 집에서 벌어지는 포커 판에서도 돈을 잃고 있다.

폴래크는 어깨를 으쓱한다. 따든 잃든, 다 재수지 뭐.

그가 조그마한 갈색 머리 여자를 무릎에서 내려놓고, 레프티와 카브리스키네 사람이 있는 곳으로 간다. 파티를 위해 부른 사중주단이 나직하게 음악을 연주하고 있다. 작은 테이블들 위에는 이미 여기저기 술이 엎질러져 있다.

무슨 일이야, 레프티?

여기는 월리 볼레티야. 인사들 나눠. 두 사람은 서로 고개를 끄덕이고 잠시 이야기를 나눈다.

폴래크, 레프티 말로는 당신이 유능하다던데.

최고지.

카브리스키가 자기 구역 남쪽에서 여자들을 관리할 사람을 구한다는군.

그래서 날 보자고 한 거요?

그렇소.

그는 잠시 꼼꼼하게 따져 본다. (물론 수입이 훨씬 많아질 것이고 돈도 아쉽지만……) 결정하기 까다로운 일이군. 그가 중얼거린다. (정치 쪽에 무슨 변수라도 생겨서 어느 패에서 배반이라도 하는 날에는 그가 총알받이가 될 것이다.)

당신 몇 살이지, 폴래크?

스물네 살이오. 그가 나이를 속인다.

젊구먼. 윌리가 말한다.

그 일은 생각을 좀 해 보겠소. 폴래크가 말한다. 그가 결정을 내리지 못한 것은 이번이 처음이다.

급할 건 없지만, 다음 주에도 자리가 비어 있을 거라곤 장담 못하지.

그런 위험쯤은 감수해야죠.

이튿날 아직도 마음을 정하지 못하고 있는데 징병 위원회에서 소집 영장이 날아온다. 그저 습관처럼 욕이 나온다. 매디슨 거리에 고막을 뚫어 주는 작자가 있는데, 그는 그자에게 전화를 건다.

그러나 그곳으로 가는 도중에 폴래크는 마음을 바꾼다.

제기랄, 그래 봐야 뭐해? 여기도 딱히 신통한 일이 없는데. 그가 차를 돌려 조용히 돌아간다. 그의 마음속에 놀라움이 움튼다.

이거 엄청난 일인데? 그가 중얼거린다.

그러나 사실 그런 것은 아니다. '데우스 엑스 마키나'[16]라는 말은 한 번도 들어 본 적이 없다. 그것은 그에게 완전히 새로

_____

16) 고대 그리스와 로마 연극에서 줄거리를 풀어 나가고 해결하기 위해 신이 때맞춰 나타나는 것. 예기치 않게 나타난 구원자나 혼란, 혹은 질서를 가져오는 뜻밖의 사건을 일컬을 때도 사용된다.

운 생각이다.

모든 경우의 수를 다 계산해 놓았다고 생각하는 순간에 전혀 새로운 일이 튀어나오거든. 그는 혼자서 씩 웃는다. 어디간들 적응 못하겠어.

놀라움이 잦아든다. 아무리 생소한 일이 닥쳐도 해결할 수 있는 요령은 늘 있는 법이거든. 열심히 찾기만 하면 돼.

빠아아앙. 그가 경적을 울리며 트럭 한 대를 앞지른다.

9

몇 시간 지나 정오 무렵, 들것을 든 병사들은 몇 킬로미터 떨어진 곳에서 윌슨을 운반하느라 고군분투하고 있었다. 그들은 오전 내내 불에 달궈진 금속처럼 작열하는 열대의 태양 아래서 윌슨을 운반했다. 그러는 동안 그들의 힘도 의지도 땀과 함께 몸에서 빠져나가 버리고 말았다. 그들은 이미 얼이 빠진 상태로 걷고 있었다. 흘러내리는 땀이 시야를 가리고, 바짝 말라 버린 입천장에 혀가 쩍쩍 달라붙고, 다리는 끊임없이 후들거렸다. 모든 사물이 뿜어내는 열기가 풀밭 위를 어른거리다 물이나 기름처럼 나른하게 저항하면서 그들의 주변을 휘돌았다. 얼굴은 마치 벨벳으로 감싸인 느낌이었고 들이마시는 공기는 상쾌한 기운은 전혀 없이 그저 뜨겁기만 했는데, 마치 가슴속에서 폭발하는 가연성 혼합물 같았다. 그들은 고개를 축 늘어뜨리고, 목구멍이 찢긴 듯 갈라져 나오는 숨소리를 내면서 휘청거리며 걸었다. 몇 시간을 그렇게 걷자니, 마치 불길 속을 걷는 느낌이었다.

그들은 마치 바위와 씨름을 하듯 윌슨을 운반했다. 짐꾼들이 허둥지둥 서두르면서 피아노를 운반하듯, 50미터, 100미터, 혹은 심지어 200미터씩 고통스럽게 나아갔다. 그러고는 윌슨을 내려놓고 납덩이 같은 하늘의 둥근 천장 밑에서 희박한 공기를 찾아 어깨를 들먹거리며 선 채로 비틀거렸다. 일 분쯤 지나면 윌슨과 한 몸이 되어 있는 느낌에 휴식이 두려워서 그들은 들것을 들어 올리고는 조금이라도 전진 거리를 늘리기 위해 끝없이 이어진 녹색과 황색 구릉들 위로 안간힘을 쓰며 나아갔다. 오르막에서는 더 이상 다리를 움직일 수가 없어 옴짝달싹 못한 채 그저 멈춰 서 있곤 했다. 그러다 힘겹게 가까스로 몇 발짝을 옮기고는 다시 멈춰 서서 서로를 쳐다보았다.

내리막에서는 걷잡을 수 없이 내닫지 않도록 다리에 힘을 주느라 허벅다리가 후들거렸다. 장딴지와 정강이의 근육이 뭉쳐 고통스러웠다. 그들은 풀숲에 쓰러져 꼼짝도 않고 누워 있고 싶은 유혹을 느꼈다.

의식을 회복한 윌슨은 통증에 시달렸다. 들것이 흔들릴 때마다 그는 신음을 토했다. 그가 들것 위에서 쉼 없이 몸부림을 치는 바람에 무게의 균형이 깨져 일행은 비틀거렸다. 이따금씩 그가 퍼부어 대는 욕지거리를 듣는 것도 여간 고역이 아니었다. 그의 비명과 고함 소리가 그들의 머리 위에 겹겹이 쌓인 열기를 뚫고 채찍처럼 날아들었고, 그럴 때마다 그들은 몇 미터를 억지로 더 나아가곤 했다.

"이 빌어먹을 놈들아. 아까부터 보고 있었는데 부상자를 이렇게 다루는 법이 어디 있어? 그렇게 흔들어 대면 몸속의 고름이 다 터져 나올 거 아냐? 스탠리, 넌 날 괴롭히려고 일부러 그러는 거지? 전우를 이렇게 다루다니 너무 비열하고 치사한 거아냐?" 그의 음성은 이렇게 불만에 가득 차 가늘고 높아지곤했다. 그러다 이따금 들것이 갑자기 덜컥 흔들리면 악을 썼다.

"빌어먹을, 날 좀 내버려 두란 말이야." 통증과 더위를 못이기고 그는 어린아이처럼 칭얼거렸다. "나라면 너희처럼은안 해." 그가 입을 벌리고 다시 몸을 눕혔다. 마치 주전자 주둥이에서 김이 요동치며 나오듯, 그가 내뱉은 숨이 건조한 목구멍에서 진동했다. "아이고, 살살 좀 해 줘, 개새끼들아, 살살좀 하란 말이야."

"우리도 최선을 다하고 있어." 브라운이 침울한 음성으로대꾸하곤 했다.

"다들 치사한 놈들이야. 이 윌슨은 죽어서도 안 잊을 거야,빌어먹을."

그러면 그들은 죽을힘을 다해 다시 100미터를 더 나아간다음, 윌슨을 내려놓고 얼빠진 얼굴로 서로를 쳐다보곤 했다.

윌슨의 상처가 고통스럽게 욱신거렸다. 복부의 근육이 지독히도 쓰라렸고 통증과 싸우느라 기력이 남아 있질 않았다. 온몸에서 열이 났다. 내리쬐는 햇볕 아래서 팔다리가 납처럼무겁고 아팠다. 가슴과 목구멍은 꽉 막힌 채 바싹 말라 있었다. 들것이 덜컹거릴 때마다 그는 몽둥이로 얻어맞은 것 같은 충격을 느꼈다. 마치 훨씬 크고 힘이 센 상대와 몇 시간 드잡이를 한 것처럼 지치고 피곤했다. 그는 자주 까무룩 의식을 잃었다가도 갑자기 흔들리면 정신이 돌아와 다시 통증에 시달려야만 했다. 그러면 금방이라도 울음이 터질 것 같았다. 몇 분에한 번씩 그는 들것 위에서 굳어진 자세로 누워 미리 이를 악물고 다음번 충격을 기다렸다. 그러다 충격이 오면, 그것은 가라앉아 가던 상처의 통증을 온통 휩쓸면서 성난 신경을 긁어 댔다. 그는 통증이 엄습할 때마다 자신을 운반하는 자들의 고의성을 의심했다. 그러면 마치 피부가 까질 만큼 다리를 가구에세게 부딪친 사람이 그 가구에 대해 순간적으로 분노를 느끼듯, 그들에게 분노했다. "브라운, 이 개새끼야."

"입 닥쳐, 윌슨." 브라운이 거의 쓰러질 듯 비틀거리며 걸음을 옮겼다. 들것의 손잡이가 손가락에서 조금씩 미끄러져 내려갔다. 들것이 손에서 빠져나가려 하자 그가 외쳤다. "내려놔!" 그러고는 윌슨 옆에서 무릎을 굽히고 감각이 없어진 손가락으로 다른 손을 주무르면서 숨을 돌려 보려 애썼다. "좀참아, 윌슨. 우리도 하느라고 하고 있어." 그가 헐떡거리며 말했다.

"브라운, 이 개새끼야. 너 일부러 그렇게 흔들어 대는 거지?"

브라운은 울어 버리든가 아니면 윌슨의 뺨을 한 대 후려치든가 하고 싶은 심정이었다. 발에 생긴 종기가 터져 구두 안에서 피가 나고 있었는데, 걸음을 멈추고 그것을 의식할 때마다 쓰라려서 견딜 수가 없었다. 그는 이쯤 해서 다 때려치우고 싶었지만, 자기만을 물끄러미 쳐다보는 병사들의 시선을 느꼈다. "가자." 그가 중얼거리듯 말했다.

그들은 무자비하게 내리쬐는 한낮의 태양 아래서 고생스럽게 그런 식으로 몇 시간을 전진했다. 그들의 의지와 결의는 어쩔 수 없이 조금씩 바닥을 드러내고 있었다. 그들은 피로와 분노의 의도치 않은 결합 속에서 서로에게 매인 채 이글이글 타오르는 열기 속을 비틀거리며 나아갔다. 한 사람이 비틀거릴 때마다 팔에 가해지는 부담이 갑자기 늘어났기 때문에 나머지 사람들은 그를 증오했다. 고통으로 내지르는 월슨의 성난 비명 소리는 마비된 감각을 뚫고 들어와 채찍처럼 그들을 후려쳤다. 그들은 겹겹이 쌓인 고통의 층을 한 칸씩 한 칸씩 내려가는 느낌이었다. 눈앞의 땅이 어두워지면 그들은 입안에 가득 괴는 담즙으로 자신들의 심장 박동을 맛보았다. 무감각하고 힘겹게 걸음을 옮기면서 그들은 월슨 이상으로 고통을 겪고 있었다. 그들 가운데 어느 누구라도 기꺼이 월슨과 처지를 바꾸고 싶은 심정이었을 것이다.

1시가 되자, 브라운이 일행을 정지시켰다. 한 번에 몇 분씩 발이 마비되는 증상이 지속되면서 그는 당장이라도 쓰러질 것 같았다. 그들은 월슨을 햇볕 속에 내려놓고 그의 옆에 엎드려 땅에 얼굴을 박고 숨을 들이키느라 헐떡거렸다. 주위 구릉들은 이른 오후의 열기 속에서 가물거리며 비탈마다 햇빛을 사정없이 서로에게 반사했다. 바람 한 점 느껴지지 않았다. 월슨이 가끔 중얼거리며 악을 쓰곤 했으나, 그에게 신경을 쓰는 사람은 아무도 없었다. 휴식 시간도 전혀 도움이 되지 않았다.

오히려 지금까지 가라앉아 있던 피로감이 살아나서 그들을 직접적으로 괴롭혔다. 그들은 헛구역질을 하면서, 금방이라도 의식을 잃을 것 같은 순간을 무력하게 보냈고, 몸속에 체온이라곤 조금도 남아 있지 않은 것 같은 순간마다 재발하는 발작적인 오한에 시달렸다.

그렇게 오랜 시간이, 아마도 한 시간쯤의 시간이 지난 후, 브라운이 일어나 앉아서 소금 알갱이 몇 알을 삼키고 수통의 물을 거의 반이나 마셨다. 소금이 들어가자 위가 거북하게 꾸르륵거렸으나 조금은 기력이 회복되는 것 같았다. 일어서서 윌슨에게 다가가는데 다리가 자기 다리가 아닌 것 같았다. 오랫동안 병석에 누워 있다가 일어난 사람처럼 다리에 힘이 하나도 없었다. "기분이 좀 어때?" 그가 물었다.

윌슨이 그를 물끄러미 쳐다보았다. 그가 더듬듯이 손을 이마에 가져가더니 물에 적신 헝겊을 얼굴에서 치웠다. "브라운, 날 두고 가는 게 좋겠다." 그가 침울한 목소리로 힘없이 말했다. 지난 한 시간 동안 들것에 누워서 그는 제정신과 섬망 사이를 오갔는데, 지금은 모든 게 귀찮고 피곤할 뿐이었다. 윌슨이 생각할 때 더 이상 이동한다는 것은 무의미했다. 그 순간은 그곳에 그냥 남아 있고 싶은 생각밖에 들지 않았다. 자신에게 무슨 일이 벌어질지는 전혀 생각하지 않았다. 그가 아는 것은 다시는 들것에 실려 가고 싶지 않다는 것뿐이었다. 들것 위에서 흔들리는 고통을 더 이상 견딜 수가 없었다.

브라운은 유혹을 느꼈다. 그 유혹이 너무도 강해서 윌슨의 말을 감히 믿을 수 없을 정도였다. "무슨 소릴 하는 거야?"

"날 내버려 둬. 그냥 내버려 둬." 윌슨의 눈에 눈물이 고였다. 그가 마치 자신과는 관계없는 남의 일처럼 고개를 저었다. "나는 너희에게 방해가 되고 있어. 날 남겨 두고 가." 정신이 다시 흐려지면서, 그는 지금 수색 임무를 수행하고 있는 중인데 병 때문에 자기가 뒤처지고 있다고 생각했다. "내가 자꾸 설사가 나니 너희까지 늦어지잖아."

스탠리가 브라운 옆으로 다가와 있었다. "어떻게 해 달래? 두고 가래?"

"그래."

"그래야 하지 않을까?"

브라운이 짐짓 화를 냈다. "제기랄, 스탠리, 너 어떻게 된 거아냐?" 브라운은 다시금 유혹을 느꼈다. 짙은 권태감이 온몸을 채웠다. 행군을 계속하고 싶은 마음이 도무지 일지 않았다. "자아, 가자." 그가 외쳤다. 몇 미터 떨어진 곳에서 땅에 누워 잠들어 있는 리지스의 모습이 눈에 띄자 그는 몹시 화가 났다. "일어나, 리지스. 계속 빈둥거릴 거야?"

리지스가 거의 여유를 부리는가 싶게 천천히 잠에서 깼다. "좀 쉰 것 가지고 뭘 그래?" 그가 가볍게 투덜거렸다. "사람이 좀 쉬고 싶을 때는……." 그가 말꼬리를 흐리고는 혁대를 두르고 들것이 있는 쪽으로 왔다. "자, 이제 준비됐어."

그들은 다시 이동하기 시작했다. 그러나 휴식이 오히려 부작용을 낳았다. 다른 모든 것들이 사라지고 나서도 그들을 움직이게 했던 긴박감과 긴장감을 잃고 만 것이다. 이제 수백 미터를 걷고 나니, 휴식을 취하느라고 걸음을 멈추었을 때 못지 않게 지쳤고, 뙤약볕 아래서 현기증이 나고 기력이 없었다. 윌 슨은 지속적으로 신음 소리를 냈다.

이것이 그들을 몹시 괴롭혔다. 그들의 몸에는 힘이 하나도 없었을 뿐만 아니라 움직임 또한 원활하지 않았다. 윌슨이 신음을 할 때마다 그들은 죄책감과 더불어 그의 고통이 고스란히 느껴져 위축되는 기분이었다. 그의 상처가 유발하는 고통이 들것의 손잡이를 통해 그들의 팔에 전해지는 것 같았다. 그들은 말할 기운이 남아 있던 처음 1킬로미터 동안 끊임없이 말다툼을 했다.

"빌어먹을, 골드스타인, 조심 안 할 거야?" 들것이 덜컹거리면 스탠리는 그렇게 성질을 부리곤 했다.

"너나 조심해."

"쓸데없이 입 놀리지 말고 들것이나 제대로 들어." 리지스가 중얼거렸다.

"아아, 시끄러워, 인마." 스탠리가 소리를 질렀다.

그리고 이쯤에서 브라운이 끼어들곤 했다. "스탠리, 넌 말이 너무 많다. 빌어먹을 들것이나 제대로 들어."

그들은 서로에게 화가 난 채로 허덕이며 전진했다. 윌슨이 다시 분명치 않은 소리를 지껄이기 시작하자 그들은 무감각하게 그 소리에 귀를 기울였다. "야, 이놈들아, 날 그냥 두고 가라니까. 제 구실도 못하는 놈이 살아서 뭐해? 난 너희에게 방해만 될 뿐이야. 그냥 날 두고 가."

"그냥 날 두고 가."

그들의 어깨가 움찔했다. 말의 효력이 손가락 끝까지 작용하여, 금시라도 들것 손잡이를 놓칠 것 같았다. "도대체 무슨 소리를 하는 거야, 윌슨?" 브라운이 가쁜 숨을 몰아쉬며 말했다. 그들은 제각기 남모르게 싸움을 벌이고 있었다.

골드스타인이 비틀거리자 윌슨이 악을 썼다. "골드스타인, 이 개새끼야. 너 일부러 그랬지. 내가 너 봤어. 이 쓸모없는 새끼." 윌슨의 머릿속에서는 이름과 인물이 제대로 연결되지 않았다. 그의 오른발 쪽 손잡이가 골드스타인이라고 불리는 것을 기억하고 그쪽으로 들것이 처지면 그 이름을 외쳤다. 그러나 지금은 그 이름이 가리키는 인물이 뚜렷했다. "골드스타인은 쓸모없는 녀석이야. 주는 술도 안 받아 먹는 놈." 그가 힘없이 킬킬거렸다. 그의 바싹 마른 목구멍에서 끈적끈적한 피가 조금 솟구쳤다. "크로프트 새끼는 내가 술 한 통을 쓱싹한 걸 전혀 몰랐지."

골드스타인은 화가 나서 고개를 젓고, 시무룩한 표정으로 눈을 내리깐 채 걸음을 옮겼다. 이교도 놈들은 절대 잊지를 않는다니까. 그는 그 말을 계속해서 되뇌었다. 모두가 한통속이 되어 자기를 괴롭히는 것 같았다. 윌슨이란 놈만 해도 저 때문에 모두가 이 고생을 하는 데 고마워할 줄도 모르지 않는가.

윌슨은 다시 들것에 등을 대고 흐느끼듯 가쁘게 내쉬는 그들의 숨소리에 귀를 기울였다. 그들이 자기를 위해 고생을 하고 있었다. 그는 갑자기 그 사실을 깨달았다. 그 생각은 잠시 그의 머릿속에 머물다가 사라졌으나 그것이 불러일으킨 감정은 그대로 남아 있었다. "이봐, 나도 너희가 날 위해 애쓰는 걸 모르지 않아. 하지만 이 윌슨 걱정은 안 해도 돼. 그냥 날 두고 가도 돼." 아무도 대꾸를 안 하자 그는 짜증이 났다. "이런 빌어먹을. 야, 이 녀석들아, 날 두고 가라잖아." 그가 열병에 걸린 어린아이처럼 투정을 부렸다.

골드스타인은 들것의 손잡이를 놓아 버리고 싶었다. 우리더러 그만하라잖아. 그는 생각했다. 그러나 곧 윌슨의 말에 감동했다. 더위와 온몸을 마비시키는 행군에 지쳐 명료하게 생각할 수가 없었던 그의 머릿속을 이런저런 생각들이 마치 근육이 반응을 일으키듯 꿰뚫고 지나갔다. 두고 갈 수야 없지. 그는 생각했다. 윌슨은 마음이 너그러운 친구야. 그런 뒤 골드스타인은 팔에 점점 더해지는 압박과 등에서부터 피로에 지친 두 다리까지 뻗어 내려가는 근육의 통증 외에는 아무것도 생각하지 않았다.

윌슨은 혓바닥으로 바짝 말라붙은 이 끝을 문질렀다. "목이 말라 죽겠어." 그가 주문을 외우듯 읊조렸다. 그는 들것 위에서 몸을 뒤틀어 납빛으로 번쩍이는 하늘 쪽으로 머리를 들어 올렸다. 그의 목구멍이 감미로운 기대에 부풀어 있었다. 당장이라도 그들이 물을 좀 줄 것이고, 그러면 혀와 입천장의 고통도 가라앉으리라는 기대였다. "어이, 물 좀 줘." 윌슨이 중얼거렸다. "한 모금만 마시게 해 줘."

그 말은 그들의 귀에 잘 들리지도 않았다. 그는 온종일 물을 달라고 보챘으나, 그들은 그 말을 무시하고 있었다. 그가 다시 고개를 떨어뜨리고 부어오른 혀를 바짝 마른 입안에서 굴렸다. "물 좀 줘." 그가 우는소리를 했다. 그는 또 한 번 꾹 참고 기다렸고, 들것 위에서 그를 빙빙 돌리는 것 같은 현기증과 싸웠다. "야, 이 빌어먹을 놈들아, 물 좀 달라고."

"참아, 윌슨." 브라운이 중얼거렸다.

"물! 빌어먹을."

스탠리가 발걸음을 멈췄다. 다리가 후들거렸다. 그들이 들 것을 내려놓았다. "어이, 물 좀 마시게 해 주자." 스탠리가 고함을 쳤다.

"네가 뭘 안다고 그래?"

"물을 주면 안 돼." 골드스타인이 말했다. "죽을 수도 있어."

"당연히 안 되지." 브라운이 숨을 헐떡이며 말했다.

"아아, 진짜 성가신 놈들이군." 스탠리가 소리를 질렀다.

"물 조금 마셨다고 죽지는 않아." 리지스가 중얼거렸다. 그는 놀라움과 경멸에 가까운 감정을 느꼈다. "물을 안 먹어서 죽는 경우도 있어." 무엇 때문에 그렇게 호들갑을 떠는지 모르겠다고 그는 속으로 생각했다.

"브라운 나는 전부터 네가 시시한 놈인 걸 알았지만, 부상자에게 물 한 모금을 안 주는군." 스탠리는 햇빛 속에서 몸을 제대로 가누지 못했다. "의사가 몇 마디 했다고 윌슨 같은 오랜 친구에게 물도 안 주다니." 그의 말 뒤에는 그가 똑바로 대면할 수 없는 어떤 두려움이 있었다. 그는 지칠 대로 지친 상태에서도 윌슨에게 물을 주는 것이 잘못이라는 걸, 위험할 정도로 잘못이라는 걸 알고 있었다. 그러나 자기 마음속에 일종의 정의감 같은 것을 불러일으킴으로써, 그런 사실을 회피하고자 했다. "고통을 좀 덜어 주자는데, 뭐가 잘못이라고 이 야단이야? 제기랄, 브라운, 윌슨을 고문이라도 하겠다는 거야?"

흥분과 어떤 필요성이 자신을 몰아대는 느낌이었다. "물 한 모금 줘. 네가 손해 볼 일도 아닌데 뭘 그래?"

"그건 죽이는 거나 다름없어." 골드스타인이 말했다.

"입 닥쳐, 이 유대 놈아." 스탠리가 격분해서 말했다.

"말 조심해." 골드스타인이 언성을 높였다. 그도 지금은 분노에 떨고 있었으나, 마음 한구석에는 전날 밤에 스탠리가 매우 친절하게 대해 주었다는 것을 인식하고 있었다. 믿을 놈이 하나도 없다고 생각하니 뭔가 씁쓸하면서도 오히려 홀가분한 기분이었다. 적어도 이번만은 자신의 생각이 옳다고 그는 확신했다.

브라운이 끼어들었다. "그만들 해. 다시 움직이자." 누가 입을 열기 전에 그는 들것을 들어 올리려 몸을 굽히고는 다른 사람들에게도 그렇게 하라고 손짓했다. 다시금 그들은 한낮의 이글거리는 열기와 빛 속으로 비틀거리며 나아갔다.

"물 좀 줘." 윌슨이 우는소리를 했다.

스탠리가 또다시 발걸음을 멈췄다. "물 좀 주자. 고통을 좀 덜어 줘야지."

"입 닥쳐, 스탠리." 브라운이 놀리고 있던 팔을 아무렇게나 휘휘 저었다. "잔소리 그만하고 가자." 스탠리가 그를 노려보았다. 기진맥진한 그는 브라운에게 격렬한 증오를 느꼈다.

윌슨의 모든 상념은 또다시 고통 속으로 말려들었다. 그는 한동안 들것의 충격도 의식하지 않고 그 주변의 어떤 것에 대해서도 직접적으로 생각하지 않은 채 비몽사몽을 헤맸다. 모든 감각이 혼미한 의식을 거쳐 그의 몸에 밀려왔다. 상처가 욱신거리는 것을 느낄 수 있었고, 뾰족한 물건이 자신의 배를 파고들다가 멈췄다가 다시 깊이 파고드는 것을 마음의 눈으로 볼 수 있었다. "으으윽." 목구멍에서 목소리가 나오는 것을 느끼지 못하면서도, 그는 자신의 신음 소리를 들을 수 있었다. 견딜 수 없을 만큼 더웠다. 물기를 찾아 혀로 잇몸을 더듬으면서 그는 한동안 들것 위에 둥둥 떠 있었다. 다리와 발에 불이 붙은 게 확실했다. 그는 실험하듯 다리를 뒤틀었고, 불을 끄려는 듯이 양다리를 버둥거리며 비벼 댔다. "불 꺼, 불을 꺼." 그가 간간히 그렇게 중얼거렸다.

새로운 고통이 그를 사로잡았다. 익숙하고 까다로운 고통이었다. 아랫배가 뒤틀리면서 이마에 땀방울이 맺혔다. 그는 벌 받을 것을 두려워하는 어린아이처럼 그 감각과 싸우다가, 창자에 강한 압박을 느끼는가 싶더니 이윽고 배설의 열기와 쾌감에 다시 빠져들었다. 순간 그는 다시 아버지의 집 밖 쓰러진 담장 위에 드러누워 있었다. 남부의 태양이 아랫도리에 나른한 관능을 자극했다. "이봐, 검둥이, 그 나귀 이름이 뭐지?" 그가 그렇게 중얼거리다가 배설의 만족감에 힘없이 킬킬 웃었다. 순간 그는 들것을 움켜쥐었고, 흑인 소녀가 지나가는 것을 지켜보았고, 고개를 외로 꼬았다. 그의 곁에서 어떤 여자가 그의 배를 어루만지고 있었다. "우드로, 오줌 누기 전엔 언제나 침을 뱉어요?"

"그냥 재수 좋으라고 그러는 거야." 그가 중얼거렸다. 그는 지금 들것 위에서 방광을 비우려고 애를 쓰고 있었다. 그러나 아까와는 다른 날카로운 통증이 아랫도리를 훑고 지나갔다.

그는, 아니 적어도 그의 사타구니 근육은 배설의 어려움을 기억하며 저항하듯 뒤틀렸다. 그 바람에 환상이 산산이 부서지고 말았다. 그는 바지를 더럽힌 사실을 처음으로 깨닫고 당황해서 어쩔 줄을 몰랐다. 아랫도리가 다 썩어 버린 모습이 머릿속에 그려지면서 마음이 몹시 서글퍼졌다. 하필이면 왜 나한테 이런 일이 일어났을까? 내가 뭘 잘못했다고? 그는 고개를 들고 또 한 번 중얼거렸다. "브라운, 이 상처로 내 몸에 있는 고름이 다 빠져나갈까?"

그러나 아무도 대꾸를 안 하자, 그는 다시 고개를 떨어뜨리고 자기 병에 대해 근심했다. 일련의 불쾌한 추억이 그를 괴롭혔다. 그는 들것의 불편함, 몇 시간씩 가만히 누워 있어야만 하는 괴로움을 다시 의식했다. 기운이 없는 중에도 돌아누워 보려고 시도했지만, 고통이 너무 컸다. 누가 자기 배를 누르고 있는 것만 같았다.

"비켜, 새끼들아." 그가 고함을 질렀다.

뒤이어 그는 그 압박감을 기억해 냈다. 몇 주일 전, 일본군이 도강을 시도한 날 밤, 기관총을 앞에 놓고 기다릴 때 가슴과 복부에 느꼈던 바로 그 압박감을.

"우린 네놈들 가서 죽인다." 그때 그들은 크로프트와 그를 향해 그렇게 외쳤었다. 지금 그는 두 손으로 얼굴을 가리면서 몸을 떨었다. "놈들을 막아야 해. 놈들이 지금 오고 있다." 그가 들것 위에서 몸을 일으키며 신음을 했다. "반자이이이이, 아아이이이이이!" 그의 고함 소리가 목구멍에서 꾸르륵 울렸다. "수색 소대, 모두 출동!"

들것을 운반하던 병사들이 발을 멈추고 그를 내려놓았다.
"뭐라고 외치는 거야?" 브라운이 물었다.

"안 보인다, 안 보여. 도대체 조명탄은 어디 있는 거야?" 윌
슨이 고함을 질렀다. 그가 기관총 손잡이를 왼손으로 잡고 방
아쇠를 향해 집게손가락을 뻗었다. "다른 기관총 앞엔 누가
있나? 기억이 안 난다."

리지스가 고개를 저었다. "일본군이 도강 공격을 시도했을
때의 일을 말하는 거야."

윌슨이 느끼는 공포감의 일부가 다른 사람들에게도 전이되
었다. 골드스타인과 리지스가 불안한 눈길로 윌슨을 응시했
다. 주위에 광활하게 뻗은 구릉지가 지금은 어딘가 불길해 보
였다.

"일본군과 마주치지만 않았으면 좋겠어." 골드스타인이 말
했다.

"그럴 염려는 없어." 브라운이 그에게 말했다. 그가 눈에서
땀을 닦아 내고 힘없이 먼 곳을 바라보았다. "아무도 없어."
그가 숨을 헐떡이며 말했으나, 내부에서는 무력감과 절망감
이 차올랐다. 지금 적의 매복에 걸린다면……. 그는 또다시 울
음이 터질 것 같았다. 너무도 많은 일들이 그에게 떠맡겨져
있지만, 그는 너무도 쇠약한 상태였다. 위에서 구토증이 치밀
어 오르자 그는 헛구역질을 했다. 땀을 흘려 체온이 내려간
덕에 조금은 편해진 느낌이었다. 이대로 포기할 수는 없었다.
"계속 전진해야 해." 브라운은 그렇게 말하는 자기 목소리를
들었다.

눈 위에 덮인 젖은 손수건 때문에 윌슨은 좀처럼 앞을 볼 수가 없었다. 면으로 된 천이 암녹색으로 물들어, 햇빛 아래 번쩍이는 그 노란색과 검정색이 그의 뇌 속으로 파고드는 듯했다. 질식할 것 같은 느낌이었다. 그는 또 한 번 두 손을 얼굴로 가져갔다. "이런 젠장." 윌슨이 악을 썼다. "저 일본 놈들을 치우자. 그래야 빌어먹을 기념품을 챙길 거 아냐?" 그가 또다시 들것 위에서 몸부림을 쳤다. "누가 포대 자루를 내 얼굴에 얹어 놨어? 레드, 친구한테 이런 고약한 장난을 치는 법이 어디 있어? 이놈의 동굴 안에서는 아무것도 안 보여. 내 머리 위에서 이 일본 놈 좀 치우란 말이야."

손수건이 코로 흘러내리자, 윌슨은 햇빛 속에서 눈을 깜박이다가 다시 감았다. "뱀이다, 조심해!" 그가 별안간 몸을 움츠리면서 고함을 질렀다. "레드, 조심해서 잘 쏴야 해. 아주 잘 겨냥해야 한다고." 그가 무언가를 중얼거리더니 몸에서 힘을 뺐다. "내 말하지만, 죽은 놈은 오랫동안 방치해 둔 양의 어깨 같거든."

브라운이 손수건을 다시 제자리에 올려놓자, 윌슨이 버둥거렸다. "빌어먹을, 숨을 쉴 수가 없어. 저놈들이 총격을 해 오고 있다. 테일러, 넌 헤엄칠 줄 알잖아. 보트 꽁무니는 내게 양보해라."

브라운은 부르르 몸을 떨었다. 윌슨은 모토메 상륙 작전 때의 이야기를 하고 있었다. 다시 한 번 브라운은 바닷물 속에서 공기를 찾아 허우적거리면서 이젠 죽을 수밖에 없다고 체념하던 때의, 그 최후의 공포를 되새겼다. 기진맥진한 상태에서 그는 순간적으로 바닷물을 다시 들이켜는 것 같은 기분을 느꼈다. 자신의 의지와 상관없이 바닷물을 삼키고 있다는 것을 알았을 때 온몸이 마비되던 경악의 순간을 다시 체험한 것이다. 바닷물이 그 자체의 의지를 가진 것처럼 그의 목구멍으로 힘차게 들이닥치고 있었다.

모든 원인이 거기에 있다고 그는 지금 씁쓸한 기분으로 생각했다. 그때의 기억은 언제나 공포와 무력감을 불러일으켰다. 그때 그는 모든 것을 산산이 부수어 버리는 전쟁의 소용돌이 속에서 자신이 무력하다는 것을 깨달았고, 그 이후 그때의 기억을 한 번도 떨쳐 내지 못했다. 그는 피로감과 싸우며 고집스럽게 윌슨을 데리고 돌아가야 한다고 되뇌었지만, 이젠 그것을 장담할 수 없었다.

그들은 오후 내내 행군을 계속했다. 2시경에 비가 내리기 시작했고, 땅이 곧 진창으로 변했다. 처음엔 비가 와서 한숨 돌리는 듯했다. 달아오른 피부를 적시는 비를 반기며, 군화 속으로 배어든 빗물 속에서 발가락을 꼼지락거렸다. 젖은 옷도 쾌적하게 느껴졌다. 처음 몇 분 동안은 그 시원한 느낌을 즐겼다. 그러나 빗줄기가 계속되자 땅이 물러지고 옷이 몸에 불쾌하게 달라붙었다. 발이 진흙에 미끄러지기 시작하고 군화는 들러붙는 진흙 때문에 자꾸만 걸음이 무거워져서 한 발짝을 옮길 때마다 더욱 깊이 빠져 들어갔다. 너무도 지쳐 있던 터라 처음엔 다들 차이를 즉각적으로 알아채지 못했다. 그들의 육체는 곧 다시 무감각해진 채 행군을 계속했으나 반 시간 후에는 거의 정지하다시피 속도가 떨어졌다. 다리에 힘이 거의 남아 있지 않았다. 제대로 보조가 맞지 않아 사실상 한 자리에 몇 분씩 서 있기도 했다. 언덕을 오를 때는 한 번에 겨우 40~50미터를 오르고는 걸음을 멈추고 숨을 헐떡이며 서서 서로를 얼빠진 얼굴로 바라보기만 했다. 그러는 동안 발은 진흙 속으로 점점 더 깊이 빠져 들어갔다. 그들은 50미터를 가고 나서 월슨을 내려놓고 일이 분가량 서 있다가 다시 무거운 걸음을 옮겼다.

해가 다시 나와 젖은 쿠나이 풀을 달구고 땅을 말렸다. 땅의 수분이 안개 구름이 되어 서서히 하늘로 올라갔다. 병사들은 숨을 헐떡이며 수분으로 무거워진 공기를 깊이 들이마시려고 부질없이 애를 썼고, 흐느끼듯 끙끙거리며 비틀비틀 앞으로 나아갔다. 그들의 팔은 어쩔 수 없이 서서히 아래로 처졌다. 처음에는 허리 높이로 들것을 들었으나, 30~40미터 전진하고 나면 그 무게에 못 이겨 팔이 아래로 떨어져 들것이 거의 땅에 스칠 정도였다. 풀이 발에 걸리고 몸에 감기고 얼굴을 스쳐서 그들의 진로를 방해했다. 그들은 절망과 분노에 휩싸여 힘겹게 전진했고, 그러다가 분노마저 고갈되고 나면 더 이상 나아가지 못하고 멈춰 섰다.

3시경 그들은 외따로 서 있는 나무 아래서 행군을 멈추고 긴 휴식을 취했다. 반 시간 동안 아무도 입을 열지 않았다. 그러나 극도의 피로감 속에서도 또 다른 감정들이 작동했다. 브라운은 땅에 배를 깔고 엎드려, 심하게 물집이 잡힌 데다 오래된 종기와 상처가 다시 터져 여기저기 피가 말라붙은 양손을 들여다보았다. 불현듯 더 이상 버틸 수 없다는 생각이 들었다.

일어날 수도 있고 이를 악물면 1킬로미터 정도는 더 갈 수도 있었지만, 그래도 쓰러질 것은 빤했다. 온몸이 으스러질 것만 같았다. 행군을 멈춘 이래로 그는 계속해서 헛구역질을 했고, 시야가 흐릿했다. 일이 분마다 현기증이 나서 눈앞이 캄캄해지고 등에는 식은땀이 송골송골 맺혔다. 팔다리가 일제히 떨렸다. 손이 떨려 담배에 불을 붙일 수도 없을 정도였다. 그는 자신의 나약함이 미웠고, 자기보다 덜 지쳐 보이는 골드스타인과 리지스가 미웠고, 스탠리를 증오하면서 그가 자기보다 더 지쳐 있기를 바랐다. 그의 쓸쓸한 감정은 순간 자기 연민으로 변했다. 자기에게 겨우 세 사람을 딸려 보낸 크로프트에게 화가 났다. 크로프트는 불가능한 일이라는 걸 빤히 알면서도 그를 이 임무에 내보낸 게 분명했다.

스탠리는 양손을 얼굴에 갖다 대고 거기에 탁한 기침 소리를 연신 뱉어 냈다. 브라운은 스탠리를 쳐다보았고, 그에게서 불만의 표적을 찾았다. 그는 스탠리에게 배신을 당한 기분이었다. 제 녀석을 상병으로 만들어 준 사람이 누군데 나한테 어깃장을 놓는단 말인가? 스탠리 대신 다른 누군가를 데리고 왔다면 더 수월하게 전진할 수 있었을 거라는 생각이 들었다.

"왜 그래, 스탠리?" 그가 불쑥 말했다. "이제 포기하려는 거야?"

"시끄러워, 브라운." 스탠리는 화가 나 있었다. 브라운은 수색을 계속하기가 두려워 이 일을 맡았을 뿐만 아니라 자기까지 끌어들이지 않았던가? 자기들이 겪은 고생에 비하면 나머지 소대원들이 맞닥뜨렸을 일은 아무것도 아닐 거라는 생각이 들었다. 그쪽에 남아 있었다면 이 고생은 안 했을 것이고, 또 크로프트의 눈에 들 일도 했을 것 아닌가? "그래, 넌 힘이 남아돈단 말이지?" 그가 브라운에게 물었다. "난 네가 왜 이 빌어먹을 놈의 들것을 나르겠다고 했는지 알아."

"그래? 이유가 뭔데?" 브라운은 한 대 얻어맞은 기분으로 스탠리의 다음 말을 기다렸다.

"수색을 계속하기가 겁이 났던 거야. 병장이라는 놈이 들것이나 나르겠다고 나서다니, 이거 원."

브라운은 거의 다행이다 싶은 심정으로 스탠리의 말을 들었다. 스탠리가 한 말은 그가 상상할 수 있는 최악의 것이었다. 그러나 그가 아주 오래전부터 두려워해 오던 이 순간도 정작 닥쳐 보니 그렇게 끔찍하지만은 않았다. "스탠리, 겁이 많기는 너도 마찬가지야." 그가 스탠리의 아픈 곳을 찌를 만한 말을 찾아냈다. "넌 마누라 걱정을 너무 많이 하잖아, 스탠리."

"아아, 그 입 닥……." 그러나 그 말은 과연 그의 아픈 곳을 건드렸다. 한껏 쇠약해진 상태에서, 그는 아내가 부정을 저질렀으리란 것을 믿어 의심치 않았다. 몇 초 간격으로 아내가 바람을 피우는 끔찍한 장면들이 그의 머릿속을 스쳤다. 그것이 거미줄처럼 얽힌 모든 불안감과 의심을 풀어놓았다. 그는 울고 싶었다. 이렇게 철저히 방치되다니 너무도 억울했다.

브라운이 손바닥으로 땅을 짚고 천천히 몸을 일으켰다. "자, 가자." 일어서고 보니 현기증이 났다. 아침에 막 잠을 깨어 비몽사몽 상태에 있는 것처럼 나른한 무력감이 느껴지면서 손에 힘이 하나도 없었다.

모두들 느릿느릿 일어나 혁대를 조이고 들것 옆에서 무릎을 꿇었다가 다시 출발했다. 100미터를 나아간 후, 스탠리는 더 이상 갈 수 없다는 것을 깨달았다. 윌슨이 자기보다 전투 경험이 많다는 이유 때문에 항상 조금은 아니꼽게 여겨 왔지만, 지금은 윌슨에 대해 전혀 생각하지 않았다. 그는 그저 자기가 결국 손을 들어 버릴 거라는 것만을 알았다. 지금까지 죽을 고생을 했지만, 그게 다 무슨 소용이란 말인가?

그들은 잠깐 휴식을 취하려고 윌슨을 내려놓았다. 스탠리가 비틀거리며 한쪽으로 가서 땅에 쓰러졌다. 그는 일부러 눈을 감고 의식을 잃은 체했다. 다른 사람들이 그의 주위에 모여 아무런 감정도 없이 그를 내려다보았다.

"젠장, 그를 윌슨 위에 얹고 가면 되겠군." 리지스가 말했다. "누구든 또 쓰러지면 그 위에 얹지 뭐. 내가 혼자서 다 데려가 줄게." 그가 지친 음성으로 껄껄 웃었다. 그는 툭하면 그를 조롱하던 스탠리에게 지금 가벼운 앙갚음을 하는 기분이었다. 그러나 곧 그런 자신이 부끄러웠다. 자만은 몰락을 가져오느니라. 그는 냉정하게 스스로에게 일렀다. 그는 자신과 상관없는 재미있는 구경이라도 하듯 스탠리의 가쁜 숨소리에 귀를 기울였다. 흐느끼듯 몰아쉬는 스탠리의 숨소리를 듣자니 여름 태양 아래서 밭을 간 후 쓰러졌던 나귀 생각이 났다. 그때처럼 재미와 측은함이 뒤섞였다.

"이제 어떡해야 하지?" 브라운이 숨을 헐떡이며 말했다.

윌슨이 갑자기 눈을 떴다. 그 순간 그는 의식이 말짱한 것 같았다. 살집이 좋은 그의 넓적한 얼굴이 믿을 수 없을 정도로 피곤하고 초췌해 보였다. "날 두고 가." 그가 힘없이 말했다. "이제 이 윌슨도 끝났어."

브라운과 골드스타인은 그 말에 따르고 싶은 유혹을 느꼈다. "널 두고 갈 순 없어." 브라운이 말했다.

"그냥 두고 가라니까. 될 대로 되라지."

"난 모르겠다." 브라운이 말했다.

골드스타인이 별안간 고개를 저었다. "데리고 가야 해." 이유는 설명할 수 없지만, 포가 강둑에서 미끄러져 내려가던 순간이 문득 기억났다.

브라운이 다시 스탠리를 응시했다. "여기에 두고 갈 순 없어."

리지스가 못마땅한 말투로 말했다. "시작한 일은 끝을 맺어야 하지 않아? 한 사람 때문에 여기서 발이 묶일 수는 없어."

골드스타인이 불현듯 해결책을 생각해 냈다. "브라운, 네가 스탠리하고 여기 남는 게 어때?" 골드스타인 자신도 몹시 지쳐서 극도로 쇠약해진 상태였으나, 그는 중도 포기를 할 생각이 조금도 없었다. 브라운도 스탠리만큼 몸 상태가 좋지 않으니 그 방법밖에 없었다. 그러나 골드스타인으로서도 이 상황이 불만일 수밖에 없었다. 남보다 착하니 언제나 손해를 볼 수밖에, 하고 그는 생각했다.

"돌아가는 길을 알 수 있겠어?" 브라운이 물었다. 지금은 정직하게 모든 난점을 정면으로 바라보아야 했다. 굴복한 상태에서 넝마가 된 위엄의 마지막 한 자락이라도 지킨다는 것은 그에게 매우 중요한 일이었다.

"길은 알아." 리지스가 불만스러운 말투로 말했다.

"그래? 그렇다면 내가 뒤에 남지." 브라운이 말했다. "누군 가가 스탠리를 돌봐야 하니까." 그가 잠시 스탠리의 몸을 흔 들었으나 그의 신음 소리는 계속되었다. "오늘은 글렀군."

"있잖아, 할 말이 있어." 골드스타인이 입을 열었다. "스탠 리가 일어나면 뒤따라와서 좀 도와줘. 그게 좋겠지?"

"알았어, 그렇게 할게." 브라운이 말했다. 두 사람 모두 그 런 일은 없으리라는 것을 알고 있었다.

"떠나자." 리지스가 말했다. 그와 골드스타인이 각각 앞뒤 에서 힘겹게 들것을 들어 올리고 비틀거리며 걸음을 내딛기 시작했다. 20미터를 가고 나서 그들은 배낭 한 개와 소총 한 자루만을 남기고 다 내려놓았다. "브라운, 이 물건들은 나중에 가져다줘." 골드스타인이 말했다. 브라운이 고개를 끄덕였다.

그들은 다시 힘겹게 출발했고, 고통스러울 정도로 느린 속 도로 전진했다. 장비를 덜었는데도 윌슨이 누운 들것의 무게는 90킬로그램이 넘었다. 그들은 한 시간이나 걸려서야 800미터 떨어진 산등성이를 겨우 가로지를 수 있었다.

그들의 모습이 시야에서 사라지자, 브라운은 군화를 벗어 발에 생긴 물집과 종기를 어루만졌다. 갈 길은 아직 15킬로미 터 가까이 남아 있었다. 브라운은 한숨을 쉬고 천천히 엄지발 가락을 주물렀다. 분대장 계급장을 반환해야겠다고 생각했다.

그러나 그는 자신이 그러지 않으리라는 것을 알았다. 강등 될 때까지는 이런 식으로 계속 연명하겠지. 그는 여전히 땅에 누워 있는 스탠리를 바라보았다. 아아, 너나 나나 다를 게 없 어. 스탠리도 머지않아 나와 같은 걱정을 하겠지.

10

크로프트는 땅에 관해서는 본능적인 지식을 갖고 있었다. 그는 땅을 최초로 융기시킨 압박하는 힘과 비트는 힘, 바람과 비의 침식 작용을 본능적으로 감지했다. 소대는 그가 택한 방향에 대해 의문을 갖지 않은 지 오래였다. 밤이 지나가면 아침이 오고, 장시간의 행군 뒤에는 피로가 따르는 것처럼 그의 판단은 결코 오류가 없다는 것을 소대원들은 알고 있었다. 그들은 이제 그것에 관해서는 생각조차 하지 않았다.

크로프트 본인은 그 이유를 알지 못했다. 절벽을 돌면서 벼랑 벽을 타고 올라갈 경로로 위쪽 비탈과 아래쪽 비탈 중 하나를 택할 때 무엇이 자신의 결정을 촉발하는지 스스로도 설명할 수 없었다. 그가 아는 것이라곤 자신이 택하지 않은 쪽 비탈의 끝은 깎아지른 낭떠러지라는 사실뿐이었다. 아래쪽 비탈은 갈수록 좁아져서 결국은 발을 디딜 틈조차 없을지 모르고, 또 위쪽 비탈은 외딴 둔덕이나 노두(露頭)로 이어질 가능성이 있었다. 연구실과 현장에서 수년간 경험을 쌓은 지질학자도 크로프트 못지않은 선택을 할 수 있을 것이다. 그러나 지질학자는 전문 서적을 뒤지고 여러 요인들 각각의 중요성을 이리저리 가늠해 보고 무형의 가능성들을 헤아려 보고 성장과 쇠퇴, 팽창과 축소를 나타내는 도식들의 상관관계를 비교 분석하느라 많은 시간을 허비할 것이고, 심지어 그렇게 한 후에도 결과를 확신하진 못할 것이다. 고려해야 할 요소들이 워낙 많기 때문이다.

크로프트는 암석과 토양의 성질을 몸으로 느꼈고, 자신의 근육이 어떻게 수축되는지를 아는 것처럼 폭풍우가 일어났던 시기에 바위들이 어떤 압력을 받고 솟아올라 땅이 형성되었는지를 알았다. 그는 땅을 볼 때면 언제나 그런 지형을 낳은 기상 변화를 감지했고, 어떤 언덕이 다른 편에서 보았을 때 어떤 모습일지를 언제나 예측해 냈다. 그것은 처음 지나는 낯선 고장에서도 물이 얼마나 가까이 있는지를 본능적으로 직감하는 것과 같은 유형의 지식이었다.

그것은 타고난 재능일 수도 있다. 그러나 어쩌면 땅에서 가축을 몰며 일했던 그 모든 세월, 그가 이끌었던 모든 수색 작전, 어떤 길을 택해야 하는지를 아는 것이 중요한 의미를 가졌던 수많은 경우를 통해 발달한 것일 수도 있다. 어찌 되었든 그는 산에 올라 일말의 망설임도 없이 능선에서 능선으로 기어오르고 좁은 길에서 또 다른 좁은 길로 방향을 바꾸며 소대를 이끌었고, 그러다 간혹 멈춰 서서 다른 소대원들이 뒤따라와 숨을 돌릴 때까지 마뜩지 않은 심경으로 기다렸다. 그렇게 매번 멈출 때마다 그는 화가 났다. 지난 며칠 동안 그렇게 고된 행군을 했음에도 그는 지금 다급하고 초조했다. 내부의 긴장감이 그를 끝없이 몰아대고 있었다. 그는 쫓고 있던 사냥감의 냄새를 맡아 흥분한 사냥개처럼 산을 덥석 물고 절대로 놓지 않았다. 끊임없이 다음 봉우리를 향해 맹렬하게 전진하고 싶었다. 그 너머에 무엇이 있는지 알고 싶어 못 견딜 지경이었다. 산의 웅장한 규모 자체가 마음에 불을 지른 것이다.

그는 벼랑의 첫 번째 진흙 골짜기로 소대를 이끌고 올라갔다. 그 꼭대기에 이르러 잠시 걸음을 멈추었다가 오른쪽 방향으로 열을 지어 가서 10미터 높이의 바위벽과 맞닿은 가파른 비탈을 오르기 시작했다. 둥그스름한 모양의 비탈이 쿠나이 풀로 덮여 있었다. 그는 다시 왼쪽으로 방향을 바꾸어 그들이 기어오를 만한 판석들이 위로 이어져 있는 곳을 찾아냈다. 판석층 위에는 바위들이 여기저기 솟아 있어, 산의 중간 비탈을 향해 지그재그 모양으로 날카로운 능선을 만들어 내고 있었다. 그는 그 능선을 따라 소대를 이끌었고 키가 큰 풀숲 사이를 뛰다시피 해서 통과했다. 위험할 정도로 능선이 좁아진 곳에서만 간간이 걸음을 멈추었다.

능선에는 여기저기 둥근 바위들이 사마귀처럼 튀어나와 있었고, 한쪽은 수직에 가까운 낭떠러지를 이루며 아래쪽 벼랑으로 이어졌다. 쿠나이 풀숲에는 발을 딛기가 매우 애매한 곳들이 더러 있었다. 무릎 아래로는 시야가 확보되지 않아, 병사들은 총을 배낭 위에 가로로 올려놓은 채 키가 큰 풀줄기를 양

손으로 부여잡으며 조금씩 앞으로 나아갔다. 그들은 그런 식으로 반 시간 동안 꾸준히 산을 올랐고, 그 후에야 휴식을 취했다. 크로프트가 그들을 첫 번째 골짜기로 이끌고 올라간 지 이제 한 시간쯤 지난 시간이었다. 해는 아직 동쪽에 있었으나 그들은 몹시 지쳐 있었다. 쉬어 간다는 소리에 모두들 기다렸다는 듯이 좁은 산마루 위에 한 줄로 드러누웠다.

행군의 마지막 이십 분 동안 괴롭게 숨을 몰아쉬었던 와이먼은 조용히 드러누워 다리에 힘이 돌아오기를 기다렸다.

"기분이 어때?" 로스가 물었다.

"완전히 뻗었어." 와이먼이 고개를 절레절레 흔들었다. 하루 종일 이런 식의 행군이 계속될 터였다. 이번 수색 임무에서 얻은 경험으로 그는 자기가 끝까지 해낼 수 없으리라는 걸 알았다. "배낭의 짐을 좀 줄여야겠어." 그가 로스에게 말했다.

그러나 배낭 속의 짐들은 모두 없어서는 안 될 물건들뿐이었다. 와이먼은 휴대 식량과 담요 중에 어느 것을 버릴지 고민했다. 그들 각자가 지니고 온 휴대 식량 스물한 개 가운데 지금까지 먹어 없앤 것은 일곱 개에 불과했다. 그러나 만약 그들이 산을 넘어 일본군의 후방을 정찰한다면, 적어도 일주일은 걸릴 터였다. 식량을 버리는 모험을 할 수는 없었다. 와이먼은 배낭에서 담요를 꺼내 몇 미터 멀리 던져 버렸다.

"저건 누구 담요야?" 크로프트가 그걸 보고 그들 쪽으로 걸어왔다.

"내 거야, 선임 하사." 와이먼이 순순히 인정했다.

"저거 갖고 와서 배낭에 넣어."

"난 정말 필요 없는데." 와이먼이 나직하게 말했다.

크로프트가 그를 노려보았다. 헌이 없어진 지금, 소대의 기강을 잡는 건 그의 책임이었다. 기강이 흐트러지게 두지는 않을 생각이었다. 헌이 있는 동안 해이해진 병사들의 정신 상태를 바로잡아야 했다. 게다가 낭비는 언제나 그의 심기를 거슬렀다. "다시 한 번 말한다. 가서 갖고 와."

와이먼이 한숨을 쉬고 일어나서 담요를 가져왔다. 그가 담요를 접는 동안 크로프트는 마음이 조금 누그러졌다. 와이먼이 자기 말에 재빨리 복종하자 기분이 좋았던 것이다. "이봐, 그 담요가 필요할 거야. 오늘 밤 자다가 추워서 잠을 깨면 담요를 되찾아온 걸 정말 다행으로 생각할걸."

"그래." 와이먼이 열의 없는 목소리로 대답했다. 그는 담요의 무게가 얼마나 나갈까 생각해 보았다.

"넌 어때, 로스?" 크로프트가 물었다.

"견딜 만해, 하사."

"오늘은 빈둥거리는 거 용납 못해."

"알았어." 그러나 로스는 몹시 화가 났다. 크로프트가 다른 사람들이 있는 곳으로 가서 이야기하는 것을 지켜보면서, 그는 풀을 한 줌 거칠게 잡아 뽑았다. "다른 사람 사정은 조금도 생각하지 않는 놈이야." 그가 와이먼에게 속삭였다.

"그래, 참, 소위만 살아 있었어도……." 와이먼은 갑자기 마음이 무거워졌다. 다른 일들도 이제 분명해지고 있었다. 소위가 있을 때는 그래도 가망이 있었다. "운이 이렇게도 안 따라 줄 줄이야."

로스가 고개를 끄덕였다. 소위라면 약한 사람의 편을 들어 줄 수도 있었겠지만, 크로프트는 늑대나 다름없었다. "만약 내가 소대장이라면," 하고 그가 특유의 젠체하는 말투로 느릿느릿 말을 꺼냈다. "소대원들에게 잘 대해 줄 거야. 예의 있게 인격적으로 대우할 거야."

"나도 마찬가지야." 와이먼이 동조했다.

"정말 알 수가 없어." 로스가 한숨을 쉬었다. 그는 전에도 한 번 지금과 같은 처지에 놓인 적이 있었다. 경제 공황 때 이 년간 일이 없다가 처음으로 얻은 일자리가 어느 부동산업자 밑에서 집세를 걷는 일이었다. 절대 좋아하는 일도 아니었을 뿐만 아니라, 자기를 미워하는 세입자들로부터 욕을 얻어먹는 경우도 허다했다. 한번은 집세가 여러 달 밀린 어느 노부부가 사는 아파트로 수금을 하러 갔다. 그 무렵 그의 귀에 들려오는 사연들이 다 그랬지만 노부부의 사정도 딱했다. 은행이 파산하면서 저축한 돈을 다 날렸다는 것이었다. 로스는 노부부에게 한 달 더 말미를 주고 싶었지만 빈손으로 사무실에 돌아갈 자신이 없었다. 그날따라 수금이 전혀 안 되었다. 그래서 동정심을 숨기느라 일부러 노부부에게 야멸차게 굴면서, 내쫓겠다고 을러 댔다. 노부부가 애원하는 모습을 보면서 그는 어느새 자신의 역할을 즐기고 있었다. 어떻게 쫓겨나게 될 것인지를 상세하게 설명한 뒤, 그는 마지막으로 한마디를 남겼다. "어디서 돈을 마련하든 그건 내 알 바 아니야. 어떻게든 돈을 마련해요."

그때의 일을 생각하자, 그는 잠시 마음이 무거웠다. 그때 그 사람들에게 덜 야박하게 굴었다면 내 팔자도 이보단 덜 가혹했을까? 아냐, 그건 미신이야, 라고 그는 생각했다. 그때의 일은 지금의 일과 아무런 상관이 없어. 크로프트가 인심 사납게 굴 때 어쩌면 과거의 자신과 똑같은 감정을 느끼는 게 아닐까 하는 생각도 해 보았으나, 그건 터무니없는 생각이었다. 지나간 일은 잊자고 스스로를 다독였다. 그러나 두려움은 여전히 남아 있었다.

와이먼은 언젠가 빈터에서 축구 시합을 했던 일을 떠올렸다. 그가 사는 동네 팀과 다른 동네 팀의 경기였는데 그는 태클을 맡고 있었다. 후반전에 들어서자 다리에 힘이 빠져서, 그는 상대방 선수들이 수비망을 뚫고 들어오는 사이에 매번 억지로 공을 쫓아가야 했다. 게임을 포기하고 싶었지만 자기 대신 들어올 선수가 없었다. 그의 팀은 몇 차례나 터치다운을 허용했다. 그러나 그의 팀에 끝까지 경기를 포기하지 않으려던 아이가 하나 있었다. 그 아이는 플레이를 할 때마다 큰 소리로 팀원들을 독려하고 열심히 태클에 가담했는데, 상대 팀이 전진을 할 때마다 점점 더 성을 내며 전의를 불살랐다.

난 그 아이랑은 달랐지, 하고 와이먼은 결론을 내렸다. 나는 영웅 형이 아니잖아. 그는 갑작스럽고 철저하게 그 사실을 깨달았다. 몇 개월 전이었다면 그런 인식이 자존감을 산산이 부숴 버렸을 테지만, 지금은 그저 아쉬울 뿐이었다. 그는 크로프트 같은 사람을 절대 이해할 수 없었다. 그런 사람과는 엮이지 않는 게 최선이라고 생각했다. 그래도 어떻게 생겨 먹었기에 그렇게 할 수 있을까, 궁금하기도 했다. 대체 뭘 바라고 저러는 걸까?

"이 산 정말 싫어." 그가 로스에게 말했다.

"나도 그래." 로스가 또 한 번 한숨을 쉬었다. 산은 거침없이 뻗어 있었고, 까마득히 높았다. 반듯하게 드러누워서 올려다보아도 꼭대기가 보이지 않았다. 그의 머리 위로 우뚝 솟은 산은 산줄기가 첩첩이 이어지고 있었고 위로 올라갈수록 온통 바위로만 이루어진 것 같았다. 그는 정글이 싫었다. 벌레가 몸 위로 기어오를 때마다, 풀숲에서 갑자기 새소리가 날 때마다 머리가 쭈뼛 섰다. 아무것도 보이지 않는 정글 속은 온갖 악취로 가득 차, 금방이라도 질식할 것 같았다. 그렇게 숨 쉴 공간도 없는 정글이지만, 지금으로선 오히려 그곳이 그리울 지경이었다. 위로는 황량하고 낯선 바위와 하늘이 있고, 좌우 사방으로는 헐벗은 능선들만 첩첩이 이어지는 이곳에 비하면 정글은 훨씬 아늑했다. 그들은 계속해서 산을 오르고 또 오를 테지만 그 과정에서는 결코 안전을 기대할 수 없었다. 정글에는 온갖 종류의 위험이 만연했지만, 지금 생각하니 그리 대단한 건 아니었다. 적어도 정글은 그에게 익숙했다. 그러나 이곳에서는 발을 한 번 헛딛는 것이 곧 죽음을 의미했다. 줄타기를 하느니 차라리 갇혀서 지내는 편이 나았다. 로스는 다시 화가 치미는 듯 거칠게 풀을 뽑았다. 크로프트는 왜 돌아가지 않는 걸까? 도대체 무얼 바라는 걸까?

마르티네즈는 온몸이 쑤셨다. 그는 전날 밤의 여파를 아직도 느끼고 있었다. 산을 오르는 오전 내내 그는 불안하고 비참한 기분에 젖어 무거운 걸음을 옮겼다. 그리고 나니 사지가 떨리고 온몸이 땀에 흠뻑 젖었다. 스스로를 속이기 위해 그의 마음은 몇 가지 필수적인 왜곡을 하고 있었다. 그의 정찰 활동과 헌의 죽음 사이에 있는 연관 관계는 요행히, 적어도 표면적으로는 얼버무려져 있었다. 그러나 적의 두 번째 잠복 공격을 받은 이래, 그는 꿈속에서 자신이 죄를 지었다는 사실을 알고 벌을 기다리면서도 무슨 죄를 저질렀는지는 기억하지 못하는 사람처럼 불안감에 시달렸다.

산의 첫 비탈을 힘겹게 오르는 동안 마르티네즈는 자기가 죽인 일본군 병사를 생각했다. 그 병사의 얼굴이 무자비하게 빛을 발하는 아침 햇빛 속에서 전날 밤보다 훨씬 더 선명하게 눈앞에 떠올랐다. 그는 기억 속에서 그 병사가 했던 동작 하나하나를 되새겼다. 손가락을 타고 흘러내리는 끈끈한 피의 느낌이 다시 한 번 살아났다. 문득 손을 살펴보니 두 손가락 사이에 피가 한줄기 검게 말라붙어 있었다. 오싹 소름이 끼쳤다. 벌레를 손으로 눌러 죽였을 때처럼 역겨움과 두려움이 담긴 신음 소리가 절로 나왔다. 웩. 곧이어 그 일본군 병사가 콧구멍을 후비던 모습이 떠올랐다.

내 책임이야.

무슨 책임? 지금 그들은 산에 올라와 있었다. 만약 내가…… 만약 내가…… 그 일본군을 안 죽였다면 해변으로 돌아갔겠지, 하고 그는 생각했다. 하지만 그것도 말이 되지 않았다. 불안감이 바늘처럼 등줄기를 콕콕 찔러 댔다. 그는 생각하려는 노력을 포기하고 소대의 중간에서 터벅터벅 걸음을 옮겼다. 산을 오르는 고된 행군 속에서도 불안감을 해소할 길이 없었다. 몸이 지칠수록 신경은 더욱 팽팽하게 곤두서는 것 같았다. 마치 열병이라도 앓는 듯 팔다리에 무지근한 통증이 느껴졌다.

휴식 때 그는 폴래크와 갤러거 옆에 벌렁 드러누웠다. 두 사람에게 뭔가 하고 싶은 말이 있었던 것 같은데 그게 무엇인지 알 수 없었다.

폴래크가 그를 보며 빙글빙글 웃었다. "좀 어때, 정찰병?"

"그냥 그렇지 뭐." 그가 나직하게 대꾸했다. "좀 어때?"라고 묻는 말에는 뭐라고 대답해야 할지 알 수가 없었다. 그런 질문은 늘 그를 불편하게 만들었다.

"넌 하루쯤 쉬게 해 줘야 하는데 말이야." 폴래크가 말했다.

"그러게." 그는 전날 밤 정찰병으로서 제 할 일을 다 하지 못했고 그가 한 일은 모두 엇나가기만 했다. 그 일본군 병사를 죽이지 않았더라면. 그것이 그가 저지른 실수의 핵심이었다. 일일이 다 따져 볼 순 없지만 그는 자기가 여러 가지 실수를 저질렀다고 확신했다.

"그래서 아무 일도 없었단 말이지?" 갤러거가 물었다.

마르티네즈는 어깨를 으쓱하다가, 폴래크가 자기 손에 묻은 마른 피를 보는 것을 알아챘다. 언뜻 보면 흙이 묻은 것처럼 보였지만 그는 자기도 모르게 실토하고 말았다. "협곡에서 일본군을 한 놈 죽였어." 그러고 나자 마음이 후련했다.

"그래?" 폴래크가 말했다. "어떻게 된 거야? 소위는 협곡이 비어 있다고 했잖아."

마르티네즈가 또 한 번 어깨를 으쓱했다. "바보 자식이야.

내가 일본 놈들이 있는 걸 보고 돌아왔는데, 크로프트와 얘기를 나누더니 협곡이 비어 있다고 하는 거야. 크로프트가 마르티네즈는 믿을 만한 놈이고 그의 눈은 틀림없다고 했는데도 소위는 들으려고 하지 않았어. 바보에다 고집쟁이야."

갤러거가 침을 탁 뱉었다. "일본군을 한 놈 죽이고 왔다는데도 믿지 않았다고?"

마르티네즈가 고개를 끄덕였다. 그는 이제 그것이 사실이라고 믿었다. "난 그냥 듣고만 있었어. 소위는 바보야. 난 아무말도 안 했어. 소위한테는 크로프트가 말했어." 그의 머릿속에서 일의 전후 관계가 마구 뒤섞였다. 확실히 일이 그렇게 된 거라고 말할 순 없었지만, 그 순간 그는 협곡을 통과해야 한다는 이야기를 크로프트와 헌이 하고 있었고, 크로프트가 뭔가 헌의 의견에 반대하고 있었다고 기억했다. "크로프트가 나한테 자기가 헌과 이야기할 때는 잠자코 있으라고 했어. 헌이 빌어먹을 바보라는 걸 알고 그랬겠지."

갤러거가 믿을 수 없다는 듯이 고개를 저었다. "정말 꽉 막힌 바보로군. 그러니 벌을 받았지."

"맞아, 벌을 받은 거야." 폴래크가 말했다. 도대체 앞뒤가 맞지 않았다. 협곡에 일본 놈들이 있다는 보고를 받고도 그곳에 아무도 없다는 말을 들은 것처럼 결정하다니……. 설마 그렇게까지 멍청했을 리가. 폴래크는 알 수가 없었다. 뭔가 잡힐 듯하다가 잡히지 않을 때처럼 짜증이 나고 답답했다. 이유는 알 수 없었지만 그는 화가 났다.

"그래, 일본 놈을 해치울 수밖에 없었다는 거군." 갤러거가 감탄하듯 말했다. 뭔가 찜찜함이 담긴 어조였다.

마르티네즈가 고개를 끄덕였다. 그는 사람을 살해했다. 만약 그가 지금 죽거나, 산 위에서든 산 너머에서든 죽임을 당한다면, 그는 씻지 못할 죄업을 짊어진 채 지옥에 떨어질 것이다. "그래, 내가 그놈을 죽였어." 그가 말했다. 그는 지금도 스스로를 지탱시키는 어떤 긍지 같은 것을 느끼고 있었다. "뒤로 몰래 다가가서 푹……." 그가 무언가를 째는 소리를 냈다. "그랬더니 일본 놈이……." 마르티네즈가 손가락을 딱 하고 튕겼다.

폴래크가 웃었다. "용기가 필요한 일이지. 넌 대단한 놈이야, 잽베이트."

그는 이 찬사를 수줍게 받아들이며 고개를 숙였다. 전장에서 시체의 턱을 박살내고 금니를 손에 넣었던 일이 떠오르자, 즐거운 기분과 우울한 기분이 번갈아 찾아왔다. 그리고 갑자기 비참하고 두려운 감정에 사로잡혔다. 그때의 죄도 아직 고해하지 못했는데 이런 일이 또 일어나다니. 그가 맨 처음 느낀 감정은 원통함이었다. 그를 구원해 줄 신부가 옆에 없다는 사실이 부당하게 생각되었다. 순간 마르티네즈는 야영지로 안전하게 돌아가 고해를 할 수 있도록 소대를 몰래 이탈하여 구릉지를 지나 해변으로 갈까 하는 생각을 했다. 그러나 이내 그것이 불가능한 일임을 깨달았다.

그는 자기가 왜 폴래크와 갤러거 옆에 와서 누웠는지도 알수 있었다. 그들은 가톨릭교도들이었으므로 자신의 이런 심정을 이해해 줄 것 같았다. 자기 기분에 너무도 몰두한 나머지 본능적으로 그들도 자기와 똑같은 기분일 거라고 간주한 것이다. "있잖아, 한 방 맞고 죽는데 신부가 없어." 그가 말했다.

그 말이 젖은 수건이 되어 갤러거를 후려갈겼다. "그래, 그래, 그 말이 맞아." 그가 중얼거렸다. 갑자기 두려움과 불길한 예감이 엄습했다. 그는 지금껏 부상을 당하거나 전사한 병사들의 모습을 기계적으로 떠올리고, 마지막으로 땅에 쓰러져 피를 흘리고 있는 자신의 모습을 상상했다. 그들의 머리 위로 우뚝 솟은 산이 부르르 몸을 떨었다. 갤러거의 마음은 두려움으로 가득 찼다. 그는 순간 메리가 죽기 전에 고해를 하고 죄를 용서받았을까 궁금했고, 그러지 않았을 거라는 확신이 들자 조금은 원망스러웠다. 아내의 죄까지 자기에게 돌아올 것 같아서였다. 그러나 죽은 사람을 나쁘게 생각한 것이 후회가 되면서 그런 감정은 금세 사라졌다. 지금 이 순간 그는 메리를 죽은 아내로 생각하고 있지 않았다.

수색 작전이 시작되고 지금껏, 그는 외부의 자극에 무감각하고 극기하는 태도로 자신을 지켜 왔다. 그런데 이제 그것들이 급속히 사라지고 있었다. 그는 이 순간 그런 말을 꺼낸 마르티네즈가 미웠다. 그는 수색 임무에 나선 후 그런 두려움을 실제로 입 밖에 내어 표현한 적이 한 번도 없었다. "빌어먹을 놈의 군대가 그렇지 뭐." 그가 맹렬히 분개하며 욕설을 내뱉었다. 그러나 다음 순간 불경한 말을 입에 올린 것에 대해 죄의식을 느꼈다.

"뭣 때문에 그렇게 흥분하고 그래?" 폴래크가 물었다.

"신부가 없다니까." 마르티네즈가 간절한 말투로 말했다.

폴래크는 워낙 자신 있게 말을 하는 놈이니 무슨 해답을, 교리 문답의 족쇄에서 벗어날 수 있는 탈출구를 제시해 줄 거라고 확신했던 것이다.

"넌 그게 중요하지 않다고 생각해?" 갤러거가 물었다.

"내가 뭐 하나 알려 줄 테니 잘 들어." 폴래크가 말했다. "그런 건 전혀 걱정 안 해도 돼. 다 형편없는 사기니까."

마르티네즈와 갤러거는 경악했다. 갤러거는 어깨 너머로 산을 힐끗 돌아다보았다. 두 사람 모두 폴래크와 자리를 함께한 것을 후회했다. "너는 뭐 빌어먹을 무신론자라도 되냐?" 역시 불경한 말이었지만 이번에는 문제가 되지 않았다. 갤러거는 이탈리아인과 폴란드인이 가장 질 나쁜 가톨릭교도라더니 과연 소문이 사실이구나, 하고 생각했다.

"그따위 헛소리를 믿어?" 폴래크가 물었다. "내가 산전수전 다 겪어 봐서 세상 돌아가는 이치를 좀 아는데 말이지, 그런 건 다 돈 버는 수작에 불과해."

마르티네즈는 그의 말을 귓전으로 흘려보내고 싶었다.

폴래크는 분노에 자신을 맡기고 있었다. 오랫동안 억눌러 왔던 반감을 터뜨렸고, 그와 함께 허세도 마구 부리고 있었다. 내심 두렵기도 했던 탓이다. 마치 자기가 왼손잡이 리조 같은 남자에게 조소를 퍼붓는 듯한 기분이었다. "너희는 멕시코인이고 아일랜드인이니까 그런 수작으로 덕을 보기도 하겠지. 폴란드인은 아무런 혜택도 못 받아. 미국에서 폴란드인이 추기경 됐다는 말 들어 봤어? 없을걸. 난 수녀 누나가 있어서 잘 알아." 그는 잠시 누나 생각을 했다. 이해할 수는 없지만 무언가 마음에 걸리는 것 같은 기분을 다시 한 번 느꼈다. 그가 마르티네즈를 쳐다보았다. 대체 어떻게 된 일일까? "그따위 수작에 내가 속을 줄 알아?" 자기가 무슨 의미로 그런 말을 한 건지, 어떤 일을 두고 그런 말을 한 건지 꼬집어 말할 수 없으면서도 그는 그렇게 말했다. 그는 지독히도 화가 났다. "일이 어떻게 돌아가고 있는지 빤히 알면서도 가만히 앉아서 사기를 당한다면, 그런 얼빠진 노릇이 어디 있겠어?" 그가 분통을 터뜨리며 말했다.

"대체 무슨 말을 하는 거야?" 갤러거가 중얼거렸다.

"자, 배낭을 메라." 크로프트의 목소리였다. 폴래크가 놀라서 두리번거리다 크로프트가 물러가자 고개를 저었다. "그래, 산을 오른다, 자, 서둘러." 그가 조롱하듯 중얼거렸다. 분노가 끓어올라 손이 조금 떨렸다.

대화는 거기서 중단되었지만, 행군하는 동안 그들은 저마다의 문제로 마음이 복잡했다.

휴식 후 소대는 오전 내내 능선을 올랐다. 끝이 보이지 않는 길이었다. 그들은 바위 턱들을 지나 마치 사다리를 오르는 것처럼 풀뿌리를 움켜쥐면서 쿠나이 풀로 뒤덮인 칼날같이 가파른 비탈을 올랐다. 그런 뒤엔 능선 양쪽으로 저 아래 골짜기 밑바닥까지 뻗은 숲을 지났다. 그렇게 오르고 또 오르다 보니 나중에는 사지가 떨리고 배낭은 50킬로그램짜리 밀가루 포대처럼 무겁게 느껴졌다. 작은 산봉우리에 다다를 때마다 그들은 산꼭대기가 멀지 않으리라 확신했으나, 정작 눈앞에 펼쳐지는 것은 또 다른 800미터의 구불구불한 능선이었고, 그 능선은 또 다른 봉우리로 이어졌다. 크로프트가 경고한 대로였다. 그는 오전 중에 여러 번 걸음을 멈추고 말했다. "저 빌어먹을 산은 워낙 높으니까 꼭대기까지 올라가기가 쉽지 않을 거다. 지금 미리 알아 두는 게 좋을 거다." 그들은 그의 말을 들으면서도 믿을 수가 없었다. 잠시 후면 끝난다는 기대도 없이 산을 오른다는 건 너무도 고통스러운 일이었기 때문이다.

정오에 능선 끝에 도달한 그들은 충격을 받았다. 능선이 산 한가운데에 난 바위 골짜기 속으로 200~300미터의 가파른 바위벽을 이루며 뚝 떨어져 내려가 있었고, 그 골짜기 너머로 아나카 산의 중심부가 숲과 흙과 정글과 바위가 겹겹이 층을 이루며 까마득하게 높이 솟아 있었다. 현기증이 날 정도로 솟아오른 산은 높이가 2~3킬로미터는 좋이 되어 보였다. 산꼭대기는 구름에 가려 보이지도 않았다.

"맙소사, 우리더러 저길 올라가라는 거야?" 누군가가 숨을 헐떡이며 말했다.

크로프트가 불안한 눈길로 그들을 응시했다. 그것은 명백히 그들 모두의 감정을 대변하는 말이었다. 크로프트 자신도 그 어느 때보다 지쳐 있었다. 일정 거리를 이동할 때마다 매번 자기가 소대원들을 다그치지 않으면 산을 오르기 어렵다는 걸 그는 잘 알았다. "여기서 식사를 하고 나서 다시 출발한다. 모두들 알겠나?"

입속으로 투덜거리는 소리가 다시 들렸다. 크로프트는 둥근 바위 위에 앉아 자기들이 지나온 방향을 응시했다. 수 킬로미터 너머로 그들이 매복 공격을 받았던 누런 구릉지가 보였다. 지금쯤 그곳 어딘가에서 브라운과 다른 병사들이 윌슨을 운반하고 있을 터였다. 저 멀리 섬의 경계를 에워싼 정글의 가장자리가 보였고, 또 그 너머에는 그들이 건너온 바다가 있었다. 모든 것이 황량함 그 자체였다. 이 땅에 살아 움직이는 것은 아무것도 없는 것 같았다. 이 순간 산의 다른 편에서 벌어지는 전쟁은 그들과 동떨어진 다른 세계의 일처럼 느껴졌다.

뒤편의 아나카 산이 마치 인간의 감정을 가진 존재인 양 그의 등을 파고들었다. 그는 고개를 돌려, 산을 볼 때마다 느끼는 말로 표현 못할 전율을 다시 한 번 느끼며 냉정한 눈으로 바라보았다. 꼭 오르고야 말겠어. 그는 스스로에게 다짐했다.

그렇다고 그가 주위 병사들이 가하는 무언의 압력을 느끼지 못하는 것은 아니었다. 아무도 자기를 좋아하지 않는다는 것을 알았지만 그런 건 좀처럼 신경을 쓰지 않던 그였다. 그러나 지금 그들은 그를 증오했고, 그 증오의 감정이 공기 중에 가득 퍼져 그를 무겁게 내리눌렀다.

그러나 그들은 반드시 산을 올라가야 했다. 만약 실패한다면, 그가 헌에게 저지른 일은 잘못이 되고, 그는 명령에 복종하지 않음으로써 군을 배반한 셈이 된다. 크로프트는 마음이 복잡했다. 사실상 소대원 전원을 등에 업고서라도 산을 올라가야 했다. 그러나 그것은 너무도 어려운 일이었다. 그는 침을 뱉고 휴대 식량 상자 한 귀퉁이를 땄다. 다른 모든 일에서도 그랬지만, 그는 이것을 솜씨 좋고 깔끔하게 해냈다.

리지스와 골드스타인은 둘만의 힘으로 윌슨을 운반하느라 그날 오후 늦게까지 고투에 고투를 거듭했다. 그들은 10미터 혹은 기껏해야 15미터 동안 윌슨을 운반하고 내려놓는 식으로 고문이라도 당하듯 더디게 이동했다. 개미도 똑바로 기어간다면 아마 그 정도 속도는 낼 수 있었으리라. 그들은 포기할 생각도 계속하겠다는 생각도 하지 않았다. 윌슨이 두서없이 지껄이는 말도 귀에 들어오지 않았다. 열기와 육체의 분투 속에서 존재하는 것이라곤 윌슨을 운반해야 한다는 지상 명령 하나였다. 두 사람은 얘기도 하지 않았다. 말할 기력도 없었다. 낯설고 위험한 거리를 건너는 장님처럼 그저 휘청거리며 걸음을 옮길 뿐이었다. 피로가 여러 겹을 뚫고 들어가 그들의 감각마저 마비시킨 나머지 그들은 존재의 최소 공분모로 환원된 상태였다. 윌슨을 운반해야 한다는 것만이 그들이 아는 유일한 현실이었다.

그들은 금방이라도 쓰러질 것 같은 모습으로 힘겹게 앞으로 나아갔지만, 어쨌든 의식을 잃고 쓰러지지는 않았다. 나중에 가서는 그렇게 엄청난 혹사를 당하고도 여전히 기능하는 자신들의 육체에 대해 본의 아니게 경탄의 감정까지 느꼈다.

신열로 인해 윌슨은 정신이 몽롱한 상태였다. 들것의 급격한 요동에도 심한 고통보다는 유쾌함 같은 것을 느낄 정도였다. 귀에 들리는 몇 마디 말들, 리지스와 골드스타인이 숨을 헐떡이며 쉰 목소리로 나누는 대화, 그 자신의 목소리 등, 사실상 모든 감각들이 각각의 다른 방으로 통하는 문처럼 따로따로 머릿속에 전달되고 있었다.

그의 감각들은 이례적일 정도로 생생했다. 그는 흔들리는 들것에 반응하는 근육의 경련들을 일일이 다 감지할 수 있었다. 그런데 반대로 상처의 고통은 몸과 상관없는 외부에서 도달하는 어떤 것인 양 멀게 느껴졌다. 그러나 그가 잃어버린 것 한 가지가 있었다. 바로 의지력이었다. 그는 완전히 수동적이 되어 기분 좋은 피로감에 젖었다. 무언가를 부탁할 것인가를 결정할 때도, 손을 이마로 올려 벌레를 쫓을 때도 몇 분씩 걸렸다. 그는 행복에 가까운 감정을 느끼고 있었다.

머릿속에 무언가가 떠오르면 그는 그것에 관해 몇 분간 장황하게 떠들었다. 새된 목소리로 힘없이 지껄이다가도 걷잡을 수 없이 고래고래 소리를 질러 대기도 했다. 그러면 들것을 든 두 사람은 그의 말을 이해하지도, 굳이 이해하려 애쓰지도 않은 채 그저 잠자코 듣고만 있었다.

"내가 라일리 기지에 있을 때 말이야, 캔자스에 여자가 하나 있었어. 내가 제 남편이라도 되는 양 날 집에 데려다 놓고 같이 살았지. 난 빌어먹을 막사 안에서는 자 본 적이 없어. 부대 근처에 마누라가 와 있다고 말하곤 했지. 그 여잔 말이야, 날 위해 상을 차리고 군복을 꿰매고 빳빳하게 풀을 먹였어. 온갖 시중이란 시중은 다 들었지." 그가 꿈꾸듯 미소를 지었다. "나한테 그 여자 사진이 있거든. 보여 줄게, 조금만 기다려 봐." 그의 손이 호주머니를 더듬는가 싶더니 금세 목표를 잊었다. "그 여잔 내가 결혼한 줄도 몰랐어. 나도 굳이 사실을 바로잡으려고 하지 않지. 전쟁이 끝나면 그 여자랑 살림을 차릴까도 생각했어. 그렇게 좋은 여자를 놓친다는 게 말이 돼? 도대체가 말이 안 되잖아. 내가 대학을 나왔다고 하니까 그 말을 또 믿어요. 여자란 그저 침대에서 꾸준히 사랑해 주기만 하면 무슨 소릴 해도 다 믿는다니까." 그가 한숨을 쉬고 힘없이 기침을 했다. 그의 입에서 또다시 피가 흘러나왔다. 피를 보자 조금 두려운 마음이 들었다. 그가 고개를 저었다. 그는 지쳐 있었지만 포기할 수 없었다. "돌아가면 군의관 놈들이 내 몸을 치료해서 새것처럼 만들어 주겠지." 그가 고개를 저었다. 총탄이 엄청난 힘으로 몸속에 박힌 이래, 그는 하루하고도 반나절 동안 간간이 피를 흘리고, 들것 위에서 심하게 흔들리고, 상처의 통증에 시달렸다. 그러나 포기라는 단어는 떠오르지 않았다. 하고 싶은 일들이 너무도 많았다.

"있잖아, 검둥이 여자랑 자는 게 옳은 일은 아니지만, 난 이따금 그런 유혹을 느껴. 거의 매일같이 우리 아버지 집 앞을 지나는 검둥이 여자애가 있었는데, 그년의 엉덩이가 흔들리던 모습이 지금도 눈에 선하단 말이야."

그가 팔꿈치로 몸을 받치고 상체를 일으키다시피 하여 한동안 리지스를 물끄러미 바라보았다.

"검둥이랑 해 본 적 있어?" 그가 물었다.

리지스가 발을 멈추고 들것을 내려놓았다. 이번 한 번만은 윌슨의 말을 알아들은 것이다. "그런 소린 집어치워." 그는 이렇게 말하고는 흐느끼듯 거친 숨소리를 뿜어내며, 초점을 잃은 듯 멍한 눈으로 윌슨을 응시했다. "그런 말은 더 듣고 싶지 않아." 그가 불쑥 한마디를 더 보탰다. 지친 와중에도, 윌슨의 말에 깊은 충격을 받은 것이다. "그따위 말을 하다니." 그가 숨을 헐떡였다.

"리지스, 넌 시시한 놈이구나." 윌슨이 말했다.

리지스가 황소처럼 씩씩대며 고개를 저었다. 일생 동안 그에겐 해서는 안 될 일이 너무도 많았다. 검둥이 여자와 교접하는 것은 죄악인 동시에 사치였다. 그것은 할 수도, 해서도 안 되는 말도 안 되는 짓이었다. "입 닥쳐, 윌슨."

그러나 윌슨의 생각은 이미 먼 곳을 헤매고 있었다. 몸의 열기와 기분 좋게 무기력하고 나른한 팔다리에 속아, 그는 그것을 성적인 기대감으로 착각했다. 착각에 근거한 진한 욕정이 목구멍에서 치솟았다. 그는 어느 달 밝은 밤과 고향 마을 밖의 강둑을 머릿속에 떠올리며 눈을 감았다. 힘없는 웃음소리가 입가에서 비어져 나왔다. 목구멍에서 가래가 끓었다. 그는 가래를 다시 삼켰다. 볼이 오그라드는 느낌이었다. 그는 어느새 조용히 울고 있었다. 눈물이 줄줄 흘러나왔다. 그러다 문득 자기가 울고 있다는 것을 깨닫고 깜짝 놀랐다.

갑자기 그는 자기 입을 의식했고 혀가 목구멍에 축 늘어져 있는 것을 느꼈다. "이봐, 물 좀 줄래?" 아무도 대꾸를 안 하자, 그가 참을성 있게 또 한 번 말했다. "딱 한 모금만 주라."

그래도 아무도 대꾸를 안 하자 그는 화가 났다. "빌어먹을, 물 좀 달라니까."

"참아." 리지스가 쉰 목소리로 말했다.

"야, 인마, 뭐든 하라는 대로 다 할 테니까 물 좀 줘."

리지스가 그를 내려놓았다. 윌슨의 우는소리가 그의 신경을 긁었다. 지금 그를 자극할 수 있는 건 그런 것들뿐이었다.

"네놈들은 다 개새끼들이야."

"그런다고 물 안 줘." 리지스가 말했다. 그는 물을 좀 주어도 별 탈은 없을 거라고 생각했다. 그래서 거절하기가 더 어려웠다. 그러나 그는 윌슨에게 화가 났다. 우리도 물 없이 이 고생을 하지만 아무 말 안 하고 있잖은가. "윌슨, 물은 절대 안돼." 그가 단호하게 잘라 말하자 윌슨은 다시 몽상에 빠져들었다.

두 사람은 들것을 들어 올려 몇 미터를 나아간 후 다시 내려놓았다. 해가 서쪽 지평선 쪽으로 멀어지면서 공기가 조금씩 시원해졌으나, 그것도 그들한테는 관심 밖의 일이었다. 윌슨은 그들이 운반해야만 하는 짐이었고 운반 행위는 계속되어야 했다. 그는 그들이 결코 버릴 수 없는 짐이었으므로. 그 사실을 의식적으로 이해한 것은 아니지만, 그들의 피로감 뒤에는 그런 인식이 잠재되어 있었다. 그들이 아는 것이라곤 계속 움직여야만 한다는 것이었고, 또 실제로 그들은 그렇게 했다. 오후 내내 어두워질 때까지 리지스와 골드스타인은 휘청거리는 걸음으로 지독히도 더딘 행군을 이어 갔고, 그러는 동안에 그들의 이동거리는 서서히 길어져 갔다. 밤을 보내기 위해 행군을 멈췄을 때쯤, 그들이 브라운과 스탠리를 남겨 두고 온 곳에서부터 이동해 온 거리는 8킬로미터 정도였다. 두 사람은 담요 두 장 가운데 한 장을 윌슨에게 덮어 주고는 나란히 누워 나머지 한 장을 나누어 덮었고, 곧이어 거의 인사불성의 상태로 곯아떨어졌다.

그들은 이미 정글에서 별로 멀지 않은 곳에 와 있었다. 입

밖에 내진 않았지만, 마지막으로 넘은 언덕 꼭대기에서 정글을 보았던 것이다. 내일이면 그들은 자기들을 싣고 돌아갈 배를 기다리며 해변에서 자고 있을 터였다.

11

댈리슨 소령은 난감한 처지에 놓여 있었다. 수색 소대가 떠난 지 사흘째인 그날 아침 장군이 보토이 만 침공 작전에 동원할 구축함을 요청하러 군사령부로 떠나자, 사단의 지휘권이 사실상 그의 손에 맡겨진 것이다. 460연대의 연대장 뉴턴 대령과 콘 중령이 계급상으로는 그보다 위였으나, 장군이 부재중일 때 작전의 책임은 작전 참모인 댈리슨 소령의 몫이었다. 그리고 지금 그는 어려운 문제에 봉착한 상태였다.

아군의 공세가 닷새 동안 지루하게 계속되다가, 어제야 비로소 전선이 교착 상태에 들어섰다. 아군의 진격 속도가 계획보다 빨랐으므로 그것은 이미 예상된 일이었다. 일본군의 저항이 더욱 거세질 가능성도 있었다. 커밍스는 그런 가능성을 염두에 두고, 댈리슨에게 서두르지 말고 현 상태를 유지하라고 지시했다. "댈리슨, 전황에는 변동이 없을 걸세. 일본 놈들이 한두 번쯤 공격을 해 오겠지만 걱정할 건 없어. 그지 전 전선에 대한 압력을 유지하도록 하게. 구축함 한두 척만 얻어 내면 일주일 안에 작전을 마무리할 수 있을 거야."

간단한 지시였지만, 사태는 그런 방향으로 전개되지 않았다. 장군이 탄 비행기가 이륙한 지 한 시간 후, 댈리슨은 당혹스러운 보고를 받았다. E중대의 한 분대가 최근의 진지 너머 정글 속으로 1000미터 깊숙이 들어가서 정찰을 하다가 일본군이 버리고 간 야영지 하나를 발견했다는 것이다. 그들이 보고한 좌표가 완전히 잘못된 게 아니라면, 그 야영지는 도야쿠 방어선의 후방 근처에 있었다.

댈리슨은 처음엔 그 보고 내용을 믿지 않았다. 래닝 병장의 일과 여러 건(件)의 허위 보고가 생각나기도 했다. 그것은 분대장과 소대장들 가운데 맡은 임무를 제대로 완수하지 않는 자들이 얼마든지 있을 수 있다는 사실을 암시했다. 그러나 그런 가능성은 생각할 수 없었다. 만약 허위 보고를 할 작정이었다면 적의 저항에 부딪쳐 되돌아왔다고 말하는 편이 좀 더 그럴싸했을 것이기 때문이다.

소령이 콧등을 긁었다. 11시였다. 아침 해가 오래전부터 작전과(作戰課) 천막을 달구어, 내부의 공기가 캔버스 천의 건조하고 불쾌한 냄새로 팽만한 데다 견딜 수 없을 만큼 뜨거웠다. 소령은 땀을 흘렸다. 걷어 올려진 천막 벽 틈새 사이로 내다보이는 야영지가 열기로 부얬고 눈부신 빛 때문에 똑바로 쳐다보기도 어려웠다. 갈증을 느낀 그는 병사 한 명을 장교 식당에 보내 냉장고에서 차갑게 식힌 맥주 한 통을 가져오게 할까 하고 몇 분간 고민을 했다. 그러나 너무나 번거로운 일 같았다. 이런 날에는 아무것도 안 하고 책상 앞에 앉아 들어올 보고나 가만히 기다리는 편이 나았다. 1미터쯤 떨어진 곳에서 장교 둘이 오후에 지프를 타고 해변으로 나가서 수영을 할 수 있을 것인가를 놓고 이야기를 나누고 있었다. 소령이 트림을 했다. 유별나게 더운 날에는 언제나 그랬지만, 속이 거북했다. 그는 막연히 짜증이 나서 천천히 부채질을 했다.

"물론 근거는 전혀 없지만, 이번 작전이 끝나면 적십자에서 여자들이 온다는 소문이 있더군." 장교 중 한 사람이 느릿한 말투로 말했다.

"해변의 일부를 개량해서 숙사를 지어야겠군. 잘하면 좋은 일이 생길지도 모르겠어."

"우리는 또 이동할걸. 보병 신세야 뭐 늘 그렇잖아." 그 장교가 담배에 불을 붙였다. "어쨌든 작전이나 빨리 끝났으면 좋겠군."

"뭣 때문에? 작전이 끝나면 전사(戰史)를 기록해야 하잖아. 그 시간이 제일 따분해."

댈리슨이 다시 한숨을 쉬었다. 작전이 끝난다는 말을 들으니 마음이 무거웠다. 그 정찰 보고는 어떻게 처리해야 하지? 장이 살짝 아래로 당기는 느낌이었다. 걱정거리가 없다면, 이곳에 앉아서 변소에 갈 생각이나 하는 것도 나쁘지 않을 것 같았다. 멀리서 들려오는 포성이 무더운 아침 공기를 뚫고 우울한 메아리가 되어 울려 퍼졌다. 소령이 책상 위의 야전 전화를 집어 들고 손잡이를 두 번 돌렸다. "퍼텐셜 레드 E지구를 대주게." 그가 퉁명스러운 말투로 교환수에게 말했다.

그가 E중대의 중대장을 전화로 불러냈다. "윈드밀, 이쪽은 랜야드야." 그가 말했다. 그는 암호명을 쓰고 있었다.

"무슨 일입니까, 랜야드?"

"오늘 아침 그쪽에서 들어온 정찰 보고가 하나 있네. 318호인데, 무슨 보고인지 알겠나?"

"압니다."

"그 보고 내용이 사실인가? 말해 보게, 윈드밀. 만약 자네가 부하가 꾸며낸 이야기를 덮어 주는 거라면 가만두지 않겠어."

"아니요, 그 보고는 사실입니다. 제가 분대장을 불러 직접 확인했습니다. 자기는 결코 농땡이 치지 않았다고 맹세하더군요."

"알겠네, 나는 그 내용이……." 소령이 몇 번이고 들어 본 적이 있는 말을 찾았다. "……사실이라는 가정하에 작전을 진행하겠네. 만약 사실이 아니라면 각오해야 할 걸세."

소령은 또다시 얼굴의 땀을 닦았다. 장군은 왜 하필 이런 날 자리를 비운단 말인가? 그는 이런 사태를 예견하지 못한 커밍스가 은근히 원망스러웠다. 그 즉시 무언가 조치를 취해야 했지만, 그는 혼란스럽기 짝이 없었다. 그래서 대신 변소에 가기로 했다.

변소의 널판 위에 걸터앉아 뱃가죽이 햇볕에 뜨끈하게 데워지는 것을 느끼면서, 소령은 생각을 해 보려고 애썼다. 그러나 다른 것들 때문에 정신을 집중할 수가 없었다. 무더위 때문인지 이날 아침따라 변소의 악취가 너무도 지독했다. 그는 그날 오후 작업반을 시켜 장교 변소 한 채를 새로 파게 해야겠다고 생각했다. 그늘이 없어 햇빛을 그대로 받은 그의 붉은 얼굴에서 땀이 비 오듯 흘렀다. 이번에는 변소 위에 차양을 씌워야겠다고 생각했다. 그는 침울한 표정으로 대나무 울타리를 응시했다.

그래, 일 개 소대를 보내서 그 비어 있는 야영지를 점령하게 하는 것 말고 달리 할 수 있는 일이 뭐겠는가? 그 일이 순조롭게 진행되면 그때 가서 다음 일을 걱정하면 되는 일 아닌가? 가벼운 바람이 얼굴에 와 닿자, 해변과 기분 좋게 시원한 바닷물, 그리고 해변을 배경으로 까맣게 윤곽을 드러낸 야자나무들이 그리웠다. 이곳에서 수 킬로미터 떨어진 정글 어딘가에서 일본군에게 무슨 일인가가 벌어지고 있었다. 어쩌면 일본군 작전 참모도 지금 이 순간 용변을 보고 있을지 몰랐다. 소령은 씩 웃었다.

그러나 일본군에게 무언가 심상치 않은 일이 벌어지고 있는 건 사실이었다. 요즘 일본군의 시체를 보면 피골이 상접했다. 이 해역의 섬들이 모두 봉쇄되어 보급 물자가 들어올 수 없다지만, 그것도 해군이 하는 말이니 무턱대고 믿을 수만은 없었다. 소령은 답답하고 피곤했다. 내가 왜 이런 결정들을 내려야 한단 말인가? 그는 변소 널빤지 밑에서 윙윙거리는 파리 떼 소리에 몇 분간 정신을 빼앗겼다. 파리 한두 마리가 그의 드러난 옆구리 살에 부딪치자 그의 입에서 불쾌한 신음 소리가 나왔다. 확실히 그들에겐 새 변소가 필요했다.

그는 엉덩이를 들고 밤에 내린 비로 흠뻑 젖어 버린 휴지로 대충 뒤를 닦았다. 10호짜리 깡통을 휴지 덮개로 사용하는 것보다 좀 더 나은 방법이 있을 텐데. 소령은 휴지를 적시지 않을 다른 방법으로 어떤 게 있을까 생각해 보았다. 정말 나른한 날씨였다.

변소에서 나온 그는 차가운 맥주 한 통을 얻을 요량으로 장교 식당에 들렀다. "안녕하십니까, 소령님?" 취사병 하나가 인사를 했다.

"뭐, 괜찮아." 그가 턱을 문질렀다. 뭔가 마음에 걸리는 것이 있었다. "있잖나, 오브라이언, 내가 요즘 또 설사가 나오는데 말이야, 식기는 깨끗이 관리하는 건가?"

"잘 아시지 않습니까, 소령님."

그가 또 한 번 불만스러운 듯 콧숨을 내쉬며 흠, 소리를 내고는 천막 아래에 놓인 빈 나무 식탁들과 그 양쪽 옆에 늘어선 긴 의자들을 보았다. 장교용 회색 금속 식기들이 벌써 차려져 있었다. "식기들을 너무 일찍 내놓았군." 소령이 말했다. "파리가 들러붙겠어."

"알겠습니다."

"알았으면 조치하게." 그는 오브라이언이 접시들을 거두어들이기 시작하고 나서야 야영지를 가로질러 작전과 천막으로 향했다. 사병 몇 명이 2인용 천막 안에서 뒹굴고 있는 모습이 눈에 띄자 기분이 언짢았다. 어느 소대 소속 병사들일까 생각하다가 문득 아까 그 정찰 보고가 머리에 떠올랐다. 그는 작전과 천막으로 가서 전화기를 집어 들고 윈드밀에게 완전 무장한 일 개 소대를 버려진 일본군 야영지로 보내도록 지시했다.

"그들더러 전화선도 가설하라고 이르게. 반 시간 내에 보고를 듣겠네."

"그 시간 안에는 그곳에 도달할 수도 없습니다."

"어쨌든 그곳을 점령하는 즉시 내게 알리게."

뜨겁게 달아오른 천막 안에서 시간은 더디게 흘러갔다. 소령은 마음이 지독히도 불안했다. 소대가 그냥 돌아와야 하는 상황이기를 내심 바랐다. 그럼에도 만약 소대가 그곳에 진입한다면, 그다음엔 뭘 어떻게 해야 한단 말인가? 그는 460연대 소속 예비 대대의 대대장을 불러 한 시간 이내에 출동할 수 있도록 일 개 중대를 대기시키라고 지시했다.

"도로 공사 현장에서 빼내야 합니다."

"그럼 빼내면 될 일 아닌가." 소령이 언성을 높였다. 그가 조용히 욕설을 내뱉었다. 만약 모든 일이 허사로 돌아간다면 괜히 일 개 중대의 반나절 도로 작업 분량만 허비하는 셈이었다. 그렇다고 해도 소령으로서는 달리 할 수 있는 일이 없었다. 소대가 도야쿠 선의 중앙을 점령할 수 있다면 그 기회를 활용해야 하는 것이다. 소령은 지금 원리 원칙대로 행동하고 있었다.

사십오 분 후에 소령은 윈드밀의 전화를 받았고 소대가 무사히 전진해서 일본군의 야영지를 확보했다는 보고를 받았다. 댈리슨은 강렬한 아침 해의 열기로 뜨거워진 나뭇잎들 사이로 정글을 건너다보려 애쓰며 굵은 집게손가락으로 콧구멍을 쑤셨다.

"알겠네. 일 개 분대를 제외한 중대의 나머지 병력도 그곳으로 이동시키게. 취사반은 뒤에 남겨 둬도 좋네. 휴대 식량은 있나?"

"있습니다. 하지만 우리 중대의 후방과 측면은 어떡하죠? C중대와 F중대로부터 1000미터 전방에서 고립되게 되니 말입니다."

"그 문제는 내가 알아서 처리하지. 자네들은 그대로 전진하게. 한 시간 내에 모두 그곳에 도달할 수 있을 걸세."

전화를 끊고 나서 소령은 괴로운 신음 소리를 냈다. 이제는 전 병력을 움직여야 한다. 그가 대기시켜 두었던 460연대의 예비 중대는 앞으로 치고 나간 윈드밀 중대의 후방과 측면을 채워야 하니 병력이 분산될 수밖에 없을 것이다. 일본 놈들은 왜 야영지를 버리고 간 걸까? 혹시 함정이 아닐까?

소령은 전날 밤에 아군이 일본군 진지가 비어 있는지도 모르고 거기에 맹렬하게 포를 퍼부었던 일을 기억했다. 일본군 중대장이 아무도 모르게 병력을 철수시켰을 가능성도 있었다. 일본군이 그런 짓을 한다는 것은 그도 들은 적이 있지만, 그것은 다소 믿기 어려운 일이었다.

만약 일본군 중대가 그런 식으로 철수한 게 사실이라면, 도야쿠가 그 사실을 알아내기 전에 아군 쪽에서 그 뚫린 틈으로 얼마간의 병력을 침투시켜야 했다. 이날은 다른 군사 작전 없이 조용히 보내기로 되어 있었으나, 병력을 그곳으로 침투시킨다면 다시 정면 공격을 시작해야 할 터였다. 해가 지기 전에 어느 정도라도 성과를 내려면 신속하게 조치해야 했다. 그렇다면 예비 대대의 전 병력을 지금 대기시켜야 하고, 또 그들을 한 번에 이동시킬 수 있는 트럭이 부족한 형편이니 병력의 일부를 당장 출발시켜야 했다. 소령은 멍하니 땀에 젖은 겨드랑 부위의 옷을 밑으로 잡아당겼다. 이제 도로 작업은 하루 종일 휴업 상태일 수밖에 없었다. 그곳에서는 어떤 작업도 이루어질 수가 없었다. 그리고 사단이 보유한 트럭을 모두 동원하여 새 식량과 오늘 사용하기로 되어 있던 양보다 더 많은 탄약을 실어 와야 했다. 수송 문제는 늘 성가셨다. 오늘 아침 이 모든 골칫거리를 유발한 그 분대장에게 돌연 증오심이 솟구쳤다.

그는 호바트에게 전화하여 수송 계획을 세우도록 지시한 뒤, 정보과 천막으로 가서 콘에게 그동안 일어났던 일들을 설명했다.

"맙소사, 올가미 속에 제 발로 걸어 들어가는 셈 아닌가." 콘이 말했다.

"그럼 어떻게 하란 말인가? 정보 참모는 자넬세. 왜 그 야영지가 비어 있는지 어디 말 좀 해 봐."

콘이 어깨를 으쓱했다. "일본 놈들이 함정을 판 거야."

댈리슨은 끝 모를 우울함을 안고 자기 천막으로 돌아갔다. 함정일지도 모르지만, 그럼에도 그곳으로 뛰어드는 수밖에 없었다. 그는 다시금 괴로운 신음을 토했다. 호바트의 부하들은 일선 중대들의 새로운 진지에 보급 물자를 공급하기 위한 수송 일정을 조율하느라 애쓰고 있었다. 콘의 분과에서는 오래된 정보 자료들을 재검토하고 있었다. 어딘가 깔끔하게 정리되지 않는 부분이 있었다. 결과는 운에 맡기고 어떻게든 하는 데까지 해 봐야 했다. 군수품의 대부분을 전선에 새로 뚫린 구멍 쪽으로 보내고, 다른 지역에서는 현재 갖고 있는 물자로 그럭저럭 견디기를 바랄 수밖에 없다.

댈리슨은 예비 대대를 대기시키고 병력의 이동 개시를 명령했다. 곧 점심시간이었지만 그는 점심을 걸러야 할 판이었다. 차가운 맥주를 마신 탓인지 배가 뒤틀리며 아팠다. 파란색 휴대 식량 상자에 들어 있는 통조림 치즈를 생각하니 넌더리가 났다. 그래도 또 변소에 가지 않으려면 그거라도 먹어야 했다.

"천막 안에 설사약 있나?" 그가 큰 소리로 물었다.

"없습니다."

그가 행정병 하나를 구급소로 보냈다. 온몸에서 더운 땀방울이 나른하게 흘러내렸다.

전화기가 울렸다. 중대를 위로 이동시켰다는 윈드밀의 보고였다. 몇 분 뒤 1차 예비 중대의 중대장이 전화를 걸어와 병사들이 측면에 호를 파고 있다고 보고했다.

이번에는 대대를 보내야 할 터였다. 댈리슨은 골치가 아팠다. 뭘 해야 한단 말인가? 지금까지의 모든 일에는 그래도 몇 가지 선례가 있었지만, 이제부터는 아무것도 없었다. 일본군의 주 보급 기지는 E중대의 새 진지 뒤로 2킬로미터쯤 떨어진 지점에 있었는데, 어쩌면 그곳을 공략해야 할 것도 같았다. 아니면 측면을 공격하여 포위할 수도 있을 것 같았다. 그러나 그런 일은 상상할 수 없었다. 전선이 뚫렸다지만 그 규모는 미미했다. 그는 각 진지들을 모두 시찰했고 야영지의 모습이 어떤지도 알았으나, 그곳에서 벌어지는 일은 정확히 알지 못했다. 중대와 중대 사이에는 상당한 간격이 있었다. 전선은 견고하게 이어진 선이 아니라 서로 멀찍이 떨어진 일련의 지점들이었다. 그는 이제 일본군이 차지한 지점들 뒤로 얼마간의 병력을 투입했고 나중에 그 병력을 보강할 작정이었다. 문제는 그들이 무엇을 해야 하는가였다. 측면을 공격해서 포위하려면 어떻게 해야 한단 말인가? 순간 찌는 듯한 더위 속에서 부루퉁한 표정으로 구시렁대며 정글의 오솔길을 따라 이동하는 병사들의 모습이 눈앞에 그려졌다. 그러나 그는 그런 병사들의 모습과 지도 위의 숫자들을 연결시킬 수가 없었다.

그는 책상 위를 느릿느릿 기어가는 벌레 한 마리를 손가락으로 튕겨 냈다. 대체 뭘 해야 한단 말인가? 오늘 밤 모든 것이 엉망이 되어 버릴지도 모른다. 어디에 누가 있는지 아는 사람이 아무도 없고 전화선 하나 제대로 놓인 곳이 없을 것이다. 정전기 때문이든 높은 언덕이 가로막아서든 무전이 먹통이 될 수도 있었다. 무전이 긴요할 때마다 늘 그런 식이었으니까. 지금까지는 그런 일이 해결 가능한 범위 내에 있었지만 이젠 통신 장교인 무니를 불러들이는 수밖에 없다. 병참과는 이미 수송 문제로 손발이 묶여 있었다. 정보과는 그와 함께 밤을 새워야 할 것이다. 아, 모든 게 엉망이다. 하필이면 오늘, 일이 이렇게 될 게 뭐람. 이번 일이 아무런 성과도 없이 끝난다면 두고두고 말이 있겠지.

소령은 한바탕 웃고 싶은 기분이었다. 그는 작은 돌 한 개를 언덕 아래로 던졌다가 그것이 엄청난 산사태로 확대되는 것을 속수무책으로 지켜보며 저도 모르게 바보같이 낄낄대는 사람 같았다. 장군은 왜 하필 이 시점에 자리를 비웠단 말인가?

이런 상황이니 주변의 움직임은 당연히 분주했다. 작전과 천막 안의 모두가 일을 하고 있었다. 야영지 안에서는 상관의 지시를 수행하고 있음이 분명한 병사들이 바쁘게 오갔다. 멀리서 호송 트럭 대열의 요란한 소리가 나른한 열대의 대기를 불안하게 흔들어 댔다. 이 모든 움직임들을 지시한 것이 바로 그였다. 그는 좀처럼 실감이 나지 않았다.

베어 먹던 치즈가 딱딱하게 굳어 있었다. 천막에서 내다보니 천막 안에서 여전히 졸고 있는 병사들이 눈에 띄었다. 그는 머리끝까지 화가 치밀었다. 그러나 그런 것까지 간여할 시간은 없었다. 모든 것들이 제어할 수 없는 수준으로 치닫고 있었다. 팔에 안고 있던 여남은 개의 꾸러미 중에서 먼저 안은 몇 개가 이미 품을 벗어나 흘러내리기 시작하는 느낌이었다. 도대체 얼마나 더 재주를 부려야 한단 말인가?

포병대 문제도 있었다. 포병대의 위치도 전체적으로 조정해 놓을 필요가 있었다. 그의 입에서 무거운 신음 소리가 흘러나왔다. 시시각각 부품과 스프링과 나사가 빠져나가 기계가 해체되는 느낌이었다. 포병대 문제에 관해서는 미처 생각조차 하지 못했던 것이다.

델리슨은 두 손으로 머리를 감싸고 생각을 짜내려 했으나 나오는 게 없었다. 예비 대대의 선봉이 이미 E중대의 새로운 진지에 도달했다는 보고가 들어와 있었다. 대대의 나머지 병력이 그곳에 도착한 다음에는 뭘 해야 하는가? 일본군의 보급 물자가 어느 고지 후방의 동굴들 속에 비축되어 있었다. 대대를 그곳으로 보낼 수도 있었지만, 그다음에는 무엇을 하느냐가 문제였다. 병력이 더 필요했다.

머릿속이 맑았다면 그는 아마 쉽게 결정을 내리지 못했을 것이다. 그러나 그가 생각할 수 있는 것이라곤 병력 이동에 관한 일뿐이었다. 그는 C중대의 중대장에게 진지를 왼쪽의 B중대에 인계하고 중대 병사들과 함께 예비 대대에 합류하라고 명령했다. 그렇게 조치하고 나니 문제가 단순해졌다. 정상적인 상황에서라면 삼 개 중대가 맡을 진지를 이 개 중대가 맡게 되었으니, 그들은 그냥 그곳에 남겨 둬야 했다. 그들에 대해서는 따로 신경을 쓸 필요가 없어진 셈이었다. 그리고 오른쪽 측면 병력을 동원하여 정면 공격을 할 수 있을 것이다. 모두 일제히 공세를 취하게 하고, 포병은 포병 스스로 알아서 하게 하자. 포병이 보급 기지에 대대 규모의 공격을 퍼붓고 나면 그 뒤의 일은 상호 연락과 그때그때의 표적에 따라 결정하면 될 일이었다.

그는 사단 포병대에 전화를 걸어 명령을 내렸다. "오늘 오후 내내 정찰기를 띄워 놓게. 두 대 모두."

"며칠 전에 한 대가 격추되었어요. 잊으셨습니까? 또 한 대는 고장으로 날지를 못합니다."

"왜 진작 알리지 않았나?" 댈리슨이 호통을 쳤다.

"어제 보고했습니다만."

"이런, 제기랄! 그렇다면 관측 장교[17]들을 460연대의 A, B, C, D 각 중대와 458연대의 C중대에 배정하게."

"통신은 어떻게 합니까?"

"그건 자네가 알아서 할 일 아닌가? 그거 아니라도 나는 생각할 게 많아." 땀이 배어 나와 등이 간지러웠다. 벌써 1시가 되어 해가 천막 지붕을 태울 듯이 뜨거운 열기를 내리 뿜고 있었다.

오후 시간이 더디게 흘러갔다. 3시가 되어서야 예비 대대와 C중대가 이동을 완료했는데, 댈리슨은 이젠 될 대로 되라는 심정이었다. 그는 1000명에 가까운 병력을 출동 대기시켜 놓았지만 그들을 어디로 보내야 할지에 대해서는 아무런 생각이 없었다. 한 몇 분간은 그들을 왼쪽으로 돌려 해안 쪽으로 진격시킬까 생각했다. 그렇게 하면 일본군 전선의 반을 고립시킬 수 있을 터였다. 그러나 자기가 이미 왼쪽 측면에서 일개 중개를 빼낸 사실이 뒤늦게 기억났다. 해안 쪽에서 일본군을 압박하면, 오히려 이쪽 아군의 전방 진지들이 위험해질 수 있었다. 소령은 책상에 머리를 박고 싶은 기분이었다. 이렇게 큰 실수를 저지르다니!

병사들을 오른쪽으로 돌려 산으로 진격하게 할 수도 있었다. 그러나 일본군의 전선(戰線)을 끊어 놓고 난 후에는 보급 물자를 수송하기 어려웠고, 맨 앞 선봉에 선 부대에 장거리 보

---

17) 최전방 전초 진지에서 관측 임무를 담당하여 포병의 사격을 지원하는 장교.

급을 해야 하는 문제가 있었다. 마르티네즈가 단신으로 정찰을 나갔을 때 그랬던 것처럼, 그는 빤한 사실들을 너무도 많이 잊고 있었다. 두려움이 엄습했다.

전화가 또 울렸다. "여기는 록 앤 라이.(460연대 1대대장.) 십오 분 후에는 진격할 수 있습니다. 우리의 임무를 알려 주십시오. 부하들에게 지시를 내려야 합니다."

지난 한 시간 동안 그는 똑같은 요청을 받았고, 그때마다 소리를 지르곤 했다. "임무는 상황을 보고 결정한다. 그러니 일단 대기해, 제기랄." 이제는 답을 주어야 했다. "통신 침묵 상태로 일본군의 보급 기지까지 전진하게." 댈리슨이 좌표를 알려 주었다. "공격할 준비가 되면 알리게. 포병이 지원을 할 거니까. 포격 위치는 관측 장교를 통해 파악하게. 무선 연락이 안 되면 정확히 한 시간 후에 우리 쪽에서 포격을 할 테니 그 후에 진입한다. 기지는 파괴하고 신속히 움직이도록. 그다음 일은 나중에 알려 주지."

그가 전화를 끊고 시계를 보았다. 천막 안에는 뜨거운 열기가 무거운 휘장처럼 드리워져 있었다. 천막 밖 하늘은 어두워지고 있었고 나뭇잎들은 한껏 시늉만 하는 바람 속에서 나른하게 하품을 하고 있었다. 전선은 조용했다. 이런 날 오후, 일제 포격이 있기 반 시간쯤 전에는 대개 온갖 소리가 다 들리는 법이었지만, 지금은 잠잠했다. 포들은 집중적으로 포격할 표적의 좌표를 맞추며 대기 중이라고 하지만 기관총이나 소총 소리도 들리지 않았다. 들리는 것이라곤 이따금 탱크가 지나가면서 땅을 흔들고 흙을 튀기는 소리뿐이었다. 해변에는 도로가 없으므로 탱크를 쓸 수 없었다. 그래서 그는 왼쪽의 약해진 진지들의 빈틈을 메우기 위해 그쪽으로 탱크를 보냈다.

공격 대대에 대전차포를 지원해 주지 않은 사실이 갑자기 생각나자 이번엔 그가 크게 신음 소리를 냈다. 보급 기지 공격에 때를 맞추어 대전차포를 보내기엔 이미 너무 늦은 시간이었다. 그러나 일본군의 반격이 있을 경우 어쩌면 때맞춰 대전차포를 보낼 수 있을 것 같았다. 그는 2대대의 대전차 소대를 공격 대대의 선봉에 뒤이어 출동시켰다. 얼마나 많은 생각이 또 뒤늦게 떠오를 것인가?

물론 그는 입속으로 욕설을 내뱉으며 기다렸다. 갈수록 더욱 초조해졌다. 급기야는 모든 일이 틀어질 것 같은 확신까지 들었다. 그는 페인트 통을 차 엎지르고도 어떻게든 무사히 넘어가기만을 바라는 어린아이가 된 심정이었다. 이 순간 그의 마음에 가장 걸리는 문제는 공격이 실패로 끝난 후 전 병력을 철수시켜 재정비하는 데 시간이 얼마나 걸릴까 하는 것이었다. 적어도 또 하루를 몽땅 허비해야 할 터였다. 그렇다면 도로 건설 작업이 이틀이나 중단되는 셈이었다. 댈리슨은 그 점이 가장 신경 쓰였다. 자신이 총공격을 개시했다는 사실을 실감하자 가슴속에 놀라움이 일었다.

한 시간이 경과하기 십 분 전에 무선 침묵이 깨졌다. 공격 대대가 보급 기지 200미터 앞까지 진출했으나, 아직 일본군에게 발각되지 않은 상황이었다. 포가 불을 뿜기 시작했고 삼십 분 동안 포격이 이어졌다. 포격이 끝난 뒤 대대가 전진하여 이십 분 안에 보급 기지를 점령했다.

댈리슨이 일의 전말을 제대로 파악하기까지는 시간이 필요했다. 그날 오후 시간이 한참 흐른 뒤에는 아군이 일본군 보급 물자의 3분의 2를 노획했다는 사실을 알게 되었지만, 공격 첫째 날 밤만 해도 그 일은 거의 안중에 없었다. 중요한 소식은 진격 당시 도야쿠 장군이 막료의 반수와 함께 전사했다는 사실이었다. 보급 기지를 지나 불과 수백 미터 떨어진 곳에 있던 도야쿠의 비밀 사령부가 공격 대대에 의해 박살이 난 것이다.

그것은 댈리슨이 소화하기에는 너무도 벅찬 소식이었다. 그는 그날 밤 그곳에서 야영하라는 명령을 대대에 전달하고, 그러는 사이 긁어모을 수 있는 병력을 모두 그곳으로 이동시켰다. 본부 중대와 지원(支援) 중대에 남은 병사들은 취사병들 뿐이었다. 이튿날 아침이 되었을 때 그는 1500명의 병력을 일본군 전선의 후방에 배치해 놓았는데, 오후에는 측면의 병력도 전방으로 이동시켰다.

커밍스는 같은 날 군사령부에서 돌아왔다. 아무리 생각해도 보토이 만을 침공하지 않고는 이 작전을 조속히 끝낼 수 없다는 의견을 피력하며 통사정을 하고서야 겨우 구축함 한 척을 지원받을 수 있었다. 구축함은 그의 뒤를 따라 출발했고 이튿날 아침에 반도에 도착할 예정이었다. 이제 와서 배를 되돌려 보내기란 불가능했다.

대신 그는 밤새 참모들을 부려 병력을 정글에서 반도 끝으로 이동시켰다. 아침이 되자 그는 소총 소대 이 개 병력을 상륙정을 태워 내보내 보토이 만에 상륙시킬 수 있었다. 구축함이 예정대로 모습을 드러내 해변에 함포 사격을 가한 후 상륙 부대를 직접 지원하기 위해 해안에 접근했다.

소수의 일본군 저격병들이 상륙 부대 제1진에 산발적으로 총격을 가하다가 도주했다. 반 시간 후 상륙 부대들은 일본군 전선 후방에서 기동 작전을 펼친 부대들과 합류했다. 그날 저녁에 작전은 완료되었다. 오직 소탕전만을 남겨 두었을 뿐이었다.

군사령부에 제출된 작전 보고서에서는, 보토이 만 상륙 작전이 도야쿠 선 돌파의 주요 요인이었다고 기술되었다. 보고서에서 이 상륙 작전은 강력한 국지적 공격을 통해 일본군의 후방으로 침투해 들어온 부대들의 지원을 받은 것으로 되어 있었다.

댈리슨의 머리로는 일의 전말을 완전히 이해할 수 없었다. 시간이 흐르면서 그는 커밍스가 지휘한 보토이 만 상륙 작전이 이번 작전 전체를 결정지었다는 생각까지 하게 되었다. 그가 바라는 것은 정식 지휘관 계급으로 진급하는 일뿐이었다.

흥분된 분위기 속에서 모두가 수색 소대의 일은 까맣게 잊었다.

12

댈리슨 소령이 공격을 개시한 그날 오후, 수색 소대는 계속 아나카 산을 오르고 있었다. 그들은 산중턱의 끔찍한 무더위에 빠져 허우적거렸다. 물 마른 골짜기나 움푹 꺼진 지대를 지날 때마다 공기가 불덩이 같은 바위에서 굴절되어 나오는 것 같았다. 계속해서 실눈을 뜨고 가느라 얼마간의 시간이 흐른 뒤엔 얼굴 근육이 몹시 땅겼다. 그것은 허벅지 근육의 경련이나 등의 격심한 통증에 비하면 대수로운 고통이 아니었고 딱히 의식이 되지도 않았지만, 사실상 행군을 괴롭게 만드는 가장 큰 요인이었다. 밝은 햇빛이 안구의 연약한 조직을 가시처럼 파고들어 뇌 깊숙한 곳에서 붉은 원들을 그리며 성난 듯이 춤을 추었다. 지금까지 행군해 온 거리를 계산하는 짓도 이미 그만둔 지 오래였다. 내려다보이는 모든 것들의 윤곽이 희미했고, 지형의 변화가 야기하는 각기 다른 고통들도 모두 잊혔다. 그들은 다음 100미터가 풀 한 포기 없는 바위 비탈인지, 아니면 덤불이나 숲인지에 대해서도 더 이상 관심을 갖지 않았다. 다들 술에 취한 사람처럼 고개를 떨어뜨리고 팔로 옆구리를 발작적으로 치면서 한 줄로 비틀거리며 걸었다. 장비는 납덩이처럼 온몸을 짓눌렀고 뼈마디마다 상처 나고 헐지 않은 곳이 없었다. 배낭 멜빵에 쓸린 어깨에는 물집이 생겼고, 허리는 흔들리는 탄대에 맞아 멍이 들었다. 걸을 때마다 소총이 거칠게 옆구리를 쓸며 탕탕 때렸고, 그 바람에 엉덩이에도 물집이 잡혔다. 상의에는 마른 땀자국들이 길고 흰 선을 남겼다.

그들은 기진한 상태로 흐느끼듯 숨을 헐떡이면서 아무 생각 없이 바위에서 바위로 기어 올라갔다. 크로프트는 자신의 의지와 달리 몇 분에 한 번씩 그들을 쉬게 해야 했다. 이제 그들은 벌러덩 드러누워 자기들이 행군한 시간만큼 휴식을 취했다. 들것을 나르는 사람들과 마찬가지로 그들 역시 모든 것을 잊은 상태였다. 이제 아무도 자신을 개성을 가진 인간이라고 생각하지 않았다. 그들은 고통을 둘러싸고 있는 껍데기에 지나지 않았다. 그들은 수색 임무를 잊었고, 전쟁과 자신의 과거를 잊었으며, 심지어 자기가 방금 올라온 산비탈까지 모조리 잊었다. 주위의 병사들은 툭하면 걸리고 부딪치게 되는 정체 모를 성가신 장애물들에 불과했다. 눈부신 열기를 쏘아 대는 하늘과 뜨겁게 달아오른 바위가 차라리 훨씬 더 친숙했다. 그들의 의식은 부질없이 혹사당해 경련하는 팔다리에 집중했다가 쓰라리고 아픈 상처로 옮겨 가는 등 마치 미궁 속의 쥐처럼 몸속에서 이리저리 내달았고, 몇 분 동안은 또 한 번 숨을 들이쉬어 보려고 고통스럽게 버둥거렸다.

이런 상태를 침범해 들어오는 건 두 가지뿐이었다. 그들은 크로프트를 두려워했는데, 그 두려움은 지칠수록 더욱 짙어졌다. 이제 그들은 크로프트의 목소리가 들리기를 기다렸고, 그의 명령이 채찍처럼 귀를 후려칠 때마다 몇 미터를 힘겹게 나아갔다. 그들 사이에는 막연하면서도 뭔가 실감이 안 되는 불안감이, 드러내 놓고 표현하진 않아도 크로프트에 대한 바닥 모를 공포심이 깃들어 있었다.

그러나 다른 한편으로 그들은 행군을 포기하고 싶었다. 그들이 지금껏 갈망해 온 그 무엇보다 그것을 바랐다. 걸음을 내디딜 때마다, 근육에 경련이 일고 가슴에 통증이 일 때마다 그런 욕망이 불끈불끈 솟았다. 그들은 자기들을 인솔하는 자에 대한 말로 표현 못할 지독한 증오심을 품고 말없이 전진했다.

크로프트도 그들 못지않게 지쳐 있었다. 이제는 그도 다른 병사들만큼이나 휴식이 반가웠고, 휴식 시간을 예정보다 두 배로 늘리고 싶었다. 산꼭대기도 이젠 관심 밖이었고, 다른 병사들처럼 행군을 중단하고 싶었으며, 매번 휴식이 끝날 때마다 더 쉬고 싶은 유혹과 한바탕 씨름을 하고서야 다시 행군을 이어 갈 수 있었다. 그가 전진을 계속하는 것은 마음 밑바닥에, 이 산을 올라가야 한다는 지상 명령이 도사리고 있었기 때문이었다. 골짜기에서 내린 결단은 그의 의식 속에 쇠밧줄로 놓여 있었다. 지금 돌아선다는 것은 스스로 목숨을 끊는 것만큼이나 어려운 일이었다.

그들은 비교적 완만한 비탈은 힘겹게 오르고, 산 벽이 가팔라지면 바위에서 바위로 기어오르며 오후 내내 느리게 전진했다. 그들은 산마루에서 산마루로 이동하고 작은 둔덕의 경사면을 따라 휘청거리며 힘겹게 걸었다. 진창 위를 지날 때는 미끄러지고 넘어지는 일이 다반사였다. 그들 머리 위로 우뚝 솟은 산은 영원히 계속 이어질 것만 같았다. 그들은 힘을 쥐어짜느라 흐려진 눈으로 정상 부근의 비탈들을 힐끗 쳐다보았고, 끝없이 이어지는 구불구불한 오르막길을 따라 한 사람씩 올라갔고, 어쩌다가 평평한 길이 나오면 고마운 마음으로 무거운 걸음을 옮겼다.

미네타와 와이먼과 로스는 누구보다 상태가 비참했다. 여러 시간째 그들은 대열의 후미에 처져 앞사람들을 쫓아가려 무진 애를 쓰고 있었다. 세 사람 사이에는 일종의 유대감이 형성되어 있었다. 미네타와 와이먼은 로스가 안쓰러웠고, 그가 자기들보다 행군을 더욱 힘겨워한다는 이유로 그에게 너그러웠다. 로스는 그들에게 의지했고, 피로가 무엇인지 아느니만큼 자기보다 조금 덜 지쳤다는 이유로 그들이 자기를 경멸하지 않으리란 것을 알았다.

로스는 살면서 그 어느 때보다 격렬하게 애를 쓰고 있었다. 소대에 배치된 이래 그는 자기가 당하는 모욕과 비난을 매번 더 큰 고통으로 받아들였다. 무관심해지거나 보호벽을 쌓기는커녕 그는 시간이 갈수록 더 예민하게 반응했다. 수색 임무가 진행되는 동안 그는 더 이상의 폭언을 견딜 수 없는 지경에 이르렀다. 너무 오랫동안 걸음을 멈추고 있으면 소대 전체의 분노와 조롱이 자기에게 쏟아진다는 것을 알기에, 그는 지금 스스로를 앞으로 몰아대고 있었다.

그렇게 애를 쓰고 있음에도 그는 지금 쓰러지기 일보직전이었다. 두 다리가 더 이상 제구실을 하지 못했다. 가만히 서 있을 때도 그의 다리는 자꾸만 꺾이려고 했다. 오후가 끝나 갈 무렵 온몸의 맥이 풀리기 시작했다. 그것은 일련의 과정을 거쳐 서서히 진행되었다. 처음에는 엉덩방아를 찧었고, 비틀거리고 미끄러지며 겨우겨우 앞으로 나아가다가 종내는 엎어졌다. 몇 백 걸음을 겨우 나아가다 쓰러지기를 반복했고, 그러면 소대원들은 그가 안간힘을 다해 천천히 일어나서 다시 비실비실 걸음을 옮길 때까지 기꺼이 기다려 주었다. 그러나 그가 쓰러지는 간격이 갈수록 짧아졌다. 로스는 거의 의식이 없는 상태로 걸음을 내디뎠고, 발을 헛디딜 때마다 무릎이 제 풀에 꺾였다. 반 시간이 지나자 그는 이제 다른 사람의 도움 없이는 일어날 수조차 없었다. 그가 내딛는 한 걸음 한 걸음이 방 안에서 혼자 걸음마를 하는 아이의 걸음걸이처럼 위태로웠다. 그는 심지어 어린아이처럼 넘어져 멍하니 자기 다리를 깔고 앉은 채, 왜 자기가 계속 걷고 있지 않은지 영문을 알 수 없다는 표정을 지어 보이기도 했다.

얼마 안 있어 소대원들은 그에게 짜증이 나기 시작했다. 크로프트는 로스가 다시 걸을 때까지 그들을 그대로 서 있게 했다. 앉아서 쉬지도 못하고 기다려야 하니 여간 성가신 일이 아니었다. 그들은 로스가 넘어지지나 않을까 하고 기다리게 되었고, 어김없이 그런 일이 생기면 신경이 곤두섰다. 그들의 분노는 크로프트에게서 로스에게로 옮아 가기 시작했다.

산은 갈수록 험준해졌다. 크로프트는 십 분 전부터 바위 턱을 따라 가파른 바위 절벽 가장자리로 소대원들을 인솔하고 있었는데, 그 길은 폭이 겨우 몇 십 센티미터밖에는 되지 않았다. 오른쪽으로 1~2미터만 가도 수백 미터 낭떠러지였다. 그런데도 그들은 이따금 자기도 모르게 비트적거리며 그 끝으로 다가서곤 했다. 그것은 모두에게 또 다른 공포심을 일으켰다. 로스가 주저앉을 때마다 그들은 초조하고 짜증이 났다. 한시바삐 이 바위 턱에서 벗어나고 싶었다.

이렇게 바윗길을 오르던 도중 로스가 쓰러졌다. 그는 일어나 보려 하다가 아무도 부축해 주지 않자 다시 벌러덩 드러누웠다. 바위 턱의 표면은 뜨거웠다. 그러나 그곳에 등을 대고 누워 있으니 아늑한 느낌이 들었다. 방금 내리기 시작한 오후의 빗줄기가 몸속을 파고들어 바위를 식히는 것 같았다. 그는 굳이 일어나려 애쓰지 않았다. 마비된 감각을 뚫고 어딘가에서 또 다른 불만이 자리를 잡았다. 이런 식으로 행군을 계속해서 뭘 어쩌자는 거야?

누군가 그의 어깨를 끌어당겼다. 그는 그 손을 뿌리쳤다. "난 더 이상은 못 가." 그가 가쁜 숨을 몰아쉬었다. "더 이상은 못 가. 못 간다고." 그가 힘없이 주먹으로 바위를 쳤다.

갤러거가 그를 일으켜 세우려 했다. "일어나, 이 개새끼야." 갤러거가 악을 썼다. 로스를 붙들고 있느라 온몸이 아팠다.

"난 안 되겠어. 그냥 가."

로스의 귀에 흐느끼는 울음소리가 들렸다. 다른 누구도 아닌 자기 입에서 나오는 소리였다. 소대원들 거의가 둘러서서 자기를 내려다보는 게 어렴풋이 느껴졌다. 그러나 그것은 그에게 아무런 영향도 주지 않았다. 다른 사람들이 자기를 지켜보고 있다는 사실에 그는 쓸쓸하고도 묘한 기쁨을 느꼈고, 수치심과 피곤함이 뒤섞여 기분이 들뜨기까지 했다.

이보다 더한 일은 앞으로 일어날 수가 없었다. 우는 모습을 볼 테면 보라지. 소대 내에서 그가 가장 불쌍한 인간이라는 걸 다시 한 번 확인하라지. 그것만이 그가 인정받을 수 있는 방법이었다. 그토록 많은 무시와 조롱을 당하고 나니 차라리 이런 꼴로 주목을 받는 편이 더 나은 것도 같았다.

갤러거가 그의 어깨를 다시 끌어 올렸다. "비키라니까. 난 못 일어나." 로스가 악을 썼다.

갤러거는 역겨움과 연민을 동시에 느끼면서 그를 붙잡아 흔들었다. 그러나 그런 감정들이 다가 아니었다. 그는 두려웠다. 온몸의 근육 섬유가 너도 로스 옆에 누워 버리라고 그에게 요구했다. 숨을 들이쉴 때마다 느껴지는 가슴 통증과 욕지기 때문에 그도 로스처럼 울고 싶었다. 그는 로스가 일어나지 않으면 자기도 쓰러지리라는 것을 알았다.

"일어나, 로스!"

"난 못 일어나."

갤러거가 그의 겨드랑이 밑에 손을 넣고 그를 일으켜 세우려 했다. 시체처럼 축 늘어져 그 힘에 저항하는 로스에게 격분한 갤러거는 로스를 내려놓고 로스의 뒤통수를 손바닥으로 냅다 갈겼다. "일어나, 이 빌어먹을 유대 놈아!"

그 일격에, 그 욕설에, 로스는 전기에 감전된 것처럼 꿈틀했다. 로스는 어느새 비틀거리며 일어나고 있었다. 누군가에게 그런 식으로 욕을 먹어 본 건 난생처음이었고, 그로 인해 새로운 실패와 패배의 전망이 눈앞에 펼쳐지는 것 같았다. 그들은 이제 자신의 결함과 무능력을 탓하는 것으로 부족해서, 그가 믿지 않는 종교이자 실제로 존재하지 않는 인종의 모든 결함 속에 그를 포함시키고 있었다. "히틀러주의, 인종주의다." 그가 중얼거렸다. 그는 충격을 가라앉히려 애쓰면서 멍하니 불안한 걸음을 옮겼다. 왜 저들은 날 유대 놈이라고 부를까? 유대인으로 태어난 게 내 잘못이 아니라는 걸 왜 모를까?

그리고 또 다른 무언가가 작용했다. 그 모든 방어 기제들, 그의 삶이라는 건축물을 그럴듯하게 지탱해 주던 외관들은 소대의 신랄한 분위기 속에서 서서히 부식되었다. 그런데 이제 극도의 피로가 그 받침대를 뽑아 버렸고 갤러거가 준 충격이 건물 자체를 쓰러뜨리고 말았다. 이제 그는 또 다른 방식으로 발가벗겨진 것이다. 그는 그것이 몹시도 싫었다. 그들에게 그것을 알아듣게 설명할 수 없는 것이 답답했다. 정말 말도 안돼. 로스는 머릿속 깊은 곳에서 이렇게 말했다. 유대는 종족도, 나라도 아니란 말이야. 유대교를 믿지 않는 사람이 어째서 유대인이란 말야? 이것이 방금 무너져 버린 받침대였다. 탈진한 와중에도 그는 골드스타인이 언제나 알고 있었던 무언가를 이해했다. 그의 행동은 개인을 넘어 의미가 확장될 것이다. 사람들은 그저 그를 싫어하기만 하는 것이 아니라 유대인이라는 낙인을 더욱 선명하게 부각시킬 것이다.

마음대로 하라지. 엄청난 분노가 오히려 그에게 힘을 빌려 주었다. 난생처음으로 그는 진실로 분노했고 그 분노를 동력 삼아 100미터, 200미터, 300미터를 전진할 수 있었다. 갤러거에게 맞은 뒤통수가 아프고 몸도 가누기 힘들었지만, 행군 도중만 아니었다면 그는 다른 소대원들에게 달려들어 의식을 잃을 때까지 싸웠을 것이다. 그의 행동 어느 것 하나 잘못이 아닌 게 없고, 무엇을 하든 그들의 마음에 들지 않을 터였다. 그의 마음은 분노로 들끓었지만 거기에는 자기 연민 이상의 무엇이 있었다. 그는 이해했다. 사람에겐 언제나 화풀이 대상이 필요한 법이기에, 그 자신이 그런 존재가 된 것임을. 그들에게 없어서는 안 될 동네북의 역할을 유대인이 하고 있는 셈이었다.

그는 몸집이 아주 작았다. 그의 분노는 측은할 정도였다. 그러나 그것을 딱하게만 보는 건 그가 생각할 때 억울한 일이었다. 몸만 더 건강했어도 그는 무언가를 할 수 있었을 것이다. 그렇다 하더라도, 다른 병사들을 따라 산길을 오르는 그에게는 무언가 다른 것, 보다 깊은 인상을 주는 것이 있었다. 이 몇 분 동안 그는 다른 병사들이 두렵지 않았다. 고개를 축 늘어뜨리고 휘청거리며 걷는 동안, 그는 피로감을 완전히 떨쳐 내고 자기 안에 새롭게 싹튼 분노 속에 홀로 몰두한 채 육체를 완전히 망각했다.

그 시점에 크로프트는 근심에 싸여 있었다. 로스가 쓰러졌을 때 그는 아무런 참견도 하지 않았다. 그가 어떤 식으로든 결단을 내리지 못한 것은 그때가 처음이었다. 수개월에 걸쳐 소대를 이끌면서 누적된 피로, 사흘 동안 헌과 지내는 동안 쌓인 긴장의 영향이 나타나고 있었다. 그는 지쳤고, 일이 잘못될 때마다 초조감이 더해졌다. 피로에 지친 소대원들이 불만스러운 태도로 전진을 꺼리는 것도 무척이나 신경에 거슬렸다. 마르티네즈가 정찰을 나갔다 돌아왔을 때 그는 엄청난 결단을 내려야 했고, 그것이 그의 기력을 모두 빼앗아 버렸다. 마지막으로 로스가 쓰러졌을 때, 크로프트는 돌아서서 로스에게로 가려다 말고 걸음을 멈췄다. 그 순간 너무 지쳐 손가락 하나 까딱할 수가 없었다. 갤러거가 로스를 때리지 않았다면 그가 개입했을지도 모르지만, 이번 한 번만은 가만히 기다리는 것으로 만족했다. 그의 모든 자잘한 과실과 사소한 실패가 어느덧 중요성을 띠고 있었다. 그는 강변에서 일본군이 자기에게 고함을 쳤을 때 몸이 마비되었던 일을 역겨운 기분으로 떠올렸다. 그 후에 있었던 전투와, 몸이 반응하기 전에 머릿속이 하얘지던 일도 생각이 났다. 처음으로 그는 확신이 서지 않았다. 산은 여전히 그를 비웃고 여전히 그를 유인했으나, 납덩이처럼 무거운 그의 다리는 기계적으로만 반응했다. 그는 자기가 소대원들의 체력과 자신의 기력을 잘못 계산했음을 깨달았다. 이제 한두 시간 안에 사위가 어두워질 것이다. 그 전에 산꼭대기에 다다를 가망은 전혀 없었다.

그들이 걷는 바위 턱이 갈수록 폭이 좁아지고 있었다. 30미터 위쪽으로 뾰족뾰족한 바위로 덮여 웬만해선 넘을 수 없을 것 같은 산마루가 보였다. 저 멀리 앞에는 오르막으로 된 바위 턱이 능선을 가로질렀는데, 그 너머에 산꼭대기가 있을 터였다. 산꼭대기까지의 높이는 그들이 있는 곳에서 300미터가 넘지 않을 것 같았다. 크로프트는 어두워져 행군을 멈추기 전에 정상이 보이는 곳까지 가고 싶었다.

그러나 길은 점점 더 험해지고 있었다. 비구름이 부푼 풍선처럼 그들의 머리 위에 자리 잡았다. 그들은 안개가 낀 듯 흐린 시야 속에서 앞으로 나아갔다. 이곳의 비는 더 차가웠다. 한기가 온몸을 엄습했고 발은 젖은 바위 위에서 미끄러졌다. 몇 분이 더 지나자 빗줄기에 가려 위의 능선이 보이지 않았다. 그들은 바위 벽에 얼굴을 밀착시키다시피 한 채 좁은 바윗길을 따라 조금씩 신중하게 발을 내디뎠다.

이제 바위 턱의 폭은 30센티미터를 넘지 않았다. 소대는 수직으로 갈라진 절벽 틈에서 자라는 잡초와 관목을 붙잡고 매우 느린 속도로 움직였다. 한 걸음씩 내디딜 때마다 고통스럽고 무서웠으나 앞으로 나아가면 나아갈수록 돌아서기는 더욱 두려웠다. 이미 지나온 길의 몇몇 곳은 돌아갈 엄두가 안 날 정도로 아찔한 구간이었기 때문에 그들은 그저 길이 넓어지기만을 바랐다. 위험한 길을 통과하느라 일시적으로 피로가 잊힐 정도였다. 그들은 40미터가 넘도록 한 줄로 늘어선 채 정신을 바짝 차리고 움직였다. 어쩌다 한두 번 아래를 내려다보고 싶은 생각이 들었으나, 그러기엔 너무도 무서웠다. 안개 속에서도 적어도 30미터는 됨 직한 낭떠러지가 보여 정신이 아득할 정도였다. 부드럽고 미끈미끈한 잿빛 바위 절벽들이 숨 쉬는 물개의 피부 같았다. 살아 있는 짐승의 피부 같은 바위의 역겨운 감촉은 두려움을 불러와 그들의 발걸음을 재촉했다.

바위 턱의 폭이 20센티미터로 좁아졌다. 크로프트는 안개 속에서 줄곧 앞쪽을 살피면서 길이 넓어지는지를 알아보려 했다. 여기서부터는 어느 정도 등반 기술이 필요했다. 이제까지는 사실상 매우 높은 언덕이었다고 할 수 있지만, 이제는 밧줄이나 암벽 등반용 곡괭이가 아쉬웠다. 크로프트는 팔과 다리를 벌려 바위를 안다시피 한 채 손가락을 걸 만한 틈을 찾으며 길을 따라 계속 전진했다.

그는 바위 턱이 갈라져 1미터 정도 틈이 나 있는 곳에 이르렀다. 그 틈 사이에는 사람이 매달릴 만한 덤불도 나무뿌리도 없었다. 발을 디딜 만한 바위는 일단 사라졌다가 틈 저쪽에서 다시 이어졌다. 그 틈새로는 완전히 뚝 떨어지는 산 벽만이 있었다. 평지 같으면 살짝 뛰어넘거나 발을 길게 뻗어 쉽게 건널 수 있는 넓이였다. 그러나 이곳에서는 몸을 옆으로 하고 왼발을 딛고 뛰어 오른발로 먼저 착지한 다음 바위 턱 위에서 비틀거리며 몸의 균형을 잡아야 했다.

그가 조심스럽게 배낭을 벗어 뒤에 있는 마르티네즈에게 건네고, 오른쪽 다리를 틈 위로 내밀고 잠시 망설였다. 그러다가 옆으로 뛰었고 틈 저편에서 한순간 휘청하다가 안정적으로 섰다.

"제기랄, 저길 어떻게 건너?" 누군가가 중얼거렸다.

"거기서 기다리고 있어." 크로프트가 말했다. "길이 좀 넓어지는지 살펴보고 올게." 바위 턱을 따라 10미터쯤 걸어가보니 길이 다시 조금씩 넓어졌다. 그는 깊은 안도감을 느꼈다. 길이 넓어지지 않는다면 다시 처음으로 돌아가서 다른 길을 찾는 수밖에 없었다. 소대원들을 처음부터 다시 산에 오르게 하는 건 그로서도 자신 없는 일이었다.

그가 바위틈 위로 몸을 내밀어 마르티네즈에게서 배낭을 건네받았다. 틈 사이의 거리는 두 사람의 손이 맞닿을 만큼 짧았다. 그가 마르티네즈의 가방도 건네받고는 몇 미터 뒤로 물러섰다. "자, 이제 모두들 이리로 넘어와. 이쪽 경치가 훨씬 더 좋다."

누군가가 신경질적으로 킬킬거렸다. 레드의 목소리가 들렸다. "이봐, 크로프트, 그쪽으로 가면 바위 턱이 좀 넓어지나?"

"그래, 꽤 넓어." 그러나 이내 순순히 대답해 준 것을 후회했다. 입 다물라고 한마디 했어야 했는데.

로스는 대열 후미에서 두려운 마음으로 귀를 기울였다. 바위틈을 뛰어서 건너려다 발을 헛디딜 것만 같았다. 불안감에 자기도 모르게 온몸이 떨려 왔다. 여전히 화가 가시지 않았지만, 그것은 차분한 결의로 바뀌어 있었다. 그는 몹시 지친 상태였다.

소대원들이 배낭을 넘겨주고 바위틈을 뛰어넘는 것을 지켜보자니 두려움이 더욱 커졌다. 그것은 그가 지금껏 제대로 해내지 못한 종류의 일이었다. 학창 시절 체조 시간에 철봉대 앞에서 자기 차례를 기다리며 느꼈던 것과 같은 해묵은 두려움이 되살아나 그를 괴롭혔다.

그의 차례가 예외 없이 다가오고 있었다. 그의 바로 앞에 있던 미네타가 틈새 끝에서 망설이다가 팔짝 건너뛰고는 힘없이 웃었다. "제기랄, 꼭 곡예라도 하는 것 같군." 로스가 헛기

침을 하고는 조용히 말했다. "뒤로 좀 물러나, 지금 갈 테니." 그가 배낭을 넘겨주었다.

미네타가 짐승을 달래듯 그에게 말했다. "자, 자, 걱정할 것 없어. 아무것도 아니야. 그냥 편하게 뛰어. 다 잘될 거야."

그는 미네타의 말투에 화가 났다. "걱정 마." 그가 말했다.

그러나 정작 바위 끝으로 다가가 저편을 건너다보니 다리가 마비된 듯 말을 듣지 않았다. 저편 바위 턱이 굉장히 멀어 보였다. 그 사이로 바위 절벽이 황량하게 입을 벌리고 있었다.

"간다." 그는 또 한 번 중얼거렸지만, 정작 움직이지는 않았다. 막 뛰어오르려는 순간 용기를 잃은 것이다.

셋까지 세어야겠다고 그는 생각했다.

하나.

둘.

셋.

그러나 움직일 수가 없었다. 결정적인 순간이 길게 꼬리를 늘이다 사라졌다. 몸이 그를 배반한 것이다. 그는 뛰어넘고 싶었지만, 몸은 그가 뛸 수 없다는 걸 알았다.

저편 바위 턱에서 갤러거가 하는 말이 들려온다. "미네타, 이리 바짝 다가서서 저 쓸모없는 놈을 잡아 줘라." 갤러거가 미네타의 두 다리 사이로 기어 와 저편 바위 끝에서 한쪽 팔을 내밀고 그를 노려보았다. "자, 내 손만 잡으면 돼. 그 정돈 할 수 있겠지."

두 사람의 모습은 기묘했다. 갤러거가 미네타의 다리 사이로 얼굴과 팔을 내민 채 그의 발치에 웅크리고 있었다. 그런 그들을 쳐다보는 로스의 마음속에서는 경멸감이 차올랐다. 지금 그는 갤러거가 어떤 인간인지 알 수 있었다. 갤러거는 골목대장, 그런데 겁에 질린 골목대장이었다. 무언가 그들에게 해 줄 말이 있었다. 그가 뛰어넘기를 거부한다면, 크로프트도 다시 이쪽으로 돌아올 수밖에 없을 것이다. 정찰 활동도 그것으로 끝날 것이다. 로스는 이 순간 자신이 가진 힘을 알았고, 자기가 크로프트와 맞설 수 있다는 것을 불현듯 깨달았다.

그러나 소대원들은 이해하지 못할 터였다. 그들은 그를 조롱할 것이고, 그들 자신의 약점을 감추려고 그를 모욕하고 짓밟을 것이다. 슬프고 괴로웠다. "간다." 그가 별안간 큰 소리로 외쳤다. 너희들이 원하는 대로 해 주마.

왼쪽 다리에 힘을 주며 몸을 날렸다고 그는 생각했다. 그의 몸이 어색하게 앞으로 비틀거렸다. 탈진한 몸의 추진력은 너무도 약했다. 놀라서 응시하는 갤러거의 얼굴이 순간적으로 그의 시야에 들어왔다. 그리고 다음 순간 그는 갤러거의 손을 미끄러지듯 지나쳤고, 다급하게 바위를 할퀴는가 싶더니, 결국 허공을 움켜쥐고 말았다.

추락하면서 로스는 자신이 분노에 차 울부짖는 소리를 들었고, 자기가 그렇듯 큰 소리를 낼 수 있다는 사실에 놀라움을 느꼈다. 도저히 믿기지 않아 얼이 빠진 와중에도, 저 멀리 까마득한 낭떠러지 밑의 바위에 부딪치기 전에 한 가지 생각을 했다. 그는 살고 싶었다. 허공 속으로 곤두박질치는 한 왜소한 인간이.

그 이튿날 아침 일찍, 골드스타인과 리지스는 들것을 들고 다시 길을 떠났다. 아침 공기도 상쾌했고 길도 마침내 평평해졌으나, 그렇다고 딱히 사정이 달라진 건 아니었다. 한 시간도 못 되어 그들은 전날과 다름없는 탈진 상태에 급속히 빠져들었다. 그들은 겨우겨우 몇 미터쯤 가서 윌슨을 내려놓고는, 또다시 들것을 들고 아등바등 전진하기를 반복했다. 사방에 북쪽의 산을 향해 굽이치는 완만한 언덕들이 있었다. 지평선까지 이어진 모래 언덕처럼 담황색의 평화로운 풍경이 끝없이 펼쳐졌다. 그 고요함을 깨는 것은 아무것도 없었다. 그들은 들고 있는 짐의 무게에 눌려 몸을 수그린 채 숨을 헐떡이고 끙끙대며 무거운 걸음을 옮겼다. 아침 하늘은 담청색을 띠었고, 정글 너머 저 멀리 남쪽으로는 말불버섯 모양의 구름이 열을 지어 서로 꼬리를 물었다.

이날 아침 그들의 무기력감은 새로운 형태를 띠었다. 윌슨은 시간이 지날수록 심해지는 고열에 시달렸고, 물을 달라고 사정하고 애원하고 악을 쓰고 욕을 하면서 내내 신음을 토했다. 두 사람에게는 견디기 힘든 일이었다. 그들에게 남아 있는 감각이라곤 청각뿐인 것 같았다. 그러나 그것도 부분적으로만 기능했다. 곤충이 윙윙대는 소리나 쉰 목소리로 흐느끼듯 들이쉬는 자신들의 숨소리는 귀에 들어오지도 않았다. 들리는 건 오로지 윌슨이 내는 소리뿐이었다. 줄기차게 물을 찾는 그의 신음 소리는 그들의 신경을 긁었고, 그들의 저항을 뚫고 집요하게 파고들었다.

"어이, 물 좀 달라니까." 윌슨의 입가에는 피가 섞인 침이 말라붙어 있었고, 시선은 초조하게 배회하고 있었다. 이따금 들것 위에서 몸부림을 쳤으나, 그의 그런 몸짓조차 힘이 없었다. 그는 어딘지 모르게 왜소해진 듯 보였다. 그의 커다란 골격 위에 살이 바짝 말라붙어 있었다. 몇 분에 한 번씩 그는 초점 없는 눈을 깜박이며 하늘을 쳐다보았고, 주위에서 풍기는 냄새를 세심하게 맡아 보았다. 그는 무의식적으로 자기 몸에서 나는 냄새를 맡았다. 그가 부상을 당한 지 사십 시간이 지났다. 그동안 그는 자주 배설을 했고 피와 땀을 흘렸다. 심지어 전날 밤 누워 잔 젖은 땅의 눅눅한 냄새까지 몸에 배어 있었다. 그가 역겹다는 듯 힘없이 얼굴을 찌푸리며 입을 움직였다. "너희들, 구린내 난다."

그들은 별다른 느낌 없이 그의 말소리를 듣고 또 한 번 숨을 헐떡였다. 정글에서 생활하며 늘 젖어 있는 상태에 익숙하다 보니 마른 옷을 입고 사는 것이 어떤 느낌인지를 잊은 것과 마찬가지로, 지금은 힘을 들이지 않고 숨을 쉰다는 것이 어떤 것인지 잊고 있었다. 그들은 그런 것에 대해 생각하지 않았다. 자기들의 여정이 언제 끝날 것인가에 대해서도 생각하지 않았다. 모든 것이 존재의 문제가 되어 있었다.

그날 아침 골드스타인은 짧게나마 정신을 추슬러 응급 수단을 한 가지 생각해 냈다. 그들의 움직임이 더뎌지는 것은 무엇보다도 손가락이 굳어 있기 때문이었다. 들것을 들고 몇 초가 지나면 들것의 무게로 인해 손이 저절로 조금씩 펴지는 바람에 더 이상 들고 있을 수가 없었던 것이다. 골드스타인은 배낭에서 멜빵을 잘라 하나로 이은 다음 그것을 어깨에 두르고 양끝을 들것 손잡이에 묶었다. 손잡이를 더 이상 붙들고 있을 수 없을 때는 들것의 무게를 멜빵 쪽으로 전이시키고는 다시 손으로 손잡이를 잡을 수 있을 때까지 그 상태로 천천히 전진했다. 곧이어 리지스도 골드스타인의 방식을 따라 했다. 그들은 그렇게 멜빵을 메고 그들 사이에서 천천히 흔들리는 들것의 무게를 견디며 계속해서 무거운 걸음을 옮겼다.

"물 좀 줘, 빌어먹을……."

"물은 안 돼." 골드스타인이 숨을 헐떡이며 말했다.

"이 빌어먹을 유대인 새끼야." 윌슨이 다시 기침을 하기 시작했다. 다리가 욱신거렸다. 얼굴에 닿는 공기가 마치 창문을 닫은 채 지나치게 오랫동안 오븐을 가열했던 부엌 안 공기처럼 뜨거웠다. 그는 들것을 나르는 두 사람이 미웠다. 괴롭힘을 당하는 어린아이가 된 기분이었다. "골드스타인," 그가 한 번 더 불렀다. "넌 아주 짜증 나는 놈이야."

희미한 웃음이 골드스타인의 입가에 떠올랐다. 윌슨의 말에 마음이 상한 것이다. 그는 갑자기 윌슨이 부러웠다. 윌슨은 자기가 하는 말이나 행동에 대해 생각할 필요가 없었다. "넌 물 마시면 안 돼." 골드스타인은 이렇게 중얼거리고는 윌슨의 욕이 계속되기를 오히려 감미롭게 기다렸다. 그는 매 맞는 데 익숙해져 매질을 통해 자극을 받는 짐승과도 같았다.

별안간 윌슨이 악을 썼다. "물 좀 달라니까!"

사실 골드스타인도 윌슨이 물을 마셔서는 안 되는 이유를 이미 잊고 있었다. 그가 아는 것이라곤 윌슨에게 물을 주어서는 안 된다는 사실뿐이었다. 그 이유가 생각나지 않아 짜증이 났다. 갑자기 두려운 감정이 밀려들었다. 윌슨이 겪는 고통은 골드스타인에게 기묘하게 영향을 미치고 있었다. 천천히, 점점 더해 가는 그의 피로감과 보조를 맞추어, 윌슨의 고통이 그 자신의 몸속으로 파고들었다. 윌슨이 비명을 지르면, 골드스타인은 타고 있던 승강기가 추락할 때처럼 갑자기 위가 아래로 축 처지는 느낌을 받았다. 윌슨이 물을 달라고 애원할 때마다, 골드스타인도 새롭게 갈증을 느꼈다. 수통 마개를 열 때마다 가책이 느껴졌다. 그래서 윌슨을 자극하느니 차라리 몇 시간 동안 물을 마시지 않고 견디는 편을 택했다. 그들이 수통을 꺼낼라치면, 윌슨은 정신이 오락가락하다가도 그것을 알아채는 것 같았다. 윌슨은 두 사람이 버리고 갈 수 없는 짐이었다. 골드스타인은 남은 평생 내내 윌슨을 들고 가야 할 것같은 느낌이 들었다. 그의 감각의 경계는 자기 육체와 들것과 리지스의 등짝에 한정되어 있었다. 그는 누런 구릉들을 보지 않았고, 얼마나 더 가야 할까 하는 생각도 하지 않았다. 아내와 아이가 드문드문 생각났으나 실감은 나지 않았다. 그들은 너무도 멀리 있는 존재였다. 그 순간엔 그들이 죽었다는 소식을 들었어도 어깨를 으쓱하고 말았을 것이다. 상대적으로 윌슨의 존재감이 훨씬 컸다. 윌슨이야말로 단 하나의 현실이었다.

"어이, 뭐든 다 줄게." 윌슨의 음성이 높고 날카롭게 변했다. 그는 단조로운 억양으로 장황하게 말을 쏟아 냈다. 알아듣기 힘든 목소리였다. "그냥 말만 해. 다 줄 테니. 전부 다. 돈이 필요하면 100파운드를 주지. 날 내려놓고 물이나 좀 줘. 물만 주면 돼. 내가 원하는 건 그게 다야."

두 사람은 긴 휴식을 취하기 위해 걸음을 멈췄다. 골드스타인이 곧바로 들것에서 벗어나 한쪽으로 가더니 앞으로 푹 쓰러져 얼굴을 땅에 처박은 자세로 몇 분 동안 가만히 엎드렸다. 리지스는 멍한 눈길로 그를 응시하다가 윌슨에게로 시선을 돌렸다. "물을 달라고?"

"그래 물, 물 좀 줘."

리지스가 한숨을 쉬었다. 작지만 강인한 체구가 지난 이틀 사이에 위축된 것처럼 보였다. 축 처진 큰 입은 힘없이 벌어져 있었다. 등은 짧고 팔은 길었으며 머리는 가슴 쪽으로 살짝 굽어 있었다. 모래 빛깔의 가는 머리칼이 경사진 이마 위에 구슬프게 늘어지고, 옷은 젖어서 아래로 축 처져 있었다. 그의 모습은 굵직한 나무 그루터기 위에 얹어 놓은 거대한 점액질의 알 같았다. "쳇, 물 마시면 안 될 이유는 없겠지."

"그래, 물만 좀 줘. 네가 원하는 건 뭐든지 다 할게."

리지스는 목덜미를 긁었다. 그는 혼자서 결정을 내리는 데 익숙하지 않았다. 일평생 남한테서 명령만 받으며 살아온 탓인지 이상하게 마음이 불안했다. "골드스타인한테 물어볼게." 그가 입속으로 중얼거렸다.

"골드스타인은 겁쟁이야."

"글쎄." 리지스가 킬킬 웃었다. 그 웃음소리는 그의 마음속 깊은 곳에서 나오는 것 같았다. 그는 자기가 웃은 이유를 알 수 없었다. 어쩌면 당황해서 나온 웃음인지도 몰랐다. 그와 골드스타인은 너무 지쳐서 지금껏 서로 말을 나눌 만한 상태가 아니었다. 그러나 돌아가는 길을 아는 사람이 자기였음에도 그는 자기들 두 사람 가운데 골드스타인이 리더라고 생각해 왔다. 자기가 주도해서 무언가를 해 본 적이 없어서 습관적으로 골드스타인이 모든 결정을 내린다고 생각했던 것이다.

그러나 골드스타인은 지금 10미터 떨어진 곳에서 얼굴을 땅에 처박고 엎드려 거의 의식을 잃은 상태였다. 리지스는 고개를 저었다. 너무 지쳐서 머리가 잘 돌아가지 않았다. 사람한테 물 한 모금 주지 못한다는 것도 이상했다. 물 한 모금 마신다고 큰일이야 나겠어? 그는 생각했다.

그러나 골드스타인은 글을 읽을 줄 알았다. 리지스는 책과 신문의 광대하고 신비로운 세계의 법칙을 위반하고 싶지 않았다. 아버지가 앓는 사람에게 물을 주는 것에 대해 뭐라고 말씀하신 적이 있는 것 같은데. 리지스는 생각했다. 그러나 그 내용이 도무지 기억나지 않았다. "좀 어때?" 그가 자신 없이 물었다.

"물 좀 줘. 속에서 불이 난다."

리지스가 또 한 번 고개를 저었다. 죄악으로 가득 찬 삶을 살아온 윌슨이 지금 지옥의 불구덩이 속에 있는 것이다. 리지스는 두려운 마음이 들었다. 죄를 씻지 못하고 죽는다면 그는 끔찍한 형벌을 받을 게 분명했다. 그러나 주 예수 그리스도께서는 불쌍한 죄인들을 위해 죽음을 택하지 않았던가, 하고 리지스는 생각했다. 남에게 자비를 베풀지 않는 것도 죄를 짓는 일이었다.

"조금은 마셔도 상관없겠지." 리지스가 한숨을 쉬었다. 그는 조용히 자기 수통을 꺼내 들고 골드스타인 쪽을 다시 한 번

흘낏 보았다. 골드스타인에게 책망을 듣고 싶지 않았다. "자, 다 마셔 버려."

월슨은 열에 들뜬 사람처럼 물을 들이켰다. 입에서 물이 뿜어져 나와 턱 위로 흘러내려 상의 깃을 적셨다. "아, 좋다." 그가 목젖을 움직이며 탐욕스럽게 물을 들이켰다. "너는 좋은 놈이야." 그가 중얼거렸다. 목에 물이 조금 걸리는 바람에 그는 심하게 기침을 하며 신경질적인 동작으로 슬쩍 턱의 피를 훔쳐 냈다. 리지스는 월슨이 미처 닦아 내지 못한 피 한 방울을 주시했다. 그것이 젖은 월슨의 볼 위에서 천천히 번지더니 점점 분홍색으로 옅어졌다.

"내가 살아남을 수 있을까?" 월슨이 물었다.

"물론이지." 리지스는 갑자기 오싹한 느낌이 들었다. 언젠가 어느 목사가 지옥의 불을 거역하는 사람에 대해 설교를 한 적이 있었다. "그것은 피할 수 없어요. 죄인은 지옥의 불에 빠지게 되어 있습니다." 목사는 그렇게 말했었다. 리지스는 지금 거짓말을 하고 있었다. 그러나 그는 그 말을 반복했다. "물론이지, 넌 괜찮을 거야, 월슨."

"나도 그렇게 생각해."

골드스타인이 손바닥으로 땅을 짚고 천천히 몸을 일으켰다. 그렇지만 그대로 바닥에 누워 있고 싶은 마음이 간절했다. "이제 가야지." 그가 아쉬움을 가득 담아 말했다. 그들은 다시 들것을 어깨에 메고 무거운 걸음을 옮기기 시작했다.

"너희는 좋은 녀석들이야. 너희 둘보다 좋은 친구는 세상에 없을 거야."

이 말에 두 사람은 부끄러움을 느꼈다. 다시 고통스러운 길을 떠나는 그 순간 그들은 윌슨을 증오했던 것이다.

"별일도 아닌 걸 가지고." 골드스타인이 말했다.

"아냐, 진심으로 하는 말이야. 빌어먹을 소대를 다 뒤져 봐도 너희 두 사람같이 좋은 놈들은 찾기 힘들 거야." 그는 더 이상 말이 없었고 두 사람도 행군이 야기하는 마비 상태에 빠져들었다. 윌슨은 한동안 의식이 오락가락하다가 다시 정신을 차렸다. 상처가 쑤시기 시작하자 그는 고통을 못 이기고 다시금 비명을 지르며 두 사람에게 욕지거리를 해 댔다.

이제 윌슨의 비명과 욕지거리는 골드스타인보다 리지스를 괴롭혔다. 리지스는 행군이 야기하는 육체적인 고통에 대해서는 별로 생각해 본 적이 없었다. 지금까지 해 본 일들보다 조금 더 고되기는 했으나, 그에게는 자연스러운 고통이었다. 인간이란 낮 시간의 대부분을 일로 소일하기 마련이니 일이 아닌 다른 것을 하기 바라는 것은 의미 없는 짓임을 아주 어려서부터 배워 알았다. 일이 아무리 성가시고 고통스럽다 해도 그가 어찌할 수 있는 것은 아니었다. 그로선 그저 주어진 일을 끝까지 해낼 뿐이었다. 그러나 지금 그는 처음으로 그 일에 대해서 진정으로 증오심을 느꼈다. 그것은 지나친 피로 때문일 수도 있었고, 그동안 누적된 노동이 그의 정신 구조를 분해했다가 다른 형태로 재형성했기 때문일 수도 있었다. 그러나 어떤 경우든 그는 지금 하고 있는 일에 염증을 느꼈고, 자기가 사실은 고된 농사일이나, 완강하고 메마른 땅과의 지루하고 끝없는 싸움을 언제나 싫어했었다는 것을 불현듯 깨달았다.

그것은 너무도 엄청난 깨달음이어서, 그는 그런 생각에서 얼른 발을 빼야만 했다. 그리고 그것은 어려운 일이 아니었다. 원래부터 머릿속에서 어떤 문제의 해결책을 찾아내는 일에는 익숙하지 않았던 데다 지금은 의식이 너무도 둔감한 상태였고 몸도 완전히 지쳐 있었다. 그 생각은 머릿속에서 폭발하여 익숙한 사고 구조를 수없이 흔들어 놓았으나, 연기는 빠르게 걷히고 그에게 남은 것은 무언가가 파괴되었고 어떤 변화가 있었다는 막연하고 거북한 느낌뿐이었다. 몇 분이 지난 뒤엔 그저 마음 한구석이 찜찜할 따름이었다. 뭔가 불경한 생각을 했다는 의식은 있었으나 그것이 무엇이었는지는 짐작되지 않았다. 그는 다시금 자신이 운반하던 짐에 매달렸다.

그러나 이런 감정은 또 다른 무언가와 뒤섞였다. 그는 윌슨에게 물을 준 사실을 잊지 않았고, 윌슨이 "속에서 불이 난다."고 했던 것을 기억했다. 그들은 이미 죽어서 지옥에 떨어진 것과 진배없는 인간을 나르고 있었고, 그 사실에는 어떤 의미가 있었다. 자기들이 그에게 오염될지도 모른다고 생각하니 조금은 불안하기도 했지만, 정말 마음에 걸리는 건 그것이 아니었다. 주님의 뜻을 헤아리기가 힘들었다. 그것은 뭔가 다른 것을 의미하기도 했다. 주님은 어떤 본보기를 통해 그들에게 교훈을 주고 있는지도 몰랐다. 아니면 그들 자신이 저지른 죄의 대가를 치르고 있는 것일 수도 있었다. 그 문제를 혼자서 끝까지 풀어 보지는 않았으나, 그런 시도를 하는 것만으로도 두려움과 과로에 따르는 강렬한 감정들이 리지스를 엄습했다. 그를 데리고 돌아가야 한다. 브라운이 그랬던 것처럼 모든 복잡성과 서로 어긋나는 목적이 그 단순한 지상 명령으로 상쇄되었다. 그는 고개를 떨어뜨리고 다시 몇 미터를 나아갔다.

"이봐, 날 두고 가는 게 좋겠다." 윌슨의 눈에서 눈물이 비어져 나왔다. "나 때문에 너희까지 죽을 필욘 없잖아." 고열이 다시 그를 괴롭혔고, 그 때문에 묵직한 통증을 수반하는 황홀감이 온몸 구석구석을 휩쓸었다. "날 두고 가. 가 버리라니까." 윌슨은 주먹을 꼭 쥐었다. 두 사람에게 무언가 선물을 주고 싶었지만 줄 수 있는 게 없었다. 그는 그들이 정말 좋은 녀석들이라고 생각했다. "날 두고 가." 그의 목소리는 결코 얻을 수 없는 것을 달라고 우는 어린아이처럼 애처로웠다.

골드스타인은 그의 말에 귀를 기울였고, 스탠리가 그랬던 것처럼 어쩔 수 없는 일이라며 합리화하고 싶은 유혹을 느꼈다. 그는 리지스에게 어떻게 그 말을 꺼낼까 생각하다가 아무 말도 하지 않았다.

리지스가 중얼거렸다. "쓸데없는 소리 마, 윌슨. 우린 널 두고 가지 않아."

그래서 골드스타인도 포기할 수 없었다. 자기가 먼저 포기하지는 않을 작정이었다. 그렇게 되면 리지스가 윌슨을 등에 업고 계속 가지 않을까 하는 두려움도 조금 있었다. 그는 입맛이 썼고 차라리 기절이나 해 버릴까 싶기도 했다. 그는 기절을 하진 않을 작정이었다. 그러나 자기들을 버린 브라운과 스탠리에게 화가 났다. 그들은 포기했는데 나라고 포기하지 못할 이유가 뭐란 말인가? 그는 그렇게 생각했으나, 자기가 포기하지 않으리라는 것을 알고 있었다.

"그냥 날 내려놓고 가라니까."

"데려갈 거야." 리지스가 중얼거렸다. 그 역시 윌슨을 버리고 갈까 하는 생각이 들었지만, 갑자기 역겨운 마음이 들어 그런 생각을 밀어내 버렸다. 윌슨을 두고 간다면 그건 살인을 저지르는 거나 마찬가지였다. 기독교인을 죽게 내버려 두는 건 무서운 죄였다. 리지스는 그것이 자신의 영혼에 새길 검은 오점을 생각했다. 어릴 때부터 그는 영혼이 축구공 크기와 모양을 한 흰 물체로, 위 근처의 어딘가에 박혀 있다고 상상했다. 그가 죄를 지을 때마다 지울 수 없는 검은 점이 흰 영혼에 칠해지는데, 죄질이 나쁠수록 점의 크기도 커진다고 믿었다. 사람이 죽을 때 그 축구공 크기의 흰 공이 반 이상 검게 칠해져 있으면 그 사람은 지옥으로 가게 된다. 리지스는 윌슨을 남겨 두고 가면 그 죄로 인해 적어도 자기 영혼의 4분의 1이 검게 물들 거라고 확신했다.

골드스타인은 할아버지의 말을 떠올렸다. "예후다 할레비는 이스라엘이 모든 민족의 마음이라고 썼단다." 그는 육체의 고통은 의식하지 않은 채 그저 습관적으로 들것을 들고 앞으로 나아갔다. 그의 정신은 내부로 향했다. 그가 맹인이었더라도 그보다 더 정신을 집중할 수는 없었을 것이다. 그는 그들이 어느 방향으로 가는지 살피지도 않고 가만히 리지스의 뒤를 따라갔다.

"이스라엘은 모든 민족의 마음이다." 이스라엘은 의식이요, 벌겋게 노출된 신경이었다. 모든 감정은 이스라엘을 통과했다. 그러나 이스라엘은 그 이상이었다. 이스라엘은 육신의 어느 한 부분이 병들 때마다 고통을 느끼는 마음이었다.

지금은 윌슨이 그 마음이었다. 골드스타인이 그렇게 구체적으로 생각한 것도, 심지어 그런 생각을 머릿속에 떠올리려 한 것도 아니었으나, 그런 생각은 언어로 표면화되기 이전의 수준에서 그에게 작용했다. 그는 지난 이틀 동안 너무나 많은 고통을 겪었고, 피로가 야기하는 첫 구토증과 그 뒤에 오는 마비 상태, 그리고 열병에 가까운 병적인 흥분 상태를 거쳤다. 고통도 쾌락과 마찬가지로 여러 단계가 있었다. 쓰러져서는 안 된다는 의지의 명령이 일단 내려지자, 골드스타인은 피로와 피로움의 여러 단계를 거치며 더욱더 깊은 고통의 수렁에 빠지면서도 그 최저점에는 다다르지 않았다. 그러나 지금 그는 으레 예상되는 모든 균형들이 사라진 단계에 와 있었다. 눈은 자신이 걷고 있는 곳을 자동적으로 알아보게 할 만큼은 구실을 했다. 서로 별개인 사소한 사건들의 소리를 듣고 냄새도 맡을 수 있었다. 엄청난 압박을 받는 육체의 아픔까지도 어느 정도는 느낄 수 있었다. 그러나 그런 것들은 모두 손으로 쥘 수 있는 물체처럼 그와 분리되어 있었다. 그의 의식은 무디어진 채 드러나 있었고, 노출된 채로 마비되어 있었다.

"모든 민족의 마음." 그러나 열대의 태양 아래서 이틀 동안 25킬로미터를 행군하고 황량하고 낯선 땅에서 윌슨의 몸뚱이와 끝없이 씨름하고 난 다음엔, 그런 말도 몇 시간 동안은 그에게 진리일 수 있었다. 감각들이 제 구실을 못하고 의식이 균형을 잃은 상태에서, 골드스타인은 상징들로 가득 찬 공간을 더듬어 나아가고 있었다. 윌슨은 손에서 놓을 수 없는 대상이었다. 골드스타인은 자신도 이해할 수 없는 어떤 두려움에 의해 윌슨에게 매여 있었다. 만약 윌슨을 손에서 놓아 버린다면, 만약 윌슨을 데리고 돌아가지 못한다면, 그것은 무언가 잘못된 일이고, 그가 어떤 무서운 사실을 깨닫게 된다는 것을 의미했다. 마음. 만약 마음이 죽는다면……. 그러나 그런 사고의 맥락은 배설물과 피와 땀으로 범벅이 된 노동의 고역 속에서 끊어지고 말았다. 두 사람은 계속해서 윌슨을 들어 날랐다. 윌슨은 죽지 않을 것이다. 복부가 총알에 찢겨 피를 흘리고 똥을 싸고 무지근한 신열의 파도 속에서 버둥거리고 고르지 않은 땅 위에서 흔들리는 들것 때문에 온갖 고통을 겪었지만, 그래도 윌슨은 죽지 않았다. 두 사람은 여전히 그를 운반하고 있었다. 거기에는 뭔가 의미가 있을 터였다. 골드스타인은 무거운 걸음으로 그 의미를 쫓았다. 그의 의식은 간발의 차로 놓친 열차 뒤를 쫓아가는 사람의 다리처럼 허둥거렸다.

"나는 일하는 게 좋아. 꾀를 부리는 일 따윈 하지 않지." 윌슨이 중얼거렸다. "일을 맡았으면 제대로 해야 한다는 게 내 신조란 말이야." 다시금 그의 목에서 가래 끓는 소리가 새어 나왔다. "브라운과 스탠리, 브라운과 스탠리, 개새끼들!" 그가 힘없이 킬킬거리며 웃었다. "메이란 년은 어릴 때 언제나 바지에 똥을 쌌어." 그가 딸의 갓난아기 때 기억 속을 희미하게 더듬었다. "아주 똑똑한 계집애였지." 메이는 두 살 때 문 뒤나 벽장 안에다 똥을 싸 놓았다. "빌어먹을, 그걸 밟고는 옷을 다 버렸지." 그가 웃었다. 그러나 그 소리는 가늘게 씨근거리는 소리처럼 들렸다. 메이가 싸 놓은 똥을 보았을 때 화도 나고 우습기도 했던 일이 순간적으로 생생하게 기억에 되살아났다. "젠장, 앨리스가 어찌나 화를 내던지."

그가 병원으로 찾아갔을 때도, 자기가 병에 걸린 사실이 알게 되었을 때도 아내는 화를 냈다. "임질 한번 걸렸다고 뭐가 어떻게 되나? 좀 걸리면 어때? 나는 다섯 번이나 걸렸지만 아무 일 없었어." 들것 위에서 몸이 굳어지더니 그는 마치 누구하고 말다툼이라도 하듯 목소리를 높였다. "피리딘인가 뭔가 하는 그 약만 좀 달라니까." 그가 몸을 뒤틀더니 팔꿈치를 짚고 거의 상반신을 일으키다시피 했다. "이놈의 상처가 벌어지면 수술이 필요 없을지도 몰라. 고름만 빼 버리면 되니 말이야." 그가 침침한 눈으로 입에서 튀어나온 피가 들것의 고무천 위로 뚝뚝 떨어지는 것을 보면서 헛구역질을 했다. 자신과는 너무도 별개의 광경인 것 같은데도 몸속에 전율이 일었다. "어떻게 생각해, 리지스? 이걸로 고름을 없앨 수 있을까?"

그러나 두 사람의 귀에는 그의 말이 들리지 않았다. 윌슨은 핏방울이 자기 입에서 뚝뚝 떨어지는 것을 지켜보다 우울한 기분으로 다시 드러누웠다.

"난 죽을 거야"

공포와 저항감에서 비롯된 전율이 그의 온몸에 작은 파문을 일으켰다. 입안에서 피 맛이 느껴졌다. 그는 몸을 떨기 시작했다. "제기랄, 난 죽지 않을 거야. 안 죽을 거라고." 그가 울었다. 흐느끼는 와중에도 목구멍에 가래가 걸려 목이 끅끅 멨다. 그는 그 소리가 무서웠다. 어느새 그는 키가 큰 풀숲에 누워, 햇볕으로 데워진 땅 위에 피를 흘리고 있었다. 일본군들이 그가 누워 있는 근처에서 재잘거리고 있었다. "저놈들이 날 죽일 거야, 저놈들이 날 죽일 거야." 그가 별안간 악을 썼다. "제기랄, 날 죽게 두지 마."

이번에는 그 소리가 리지스의 귀에 들어왔다. 그가 기운 없이 걸음을 멈추고 들것을 내려놓은 뒤 어깨에서 멜빵을 벗겨냈다. 천천히 공들여 잠긴 문을 열기 시작하는 술 취한 사람처럼, 리지스는 월슨의 머리맡으로 가서 무릎을 구부렸다.

"저놈들이 날 죽일 거야." 월슨이 신음했다. 그의 얼굴은 일그러져 있었고, 본인도 의식하지 못하는 눈물이 눈구멍에서 조용히 배어 나와 관자놀이를 거쳐 귀 주위의 엉킨 머리칼 속으로 흘러들었다.

리지스가 월슨에게 몸을 굽히고 자신의 텁수룩한 턱수염을 멍하니 만지작거렸다.

"월슨." 그가 쉰 목소리로 조금은 긴박하게 말했다.

"응?"

"월슨, 아직 돌이킬 여유는 있어."

"어디로……?"

리지스는 이미 마음을 정한 상태였다. 아직 늦지는 않았을 것이다. 월슨에겐 아직 지옥으로 떨어지지 않을 기회가 있었다. "주님께로 돌아와야 해."

"아."

리지스가 그를 가볍게 흔들었다. "아직은 시간이 있어." 그가 엄숙하고 슬픈 목소리로 말했다. 골드스타인은 막연히 화가 나서 우두커니 두 사람을 바라보았다.

"넌 하늘나라에 갈 수 있어." 그의 음성은 잘 들리지 않을 정도로 깊이 가라앉아 있었다. 그 소리가 콘트라베이스의 반향처럼 윌슨의 머릿속에서 무겁게 울렸다.

"그래." 윌슨이 중얼거렸다.

"회개하겠나? 용서를 빌겠어?"

"응?" 윌슨이 숨을 내쉬었다. 누가 지금 나한테 말을 거는 걸까? 누가 이렇게 귀찮게 하는 거지? 알았다고만 하면 더 이상 귀찮게 하지 않겠지. "그래." 윌슨이 다시금 중얼거렸다.

리지스의 눈에 눈물이 차올랐다. 황홀한 기분이었다. 지옥에 떨어질 죄인을 임종 때 회개시켜 간신히 붙잡았다는 이야기를 들려주던 어머니가 생각났다. 평소에도 어머니의 이야기를 잊어 본 적이 없었다. 그러나 자기가 그런 훌륭한 일을 하게 되리라고는 상상하지 못했다.

"저리 꺼져, 일본 놈들아."

리지스는 흠칫 놀랐다. 윌슨은 자기가 기독교인이 된 사실을 벌써 잊은 걸까? 그러나 감히 그런 생각은 할 수 없었다. 만약 윌슨이 죄를 참회하고 나서 다시 주님을 저버린다면 그는 이중으로 무서운 벌을 받을 터였다. 아무도 감히 그런 짓을 하지는 않을 것이다.

"방금 전에 네가 한 말을 잊지 않으면 돼." 리지스가 퉁명스러운 어조로 중얼거렸다. "스스로를 경계해야 해."

또 무슨 말을 듣게 될까 두려워, 그는 황망히 일어나 들것의 머리 쪽으로 가서 다시 윌슨의 발에 담요를 덮은 다음 멜빵을 목과 겨드랑이 밑으로 둘렀다. 잠시 후 골드스타인도 준비가 되자, 그들은 다시 길을 떠났다.

그들은 한 시간을 이동한 후에 정글에 도착했다. 리지스는 골드스타인을 들것 옆에 남겨 두고 오른쪽으로 탐색해 들어가서 마침내 나흘 전에 소대가 터놓은 오솔길을 찾아냈다. 오솔길은 불과 수백 미터 떨어진 곳에 있었다. 자신의 기억이 그렇게나 정확했다는 사실에 리지스는 살짝 기분이 좋아졌다. 사실 그는 거의 본능적으로 길을 찾아낸 것이었다. 영구 야영지와 정글 속으로 난 길과 길게 뻗은 해변은 언제나 그곳이 그곳 같아 헷갈렸지만, 구릉지에서라면 쉽고 정확하게 길을 찾을 수 있었다.

그는 골드스타인이 있는 곳으로 돌아갔고, 그들은 다시 출발해서 몇 분 후 오솔길이 있는 곳에 이르렀다. 나뭇가지들을 잘라 길을 낸 이래로 나뭇잎들이 꽤 무성해져 있었고, 길바닥은 그동안 내린 비 때문에 질었다. 가는 내내 그들은 비틀거렸고 자주 미끄러졌다. 미끄러운 진흙 길에서는 진흙이 잔뜩 묻어 몸집이 불어난 군화가 거추장스러웠다. 피로가 좀 덜했다면 그들도 뭔가 달라졌다는 사실을 깨달았을 것이다. 이제는 햇볕이 더 이상 그들을 공격하지 않는다는 사실을 기분 좋게 알아챘을 것이고, 반대로 발을 내딛기에 불안한 땅, 수월한 전진을 방해하는 덤불과 덩굴과 가시들 때문에 부아가 났을 것이다. 그러나 그들은 그런 것들을 거의 간파하지 못했다. 지금 그들은 고통 없이 들것을 나를 수 없다는 사실 외에는 앞길을 가로막는 개별적인 상황들에는 거의 영향을 받지 않았다.

그럼에도 그들의 전진 속도는 자꾸만 느려졌다. 오솔길의 폭이 사람의 어깨 넓이를 넘지 못하는 탓에 들것이 여러 곳에서 걸렸다. 한두 번은 윌슨을 들고 빠져나갈 방법이 없어서, 리지스가 그를 어깨에 둘러메고 길이 다시 넓어지는 곳까지 휘청거리며 걸었고 골드스타인은 들것을 들고 그의 뒤를 따라갔다.

오솔길이 강에 닿은 곳에서 그들은 긴 휴식을 취했다. 그렇게 계획한 것은 아니지만, 잠시 쉬려던 것이 어느덧 시간이 흘러 삼십 분이 지나갔다. 삼십 분이 다 되어 가자, 윌슨이 가만히 있지를 못하고 들것 위에서 몸부림을 치기 시작했다. 두 사람은 윌슨에게로 기어가 그를 진정시키려 했으나, 그는 무엇엔가 정신이 팔린 듯 커다란 팔을 마구 휘두르며 그들을 미친 듯이 때렸다.

"좀 쉬어라." 골드스타인이 말했다.

"저놈들이 날 죽일 거야." 윌슨이 울부짖었다.

"아무도 너 안 건드려." 리지스가 윌슨의 팔을 잡아 누르려고 했으나 윌슨이 그것을 뿌리쳤다. 그의 이마에 땀이 흥건히 배어났다. "어이구." 그가 우는소리를 했다. 그러면서 들것에서 빠져나오려고 애를 썼으나 두 사람이 억지로 도로 눕혔다. 그의 다리는 줄곧 경련을 일으켰다. 그는 몇 초에 한 번씩 일어나 앉아 괴로운 신음을 뱉어 내다가 다시 벌렁 뒤로 나자빠졌다. "피유우우우우웅." 그가 두 팔로 머리를 감싸고 박격포 소리를 흉내 내며 중얼거렸다. "아아, 온다, 온다." 그가 또다시 울먹거렸다. "빌어먹을, 내가 여기서 대체 뭘 하고 있는 거야?"

그 기억은 두 사람에게도 두려운 감정을 일으켰다. 그들은 서로 시선을 피하면서 말없이 윌슨 옆에 앉아 있었다. 정글로 다시 들어온 후 처음으로 그곳이 악의를 품고 있는 것처럼 느껴졌다.

"조용히 해, 윌슨." 리지스가 말했다. "네 소리를 듣고 일본 놈들이 오겠다."

"난 죽을 거야." 윌슨이 중얼거렸다. 그가 몸을 일으켜 거의 앉는가 싶더니 다시 벌렁 뒤로 자빠졌다. 그가 두 사람을 다시 쳐다보았다. 그의 눈은 맑았지만 힘이 없었다. 잠시 후 그가 입을 열었다. "몸이 엉망이야." 그가 시험 삼아 침을 뱉어 보았으나 침은 턱을 벗어나지 못했다. "배에 구멍이 뚫린 것도 잘 느껴지지 않는걸." 그의 떨리는 손이 상처를 싸맨 붕대 쪽을 더듬었다. 붕대는 엉겨 붙은 피로 얼룩져 있었다.

"고름이 가득 찼어." 그가 한숨을 쉬고는 마른 혀로 입술을 핥았다. "목마르다."

"물은 안 돼." 골드스타인이 말했다.

"그래, 알아, 안 된다는 거." 윌슨이 힘없이 웃었다. "골드스타인, 넌 빌어먹을 계집애 같아. 그렇게 좀스럽지만 않으면 꽤 괜찮은 놈인데."

골드스타인은 아무런 대꾸도 하지 않았다. 너무 지쳐 버린 터라 윌슨의 말이 귀에 잘 들어오지 않았다.

"윌슨, 뭐 원하는 거 있나?"

"물."

"아까 마셨잖아."

윌슨이 기침을 했고, 그 바람에 피가 끈적끈적하게 말라붙은 입가에 피가 더 비어져 나왔다. "똥구멍에서도 피가 나와." 그가 투덜거렸다. "어이, 너희는 꺼져 버려." 그는 멍하니 입술을 달싹거리면서 몇 분 동안 아무 말 하지 않았다. "앨리스한테든 다른 여자한테든 돌아갈 수 있을 거라고 생각한 적 없어." 그는 자신의 체내에서 새로운 변화가 진행되고 있음을 느꼈다. 상처가 몸을 통해 후두두 떨어져 나가 버린 느낌이었다. 상처 구멍에 손을 넣어 봐도 아무런 느낌이 없을 것 같았다. "오오." 그가 흐릿한 눈으로 두 사람을 쳐다보았다. 잠시 눈의 초점이 맞으면서 두 사람의 얼굴이 똑똑히 보였다. 골드스타인은 얼굴 살이 쭉 빠져서 광대뼈가 두드러졌고 코는 마치 새의 부리 같았다. 충혈이 된 타원형 눈에서 홍채는 고통스럽도록 밝은 청색을 띠었고, 금색 수염은 적갈색으로 더러워진 채 턱에 난 종기 위에 엉겨 있었다.

리지스는 지나치게 시달림을 당한 짐승 같은 몰골을 하고 있었다. 입은 벌어지고 아랫입술은 처져, 안 그래도 우둔해 보이는 얼굴이 그 어느 때보다 맹해 보였다. 그는 일정한 간격으로 가쁜 숨을 몰아쉬었다.

윌슨은 두 사람에게 무언가 말을 하고 싶었다. 둘 다 좋은 놈들이야, 하고 그는 생각했다. 그들은 이토록 멀리까지 그를 옮기지 않아도 되었다. "날 여기까지 데려오느라 고생 많았어." 그가 중얼거렸다. 하지만 하고 싶은 말은 그게 아니었다. 그는 두 사람에게 무언가를 주고 싶었다.

"너희, 잘 들어. 내가 전부터 숲 속 어딘가에 증류기 하나를 설치할 생각이었거든. 부대가 한 장소에서 오래 머물지 않는다는 게 유일한 문제이긴 한데, 어쨌든 해 보려고." 마지막 남은 열정 비슷한 것이 그의 내부에서 작동하고 있었다. 말을 하는 동안 그는 자기의 말을 믿었다. "그것만 하나 설치해 놓으면 돈을 얼마든지 벌 수 있어. 그걸로 술을 증류하면 술도 실컷 마실 수 있고." 그는 흐트러지려 하는 정신을 애써 부여잡았다. "돌아가는 대로 내가 하나 만들 거야. 너희한테는 각각 수통에 하나 가득 채워 주겠어. 물론 공짜로." 두 사람의 수척한 얼굴에 아무런 표정도 나타나지 않자, 그가 고개를 저었다. 그들이 한 일에 비하면 그 정도 호의는 보잘것없었다. "너희에게는 마시고 싶을 땐 언제라도 주지. 말만 해. 얼마든지 대령할 테니까." 그는 자기가 한 말을 모두 믿었다. 아직 증류기를 만들어 놓지 않은 게 아쉬울 뿐이었다. "너희가 원하면 얼마든지." 배가 다시 뚝 떨어져 나가는 느낌이 들더니 온몸에 경련이 일었다. 그는 자기의 몸이 뒤집히는 느낌에 놀라서 거칠게 신음 소리를 내고는 다시 혼수상태로 미끄러져 들어갔다. 이윽고 입에서 혀가 쭉 나오더니, 그가 거칠게 마지막 숨을 토해 냈다. 그의 몸이 들것 위에서 굴러떨어졌다.

두 사람은 그를 다시 들것 위로 밀어 올렸다. 골드스타인이 윌슨의 손목을 잡아 올려 맥을 짚어 보려 했으나, 손가락에 힘이 하나도 없어 팔을 잡고 있을 수가 없었다. 그는 윌슨의 팔을 놓고는 집게손가락으로 윌슨의 손목 살을 쿡쿡 찔러 보았다. 그러나 맥을 느끼기엔 그의 손가락 끝이 너무도 무뎠다. 잠시 후 그는 윌슨을 가만히 지켜보았다. "죽은 것 같아."

"그래." 리지스가 중얼거렸다. 그는 한숨을 쉬고 막연하게

기도를 올려야겠다고 생각했다.

"방금 전까지도…… 말을 하고 있었는데, 거참." 골드스타인이 충격 때문인지 순간적으로 균형을 잃고 비틀거렸다. 말로 표현할 수 없는 온갖 일들이 머릿속에 떠올랐다.

"출발하는 게 좋겠어." 리지스가 중얼거렸다. 그가 무거운 몸을 일으켜 들것의 멜빵을 어깨 위에 두르기 시작했다. 골드스타인은 주저하다가 리지스가 하는 대로 따랐다. 준비가 되자 두 사람은 강의 평평하고 얕은 폭포 위쪽으로 비틀거리며 나와서 하류 쪽으로 이동하기 시작했다.

그들은 시체와 함께 움직이는 것을 조금도 이상하다고 생각하지 않았다. 매번 휴식이 끝날 때마다 윌슨을 들어 올리는 일에 너무도 익숙해져 있었던 것이다. 그들이 이해하는 것은 오로지 윌슨을 운반해야 한다는 사실뿐이었다. 사실 그보다는, 두 사람 중 누구도 윌슨의 죽음을 실감할 수가 없었다. 그 순간 윌슨이 물을 달라고 소리를 질렀어도 그들은 놀라지 않았을 것이다.

그들은 심지어 윌슨을 어떻게 할 것인가를 두고 의논하기까지 했다. 한번은 휴식할 때 리지스가 이런 말을 했다. "데리고 돌아가면 기독교식으로 장례를 치러 주어야 할 거야. 회개를 했으니까."

"그래." 그런데 그런 말을 하면서도 둘은 아무런 느낌이 없었다. 골드스타인은 윌슨이 죽었다는 사실을 실감하고 싶지 않았다. 그는 그 사실과는 일부러 엄격하게 거리를 둔 채 아무것도 생각하지 않은 채 그저 납작하고 매끄러운 바위 위에서 연신 발이 미끄러지며 상류의 얕은 물속을 철벅철벅 걸었다. 일단 알고 나면 대면할 수 없는 무언가가 있었다.

리지스도 당황스럽기는 마찬가지였다. 윌슨이 회개를 했다는 것을 확신할 수 없었다. 머릿속이 온통 혼란스러웠다. 그는 윌슨을 데리고 돌아가 제대로 잘 묻어 주기만 하면 윌슨의 회개도 효력을 발휘할 거라 생각했다. 더욱이 두 사람 모두 힘겹게 여기까지 데려온 윌슨이 죽어 버린 것에 대해 당연하게도 허탈감과 좌절감을 느꼈다. 그들은 자신들의 긴 여정을 성공적으로 완수하고 싶었다.

아주 천천히, 그 어느 때보다 천천히, 그들은 휘청거리며 물속을 걸었다. 들것이 두 사람 사이에서 좌우로 흔들렸다. 그들의 머리 위로 나무들과 나뭇잎들이 만나 서로 엉켜 있었다. 전과 마찬가지로 강은 정글 속을 굽이굽이 흐르며 터널을 형성했다. 무릎이 꺾이면 그냥 주저앉게 될까 두려워 그들은 고개를 숙이고 다리를 뻣뻣하게 움직였다. 휴식을 취할 때는 얕은 물에 픽 쓰러져 윌슨을 반쯤 물에 잠기게 둔 채 들것 옆에서 팔다리를 쭉 펴고 드러누웠다.

그들은 거의 무의식의 상태로 움직였다. 그들의 발은 강바닥의 자갈들을 자박자박 밟으며 머뭇머뭇 나아갔다. 발뒤꿈치를 스치며 흐르는 물이 선뜩할 정도로 차가웠으나, 그들은 그것도 좀처럼 의식하지 못했다. 어스레한 정글의 통로에서, 그들은 멍하니 강의 흐름을 따라 비틀거리며 앞으로 나아갔다. 그들이 다가가자 짐승들이 요란하게 반응했다. 원숭이들은 궁둥이를 긁으며 날카로운 비명을 질렀고 새들은 소란스럽게 서로를 불러 댔다. 그들이 옆을 지나갈 때 짐승들은 울음을 그쳤고, 그들이 사라진 후에도 한동안은 숨을 죽였다. 장님처럼 휘청거리는 리지스와 골드스타인의 몸이 소리 없이 많은 말을 하고 있었다. 그들이 지나간 곳 뒤에서, 수목이 밀생한 정글의 통로 사이로 짐승들이 경보를 보내며 침묵을 지키고 있었다.

그들은 허리 높이의 납작한 바위에서 또 다른 바위로 옮겨 가며 폭포를 내려갔다. 리지스가 먼저 물속으로 들어가 물거품 속에 서 있는 동안 골드스타인이 들것을 넘기고 뒤따라 내려와서 그와 합류했다. 수심이 깊어져 허벅다리까지 물이 찰랑거리는 곳에서는 들것을 가운데 띄워 놓고 힘겹게 물살을 헤쳤다. 강기슭을 따라 걷다가 다시 얕은 물속을 첨벙거리며 나아갔다. 발을 헛딛고 비틀거리고 넘어지는 일이 부지기수였다. 그럴 때마다 떠내려가려는 윌슨의 시체를 다급히 붙잡아야 했다. 그들이 가다 서다를 반복하며 나아간 거리는 겨우 몇 미터였다. 그들의 흐느끼는 듯한 숨소리는 정글의 잡다한 소음에 어울려 들어가 강물 흐르는 소리에 흡수되었다.

그들은 들것과 시체에 매여 있었다. 넘어질 때마다 윌슨의 시체를 먼저 덮치다시피 하여 붙들었고, 시체를 들것 위에 다시 잘 눕혀 놓고 나서야 자기들 입속으로 마구 흘러들어오는 물을 의식했다. 그것은 본능보다도 더 깊은 곳에서 우러나오는 행동이었다. 종착지에 이르렀을 때 윌슨을 어떻게 할 것인가 하는 생각 같은 것은 전혀 하지 않았다. 윌슨이 죽었다는 사실조차 기억하지 않았다. 윌슨이라는 짐 자체가 중요했다. 그들에게 월슨은 죽어서도 전과 다름없이 살아 있는 존재였다.

그럼에도 그들은 월슨을 잃어버리고 말았다. 그들이 급류로 나왔을 때의 일이었다. 헌이 허리에 덩굴을 감고 비스듬히 강을 건넌 그곳이었다. 강물은 바위 사이로 거품을 일으키며 사납게 흐르는데 덩굴은 나흘 사이에 떠내려가 버려서, 강을 건널 때 지지대로 삼을 만한 것이 아무것도 없었다. 그들은 자기들이 위험해질 수도 있다는 사실을 감지하지 못했다. 그렇게 그들은 급류에 들어서서 서너 걸음을 내딛다가 소용돌이치는 물결에 휘말려 넘어지고 말았다. 들것이 두 사람의 힘없는 손에서 벗어나 떠내려가면서, 멜빵을 메고 있던 그들까지 끌고 내려갔다. 그들은 뒹굴고 구르며 거센 물살에 떠밀려 내려갔다. 바위에 스치기도 하고 입안으로 밀려 들어오는 물 때문에 숨이 막히기도 했다. 멜빵을 벗어 버리려고 없는 힘을 동원하고 일어서 보려고 갖은 애를 썼지만, 물살이 너무도 사나워 당해 낼 수가 없었다. 그들은 반쯤 익사한 상태로 물살에 몸을 맡겼다.

들것이 바위에 부딪쳐 부서졌다. 그들은 캔버스천이 찢어지는 소리를 들었으나 물을 삼키면서 느끼는 공포 속에서 그 소리는 어떤 유리된 감각에 불과했다. 그들이 또 한 번 몸부림을 치자 들것이 완전히 두 동강 나고 멜빵도 어깨에서 벗겨져 나갔다. 가쁜 숨을 몰아쉬며, 사실상 인사불성의 상태로 그들은 급류에서 최악의 지점을 벗어나 넘어지고 구르며 강둑으로 올라갔다.

이제 남은 건 그들 두 사람뿐이었다.

그것은 혼란스러운 머릿속을 천천히 헤집고 들어온 사실이었다. 그들은 좀처럼 실감할 수가 없었다. 방금 전까지도 옮기던 윌슨이 어느 순간 사라져 버린 것이다. 그들의 손에는 아무것도 없었다.

"없어졌어." 리지스가 중얼거렸다.

그들은 엎어지고 넘어지고 다시 휘청거리며 일어나 허둥지둥 윌슨을 찾아 강을 내려갔다. 강 모퉁이에 이르러서야 그들은 수백 미터 앞까지 내다볼 수 있었는데, 그 순간 윌슨의 시체가 저 멀리 강굽이를 돌아 사라지고 있었다. "빨리 가서 붙잡아야 해." 리지스가 힘없이 말했다. 그가 한 발 앞으로 내딛다가 그대로 물속에 엎어졌다. 그는 아주 천천히 일어나 다시 걷기 시작했다.

두 사람은 윌슨이 떠내려간 강굽이로 와서 걸음을 멈추었다. 그 앞쪽에서 강줄기는 소택지로 흘러들고 있었다. 소택지 한가운데로 리본 같은 가는 물줄기가 흐르고 있었고 그 양쪽은 수렁이었다. 윌슨은 그곳으로 쓸려 들어가 나뭇잎과 수렁 속 어딘가로 사라지고 없었다. 설사 가라앉지 않았더라도 그를 찾으려면 며칠이 걸릴 수도 있었다.

"이런, 이젠 글렀어." 골드스타인이 말했다.

"그래." 리지스가 중얼거렸다. 그가 한 걸음 앞으로 나아가다가 또 한 번 물속에 엎어졌다. 찰랑이며 얼굴에 닿는 물이 상쾌해서 일어나기가 싫었다. "가자." 골드스타인이 말했다.

리지스가 울기 시작했다. 그는 비틀거리며 일어나 앉아 두 팔을 포개고는 얼굴을 묻고 울었다. 강물이 그의 엉덩이와 발을 휘감으며 흘렀다. 골드스타인은 서서 비트적거리며 그를 내려다보았다.

"네미 씹할." 리지스가 중얼거렸다. 욕설을 입에 담아 본 것은 어린 시절 이후 처음이었다. 욕설이 한마디 한마디씩 가슴에서 쥐어짜여 나온 뒤엔 공허한 분노와 비통함이 남았다. 윌슨의 장례는 못 치르게 됐지만, 이젠 어쩐지 그 사실도 중요하게 생각되지 않았다. 중요한 것은 자기가 그토록 긴 시공간에 걸쳐 날라 온 짐이 결국은 떠내려가 버리고 말았다는 사실이었다. 그는 일평생 보답 없는 고생만 하고 살아온 사람이었다. 할아버지와 아버지와 그는 형편없는 작황과 끝날 줄 모르는 가난과 싸우면서 살았다. 그렇게 고생해서 얻은 게 무엇이란 말인가? "햇볕 아래 수고하는 자의 보람이 무엇이리오?"[18] 라는 구절이 기억났다. 그것은 성서에서 그가 언제나 증오하던 구절이었다. 리지스는 마음속에 깊고 끝없는 원망이 싹트기 시작하는 것을 느꼈다. 불공평해. 처음으로 작황이 좋았던 그해에 하필 심한 비바람이 몰아쳐 농사를 망치지 않았던가? 그것이 주님의 뜻이란 말이지. 증오의 감정이 그를 엄습했다. 결국에 가서는 언제나 인간을 기만한다면, 그건 대체 어떤 신이란 말인가?

장난하는 신.

그는 원통함과 갈망과 절망 때문에 울었고, 피로와 패배감과 무엇을 해도 의미가 없다는 충격적이고 적나라한 확신 때

---

18) 「전도서」 1장 3절.

문에 울었다.

골드스타인은 물살에 휩쓸리지 않기 위해 리지스의 어깨를 짚고 그 옆에 서 있었다. 가끔씩 그는 입술을 움직이며 힘없이 얼굴을 긁었다. "이스라엘은 모든 민족의 마음이다."

그러나 마음은 죽어도 몸이 살아남는 수가 있다. 유대인들이 겪은 온갖 고난은 결국 무위로 끝났다. 희생은 보답받지 못하고 교훈은 학습되지 않았다. 모든 것들이, 모든 통계 자료들이 무자비한 역사의 폐기물 속에 내동댕이쳐진 것이다. 모든 유대인 거주지, 불구가 되어 버린 영혼, 대량 학살, 가스실, 석회 굽는 가마 등, 그 모든 것들이 어느 누구의 마음에도 가닿지 못한 채 사라지고 만 것이다. 그것을 지니고, 지니고, 지니다가, 그 짐의 무게를 더 이상 감당할 수 없게 되어 버리자 그냥 놓아 버리고 만 것이다. 그것뿐이었다. 골드스타인은 눈물도 나오지 않았다. 그는 사랑하는 사람이 죽었다는 사실을 알게 되었을 때처럼 큰 충격을 느끼며 리지스 옆에 서 있었다. 이 순간 그에게 남은 것은 막연한 분노와 깊은 원한과 끝없는 절망감의 원천뿐이었다.

"가자." 그가 중얼거렸다.

마침내 리지스가 일어났다. 두 사람은 강의 수심이 다시 한번 발목까지 낮아지는 것을 느끼며 천천히 물속을 걸었다. 강폭이 넓어지면서 강물이 자갈 위로 잔물결을 일으키며 흘렀다. 자갈 바닥이 진흙 바닥이 되더니 모래가 나타났다. 비틀거리며 한 굽이를 돌자 햇빛이 보이고 저 너머 바다가 보였다.

몇 분 후 두 사람은 비틀거리며 해변 위에 발을 내디뎠다.

지칠 대로 지쳐 있었지만 100미터쯤 더 걸었다. 강 가까이에 있는 것이 어쩐지 싫었기 때문이다.

두 사람은 약속이나 한 듯이 모래 위에 엎드려 누워 얼굴을 팔에 묻은 채 꼼짝도 하지 않았다. 태양이 그들의 등을 따뜻하게 데웠다. 정오가 지난 지도 서너 시간이 흐른 뒤였다. 이제는 이곳에서, 소대가 돌아오고 상륙정이 와서 그들을 실어 가기를 기다리는 것 외엔 달리 할 일이 없었다. 소총도 배낭도 휴대 식량도 없었으나, 그런 것은 생각하지 않았다. 그들은 기력이 다한 상태였다. 먹을 것은 나중에 정글에서 찾으면 될 일이었다.

움직일 힘조차 없어서 그들은 해가 질 때까지 그렇게 누워 몸에 닿는 햇살을 느끼며 휴식에서 가벼운 즐거움을 맛보았다. 두 사람 다 아무 말도 하지 않았다. 그들은 원망의 화살을 상대방에게로 돌렸다. 굴욕스러운 실수를 함께 저지른 사람에게 느끼는 그런 무디고 심술궂은 증오심을 느꼈던 것이다. 몇 시간이 흘렀다. 그러는 동안 그들은 졸다가 어느 순간 정신이 들었다가는 다시 잠에 빠져들었고, 햇빛 속에서 선잠을 잔 탓에 메스꺼움을 느끼며 눈을 떴다.

골드스타인이 마침내 일어나 앉아 수통을 더듬어 찾았다. 그는 처음으로 그런 동작을 해 보는 사람처럼 아주 천천히 마개를 돌려 빼고 수통을 입으로 가져가 기울였다. 그는 자신이 얼마나 목이 마른지도 깨닫지 못하고 있었다. 입안에 머금은 물의 첫맛은 황홀했다. 한 모금씩 들이켤 때마다 수통을 내려놓고 일부러 천천히 물을 삼켰다. 수통이 반쯤 비었을 때, 그는 리지스가 자기를 지켜보는 것을 깨달았다. 어쩐 일인지 리지스에게는 물이 남아 있지 않았다.

리지스가 강으로 가서 수통에 물을 채워 올 수도 있지만, 골드스타인은 그것이 어떤 일인지 알았다. 그는 너무도 지쳐 있었다. 일어서서 100미터를 걷는다는 건 생각만으로도 고문이었다. 리지스도 분명히 자기와 똑같은 심정일 터였다.

골드스타인은 화가 났다. 리지스는 왜 생각도 없이 물을 다 마셔 버렸을까. 그는 고집스러운 반발심에 다시 수통을 입에 대고 기울였다. 그런데 별안간 물맛이 떨어졌다. 골드스타인은 물이 미지근해졌음을 의식했다. 그럼에도 억지로 또 한 모금 마셨다.

그러고 나니 말할 수 없이 부끄러운 생각이 들어, 수통을 리지스에게 넘겨주었다.

"자, 물 마실래?"

"그래." 리지스가 허겁지겁 물을 들이켰다. 수통이 거의 비었을 때, 그가 골드스타인을 쳐다보았다.

"아냐, 다 마셔."

"내일 정글을 돌아다니며 먹을 것을 구해야 할걸." 리지스가 말했다.

"알아."

리지스가 희미하게 웃었다. "잘될 거야."

13

로스가 실족하자, 소대원들은 엄청난 충격에 휩싸였다. 그들은 너무 놀라고 겁에 질려서 한동안은 움직일 생각도 못한 채 바위 시렁에 함께 모여 있었다. 말로 표현할 수 없는 공포가 모두를 사로잡았다. 그들은 바위의 갈라진 틈 사이에 손가락을 넣어 꼭 잡고 바위 벽에 몸을 곧추세워 바짝 붙인 채 얼어붙은 듯이 서 있었다. 다리가 움직이지 않았다. 크로프트가 한두 번 그들을 움직여 보려 했으나, 그들은 마치 주인의 발길질을 무서워하는 개처럼 그의 목소리에 몸이 굳고 그의 명령에 뒷걸음질 쳤다. 와이먼이 신경의 피로 때문인지 가늘게 흐느꼈다. 그것은 작고 끈질긴 통곡이었다. 와이먼의 울음소리에 소대원들의 목소리, 투덜거리거나 작게 탄식하거나 신경질적으로 욕을 하거나 맥락 없이 내뱉는 온갖 소리가 어울려 들어가, 그 소리를 낸 당사자도 자기 입에서 나온 소리임을 인식하지 못했다.

행군을 계속할 수 있을 만큼 의지가 되살아난 후에도, 그들의 움직임은 말이 안 될 정도로 느렸다. 앞에 사소한 장애물만 나타나도 앞으로 나아가길 몇 초 동안 주저했고 바위 턱이 다시 좁아질 때마다 미친 듯이 바위 벽에 매달렸다. 반 시간 후에야 크로프트는 간신히 그곳에서 그들을 데리고 나올 수 있었다. 다시 넓어진 바위 턱이 능선을 따라 이어졌다. 그 너머에는 깊은 골짜기와 가파른 비탈이 또 하나 있었다. 크로프트는 그들을 이끌고 골짜기 밑으로 내려갔다가 다시 비탈을 올랐으나, 소대원들은 그의 뒤를 따르지 않았다. 그들은 한 사람씩 땅바닥에 드러누워 멍한 눈으로 물끄러미 그를 바라보았다.

사위가 거의 어두워졌다. 크로프트는 더 이상 소대원들을 몰아댈 수 없다는 것을 알았다. 다들 너무 지치고 겁에 질려서, 무리하게 강요를 했다간 또 무슨 사고가 날지 몰랐다. 그는 정지를 명령하여 이미 기정사실이 된 사태를 승인한 뒤 그들 사이에 주저앉았다.

이튿날 아침에는 그 비탈을 올라가서 골짜기 몇 개를 건너고, 그런 다음 그 산의 주요 능선을 넘어야 했다. 두세 시간이면 가능할 일이었다. 만약…… 만약 그들을 또다시 분발시켜 움직이게 할 수만 있다면 말이다. 그러나 지금으로서는 정말 자신이 없었다.

소대원들은 잠을 설쳤다. 편평한 땅을 찾기가 어려운 데다,

너무 지쳐 있었고 팔다리도 긴장으로 뻣뻣했다. 대부분 꿈을 꾸면서 잠꼬대를 했다. 그리고 크로프트의 명령으로 대원들 각자가 한 시간씩 보초를 서야 했다. 그들 가운데 몇 명은 너무 일찍 눈을 떠서 한동안 초조하게 기다린 후에야 보초 근무를 시작했고, 근무가 끝난 후에도 다시 잠을 이루지 못했다. 크로프트는 그것을 알았고, 그들에게 휴식이 더 필요하다는 것도, 산 위에 일본군이 매복하는 건 사실상 불가능하다는 것도 잘 알았다. 그러나 그로선 정해진 규칙을 깨뜨리지 않는 게 더 중요했다. 로스의 죽음으로 인해 일시적으로나마 무너진 그의 지휘권을 회복하는 일이 무엇보다도 중요했다.

마지막 보초 근무자는 갤러거였다. 동트기 전 반 시간 동안은 몹시 추웠다. 갤러거는 멍한 상태로 일어나 담요 속에서 몸을 부르르 떨며 앉아 있었다. 한동안 그는 주변을 제대로 의식하지 못했고, 그를 둘러싼 산맥의 거대한 형상도 더욱 짙게 그어진 밤하늘의 경계선으로밖에는 느끼지 못했다. 그는 추위에 몸을 떠는 와중에도 꾸벅꾸벅 졸면서 그저 아침이 되어 따뜻한 햇볕이 내리쬐기만을 기다렸다. 그는 완전히 가수면 상태였다. 로스의 죽음은 자기와 아무런 상관이 없는 일처럼 생각되었다. 그는 정신이 거의 마비된 상태로 먼 옛날의 즐거웠던 추억을 꿈속에서 되살리고 있었다. 마치 가슴 깊은 곳에 조그마한 불을 피워 놓고 밤의 추위와 구릉지의 막막한 공간과 누적된 피로와 늘어나는 소대원들의 죽음에 맞서고 있는 것 같았다.

산에서 새벽은 더디게 찾아왔다. 5시가 되자 하늘이 밝아지면서 산맥의 정상이 또렷하게 보였다. 그러나 삼십 분이 지나도록 이렇다 할 변화는 일어나지 않았다. 사실상 그의 눈엔 아무것도 보이지 않았다. 하지만 그의 몸은 차분한 기대감으로 채워져 있었다. 마치 성벽처럼 우뚝 선 동쪽 능선 위로 이제 곧 힘겹게 해가 솟아올라, 그들이 밤을 보낸 작은 골짜기로 빛을 던질 것이다. 그는 하늘을 살펴보았다. 붓으로 시험 삼아 칠해 놓은 것 같은 분홍색 빛줄기 몇 가닥이 높은 봉우리들 위로 흐르듯 움직이며 새벽의 작은 타원형 구름들을 자줏빛으로 물들이고 있었다. 산들이 매우 높아 보였다. 과연 해가 저렇게 높은 봉우리들 위로 솟아오를 수 있을지 의문스러웠다.

이제 사위가 밝아 오고 있었지만, 그것은 포착하기 어려운 과정이었다. 해는 여전히 모습을 드러내지 않았다. 다만 부드러운 장밋빛이 땅에서 솟아오르는 것처럼 보였다. 주위에서 자고 있는 병사들의 형체가 똑똑히 눈에 들어왔다. 덕분에 약간의 우월감도 느꼈다. 아침이 다가오는 것도 모른 채 이른 새벽빛 속에 잠긴 그들의 모습은 초췌하고 음울해 보였다. 잠시 후면 그들을 깨워야 한다. 그러면 그들은 잠에서 끌려 나오기 싫어 불만스럽게 앓는 소리를 내겠지.

서쪽에는 아직도 밤이 건재했다. 그는 네브래스카의 대평원을 질주하던 군 수송 열차를 떠올렸다. 때는 황혼 무렵이었다. 동쪽에서 열차를 쫓아오던 어둠이 열차를 앞지르더니, 로키 산맥을 넘어 태평양으로 나아갔다. 아름다운 광경이었다. 그때를 생각하니 아쉽고 쓸쓸한 기분이 들었다. 불현듯 아메리카가 그리웠다. 고국을 다시 보고 싶다는 열망이 너무도 간절해서 여름날 아침 남보스턴의 젖은 포장용 자갈 냄새가 코에 생생히 느껴질 정도였다.

해는 이제 동쪽 능선에 다가와 있었다. 하늘은 광대하면서도 신선하고 활기차 보였다. 그는 자기가 메리와 함께 산속에 작은 천막을 치고 야영하고 있다고 생각하면서, 메리가 벨벳처럼 부드러운 젖가슴으로 자신의 얼굴을 간질여 깨우는 몽상에 잠겼다. 메리의 목소리가 귀에 들리는 듯했다. "일어나요, 잠꾸러기, 동이 트는 걸 보라고요." 그는 졸린 목소리로 투덜거리며 몽상 속 그녀의 젖가슴에 코를 비벼 대다가, 마지못해 양보하는 듯이 한쪽 눈을 떴다. 해가 능선 위로 모습을 드러내고 있었다. 골짜기 안에 스며든 빛은 아직 희미했으나 이제는 모든 것들이 비현실적으로만 보이지는 않았다. 아침이 이곳에 도달해 있었다.

메리는 이렇게 그와 함께 이곳에 새벽을 데려온 것이다. 봉우리들은 밤안개를 떨어내고 이슬은 햇빛을 받아 반짝였다. 이 짧은 순간에 주위의 능선들은 여인의 육체처럼 부드러운 곡선을 그렸다. 그의 주변에서 흩어져 자고 있는 병사들은 밤이슬에 젖어 추워 보였다. 검은 보따리 같은 그들에게서 안개 같은 것이 피어올랐다. 수 킬로미터에 달하는 이 넓은 공간에서 깨어 있는 사람은 오직 그 혼자였다. 따라서 아침의 첫 모습 또한 모두 그의 차지였다.

새벽 공기를 뚫고, 산 저편 먼 곳에서 포성이 울렸다. 그와 더불어 그의 환상도 산산조각이 났다.

메리는 이미 죽은 사람이었다.

갤러거는 비통한 심정으로 언제까지 이렇게 자신을 속여야 하나, 생각을 하며 침을 삼켰다. 이제는 아무것도 기대할 게 없었다. 그는 자기가 몹시 지쳐 있다는 사실을 처음으로 의식했다. 사지가 욱신욱신 쑤셨고, 잠을 잤는데도 조금도 개운치가 않았다. 신선하고 활기차게 느껴지던 새벽녘의 분위기가 어느새 일변하여, 그는 밤이슬이 야기한 습기와 한기 때문에 담요를 뒤집어쓴 채 떨었다.

그래도 아직은 한 번도 보지 못한 아들이 있었다. 그러나 아들을 생각해도 위로가 되지 않았다. 왠지 살아서는 아들을 보지 못할 것 같았다. 그런 생각이 딱히 고통스러운 건 아니었다. 그것은 늘 마음속에 품고 있던 불길한 확신이었다. 지금껏 너무도 많은 병사들이 목숨을 잃지 않았던가. 그의 차례도 머지않았을 터였다. 뭔가에 홀린 듯이, 그는 어느 공장에서 자기의 목숨을 앗아 갈 총알이 만들어져 상자에 포장되는 광경을 머릿속에 떠올렸다.

아이의 사진만 볼 수 있다면. 그의 눈이 눈물로 흐려졌다. 그게 무리한 바람은 아니지 않은가. 이 수색 임무를 무사히 마치고 돌아가 아이의 사진이 동봉된 편지가 올 때까지만 목숨을 부지할 수 있다면.

그러나 그것은 분명 자기기만이었다. 그는 다시 비참한 기분에 빠졌다. 그는 사방에 우뚝 솟은 산들을 불안한 눈으로 두리번거리며 두려움에 몸을 떨었다.

로스를 죽인 건 나야.

그는 자기에게 책임이 있다는 것을 알았다. 로스에게 뛰라고 호통쳤을 때 순간적으로 느꼈던 힘과 경멸감, 그로 인해 짧은 동안이나마 맛보았던 분명한 쾌감이 기억났다. 그는 발을 헛디뎠을 때 로스의 얼굴에 떠올랐던 비통한 표정을 생각하고 바닥에서 괴로운 듯 몸을 뒤틀었다. 아득히 추락해 가던 로스의 모습이 눈앞에 생생했다. 분필이 끼익 소리를 내며 칠판에 그어지듯, 그 이미지가 그의 등뼈를 타고 올라오며 생채기를 냈다. 그는 죄를 지었고, 따라서 벌을 받을 것이다. 메리의 죽음이 첫 번째 경고였는데, 그는 그것을 무시해 버렸던 것이다.

그들 앞에 있는 산봉우리는 너무도 높아 보였다. 새벽녘의 부드러웠던 윤곽은 이제 사라지고 없었다. 아나카 산은 마치 겹겹이 쌓인 탑처럼 능선 위에 능선을 쌓으며 우뚝 솟아 있었다. 봉우리 근처에 꼭대기 주위를 둘러치듯 서 있는 벼랑이 보였다. 그것은 거의 직각을 이루고 있어서 그곳을 오른다는 것은 불가능해 보였다. 그는 또 한 번 몸서리를 쳤다. 이토록 황량하고 무시무시한 지형은 지금껏 본 적이 없었다. 밀림과 관목들로 덮인 위쪽의 비탈들도 험준해 보이기는 마찬가지였다. 오늘 안으로 그곳을 오른다는 건 도저히 불가능해 보였다. 벌써부터 가슴에 통증이 느껴졌다. 배낭을 짊어지고 다시 산을 오른다면 몇 분도 못 가서 기진맥진할 터였다. 그런데도 계속 전진할 이유는 없었다. 도대체 몇 명이 더 죽어 나가야 한단 말인가?

크로프트는 대체 뭘 바라는 거지? 그는 궁금했다.

그를 죽이는 것은 어렵지 않았다. 크로프트는 선두에 설 테니 총을 들어 겨냥하기만 하면 됐다. 그러면 수색은 그걸로 끝인 것이다. 그들은 돌아갈 수 있을 것이다. 그는 생각에 잠겨 천천히 허벅다리를 문질렀다. 자기가 그런 생각에 그토록 강하게 끌리는 것이 내심 편치가 않았다. 개새끼.

그런 생각을 하는 건 좋은 일이 아니었다. 미신적인 두려움이 되살아났다. 그런 식의 생각을 할 때마다 그는 자신의 벌을 마련하고 있는 셈이었다. 그렇다 해도…… 로스가 죽은 것은 크로프트의 탓이었다. 사실 그 자신에게 책임을 물을 수는 없었다.

뒤에서 나는 소리에 갤러거는 흠칫 놀랐다. 마르티네즈가 머리를 신경질적으로 긁고 있었다. "빌어먹을, 잠을 못 자겠어." 마르티네즈가 나직하게 투덜거렸다.

"그래."

마르티네즈가 그의 옆에 앉았다. "악몽을 꿨어." 그가 침울한 얼굴로 담배에 불을 붙였다. "잠이 들면…… 음…… 로스의 비명 소리가 들려."

"그래, 생각이 날 수밖에 없지." 갤러거가 낮게 중얼거렸다. 그는 이야기를 좀 더 평범한 차원으로 한정시키려 해 보았다. "딱히 그 녀석이 마음에 들었던 적은 없지만 그런 식으로 죽는 건 바라지 않았는데. 어느 누구도 죽는 건 바란 적 없어."

"어느 누구도." 마르티네즈가 갤러거의 말을 되뇌었다. 그는 머리가 아픈 듯이 이마를 조심스럽게 꾹꾹 눌렀다. 마르티네즈는 갤러거도 놀랄 만큼 안색이 좋지 않았다. 그렇지 않아도 갸름한 얼굴이 더욱 여위어 뼈만 앙상했고, 초점 없는 눈동자에는 생기가 하나도 없었다. 텁수룩한 수염은 면도가 절실

해 보였고, 얼굴에 생긴 주름의 골마다 검은 때가 들어차 나이보다 훨씬 늙어 보였다.

"이건 못할 짓이야." 갤러거가 중얼거렸다.

"그러게." 마르티네즈가 조심스럽게 연기를 내뿜었다. 두 사람은 담배 연기가 아침 공기 속으로 조용히 미끄러져 나가는 것을 지켜보았다. "춥다." 그가 중얼거렸다.

"보초 서는 게 아주 엿 같았어." 갤러거가 쉰 목소리로 말했다.

마르티네즈가 또 한 번 고개를 끄덕였다. 그는 한밤중에 보초를 섰는데 그 후로는 전혀 잠을 이룰 수가 없었다. 담요가 차가워서 덜덜 떨면서 밤새 초조하게 몸을 뒤척거렸던 것이다. 새벽이 된 지금도 나아진 것은 별로 없었다. 그의 몸은 그를 잠 못 이루게 만든 긴장감을 여전히 부여잡고 있었다. 밤새 그를 괴롭혔던 마음 곳곳에 산개한 두려움이 지금도 그를 놓아주지 않았다. 그것은 마치 열병처럼 온몸을 무겁게 짓눌렀다. 한 시간이 넘도록 그는 자기가 죽인 일본군 병사의 표정을 뇌리에서 떨쳐 내지 못했다. 너무도 생생하여, 단검을 손에 쥐고 숲 속에서 기다리던 그때처럼 다시금 온몸이 마비되는 느낌이었다. 빈 칼집이 허벅다리에 부딪치자 그는 조금 수치심을 느끼며 가늘게 몸을 떨었다. 칼집을 만지작거리는 그의 손에 경련이 일었다.

"대체 그 빈 칼집은 왜 안 버리는 거야?" 갤러거가 물었다.

"그러게." 마르티네즈가 얼른 맞장구를 쳤다. 당황해서인지 그는 갤러거의 말에 순응하고 있었다. 그가 떨리는 손으로 탄대 구멍에서 칼집의 고리를 빼내 칼집을 휙 내던졌다. 빈 칼집이 땅에 떨어지면서 내는 소리에 그의 몸이 움찔했다. 두 사람 모두 흠칫 놀랐다. 마르티네즈의 마음속에 느닷없는 불안감이 밀려들었다.

갤러거의 귀에 헤네시의 철모가 모래 위에서 핑그르르 회전하는 소리가 환청처럼 들렸다. "난 망했어." 그가 중얼거렸다.

마르티네즈는 무의식중에 칼집이 있던 곳을 더듬다가 그것이 없어진 것을 깨달았다. 별안간 온몸이 얼어붙는 것 같았다. 크로프트가 척후 결과에 대해 함구하라고 이르던 일이 생각났다. 헌은 내 말만 믿고 출발했는데……. 마르티네즈는 고개를 저었다. 안도감과 공포감으로 숨이 막혔다. 그들이 지금 산을 오르는 것은 그의 책임이 아니었다.

갑자기 온몸의 땀구멍이 열리며 땀이 쏟아졌다. 아노포페이에 상륙하기 전 수송선 위에서 느꼈던 것과 같은 불안감과 씨름하며, 그는 차가운 산 공기 속에서 몸을 부르르 떨었다. 그는 내키지 않는 눈을 들어 상부 능선의 바위들과 밀림을 올려다보았다. 눈을 감자 상륙정의 경사판이 내려지는 광경이 떠올랐다. 기관총의 총성이 울리기를 기다리며 그의 몸이 긴장했다. 아무 일도 일어나지 않자 그는 심한 좌절감으로 괴로워하며 눈을 떴다.

아이의 사진을 한 번이라도 볼 수 있다면, 하고 갤러거는 생각했다. "이 산을 넘겠다니 정신 나간 짓이야." 그가 중얼거렸다.

마르티네즈가 고개를 주억거렸다.

갤러거가 팔을 뻗어 마르티네즈의 팔꿈치를 살짝 건드렸다. "돌아가는 게 좋지 않겠어?" 그가 물었다.

"모르겠어."

"빌어먹을, 이건 자살 행위야. 우리가 뭐, 산양 떼라도 되는 줄 아나?" 그가 까칠까칠한 수염을 가려운 듯 문질렀다. "있잖아, 이러다간 우리 다 죽어."

마르티네즈는 구두 속에서 발가락을 굼실거리며 쓸쓸한 쾌감을 맛보았다.

"총알에 머리통 날리고 싶어?"

"아니." 그가 주머니 안의 작은 담배쌈지를 만지작거렸다. 주머니 안에는 언젠가 시체의 입에서 뽑아 온 금니들이 들어 있었다. 어쩌면 그것들을 버려야 할 것 같기도 했다. 그러나 아주 보기도 좋고 값도 나가는 것들이었다. 마르티네즈는 망설이다가, 금니들을 그대로 두었다. 그는 그 금니들이 제물의 효력을 발휘할 거라는 확신과 싸우고 있었다.

"성공 가능성이 희박해." 갤러거의 음성이 떨렸다. 마르티네즈의 몸이 악기의 공명판이라도 된 듯 갤러거의 음성에 공명했다. 그들은 공통의 두려움으로 결속되어 서로를 응시했다. 마르티네즈는 갤러거의 불안을 덜어 줄 수 있다면 좋을 텐데, 하고 생각했다.

"크로프트더러 포기하자고 말하는 게 어때?"

마르티네즈의 몸에 전율이 감돌았다. 그는 자기가 크로프트에게 돌아가자는 말을 할 수 있다는 걸 알았다. 그러나 그것은 너무도 익숙지 않은 태도여서, 그는 두려운 마음으로 애써 회피했다. 그래도 어쩌면 요청은 해 볼 수 있지 않을까? 순진하게도 그런 생각이 새롭게 마음속에 떠올랐다. 그 일본군 보초를 죽이기 전에 망설였던 한순간, 그는 자기도 한 사람의 인간일 뿐임을 인식했고 그런 자기가 다른 한 인간을 죽인다는 것이 좀처럼 실감이 나지 않았었다. 지금 이 수색 작전도 터무니없는 일처럼 생각되었다. 크로프트에게 돌아가자고 청하면 크로프트도 이 작전이 터무니없다는 걸 이해할지도 몰랐다.

"알았어." 그가 고개를 끄덕이고는 일어나서 담요 밑에 몸을 웅크리고 누워 있는 병사들을 보았다. 몇 사람은 벌써 잠에서 깨어 몸을 움직이고 있었다. "가서 그를 깨우자."

두 사람은 크로프트가 있는 곳으로 갔다. 갤러거가 그의 몸을 흔들었다. "이봐, 일어나." 크로프트가 아직도 자고 있는 게 조금은 뜻밖이었다.

크로프트가 불만스럽게 앓는 소리를 내더니 벌떡 일어나 앉았다. 그가 신음 비슷한 이상한 소리를 내더니 이내 고개를 돌려 산을 노려보았다. 그는 계속해서 비슷한 악몽에 시달리고 있었다. 어느 깊은 구덩이 속에 누워 바위가 그의 몸 위에 떨어지는 걸 꼼짝없이 지켜본다든가, 파도가 밀어닥치려 하는데 몸을 까딱도 할 수 없다든가 하는 꿈이었다. 강변에서 일본군의 공격을 받은 이래, 그는 줄곧 그런 꿈을 꾸어 왔다.

그는 침을 뱉었다. "알았어." 산은 여전히 제자리에 있었다. 돌덩이 하나 움직인 흔적이 없었다. 꿈이 너무도 생생했던지라 조금은 이상하기까지 했다.

그가 기계적으로 담요에서 다리를 획 빼내고 군화를 신기 시작했다. 두 사람은 시무룩한 표정으로 그를 지켜보았다. 그가 담요 밑에 두었던 소총을 집어 들고는 젖지 않았는지 살펴보았다. "왜 좀 더 일찍 깨우지 않았어?"

갤러거가 마르티네즈를 보았다. "우리 오늘 돌아가는 거지, 응?" 마르티네즈가 물었다.

"뭐라고?"

"우리 돌아가." 마르티네즈가 말을 더듬었다.

크로프트가 담배를 피워 물었다. 빈속으로 들어오는 담배 연기가 맵게 느껴졌다. "대체 무슨 소리를 하는 거야, 잽베이트?"

"돌아가는 게 좋지 않겠어?"

크로프트는 충격을 받았다. 마르티네즈가 날 위협하는 걸까? 아찔했다. 소대에서 마르티네즈만은 결코 그를 거역하지 않을 거라고 늘 믿어 왔는데. 다음 순간 분노가 치밀었다. 그는 말없이 마르티네즈의 목을 노려보며 그에게 달려들고 싶은 충동을 억눌렀다. 소대에서 유일하게 친구라 할 수 있는 사람이 그를 위협하다니. 크로프트는 침을 뱉었다. 아무도 믿을 수 없었다. 자기 자신 외에는 아무도.

앞에 있는 산이 지금처럼 높고 접근하기 어려워 보인 적이 없었다. 어쩌면 그의 마음 한 켠도 돌아가기를 원하고 있는지 몰랐다. 그는 유혹을 단호히 뿌리쳤다. 지금 돌아선다면 헌의 죽음은 의미가 없어지고 만다. 그는 또 한 번 신경을 바늘로 콕콕 찔린 듯 등에 찌르르한 고통을 느꼈다. 산봉우리는 여전히 그를 조롱하고 있었다.

소대원들에게 조금 너그러워질 필요가 있었다. 마르티네즈가 이렇게 나올 정도라면 상황이 위험하다고 봐야 했다. 소대원들이 눈치를 채는 날에는……. "제기랄, 잽베이트, 날 배반하는 거냐?" 그가 조용히 물었다.

"아냐."

"그런데 그게 무슨 말이야? 넌 병장이야. 병장이 그따위 수작을 부려?"

마르티네즈는 난처했다. 그의 충성심이 의심받고 있는 것이다. 그는 자기가 두려워하는 말이 나올 것을 예상하고 넌더리를 내며 크로프트의 다음 말을 기다렸다. 멕시코 놈!

"난 우리가 친구라고 생각했어, 잽베이트."

"친구지."

"너한텐 무서운 게 아무것도 없다고 생각했다."

"그래." 크로프트는 그의 충성심, 우정, 용기, 이 모든 것을 문제 삼고 있었다. 크로프트의 차가운 눈을 들여다보자니, 백인 프로테스탄트와 이야기할 때 언제나 의식했던 그런 무력감과 초라함, 그리고 열등감이 밀려왔다. 그러나 이번에는 그보다 더 심각했다. 항상 막연하게 감지했던 위험이 지금은 더욱 뚜렷하게, 더욱 가까이 다가와 있는 느낌이었다. 그들이 그에게 어떤 짓을 할까? 그에게 얼마나 심한 짓을 할까? 그런 두려움에 그는 숨을 쉬기가 힘들었다.

"알았어, 잽베이트는 너와 같이 간다."

"그래야지." 크로프트는 자기가 마르티네즈를 구슬리려 했다는 사실이 몹시 거북스러웠다.

"같이 가겠다니, 무슨 소리야?" 갤러거가 물었다. "이봐, 크로프트, 대체 왜 돌아가지 않는 거야? 그동안 받은 훈장으로도 부족해서 그래?"

"갤러거, 주둥이 닥쳐라."

마르티네즈는 그 자리를 피하고 싶었다.

"아아." 갤러거는 두려움과 결단 사이에서 흔들리고 있었다. "이봐, 크로프트, 내가 널 무서워하는 줄 알아? 내가 널 어떻게 생각하는지 너도 알잖아?"

소대원들 대부분이 잠에서 깨어 그들을 지켜보고 있었다.

"입 닥쳐, 갤러거."

"우리한테 등을 보이지 않는 게 좋을 거야." 이 말과 함께 갤러거는 그 자리에서 물러났다. 억지로 짜낸 용기의 반작용인지 몸이 덜덜 떨렸다. 당장이라도 크로프트가 쫓아와서 그를 돌려세워 놓고 주먹질을 할 것만 같았다. 불안한 예감 때문에 등가죽이 근질근질했다.

그러나 크로프트는 아무런 행동도 하지 않았다. 그는 여전히 마르티네즈의 배신을 곱씹고 있었다. 소대원들의 저항이 그 어느 때보다 그를 무겁게 짓눌렀다. 그는 저항하는 자들을 끌고 가면서 산과도 싸워야 했다. 그 순간 이런 생각이 그의 내부에 쌓이면서 그에게 허탈감을 안기고 의욕을 빼앗았다.

"좋아, 우리는 반 시간 후에 출발한다. 그러니 더는 빈둥거리지 마라." 불평과 불만의 소리가 일제히 일어났으나, 그는 누구의 입에서 나온 소리인지 굳이 알아내려 하지 않았다. 그는 마지막 남은 의지력을 짜내고 있었다. 그도 다른 사람들과 마찬가지로 녹초가 되어 있었고, 오랫동안 씻지 않은 몸이 근질거려서 견딜 수 없었다.

정작 산을 넘은 다음에는 무엇을 하느냐가 문제였다. 남은 인원은 일곱 명뿐인 데다 미네타와 와이먼은 아무 쓸모가 없었다. 그는 폴래크와 레드에게로 시선을 돌렸다. 두 사람은 시무룩한 표정으로 휴대 식량을 우적우적 씹으며 그를 노려보았다. 그러나 그는 그런 걱정들을 애써 머릿속에서 떨쳐 냈다. 나머지 문제들은 일단 산을 넘은 뒤에 생각하기로 했다. 지금 중요한 건 산을 넘는 일뿐이었다.

레드는 묵직한 증오심을 가지고 크로프트의 움직임을 몇 분간 지켜보았다. 지금껏 그 누구도 크로프트만큼 증오한 적이 없었다. 햄에그 통조림으로 맛없는 식사를 하자니 속이 메스꺼웠다. 음식은 뻑뻑하고 아무 맛도 안 났다. 그것을 씹는 동안에도 삼켜 버리고 싶은 마음과 뱉어 내고 싶은 마음이 반반이었다. 음식 덩어리가 무겁고 질기게 오랫동안 그의 입안에 담겨 있었다. 마침내 그는 깡통을 내던지고는, 자기 발을 뚫어지게 응시하며 앉아 있었다. 배 속이 편치 않고 헛구역질이 났다.

휴대 식량은 여덟 끼 분량이 남아 있었다. 치즈 세 통에 햄에그 두 통, 그리고 소고기와 돼지고기 세 통이었다. 그는 자기가 그것을 먹지 않으리라는 것을 알았다. 그것들은 그저 짐만 될 뿐이었다. 아아, 몰라. 그는 휴대 식량 상자들을 꺼내 칼로 윗면을 따 내고 사탕과 담배를 통조림과 크래커에서 갈라 놓았다. 식량을 내던지려는데 그것을 원하는 사람이 있을지도 모른다는 생각이 들었다. 대원들에게 물어볼까 하는 생각도 해 보았으나, 자기가 통조림을 손에 들고 한 사람씩 묻고 다니다가 놀림을 당하는 꼴이 머릿속에 그려졌다. 그냥 집어 치우는 게 좋겠다는 판단이 들었다. 어차피 다른 놈들과는 상관없는 일이었다. 그는 식량을 몇 발짝 뒤의 풀숲에 던졌다. 분노가 치밀어 심장이 마구 뛰자, 그는 한동안 그곳에 그렇게 앉아 있었다. 그는 마음을 가라앉히고 배낭을 챙기기 시작했다. 어쨌든 짐은 가벼워지겠군, 하는 생각과 함께 다시 울화가 치밀었다. 아무튼 빌어먹을 군대였다. 정말이지 좆같은 군대였다. 돼지나 먹을 것을 사람에게 주다니! 다시 숨이 가빠 왔다. 저따위 빌어먹을 음식이나 먹자고 목숨을 빼앗고 뺏기란 말이야? 공장에서 음식을 분쇄하고 압축하고 조리하여 통에 넣는 광경, 총알이 사람의 몸에 명중되었을 때 나는 그 둔탁한 소리, 심지어 로스의 비명까지, 너무도 많은 이미지들이 그의 머릿속에 희미하게 떠올랐다.

아아, 빌어먹을, 모든 게 엉망이야. 병사들을 제대로 먹이지도 않는 놈들이 대체 뭘 할 수 있겠어? 그는 주체가 안 될 정도로 몸이 떨려 주저앉아 쉬지 않을 수 없었다.

진실을 직시해야 한다. 그는 군대라는 조직에 된통 당한 것이다. 군의 압박이 지나치게 심해질 경우 자기라면 적당한 시기를 봐서 뭔가 손을 쓰리라고 줄곧 믿어 왔었다. 그리고 지금이 그럴 때인데…….

그는 어제 폴래크와 이야기를 나눴는데, 두 사람 모두 헌에 관한 일을 넌지시 비치기만 하고 그대로 덮고 말았다. 그는 자기가 무엇을 할 수 있는지 알았다. 그런데도 그 일을 피한다면 겁쟁이라 불려도 할 말이 없을 것 같았다. 마르티네즈는 소대가 돌아가기를 바라지 않았던가? 크로프트를 납득시키려 한 것으로 보아, 마르티네즈는 뭔가 아는 게 분명했다.

이제 해가 그들이 야영했던 산비탈을 눈부시게 비추었고, 진자주색 산그늘은 옅은 보라색과 파란색으로 밝아져 있었다. 그는 눈을 가늘게 뜨고 산봉우리를 올려다보았다. 그들은 여전히 오전 등반을 앞두고 있었다. 그런데 문제는 그다음이었다. 일본군 한복판에 뚝 떨어져 전멸을 당할지도 모른다. 다시 산을 넘어 돌아오지 못할지도 모른다. 그는 충동적으로 배낭을 정리하는 마르티네즈에게로 걸어갔다.

레드는 잠시 망설였다. 소대원들 대부분이 출발 준비를 마친 상태였다. 꾸물거리면 크로프트의 호통이 떨어질 터였다. 그는 아직 담요를 배낭에 넣지 않은 상태였다.

아아, 그 새끼가 뭐라고, 빌어먹을. 부끄럽기도 하고 화가 나기도 해서 레드는 그렇게 속으로 중얼거렸다.

그는 마르티네즈 앞에서 멈춰 섰으나, 무슨 말을 해야 할지 확신이 서지 않았다. "잽베이트, 기분은 좀 어때?"

"괜찮아."

"크로프트와 잠깐 의견이 맞지 않는 것 같던데?"

"별거 아냐." 마르티네즈가 레드의 시선을 피했다.

레드는 담배를 피워 물었다. 자기가 하려는 짓이 영 마뜩지가 않았다. "잽베이트, 너 좀 비겁한 거 아니냐? 그만두고 싶으면서도 그렇다고 말할 배짱조차 없어?"

마르티네즈는 아무런 대꾸도 하지 않았다.

"이봐, 마르티네즈, 우리가 군대 밥 먹은 지 하루 이틀이야? 상황이 어떻게 돌아가는지 정도는 우리도 알아. 오늘 저 고지를 올라가는 일이 대단히 즐거울 거라고 생각해? 저기 어느 바위 턱에서 또 두어 명 추락할지도 몰라. 그게 어쩌면 너일 수도 있고 나일 수도 있어."

"날 좀 내버려 둬." 마르티네즈가 낮게 중얼거렸다.

"인정할 건 인정해, 잽베이트. 설사 우리가 산을 넘는다 해도 산 너머에서 팔이나 다리 한 짝 날리는 게 고작 아냐? 총에 맞고 싶어?" 그런 식으로 설득을 하면서도, 레드는 무언가 떳떳하지 못하다는 느낌 때문에 마음이 불편했다. 꼭 이런 식으로 할 필요는 없었다.

"병신이 되고 싶어?"

마르티네즈가 고개를 저었다.

해야 할 말들이 머릿속에 줄줄이 떠올랐다. "너 일본 놈 죽였지, 안 그래? 그만큼 네 차례도 가까워진 거 알아?"

마르티네즈로서는 그냥 넘겨들을 수 없는 말이었다. "그런 거 난 몰라, 레드."

"넌 일본 놈을 죽였어. 그런데 넌 그에 대해 한마디도 안 했지, 안 그래?"

"아니, 했어."

"헌도 그걸 알았다고? 일본 놈들이 있는 걸 빤히 알면서 그 협곡으로 걸어 들어갔단 말이야?"

"그래." 마르티네즈가 몸을 떨기 시작했다. "말했어, 말하려고 했는데, 아주 바보야."

"웃기지 마."

"아냐, 정말이야."

레드는 확신이 서지 않았다. 그는 잠시 입을 다물었다가 방법을 바꿔 보았다. "모토메에서 내가 얻은 그 사무라이 칼 알지? 뒤에 보석 박힌 거. 네가 원한다면 주지."

"응?" 마르티네즈는 아름답게 빛나는 그 칼을 눈앞에 떠올렸다. "거저 준다고?"

"그래."

갑자기 크로프트가 고함을 쳤다. "자, 모두 출발한다."

레드가 돌아섰다. 심장이 요동쳤다. 그가 한 손으로 천천히 허벅다리를 문질렀다. "우린 안 가, 크로프트."

크로프트가 그를 향해 성큼성큼 다가왔다. "그렇게 마음먹은 거냐, 레드?"

"그렇게 가고 싶으면 혼자서 가. 우리는 마르티네즈가 데리고 돌아가면 되니까."

크로프트가 마르티네즈를 노려보았다. "또 마음이 변했나?" 그가 나직이 물었다. "왜 계집애처럼 변덕을 부려?"

마르티네즈는 천천히 고개를 저었다. "난 모르겠어, 모르겠어." 그가 얼굴을 일그러뜨리더니 획 돌아섰다.

"레드, 수작 부리지 말고 배낭이나 챙겨."

마르티네즈를 끌어들인 것이 잘못이었다. 레드는 그것을 분명히 알 수 있었다. 어린애랑 다툰 것처럼 뒷맛이 찜찜했다. 쉬운 방법을 택했으나 효과가 없었다. 자신이 직접 크로프트에게 맞서지 않으면 안 될 일이었다. "날 끌고 가 보든가."

소대원들 몇 명이 투덜거렸다. "돌아가자." 폴래크가 외치자 미네타와 갤러거도 합세했다.

크로프트가 그들 모두를 노려보다가 소총을 어깨에서 벗어들고 천천히 노리쇠를 젖혔다. "레드, 가서 배낭 챙겨라."

"야, 나한테 총이 없다고 뭐라도 할 작정이야?"

"레드, 입 닥치고 배낭이나 챙겨."

"난 혼자가 아니야. 우릴 다 쏴 버릴 테냐?"

크로프트가 고개를 돌려 다른 사람들을 가만히 쳐다보았다. "레드 편을 들고 싶은 놈은 나와." 아무도 움직이지 않았다. 레드는 누군가 총을 집어 들지 않을까 내심 기대하면서 그들을 지켜보았다. 크로프트의 시선은 다른 사람들을 향해 있었다. 지금이야말로 좋은 기회였다. 그가 덤벼들어서 그를 때려눕히면 다른 사람들도 합세할 것이다. 누구 하나가 동작만 취한다면 전원이 움직일 터였다.

그러나 아무 일도 일어나지 않았다. 그는 크로프트에게 덤벼들어야 한다고 계속 스스로를 다그쳤으나 다리가 움직여주지 않았다.

크로프트가 그를 향해 돌아섰다. "자, 레드, 가서 배낭 챙겨."

"꺼져, 새끼야."

"삼사 초 뒤에는 쏜다." 총구가 서서히 레드를 겨냥했다. 레드는 자기가 어느새 크로프트의 표정을 살피고 있음을 의식했다.

갑자기 그는 헌에게 정확히 무슨 일이 일어났는지를 알 수 있었다. 갑자기 몸에서 힘이 쭉 빠져나가는 기분이 들었다. 크로프트 자식은 방아쇠를 당길 것이다. 그는 그것을 깨달았다. 레드는 크로프트의 눈을 바라보며 뻣뻣하게 굳은 채로 서 있었다. "그냥 그렇게 사람을 쏴 버린단 말이지?"

"물론이야."

꾸물거리며 시간을 끌어 봐야 소용없는 일이었다. 크로프트는 정말로 그를 쏘고 싶은 것이다. 땅에 엎드려 일본군의 총검이 등에 내리꽂히기를 기다리던 때의 광경이 또다시 눈앞에 생생하게 그려졌다. 머릿속에서 피가 요동쳤다. 그러는 동안 그의 의지도 서서히 빠져나갔다.

"어떻게 할 거야, 레드?"

크로프트는 마치 좀 더 정확하게 겨냥을 하려는 듯 총구로 조그마한 원을 그렸다. 레드는 방아쇠에 걸린 크로프트의 손가락을 주시했다. 그 손가락이 안으로 죄어지려 하자 그는 갑자기 긴장했다. "좋아, 크로프트, 네가 이겼다." 그의 목소리가 힘없이 갈라져 나왔다. 그는 몸을 떨지 않으려고 안간힘을 썼다.

주위에 있던 소대원들이 긴장을 푸는 게 느껴졌다. 혈관 속 피의 흐름이 느려지며 멈췄다가, 이제 온몸의 신경을 모두 부각시키며 다시 흐르는 것 같았다. 그는 고개를 떨어뜨리고 배낭이 있는 곳으로 가서 담요를 집어넣은 다음 멜빵의 고리를 채우고 일어섰다.

그는 패배한 것이다. 그게 다였다. 그 굴욕감의 기저에는 죄의식도 깔려 있었다. 그는 상황이 종료된 것이 다행스러웠고,

크로프트와의 오랜 다툼이 끝나고 저항을 해야 한다는 부담감 없이 순순히 명령에 복종할 수 있게 된 것이 다행스러웠다. 이것이 그가 더한 굴욕감을 느끼는 이유였고, 방금 전 사건이 그에게 결정적인 타격이 된 이유였다. 그가 인생에서 해 온 모든 일들이 결국 이것으로 귀결될 수도 있는 것일까? 언제나 결국에는 항복하고 마는 것인가?

그는 대열 중간에 껴서 무거운 걸음을 옮겼다. 그는 누구도 쳐다보지 않았고, 그를 쳐다보는 사람 역시 아무도 없었다. 모두들 비참하고 거북한 기분이었다. 그들은 저마다 크로프트를 쏘고 싶은 생각이 들었음에도 쏘지 못했던 사실을 잊으려 애썼다.

행군을 하면서 폴래크는 자신이 너무도 역겨워서 시무룩한 얼굴로 나지막이 욕설을 내뱉었다. 비겁한 새끼. 그는 자신을 욕했다. 겁이 났고 조금 충격을 받기도 했다. 이때다 싶은 순간이 왔는데도 그냥 흘려보내다니. 손에 총을 쥐고도 아무 일도 하지 않다니. 비겁한 놈…… 비겁한 놈!

반면에 크로프트는 자신감을 되찾고 있었다. 이날 오전 중에 산 정상을 넘을 수도 있을 것 같았다. 상황이건 사람이건 모두 그를 방해하려 했지만, 이제 그의 앞길을 막는 장애물은 아무것도 없었다.

소대는 비탈을 올라 또 하나의 능선을 가로질러 여기저기 바위가 흩어진 지대를 내려가 아주 작은 골짜기에 진입했다. 크로프트는 그들을 이끌고 바위가 많은 작은 협곡을 통과해서 또 다른 비탈 위로 올라갔다. 한 시간 동안 그들은 바위에서 바위로 이동하며 힘겹게 산을 올랐다. 때로는 수백 미터를 엉금엉금 기기도 하면서, 깊은 골짜기의 가장자리를 따라 끝도 없는 길을 열심히 전진했다. 아침나절로 접어들자 햇볕이 몹시 뜨거워졌고, 병사들은 또다시 완전히 지쳐 버렸다. 크로프트는 몇 분에 한 번씩 쉬게 해 주면서 한결 느린 속도로 그들을 이끌었다.

그들은 봉우리 하나를 넘어 완만한 비탈을 힘없이 달려 내려갔다. 그들 앞에 초목으로 덮인 가파르게 솟은 벼랑에 의해 대략 반원형으로 둘러싸인 거대한 원형 대극장 같은 지형이 나타났다. 정글의 벼랑들은 150미터 높이로 거의 수직으로 솟아 있었다. 적어도 40층짜리 고층 건물의 높이였다. 그 벼랑들 위로 산꼭대기가 보였다. 크로프트는 이미 멀리서부터 이 원형 대극장을 눈여겨보았었다. 그의 눈에는 그것이 산의 목에 두른 진초록 옷깃처럼 보였다.

그것을 피해 갈 길은 없었다. 이 원형 대극장의 양쪽 측면은 300미터 낭떠러지였다. 그들은 전진해서 그들 앞의 정글을 기어오를 수밖에 없었다. 크로프트는 그 바로 밑에서 소대를 쉬게 했다. 그러나 그곳에는 변변한 그늘 하나 없어서 제대로 휴식을 취할 수가 없었다. 오 분 후 그들은 출발했다.

나뭇잎으로 뒤덮인 벽은 멀리서 보았을 때만큼 오르기 어렵진 않았다. 우거진 나뭇잎들을 가르면 엉성하나마 층계 구실을 할 만한 바위들이 오르막길을 이루며 굽이굽이 놓여 있었다. 그곳에는 대나무 관목 숲과 덤불과 갖가지 식물들, 덩굴, 그리고 나무 몇 그루가 있었는데, 그 나무들의 뿌리는 산에 박혀 수평으로 자라고 줄기는 하늘을 향해 L자 형으로 굽어 있었다. 물론 바위 밑으로 흘러내린 빗물 때문에 생긴 진창은 위험 요소였고, 나뭇잎과 풀과 가시덤불은 그들의 진로를 방해하는 장애물이었다.

그것은 일종의 계단이었으나, 오르기 쉬운 계단은 아니었다. 그들은 수트케이스 정도의 무게를 등에 지고 사실상 40층 높이에 해당하는 계단을 오르는 셈이었다. 더구나 계단들의 높이도 고르지 않았다. 소대원들은 때로는 허리 높이의 바위에서 그만한 높이의 다른 바위로 기어올라야 했고, 때로는 자갈과 작은 바위들이 깔린 비탈을 손발로 쑤석이며 올라야 했다. 크기와 모양이 제각각인 바위들이 깔려 있는 곳도 있었다. 물론 나뭇잎이나 덩굴로 어지럽혀져 그것들을 한쪽으로 밀어 젖히거나 칼로 베어 내야만 할 때도 있었다.

애초에 크로프트는 이 원형 대극장의 절벽을 오르는 데 반시간이 소요될 것으로 추정했다. 그러나 한 시간이 지난 후에도 그들은 겨우 절벽의 중턱을 오르고 있었다. 소대원들은 그의 뒤에서 상처 입은 애벌레처럼 괴롭게 꼬물거렸다. 그들 모두가 한꺼번에 움직이는 일은 없었다. 몇 명이 먼저 바위 하나를 타고 넘은 뒤 그곳에서 다른 사람들이 따라오기를 기다렸다. 그들은 잔물결을 일으키듯 전진했다. 크로프트가 힘겹게 몇 미터를 앞서 나아가면, 나머지 사람들은 마치 심한 발작으로 경련이라도 하듯 비틀거리며 그 뒤를 따라갔다. 이따금 크로프트나 마르티네즈가 대나무 엉킨 것을 천천히 칼로 잘라 낼 동안 나머지 소대원들은 휴식을 취했다. 몇몇 군데는 계단이 2~3미터의 커다란 진흙 구간이어서, 소대원들은 나무뿌리를 붙잡고 그곳을 기어올랐다.

다시 한 번 소대원들은 짙은 피로감에 휩싸였다. 그러나 지난 며칠 동안 너무도 자주 겪었던 일이라 이제는 거의 견딜 만했다. 다리가 마비되어 마치 어린애가 실에 매달아 끌고 가는 장난감처럼 질질 끌려가는 듯이 느껴져도 전혀 놀라지 않았다. 이제 소대원들은 높은 바위에서 바위로 건너뛰는 짓은 하지 않았다. 먼저 위쪽 바위시렁 위에 총을 얹어 놓고 그 위에 매달려 몸을 들어 올린 다음 다리를 끌어 올렸다. 아주 작은 바위조차도 그대로 뛰어넘기가 버거웠다. 그들은 다리를 두 팔로 들어 올려서 발을 앞의 계단에 올려놓고 막 침대에서 일어난 노인처럼 비틀거렸다.

일이 분마다 누군가가 피로에 지쳐 걸음을 멈추고는, 바위 위에 웅크려 누워 흐느끼듯 가쁜 숨을 몰아쉬었다. 그것은 마치 자신의 처지를 한탄하는 울음소리처럼 들렸다. 아찔한 현기증이 이 사람에서 저 사람에게로 전달되는 이입 현상이 일어났다. 그들은 고통스러운 헛구역질 소리에 병적으로 귀를 기울였다. 언제나 누군가 한두 사람은 구역질을 하고 있었다. 그들이 움직일 때면 언제나 몇 사람은 발을 헛딛고 쓰러졌다. 진흙과 풀로 미끈거리는 바위 위를 기어오르는 일이나, 대나무 덤불의 지독한 가시들, 정글의 덩굴에 발이 걸려 자빠지는 일 등 이 모든 것들이 뒤섞여 엄청난 고문이 되었다. 병사들은 괴로운 신음을 토하고 욕설을 내뱉고 앞으로 고꾸라지고 비틀거리고 미끄러지면서 바위에서 바위로 옮겨 갔다.

30미터 이상은 앞을 내다보는 것이 불가능한 탓에, 그들은 크로프트에 대해 잊고 있었다. 크로프트를 증오할 수도, 그렇다고 달리 뭘 어떻게 할 수도 없다는 것을 깨달은 그들은, 지금까지 어떤 인간에게 느꼈던 증오심보다 더욱 격렬한 증오심을 산에 대해 느꼈다. 계단은 이제 생명을 가진 존재가 되어 있었다. 한 계단씩 오를 때마다 그것은 그들을 조롱하고 기만하고 악의에 찬 바위 하나하나로 저지하는 것 같았다. 그들은 또다시 일본군을 잊었고, 수색 임무를 잊었으며, 그들 자신까지도 거의 잊었다. 그들이 상상할 수 있는 가장 기쁜 경지는 오직 산을 오르는 일을 중단하는 것이었다.

　크로프트도 완전히 지친 상태였다. 그에게는 소대원들을 이끌고, 나뭇잎이 지나치게 밀생한 곳에서는 그것을 베어 길을 터 낼 책임이 있었다. 소대원들을 끌고 올라가려 애를 쓰다 보니 그만 힘이 다 빠져 버렸다. 그는 사실상 소대원 전체의 몸무게를 자기 자신의 몸무게로 느끼고 있었다. 마치 그가 그들 모두를 마구에 매어 끌고 올라가는 느낌이었다. 그들은 그의 어깨와 발목을 힘껏 잡아당겨 그를 뒤로 끌어 내리고 있었다. 소대원들의 체력적인 한계를 가늠하느라 날카롭게 긴장한 탓에, 그는 신체적으로뿐 아니라 정신적으로도 몹시 피로했다.

　그를 긴장하게 만드는 요소는 그것만이 아니었다. 산꼭대기에 가까워질수록 그의 불안감은 점점 커졌다. 층계의 새로운 굽이에 다다를 때마다 그는 남아 있는 의지력 이상을 쥐어짜야 했다. 며칠에 걸쳐 그는 이 지역의 심장부로 가까이 다가

가고 있었고, 그로 인한 공포감은 계속 누적되었다. 그들이 지나온 광대한 낯선 땅은 그의 의지를 좀먹었고 그의 신경을 예민하게 만들었다. 낯선 언덕들을 넘고 태곳적부터 외부의 침입을 거부해 온 산의 옆구리를 타고 오르는 것은 거의 손에 잡힐 듯 뚜렷한 노력이 필요한 일이었다. 난생처음으로 그는 벌레가 날아와 얼굴에 부딪치거나 미처 알아채지 못한 나뭇잎이 목을 간지를 때면 흠칫 놀라곤 했다. 그는 죽을힘을 다해 자신을 몰아쳤고, 매번 행군을 멈출 때마다 기력이 빠져 쓰러지듯 주저앉았다.

그러나 잠시 휴식을 취하고 나면 그는 다시 의지력을 충전하여 몇 미터를 더 오를 수 있었다. 그 또한 대부분의 것들을 잊고 있었다. 수색 임무도, 그리고 산조차도 이제는 그에게 아무런 감흥을 주지 않았다. 마치 그의 본성의 양 극단 중 어느 것이 이길 것인가를 놓고 내부에서 경쟁을 하고 있는 듯했다. 그리고 그 경쟁의 힘으로 전진을 계속하고 있는 것 같았다.

마침내 그는 산꼭대기가 가까워 오는 것을 감지했다. 터널 출구에 접근할 때처럼, 거미줄같이 얽힌 정글의 나뭇잎 사이로 햇빛이 느껴졌다. 햇빛은 그를 고무시켜 계속 나아가게 하는 동시에 그를 지치게도 했다. 정상에 한 걸음씩 다가갈수록 그는 더욱 두려워졌다. 정상에 도달하기 전에 어쩌면 포기해야 할지도 모른다는 생각이 들었다.

그러나 그가 정상에 도달할 기회는 끝내 오지 않았다. 그가 비틀거리며 바위를 넘어섰을 때 축구공 모양의 옅은 갈색 둥지 하나가 눈에 띄었고, 지친 탓에 조심할 겨를이 없었던 그는 그것을 발로 짓뭉개 버리고 말았다. 그 순간 그는 그 둥지의 성체를 깨달았지만, 이미 너무 늦은 상황이었다. 둥지 속이 소란스러워지더니 50센트 은화 크기의 거대한 말벌 한 마리가 요란하게 날갯짓을 하며 그곳에서 날아올랐다. 뒤이어 또 한 마리가, 그리고 또 한 마리가 따라 나왔다. 그는 수십 마리의 말벌이 붕붕거리며 그의 머리를 지나쳐 가는 것을 멍하니 지켜보았다. 커다란 노란색 몸통에 무지갯빛 날개를 가진 말벌들은 아름다웠다. 나중에 그는 뒤이어 일어난 일과는 전혀 별개의 일인 것처럼 말벌의 모습을 기억에 되살렸다.

벌 떼는 몹시 화가 나 있었고 불붙은 도화선처럼 맹렬한 기세로 병사들의 대열을 덮쳤다. 크로프트는 그중 한 마리가 귓전에서 붕붕거리는 것을 느끼고 거친 신음 소리와 함께 그것을 손바닥으로 후려쳤다. 그러나 이미 그놈은 그를 쏜 후였다. 무서운 통증이 엄습했다. 마치 동상에 걸린 것처럼 귀가 얼얼했고, 날카로운 통증이 온몸 구석구석에 퍼졌다. 연달아 벌에 쏘인 그는 아픔을 못 이겨 악을 쓰면서 미친 듯이 벌 떼를 후려쳤다.

소대에게 이것은 견딜 수 없는 최후의 재앙이었다. 대략 오 초 동안 그들은 공격해 오는 벌 떼를 향해 정신없이 팔을 휘두르면서도 못 박힌 듯 제자리에 서 있었다. 벌에 쏘일 때마다 채찍을 맞은 듯 날카로운 통증이 전신에 퍼졌고, 절망이 새로운 광란의 에너지를 분출시켰다. 소대원들은 제정신이 아니었다. 와이먼은 바위에 힘없이 달라붙어, 한바탕 성질을 부리는 어린아이처럼 팔을 마구 휘두르면서 울부짖었다.

"난 못 참아, 못 참는다고!" 그가 고래고래 악을 썼다.

말벌 두 마리에 거의 동시에 쏘이자, 그가 총을 내던지고 겁에 질려 비명을 질렀다. 그의 날카로운 비명 소리가 다른 대원들의 공포감도 폭발시켰다. 와이먼이 바위에서 바위로 뛰어 내려가기 시작하자, 나머지 병사들도 차례로 그의 뒤를 따랐다.

크로프트가 멈추라고 소리쳤으나 그의 말을 듣는 사람은 아무도 없었다. 그는 마지막 욕설을 내뱉고는 벌 떼를 향해 무력하게 팔을 휘두르다가 이내 그들의 뒤를 따라 달려 내려가기 시작했다. 산산이 부서진 야망의 마지막 파편을 부여잡은 채, 그는 산 아래에서 소대원들을 재집결시키리라 생각했다.

벌 떼가 식물이 밀생하는 절벽과 바위투성이의 비탈길로 추격해 오자, 그들은 마지막 힘을 다해 광란의 질주를 할 수밖에 없었다. 그들은 바위에서 바위로 뛰어내리고, 그들 앞을 가로막는 나뭇잎을 거칠게 헤치며 놀라우리만큼 민첩한 동작으로 도망쳤다. 흉흉한 말벌의 무리와 옷에 덮인 피부가 거칠게 바위에 스치는 감촉 외에는 아무것도 의식되지 않았다. 그들은 달려 내려가면서 거치적거리는 것은 무엇이든 닥치는 대로 내팽개쳤다. 그들은 총을 내던졌고, 몇몇은 배낭을 벗어 떨어뜨렸다. 다들 소지품을 버리면 수색 임무를 지속할 수 없으리라는 것을 어렴풋이 느끼고 있었다.

소대원들이 원형 대극장 형태의 공간 속으로 쏟아지듯 들어갈 때, 크로프트의 바로 앞에서 달리던 사람은 폴래크였다. 그가 언뜻 보니, 소대원들은 벌 떼의 공격을 벗어난 지금 어리둥절한 채로 우두커니 서 있었다. 폴래크가 어깨 너머로 크로프트를 힐끗 돌아보더니 다른 병사들 틈으로 뛰어들며 큰 소리로 외쳤다. "뭘 꾸물거리는 거야? 벌 떼가 온다!" 그는 멈추지 않고 그대로 그들 곁을 지나쳐 달려가며 비명을 질렀다. 그러자 다른 소대원들도 다시금 혼비백산하여 허둥지둥 그의 뒤를 따랐다. 그들은 제각각 흩어져서 원형 대극장을 빠져나갔고, 방금 전과 마찬가지로 기를 쓰며 다음 능선을 넘어 골짜기로 달려 내려갔다가 그 너머 언덕의 비탈로 올라갔다. 십오 분후 그들은 오늘 아침의 출발 지점보다 더 멀리 달아나 있었다.

마침내 따라붙은 크로프트가 대원들을 한곳에 모았을 때 남아 있는 것은 소총 세 자루와 배낭 다섯 개가 전부였다. 소대원들은 더 이상 수색 임무를 지속할 상태가 아니었다. 소대가 산을 다시 오를 수 없으리라는 것은 크로프트도 알고 있었다. 그 자신에게도 산을 오를 기력이 더 이상 남아 있지 않았다. 그는 그 사실을 저항 없이 받아들였다. 불만이나 고통을 느낄 기력조차 없었다. 그는 조용하고 지친 목소리로 소대원들에게 휴식을 취한 후 해변으로 돌아가 배를 기다리라고 지시했다.

돌아가는 길에는 아무런 일도 일어나지 않았다. 소대원들은 너무 지쳐 비참한 지경이었으나 돌아가는 길은 내리막길이라 비교적 수월했다. 아무런 사고 없이 그들은 로스가 목숨을 잃은 바위틈을 뛰어넘었고, 오후 나절엔 마지막 벼랑을 내려가 누런 구릉지에 들어섰다. 오후 내내 행군하는 동안, 그들은 산맥 저편에서 울리는 포성을 들었다. 그날 밤 그들은 정글

로부터 약 15킬로미터 떨어진 지점에서 야영을 했고, 그 이튿
날엔 해변에 도착하여 들것을 운반한 병사들과 합류했다. 브
라운과 스탠리는 그들보다 불과 몇 시간 앞서 구릉지에서 돌
아와 있었다.

골드스타인으로부터 윌슨을 잃어버린 경위를 보고받고도,
크로프트는 아무 말도 하지 않았다. 뜻밖의 반응에 골드스타
인은 놀랐으나, 사실 크로프트의 신경은 다른 곳에 가 있었다.
그는 내심 산에 오를 수 없었던 것을 다행으로 여겼다. 그 자
신이 그렇게 시인한 것은 아니지만, 적어도 소대가 해변에서
다음 날 오기로 예정되어 있던 배를 기다리던 그날 오후 동안
만은, 자신의 열망에 한계가 있음을 알게 되었다는 사실에 안
도했던 것이다.

14

이튿날 소대원들은 배를 타고 귀로에 올랐다. 이번 상륙정
엔 칸막이벽 쪽에 침대 열여덟 개가 갖춰져 있었다. 병사들은
빈 침대에 장비를 내려놓고는 편안히 몸을 뻗고 누워 잠을 청
했다. 그들은 전날 오후 정글에서 나온 이래 줄곧 잠을 잤고,
이제는 몸이 뻣뻣하게 굳어 고통스러울 지경이었다. 아침에
식사를 거른 사람들도 있었지만, 배가 고픈 줄을 몰랐다. 고되
기 그지없었던 수색 임무는 여러모로 그들을 허탈하게 했다.
야영지로 돌아가는 동안 그들은 몇 시간이나 꾸벅꾸벅 졸았
고, 어쩌다 잠에서 깨도 침대에 그대로 누워 무갑판선 위의 하
늘을 쳐다보기만 했다. 배가 전후좌우로 요동치고 뱃전과 뱃
머리 경사판에 부딪친 바닷물이 물보라가 되어 배 안을 침범
했으나, 그들은 그것을 거의 의식하지 않았다. 엔진 소리는 듣
기 좋았고 마음을 편안하게 해 주었다. 수색 중에 벌어진 일들

은 이미 먼 과거로 물러나, 흩어지고 왜곡되어 희미한 기억들로 뒤섞였다.

오후가 되자 거의 모든 병사들이 잠에서 깼다. 그들은 여전히 극심한 피로를 느끼면서도 더 이상 잠을 이룰 수 없었다. 온몸이 쑤셨고 배 안의 좁은 공간을 걸어 볼 의욕도 없었으나, 여전히 어딘지 모르게 불안하고 초조했다. 수색 임무는 끝났으나 그들에게는 딱히 기대할 만한 일이 없었다. 그들 앞에 펼쳐질 몇 달 몇 년의 삶은 너무도 빤했다. 지금까지와 마찬가지로 지루하고 고통스러운 일상의 반복일 터였다. 비참함, 권태로움, 예기치 않은 곳에서 터져 나오는 공포감…… 온갖 일들이 벌어지고 시간은 흐를 테지만, 그들에게는 희망도 기대도 없었다. 낙담과 우울의 정서가 먹구름처럼 모든 것을 뒤덮을 뿐이었다.

미네타는 침대에 드러누워 눈을 감은 채 오후 내내 빈둥거렸다. 그는 매우 단순하고 기분 좋은 공상에 빠져 있었다. 총을 쏘아서 한쪽 발을 날려 버리는 공상을 하고 있었던 것이다. 어느 하루 날을 잡아 총을 소제하다가 총구를 발목에 갖다 대고 방아쇠를 당겨 버리면 그만이었다. 발에 있는 뼈란 뼈가 모조리 박살날 것이다. 발목을 절단하건 말건, 군은 그를 제대시킬 수밖에 없을 것이다.

미네타는 그로 인한 모든 득실을 계산해 보려고 했다. 다시는 뛸 수 없겠지만, 어차피 뛰는 걸 좋아하는 사람은 없을 것이다. 그리고 요즘엔 의족이라는 게 있으니 의족을 끼우듯 나무 발을 해 넣으면 내 발처럼 움직일 수 있을 것이고 춤을 추는 데도 문제가 없을 터였다.

순간 그는 불안해졌다. 어느 쪽 발을 쏘는 게 나을까? 자기가 왼손잡이니까 오른발을 쏘는 편이 나을 것 같았다. 아니, 어느 쪽이든 상관없을까? 폴래크에게 물어볼까 싶기도 했지만 이내 생각을 접었다. 이런 일은 혼자서 결정해야 했다. 이 주일 내에 아무 일 없는 날을 골라서 해치우면 그만이다. 그는 삼 개월이나 육 개월 정도 입원을 할 것이고, 그런 다음엔……. 그는 담배를 피워 물고 뿜어져 나온 연기들이 하나로 섞였다가 흩어지는 광경을 보면서, 아무 잘못도 없이 한쪽 발을 잃게 될 자신에게 연민을 느꼈다.

레드는 손가락 뼈마디와 주름들을 걱정스레 살피면서 손에 생긴 상처를 가만가만 눌러 보았다. 이제는 더 이상 스스로를 속일 방법이 없었다. 신장은 너덜너덜해졌고 다리도 곧 못 쓰게 될지 몰랐다. 그는 이번 임무가 자신의 몸을 망쳤다는 걸 느낄 수 있었다. 어쩌면 그것은 그에게서 다시는 되돌릴 수 없는 것들을 빼앗아 갔는지도 모른다. 모토메에서는 맥퍼슨이 당하고 이번에는 윌슨이 당했는데, 뭐 어쨌든 고참 축에 드는 사람들이 먼저 죽었으니 비교적 공평한 거 아닐까? 총에 맞고도 100만 달러짜리 부상을 입고 살아날 가망은 늘 있는 법이다. 하지만 그래 봐야 무엇이 달라지겠는가? 사람이 한 번 비겁해진 바에야……. 그가 반듯하게 누운 채 기침을 했다. 그러다 보니 가래가 목에 걸렸다. 윗몸을 일으켜 뱃바닥에 가래침을 뱉는 것도 힘이 들었다.

"어이." 선미 쪽 승강구에 있던 조타병 한 사람이 고함을 쳤다. "더럽게 어디다 가래를 뱉어? 너희들이 내린 다음에 우리가 그걸 닦아 내야 하는 거 몰라?"

"아아, 시끄러 인마." 폴래크가 소리쳤다.

크로프트가 침대에서 외쳤다. "모두들 침은 뱉지 마라."

아무도 그 말에 대꾸하지 않았다. 레드는 혼자서 고개를 끄덕였다. 그래, 그렇지. 그는 크로프트가 무슨 말인가를 하기를 조금은 불안한 마음으로 기다렸는데, 그가 자기를 지적해서 나무라지 않자 안도감을 느꼈다.

맨 정신으로는 남의 눈치만 보다 술이 들어가면 대범해져 입이 거칠어지는 싸구려 여인숙의 건달 같은 인간. 혼자서 버틸 만큼 버텨 보다가 힘에 부치면 꽁무니를 빼는 인간. 온갖 것들과 싸우지만 그 온갖 것들에 치이고, 결국엔 기계 돌아가는 속도에 적응하지 못하고 비명을 질러 대면서도 그저 거기에 어떻게든 붙어 있는 작은 볼트처럼 비루한 인간.

이제 그는 남들에게 의지할 수밖에 없었고 남들의 도움을 받아야 했다. 그러나 어떻게 시작해야 좋을지 알 수가 없었다. 마음속 깊은 곳에 어떤 생각이 어렴풋하게 싹텄지만, 말로는 표현할 수가 없었다. 모두가 하나로 뭉친다면…….

아아, 빌어먹을. 서로의 목에 칼을 들이대는 것 외에는 아는 것 하나 없는 그들이었다. 해답이 될 만한 것은 아무것도 없었다. 인간이 마지막 순간까지 지녀야 할 긍지마저 존재하지 않았다. 지금 로이스라도 곁에 있다면. 순간 그는 로이스에게 편지를 쓰고 처음부터 다시 시작하면 어떨까 생각해 보다가 이내 떨쳐 버렸다. 사내답게 물러나는 게 내가 할 수 있는 최소

한의 일 아니겠는가. 게다가 로이스가 그더러 지옥으로 꺼지라며 코웃음을 칠지도 모르는 일이었다. 그는 또다시 기침을 하다 손바닥에 가래를 뱉고는 그것을 몇 초간 멍하니 바라보다가 슬그머니 침대 덮개에 문질렀다. 조타병더러 닦아 내라지 뭐. 그는 일그러진 미소를 지었다. 그런 짓에 만족을 느끼는 자신이 부끄러웠다.

비열한 놈. 하긴 살아오면서 어떤 놈인들 안 되어 보았을까.

골드스타인은 팔베개를 하고 침대에 누워 꿈을 꾸듯 아내와 아이 생각을 했다. 윌슨이 강물에 떠내려갔을 때 느꼈던 원통함과 좌절감은 뒤이은 허탈감에 일시적으로나마 가려 그의 뇌리에서 사라져 버렸다. 하루 반나절이 자고 보니 들것을 운반하던 일이 아득히 먼 옛날 일처럼 생각되었다. 브라운과 스탠리가 자기를 다소 거북해하며 눈치를 보는 것도 마음에 들었다. 그에게는 친구도 생겼다. 그와 리지스 사이에는 무언가 통하는 것이 있었다. 두 사람이 나머지 소대원들이 돌아오기를 기다리며 해변에서 지낸 하루는 그럭저럭 나쁘지 않았다. 배에 오르자 두 사람은 자연스럽게 서로의 옆자리에 자리를 잡았다.

거부감이 느껴질 때도 있었다. 그가 사귄 이교도 친구는 무식한 농사꾼이요, 부랑자나 다름없는 인간이었다. 친구라고 생긴 게 고작 그런 자였다. 그러나 그런 생각을 하는 것 자체가 부끄럽기도 했다. 뜬금없이 아내에 대해 냉소적인 생각이 떠오를 때 느꼈던 것과 비슷한 부끄러움이었다. 그러나 마지막에 가서는 늘 그런 생각에 저항을 하곤 했다. 그는 일자무식인 사람과 친구가 되었다. 그러나 그것이 어떻다는 말인가?

리지스는 선량한 사람이다. 무언가 불굴의 인내심이 느껴지지 않는가? 리지스는 땅의 소금과 같은 사람이라고 골드스타인은 생각했다.

배는 해안에서 대략 1.5킬로미터쯤 떨어진 해상을 기우뚱거리며 나아갔다. 오후가 지나가면서 병사들은 조금씩 몸을 움직이기 시작했고 뱃전 너머를 응시하기도 했다. 배는 섬을 옆에 끼고 서서히 미끄러지듯 나아갔다. 섬은 언제나 그랬듯 빛 한 줄기 비집고 들어갈 틈이 없어 보였고, 바다와 맞닿은 섬 가장자리의 정글 때문에 불투명한 녹색을 띠었다. 배가 그들이 떠나올 때 보았던 작은 반도를 지났다. 몇몇 병사들은 야영지에 도착하려면 시간이 얼마나 걸릴까를 계산해 보기 시작했다. 폴래크는 조타병이 키를 잡고 있는 선미 쪽 승강구 위로 올라가 캔버스 천으로 된 차양 아래서 휴식을 취했다. 태양은 잔물결 하나하나에 눈부시게 반사되며 물 위를 이동했고, 공기는 초목과 대양의 내음을 미묘하게 머금고 있었다.

"와, 여기 좋은데." 폴래크가 조타병에게 말을 걸었다.

조타병이 못마땅한 기색으로 알아들을 수 없는 소리를 중얼거렸다. 소대원들이 배 안에 침을 뱉어 기분이 상했던 것이다.

"뭣 때문에 기분이 상해서 그래?" 폴래크가 물었다.

"아까 나한테 시비를 걸었던 당사자 아니신가?"

폴래크가 어깨를 으쓱했다. "아아, 이봐, 그렇게 빡빡하게 굴 것 없어. 아주 험한 일을 겪은 뒤라 다들 신경이 곤두서서 그래."

"하긴 고생깨나 했겠군."

"암." 폴래크가 하품을 했다. "내일 당장 또 수색을 내보낼 걸? 두고 봐."

"그래 봐야 소탕전인데 뭐."

"소탕전이라니, 무슨 소리야?"

조타병이 그를 바라보았다. "제기랄, 자네들이 엿새 동안 이나 수색에 나가 있었던 걸 깜박 잊었군. 이 빌어먹을 작전은 이제 다 끝났어. 도야쿠도 죽었지. 일주일만 지나면 일본 놈들 은 열 명도 안 남을걸?"

"뭐……?"

"말 그대로야. 우리가 놈들의 보급 기지를 점령했어. 일본 놈들을 마구 죽이고 있지. 나도 어제 내 눈으로 직접 도야쿠 선을 구경했는데 콘크리트로 기관총 진지를 만들어 놓았더라 고. 화선(火線)도 있고. 없는 것 없이 다 갖췄더군."

폴래크가 재차 확인했다. "그래, 다 끝난다는 말이지?"

"그런 셈이지."

"그렇다면 우린 더럽게 헛고생만 한 셈이군."

조타병이 씩 웃었다. "고등 전략이 다 그런 거 아니겠나?"

폴래크는 잠시 후 아래로 내려가 병사들에게 방금 들은 이 야기를 전했다. 그들이 생각하기에 그것은 얼마든지 있을 수 있는 이야기였다. 그들은 한바탕 쓰게 웃고는 돌아누워 칸막 이벽을 응시했다. 그러나 그들은 곧, 작전이 끝났다면 적어도 몇 개월은 전투에 나갈 일이 없으리라는 걸 깨달았다. 혼란스 럽고 짜증이 났다. 그게 좋은 소식인지 나쁜 소식인지조차 분 간이 되지 않았다. 수색 임무 때문에 그 고생을 했는데 이렇게 의미를 잃어서는 안 되는 것 아닌가? 지친 그들의 마음에 생긴 이 갈등은 그들을 병적인 흥분 상태에 이르게 했으나, 그것은 이내 유쾌한 기분으로 바뀌었다.

"어이, 있잖아." 와이먼이 목소리를 높였다. "내가 떠나기 전에 들은 소문이 하나 있는데 말이야, 군이 우리 사단을 오스트레일리아로 파견하여 우리를 헌병(MP)으로 만든다더군."

"그래, 헌병이란 말이지." 병사들 사이에서 왁자하게 웃음이 터져 나왔다. "와이먼, 군은 우리를 집으로 돌려보낼걸?"

"수색 소대는 장군의 호위병이 된다던데."

"맥아더가 우리더러 홀랜디아에 집을 한 채 더 짓게 하는 게 아니고?"

"무슨 소리. 우리는 적십자 간호병이 될 거라고." 폴래크가 고함을 질렀다.

"사단은 앞으로 죽 취사병(KP) 노릇을 하게 된다던데, 뭘."

온갖 잡다한 이야기들이 그들의 입에서 튀어나왔다. 이제껏 침묵을 지키다시피 했던 배 안이 병사들의 왁자한 웃음소리로 진동했다. 유쾌함과 분노로 떨리는 그들의 쉰 목소리가 바다 위로 멀리 울려 퍼졌다. 누군가 무슨 말을 할 때마다 새롭게 웃음이 터져 나왔다. 크로프트조차 그런 분위기에 휩쓸렸다.

"어이, 하사님, 내가 취사병이 될 거라서 하는 말인데, 헤어지기 싫어서 어떡하지?"

"아아, 꺼져 버려, 빌어먹을 계집년들처럼 왜 이리 말이 많아?" 크로프트가 말꼬리를 길게 늘이며 말했다.

병사들은 세상에서 가장 웃기는 말이라도 들은 것처럼 웃음을 터뜨렸다. 그들은 힘없이 침대의 기둥을 잡고 있었다. "하사님, 나 지금 당장 떠나야 되는 거야? 그런데 주위에 온통 바닷물이니 이거 어쩌지?" 폴래크가 고함을 질렀다. 그 고함 소리는, 하나의 돌멩이가 만들어 낸 잔물결에 다른 돌멩이가 만들어 낸 잔물결이 잇따라 서로 부딪쳐 뒤엉키듯 연속적인 물결을 이루며 병사들을 휩쓸었다. 누가 입을 열기만 하면 그들은 눈물을 흘릴 지경으로 미친 듯이 웃고 또 웃었다. 그 바람에 배가 흔들리기까지 했다.

병사들의 발작적인 웃음은 차차 가라앉았고, 담요 밑에서 혀를 날름거리는 불길처럼 몇 번이고 분출하다가 마침내 제풀에 사그라졌다. 이제 그들에게 남은 것은 기력이 소진된 육체, 그리고 볼 근육의 긴장을 풀고 심하게 웃느라 아픈 가슴을 어루만지고 젖은 눈가를 닦을 때 느끼는 가벼운 만족감뿐이었다. 그리고 그런 기분은 이내 모든 것을 하나로 덮어 버리는 심한 우울감으로 대체되었다.

폴래크가 노래를 불러 아까의 분위기를 되살리려 했으나, 그를 따라 노래를 부르는 사람은 몇 명 되지 않았다.

나를 돌려 눕혀요,
클로버 풀밭에서.
나를 돌려 눕혀요,
나를 눕히고는
다시 한 번 해 줘요.

3시 반에는
그 여잘 내 무릎 위에 앉혔죠.
나를 눕혀 줘요.
날 돌려 눕히고
다시 한 번 해 줘요.
클로버 풀밭에서 날 돌려 눕혀요.

가늘게 흘러나오던 그들의 음성이 푸른 바다의 단조롭고 잔잔한 파도 소리에 휩쓸려 들어갔다. 그들이 탄 배가 느릿느 릿 물살을 헤치며 나아갔다. 엔진 소리가 주변의 소리를 거의 압도했다.

4시 반에는
그 여잘 바닥에 눕혔어요.
나를 눕혀 줘요
나를 돌려 눕히고
다시 한 번 해 줘요.

크로프트가 침대에서 내려와 뱃전 너머로 우울하게 바다를 응시했다. 그는 작전이 성공적으로 마무리된 날이 언제였는 지에 대해서는 들은 바가 없었지만, 그들이 산에 오르려다 실 패한 날이었을 거라고 멋대로 추정했다. 그들이 산에 올랐다 면 작전의 성패는 그들이 좌우했을지도 모른다. 과연 이런 생 각이 가능한 것인지에 대해 그는 의문조차 갖지 않았다. 그의 마음속에서 그것은 쓰디쓴 확신이었다. 뱃전 너머로 침을 뱉을 때 그의 턱 근육이 가늘게 떨렸다.

　5시 반에
　우린 춤을 추기 시작했죠…….

　폴래크, 레드, 미네타는 선미에 모여 한목소리로 노래를 불렀다. 노래의 한 소절 한 소절이 끝날 때마다 폴래크는 볼을 불룩하게 만들었다가 약음기를 끼운 트럼펫처럼 "와아 와아아." 하고 소리를 냈다. 다른 사람들도 하나 둘 함께 노래를 부르기 시작했다. "윌슨은 어디 있나?" 누군가가 고함을 치자, 노랫소리가 한순간 중단되었다. 다들 윌슨이 죽었다는 소식은 들었지만, 그것을 뚜렷이 마음에 새기지는 않았던 것이다. 윌슨의 죽음은 갑자기 현실이 되었고, 그들은 그제야 그것을 실감했다. 그들은 충격을 받았고, 전쟁과 죽음의 익숙한 비현실성이 피부로 와 닿는 것을 느꼈다. 노래를 부르는 목소리가 잠시 흔들렸다. "그 자식이 그리울 거야." 폴래크가 말했다.

　"자, 노래를 계속하자." 레드가 중얼거렸다. 병사들은 왔다가 사라져 갔다. 한참이 지나면 그들의 이름조차 남은 사람들의 기억에서 사라지고 말았다.

　"클로버 풀밭에서 나를 돌려 눕혀요."

　섬의 한 굽이를 돌아가니 멀리 아나카 산이 보였다. 산은 거대했다. "세상에, 우리가 저길 올라갔던 거야?" 와이먼이 물었다.

그들 중 몇 사람이 뱃전에 기어올라 산의 비탈들을 서로에게 가리키며, 그들이 올라간 게 이 능선이니 저 능선이니 하며 입씨름을 했다. 그들의 가슴에 예기치 않았던 자부심이 생겨났다. "정말 엄청나게 크군."

"거기까지 올라간 것만 해도 대단한 거야."

그것이 그들의 주된 감정이었다. 그들은 이미 다른 소대의 사람들에게 그 이야기를 어떤 식으로 들려줄까 궁리를 하고 있었다.

"그땐 놀라고 당황해서 정신이 없었지. 그래도 이야깃거리 하나쯤은 모두 갖고 있을걸."

그런 생각을 하니 기분이 좋아졌다. 그것은 그들을 지탱해 주는 최후의 아이러니였다.

노래는 여전히 계속되었다.

> 6시 반에는
> 여자가 재주를 부렸죠.
> 날 눕혀 줘요.
> 날 돌려 눕히고,
> 다시 한 번 해 줘요.

크로프트는 산을 응시했다. 산은 정글과 비루한 구릉들을 굽어보며 생각에 잠긴 신성한 코끼리 같았다.

산은 순수하고 고고했다. 늦은 오후의 햇빛 속에서 광택 있는 녹색과 바위의 푸른색과 땅의 엷은 갈색을 띤 산은 그 앞에서 악취를 풍기는 정글과는 전혀 다른 요소로 이루어진 듯 보였다.

지나간 고통이 그의 안에서 다시금 불타올랐다. 말 없는 충동들의 흐름이 목구멍 안에서 고동쳤다. 산이 그의 내면에 만들어 내는 그 익숙하고 설명할 수 없는 긴장감을 그는 다시금 느끼고 있었다. 저 산을 오르는 일.

그는 실패했고, 그것은 그에게 중대한 상처를 주었다. 좌절감이 다시금 아우성쳤다. 저 산을 오를 기회는 두 번 다시 없을 것이다. 그럼에도 그는 과연 자기가 산을 오르는 데 성공했을지 궁금해졌다. 바위 계단 위에서 느꼈던 불안감과 두려움이 또 한 번 엄습했다. 만약 그 혼자서 갔더라면 다른 사람들의 피로 때문에 지체되는 일은 없었을 테지만, 그들과 동행할 수도 없었을 것이다. 그는 자기가 그들 없이는 떠날 수 없었으리라는 것을 갑작스레 깨달았다. 저 황량한 언덕들을 넘노라면 누구라도 용기를 잃을 수밖에 없으리라.

7시 반에
여자는 자기가 천당에 있다고 생각했죠…….

몇 시간 후면 그들은 야영지로 돌아가 어둠 속에서 천막을 치고, 어쩌면 양철 컵에 뜨거운 커피 한 잔쯤 얻어 마시고 있을 것이다. 그리고 내일이면 고된 일과가 끝없이 이어지는 평온무사한 나날들이 다시 시작될 것이다. 수색 임무에 나갔던 일은 이미 낯설고 믿기 어려운 과거가 되어 있었다. 그러나 그들을 기다리는 야영지 또한 비현실적이기는 매한가지였다.
군대에서 이동 중에는 모든 것이 비현실적이었다. 그들은 나
직이 노래를 불렀다.

　……날 돌려 눕히고
　다시 한 번 해 줘요.

　크로프트의 시선은 여전히 산을 향하고 있었다. 그는 잃었
다. 그 자신에 대해 알 수 있는 기회를, 잡힐 듯 잡히지 않던 그
것을 영영 놓쳐 버렸다.
　그 자신과 훨씬 더 많은 것에 대해 알 수 있는 기회. 인생을
알 수 있는 기회.
　그 모든 것을.

침묵의 코러스

제대하면 무엇을 할까에 관하여

때로는 드러내놓고 말하지만 대개는 암시로, 상황에 따라 다르다.

레드　늘 하던 짓을 하는 거지. 달리 무슨 일을 하겠어?
브라운　샌프란시스코에 도착하는 대로 봉급을 챙겨서 술판을
　한번 크게 벌일 거야. 그곳 사람들의 입이 딱 벌어질 정도로

말이야. 그런 다음 갈보 년 하나를 끼고 이 주일 동안 내내 침대에서 뒹굴고 술 푸는 일 외엔 아무 짓도 안 할 거야. 캔 자스로 돌아가는 건 굳이 서두를 필요가 없지. 언제든 맘이 내킬 때 들르면 되니까. 가서 실컷 먹고 마시고 놀아야 하지 않겠어? 그런 다음엔 마누라를 찾아야지. 물론 내가 간다는 걸 미리 알리지는 않아. 그년이 깜짝 놀라 똥줄이 타는 꼴을 봐야지. 증인들도 데리고 갈 작정이야. 그년을 집에서 내쫓고 세상 사람들에게 그런 개잡년을 어떻게 다루어야 하는가를 보여 줘야지. 그년이 거기서 놀아나는 동안, 나는 기약 없는 세월 동안 이곳에 갇혀 언제 돌아가게 될지도 모른 채 그저 기다리고 견뎌 내며, 차라리 모르는 편이 나았을 나 자신의 이면들을 발견하게 되는 그런 삶을 이어 나가고 있었다는 것도 말이야.

갤러거 나는 빚을 받아 내야겠다는 생각밖에 없어. 빌어먹을 빚을 받아 내야지. 누군가는 셈을 치러야 하지 않겠어? 빌어먹을 민간인들의 대갈통을 박살 낼 거야.

골드스타인 오, 내가 집에 들어설 때의 광경이 눈에 선해. 난 이른 아침에 돌아갈 거야. 그랜드센트럴 역에서 택시를 잡아타고 플랫부시에 있는 우리 아파트까지 달리는 거지. 그리고 계단을 올라가서 벨을 누르는 거야. 나탈리는 누군지 궁금해하며 현관으로 나오겠지. 그러고는 누구시냐고 물을 텐데……. 모르겠어. 아직 먼 얘기라.

마르티네즈 샌안토니오에 가서 가족들을 만날 것 같아. 이곳 저곳 돌아다니기도 하고. 샌안토니오에는 괜찮은 멕시코 여자들이 있어. 돈도 많겠다, 훈장도 달았겠다, 교회에 가야지. 일본 놈들을 너무 많이 죽였거든. 글쎄, 다시 입대할지도 모르겠어. 군대는 빌어먹을 곳이지만 괜찮은 점도 있어. 봉급은 많이 주잖아.

미네타   나는 군복 입은 장교 놈들을 만나는 족족 다가가서 "개새끼!"하고 면전에서 욕을 해 줄 거야. 브로드웨이 한복판에서 말이야. 그리고 이 빌어먹을 군대가 어떤 곳인지를 폭로하겠어.

크로프트   괜히 쓸데없는 생각하며 시간 낭비 말아라. 전쟁은 당분간 계속될 테니까.

4부
항적(航跡)

소탕 작전은 눈부신 성공을 거두었다. 도야쿠 선이 무너진 지 일주일 만에 아노포페이에 주둔하는 일본군 수비대의 잔존 병력은 100개, 그리고 이내 1000개의 작은 단위로 약화되었다. 그들의 조직은 완전히 와해되었다. 대대 규모로 고립되고 이어 중대 규모로 약화되었다가 마침내는 소대, 분대, 심지어 다섯 명, 세 명, 그리고 두 명으로 분산되어 정글 속으로 숨어 들어갔고, 물밀 듯이 밀려오는 미군 수색대를 피해 탈출을 시도했다. 소탕 작전이 막바지에 이르자, 일본군은 믿을 수 없을 만큼 많은 사상자를 냈다. 닷새째에는 미군이 두 명, 일본군이 278명의 전사자를 냈으며, 가장 큰 전과를 올린 여드레째에는 미군 세 명에 일본군은 821명이 목숨을 잃었고 아홉 명이 생포되었다. 단조로우리만큼 규칙적으로 발표되는 군 성명서의 내용은 간결하고 과장이 없었으며 비교적 정확했다.

"맥아더 장군이 금일 아노포페이 작전의 공식적인 종결을 발표함. 소탕전은 계속됨."

"에드워드 커밍스 소장 휘하의 미군이 금일 적의 거점 오 개소를 확보하고 다량의 식량과 탄약을 노획함. 소탕전은 현재 진행 중."

놀라운 보고가 잇따라 커밍스의 책상 위에 놓였다. 포로 몇 명을 심문한 결과 일본군은 벌써 일 개월 넘게 식량을 반으로 줄여 배급해 왔으며 막바지에 이르러서는 식량이 거의 고갈된 상태였음이 밝혀졌다. 일본군의 보급 창고가 이미 오 주 전에 미군의 포격으로 파괴되었는데, 그 사실을 아는 자가 아무도 없었다. 의약품은 소진된 상태였고, 도야쿠 선의 몇몇 지대는 육 주 내지 팔 주간 황폐해진 상태로 방치되어 있었다. 끝으로 밝혀진 것은 미군의 마지막 공격이 시작되기 일주일 전에 일본군의 탄약이 거의 바닥났다는 사실이었다.

커밍스는 낡은 정찰 보고서를 뒤져서 지난 한 달 동안 전선에서 일본군의 동정에 관해 보고해 온 내용을 다시 한 번 읽었다. 심지어 하찮은 정보까지도 다시 한 번 곱씹었다. 그러나 일본군의 실제 상황을 짐작케 할 만한 내용은 어디에도 없었다. 그 보고서들로부터 그는 일본군의 전력이 여전히 막강하다는, 유일하게 가능한 가정을 내렸던 것이다. 그것이 그는 마음에 걸렸고 두렵기까지 했다. 이것은 그가 지금껏 작전을 통해 얻은 가장 강력한 교훈이었다. 지금껏 그는 자신이 받은 수색 정보를 완전히 신용하지는 않으면서도, 일정 부분 중시했던 것이 사실이었다. 그러나 지금 여기 있는 정보는 아무짝에도 쓸모가 없었다.

그는 댈리슨 소령의 작전 성공에서 받은 충격으로부터 아직 완전히 벗어나지 못한 상태였다. 조용한 아침에 전선을 떠났다가 이튿날 돌아와 보니 작전이 사실상 끝났다는 것은, 외출했다가 집에 돌아와 보니 멀쩡하던 집이 불에 타 없어져 버린 것만큼이나 믿기 힘든 일이었다. 물론 소탕 작전을 지휘한 댈리슨의 솜씨는 훌륭했다. 타격을 입고 휘청거리는 일본군에게, 그는 결코 재집결의 기회를 주지 않았다. 그러나 그것은 잿더미에서 가구 몇 점을 건져 내는 것과 다르지 않은 공허한 승리였다. 댈리슨이 소 뒷걸음질 치다가 쥐 잡기 식으로 작전을 일거에 승리로 이끌었다는 사실에 그는 남모르게 분노했다. 일본군이 무너진 것은 그가 그동안 애써 온 결과였으니, 승리의 마지막 도화선에 불을 붙이는 즐거움 역시 응당 그의 몫이어야 했다. 무엇보다 화가 나는 일은 댈리슨을 치하해야 하고 어쩌면 진급까지 시켜야 한다는 사실이었다. 지금 댈리슨을 냉대하는 것은 너무도 속이 보이는 짓이었다.

그러나 이런 좌절감에 뒤이어 또 다른 좌절감이 엄습했다. 만약 그 결정적인 날 이곳에 남아 그가 직접 작전을 지휘했다면 어떻게 되었을까? 그것이 과연 무슨 의미가 있었을까? 아무리 초보적인 수준이라도 일사불란하게 작전만 펼친다면 단번에 전선을 무너뜨릴 수 있을 정도로 일본군의 전력은 소진된 상태였다. 이 작전은 누가 지휘해도 승리로 끝날 수밖에 없었다는 생각을 그는 떨칠 수가 없었다. 인내심을 가지고 천천히 숨통을 조이면 되는 일이었던 것이다.

순간 그는 자기가 이번 승리든, 아니 사실상 어느 승리든 별로 공헌한 바가 없거나, 어쩌면 전혀 공헌한 바가 없을지도 모른다는 사실을 스스로 인정할 뻔했다. 하긴 승리라는 건 우연히 그물처럼 얽혀 있는, 그가 이해하기에는 너무도 크고 너무도 막연한 요인들 속에 끼워 넣어진 요행의 작용에 의해 성취되는 것이었다. 너무나 몰두하다 보니 마음속의 생각이 거의 말이 되어 나올 뻔했지만, 그는 간신히 말을 삼켰다. 그러나 더욱 깊은 우울감에 빠질 뿐이었다.

수색대를 좀 더 일찍 내보내기로 결정했더라면, 수색 작전을 좀 더 완벽하게 구상할 시간이 있었더라면, 하는 아쉬움이 있었다. 작전은 어설펐고 헌도 그 때문에 목숨을 잃었다.

하긴 그것을 딱히 충격이라고 부를 순 없을 것이다. 그렇다 해도 짧은 시간이나마 헌은 사단에서 유일하게 그의 원대한 계획들을 이해하고 그라는 인간을 이해했던 인물이었다. 그러나 헌은 그릇을 좀 더 키웠어야 했다. 상황을 판단하는 눈이 생기자 헌은 겁을 먹고 발로 흙을 걷어차며 뒷걸음질을 쳤던 것이다.

그는 자기가 헌을 벌한 이유를 알았고, 자기가 헌을 수색 소대에 배치한 것이 우연이 아니었음을 알았다. 헌의 죽음을 예측하지 못한 것도 아니었다. 처음에는 희미한 쾌감을 느끼기까지 했다.

다만…… 순간적이기는 했으나 헌의 전사 소식을 처음 보고받았을 때, 그는 누군가가 잔인하게 자신의 심장을 쥐어짜는 것 같은 아픔을 느꼈다. 헌의 죽음이 거의 비통하기까지 했다. 그러나 곧이어 다른 감정, 더 복잡한 감정이 그런 비통한 마음을 덮었다. 며칠 동안 커밍스는 소위를 생각할 때마다 고통과 만족감이 뒤섞인 감정을 맛보았다.

결국 중요한 것은 언제나 득실을 계산해 보는 일이었다. 작전은 배정된 시간보다 일주일이 더 걸렸다. 그것은 그에게 유리하게 작용하지 않을 요인이었다. 그러나 일이 주 전만 해도 한 달을 더 끌 수도 있다고 생각했다. 게다가 군사령부에서는 보토이 만 측면 침공으로 작전이 성공한 것으로 알았다. 이것이 그에게 유리하게 작용하는 건 부인할 수 없는 사실이었다. 결국 따져 보면 아노포페이에서 그는 손해를 보지도 이득을 보지도 않았다. 필리핀 작전이 수면 위로 떠오르면, 그가 사단 병력 전체를 움직여 좀 더 두드러진 성과를 낼 수 있을 것 같았다. 그러나 그 전에 병사들의 기강을 다잡아서 맹훈련을 시키고 규율을 향상시킬 필요가 있었다. 아노포페이 작전의 마지막 한 달 동안 느꼈던 분노가 되살아났다. 병사들은 맹렬한 타성으로 그에게 저항하고 변화에 저항했다. 아무리 몰아붙여도 그들은 언제나 시무룩해서 말을 듣는 시늉을 하다가 일단 압력이 사라지는 것 같으면 다시 예전의 모습으로 돌아갔다. 그들을 설득하고 속일 수는 있었지만, 그들을 새로운 틀에 넣어 변화시킬 수 있는지에 대해서는 지금으로선 근본적인 의구심을 가질 수밖에 없었다. 필리핀에 가서도 똑같은 꼴이 반복될지 모르는 일이었다. 그에겐 군사령부에 적이 많았다. 그렇다 보니 전쟁이 끝나기 전에 별을 한 개 더 달 가능성은 높지 않았다.

시간이 흐르면서 기회도 사라지고 있었다. 전후 역사의 중심 무대를 점유할 자들은 돈만 아는 속물들일 터였고 목표도 방향도 없이 엇갈린 충동에 따라 행동하는 얼간이들일 터였다. 그 자신은 나이를 먹을 것이고 역사의 주류에서 밀려날 것이다. 소련과의 전쟁이 시작될 즈음, 그는 크게 나아가거나 도약을 할 수 있을 만큼 권좌에 가깝지도, 중요한 위치에 있지도 않을 것이다. 어쩌면 이 전쟁이 끝난 뒤 국무성에 들어가서 일을 도모하는 것이 영리한 짓일지도 모른다. 그럴 경우 처남의 존재가 그에게 결코 불리하게 작용하지는 않을 것이다.

앞으로 다가오는 시대의 모순들을 이해할 미국인들은 얼마 되지 않을 터였다. 권좌에 오르려면 보수적 자유주의자의 가면을 쓰는 것이 최선이었다. 반동 세력과 고립주의자[19]들은 시대의 요청에 부응하지 못할 것이며 그 나름의 가치가 있는 만큼 방해 요인도 될 것이다. 커밍스는 어깨를 으쓱했다. 또 한 번 기회가 온다면 이번에는 잘 이용해 볼 생각이었다. 정말 답답한 노릇이었다. 그토록 많은 것을 알고도 손발이 묶여 있다니.

우울한 기분을 전환하기 위해 그는 세부 사항들에 부단히 집중하면서 소탕전을 수행했다.

엿새째:
일본군 347명 ― 미군 1명

---

19) 고립주의: 국제 정세가 자국의 경제나 안보에 악영향을 미치지 않을 경우, 국제 분쟁에서 중립적인 위치를 유지하며 정치, 군사적으로 국제 사회에서 고립된다는 정책이다. 이 정책은 미국에서 주로 쓰였다.

아흐레째:

일본군 502명 ── 미군 4명

수색대는 일본군 전선 후방의 오솔길을 따라 침투했다. 그
들은 대병력으로 미로 같은 정글의 통로란 통로를 죄다 누비
면서 정글 자체를 난도질했고, 짐승들이 낸 길을 따라 정글 속
으로 숨어들었을지도 모를 패잔병들을 찾아다녔다. 수색대는
언제나 같은 임무를 띠고 이른 아침에 출동하여 해 질 녘에 귀
환했다.

그것은 즐거운 놀이라 할 만큼 단순한 임무였다. 몇 달 동안
밤마다 불침번을 서고 언제 어느 순간 매복한 적에게 당할지
도 모른다는 불안감을 안고 오솔길들을 정찰해 왔던 것에 비
하면, 소탕전은 즐겁고 심지어 흥이 나기까지 했다. 사람을 죽
이는 일에도 완전히 무감해졌다. 그들에게 그것은 침구에서
개미 몇 마리를 발견하는 것보다 성가시지 않은 일이었다.

어떤 일들은 관리 운용 규정처럼 수행되었다. 작전의 마지
막 몇 주 동안에 소규모 야전 병원을 여러 채 세웠던 일본군은
후퇴하면서 부상자들을 많이 살해했다. 그곳에 진입한 미군
은 남아 있던 일본군 부상자들의 머리를 개머리판으로 박살
내거나 가까운 거리에서 총을 쏘아 처리했다.

그러나 그와는 다른, 좀 더 특이한 방식도 있었다. 새벽에
출동한 어느 수색대가 오솔길에서 판초를 덮어쓰고 인사불성
의 상태로 누워 있는 일본군 병사 네 명을 발견했다. 수색대의
선두에 섰던 어느 병사가 걸음을 멈추더니 돌멩이 몇 개를 집

어 들어 허공에 던졌다. 돌멩이들은 우박처럼 작게 후두두 소리를 내며 잠들어 있던 첫 번째 일본군 병사 위로 떨어졌다. 그는 서서히 잠에서 깨어 판초 밑에서 몸을 죽 펴고 하품을 하고는 작은 신음 소리를 내면서 헛기침을 했다. 그리고 아침에 잠을 깨려는 사람이 으레 그러듯 공연히 부산스러운 소리를 내면서 한껏 기지개를 켰다. 이윽고 그가 판초 밖으로 얼굴을 내밀었다. 선두에 선 병사는 그가 자기를 볼 때까지 기다렸다가 그가 막 비명을 지르려는 찰나 기관 단총의 산탄을 그에게 퍼부었다. 수색대의 그 병사는 뒤이어 기관 단총의 총구를 아래로 향한 채 오솔길 한가운데를 누비며 그곳에 깔린 판초들 위에 솜씨 있게 구멍들을 수놓았다. 그때까지 목숨이 붙은 일본군 병사는 한 사람뿐이었다. 마치 죽어 가는 짐승이 무의식적으로 마지막 몸부림을 치듯이, 판초 밖으로 내밀어진 한쪽 다리가 무의미하게 경련을 일으켰다. 수색대의 다른 병사가 그쪽으로 다가가 총구로 판초 밑의 몸뚱이를 쿡쿡 찔러 그 부상자의 머리를 찾아낸 다음 방아쇠를 당겼다.

일은 다른 식으로 전개되기도 했다.

간혹 그들은 포로를 잡을 때도 있었으나, 시간이 늦어 수색대가 어둡기 전에 돌아오려고 서두를 경우에는 포로들 때문에 괜히 꾸물거리며 수색대의 걸음을 지체시키지 않는 편이 나았다. 어느 분대가 오후 늦게 포로 세 명을 잡았는데, 그들 때문에 시간이 심각하게 지체되었다. 포로 한 명은 병이 나서 걷기조차 힘들었고, 또 한 명은 부루퉁한 표정의 몸집이 큰 사내였는데 도망칠 궁리를 했다. 세 번째 포로는 거대하게 부어

오른 불알의 통증이 너무도 심해서, 마치 엄지발가락 안쪽에 염증이 생긴 사람이 헌 구두의 앞 끝을 잘라 내고 신듯이 바지의 사타구니 부분을 도려내야 했다. 불알을 잡고 신음을 하면서 절뚝거리며 걷는 모습은 보기가 딱할 정도였다.

소대장이 마침내 시계를 보더니 한숨을 쉬었다. "처치할 수밖에 없겠군." 그가 말했다.

부루퉁한 표정의 포로가 그 말을 알아들었는지 오솔길에서 벗어나더니 등을 돌리고 서서 기다렸다. 총알은 그의 귀 뒤를 뚫고 들어갔다.

또 다른 병사가 불알이 부은 포로 뒤로 가서 그를 밀어 땅에 쓰러뜨렸다. 그는 죽기 전에 외마디 비명을 질렀다.

세 번째 포로는 반쯤 정신이 나간 상태여서 무슨 일이 벌어지는지도 알지 못했다.

이 주 후, 댈리슨 소령은 새롭게 완성된 작전 및 훈련 막사의 의자에 앉아서 기분 좋게 과거와 현재와 미래를 생각했다. 작전이 끝났으므로 사단 본부는 해변에서 가까운 시원하고 쾌적한 숲 쪽으로 이동한 상태였다. 밤에는 미풍이 일어 잠자리가 쾌적했다.

훈련 일정은 이튿날 시작될 예정이었는데, 이것은 군대 생활에서 소령의 성미에 가장 잘 맞는 일이었다. 모든 것이 준비되어 있었다. 사단은 분대용 천막으로 영구 막사를 지었고, 야영지 안의 통로에는 자갈을 깔았으며, 중대마다 각자의 장비를 깔끔하게 정돈할 수 있는 개인용 선반을 침대 위쪽에 설치했다. 연병장도 완성되었는데, 소령은 그 공사를 직접 감독했던 터라 그에 대한 자부심이 대단했다. 불과 열흘 만에 정글 300미터를 베어 내고 땅을 고르게 다지려면 상당한 기술이 필요했다.

내일 첫 번째 사열과 검열이 예정되어 있었다. 그것은 소령이 열렬히 고대하던 행사였다. 깨끗한 군복 차림으로 부대가 행진하는 모습을 지켜보고 무작위로 대열 하나를 골라 소총을 검사하는 일에서, 그는 어린아이 같은 즐거움을 느꼈다. 그는 필리핀으로 이동하기 전에 사단이 다시금 제대로 행진하게 만들고 말리라 굳게 결심했다.

그의 일정은 매우 빡빡했다. 처리해야 할 일이 한두 가지가 아니었고, 훈련 계획을 세우는 일도 무척 까다로웠다. 시설이 변변치 않았기 때문에 그가 원하는 훈련 과정을 모두 도입하기는 어려웠다. 소총 사격술은 물론이요, 소총의 유지 관리, 전문 용어, 기관총 조작에 관한 훈련도 해야 했다. 특수화기, 독도법,[20] 그리고 군기(軍紀)에 관한 강의도 있을 예정이었다. 그리고 당연한 일이지만, 그는 검열과 사열을 수시로 실시할 작정이었다. 그래도 병사들이 배워야 할 훈련은 아직 많았다. 어쨌든 공백이 생길 경우엔 행군으로 메우면 될 일이었다.

이런 훈련이야말로 그가 좋아하는 것이었다. 그것을 벗어날 방법은 없었다. 각 중대별로 계획표를 짜는 것은 어려우면서도 즐거운 일이었다. 어느 면에서는 십자말풀이의 칸을 채

---

20) 지도를 보고 표시되어 있는 기호나 내용을 해독하는 법.

우는 것과도 같았다. 소령은 시가에 불을 붙이고 작전과 막사의 함석 벽 너머로 100미터 뻗은 정글 저편의 해변에 부드럽게 밀려드는 바다를 내다보았다. 그는 짙은 바다 비린내를 음미하며 숨을 깊게 들이쉬었다. 그가 언제나 최선을 다하는 사람이라는 건 누구도 부인할 수 없었다. 기분 좋은 만족감이 온몸에 흘러들었다.

그 순간 좋은 생각이 떠올랐다. 수영복 차림의 베티 그레이블[21]의 등신대 컬러 사진 위에 좌표 격자판을 겹쳐 놓으면 독도법 시간에 활기를 불어넣을 수 있지 않을까? 교관이 그녀의 몸 이곳저곳을 가리키며 여기의 좌표를 대 보라고 할 수도 있지 않을까?

이런, 정말 기발한 발상 아닌가! 소령은 순수한 만족감에 낄낄거리며 웃었다. 독도법 시간에는 병사들이 정신을 번쩍 차리고 집중하겠지.

그러나 등신대 사진을 어디에서 구한다? 소령은 시가의 끝으로 똬리 모양의 재를 건드려 무늬를 만들었다. 병참 장교에게 부탁해 볼 수도 있지만, 정식 공문으로 그런 요청을 했다간 체면을 구기기 십상이었다. 군사령부 후생복지처에 편지를 보내는 것도 좋은 방법이리라. 베티 그레이블의 사진은 구할 수 없을지 모르지만 누구든 미인의 사진이면 됐다.

그래, 그게 좋겠어. 그는 군사령부에 서신을 보내기로 결심

---

21) 미국의 영화 배우. 전쟁 중 군인들의 사기 진작을 위해 핀업걸 역할을 한 것으로 유명하다.

했다. 또 한편으로는 육군성의 훈련지원부에도 서신을 보내볼 만했다. 그곳에서는 이와 같은 훈련 개선 방안을 모색하고 있으니 말이다. 육군의 모든 부대에서 자신의 발상을 이용하는 광경이 눈앞에 그려졌다. 소령은 흥분해서 주먹을 불끈 쥐었다.

훌륭해!

작품 해설

"이 빌어먹을 작전은 이제 다 끝났어. 도야쿠도 죽었지."
"그렇다면 우린 더럽게 헛고생만 한 셈이군."
— 본문 중에서

2차 세계 대전이 종결되기 일 년여 전, 이제 막 가정을 꾸린 스물두 살의 청년 노먼 메일러는 위대한 전쟁 소설을 쓰리라는 야심을 가지고 군에 입대한다. 『벌거벗은 자와 죽은 자』의 오십 주년 기념 판본의 서문에서, 자신은 "이미 대학 시절에 25만 단어 이상의 글을 썼을 만큼 글쓰기를 좋아했고 문학에 헌신할 준비가 되어 있었다."라고 메일러는 회고한다. 하버드 대학 졸업생으로서 장교가 될 수도 있었으나, 그는 사병으로 입대하는 것을 선택한다. 장교가 될 경우 전투를 제대로 경험할 수 없으리라는 이유에서였다. 메일러 일병은 노스캐롤라이나의 포트 브래그에서 (이 이야기 속 레드가 늘 불평하듯) 형편없는 군대 식단으로 끼니를 때우며 기초 군사 훈련을 받은 후, 맥아더 장군이 이끄는 미군의 필리핀 탈환 작전에 투입된다. 그러나 그가 전투에 참여할 기회는 곧바로 오지 않았다. 한동안 그는 전선에서 멀리 떨어진 후방에서 타자기 자판을 두드리거나 군사일지를 읽었고, 나중에는 대학시절 전공(항공기술학과)을 살려 항공 사진 해독 임무를 맡기도 했다. 그가 수색 소대의 일원이 되어 전투에 직접 참여할 수 있게 된 것은 전쟁 막바지에 이르러서였고, 그것도 사소한 전투 몇 번이 전부였다. 그럼에도 이때의 경험은 『벌거벗은 자와 죽은 자』의 근간을 이루는 중요한 재료가 된다.

메일러는 제대 후 아내와 함께 파리로 건너가, 톨스토이의 작품들과 당시 프랑스에서 전개되었던 실존주의 사상운동의 영향 아래서 본격적으로 소설을 집필하기 시작한다. 그리고 마침내 1948년, "2차 세계 대전이 종결된 지 삼 년에 가까운 세월이 흘러 사람들이 모두 전쟁의 실체에 관해 생각해볼 수 있는 장편 전쟁소설을 읽을 준비가 되었을 때" 『벌거벗은 자와 죽은 자』가 출간된다. 이 소설은 화약 냄새, 땀 냄새, 피 냄새, 오줌 냄새, 똥 냄새, 시체 썩는 냄새, 그리고 정글이 토해내는 온갖 배설물의 냄새들로 가득 차 있다. 너무도 강렬하고 고약한 냄새가 후각을 마비시키듯, 전쟁터에 던져져 전쟁 기계로 내몰린 병사들은 때론 자신이 개성과 의지와 존엄을 가진 인간임을 망각한다. 미군이 상륙 작전에 돌입하여 결국에는 일본군을 궤멸시키고 작전을 승리로 이끄는 내용임에도, 이 소설을 지배하는 것은 낙담과 무력감, 패배와 좌절의 정서다. 그리고 이것은 이 소설이 내는 반전(反戰)의 울림과 공명한다.

전쟁에 대한 비극적이고 무자비할 정도로 사실적인 묘사

는 물론, 전쟁이라는 특수한 상황을 통해 미국 사회, 더 나아가 인간 사회에 대한 통찰을 담은 이 소설은 대중과 평단의 폭발적인 반응을 불러일으켰다. 출간된 지 삼 개월 만에 20만 부의 판매고를 올렸으며, 연속 62주 동안이나 《뉴욕 타임스》의 베스트셀러 목록에서 내려오지 않았다. 《타임》은 이 소설을 톨스토이의 『전쟁과 평화』에 견주었고, 《뉴욕 타임스》는 "2차 세계 대전에 관한 가장 인상적인 소설"이라고 찬사를 보냈으며, 《뉴스위크》는 메일러를 일컬어 "이론의 여지없이 중요한 작가"라고 평가했다. 1998년에 《모던 라이브러리》는 『벌거벗은 자와 죽은 자』를 100대 영문 소설 가운데 하나로 선정한다.

이 소설은 미군 사령관 에드워드 커밍스 소장과 그의 부관인 로버트 헌 소위, 그리고 샘 크로프트 하사가 이끄는 수색 소대원들의 이야기를 중심으로 전개된다. 대략적인 줄거리는 다음과 같다. 2차 세계 대전이 막바지에 이를 무렵, 일본군이 점령한 남태평양의 작은 섬 아노포페이에 커밍스 소장이 이끄는 미군이 상륙 작전을 감행한다. 미군은 작전 초기에 몇몇 성공적인 전과를 올린 뒤 (일본군 사령관의 이름을 딴) 도야쿠 방어선을 구축한 일본군과 대치한다. 작전이 별다른 진전 없이 장기화되자 압박감을 느낀 커밍스는 상황을 타개하고자 해군의 지원을 수반하는 보토이만 상륙 작전을 구상하고, 이에 앞서 소규모 정찰대를 파견하기로 결정한다. 마침 자신에게 반기를 든 헌 소위의 거취를 놓고 고민하던 커밍스는 희생을 염두에 둔 이 무모한 임무에 그를 투입시킨다. 이렇게 해서 헌은 지금껏 크로프트 하사의 지휘를 받아 오던 수색소대의 새로운 소대장이 되어 정찰을 떠난다. 명령을 내리던 위치에서 하루아침에 명령을 받는 위치로 떨어진 크로프트로서는 헌의 존재가 껄끄러울 수밖에 없다. 일본군의 매복 공격으로 윌슨이 총상을 입는 바람에 병사들 중 일부가 그를 들것에 싣고 귀로에 오르게 되자, 임무를 중도 포기하느냐 계속하느냐 하는 문제가 대두된다. 귀대를 결정한 헌과 달리 아나카 산을 넘어 임무를 완수하고 싶었던 크로프트는 헌에게 일본군이 이미 철수하고 없다는 거짓 보고를 하기에 이른다. 거짓 보고를 믿고 소대를 이끌고 협곡으로 향하던 헌이 일본군의 총탄을 맞고 쓰러진다. 다시 소대를 장악한 크로프트는 병사들을 이끌고 산을 오르지만 결국 로스만 희생시킨 채 중도 포기하고 만다. 살아남은 나머지 소대원들은 야영지로 돌아오는 배에서 자신들의 임무와 상관없이 아군이 일본군에 승리했다는 소식을 듣는다. 그것은 커밍스가 구축함을 지원받기 위해 야영지를 비운 사이 작전 참모 댈리슨이 얼떨결에 일구어 낸 승리였다.

소설의 구성 면에서 독특한 점이라면 시간 순으로 이루어지는 서사 사이에 영화의 플래시백 기법과 비슷한 장치인 '타임머신'과 병사들의 연극 같은 대화로 이루어진 '코러스'가 삽입되어 있다는 것이다. '타임머신'은 주요 인물들의 내면과 과거 삶을 조명하며, 이를 통해 그들의 현재를 이해할 수 있게 해준다. 그것은 또한 2차 대전 발발 전후 미국의 사회상에 관한 실마리를 제공하는데, 그 면면에는 전쟁 특수를 반기는 자본가, 우익의 반공주의 선전활동, 반유대주의, 노조탄압, 실업자와 부랑자들, 인종차별 속에서 출세를 꿈꾸는 이민자, 억압적인 가부장, 방황하는 젊은 지성들이 있다. '코러스'에서는 배식, 여자, 교대, 제대 등 병사들의 가장 현실적인 관심사가 날것 그대로 전달된다.

장편 전쟁 소설이지만 소규모 전투 혹은 사소한 충돌 장면이 서너 차례 등장할 뿐 대규모의 교전 장면은 등장하지 않는다. 배경음으로 들려오는 간단없는 포성과 총성, 커밍스 장군의 책상 위에 쌓이는 전황 보고서, 죽은 혹은 죽어 가는 병사의 모습에 대한 지극히 냉정하고 사실적인 묘사가 직접적인 전투 장면을 대신한다. 오히려 며칠간의 노동을 헛수고로 만들어버리는 폭우, 온몸을 짓누르는 더위, 위협적인 정글 등과의 지난한 싸움이나 전투를 준비하기 위한 끝 모를 노동과 행군의 과정, 인간의 적나라한 야심과 욕망, 인물들 간의 갈등과 복잡한 심리가 중점적으로 다뤄진다. 병사들은 '힘의 도덕률'이 지배하는 군대라는 조직에서 계급적인 불평등과 억압에 시달리며, 명령이라는 자극에 무의식적으로 반응하는 '파블로프의 개'가 될 위험에 늘 노출되어 있다. 전쟁이라는 극한 상황, 압도적인 자연력, 불평등한 군대조직은 누군가에게는 기회이자 자신의 가능성을 펼칠 수 있는 무대가 되지만, 대부분의 병사들에게는 일부러 사지 하나를 잘라 내서라도 벗어나고 싶은 족쇄가 된다. 그들은 자신들에게 부여된 한계 앞에서 수치심과 절망감을 느끼고 그것을 해소하기 위한 공격성을 내면에 키운다. 그것은 때로 불평이나 욕설로 어설프게 표출되고, 때로는 무력한 후퇴와 굴복으로 불발되며, 때로는 죽음이라는 가장 파괴적인 결과를 낳는다.

아노포페이는 정글과 산, 초지와 구릉 등으로 이루어진 섬으로, 소설 속에서 두 강대국의 전장이 되는 가상의 공간이다. 그러면서도 이곳은 2차 대전 시기라는 역사성을 지니는데, 지나가듯 언급되는 이 섬의 '원주민'이라든지 일본군의 '이동 유곽'이라는 단어에서 제국주의의 폭력을 연상하지 않기란 힘들다. 커밍스가 엄청난 면적의 밀림을 베어 내어 공들여 야영지를 건설하고 막사를 짓고 길을 내는 행위는 마치 자기만의 식민지를 건설하는 행위처럼 느껴진다. 허먼 멜빌의 『모비 딕』에서 바다가 미국인들에게 일종의 개척해야 할 황무지이자 새로운 서부이며 정복되어야 할 대상이듯이, 아노포페이로 대표되는 공간 역시 그러하다. (헌의 대학 졸업 논문 제목이 「허먼 멜빌의 우주적 충동에 관한 연구」라는 사실은 이 소설을 『모비 딕』과 비교하여 읽을 수 있는 편리한 단서가 된다.) 『모비 딕』속 피쿼드 호의 구성원들이 미국의 다양한 민족 구성을 암시하듯이, 『벌거벗은 자와 죽은 자』에 등장하는 주요 인물들의 인종적, 지역적, 종교적 배경을 살펴보면 커밍스의 부대(수색소대)가 미국이라는 국가를 상징할 수 있도록 인물들이 구성되어 있음을 알 수 있다. 포경업이 19세기 미국에서 각광받던 식민사업이었던 것과 마찬가지로, 2차 대전은 비록 반파시즘이라는 대의를 내세웠지만 결국 미국이 경제공황에서 벗어나 강대국으로 급부상하는 발판이 되는 동시에 제국주의적 욕망을 펼칠 수 있는 계기를 마련해준 일종의 '기회'였다.

이 소설의 커밍스와 그의 하급 판본이라 할 수 있는 크로프트에게서 에이허브(Ahab)의 면모를 발견하는 것은 그리 어려운 일이 아니다. 에이허브는 "신 무서운 줄 모르는 신과 같은 인물"로 소개되는데, 이는 그가 뛰어난 자질과 불굴의 의지를 지닌 유능한 선장임과 동시에, 목적을 위해 수단 방법을 가리지 않는 사악한 인물임을 암시한다. 그는 선원들을 자신의 명령을 수행하는 도구로 여기며, '모비 딕' 추격이라는 개인적인 목표를 위해 선원들의 의사와 상관없이 배와 선원들을 위험 속으로 몰고 간다.

커밍스는 작전과 관련한 모든 것을 제 손바닥 들여다보듯이 통제하는 뛰어난 지휘관이자 '신'과 같은 전능을 추구하는 인물이다. 그의 온화하고 친근한 얼굴 뒤에는 무서운 권력의지가 숨겨져 있다. 그에게 병사들은 자신의 권력 의지를 실현시킬 수 있는 기계의 부품이자 체스의 졸 같은 존재들이다. 자신이 구상한 작전을 위해서라면 십여 명의 병사들이 희생되는 것쯤은 그다지 큰 '손실'로 여기지 않는다. 크로프트 역시 누구보다 능력이 뛰어나고 두려움을 모르는 하사관이지만 살인과 전쟁, 승부가 야기하는 긴장감 자체를 즐기는 '악마' 같은 인간이다("지휘를 받기에 그 친구만큼 위험한 놈도, 그 친구만큼 믿음직한 놈도 없지."). 전쟁은 커밍스에게 권력을 가져다주는 기회이며("중령…… 대령…… 준장…… 소장…… 중장…… 대장? 전쟁이 도와준다면야 못 될 것도 없지."), 크로프트에게는 자신의 힘을 증명하고 욕망을 실현할 수 있는 무대인 셈이다. 커밍스의 '타임머신' 표제가 "독특한 미국적 언설"이고 크로프트의 그것이 "사냥꾼"인 것은 우연이 아니다. 에이허브와 모비 딕이 종종 하나의 이미지로 겹쳐지듯이 커밍스는 아나카 산에 대해 동질감을 느끼며, 모비 딕이 그 "불가해한 악의"와 "엄청난 괴력"으로 정복욕과 두려움을 불러일으키듯이, 크로프트에게 아나카 산이 그러하다.

커밍스는 어둠 속에서 어둠보다 더 짙은 그늘 속에 잠긴 채 그 위의 하늘보다 더 거대하게 드러나 보이는 아나카 산의 육중한 검은 모습을 응시했다. (중략) 그는 산에 일종의 동질감을 느꼈다. 굳이 신비론을 빌려 말한다면, 산과 그는 서로 마음이 통하는 데가 있었다. 양쪽 모두 필요에 의해 쓸쓸하고 고독한 삶을 영위하며, 높은 곳에서 아래를 내려다보는 위치에 있었다.

산은 그[크로프트]를 매혹시켰고, 그 거대함으로 그를 비웃고 위협했다. (중략) 그는 이제 그 산을 응시하며, 그 산에 올라 정상을 딛고 서서 그 육중한 무게를 발아래 두는 느낌을 알고 싶다는 욕망을 느끼며 그것의 능선을 살폈다.

커밍스는 파시즘이 인간의 실제적 본성에 기초하기 때문에 공산주의보다 더 낫다고 생각한다. 히틀러를 두고 "20세기 인간에 대한 해석자"라고 평가하기도 한다. 그는 "상관을 두려워하고 부하를 멸시할 때, 군이 가장 잘 돌아가게 되어 있다"고 공언하며, 헌에게도 장교로서 계급적인 특권을 인정하고 받아들일 것을 요구한다. 이러한 권력체계는 임무 수행에서 더욱 강화된다. 헌이 죽은 후 크로프트가 소대의 지휘를 맡았을 때, 병사들은 산을 오르라는 크로프트의 명령에 모두 입으로 불평만 할 뿐 효과적으로 저항하지 못한다. 파시스트적인 힘은 일정 부분 병사들이 인간적인 한계를 넘어 목표로 나아가게 하는 추진력이 된다. 그러나 그 과정에서 병사들은 인간으로서 자유 의지와 존엄을 잃고 '기계'의 수준으로 떨어진다.

이들과 대척점에 서 있는 듯한 인물들이 바로 헌과 레드이다. 그런데 커밍스와 헌의 관계는 여느 장성과 부관의 관계와는 다소 차이가 있다. 커밍스는 다른 장교들의 불만을 살 수 있다는 걸 알면서도 헌을 특별대우 할 뿐 아니라 헌에게 "자신의 성품이 가진 부인할 수 없는 매력"을 펼쳐 보이려 애쓴다. 커밍스의 표현에 의하면 헌은 "아직 (공포의) 사다리에 올라서지" 않은 상태이다. 커밍스가 내세우는 표면적인 이유는 헌이 부대 내에서 유일하게 자신에게 필적하는 지성을 갖고 있어 자신의 대화상대가 되기 때문이다. 그런데 그 이면에는 헌에 대한 특별한 감정이 자리한다.

커밍스는 어린 시절 성-역할에 혼란을 느낀다. 그가 아버지에 의해 군사학교와 육사에 차례로 보내진 것도 그의 이런 성향 때문이다. 그의 불행한 결혼 생활과 헌에 대한 기묘한 집착 또한 여기서 원인을 찾을 수 있다. 그가 군사학교에서 동성애적 감정을 품었던 생도 대표는 "키가 크고 머리색이 검은 젊은이"인데, 공교롭게도 헌은 머리색이 검은 거구의 사내다.

커밍스는 자신의 성적 성향을 결코 자인하지 않지만 은연중에 계속해서 자신을 남성에게 욕망의 대상이 되는 여성에 비유한다. "여자들이라면 헌에게서 애정을 끌어내고 싶었을 것"이라는 그의 말에서 그의 숨겨진 욕망의 일단이 직접적으로 드러나기도 한다.

그러나 헌은 "텅 빈 몸체", "속이 텅 빈 껍데기", "텅 빈 구멍"에 비유될 만큼 인간미를 결여한 인물로 그려진다. 그런 그가 커밍스의 바람에 결코 부응할 수 없는 것은 자명하다. 헌은 커밍스의 뛰어난 지휘 능력과 인간적인 매력은 인정하면서도, 그의 사상은 단조롭고 비인간적이라며 거부한다. 헌은 군대 내의 계급 체계를 경멸하고 불편부당함에 분노하며 장교로서 특권에 죄책감을 느낀다. 개인으로서 주체성과 고결함을 지키는 것은 그가 포기할 수 없는 가치이다("이보게, 로버트, 자넨 자유주의자야."). 그는 하급 장교의 신분으로 커밍스의 사상에 반대하고 계급 체계에 소소하게 반항하는 것으로 자신의 가치를 지킨다고 자위하지만, 그것 역시 결국 커밍스가 '용인'하기 때문에 가능한 일이라는 것을 두 사람 모두 알고 있다. 더욱이 자신이 느끼는 죄책감과 불편부당함에 대한 분노는 '진짜'가 아니며, 커밍스에 대한 증오의 이면에는 그에 대한 인정욕구가 있음을 알기에 헌의 자괴감과 분노는 배가된다. 폭력충동과 묘한 성적 긴장감을 수반하는 두 사람의 힘겨루기는 결국 '담배꽁초' 사건으로 폭발한다. 이것은 커밍스에 대한 공공연한 도전이자 저항이었지만, 당연하게도 헌의 굴욕적인 패배로 끝나고 만다. 반면 커밍스에게도 헌으로부터 '애정'은 물론 '완벽한 굴복'도 끌어내지 못했다는 불만이 자리한다. '신'의 권위에 도전하는 자에게 용서란 없다. 커밍스는 보복의 방법을 모색한다.

헌은 자신이 맞닥뜨리는 수많은 문제들에 대해 적극적으로 해결의 실마리를 찾기보다 극심한 환멸에 빠져 있는 무기력한 현대 지성인의 표본이기도 하다. 그는 자신의 계급적 정체성과 후천적 가치관 사이에서 우왕좌왕한다. 커밍스와 크로프트의 파시즘적 욕망을 간파하고 거부하고 경계하면서도 자신 역시 그들과 근본적으로 다르지 않음을 느끼기에 그의 저항의 힘은 약화될 수밖에 없다. 그는 자기가 믿는 자유주의적 가치를 뚝심 있게 밀고 나가지도, 내면의 욕망에 솔직해지지도 못한 채 크로프트의 계략에 말려들어 허무하게 죽음을 맞는다. 메일러는 헌을 "혼탁한 자궁", 다시 말해 생명의 그릇임에도 결국 어떠한 생명도 잉태하지 못하는 썩은 자궁으로 정의한다. 훌륭한 사상적 재료를 행동으로 꽃 피우지 못하는 지성, 헌의 죽음은 어쩌면 당연한 결과인지도 모른다.

헌은 일본군의 기관총탄을 맞고 전사했지만, 사실상 커밍스와 크로프트의 공모에 의해 살해되었다 해도 과언이 아니다. 헌의 존재는 크로프트에게 커다란 위협이었다. 계급에서도 우위에 있지만, 헌이 지휘자로서 자질이 있어 빠른 시일 안에 자력으로 소대를 장악할 수 있음을 크로프트가 직감했기 때문이다. 더군다나 로스의 '새 사건' 때 자신에게 굴욕감을 안겨준 헌을 결코 용서할 수 없다. 그럼에도 군대의 계급 체계를 철저히 신봉하는 크로프트로서는 대놓고 하극상을 한다는 것은 있을 수 없는 일이다. 그렇기에 그는 헌이 제 발로 사지로 걸어 들어가게끔 교묘하게 함정을 놓아 헌을 제거한다. 누구에게도 지기 싫어하고 누구에게도 간섭받기 싫어하며 방해가 되는 존재는 반드시 없애고 마는 그의 성격은 '타임머신'에서도 이미 예고된 바 있다. 소대원들은 그를 증오하면서도 따른다. 오직 레드만이 그에게 저항할 배짱과 기질 상의 이유를 갖고 있지만, '아나카 산' 전까지 두 사람은 서로 위협적인 언사로 변죽만 울릴 뿐 구체적인 폭력으로 폭발시키지는 않는다.

레드는 헌과 마찬가지로 독립적이고 자유주의적인 성격의 인물로 권위에 대해 본능적인 적개심을 가지고 있다. 그는 특권 계급이라는 이유로 장교들을 적대하고, 스탠리 같은 출세 지향의 기회주의자를 경멸하며, 강력한 규율로 부하들을 억압하는 크로프트를 증오한다. 소대원들 가운데 누구보다도 측은지심과 정의감을 갖고 있지만, 그것을 구체적인 행동으로 옮길 의지력은 결여되어 있다. 입대 전 오랜 방랑생활의 여파로 건강이 좋지 않음에도 자신의 약점을 인정하거나 남의 도움을 구하는 것을 극도로 싫어하며, 거꾸로 남의 불행에 연루되는 것 역시 꺼려한다. 전쟁터에서는 언제라도 죽을 수 있다는 이유로 우정에도 소극적이며, 장교라는 이유만으로 헌의 호의를 거부한다. 하지만 그는 자기 역시 마음 깊숙한 곳에 스탠리의 처세를 질투하는 마음이 있음을 안다.

그런 그가 마침내 아나카 산에서 적극적인 행동에 나선 것은, 크로프트가 병사들 전체를 사지로 몰고 가고 있다고 판단했기 때문이다. 그러나 그는 자신에게 망설임 없이 총부리를 들이대는 크로프트의 모습에서 헌의 죽음 뒤에 크로프트가 있음을 직감하고, 그 강력하고 무서운 의지 앞에서 굴복하고 만다. 다른 소대원들 역시 크로프트의 계급장과 위세에 눌려 저항하지 못한다. 로스의 '새 사건' 때, 그들은 자기들이 연대할 경우 크로프트에게도 위협이 될 수 있다는 가능성을 보았다. 그러나 그들은 수적으로 우세함에도 불구하고 레드가 혼자서 불리한 싸움을 하도록 방관한 것이다.

그[레드]는 패배한 것이다. 그게 다였다. 그의 굴욕감의 기저에는 죄의식도 깔려 있었다. 그는 그 상황이 종료된 것이 다행스러웠고, 크로프트와의 오랜 다툼이 끝나고 저항을 해야 한다는 부담 없이 순순히 명령에 복종할 수 있게 된 것이 다행스러웠다. 이것이 그가 더한 굴욕감을 느끼는 이유였고, 방금 전 사건이 그에게 결정적인 타격이 된 이유였다. 그가 인생에서 해 온 모든 일들이 결국 이것으로 귀결될 수도 있는 것일까? 언제나 결국에는 항복하고 마는 것인가?

아아, 빌어먹을. 서로의 목에 칼을 들이대는 것 외에 아는 것이라곤 없는 그들이었다. 해답이 될 만한 것은 아무것도 없었다. 인간이 최후의 순간에 지녀야 할 긍지마저 존재하지 않았다.

패배와 좌절은 비단 헌과 레드의 것만은 아니다. 사실 "낙담과 우울의 정서"가 이 소설 전체를 지배하고 있다고 해도

과언이 아니다. 37밀리 대전차포를 갖은 고생을 하며 끌고 왔
으나 목적지를 눈앞에 두고 손에서 놓치는 바람에 포가 망가
져 버리기도 하고, 극한의 피로 속에서 수없이 포기의 유혹
에 시달리며 부상당한 전우를 날랐건만 전우는 죽고 종국에
는 시체마저 유실되기도 한다. 윌슨을 나르는 임무와 위험한
정찰 임무를 놓고 저울질하여 기회주의적인 선택을 했음에도
육체적 한계에 부딪쳐 운반 임무를 중도 포기한 브라운은 수
치심과 겸허함으로 자기라는 인간의 민낯을 마주한다. 이 모
든 과정이 너무도 실감나고 자세하게 묘사되어 있어, 인물들
의 고생이 헛수고가 되어버리는 순간 그들이 느끼는 허탈감
과 좌절감, 수치심과 절망감이 더욱 절절하게 느껴진다.

크로프트도 패배의 운명을 비켜가지 못한다. 산을 오르다
우연히 벌집을 밟는 바람에 모든 것이 허사가 되고 만 것이다.
그의 악마와 같은 의지도 자연의 힘 앞에서 굴복한 셈이다. 따
지고 보면 그는 포커 판에서도 자신의 운을 지배하지 못하지
않았던가. 그는 결국 자신의 한계를 인정할 수밖에 없다. 그
리고 무엇보다도 소대원들의 이러한 고생과 희생이 결국에는
무의미한 헛수고였음이 드러난다. 그렇다면 커밍스는 어떤
가? 커밍스는 작전의 승리가 결국 자신의 통솔력이 아닌 순전
한 '요행'에 의해 이루어진 것일지도 모른다는 사실에 큰 충격
과 분노를 느낀다. 더구나 자신이 일본군의 상황에 대해 정확
히 알지 못했다는 사실을 발견하고 자존심에 커다란 상처를
입는다. 그는 자신이 결국 아노포페이에서 손해를 보지도 이
득을 보지도 않았다고 판단하고, 다음 작전에서 좀 더 두드러

진 성과를 내리라 다짐한다. 병사들은 사지 하나를 잘라서라도 군대의 감옥에서 벗어날 길을 헛되이 꿈꾼다. 모든 것이 다시 원점으로 회귀하는 듯하다.

전쟁은 결국 죽음을 불러오는 폭력이다. 혜네시의 어이없는 죽음을 필두로, 이 소설에서는 수많은 죽음들이 등장한다. 혜네시, 윌슨, 헌, 로스 등 '이름'을 가진 인물들의 죽음뿐 아니라 수치로만 집계되는 죽음들이 있고, 과거에도 '모토메 작전'이 야기한 수많은 죽음들이 있었다. 적군인 일본군들의 죽음도 예외는 아니다. 특히 윌슨의 끔찍스러울 정도로 길고도 고통스러운 죽음은 전쟁의 잔인한 참상을 독자들에게 실감나게 각인시킨다. 그러나 사실 더욱 잔인하고 비인간적인 부분은, 아노포페이에서 자신은 결국 "손해를 보지도 이득을 보지도 않았다."는 커밍스의 판단이다. 그에게, 군 당국에게 중요한 것은 개개 병사의 삶과 죽음이 아니라 작전이 성공으로 끝났느냐 아니냐이다. 수색 소대의 다수가 '보충병'(replacement)이라는 사실은 그들이 들어온 자리에 전사자 혹은 부상병이 있었으며, 군대에서 그들이 '대체 가능한'(replaceable) 요소에 불과하다는 것을 의미한다. 그들이 어떤 삶을 살았고 어떤 개성을 지닌 인물이건 간에 군복을 입는 순간 똑같은 부품으로 취급된다. 그렇기에 34세의 고령에다 체력마저 형편없는 로스가 수색소대의 소총수로 배치될 수 있는 것이다. 그는 규격에 맞지 않은 불량 부품이기에 '고장을 일으키고 버려질 수밖에 없다. 그리고 '대체될 수 있다'는 점에서는 사령관인 커밍스도 예외가 아니다.

다른 한편 죽음은 전쟁과 상관없이 발생하기도 한다. 갤러거의 아내는 난산 끝에 죽지만, 서신 배달에 걸리는 시간 때문에 갤러거는 그녀가 죽은 뒤에도 한동안 그녀의 편지를 받는다. 전쟁터에서 살아 있는 남편이 고향에서 죽은 아내의 편지를 받는다는 설정은 기이하기까지 한데, 묘하게 전도된 듯한 상황이 죽음의 우연성과 편재성을 암시하는 듯하다. 그리고 헌과 로스의 죽음을 과연 전사(戰死)라고 부를 수 있을까? 헌의 죽음은 커밍스와 크로프트의 깊고 어두운 충동들이 공모하고 마르티네즈의 인종적 열등감과 수동적 침묵이 방조하여 야기된 사건이다. 로스의 경우, 소대 내에서 체력이 가장 열등한 데다 미군 내의 반유대인 정서까지 더해져, 이를테면 '공포의 사다리'의 제일 밑바닥에 위치하는 인물이다. 로스에게 우월감을 느끼지 않는 소대원들은 없다. 그들 가운데 일부는 그를 모욕함으로써 자신들이 느끼는 좌절감과 열등감을 해소하려 한다. 로스는 결국 체력이 고갈된 상태에서 낭떠러지를 건너다 추락사하고 만다. 아이러니한 것은, 로스는 유대교를 믿지 않으며 자신을 유대인이 아닌 '미국인'으로 생각한다는 점이다.

이 전쟁에서 승리한 국가는 있어도, 승리한 개인은 없다. 커밍스는 "역사는 우익의 수중에 있고, 역사는 이번 세기 동안, 아니 어쩌면 다음 세기까지도 우익의 것이 될 것"이라고 예언한다. 그것은 자신과 같은 "전능한 사람들"이 주도하는 세상이다. 그는 또한 "미래의 유일한 도덕률은 힘의 도덕률"이고 "군대는 미래를 미리 보여준다."라고 말한다. 이것이 이 소설이 보내는 경고라면 그것은 지금도 유효하다. 헌도 대안이 되지 못한다면, 리지스와 골드스타인의 종교를 초월한 우정에서, 병사들의 연대와 전우애에서 미약하나마 희망의 단초를 발견할 수 있을까?

2016년 4월

이운경

작가 연보

1923년 　 미국 뉴저지 주 롱브랜치의 유대인 가정에서 출생.

1939년 　 뉴욕 시 브루클린 보이스 고등학교 졸업 후, 하버드 대학 항공기술학과 입학.

1943년 　 대학을 우등으로 졸업.

1944년 　 2차 세계 대전에 참전, 남태평양의 필리핀 군도에서 중사로 복무.

1946년 　 제대 후 프랑스의 소르본 대학에서 유학.

1948년 　 참전의 경험을 바탕으로 쓴 사실주의 소설 『벌거벗은 자와 죽은 자(The Naked and the Dead)』 발표. 좋은 평을 얻고 이후 미국 문단의 주목을 받음.

1951년 　 냉전을 다룬 소설 『바버리 해변(Barbary Shore)』 출간.

1955년 　 대안 잡지 《빌리지 보이스(The Village Voice)》

에 공동 발간인으로 참여.『사슴 공원(The Deer Park)』출간.

1959년   『하얀 흑인(The White Negro)』과『나 자신을 위한 광고(Advertisements for Myself)』출간. 이후 미국 문화에 커다란 영향을 미치고 특히 젊은 층에 영향력이 큰 인물로 주목받음. 1962년부터 1972년 사이 출간한 17권의 책 가운데 5권이 전미도서상의 4개 다른 영역의 후보로 오름.

1965년   현실과 환상의 경계가 무너지는 소설『아메리카의 꿈(An American Dream)』을 출간해 다시 한 번 주목받음.

1966년   『식인종과 기독교인(Cannibals and Christians)』출간.

1967년   『우리는 왜 베트남에 있는가?(Why Are We in Vietnam?)』출간.『노먼 메일러 단편집』출간.

1968년   역사적 기록과 소설적 허구의 경계를 무너트리는 뉴저널리즘 소설『밤의 군대들(The Armies of the Night)』을 발표해 퓰리처상과 전미도서상 수상.《하퍼스 매거진(Harper's Magazine)》에 보도한 글로 조지 폴크상 수상. 이후 뉴저널리즘 소설이라는 새로운 장르를 정착시킴.

1969년   뉴욕 시장 선거에 출마.

1971년   아폴로 11호의 발사를 자세히 다룬『달 위에서의 불(A Fire on the Moon)』발표. 페미니즘에 대한 견해를 피력한 『성의 죄수(The Prisoner of Sex)』 출간.

1979년 유타 주의 사형수 게리 길모어의 실제 삶을 재현한 소설 『처형인의 노래(The Executioner's Song)』로 두 번째 퓰리처상 수상.

1983년 3000년 전 이집트를 배경으로 쓴 장편 역사소설 『고대의 저녁들(Ancient Evenings)』 출간.

1984년 소설 『강한 남자들은 춤을 추지 않는다(Tough Guys Don't Dance)』 출간.

1991년 1300쪽에 상당하는 미국 CIA 연대기적 소설 『매춘부의 유령(Harlot's Ghost)』 출간, 베스트셀러에 오름.

1995년 리 하비 오스월드의 전기 『오스월드의 이야기(Oswald's Tale)』 출간.

1997년 예수 그리스도의 생애를 그린 소설 『아들이 전하는 복음(The Gospel According to the Son)』 출간.

1998년 픽션과 논픽션 선집 『우리 시대의 시간(The Time of Our Time)』 출간.

2003년 글쓰기에 관한 수필 모음집 『으스스한 예술(The Spooky Art)』 출간.

2005년 미국 문학 공로상 수상.

2007년 악마의 시점으로 히틀러의 출생 과정과 어린 시절을 그린 소설 『숲 속의 성(The Castle in the Forest)』으로 다시 한 번 평단의 주목을 받음. 『아들이 전하는 복음』의 짝으로 평가받기도 함.

11월 10일 급성 신부전으로 뉴욕 맨해튼 마운트
시나이 병원에서 타계.

세계문학전집 **342**

벌거벗은 자와 죽은 자 2

1판 1쇄 펴냄 2016년 5월 11일
1판 4쇄 펴냄 2023년 1월 13일

지은이 노먼 메일러
옮긴이 이운경
발행인 박근섭, 박상준
펴낸곳 (주)민음사

출판등록 1966. 5. 19. (제 16-490호)
서울특별시 강남구 도산대로1길 62(신사동) 강남출판문화센터 5층 (우편번호 06027)
대표전화 02-515-2000 팩시밀리 02-515-2007
www.minumsa.com

한국어 판 ⓒ (주)민음사, 2016. Printed in Seoul, Korea

ISBN 978-89-374-6342-6 04800
ISBN 978-89-374-6000-5 (세트)

세계문학전집 목록

세계문학전집은 계속 간행됩니다.